척박한 시대와 문학의 힘

척박한 시대와 문학의 힘

장병호 평론집

국학자료원

오늘날 문학은 얼마나 힘이 있을까?

책 제목을 '척박한 시대와 문학의 힘'이라고 붙였다.

대개 척박한 시대라면 국권이 침탈당한 일제 강점기나 민족상잔의 한국전쟁기, 또는 표현의 자유가 억눌렸던 군사독재 시절을 떠올릴 법하다. 그러나 사람이 한 세상 살아가는 일이 만만치 않음을 생각할 때 우리가 사는 21세기도 척박하기는 매한가지가 아닐까 싶다.

또한 첨단 기계문명과 배금주의가 인간의 혼을 갉아먹는 오늘날 문학이 얼마나 힘을 발휘할 수 있을까 고개가 갸우뚱거려지는 것도 사실이다. 그래도 세계사를 되돌아보면 저 유명한 드레퓌스 사건의 에밀졸라나 중국의 루쉰처럼 문학으로 세상을 뒤바꾼 사례도 있고, 톨스토이나 도스토예프스키와 같이 시공을 뛰어넘어 독자들을 압도하는 고전의 생명력을 생각하면서 이 메마른 시대에도 문학은 여전히 제 역할을 할 수 있음을 믿고 싶다.

따지고 보면 이 책에서 다룬 작가의 작품들도 다들 어려운 상황에 허우적거리며 냉혹한 세상과 맞서는 내용들이다. 결국 문학이란 자아와 세계의 대결일진대 그 어떤 작가나 작품이든 척박한 시대 환경이나 삶의 질곡과 싸우지 않고서는 독자와 만날 수 없는 것이 아니겠는가.

이 책에는 세 부류의 글이 들어 있다.

하나는 소설에 관한 것으로서 작품의 의미를 밝히거나 시대와의 관련성을 찾거나 그 나름의 특성과 흐름을 따져본 것들이다. 다른 하나는 수필에 관한 내용으로서 내 고장에 살았거나 살고 있는 작가들의 작품세계를 밝힌 것들이다. 혹 눈에 띌 만한 것이 있다면 법정 스님의 글을 수필론으로 접근해본 점이 아닐까 싶다. 또 나머지 하나는 시에 관련된 것으로서 가까운 문우들과의 인연에 따라 시집 출간에 즈음하여 쓴 글들이다. 무딘 펜으로 너무 오지랖을 넓히지 않았나 염려되는 부분이기도 하다.

무릇 비평이란 작품의 의미를 해석하고, 그 미적 가치를 평가하는 작업인 만큼, 나는 어떤 잘잘못을 따지고 훈수를 두기보다는 주로 작품의 의미와 미덕을 찾는 데에 무게를 두었다. 또한 세간에 잘 알려진 이들보다도 상당한 문학적 성취에도 불구하고 그에 상응한 이름을 얻지 못한 작가에 더 눈길을 주고자 했다. 명망 있는 작가들이야 언급해줄 이가 많을 터이고, 부족하지만 나 하나만이라도 이름 없이 묻혀 있는 작가들을 찾아 그 자취를 더듬어줄 필요가 있지 않은가 싶은 생각에서였다. 오유권이나 조회관이나 정조는 그런 결과물이다. 앞으로도 그늘에 가려진 작가나 세인의 기억에 묻혀버린 작가들을 찾는 일을 더해볼 작정이다.

　책을 내면서 착잡한 생각이 앞선다.

　그동안 게으름을 많이 피웠기 때문이다. 평론을 하겠노라고 얼굴을 내밀어놓고 스무 해 동안 이루어 놓은 것이 고작 이것뿐이냐는 자괴감이 밀려온다. 그래도 여기저기 흩뜨려놓았던 글을 모아보니 얼추 책 한 권 분량은 되는 것 같아 묶어보기는 하지만 어디다 얼굴 들고 내놓을 만한 처지는 못 된다.

　비평은 외로운 작업이다. 문학이란 것이 본디 고독의 산물이긴 하지만 그 가운데서도 비평이 더욱 그런 것 같다. 시나 소설이나 수필 같은 것은 동역자들이 많은데 이 분야는 늘 적막강산이다. 지방이라 더욱 그런지도 모른다. 그래도 좋은 글을 쓰고자 노력하면서 응원해주는 내 고장의 문우들이 있기에 쓸쓸한 문학의 길에 적이 위안이 된다.

　끝으로 책상머리에 오래 붙어 앉아 있는 사람을 인내심을 가지고 지켜봐주는 아내 미숙과 묵은 책자의 글을 활자로 옮겨준 덕이와 용이, 정제군에게 고마움을 전한다. 아울러 표지화를 기꺼이 제공해준 신경욱 화백과 정성껏 책을 만들어준 국학자료원의 정구형 대표를 비롯한 모든 가족들에게도 감사드린다.

2019 가을 노란 은행잎 날리는 날에
한물결 장병호 씀

차 례

| 제3부 |

제 1 부

소 설 론

우울한 현대인의 초상

— 최인호 ＜타인의 방＞

우리는 이 아파트에 거의 삼년 동안 살아왔지만
당신 같은 사람을 본 적이 없소.
— ＜타인의 방＞

I

우리나라의 여러 소설가들 가운데 최인호(崔仁浩, 1945~2013)만큼 대중적인 인기를 한 몸에 받고 살았던 작가도 그리 많지 않을 것이다.

그는 단편소설 ＜벽 구멍으로＞로 1963년 한국일보 신춘문예에 입선에 이어, 단편소설 ＜견습환자＞로 1967년 조선일보 신춘문예에 당선되어 문단에 나왔다. 신춘문예에 입선이 고등학교 2학년 때였고 신춘문예에 당선 또한 대학 재학 중에 이루어진 것을 볼 때 최인호야말로 소설 쓰기에 놀라울 만큼 탁월한 재능과 감각을 타고났고, 문학적으로 남달리 조숙했음을 짐작할 수 있다.

등단 이후 그는 경이로운 창작력을 발휘하여 ＜별들의 고향＞(1972)과 ＜내 마음의 풍차＞(1975), ＜도시의 사냥꾼＞(1977), ＜천국의 계단＞(1979), ＜불새＞(1980). ＜적도의 꽃＞(1982), ＜겨울 나그네＞(1984), ＜사랑의 기쁨＞(1997)과 같은 다수의 연애소설을 내놓았다. 이들 소설은 도시적 감수성과 섬세한 심리묘사를 통해 독자들의 큰 호응을 얻음으로써 그는 당대 최고의 대중소설가로서 이름을 떨쳤다.

그와 더불어 <잃어버린 왕국>(1986)과 <상도(商道)>(2000), <왕도의 비밀>(1995), <해신(海神)>(2001)과 같은 역사소설을 썼으며, 거기에 그치지 않고 <천국의 계단>(1979), <길 없는 길>(1993), <영혼의 새벽> (1999), <유림(儒林)>(2005)과 같은 종교소설에까지 창작 영역을 넓혔다.

더욱이 그의 소설은 대부분 영화나 텔레비전 드라마로 만들어져 독자들로부터 폭발적인 반응을 얻고 상업적으로도 성공을 거두었다. 특히 영화 <깊고 푸른 밤>(1986)은 아시아영화제 각본상과 대종상 각본상을 수상하는 영광을 안았다.

그러다 불행히도 2008년 침샘암을 선고 받았는데, 투병생활을 하면서도 펜을 놓지 않고 <낯익은 타인들의 도시>(2010) 등을 발표하였으나, 결국 병마를 이기지 못하고 2013년 9월 유명을 달리하였다.

그의 수상경력을 보면 단편소설 <2와 1/2>로 《사상계》 신인문학상 (1967)을 받고, 단편소설 <타인의 방>과 <처세술 개론>으로 현대문학상 신인상(1972)을 받았으며, 중편소설 <깊고 푸른 밤>으로 이상문학상(1982) 과 더불어, 장편소설 <사랑의 기쁨>으로 가톨릭문학상(1998)과 <길 없는 길>로 현대불교문학상(2003) 등을 수상하였다.

최인호는 발랄하고 참신한 감수성으로 기성 문단에 충격을 던지면서 독자들의 뜨거운 반응을 얻었으나 대중들의 흥미에 영합하는 상업주의 작가로 치부되어 상당 기간 평단과 떨어져 있기도 하였다. 그러나 그의 세련된 감각과 재기 있는 문체, 흡인력 넘치는 이야기솜씨로 소설의 대중적 기반 확대에 기여한 점은 그의 공적으로서 인정하지 않을 수 없는 일이다.

이동하도 최인호가 현대 도시인의 의식 속에 숨겨져 있는 성감대를 찾아내고 그것을 교묘하게 자극하는 데 비상한 재주를 가지고 있다고 평하면서 과장된 수사, 팽팽한 속도감, 관능적인 분위기, 생동하는 문체, 흥미만점의 구성, 우상파괴적인 제스처를 그의 장기로 들고 있다.[1]

특히 <술꾼>(1970)과 <모범동화>(1970), <타인의 방>(1971)을 비롯하여, <영가>(1972), <무서운 복수(複數)>(1972), <돌의 초상>(1978), <지구인>(1978), <깊고 푸른 밤>(1982), <가면무도회>(1983) 등의 초기 중단편은 현대사회의 비인간화 문제를 깊이 있게 통찰하여 '한국적 모더니티의 탐구'[2]라고 칭할 만큼 독특한 세계를 보여줌으로써 1970년대 한국소설의 대표작가로 손꼽기에 조금도 부족함이 없다고 하겠다.

무엇보다도 그는 도시화, 개인화, 익명화 되어가는 1970년대 산업화 시대와 더불어 인간의 삶이 새로운 양상으로 변질되고 왜곡되고 있는 상황을 예리하게 포착하여 그것을 놀랍도록 독특한 방식으로 형상화하였다. 그것이 바로 최인호 소설의 중심 주제라고 할 수 있는 인간 소외인 것이다. 이 글에서는 <타인의 방>을 통해서 인간 소외의 문제가 어떻게 그려졌는지 살펴보고자 한다.

II

본디 소외(Alienation)란 헤겔, 포이에르바하, 마르크스, 프롬 등에 의해 철학적 주제로 제기되었던 것으로서 타인으로부터 따돌림을 당할 때 개인이 느끼는 고독감이나 공허감, 좌절이나 환멸에서 오는 무력감, 타인과의 심리적 괴리나 의사소통의 단절 따위를 의미한다. 특히 기계문명이 발달한 산업사회에서 인간은 물질주의에 지배당하여 본래의 주체성을 잃고 조직사회의 부품으로 전락하게 되었고, 이와 같은 위기 상황에서 인간의 소외는 개인의 문제가 아니라 사회의 문제로 대두되기에 이르렀다.

자본주의와 기계문명이 발달할수록 인간의 존재는 파편화되고 원자화된

---

1) 이동하, 도피와 긍정, 타인의 방, 민음사, 2005, 411쪽.
2) 김형중, 긴급조치 시대의 '웃음', 견습환자, 문학동네, 2014. 453쪽.

다. 그리하여 타인과의 소통이 단절되고 고립되며 결국에는 자기 자신마저 낯설어지고 타인처럼 느껴지게 된다. 이 자기소외가 심화되면 자기 자신을 인간이 아니라 사물로 느끼게 된다. 최인호는 바로 소설을 통해 이러한 비극적 상황을 잘 드러내 보여주었다.

최인호의 초기 중단편소설은 세 갈래로 나눠볼 수 있다. 첫째는 <술꾼>과 <모범 동화>, <처세술 개론>등과 같이 어른이 되어 버린 아이들이 등장하는 위악(僞惡)의 세계, 둘째는 <견습 환자>와 <타인의 방>, <즐거운 우리들의 천국>과 같이 삭막한 도시 공간에서 경험하는 인간 소외의 세계, 셋째는 <미개인>과 <다시 만날 때까지>, <깊고 푸른 밤> 등에서 볼 수 있는 사회현실의 단면을 통해 삶의 의미를 성찰하는 세계가 그것이다.

특히 그의 단편소설 <타인의 방>은 오늘날 도시인의 소외심리가 잘 그려진 작품이다. 이 소설로서 최인호는 1970년대 사회의 변화에 날카로운 촉수를 지닌 작가임을 증명하면서 1970년대 한국소설의 선두주자로 자리매김하게 되었다.

소설의 줄거리는 간단하다. 회사원인 주인공은 출장을 갔다가 피곤한 몸으로 집에 돌아온다. 그런데 아내가 쪽지 하나만 남겨놓고 외출하고 없다. 그는 빈 아파트에서 분노와 허탈, 불안과 공허감 따위의 복잡한 감정에 사로잡혀 전전긍긍한다. 그때 갑자기 책상이 흔들리기 시작하고 방안의 가구와 온갖 기물들이 살아서 움직이기 시작한다. 반면에 그는 다리가 움직여지지 않고 온몸이 굳어져서 끝내 사물로 변해버린다.

여기서 작가가 초점을 맞추고 있는 것은 텅 빈 아파트 공간에 놓인 주인공이 경험하는 여러 가지 감정의 변화이다. 작가는 주인공의 감정의 세밀한 흔들림을 은유적으로 묘파하고 있다.

1. 불만과 분노

이 소설에서 볼 수 있는 주인공의 첫 번째 감정은 분노이다. 피곤한 몸으로 출장에서 돌아온 그는 아파트의 초인종을 누르면서 분노가 시작된다. "그는 분노를 느끼며 숫제 오 분 동안이나 초인종에 손을 밀착시키고 방 저편에서 둔하게 벨소리가 계속 울리고 있는 것을 초조하게 느끼고 있었다."

분노는 욕구 좌절이나 불쾌한 환경에 놓였을 때, 자존심이 손상당한다고 지각될 때, 혹은 위협을 받을 때 유발되는 정서이다. 특히 자기가 하는 일이 뜻대로 되지 않거나 자기 앞에 놓인 상황이 기대와 어그러질 때와 같이 현재의 상황이 마음에 들지 않을 때 그 불만스러움이 분노로 표출되는 것이다. 주인공도 빨리 방에 들어가 피곤한 몸을 쉬고 싶은데 초인종을 눌러도 아무 응답이 없다. 그래서 화가 끓기 시작하면서 신경질적으로 초인종을 누르고, 그래도 응답이 없자 문을 두드리기 시작한다.

그런데 이 때 그의 감정을 부채질하는 것은 이웃사람들이다. 문을 두드리는 소리에 놀라 문을 열고 나온 옆집 사람들이 경계하는 눈초리로 "그 집에 무슨 볼일이 있으세요?"하고 물었던 것이다. 더욱이 "그 집엔 아무도 안 계신 모양인데 혹 무슨 수금관계로 오셨나요?"하면서 집주인이 아닌 타인 취급을 한다. 이렇게 이웃사람들에게까지 주인으로서 정당한 인정을 받지 못한 것이 더욱 그를 화나게 만든다.

그러나 이보다 더욱 주인공을 화나게 한 근본적인 원인은 아내의 부재(不在)이다. 아파트 열쇠가 수중에 있음에도 불구하고 아내가 반갑게 맞이해줄 것을 기대하며 초인종을 누른 것인데, 아내가 외출하고 없다는 사실이 그는 불만스럽게 하고 그것이 분노를 연결된 것이다. 그래서 그는 집에 들어와서도 분노가 가라앉지 않는다.

- 그는 구두를 벗고, 스위치를 찾으려고 벽을 더듬거리면서 분노에 차서 소리를 질렀다.
- 그는 울분에 차서 한숨을 쉬면서, 발소리를 쿵쿵 내면서, 한없이 잠겨 들어가는 피로를 느끼면서, 코트를 벗고 넥타이를 풀고, 와이셔츠를 벗는 일관 작업을 매우 천천히 계속하였으며 그리고는 거의 경직이 되어 뻣뻣한 다리를, 접는 나이프처럼 굽혀 바지를 벗고 그것을 아주 화를 내면서 옷장 속에 걸었다.
- 그는 쉴새없이 투덜거렸다
- 그는 화를 내면서 시계의 바늘을 돌리기 시작하였다.
- 그는 화를 내면서 아내의 게으름을 거리의 창녀에게보다도 더 심한 욕으로 힐책하면서 수염을 깎기 시작했다.
- 그는 사납게 소파에 누워, 시선에 닿는 가구들을 노려보기 시작했다.

이처럼 주인공은 현재 자신이 놓인 상황이 불만스럽기 때문에 좀처럼 분노를 누그러뜨리지 못하고 있다. 인간의 삶은 세계와의 교섭으로 이루어진다. 그런데 인간과 세계와의 교섭이 원활하게 진행되면 별 문제가 없지만 원활하지 못하여 인간을 궁지로 내몰 때는 당연히 인간은 그에 불만을 느끼고 반발하지 않을 수 없다. 주인공의 분노는 자신을 소외시키는 세계의 폭력에 대한 일차적인 불만과 반발의 표현으로 볼 수 있다.

2. 인간관계의 단절과 고립

<타인의 방>의 배경은 아파트이다. 아파트는 획일적이고 독립적이며 이웃과의 소통이 불가능한 밀폐된 공간이다. 이웃끼리 부딪칠 일이 없어 편하기도 하지만 한편으로는 단절과 고립이 불가피하다. 작가가 일반 주택이 아닌 아파트를 소설의 배경으로 설정한 것은 그것이 인간의 고립과 단절을 드러낼 수 있는 가장 효과적인 공간으로 보았기 때문일 것이다.

주인공이 이웃들과 나누는 대화 속에서 그들의 단절상태를 알 수 있다. 문을 두드리는 소리가 시끄러워 나온 이웃사람들이 그가 집주인이라는 것을 믿지 않고 "우리는 이 아파트에 거의 삼년 동안 살아왔지만 당신 같은 사람을 본 적이 없소."라고 하면서 그를 수상쩍게 생각한다. 주인공 또한 "나도 이 방에서 삼 년을 살아왔소. 그런데두 당신 얼굴은 오늘 처음 보오,"라고 응수한다. 바로 이러한 대화를 통해서 그들이 같은 아파트에 살면서도 전혀 소통이 없이 낯선 존재로 지내왔음을 알 수 있다.

주인공은 방에 들어와서도 낯설음을 느낀다. 본디 방이란 가장 편안하고 안전한 곳이다. 다른 사람의 눈치를 볼 필요가 없이 혼자만의 안락과 자유를 누릴 수 있으며 비밀이 보장되는 사적인 공간이다. 그런데 "그는 잠시 동안 낯선 곳에 들어선 것처럼 어리둥절하게 서 있었다."고 하듯이, 주인공은 자신의 삶의 근거를 이루고 있던 방안의 모든 것들에게 거리감을 느낀다. 그것은 이 세상에 자기 혼자서 외따로 떨어져 있다고 느끼는 고립감에서 오는 것이다.

주인공의 내면심리에 대한 언급은 그 뒤로도 계속된다. "그는 엄청난 고독감을 느낀다.", "그는 갇혀있음을 의식한다.", "그는 비애를 느낀다.", "그는 아주 쓸쓸하고 허무맹랑한 고독감을 느꼈다." 이와 같이 주인공은 자기 집에 있으면서도 안락함을 느끼지 못하고 고독과 비애에 사로잡혀 전전긍긍한다. 그 까닭은 무엇일까? 그 근본 원인은 곧 아내의 부재 때문이다.

<타인의 방>에서 주인공의 의식을 가장 크게 지배하고 있는 것은 아내라는 존재이다. 아내가 집에 없다는 사실, 더욱이 자기에게 거짓말을 하고 있다는 사실이 주인공을 착잡하게 만든다.

앞서 말했듯이 주인공은 출장에서 돌아와 아파트 열쇠가 있음에도 불구하고 초인종을 누른다. 아내가 문을 열고 자기를 맞아주기를 바라서이다. 그러나 그 기대는 곧 좌절되고, 열쇠로 문을 열고 들어와 보니 아내는 친정아버지가 위독하다는 거짓 쪽지를 써놓고 어디론가 가버리고 없다. 이 부분에서 그

는 "아내가 그에게 거짓말을 하였다는 사실을 깨닫는다." 실은 사내는 출장을 떠나면서 아내에게 말했던 귀가 예정일보다 하루 앞당겨 집에 돌아왔다. 그런데 아내는 출장에서 돌아오는 날 친정에 간 것처럼 쪽지를 써놓았다. "아내는 내가 출장 간 그날부터 어디론가 사라져버렸을 것이다."고 알고 있다. 여기서 그는 아내의 배신을 눈치 챈다.

그의 아내는 어떤 사람일까?

작품 속에서 "아내의 옷이 너저분하게 침실에 깔려 있었고, 구멍난 스타킹이 소파 위에 누워 있었다. 다리 안쪽을 조이는 고무줄이 탁자위에 놓여있었다. 루즈 뚜껑이 열린 채 뒹굴고 있었다."는 것으로 보아 그의 아내는 가정에 충실한 여성은 아닌 것으로 짐작된다. 더욱이 주인공이 "나는 아내가 다른 여인과 다른 성기를 가진 것을 잘 알고 있다."고 하면서 "아내의 하체에 지퍼가 달린 모습은 질 좋은 방한용 피류을 느끼게 하고 굉장한 포용력을 암시한다." 는 것으로 보아 성적으로 난잡하고 남성편력이 심한 여성임을 유추할 수 있다.

어쨌든 그의 아내는 남편의 출장을 틈타 어딘가 가버리고 없는데, 여기서 주인공은 아내에게서 버림받은 것으로 볼 수 있고, 그들 부부관계의 파탄을 가늠할 수 있다. 가정이란 따뜻함과 편안함이 있는 휴식의 공간이다. 그곳은 살벌한 삶의 싸움터인 바깥세상과는 달리 가족끼리 정을 주고받는 우호적인 세계이다. 그러나 주인공은 정을 주고받을 수 있는 대상을 잃어버림으로써 가정의 의미를 느끼지 못하게 된다.

그리하여 아내가 자기를 버렸다는 배신감과 공허감에 사로잡힌 주인공은 자기 집임에도 불구하고 가정의 분위기를 느끼지 못한다. 방안의 모든 것이 그에게는 낯설고 불편하다. 그가 안락하고 쾌적한 휴식처로 기대했던 방은 감옥이나 무덤처럼 그를 옥죄는 공간으로 기능한다. 이같이 인간관계의 단절과 유대감의 상실이 그러한 파장을 일으켜 결국 주인공은 가장 안락해야 할 자기의 방까지 잃어버리고, '타인의 방'이 되어버리는 것이다.

급기야 그는 그 낯선 방에서 방안의 모든 기물들이 살아서 움직이는 환각을 경험하다가 사물로 변신해버린다. 이는 일상생활의 코스모스가 붕괴되고 사물들의 카오스가 발흥하는 것으로서 사물이 활개를 치며 주체를 압도하는 반면에 주체는 그 사물들의 반란에 휩쓸려 들어가 해체되어버리는 것이다.[3) 인간관계의 단절로 인해 주인공은 방을 잃어버리고 끝내 자신의 존재마저 잃고 만 셈이다. 이것은 타자와의 정서적 단절과 무관심, 자신을 둘러싼 환경으로부터 소외당하는 현대인에 대한 은유라고 볼 수 있다.

3. 자아분열

그리스 신화에 나오는 야누스는 두 개의 얼굴을 가지고 있는데, 이는 곧 인간의 속성을 대변한다. 야누스의 두 얼굴은 곧 인간이 지닌 두 개의 자아를 가리키며, 이것은 일상적 자아와 본래적 자아, 또는 외면적 자아와 내면적 자아로 부를 수 있다. 이 두 개의 자아는 본질적으로 일치하지 않고 실생활에서 서로 충돌하는 경우가 많은데, 그렇게 두 자아가 밀고 당기는 갈등을 빚다가 그것이 감당하기 어려울 만큼 심각해지다보면 끝내 자아분열에 이르게 되는 것이다.

이러한 상황을 <타인의 방>에서도 볼 수 있다.

아파트에 들어온 주인공은 옷을 벗어 옷장에 걸다가 문득 거울 속에 비친 자기 모습을 바라보는 대목이다.

> 그때 그는 거울 속에 주름살을 가득 그린 늙수그레한 남자를 발견했고, 그는 공연히 거울 속의 자기를 향해 맹렬한 욕을 퍼붓기 시작했다.

---

3) 남진우, 현대의 신화, 타인의 방, 2002, 349쪽.

이렇게 거울에 비친 자기 자신을 향해 욕설을 퍼부으며 적대감을 드러내는 행동은 자기를 타인으로 생각하는 자아분열의 한 모습으로 볼 수 있다.

소외를 겪는 사람은 다른 사람들로부터 떨어져 있듯이 자기 자신과도 떨어져 있는 관계로 자신을 '나'로 받아들이지 못하고 타인으로 인식하게 된다. 그러한 상황은 다음 장면에서도 확인된다.

> 역시 집이란 즐겁고 아늑한 곳이군 하고 그는 중얼거렸다. 무심코 중얼거렸지만 그는 순간 그 소리를 타인의 소리처럼 느꼈으며 그래서 놀란 나머지 뒤를 돌아보았다.

여기서 주인공은 자기의 중얼거림을 타인의 목소리로 착각한다. 이와 같이 자기를 자기로 보지 못하고 타인으로 인식하는 행위는 자기부정 또는 자아분열의 방증으로서 자기 정체성을 잃어버린 소외인의 행동양식으로 볼 수 있다.

주인공의 이상행동은 그 이후로 더욱 심해진다.

그는 빈 아파트에 혼자 놓이면서 처음에는 극심한 분노감을 드러낸다. 그러나 욕실에 들어가 몸을 씻은 다음에는 거짓 쪽지를 쓴 아내를 생각하며 웃기 시작한다. "그는 웃는다. 아주 유쾌해지고 그는 근질근질한 염기를 느낀다."고 하면서 이전과 상반된 감정을 표출한다. 그러다가는 다시 "갑자기 그는 그의 손에 쥐어진 손잡이가 긴 스푼이 여느 스푼이 아님을 느낀다."며 환각에 빠진다. 그의 주변에 있는 모든 사물이 어제의 사물이 아닌 것으로 느껴지며 낯설게 다가온다. 자신을 둘러싼 환경으로부터 외면을 당하는 서글픔을 느끼지 않을 수 없다.

이어서 그는 환청에 시달린다. "방안 어두운 구석구석에서 수군거리는 소리가 들려온다. 어둠과 어둠이 결탁하고 역적모의를 논의한다." 이렇게 주인공은 평소 익숙했던 일상생활의 모든 것들이 낯설게 느껴지면서 극심한 자아분열의 상황으로 빠져 들어간다. 바로 이러한 모습에서 소외인 특유의 행동 양식을 발견할 수 있다.

4. 사물화

이 소설의 후반부는 비현실적인 상황으로 전개된다. 이른바 초현실주의 기법이 사용된 부분이다.

아파트의 빈 방에 덩그러니 놓인 채 자아분열에 빠진 주인공에게 사물들이 주인공에게 말을 걸어온다.

"방 벽면 전기다리미 꽂는 소켓의 두 구멍 사이에서 소리가 들려온다. 친구여 귀를 좀 대봐요. 내 비밀을 들려줄게." 그리고 크레용과 옷과 혁대, 성냥개비, 트랜지스터, 재떨이 따위가 웃고 떠들고 노래 부르고 박수를 치며 그에게 수작을 걸어온다. 이에 그는 공범자가 되고 싶은 욕망을 느끼는데, 그러면서 한순간 그는 하반신부터 경직되기 시작하면서 끝내 하나의 '물건'으로 변해버린다.

> 그는 손을 뻗쳐 무거워진 다리, 그리고 더욱더 굳어져오는 다리를 끌고 스위치 있는 곳까지 가려고 안간힘을 썼다. 그러나 그는 채 못 미처 이미 온몸이 굳어오는 것을 느꼈다. 그래서 그는 숫제 체념해버렸다. 참 이상한 일이라고 생각하면서 그는 조용히 다리를 모으고 직립하였다. 그는 마치 부활하는 것처럼 보였다.

방안의 기물들이 살아 움직인 반면에 인간인 그는 하나의 사물로 굳어버린다. 주인공의 자기 소외가 사물화로까지 진전된 것이다. 영혼이 인간 존재로부터 분리되어 나감으로써 인간은 스스로에게서 타자가 되고 추방당하는 것이다.[4] 이는 카프카의 소설에서 주인공이 어느 날 갑자기 벌레로 변해버리는 <변신>과 흡사한 부분으로서 현대사회에서 인간의 비인간화 또는 인간성 상실을 뜻하는 일종의 알레고리로 볼 수 있다.

소설의 끝부분에서 집으로 돌아온 그의 아내는 '새로운 물건'을 발견한다. 그녀는 얼마동안 그것을 가지고 놀다가 이내 싫증이 나서 다락으로 던져버린다. 여기서 눈여겨볼 것은 아내가 남편의 변신인 그것을 하나의 '물건'으로 취급한다는 점이다. 이는 그녀가 남편의 존재를 인간이 아닌 사물로 본다는 것이며, 따라서 주인공과 아내의 관계는 인간적인 관계가 아니라 집안의 가구나 집기들과 마찬가지로 일시적으로 사용하다가 폐기처분해버리는 사물과 같은 관계임을 의미한다.

여기서 '새로운 물건'이란 무엇일까? 작품에서 "그녀가 매우 좋아했던 것"이라고 한 것에 근거한다면 그것은 아무래도 남자의 성기를 암시한다고 볼 수 있다. 따라서 이는 아내의 놀잇감으로 사물화된 그의 성(性)5)을 의미하며, 남편이 가장의 권위를 잃고 오로지 아내의 성적 만족을 위한 도구로만 존재하게 되었음을 말해준다. 그나마 여자가 그것을 며칠 동안 가지고 놀다 버렸다는 것은 그 성적 도구로서의 기능도 일시적이었을 뿐이며, 방종한 여자는 또다시 거짓 쪽지를 써놓고 다른 대상을 찾아 나선 것으로 해석할 수 있다. 하나의 사물로 변신한 주인공의 말로는 비참하기 짝이 없다.

<타인의 방>에는 주인공의 이름이 나오지 않는다. 오로지 '그'라고만 지칭된다. 다른 인물도 마찬가지다. 이름이 불리지 않고 '아내'나 '여인' 따위의 대명사로 불린다. 이러한 인물의 익명성 또한 인간의 사물화를 뒷받침하고 있다. 현대화되고 도시화된 사회에서 인간이 본연의 주체성을 잃고 자본주의 체제를 떠받치는 기계의 부속품으로 기능하고 있음을 보여주는 것이다.

---

4) 김정자, 소외의 서사학, 태학사, 1998, 104쪽.
5) 황도경, 물화의 공포와 유혹, 욕망의 그늘, 하늘연못, 1999, 154쪽.

III

　최인호의 문학세계는 본격소설과 대중소설이라는 양면성을 띠지만 그의 초기 소설은 본격소설로서 주목을 요한다. 그는 특유의 눈부신 도시적 감수성과 예민한 눈초리로 산업화 사회의 변동 속에서 현대사회가 야기하는 병리적 현상을 포착하여 인간의 왜곡된 삶을 극명하게 보여주었다.

　특히 <타인의 방>은 초현실주의적 기법을 사용하여 고립에 빠진 현대 도시인의 소외감을 환상적으로 보여주고 있다. 거대한 집합체이기는 하지만 철저히 분리된 공간으로 나누어진 아파트를 배경으로 인간적 유대감을 상실하고 독립된 개체로만 존재하는 인간의 고독한 모습이 그려진다. 더욱 문제가 되는 것은 소외된 인간은 타인과의 관계에서만이 아니라 자신으로부터도 분리된다는 것이다. 자기 자신이 낯설어지고 마치 타인처럼 느껴지며, 그것이 심해지면 자기 자신을 인간으로서가 아니라 사물 또는 도구로 느끼게 됨을 알 수 있다.

　결국 <타인의 방>은 자기 정체성을 상실한 현대인의 소외의식과 그 비극을 다룬 작품이라 할 수 있다. 세상은 끊임없이 인간을 속박하고 기만하며 인간은 자유로움을 잃고 외부의 조종에 의해 움직이는 로봇에 불과한 존재가 된다. 이 소설에서 구체화되고 있는 비인간화 문제는 어느 개인의 차원이 아니라 현대인의 모두의 정신 병리적 현상이라는 점에서 이 소설이야말로 비극적 세계인식에 기초한 현대인의 우울한 초상화라 할 만하다. 이러한 점에서 이 소설은 1970년대 우리 문학사에 유의미한 의미체계로 자리매김을 했다고 할 수 있을 것이다.

<무진기행>을 읽는 몇 가지 실마리

오랫동안 우리는 다투었다.
그래서 전보와 나는 타협안을 만들었다.
— 〈무진기행〉

I

김승옥(金承鈺, 1941~)만큼 단숨에 한 시대의 정점에 오른 작가도 흔치
않을 것이다. 그는 대학 재학시절 <생명연습>(1962)으로 신춘문예에 당선
되었고, 스물 세 살의 나이에 <무진기행>(1964)을 발표했으며, 이듬해 대학
을 갓 졸업하고서는 <1964년 겨울>(1965)로 제10회 동인문학상을 거머쥠
으로써 일약 문단의 기린아가 되었다.

김승옥 소설은 1950년대 작가들이 보여준 전란의 극한상황과 인간의 실존
적 인식에 초점을 둔 엄숙주의 문학에서 간단히 벗어난다. 그리고 자유분방
한 시각과 감각적인 묘사, 재기발랄한 문체로 개인의 자의식과 자기 세계에
초점을 맞춤으로써 1930년대의 모더니즘을 성공적으로 이어받는다. 무엇보
다 김승옥은 한글세대의 언어적 감수성을 보여준 1960년대의 대표작가로 손
꼽힌다. 그의 소설에 나타난 능란한 언어적 기교들은 순우리말을 통해 이루
어졌다는 점에서 한국소설의 새로운 가능성이자 한국문학의 지향점으로 인
식되었다.

특히 <무진기행>은 국가나 민족, 대의와 같은 거대 담론 대신 이상과 현실 사이에서 갈등하는 평범한 인물을 통해 세속적인 욕망과 이기주의로 훼손된 인간관계를 표현해낸다. 그 대강의 줄거리는 이렇다.

돈 많은 과부와 결혼하여 벼락출세를 한 주인공은 고향에 가서 좀 쉬고 오라는 아내의 권유에 따라 무진으로 내려온다. 고향에서 그는 세무서장 친구에게 갔다가 한 여자를 만난다. 중학교 음악교사인 그 여자는 시골이 답답하다며 주인공에게 서울로 데려다 달라고 말한다. 여자에게서 연민의 정을 느낀 그는 그러마고 응낙을 하고 여자와 육체관계까지 맺는다. 그러나 아내로부터 빨리 상경하라는 전보를 받자 여자에게 아무 연락도 남기지 않고 무진을 떠나버린다.

주인공은 고달픈 현실에서 벗어나 고향에 돌아와서 자신의 과거를 연상시키는 여인을 만나 연애 감정에 사로잡힌다. 그러나 그에게는 가정과 직장이라는 현실적인 책임이 놓여 있다. 아내의 전보를 계기로 안개로 상징되는 환각에서 깨어나 일상으로 복귀하는 것이다. 결국 이 작품은 문명화된 조직사회에서 개인의 자유와 낭만은 용인될 수 없음을 보여준다. 바로 이 점에서 사회조직의 구성원으로서 개인의 욕구를 포기하지 않을 수 없는 현대인의 소외를 발견할 수 있다.

II

<무진기행>은 고향으로 돌아온 주인공이 일상적 현실에서 벗어나 일탈을 통해서 겪는 내면적 갈등을 그리고 있다. 우선 작품을 이해하기 위해서는 과거와 현재를 넘나드는 주인공의 내면의식의 추이를 잘 따라가 봐야 한다. 아울러 이 작품의 생성연대를 비롯해서 작가가 마련해놓은 각종 소설적 장치

들도 눈여겨볼 필요가 있다. 이 글에서는 <무진기행>을 파악하는 데 필요한 몇 가지 중심요소를 간추려보기로 한다.

1960년대

<무진기행>은 1960년대 소설이다. 그리고 김승옥은 1960년대를 대표하는 작가이다. <무진기행>은 1960년대의 토대에서 나온 소설인 만큼 그 시대에 대해서 알아보는 것도 작품 이해의 밑거름이 될 수 있다.

1960년대는 한국전쟁의 상처를 겨우 씻어내고 한숨을 돌린 우리나라가 새로이 경제 발전의 기치를 올리면서 시작되었다. 또한 1960년대는 민주의식의 성장으로 4.19 혁명을 이끌어냈으며 한국어로 생각하고 한국어로 글을 쓰는 신세대들이 등장하여 현대문학의 제2부흥기[1]를 이룩하였다. 이들 4.19세대는 전통 윤리관에 바탕을 둔 기존 문학의 정서를 지양하고, 도시적 정서와 개인의 내면의식을 문학의 주제로 삼아 새로이 한국문학의 중추를 형성하였다.

뒤이어 5·16정변으로 출범한 제3공화국은 조국 근대화를 부르짖으며 급속한 경제 성장 정책을 추진한다. 아울러 수출 증진을 위한 저임금과 저곡가 정책으로 농업기반이 붕괴되어 농민들의 이농 현상이 가속화되고 빈부 격차와 물질 만능주의, 인간 소외와 같은 사회문제가 발생하였다.

김승옥은 1960년대에 근대적 이성에 바탕을 둔 자본주의식 개인주의에 눈뜨기 시작한 한국인의 상황을 파악하고 산업화의 과정에서 나타난 속물주의와 출세주의, 현실에 적용하지 못하고 방황하는 소시민에 대한 관찰과 탐구를 보여주었다.

특히 <무진기행>은 우리 사회가 농경 중심에서 산업화 단계로 진입하기 시작한 1960년대를 배경으로 등장인물의 고향 회귀와 심적 반응을 통해

---

1) 장석주, 『나는 문학이다』, 나무이야기, 2009, 389쪽.

1960년대 사람들의 사고방식과 변질되어가는 인간관계를 단면적으로 보여준다. 따라서 <무진기행>은 1960년대를 살았던 인간의 의식구조에 대한 보고서라 할 만하다.

안개

안개는 어둠이다. 빛을 가려 사물을 분간할 수 없게 만든다. 안개는 몽환이다. 뿌옇게 연막을 쳐서 꿈속을 헤매듯 방향감각을 잃게 만든다. 안개는 혼돈이다. 앞뒤가 불분명하여 모든 일을 뒤죽박죽으로 만든다. 안개는 무기력이다. 사람의 의식까지도 흐리게 하여 무력감에 빠지게 만든다.

<무진기행>은 인간의 이중적인 내면의식을 그린 작품으로서 이야기의 중심에 '안개'가 존재한다. 이 소설에서 안개가 어떤 의미를 지니는지 알아보는 것은 작품을 이해하는 데 중요한 열쇠가 된다.

주인공은 고향에 내려오면서 무진의 상징물인 안개를 떠올린다. 서울에서 벼락출세를 하여 신분이 달라진 그는 안개와 더불어 별로 기억하고 싶지 않은 과거의 자기 모습을 반추한다. 그는 과거 한국전쟁 때 어머니의 강요에 따라 참전을 기피하여 골방에 숨어 지내기도 했고, 폐병을 얻어 요양을 하면서 머물기도 하였다. 고향 무진은 그의 어두웠던 젊은 날의 기억을 되살려준다. 현실적으로는 출세한 인물임에도 불구하고 비루했던 젊은 날의 무기력과 부끄러움에서 자유롭지 못한 형편이다.

안개에 대한 첫 묘사는 이렇다.

> 무진에 명산물이 없는 게 아니다. 나는 그것이 무엇인지 알고 있다. 그것은 안개다. 아침에 잠자리에서 일어나서 밖으로 나오면, 밤사이에 진주해 온 적군들처럼 안개가 무진을 뺑 둘러싸고 있는 것이었다. 무진을 둘러싸고 있던 산들도 안개에 의하여 보이지 않는 먼 곳으로

유배당해 버리고 없었다. 안개는 마치 이승에 한(恨)이 있어서 매일 밤 찾아오는 여귀(女鬼)가 뿜어내놓은 입김과 같았다. 해가 떠오르고, 바람이 바다 쪽에서 방향을 바꾸어 불어오기 전에는 사람들의 힘으로써는 그것을 헤쳐 버릴 수가 없었다. 손으로 잡을 수 없으면서도 그것은 뚜렷이 존재했고, 사람들을 둘러쌌고 먼 곳에 있는 것으로부터 사람들을 떼어놓았다.

안개를 '밤사이에 진주해 온 적군'과 '한(恨)을 품은 여귀(女鬼)가 뿜어내놓은 입김' 따위에 비유했다. 작가는 '안개'라는 자연물을 통해 등장인물의 의식을 드러내는 장치로 삼고 있는데, 논자에 따라서는 이 안개의 의미에 대해서 급변하는 1960년대 사회의 불투명성에 대한 상징으로 보기도 하고, 불확실한 현실과 전망의 부재에 따른 지식인들의 방황과 허무주의로 보기도 하며, 인간의 내부에 젖어 있는 일탈과 욕정의 원초적 세계로 해석하기도 한다.

어쨌든 '안개'는 부옇게 사람의 시야를 가리는 점에서 앞을 내다볼 수 없는 깜깜한 상황 속에서 방향 감각을 잃고 갈팡질팡하는 인간의 의식과 부합된다고 볼 때, 이 소설에서 안개는 고독과 우울, 도피와 무기력 등 젊은 날 주인공의 내면 풍경을 드러내는 상징물로 볼 수 있다. 다시 말해 현실의 '나'가 시간 여행을 통해 과거의 '나'로 돌아가는 과정에서 맞닥뜨리는 과거와 현재, 이상과 현실, 진실과 위선 따위가 뒤섞여 있는 혼돈 상태를 의미하며, 그 혼돈 속에서 자기 정체성을 찾지 못하고 휩쓸리는 주인공의 내면의식을 반영하는 것으로 볼 수 있다. 안개는 인간의 외부에 존재하는 단순한 환경조건이 아니라 인간의 내면에 도사리고 있는 여러 가지 복합적인 의식에 대한 상징물로 기능하고 있다.

무진

　'안개나루'의 뜻을 품고 있는 무진은 주인공의 고향이다. 물론 이것은 실재 공간이 아니라 작가가 필요에 따라 만들어낸 가상의 공간이다. 고향이란 본디 인간의 근원적인 향수를 지닌 공간이다. <무진기행>이라는 제목이 말해 주다시피 이 소설은 주인공인 '나'가 서울에서 고향 무진으로 갔다가 다시 서울로 돌아오는 여행담으로써 '출발─도착─복귀'의 순환구조를 지니고 있다.

　또한 무진은 주인공의 과거이다. 그는 "서울에서의 실패로부터 도망해야 할 때거나 하여튼 무언가 새 출발이 필요할 때" 무진으로 내려간다. 그리고 과거의 수많은 기억의 조각들이 아직껏 그대로 남아있음을 보게 된다. "무진이라고 하면 그것에의 연상은 아무래도 어둡던 나의 청년이었다."고 하는 것처럼 무진과 관련된 그의 기억은 골방에서 숨어서 빠져들었던 공상과 수음(手淫), 편도선이 붓도록 심했던 흡연, 우편배달부 기다리기, 폐병 치료와 같은 음습한 것들이다. 그런 점에서 안개에 둘러싸인 무진은 안개, 바람, 햇볕, 저온 등의 자연적 배경과 함께 권태와 무기력, 도피와 좌절 등 주인공의 어두웠던 과거의 삶이나 의식과 긴밀한 연관성을 맺고 있다. 그러나 그 부정적인 이미지 속에는 세속화되기 이전의 이간 본연의 순수함과 인간적인 원형을 내포하고 있다.

　　내가 좀 나이가 든 뒤로 무진에 간 것은 몇 차례 되지 않았지만 그 몇 차례 되지 않은 무진 행이 그러나 그때마다 내게는 서울에서의 실패로부터 도망해야 할 때거나 하여튼 무언가 새 출발이 필요 할 때였었다. 새 출발이 필요할 때 무진으로 간다는 그것은 우연이 결코 아니었고 그렇다고 무진에 가면 내게 새로운 용기라든가 새로운 계획이 술술 나오기 때문도 아니었었다. 오히려 무진에서의 나는 항상 처박혀 있는 상태였었다. 더러운 옷차림과 누우런 얼굴로 나는 항상 골방 안에서 뒹굴었다. 내가 깨어 있을 때는 수없이 많은 시간의 대열이 멍

하니 서 있는 나를 비웃으며 흘러가고 있었고, 내가 잠들어 있을 때는
긴 긴 악몽들이 거꾸러져 있는 나에게 혹독한 채찍질을 하였었다.

그러니까 무진은 지난날의 부끄러움과 병과 가난이 있는 공간으로서 새
출발이 필요할 때 찾아가는 곳, 현실에서 벗어나 자기만의 세계에 침잠할 수
있는 곳, 은둔과 나태와 무기력에 빠졌던 옛날의 자신을 되돌아볼 수 있는 곳,
일상적인 삶에서 벗어나 새로운 충전을 할 수 있는 곳으로 볼 수 있다. 다시
말해 무진은 주인공의 정신의 망명지이자 도피처이고, 자기만의 밀실이기도
한 것이다.

김현이 "시골과 서울의 변증법적 대립"2)이라고 표현했듯이 고향 무진은
도시의 표상인 서울과는 대별되는 공간이기도 하다. 서울이 현실적이고 동적
이며 치열한 삶의 현장이라면 무진은 현실과 동떨어진 낙후되고 퇴영적이며
정적인 공간이다. 서울이 세속적인 공간이라면 무진은 원초적인 순수의 공간
이다. 서울이 현재라면 무진은 과거이며 주인공이 서울을 떠나 고향으로 가
는 것은 현실에서 벗어나 과거의 시간으로 회귀하는 행위로 볼 수 있다. 그리
고 서울이 자신의 욕망을 발산할 수 있는 밝은 공간이라면 무진은 회색빛 과
거를 품고 있는 어두운 공간이다. 그리하여 안개의 이미지로 표상되는 '무진'
은 우리 인간의 내면에 묻혀있는 권태와 절망, 패배나 도피 의식 또는 일탈의
욕망이라는 정서와 긴밀하게 관련되어 있다고 할 수 있다.

이런 점에서 <무진기행>은 온갖 고난과 역경을 헤치고 고향의 품으로 돌아
가는 유토피아 소설이 아니라 부정할 수 없는 현실세계를 인정하는 역유토피아
소설3)로 볼 수 있다. 서울과 무진 두 공간 모두 주인공에게 이중적이고 양가적
인 의미를 지니며, 어느 곳에서도 주인공은 '나'를 상실할 위기에 처해 있다.4)

---

2) 김현, 구원의 문학과 개인주의, 『한국현대문학의 이론/사회와 윤리』, 문학과지성사,
   1991, 402쪽.
3) 이어령, 죽은 욕망을 일으켜 세우는 역유토피아, 『다산성』, 흔겨례, 1987, 365쪽.

주인공의 귀향과 탈향의 과정은 무진이라는 추억의 공간과 서울이라는 현실의 공간 사이를 오가는 것으로써 고향에서 그동안 잃어버렸던 순수한 자아를 발견하지만 끝내 그것을 회복하지 못한 채 세속적인 현실 공간으로 되돌아가고 만다. 이로써 개인의 자유와 낭만이 좀처럼 용납되지 않는 현실의 냉엄함을 깨닫게 되며, 아울러 김승옥 소설의 기반이 되는 세계에 대한 비극적 인식을 엿볼 수 있다.

하인숙

주인공이 고향에 와서 세무서장으로 있는 친구네 집에 갔다가 하인숙이라는 음악교사를 만난다. 그는 주인공에게 시골생활이 답답하다면서 자기를 서울로 데려가 달라고 부탁한다. 주인공은 여자에게서 옛날의 자기 모습을 발견하고 연민을 느낀다.

하인숙은 어떤 여자인가? 그는 무진의 안개 같이 막막하고 아득한 무료로부터 벗어나고 싶어 하는 인물이다. 그는 중학교 음악교사로 저녁에 심심하다는 이유로 세무서장 일행과 술자리를 같이 하며 <목포의 눈물>을 부른다. 순진한 박선생의 구애편지에는 아랑곳하지 않으면서 세무서장과 육체관계 직전까지 가기도 했다. 주인공이 서울에서 출세한 사람임을 알고는 서울에 데려다 달라고 말하며 다음날 육체까지 허락한다. 이러한 점에서 그는 상당히 세속적이고 도시 지향적이며 성적으로 자유분방한 여성임을 알 수 있다.

주인공은 또 어떤 사람인가? 가난한 시골 출신인 그는 서울에서 운 좋게도 돈 많은 여자와 결혼을 하여 제약회사 전무의 자리에 오른 인물이다. 그는 스스로 "빽이 좋고 돈 많은 과부"를 만난 것을 결과적으로 잘 되었다고 고백하고 있다시피 그의 결혼은 사랑보다는 돈과 출세라는 현실적 이해관계에 따른

---

4) 김미현, 서울의 우울, 『무진기행』, 민음사, 2007, 395쪽.

것이다. 그러므로 그는 황금만능과 속물주의, 위선적인 삶의 방식에 편승한 사람으로 볼 수 있다.

고향에 내려온 그는 가난하고 무기력했던 옛날의 자신을 돌이켜보며, 시골에서 벗어나기를 갈망하는 하인숙에게 기꺼이 손을 내밀어주고 싶어 한다. 그것은 그가 위선적인 도시인의 삶에서 벗어나 잠시나마 예전의 순수했던 삶에 대한 향수를 느꼈기 때문이다. 그러나 그것마저도 일시적인 백일몽에 지나지 않음을 알 수 있다. 서울의 아내로부터 전보를 받는 순간, 꿈에서 깨어나 현실세계로 돌아오고 마는 것이다. 그는 이미 서울에 소속되어 서울의 지배를 받고 있기에 잠시 궤도를 벗어나기는 했지만 결국은 원대 복귀해야 할 운명임을 전보가 깨우쳐준 것이다.

어떤 평자는 주인공이 하인숙에게 쓴 편지와 아내로부터 받은 전보를 놓고 재미있는 견해를 제시하기도 한다. 즉 편지는 하인숙에 대한 주인공의 순정과 책임이 조화롭게 결합하는 비도시적인 세계를 의미하고, 전보는 아내에 대한 주인공의 의무와 하인숙에 대한 배신이 수치스럽게 결합하는 도시적인 세계를 의미하며, 결국 편지가 아닌 전보의 세계가 승리한 것으로 보는 것이다.5) 주인공은 편지에 "사랑하고 있습니다."라고 썼다가 이내 찢어버리는데, 여기서 하인숙에 대한 그의 감정은 여자를 자기의 과거 그림자로 생각하는 자기애의 변형일 뿐, 진정한 사랑이라기보다는 자신이 처한 형편에 따라 뒤바뀌는 이기적이고 충동적이고 무책임한 욕정에 지나지 않는다고 할 수 있다.

부끄러움

<무진기행>의 내면 구조는 귀향 모티프를 통한 주인공의 자기 확인 과정이다. 주인공의 여정은 현실로부터의 일탈과 그에 따르는 내적 반응으로 이

---

5) 김미현, 앞의 글, 395~396쪽.

루어진다. 과거 주인공이 성장과정에서 느꼈던 고통스러운 일에 대한 상처는 아직도 아물지 않고 그의 내면에 잠재되어 불쑥불쑥 그를 자극한다.

그는 전쟁에 나가는 것을 피해 어두운 골방에 숨어서 보낸 젊은 날에 대해 떳떳치 못한 생각을 가지고 있다. 하인숙을 만났을 때는 안개처럼 막막한 시골에 갇힌 채 무료해서 미칠 것 같아 하던 자신의 모습이 투영된다. 그는 서울로 데려가주겠다던 여자와의 약속을 저버리고 무진을 떠나면서 심한 부끄러움을 느낀다.

그는 왜 부끄러움을 느꼈을까?

물론 여자와의 약속을 지키지 않고 몰래 무진을 떠나기 때문이다. 그는 왜 그럴 수밖에 없었을까? 그는 서울에서 출세한 인물로 고향에서 부러움을 사지만 그것은 자기의 노력이 아니라 처가의 도움으로 얻은 행운이며, 아내의 지시를 받는 무력한 존재이다. 그가 무진에 내려오게 된 것도 자발적인 의사가 아니라 아내의 권유에 따른 것이다. 그렇지만 그러한 처지에 불만은 없다. 자기에게 주어진 경제적 여유와 지위를 구태여 뿌리칠 필요가 없는 것이다. 그만큼 그는 돈을 최고의 가치로 여기는 자본주의의 충직한 노예가 되어 있다. 그는 고향 무진에서 초라했던 자기의 옛 모습을 되돌아보게 되지만 이미 서울에 자리를 잡고 있는 지금 과거로 되돌아가고 싶은 마음은 추호도 없다.

그러한 그에게 서울로 데려다 달라는 하인숙은 부담스러운 존재가 된다. 그를 욕정의 대상으로 삼는 순간에는 여자의 요구를 들어주려고 마음먹었지만 서울에 어서 올라오라는 지시를 받은 현실 앞에서 다른 것들은 번거롭고 귀찮은 것으로 돌변한다. 그래서 그는 속마음을 담은 이별의 편지마저도 찢어버리고 서둘러 서울행 버스에 오르는 것이다.

주인공의 행위는 비겁하다. 그는 이중성을 지닌다. 그는 여자를 도와줄 수 있는 처지에 있음에도 불구하고 자신의 삶을 둘러싼 현실논리를 끝내 떨쳐버리지 못하고 부끄러움으로 여행을 끝낸다. 무진에서 자기 정체성을 확인하면서 진정성 있는 삶의 욕구를 느끼지만 결국 무책임한 편의주의로 기울어 양심의 가책 속에 "마지막으로 한 번만이다."고 애써 변명을 하는 것이다. 바로 여기서 이기주의에 물든 현대 도시인의 속성을 발견할 수 있다.

문체

<무진기행>이 발표되었을 때 무엇보다 충격을 준 것은 화려하기 그지없는 김승옥의 문체였다. 그의 손끝에서 마술처럼 뿜어져 나오는 번뜩이는 기지와 섬세한 묘사, 시적 함축성을 지닌 감성적인 언어의 향연은 곧바로 '감수성의 혁명'[6]이라는 찬사를 받기에 이르렀다. 김현은 "서구적인 냄새를 풍기면서도 번역투 같지 아니한 교묘한 문체"[7]라고 했고, 유종호도 "평범한 일상의 저변에서 경이를 조성하면서 환상과 현실을 희한하게 조화시키는 허구 조성 능력, 기지가 번뜩이는 분석력, 만화경같이 다채로운 의식의 요술도 결국은 그의 참신한 언어재능에 의존하고 있으며 새로운 감수성이란 요컨대 이 언어재능이 성취한 혁신"[8]이라며 김승옥의 빼어난 언어감각에 대해 박수를 아끼지 않았다. <무진기행>의 문장을 몇 개 살펴보기로 한다.

> 서울의 어느 거리에서고 나의 청각이 문득 외부로 향하면 무자비하게 쏟아져 들어오는 소음에 비틀거릴 때거나, 밤늦게 신당동(新堂洞) 집 앞의 포장된 골목을 자동차로 올라갈 때, 나는 물이 가득한 강물이 흐르고, 잔디로 덮인 방죽이 시오리 밖의 바닷가까지 뻗어 나가 있고, 작은 숲이 있고, 다리가 많고, 골목이 많고, 흙담이 많고, 높은 포플러가 에워싼 운동장을 가진 학교들이 있고, 바닷가에서 주워 온 까만 자갈이 깔린 뜰을 가진 사무소들이 있고, 대로 만든 와상(臥床)이 밤거리에 나앉아 있는 시골을 생각했고 그것은 무진이었다.

---

6) 유종호, 감수성의 혁명, 『비순수의 선언』, 민음사, 1995, 424쪽.
7) 김현, 앞의 글, 390쪽.
8) 유종호, 앞의 글, 425쪽.

주인공이 서울에 살면서 무진을 떠올리는 이야기다. 도시에서 소음에 시달리고 포장도로를 자동차로 달리면서 그는 강물과 바다와 숲, 다리와 골목과 흙담이 있는 고향의 풍경을 생각한다. 서울 풍경과 시골 풍경이 대조를 보이는 가운데, 짧은 호흡의 단문이 열거되어 만연체를 이루고 있다.

> 기와지붕들도 양철지붕들도 초가지붕들도 유월 하순의 강렬한 햇볕을 받고 모두 은빛으로 번쩍이고 있었다. 철공소에서 들리는 쇠망치 두드리는 소리가 잠깐 버스로 달려들었다가 물러났다. 어디선지 분뇨 냄새가 새어 들어왔고 병원 앞을 지날 때는 크레졸 냄새가 났고, 어느 상점의 스피커에서는 느려 빠진 유행가가 흘러나왔다. 거리는 텅 비어 있었고 사람들은 처마 밑의 그늘에 쭈그리고 앉아 있었다. 어린아이들은 빨가벗고 기우뚱거리며 그늘 속을 걸어다니고 있었다. 읍의 포장된 광장도 거의 텅 비어 있었다. 햇볕만이 눈부시게 그 광장 위에서 끓고 있었고 그 눈부신 햇살 속에서, 정적 속에서 개 두 마리가 혀를 빼물고 교미를 하고 있었다.

무진의 풍경 묘사이다. 초여름의 햇볕이 내리쬐는 한적한 시내 모습을 그리고 있는데, 철공소의 쇠망치 소리를 비롯하여, 분뇨 냄새와 크레졸 냄새, 상점 스피커의 유행가 소리, 그늘에 쭈그리고 앉아있는 사람들과 벌거벗은 어린아이들, 심지어 교미를 하고 있는 개들의 모습까지 동원하고 있다. 작가의 치밀한 관찰력이 돋보인다.

> 무엇이 저 아리아들로써 길들여진 성대에서 유행가를 나오게 하고 있을까? 그 여자가 부르는 <목포의 눈물>에는 작부(酌婦)들이 부르는 그것에서 들을 수 있는 것과 같은 꺾임이 없었고, 대체로 유행가를 살려주는 목소리의 갈라짐이 없었고, 흔히 유행가가 내용으로 하는 청승맞음이 없었다. 그 여자의 <목포의 눈물>은 이미 유행가가 아니었다. 그렇다고 <나비부인> 중의 아리아는 더욱 아니었다. 그것은

이전에는 없었던 어떤 새로운 양식의 노래였다. 그 양식은 유행가가 내용으로 하는 청승맞음과는 다른 좀 더 무자비한 청승맞음을 포함하고 있었고, <어떤 개인 날>의 그 절규보다도 훨씬 높은 옥타브의 절규를 포함하고 있었고, 그 양식에는 머리를 풀어헤친 광녀(狂女)의 냉소가 스며 있었고, 무엇보다도 시체가 썩어 가는 듯 한 무진의 그 냄새가 스며 있었다.

하인숙의 노래를 들으며 그 느낌을 술회하는 대목이다. 성악을 한 여자가 부르는 유행가의 느낌을 청승맞음과 절규, 광녀의 냉소, 시체 썩는 냄새 따위에 빗대어 표현하고 있다. 다채로우면서도 참신한 비유의 구사에서 작가의 탁월한 언어감각과 묘사력이 감지된다.

언젠가 여름밤, 멀고 가까운 논에서 들려오는 개구리들의 울음소리를, 마치 수많은 비단 조개껍질을 한꺼번에 맞비빌 때 나는 듯한 소리를 듣고 있을 때 나는 그 개구리 울음소리들이 나의 감각 속에서 반짝이고 있는, 수없이 많은 별들로 바뀌어져 있는 것을 느끼곤 했었다. 청각의 이미지가 시각의 이미지로 바뀌어지는 이상한 현상이 나의 감각 속에서 일어나곤 했었던 것이다. 개구리 울음소리가 반짝이는 별들이라고 느낀 나의 감각은 왜 그렇게 뒤죽박죽이었을까.

주인공이 하인숙과 함께 밤길을 걸으며 논에서 들려오는 개구리 울음소리를 듣는 대목이다. 개구리 울음소리를 표현하면서 비단 조개껍질을 맞비빌 때 나는 소리를 보조관념으로 가져온 솜씨가 절묘하다. 또한 개구리 울음소리를 밤하늘에 반짝이는 별에도 비유했는데, 청각이미지와 시각이미지를 결합한 솜씨 또한 경이롭다.

어디선가 한 시를 알리는 시계소리가 나직이 들려왔다. 어디선가 두 시를 알리는 시계소리가 들려왔다. 어디선가 세 시를 알리는 시계

소리가 들려왔다. 어디선가 네 시를 알리는 시계소리가 들려왔다. 잠시 후에 통금 해제의 사이렌이 불었다. 시계와 사이렌 중 어느 것 하나가 정확하지 못했다. 사이렌은 갑작스럽고 요란한 소리였다. 그 소리는 길었다. 모든 사물이 모든 사고가 그 사이렌에 흡수되어 갔다. 마침내 이 세상에선 아무것도 없어져 버렸다.

무진의 잠 못 드는 밤을 시계소리와 사이렌 소리를 빌려 나타냈다. 하인숙을 집에 데려다주고 돌아온 주인공은 여러 가지 생각에 빠져 잠을 이루지 못한다. 같은 형식의 단문을 반복 열거하여 지루한 시간이 계속됨을 드러낸 수법이 기발하다 아니할 수 없다.

나는 그 방에서 여자의 조바심을, 마치 칼을 들고 달려드는 사람으로부터, 누군지가 자기의 손에서 칼을 빼앗아주지 않으면 상대편을 찌르고 말 듯한 절망을 느끼는 사람으로부터 칼을 빼앗듯이 그 여자의 조바심을 빼앗아주었다.

바다로 뻗은 긴 방죽에서 만난 남녀가 육체관계를 맺는 장면이다. '조바심을 빼앗아 주었다.'는 표현이 특이하다. 여자가 쉽게 몸을 허락한 것은 일종의 거래라고 볼 수 있다. 답답한 시골을 박차고 어떻게든 서울로 가고 싶은 여자는 주인공에게 의지하여 자기의 뜻을 이루고자 기꺼이 육체를 제공하는 것이고, 남자는 조바심에 차서 덤비는 여자를 기꺼이 받아주는 것이다.

아내의 전보가 무진에 와서 내가 한 모든 행동과 사고(思考)를 내게 점점 명료하게 드러내 보여주었다. 모든 것이 선입관 때문이었다. 결국 아내의 전보는 그렇게 얘기하고 있었다. 나는 아니라고 고개를 저었다. 모든 것이, 흔히 여행자에게 주어지는 그 자유 때문이라고 아내의 전보는 말하고 있었다. 나는 아니라고 고개를 저었다. 모든 것이 세월에 의하여 내 마음속에서 잊혀질 수 있다고 전보는 말하고 있었다.

그러나 상처가 남는다고, 나는 고개를 저었다. 오랫동안 우리는 다투었다. 그래서 전보와 나는 타협안을 만들었다. 한번만, 마지막으로 한 번만 이 무진을, 안개를, 외롭게 미쳐 가는 것을, 유행가를, 술집여자의 자살을, 배반을, 무책임을 긍정하기로 하자. 마지막으로 한번만이다. 꼭 한 번만, 그리고 나는 내게 주어진 한정된 책임 속에서만 살기로 약속한다. 전보여, 새끼손가락을 내밀어라. 나는 거기에 내 새끼손가락을 걸어서 약속한다. 우리는 약속했다.

급히 상경하라는 아내의 전보를 받고 갈등하는 장면이다. 하인숙과의 약속을 지킬 것이냐 말 것이냐를 놓고 망설이는 상황을 전보를 의인화시켜서 나타내고 있다. 이것은 주인공의 내면에 남아 있는 순수한 양심과의 싸움인데, 결국 그는 '무책임을 긍정'하면서 여자를 배반하는 쪽으로 발길을 돌린다.

III

김승옥 소설은 한국문학의 근대성 논의에서 하나의 이정표 노릇을 하고 있다. 한국문학은 김승옥의 소설미학에서 근대화와 산업화 과정에서 소외된 '개인'의 내면세계를 발견할 수 있었고, 그런 점에서 한국소설사를 구분할 때 '김승옥 이전'과 '김승옥 이후'라는 식의 시대구분법도 가능하다고 본다.

특히 <무진기행>은 한국문학사상 가장 뛰어난 미학적 성취를 보인 작품으로 평가 받고 있다. 그가 소설에서 함축하고 있는 안개와 무진의 상징, 여주인공의 의미, 부끄러움의 근거를 그의 빛나는 문체와 더불어 심도 있게 고찰했을 때 <무진기행>은 비로소 독자의 품에 온전히 안길 수 있으리라 본다.

'사소한 것의 사소하지 않음'을 발견함으로써 1960년대에 한국소설의 새로운 지평을 열어젖힌 김승옥은 그 이후로는 더 이상의 경이로움을 보여주지

못하고 있으나 그럼에도 불구하고 그의 <무진기행>만큼은 나온 지 60년이
넘은 오늘날까지도 여전히 독자들을 매혹시키고 있는 점에서 가히 고전의 반
열에 오른 작품이라고 말할 수 있겠다.

일상의 탈출과 자기 구원

— 김승옥 <야행>

> 그 여자는 문득 자기의 손과 사내 손의
> 그 땀에 젖어 미끄러운 틈으로부터
> 생명의 거친 숨소리가 들려오는 것을 의식하였다.
> — 〈야행〉

I

김승옥의 단편소설 <야행(夜行)>(1969)은 상당히 파격적인 소재를 담고 있다. 남자가 자기를 유혹해주기를 바라며 밤거리를 배회하는 여성을 주인공으로 내세워 그 미묘한 심리를 포착하였다. 여성의 은밀한 내면심리를 그리고 있는 점에서 이 작품은 심리주의 소설로 볼 수 있다.

그 줄거리는 다음과 같다.

주인공 현주는 은행에서 일하는 젊은 여성이다. 그는 같은 회사의 직원인 남자와 동거를 하지만 사무실에서는 남남인 것처럼 행동한다. 어느 여름날 그는 거리에서 낯선 사내에게 손목이 붙잡혀 여관에 끌려가 성폭행을 당한 일이 있다. 그리고 그 일이 있은 후 새로운 버릇이 생겼다. 밤거리에 나와 남자가 자기를 끌어가 주기를 바라며 이리저리 돌아다니는 것이다. 남자들이 다가와 집적대며 말을 걸어올 때면 그는 되도록 상대의 얼굴을 쳐다보지 않는다. 그러면 남자는 싫은가보다 하고 그냥 가버리는데, 그 때마다 참을 수 없는 허전함을 느끼며 또 다른 남자를 찾아 배회를 계속한다.

이처럼 <야행>은 성적 욕구에 사로잡힌 젊은 여성의 이상심리를 그리고 있다. 주인공의 일탈행동은 본인도 어찌하지 못하는 성적 본능의 발로로 보이며, 그런 점에서 여주인공은 왜곡된 성본능에 빠진 타락한 인물, 비정상적인 성적 유희를 즐기는 방종한 여자로 볼 수도 있다. 그러나 이 여자로 하여금 밤거리로 나가도록 충동질하는 심리적 요인이나 환경적 요인이 무엇인가 하는 점을 좀 더 면밀히 살펴서 그를 평가하는 것이 작품을 이해하는 올바른 태도일 것이다.

정신분석학의 창시자 프로이트(S. Freud, 1856~1939)는 일찍이 인간의 모든 행동의 저변에는 성적 욕망과 충동이 깔려 있다고 하였다.[1] 사람들이 그것을 겉으로 드러내지 않고 이성적으로 누르고 있어서 그렇지 누구나 본능적인 성적 욕구가 있고 그것이 모든 행동을 일으키는 요인으로 작용한다는 이야기다. <야행>의 주인공 또한 그러한 성적 욕망의 관점에서 바라볼 필요가 있다.

그렇다면 그의 일탈행동을 어떻게 설명할 수 있을까. 그 비정상적인 심리를 규명해낼 때 주인공의 행동을 이해할 수 있고, 비로소 이 소설의 핵심을 파악할 수 있을 것으로 본다.

우선 밤거리를 떠도는 주인공의 이상심리는 어느 날 길거리에서 낯선 사내에게 끌려가 여관에서 몸을 빼앗긴 일과 긴밀한 상관관계가 있다.

그 여자는 가능하다면 하루빨리 그 사건이 망각되어지기만을 바랐다. 그러나 시일이 갈수록 그 일이 그 여자에게 남기고 간 흔적은 뚜렷해졌다. 마치 피와 고름과 살덩이가 범벅이 되어 뭐가 뭔지 형체를 알 수 없던 상처가 오랜 후에 한 가닥의 허연 흉터로 모습을 분명히 나타내듯이 그 사건은 그렇게 그 여자의 내부에 자리 잡혀 간 것이었다.

---

1) 지그문트 프로이트, 우리글발전소 옮김, 『정신분석입문』, 오늘의책, 2015, 23쪽.

여자는 그 기억을 지우고 싶지만 시간이 흐를수록 오히려 선명해진다. 이는 성폭행으로 인한 트라우마(trauma), 즉 '정신적 외상(外傷)'의 결과라고 할 수 있다. 정신적 외상이란 불쾌한 일이나 놀라운 일을 겪었을 때 그 충격으로 인하여 생긴 정신적인 상처를 말한다. 이러한 정신적 상처를 지닌 사람은 세월이 지난 뒤에도 어떤 실마리가 주어지면 그 기억이 되살아나서 신경과민 증세와 함께 충동적이고 공격적인 행동을 하게 된다. 이를 가리켜 '외상후 스트레스 장애(PTSD, Post Traumatic Stress Disorder)'라고 하는데, 기억하고 싶지 않은 일이 자꾸 떠올라 불안과 공포, 수면장애 따위에 시달리고 정상적인 사회생활이 힘들어지는 것이다.[2]

그런데 이러한 정신적 외상이나 스트레스 장애는 주로 불쾌하고 부정적인 경험에서 생기는 점에 주목할 때, <야행>의 주인공의 경우는 성격이 좀 다른 것을 발견할 수 있다. 낯선 남자에게 당했던 일이 현주 자신에게 심리적으로 부정적인 영향을 미쳤느냐는 점에 의심스러운 부분을 볼 수 있는 것이다. 우선 남자에게 손목을 붙잡혔을 때 그가 어떤 반응을 보이는지 살펴보자.

> 여자는 빼내려하고 사내는 놓치지 않으려고 하는 두 손은 몹시 미끄럽게 마찰되고 있었고 그 움직임이 문득 눈에 뜨이자 현주는 마치 사내가 자기를 애무하고 있는 게 아닌가 하는 착각에 휘말려드는 것이었다.…(중략)…그 고리는 여자의 손목이 마음대로 움직일 수 있을 만큼 헐렁하였다. 그러나 빠져나올 수는 없었다. 사내 손의 그 섬세한 조작이 그 여자의 마음에 들었다. 공포 속의 안심이라고나 할까. 그 여자는 그런 걸 느꼈다. 손목을 빼내기를 단념하였다.

그는 사내에게 손목이 잡혔을 때 "자기를 애무하고 있는 게 아닌가 하는 착각"에 휘말려들었고, "사내 손의 그 섬세한 조작이 그 여자의 마음에 들었

---

2) 미야지 나오코, 김선숙 옮김, 『트라우마 마주보기』, 성안당, 2015, 33쪽.

다."고 하는가 하면, "공포 속의 안심"을 느끼고 결국 "그 여자는 손목을 빼내기를 단념하였다."고 한 다. 바로 이 점에서 여자는 남자의 손길에 쾌감을 느끼고 그에게 동조한 일면이 있음을 볼 수 있다. 사내의 완강한 힘에 끌려가면서도 내심으로는 그것을 즐기려는 심리가 작동한 것이다. 그리하여 그는 여관에 닿기도 전에 이러한 착각에 빠진다.

> 그러자 그 고리가 점점 오므라들어 움직이기를 멈춘 여자의 손목을 아프지 않은 한계 안에서 조이는 것이었다. 그 여자는 문득 자기의 손과 사내 손의 그 땀에 젖어 미끄러운 틈으로부터 생명의 거친 숨소리가 들려오는 것을 의식하였다. 그것은 북소리처럼 둔중했고 생선아가미처럼 가빴다. 사내의 생명도 자기의 생명도 아닌 전연 낯선 생명이 지금 마악 땀에 젖은 손과 손의 틈바구니에서 태어난 것 같았다.

주인공은 자기의 손목이 사내의 손아귀에 잡혀있는 상태에서 '생명의 거친 숨소리'를 듣는다. 그리고 '낯선 생명'이 태어난 것 같은 환각에 빠진다. 이는 피부의 감촉만 가지고도 이미 가상의 성행위를 실감하고 성적인 절정감을 느낀 것으로 볼 수 있다. 이와 같이 주인공은 사내와의 접촉을 내심 즐긴 부분이 있기 때문에 남자와의 성적 접촉이 그에게는 딱히 불쾌하고 부정적인 경험이라고 단정할 수 없다고 판단되는 것이다.

만약 그가 사내에게 성폭행을 당한 일이 불쾌했다면 그냥 있었겠는가. 더욱이 남자가 "자, 그만 울어. 이젠 경찰에 가서 강간당했다고 고발해도 돼. 난 감옥에 가는 걸 무서워하지 않거든."이라고까지 말하지 않았던. 그럼에도 불구하고 여자의 생각은 어떠한가.

> 그 일이 있고난 직후에 그 여자는 그 일을 단순한 봉변으로 돌려버리고 싶어 했다. 자기의 죄의식과 어떤 불량배의 무도한 욕구가 우연히 부딪쳐서 튀긴 불똥이었다고 생각하려 했다. 그 사건 자체에 대해

서는 그 여자는 자기에게 책임이 있을 수 없다고 생각하려 했다. 남편 아닌 다른 사내의 몸이 자기에게 닿았던 점에 대해서는 남편에게 미안하게 생각하지만 그렇다고 그 사건을 고백하고 용서를 구하고 하는 따위의 일은 조금도 하고 싶지 않았다.

주인공은 낯선 남자와의 접촉을 "단순한 봉변" 또는 "우연히 부딪쳐서 튀긴 불똥"으로 돌려버리고 싶어 하면서 남편에게도 알리지 않고 아무런 대응조치를 하지 않은 것이다. 그는 그것을 단순히 우발적인 사건으로 치부하고 되도록 죄의식을 느끼지 않으려고 애쓰는 것이다.

심리학의 관점에서 보면 주인공의 이러한 심리는 '부정(denial)'이나 '억압(repression)'의 방어기제로 풀이해볼 수 있다. 부정이란 고통스러운 일이 일어난 사실을 스스로 부인함으로써 자기방어를 꾀하는 심리작용이다. 그리고 억압이란 괴로운 감정을 피하기 위해 자신을 불편하게 만드는 생각들을 잠재의식 속으로 밀어 넣음으로써 그로부터 벗어나고자 하는 심리작용이다.[3] 따라서 <야행>의 주인공은 낯선 남자와의 일에 대하여 "자기에게 책임이 있을 수 없다."고 생각하며 최대한 의미축소를 꾀하는 점에서 이들 거부와 억압의 방어기제에 빠져 있음을 볼 수 있다.

II

그렇다면 주인공이 사내와의 일을 겪고 나서, 스스로 남자의 유혹을 찾아 밤거리에 나서는 행위는 어떻게 보아야 할까?

우선 그것을 비정상적인 방법으로 성적 자극에 몰두하는 성도착증(性倒錯症, paraphilias)[4]로 생각해볼 수 있다. 이것은 특별한 사물이나 행위를 통해

---

3) 폴 클라인먼, 정명진 옮김, 『심리학의 모든 지식』, 부글북스, 2015, 35~36쪽.

성적 흥분을 느끼는 심리적 장애로서 가학증이나 피학증, 노출증, 관음증, 물품음란증, 의상도착증, 소아기호증 따위의 여러 유형이 있다.

<야행>의 주인공은 남편이 있음에도 불구하고 밤거리를 배회하며 사내들의 접근을 기다린다. 그러나 기대한 만큼 사내들이 적극적으로 다가오지 않는다. 슬며시 다가와 농담 삼아 몇 마디 던지고는 얼른 꼬리를 감춰버린다.

> 사내가 자신의 행위를 농담으로 돌려버리려 했다는 것이 그 여자에게는 몹시 불쾌했다. 사내가 가버리고 난 후에야 그 여자는 자기가 기다리고 있던 것은 공포와 혼란이기도 했지만 그보다 먼저 사내의 억센 끌어당김이었다는 걸 알았다. 그 여자의 내부에서 공포와 혼란의 뜨거운 늪이 들끓지 않고 만 것은 당연했다. 그것은 사내의 손이 그 여자의 손목을 억세게 잡아끈 이후에야 생길 터였기 때문이다. 그 여자는 지난 여름에 자기를 습격했던 그 사내가 몹시 그리워질 지경이었다.

주인공은 사내의 "억센 끌어당김"을 통해 "공포와 혼란의 뜨거운 늪"에 빠지기를 바라고 있다. 그는 자기의 욕구가 사내들이 자기네의 욕구를 과감히 실천할 때 성취될 수 있음을 알고 있다. 그런데 대개 그에게 접근하는 남자들은 슬쩍 말을 걸었다가 반응이 신통치 않으면 곧장 물러가버린다 그때마다 그는 불쾌감을 느끼고 지난여름 자기의 "손목을 억세게 잡아끈" 사내를 그리워하는 것이다. 이런 점에서 그는 확실히 성도착자의 면모를 지니고 있으며, 성도착증의 여러 증상 가운데서도 타인으로부터 자극을 받음으로써 성적 만족을 느끼는 피학증(被虐症, masochism)에 사로잡혀 있음을 볼 수 있다. 그는 남자들로부터 강제성에 가까운 성적 유혹을 받기를 원하고 있기 때문이다.

그러면 주인공은 어찌하여 밤거리 배회를 시작하는가. 앞서 살펴보았듯이 그것은 낯선 사내와의 사건에 따른 정신적 외상의 결과이다. 그는 낯선 사내에게 끌려 여관에 갔던 일을 '울타리 넘기'로 표현한다.

---

4) 최의현, 『최의현의 정신병리 강의』, 시그마프레스, 2008, 263쪽.

그 이후로 그 여자는 가끔, 자기가 뜨거운 8월 어느 날 우연히 한번 넘어서본 적이 있던 울타리를 넘고 싶다는 욕구를 발작적으로 강렬하게 느끼곤 하였다. 드디어 어느 날 밤, 밤거리로 나섰다. 일부러 바가 문을 닫는 무렵의 시간을 택했다.

주인공은 "우연히 한번 넘어서본 적이 있던 울타리"를 또다시 넘고 싶은 욕구를 느끼고 밤거리에 나선 것이다. 그러니까 그는 처음 낯선 사내로부터 느꼈던 성적 쾌감을 또다시 느끼고 싶은 욕망에 사로잡힌 것이다. 일반적으로 여성들은 성적 욕망을 되도록 억누르고 겉으로 드러내지 않기 마련인데, <야행>의 주인공은 그렇지 않다. 그가 과감히 밤거리로 뛰쳐나간 것을 보면 자신의 본능적 욕구에 충실한 것으로 볼 수 있다.

그 여자는 자기의 욕구가 지나치게 무모하고 비상식적이고 반사회적이라는 걸 그 욕구의 싹이 자기의 내부를 자극하기 시작하던 처음부터 깨닫고 있기는 했다. 그러나 그 여자로 하여금 그러한 욕구를 갖도록 해준 어떤 경험이 그리고 인간이 지니고 있는 욕구는 그것이 어떠한 것이든지 그 속에 한줄기 강렬한 빛을 발하고 있다는 자각이 그 여자로 하여금 그 무모하고 비상식적이고 반사회적이라고 생각되는 울타리를 넌지시 넘도록 한 것이었다.

그는 자신의 욕구가 비정상적이라는 사실을 알고 있다. 그렇지만 내부적으로 "한 줄기 강렬한 빛"과 같은 욕구를 이기지 못하고 "무모하고 비상식적이고 반사회적이라고 생각되는 울타리"를 넘는 것이다. 여기서 주인공이 생각하는 '울타리'란 무엇을 말하는가. 그것은 소설 속에 이렇게 설명된다.

가령, 그 여자는 포로수용소를 탈출하고 싶어 하는 포로를 상상한다. 그는 철조망의 한 곳이 허술한 것을 우연히 발견한다. 그것을 발견하자 그는 자기가 이 수용소를 탈출하고 싶어 했다는 걸 비로소 깨달은 것이다. 그는 계획을 세우고 준비한다. 그리고 예정했던, 어느 달 없는 밤에 그는 철조망을 넘어선다. 어느 입장에서 보면 그의 행위는 분명히 무모하고 비상식적이고 반사회적이다. 그렇다고 하여 그의 욕구가 완전히 부정되어야 할 것인가.

이 부분은 현주의 성의식을 파악할 수 있는 중요한 대목이다. 그가 생각하는 '울타리'는 포로수용소의 철조망 같은 것이다. 갇혀 지내는 포로에게 철조망은 금기의 선이다. 포로들은 누구든 그것을 넘어 자유세계로 나아가고 싶어 하지만 차마 엄두를 내지 못한다. 그것이 너무나 견고하게 설치되어 있기 때문에 성공가능성이 낮은 것이다. 그렇지만 그곳에서 허술한 틈을 발견했을 때는 생각이 달라진다. 그래서 그 허술한 틈을 이용하여 탈출을 시도한다. "그렇다고 하여 그의 욕구가 완전히 부정되어야 할 것인가."하는 것은 구멍 뚫린 철조망을 넘었다고 해서 과연 그 포로에게 돌을 던질 수가 있겠느냐는 반문이다.

바꿔 말하면 주인공이 말하는 '울타리'는 우리 사회의 도덕률이나 관습, 규범 같은 것을 뜻한다고 볼 수 있다. 사회적 동물인 인간은 모두가 그 사회가 정해놓은 도덕이나 관습, 규범을 따를 것을 요구받는다. 때로는 그것을 어기고도 싶고 그로부터 벗어나고 싶은 욕망도 없지 않지만 주위사람의 눈을 의식하지 않을 수 없다. 규범에서 이탈하는 순간 그들로부터 손가락질을 당할 것이기 때문이다. 그래서 다들 그러한 욕망을 자제하고 '울타리'의 틀 안에서 생활하고자 애쓰는 것이다.

그런데 우연하게도 그 '울타리'에서 벗어날 수 있는 기회를 만났다면 어찌할 것인가. 그렇지 않아도 답답한 틀에서 한번쯤 벗어나보고 싶었는데, 그런 기회가 저절로 굴러온다면 굳이 놓칠 필요가 없지 않은가. 이것이 바로 현주의 생각이다. 그러니까 그가 대낮에 길거리에서 낯선 남자에게 손목이 잡혔을 때 크게 저항하지 않은 것은 바로 그 상황이야말로 일상의 '울타리'에서 벗어날 수 절호의 기회라고 판단했기 때문이다. 이렇게 볼 때 주인공의 내면에는 평범한 일상으로부터 벗어나 특별한 자극을 받고 싶어 하는 욕구가 잠재되어 있었음을 알 수 있다. 그 일탈의 욕구는 아주 사소한 데서부터 시작된다.

> 번잡한 육교의 계단을 올라가면서 그 여자는 샌들의 가죽끈 밖으로 가지런히 내밀어져 있는 자기의 발가락을 내려다보고 있었다. 그것들은 땀과 흙먼지로써 남보기에 창피할 만큼 더럽혀져 있었다. 그 부분만은 그 여자의 것이 아닌 것 같았다. 아니 그 부분만이 참으로 자기의 소유인 것 같다고 그 여자는 느끼고 있었다. (중략) 그런데 왜 이렇게 더러워 보일까? 그 여자는 계단을 오르고 있었다. 이제 직장을 그만둬야 할 때가 온 것일까?

모처럼의 휴가를 고향에서 어머니와 함께 보내고 돌아오는 길이었다. 육교에 오르다가 그는 땀과 흙먼지로 더러워진 자기의 발가락을 발견하게 된다. 그것은 곧 자기 생활에 대한 환멸로 이어지고 "이제 직장을 그만둬야 할 때가 온 것일까?"하고 회의감에 빠진다. 자기의 비루한 삶, 자신이 처한 환경으로부터 벗어나고 싶은 충동이다. 바로 그 때 어떤 낯모르는 사내가 불쑥 그의 손목을 잡았고, 그는 감히 그것을 뿌리치지 못하고 사내가 이끄는 대로 여관에까지 따라간 것이다. 이때 주인공의 심리 변화는 다음 문장에서 찾을 수 있다.

자기는 자기의 더러움을 보았다. 그리고 그곳에 있는 모든 것으로부터 도망하고 싶었다. 마침 한 사람이 자기 곁을 지나가고 있었다. 자기는 그 사람의 손목을 붙잡고 이곳이 아닌 다른 곳으로 데려다달라고 애원하였다. 그 사람은 자기를 데려다주었다. '이곳'이 아닌 다른 곳으로, 더 나은 곳인지 아닌지는 몰라도 적어도 '이곳'이 아닌 것만은 틀림없었다.

주인공은 더러운 자기의 발가락을 보고 '이곳', 즉 자기가 처한 일상으로부터 도망치고 싶은 충동을 느꼈고, 지나가는 사람에게 '다른 곳'으로 데려가 달라고 애원하였고, 그 사람이 요구를 들어주었던 것이다. 그러니까 표면적으로는 주인공이 사내에게 이끌려 여관에 간 것으로 보이지만 내면적으로는 주인공이 사내에게 자기를 끌어가 달라고 요구했다는 이야기이다. 결국 육교에서 만나 여관으로 갔던 일은 주인공의 자의(自意)가 작용한 것임을 다시 한번 확인할 수 있다.

III

프로이트의 말을 빌지 않더라도 인간은 누구나 성적 욕구를 지니고 있으며, 성적 충동이 인간의 문화 창조의 근원이 된다. 인간의 성적 본능은 곧 생존본능과도 같은 것이다. 그런데 그것을 외부로 표출하는 정도는 개인의 특성에 따라 차이가 있다. 어떤 사람의 도덕의 굴레 속에 자신의 욕구를 가두어 버리지만 <야행>의 주인공처럼 자기의 욕구에 자신을 내맡기는 사람도 있을 수 있는 것이다.

주인공 현주는 그렇게 남자를 받아들인 다음, 이제는 한 술 더 떠서 몸소 밤거리에 나가 자기를 유혹해줄 남자를 찾는다. 그러한 심리는 어떻게 해서 생긴 것일까?

혹시 평소 주인공에게 성적인 욕구불만이 있었던 것은 아닌가. 흔한 예로서 D.H. 로렌스의 소설 『채털리 부인의 연인』에서 볼 수 있듯이 가정에서 성적인 만족을 얻지 못한 여자가 남편 대신 다른 남자에게서 그 욕구를 채우는 경우가 있는 것이다.

<야행>에서 현주의 경우는 어떠한가. 그러나 작품 속에는 그에 대한 언

급은 없다. 은행원인 그는 같은 직장의 남자와 동거를 하고 있지만 성생활에 대한 장애나 욕구불만 따위의 이야기는 나오지 않는다. 그렇다면 무엇이 문제인가. 왜 그는 동거남과 별다른 문제가 없는데도 밤늦게 집을 나와 떠도는 것일까. 혹시 성적 욕구불만은 아니더라도 그가 처한 환경적 요인이 그를 그렇게 만든 것은 아닐까. 그는 같은 직장의 남자와 동거하면서 회사에서는 남남인 것처럼 행동하고 있기 때문에 그로 인한 강박관념도 생길 수 있는 것이다. 다음 문장에서 그러한 기미를 엿볼 수 있다.

> 어느 날 직장에서 그 여자는 무의식중에 자기 남편을 향하여 집에서 하듯 "여보!" 하고 불렀다. 남편의 얼굴이 새빨갛게 굳어지는 것을 보고 그리고 남편 곁에 있던 행원들이 요란하게 웃음을 터뜨리는 걸 보고서야 그 여자는 자기의 실수를 깨달았다. 이제껏 그런 실수는 한 번도 하지 않았다. 남편이 얼른 "왜! 내가 미스리 남편 같소?"하고 농담으로 얼버무렸기 때문에 그 여자의 실수는 하나의 농담인 듯 끝날 수 있었지만 그 여자 자신에겐 무척 충격적인 것이었다. 연극이 탄로날 때가 온 것이다. 연극은 탄로나야 한다고 그 여자는 집요하게 생각하고 있었다.

이 내용을 보면 주인공은 자신의 거짓된 삶에 싫증을 내고 있으며, 은연중 그들의 연극이 탄로가 나기를 바라고 있음을 알 수 있다. 사실 현주가 직장 동료와 이중적인 생활을 하는 것은 "남편의 수입만으로는 생활이 주는 평범한 행복을 얻어낼 수 없을 것 같은 불안" 때문이라는 점에서 그들은 진실한 애정보다는 경제논리와 자본주의적 생존방식에 따라 가식적으로 맺어진 관계라고 할 수 있다. 그리고 바로 이러한 생활에서 오는 압박감이 주인공으로 하여금 탈출구를 찾게 만들었다고 볼 수 있다. 이것은 앞서 육교를 오르면서 자신의 더럽혀진 발가락을 보고 "모든 것으로부터 도망하고 싶었다."고 충동을 느낀 것과 통하는 부분이다. 그는 자기를 집적거리는 사내들이 "대낮의 생

활로부터, 이 도시로부터, 자기의 예정된 생활로부터, 자기가 싫증이 날 지경
으로 잘 알고 있는 자기 자신으로부터 도망해보고 싶은 욕구"를 지니고 있음
을 잘 알고 있다.

따라서 주인공의 밤거리 배회는 이러한 현실적 중압감으로부터 벗어나기
위한 방편으로 볼 수 있다. 그런데 왜 그는 다른 탈출구를 놓아두고 하필 성
적인 방향으로 탈출구를 잡았을까. 그것은 필시 남자에게 당한 성폭행을 통
해 자극되었기 때문으로 볼 수 있을 것이다. 현실로부터 벗어나고 싶은 욕망
을 낯선 사내가 육체관계를 통해 풀어주었기 때문에 그는 계속 같은 방식을
고집하는 것이 아닐까.

이 소설에서 주인공 현주의 심리는 수수께끼 같이 복잡 미묘하다. 그의 내
심을 따라가다 보면 자칫 길을 잃고 종잡을 수 없는 미로를 헤매는 느낌이 든
다. 특히 사내들이 말을 걸어올 때 사내와 얼굴을 마주치지 않으려는 심리 부
분이 그렇다. 그에 대해서 현주는 그들이 싫어서가 아니라 그들에게 용기를 주
기 위해서였다고 말한다. 결과적으로 그것은 정반대의 효과로 나타내지만 자
기 나름으로는 좀 더 강력하게 자기를 이끌어줄 남자를 선별하려는 전략이다.

그런데 사내와 얼굴을 마주치는 순간에는 상황이 돌변한다. 호텔까지 따
라갔다가도 혐오감이 생겨서 남자의 손을 뿌리치고 뛰쳐나와 버리는 것이다.
그것은 무엇 때문일까. "그 여자는 8월의 사내가 여관 안에 들어갈 때까지 한
번도 자기의 얼굴을 돌아보지 않았던 것의 의미를 깨달았다."고 했는데, 사내
의 유혹을 받아들이는 과정에서 그의 얼굴을 보는 것과 보지 않는 것은 어떤
차이가 있는가?

이따금 그 여자는 그 공포와 혼란이 없이도 사내의 손에 이끌려 갈
수 있는 게 아닌가 하고 생각해보곤 하였다. 창녀들처럼 아니 절실하
게 기도해야 할 것이 별로 없음에도 불구하고 미사에 참석하는 신자
들처럼. 그러나 그 여자가 가장 두려워하는 것은 자기의 욕구를 그러

한 의식(儀式)으로써 포장하게 될까봐 하는 것이었다. 막연하나마 그 여자는 만약 자기에게 공포와 혼란이 없이 그것을 한다면 마침내 의식만이 남게 될 뿐이며 그리고 그것은 파멸이라는 것을 알고 있었다. 그 여자가 바라는 것은, 그렇다, 파멸이 아니라 구원이었다. 속임수로부터의 해방이었다.

여기서 주인공은 남자에게 이끌려 가는 상황에서 '공포와 혼란'을 중요하게 생각한다. 그는 자신이 '공포와 혼란'이 없이 사내 손에 이끌려 가는 일을 강하게 거부한다. 그가 두려워하는 것은 자기가 벌이는 일이 창녀들이나 신자들처럼 절실함이 없이 하나의 '의식'으로 전락해버리는 것이며, 그것은 곧 '파멸'이라고 본다. 결국 그가 원하는 것은 '속임수로부터의 해방'과 '자기구원'인데, 그에 도달하기 위해서는 자기의 욕구가 '의식'으로 변질되려는 유혹을 이겨내야 한다고 생각한다.

그럼에도 불구하고 욕구의 자리에 의식을 대신 들여앉히려는 유혹은 그 여자의 서성거림이 잦아질수록 증가하는 것이었다. 그 유혹을 그 여자가 겁내는 까닭은 그것이 그 여자의 내부에서 오기 때문이었다. 가령, 조금 전, 그 사내의 얼굴이 그것이었다. 아니 그 사내가 젊고 호감가게 생겼다는 그것이 아니라 그 얼굴을 본 이후에 그 여자의 내부에 번진 그 쓸쓸한 느낌이 그것이었다. 스크린을 향하여 하마터면 팔을 내밀 뻔했던 그 유혹이었다. 꽃다발을 목에 걸고 손을 저으며 웃으며 죽어가는 종족에 대한 안타까움이 그것이었다.

앞서 말했듯 주인공은 자기의 행위가 '의식'으로 떨어지는 것을 경계하고 있으며, 스스로 그 유혹에 빠지지 않으려고 노력한다. 그런데 그 유혹은 다른 누구도 아닌 자기 자신으로부터 오는 것이며, 사내의 얼굴을 보았을 때 생겨나는 '안타까움'과 '쓸쓸함'이 바로 그것이다. 그런데 여기서 "스크린을 향하여 하마터면 팔을 내밀 뻔했던 그 유혹"이란 무엇이었던가. 되돌아보면 주인 공은 지난날 극장에서 월남파병 뉴스를 보다가 한 군인에게 눈길이 간 적이 있다. 그는 그에게 특별한 감정을 갖는다.

> 카메라맨은 어떤 의도로써 그 젊은이를 클로즈업시켰는지 알 수 없었으나 그 화면을 보면서 현주는 치밀어 오르는 감동에 아랫입술을 지그시 물었다. 그 화면 속의 인물이야말로 그 여자가 발견한 그 특징 들을 잘 구현하고 있는 얼굴이었기 때문이었다. 납작한 이마, 숱이 짙은 눈썹, 크지 않은 눈, 광대뼈가 약간 불거졌으면서도 갸름한 얼굴 …. 현주는 그 젊은이를 군함에 태워 보내고 싶지 않다는 충동을 느꼈 다. 하마터면 화면을 향하여 두 팔을 내밀 뻔하였다. 그러나 화면은 곧 바뀌어서 나부끼는 태극기의 물결로부터 군함은 점점 멀어져갔다. 그 때 그 여자는 지친 듯 허탈해지면서 느릿느릿 밀려드는 쓸쓸한 느낌 을 경험하게 되었던 것이다.

바로 월남파병 군인을 보았을 때 "그 젊은이를 군함에 태워 보내고 싶지 않다는 충동"을 느끼고 은연중에 화면을 향해 두 팔을 내밀 뻔했던 것이다. 두 팔을 내미는 행위는 연민의 감정에 의해서 순간적으로 상대를 제지하거나 붙잡으려는 몸짓이라고 할 수 있다. 바로 두 팔을 내밀 때의 느낌이 '안타까 움'과 '쓸쓸함'이다. 그런데 주인공은 이와 똑같은 느낌을 밤거리에서 자기를 유혹한 사람의 얼굴을 통해 경험하는 것이다. 그래서 그는 '안타까움'과 '쓸쓸 함'을 느끼지 않기 위해 한사코 사내의 얼굴을 보지 않으려고 애쓰는 것이다.

결론적으로 말해 그가 밤거리에서 원하는 것은 낯선 사내를 만나 '안타까 움'이나 '쓸쓸함' 따위의 느낌이 없이 오로지 '공포와 혼란' 속에 몸을 맡기는 일이라고 할 수 있다. 그럼으로써 자신의 행위가 창녀들이나 신자들이 행하 는 것과 같은 '의식'으로 떨어지지 않고 '해방'과 '구원'에 이를 수 있다고 보는 것이다.

IV

<야행>에서 작가가 말하고자 하는 것은 무엇일까?

방종한 여성이 추구하는 부도덕한 성적 일탈일까. 일상에 억눌려온 성도 착자의 욕망 분출일까. 아니면 1960년대 도시인의 타락한 성풍속의 고발일 까. 그도 아니면 기발한 소재로 독자의 호기심을 끌고자 한 것일까. 언뜻 보 면 이 소설은 자칫 여러 가지 오해를 불러일으킬 만한 외피를 둘러쓰고 있는 것이 사실이다.

그렇지만 궁극적으로 김승옥 소설의 본령은 '자기 세계'의 추구이며, '나' 에 대한 극도의 자학을 통해 극기를 이루려는 역설적 노력으로 근대를 성찰 하려는 차별화된 시도5)를 보여온 점에서 <야행>은 거짓된 삶의 울타리를 벗어나 진정한 자아를 찾고자 애쓰는 여성의 간절한 몸부림이며, 허위의 굴 레를 쓴 일상에서 벗어나 진실한 인간관계와 소통으로 자기 구원에 이르고자 하는 욕망을 역설적으로 보여준 작품이라고 할 수 있겠다.

김승옥은 일찍이 "소설이란 추체험의 기록, 있을 수 있는 인간관계에 대한 도식, 구제받지 못한 상대에 대한 연민, 모순에 대한 예민한 반응, 혼란한 삶 의 모습 그 자체"라고 규정하면서, "나는 판단하지도 분노하지도 않겠다. 그 것은 하느님이 하실 일. 내가 할 수 있는 것은 이 의미 없는 삶에 의미의 조명 을 비춰 보는 일일 뿐"6)이라고 하였다. <야행> 또한 '있을 수 있는 인간관계 에 대한 도식'이자 '혼란한 삶의 모습 그 자체'라고 할 수 있을 것이다. 여성의 성적 욕망과 그 복잡한 내면심리를 심도 있게 묘파한 이 소설은 자칫 통속으 로 빠질 수도 있는 소재에도 불구하고 인간의 내면의식을 밀도 있게 짚어냄 으로써 문학적 성취에 도달했다고 할 수 있으며, 여기에서 작가의 탁월한 역 량을 다시금 확인할 수 있다.

---

5) 김미현, 서울의 우울, 『무진기행』, 민음사, 2007, 385쪽.
6) 김승옥, 1980 작가의 말, 위의 책, 5쪽.

농민들의 질박한 삶과 애환
─ 오유권 단편소설론

내이 망할 년. 애기 안 보고 어디 갔디야?
─ 〈기계방아 도는 마을〉

I

오유권(吳有權, 1928~1999)은 전라남도 나주 출신의 소설가이다. 1950년 대 중반에 문단활동을 시작하여 1990년대까지 40여 년 동안 창작에 몸을 바 쳤다. 그는 그가 태어나고 자란 농촌을 배경으로 농민들의 생활상을 주로 소 설화하였는데, 특히 전라도 방언 구사에 탁월한 역량을 발휘하였다.

우리나라에 농촌을 소재로 하여 농민들의 삶을 소설화한 작가로 대개 이 효석과 김유정, 이무영과 박영준, 오영수 등을 들 수 있다. 특히 이무영은 농 민문학의 선구자로 손꼽히고 있다. 그러나 오유권 만큼 농촌 현장에 몸담고 농촌 하층민의 질박한 삶을 일관되게 담아낸 작가는 없다. 오유권이야말로 작품세계의 일관성에서 볼 때 한국 농민소설의 대표작가라고 할 수 있다.

그런데 오늘날 오유권의 존재는 한국 문단과 독자의 기억에서 거의 사라 져가는 형편이다. 동시대의 다른 작가들의 작품집은 여러 출판사에서 출간되 고 있어도 오유권의 소설은 서점에서 쉽게 찾아볼 수 없는 것이 그 단적인 예 이다. 이는 무엇보다 오유권 소설에 대한 문학적 평가가 미흡한 데 원인이 있 지 않을까 싶다. 이에 오유권의 소설을 널리 드러내 알리는 차원에서 그의 작 품 세계와 특징을 찾아 정리해보고자 한다.

II

　소설가 오유권은 1928년 10월 전남 나주에서 태어났다. 유년시절에 외조부로부터 천자문을 익혔고 영산포남소학교를 졸업하였다. 1945년 체신소 양성소 전화과를 수료하고 영산포우체국에 근무했다. 일찍이 문학에 눈을 떠 소설가의 꿈을 품고 독학으로 소설공부를 하였으며 습작품을 문예지에 투고하기도 하였다.

　6.25 전쟁 때 해병으로 입대하여 부산에서 근무하던 중에 소설가 김동리와 황순원을 만나 인연을 맺고 소설공부를 본격적으로 시작하였으며, 1955년 <현대문학> 4월호에 <두 나그네>, 12월호에 <참외>가 추천되면서 문단에 나왔다.

　1956년 군복무를 마치고 고향에 돌아와 창작에 돌입했는데, 이 무렵 첫 아내와는 뜻이 맞지 않아 헤어지고 1959년 재혼하는 곡절을 겪기도 하였다. 1966년부터 우체국을 그만두고 전업작가의 길로 들어섰으며, 1968년에는 고향을 떠나 서울에 정착을 하였다.

　1981년 2월 뇌졸중으로 쓰러진 뒤로 불편한 몸으로도 끈질긴 창작열을 발휘하여 <오리떼>와 <망부기>에서 <산촌자매>와 <샘안집과 시누이>까지 등 80여 편의 소설을 꾸준히 발표하였다. 1999년 3월 경기도 수원의 자택에서 작고했으며, 총 250여 편의 작품을 남겼다.

　대표 소설집으로는 <월광>, <농지상한선> 같은 단편소설집과 <방앗골 혁명>과 <황토의 아침>, <여기수(女旗手)> 등의 장편소설집이 있고, 자전적 기록으로 <죽을 때까지 이 걸음으로>(1980)가 있다. 특히 소설 <황노인의 일가>와 <이역(異域)의 산장>은 영화로 만들어지기도 했다. 현대문학상(1961)과 한국창작문학상(1971), 흙의 문학상(1978), 한국농민문학상(1996) 등을 수상하였다. 2004년 그의 고향 나주에 '소설가오유권선생문학비'가 세워졌다.

III

　오유권은 농촌에서 태어나 성장하였으며, 농촌을 지키며 살았다. 그는 1968년 고향을 떠나 서울로 이주할 때까지 40년간 농촌을 지키며 작품 활동을 했다. 그는 외골수라고 할 수 있을 만큼 농촌 이야기에 매달렸다. 그가 농촌에 오래 살았기 때문에 그의 작품세계가 농촌인 것은 당연한 일이겠지만 그럼에도 불구하고 일관된 작품세계를 유지했다는 것은 특별하다고 볼 수 있다. 이런 점에서 농촌과 농민의 삶이 오유권 소설의 독보적인 세계임을 부정할 수 없는 일이다. 이 글에서는 오유권 소설의 몇 가지 특징을 그의 대표 단편소설을 중심으로 살펴보고자 한다.

1. 가난한 농민들의 삶

　1950년대의 한국 농촌은 당대 민중의 일상적 공간으로서 우리 민중들의 삶의 원형을 담고 있는 보편적 공간이었다. 실제로 1945년만 해도 우리나라 농촌 인구는 전 인구의 70%를 차지했는데, 이로 볼 때 1950년대의 농촌은 대다수의 민중이 토대로 삼았던 삶과 그 형식을 반영하는 공간적 성격을 지니고 있었다고 볼 수 있다.[1]

　오유권의 소설은 1950년대 이후 우리나라 농촌의 가난한 농민들을 주인공으로 하여 그들의 삶의 양상을 조명한다. 그의 소설의 주인공들은 하나같이 경제적으로 곤궁한 상태에 처해 있다. 그의 등단작인 <두 나그네>(1955)와 <참외>(1955)도 가난에 시달리는 인물이 등장한다.

　<두 나그네>에서는 아들 면회를 다녀오던 두 시골 사내가 우연히 길에서

---

1) 최애순, 1950년대 농촌소설의 위치와 '1950년대'의 순수지향성, 국제어문 61, 2014, 11~12쪽.

만나 말벗이 되는데, 잠깐 주막에 들러 술 한 잔을 마신 다음 술값을 선뜻 치르지 못하고 주저하는 모습을 보여준다. 술값을 치르면 집의 아내와 아이들에게 먹을 것을 사가지고 갈 수 없기 때문이다. 그만큼 그들의 형편이 쪼들리고 있음을 보여준다.

<참외>는 시골 장터의 길갓집에 사는 과수댁이 억울하게 의심 받는 이야기다. 장날 장꾼들의 짐을 맡아준 감사의 뜻으로 한 장사치가 이웃집 밭에서 몰래 따온 참외 세 개를 갖다 준다. 과수댁은 찜찜한 마음으로 마지못해 참외를 받는데, 다음날 이웃집에서 참외도둑이 과수댁과 연관된 것으로 소문이 난다. 과수댁은 참외를 훔치지는 않았지만 장꾼에게 받은 사실이 있기 때문에 부인도 하지 못하고 변명도 못한 채 안절부절못하다가 그만 몸져눕고 만다. 넉넉한 시절이라면 참외 세 개 잃어버린 것쯤이야 아무런 문제가 되지 않을 텐데, 일이 심각하게 전개되는 것은 그들의 생활이 궁색한 탓일 것이다.

<돌방구네>(1959)의 주인공은 교회에서 배급을 탈 목적으로 교리문답을 외우고 남편의 상방까지 없애며 영세를 받고자 애쓴다. 굶주림을 해결하기 위해 거짓 신앙도 마다하지 않는 농민들의 생활상을 엿볼 수 있다.

<농지상한선>(1982)은 농지개혁법이 공포되어 농지상한제 시행에 따라 농토가 분배되자 소작농들이 크게 반기는데 막상 영농비가 없어 농사짓기가 어렵게 된다. 그러다가 농지상한제가 폐지되자 다시 옛날 지주에게 논을 팔고 소작인 신세로 되돌아간다. 가난한 농민은 제도가 바뀌어도 밑바닥 신세를 벗어나기 어려운 농촌 현실을 꼬집고 있다. 이 작품은 국가의 농촌행정이 농민들에게 어떻게 받아들여지고 영향을 주는지 밝히고 있는 점에서 현실비판의 목소리가 높다고 하겠다.

오유권의 작품 가운데서 가장 극단적으로 굶주림에 몰린 상황은 <가난한 형제>(1963)에 나타난다. 이태에 걸쳐 큰물과 가뭄으로 곡식을 거두지 못한 인수 형제는 집에 먹을 것이 하나도 없다. 공사판에 가도 일이 끊기자 어쩔

수 없이 사흘 동안 굶은 채 누워 지낸다. 결국 굶주림을 참다못해 밤에 부잣집 곡간을 털게 되는데, 밧줄을 타고 내려오다가 밧줄을 놓치면서 목숨을 잃는다. 굶주린 농민들이 곡식을 훔치다가 죽음에 이르는 비극적 이야기이다.

이처럼 오유권 소설은 가난에 허덕이는 인물들을 많이 그렸는데, 이는 1950~1960년대의 경제상황이 그와 같이 궁핍했기 때문일 것이다. 한편 오유권의 소설에서는 농촌이 기계화되면서 농민들이 고통 받는 모습도 찾아볼 수 있다.

<기계방아 도는 마을>(1965)에서는 기계방아로 인해 마을사람들이 편리해짐에도 불구하고 방앗간의 발동기 소리와 먼지에 시달리는 태실이 할아버지의 불만이 고조된다. 방앗간 주인이 밑천을 대준 바람에 며느리가 장사를 나가서 자기가 대신 손자를 돌봐야 하는 불만이 곁들인 것이다.

<농우부고장>(1968)에서 농촌에 경운기가 등장하면서 소달구지를 모는 또갑이 형제는 영업에 타격을 입는다. 장날 짐도 실어다주고 논밭갈이도 빨리 해주는 경운기로 인해 그들 형제는 점점 벌이가 시원찮아진다. 마침내 경운기에 손님을 모두 빼앗기자 홧김에 소를 죽이고 만다. 기계화에 밀려 생계를 잃은 농민의 비애와 울분을 그렸다. 이는 이후 산업화 시대의 농촌의 피폐화와 몰락을 예고해주는 작품이라고 할 만하다.

<농민백서>(1979)에 이르면 더욱 어려워진 농촌의 모습을 볼 수 있다. 이 작품에서는 생산비도 나오지 않는 농사를 계속 밑지고 살 수 없어 농촌을 떠나 서울로 상경하는 인물들이 등장한다. 이농이 가속화되던 당시의 농촌 상황이 반영되었다.

오유권의 소설은 시대별로 나누었을 때 크게 세 개의 범주로 분류할 수 있다. 첫째, 농촌의 일상적 삶을 다루었던 1950년대의 소설들이다. 이 소설들은 대개 일상의 소소한 사건들과 농민들의 순박한 면모에 집중하여 사건을 전개한다. 둘째, 전쟁 체험과 관련된 소설들이 이에 속한다. 이 소설들을 통해 전

쟁이 농민들에게 가져온 가족 해체의 경험과 땅에 대한 애착을 그려냈다. 셋째, 1960년대 이후의 농촌의 현실적인 문제 차원으로 그 범위와 깊이를 더해간 일련의 소설들이 있다. 오유권은 이 작품들에서 농촌의 가난문제를 핍진하게 그려내고 있으며 동시에 농촌의 근대화가 가져오는 여러 병폐들에 대해 사실적으로 형상화하고 있다.[2]

오유권 소설에 나오는 농촌의 현실은 하나같이 비참하다. "생각하면 못 먹고 못 입고 농민 같이 불쌍한 사람들이 없어라우."라는 <농민과 시민>의 주인공 경천이의 자조 섞인 말처럼 그의 소설에 나오는 농민들의 삶은 모두가 빈궁 상태이고, 이는 그가 작품을 쓰던 한국전쟁 후 1950~1960년대의 현실을 정직하게 반영한 것으로 보인다.

오유권이 이렇게 농촌의 현실을 근접 촬영하듯이 구체적으로 그려낼 수 있었던 것은 우선 그의 삶터가 농촌이었고, 그 자신이 궁핍한 삶을 몸소 체험했기 때문일 것이다. 조동일이 '농촌 하층민의 풍속도'[3]라고 규정하였다시피 오유권의 소설은 농촌 체험을 근간으로 삼았다. 시대 현실을 외면하지 않고 그들의 살아가는 모습을 살아있는 그대로 묘사한 것은 오유권 소설의 최대의 장점이라 할 것이다.

2. 전쟁의 참상

오유권은 농촌의 어려운 현실과 더불어 6.25 전쟁에 관한 이야기도 상당수 썼다. 그의 소설에 주로 그려지는 것은 전장에 나선 군인들의 전투상황이 아니라 전쟁의 배후에서 고통 받는 양민들의 모습이다. 동족 간의 좌우 이념 갈

---

2) 최은영, 주변인으로서의 농촌 여성과 긍정의 세계 : 오유권의 초기작들을 대상으로, Journal of Korean Culture 35, 2016.
3) 조동일, 농민생활과 그 비극―오유권론, 신경림 편, 농민문학론, 온누리, 1983, 246쪽.

등으로 애꿎은 양민들이 고초를 당하는 사연들이 생생하게 드러난다.

<젊은 홀어미들>(1959)은 전쟁 통에 남편을 잃은 젊은 여인들의 이야기다. 유복자네와 문평댁과 동강댁 세 과부가 박서방네 머슴 한 사람을 두고 서로 가까이하려고 쟁탈전을 벌인다. 남자가 없는 마을에 남은 젊은 여인들의 본능적인 욕정을 그렸다.

<호식>(1957)은 부부사이가 좋지 않은 사내가 어느 날 집을 나간다. 그리고 전쟁의 와중에 목숨을 부지하기 위해 갖은 고생을 했고, 마침내 늙고 병들어서 고향에 돌아와 옛 자식을 찾는다. 전쟁으로 인한 한 가정의 비극을 그렸다.

<황량한 촌락>(1959)도 전쟁으로 인한 가정 파괴가 묘사된다. 들일을 하다가 비행기의 공습으로 아내를 잃는 농군과 전쟁 때 외할머니에 맡겨졌다가 고향을 찾아 먼 길을 걷는 어린 남매, '산사람'들과 경찰 양쪽으로부터 시달리는 양민의 사연이 나타나 있다. 고래 싸움에 새우 등 터지는 격으로 서로 다른 이념으로 벌어진 전쟁에서 애꿎은 사람들이 피해를 보는 이야기이다.

<월광>(1959)도 마찬가지로 아들이 좌익으로 일하다가 산으로 들어가 버리고 시아버지와 며느리가 아들이 돌아오기를 기다리며 한 집에 살아가는 얄궂은 상황을 조명한다. 좌우 이념의 갈등으로 파탄이 난 집안 풍경을 볼 수 있다.

비교적 후기 작품인 <쑥골의 신화>(1987)와 <후사>(1988)에 와서 전쟁 이야기는 더욱 심화된다. <쑥골의 신화>에는 전란 중에 좌우 이념에 섰던 두 인물의 전후의 상반된 모습이 나타나 있다. 우익에 섰던 동수씨는 전란 중에 재빨리 몸을 피해 목숨을 건졌지만 전쟁이 끝나고 집에 돌아와 가족들이 희생당한 것을 알고 원수를 갚고자 절치부심한다. 한편 좌익에 부역했던 진오는 경찰에 붙들려가서 신문을 받으며 살길을 찾으려고 안간힘을 쓴다.

<후사> 또한 좌익에 부역자를 둔 가정에서 겪는 고초를 그렸다. 장노인의 아들은 좌익운동을 하다가 산사람을 따라 가고 없다. 경찰이 허구한 날 집

에 찾아와 아들을 찾아내라고 성화를 부린다. 그러다가 그 집 딸에게 눈독을 들이고 조사한답시고 여관으로 끌고 가서 사욕을 채우려 한다. 이때 장노인의 할멈은 아들을 찾으려고 비누장수를 가장하여 산골로 몸소 들어가는데, 장노인은 후사를 이을 아들이 걱정된 나머지 딸을 경찰에게라도 시집보내서 우환을 막으려고 생각한다.

오유권은 전쟁으로 인한 양민들의 수난과 가정의 파탄을 묘파하였다. 이는 곧 전쟁의 폭력성을 고발한 것이기도 하다. 그는 군인의 신분으로 직접 6.25 전쟁을 체험했고, 그가 작품 활동을 시작했던 1950년대 또한 전쟁의 상처와 후유증이 남아 있던 시대였던 만큼 전쟁과 관련하여 후방에서 여러 고통을 겪었던 민중들의 삶을 이야기하지 않을 수 없었을 것이다.

특히 그의 전쟁 관련 작품 가운데서 <쑥골의 신화>와 <후사>는 전란과 좌우 이념 집단 간의 대립을 다룬 그의 장편소설 <여기수>(1969)와 맥을 같이 하는 것이다. 또한 이병주의 장편소설 <지리산>(1978)과 조정래의 장편소설 <태백산맥>(1989)의 세계와도 상통하는 작품이라고 하겠다. 농촌의 현실을 6.25의 역사적 체험과 결부시킴으로써 시대적 비극과 민족의 고통을 더욱 절실하게 그려냈던 것이다.

3. 탁월한 심리 묘사

오유권 소설은 1950년대 한국전쟁 후의 열악한 농촌을 기반으로 인물들이 맞닥뜨린 크고 작은 어려움을 헤쳐 나가는 과정을 그려냈다. 특히 가난으로 야기된 여러 가지 현실적인 문제들이 주된 갈등으로 구체화되었다. 그런데 오유권 소설이 단순히 가난한 농민들의 생활상이나 전쟁의 비참한 상황을 소개하는 데 그쳤다면 현실고발로서는 충실했을지라도 문학작품으로서 온전한 성취에는 이르지 못했을 것이다.

다행히도 그의 소설은 심리 묘사가 탁월하다. 우리 생활 주변에서 흔히 볼 수 있을 것 같은 살아 숨 쉬는 인물들이 등장하여 사실감을 높여주고 있다. 그의 소설에 생명력을 불어넣어주는 것은 바로 이들에 대한 치밀한 심리묘사이다.

등단작 <두 나그네>에는 키 큰 사내와 키 작은 사내가 등장한다. 그들은 군대에 아들의 면회를 갔다가 돌아오는 길에 우연히 만나 동행하게 된다. 도중에 선술집에 들러 술을 마시는데 키 큰 사내가 술값을 치른다. 키 작은 사내는 자기가 술값을 내고 싶지만 아내에게 사다줄 고무신과 자식들에게 사다줄 과자를 생각하는 터라 선뜻 행동으로 옮기지 못한다. 그리고 다시 길을 걷다가 갈림길에서 헤어지기에 앞서 주막에 한 번 더 들르게 되는데, 거기서도 키 작은 사내는 자기가 돈을 낼 것처럼 만류하면서도 끝내 키 큰 사내가 돈을 치르도록 놓아두고 만다. 체면상 자기가 술값을 치르고 싶지만 그렇게 하면 아내와 자식들에게 사다줄 수가 없기 때문에 지갑을 꺼내는 손이 주저하게 되는 것이다. "젊은 사내의 눈앞에는 몹시 기뻐할 그의 아내와 아들들의 모습이 번개처럼 스치고 지나갔다."라는 끝 대목에서 인물의 심리가 잘 드러난다. 작가는 어쩔 수 없이 체면과 현실에서 갈등하지 않을 수 없는 인물의 속마음을 잘 포착하였다.

<참외>는 참외 세 개를 얻어먹고 참외도둑과 연루되어 의심을 받으며 가슴앓이를 하는 아낙네의 이야기인데, 이 소문은 용산댁이 낸 것으로 과거에 자기가 과수댁에 가졌던 서운한 감정을 그렇게 헛소문을 퍼뜨려 앙갚음했던 것이다. 이 작품에는 애꿎은 오해를 받고 전전긍긍하는 과수댁의 착잡한 심정과 자존심이 손상당한 여인네의 보복심리가 잘 드러났다.

<옹배기>(1956)에는 두 아낙네의 팽팽한 경쟁심이 그려진다. 한 마을에 사는 풍월댁과 반촌댁은 서로 품앗이를 해주며 살아가는 친한 사이지만 조그만 일에도 지지 않으려는 경쟁심을 지니고 있다. 그들은 이사를 가려는 새집댁의 옹배기에 눈독을 들이고 서로 그것을 사고 싶어 열을 올린다.

먼저 풍월댁이 새집댁에 가서 옹배기의 값을 깎으면서 자기에게 팔라고 다짐을 받는다. 그리고는 반촌댁에게는 너무 비싸서 장에 가서 사는 것이 낫겠더라며 끼어들지 못하도록 한다. 그러자 반촌댁도 새집댁을 찾아가 값을 깎지 않을 테니 자기에게 팔라면서 물밑 흥정을 한다. 여인네의 가재도구에 대한 억척스러운 욕심과 서로에게 꿀리지 않으려는 경쟁의식이 나타난 작품이다.

<쌀장수>(1956)에서 장터에서 쌀을 파는 말라꽁이 사내는 같은 쌀장수로서 자기보다 장사수완이 좋은 윗녘사내에 대해서 앙심을 품는다. 꼬투리를 잡아 혼을 내주고 싶지만 자기보다 체구도 크고 힘도 세기 때문에 감히 덤비지 못한다. 그래서 가까운 이들에게 술을 사주며 앙갚음을 해주기를 바라지만 선뜻 나서주지 않아 맥이 빠진다. 힘도 약하고 장사수완도 신통치 않은 말라꽁이 사내의 열등감과 시기심이 그려졌다.

<소문>(1957)은 입이 싼 동네 아낙이 헛소문을 낸 바람에 애꿎은 처녀의 혼삿길이 막힌 사연이다. 반장네 머슴이 나주댁 딸에게 납세고지서를 전해주는 것을 본 떠벌네는 그것을 둘이 연애편지를 주고받는 것으로 왜곡시켜 소문을 낸다. 나주댁은 떠벌네를 찾아가 대판 싸우기도 하고, 소문이 커지지 않도록 동네사람들에게 술을 내기도 하지만 되레 의혹만 키운 꼴이 되어 결국 사돈네로부터 파혼 통지를 받는다.

그런데 떠벌네가 그와 같은 소문을 낸 것은 나름대로 까닭이 있었다. 과거에 자기가 남의 고무신을 훔쳐다가 시장에 가서 바꾸는 것을 나주댁이 보고 동네에 까발린 일이 있었는데, 그에 대한 앙갚음이었던 것이다. 이 소설은 동네 아낙들의 이전에 얽혀있던 가벼운 오해나 질투의 감정에서 발단된 보복심리가 심각하게 비화되는 점에서 <참외>와 궤를 같이 한다.

<젊은 홀어미들>에서 세 명의 청상은 동병상련의 처지에서 속을 터놓고 지내는 친밀한 사이다. 그러나 동네 머슴 한 명을 두고 서로 차지하려고 암투를 벌이면서 경쟁관계로 발전한다. 이 소설에는 세 여인의 밀고 당기는 심리

가 박진감 있게 표현되어 있다. <옹배기>에서 보여주던 등장인물의 살림살이에 대한 욕망이 여기서는 남성에 대한 욕망으로 변주되어 나타난다. 최은영은 이들의 욕망은 단순히 애욕의 문제가 아니라 자신만이 의지할 대상이 없을지도 모른다는 상황에서 오는 불안감과 연결되며, 남편이 없는 빈자리를 머슴에게 의지함으로써 현실의 문제를 좀 더 낙관적으로 풀어보고자 하는 생존에 대한 열망의 투사로 분석하였다.4)

<월광>은 시아버지와 젊은 며느리가 함께 사는 집의 이야기로서 서로를 의식하며 살아가는 미묘한 처지다. 그들의 복잡다단한 심리는 밤중에 며느리가 요강에 오줌 누는 소리로 대변된다. 잠결에 오줌발 소리를 들으며 인륜과 본능적 욕망에 흔들리는 두 사람의 심사가 절묘하게 드러난다. 끝에 시아버지는 며느리가 몰래 외간남자를 만나는 것을 알고 두 사람을 맺어주고자 마음먹는다. 이러한 심리 묘사의 탁월함으로 인해 이 작품은 오유권의 대표작으로 꼽을 만하다.

<새로 난 주막>(1960)에서 소쿨례는 가난과 빚을 벗어나고자 술장사를 시작해보자는 남편의 의견에 따라 주막을 열기로 한다. 그러나 봉건적 가치관을 지닌 소쿨례는 몸소 가게에 나가는 일이 내키지 않는다. 그래서 자기 대신 과부 친구를 주모로 앉히고 남편에게 일을 돕도록 했다가 결국 친구에게 남편마저 빼앗기고 만다. 남편이 점점 친구에게 기울어가는 변화와 함께 점점 의구심과 불안감이 커지는 아내의 심리가 잘 나타나 있다.

<농민과 시민>(1975)에서는 개미와 베짱이처럼 농민과 도시인을 대비시킨다. 농민들은 가뭄을 이기려고 땀 흘려 논에 물을 푸는데 도시인들은 피서를 와서 노래를 부르며 떠들어댄다. 이런 피서객들의 모습이 눈꼴사나운 주인공은 그들을 찾아가 따지다가 싸움이 붙고 급기야 백사장의 소나무들을 베어버린다. 일손이 바쁜 농민의 처지에서 유흥을 즐기는 도시인들에 대한 반

---

4) 최은영, 앞의 글.

감과 분노가 잘 표현되었다.

이처럼 오유권의 소설은 여러 가지 상황에 처한 인물의 다양한 심리가 그려진다. 그런데 여기서 놓칠 수 없는 것이 그들의 따뜻한 인정미이다. 어려운 상황에서도 인간다움을 잃지 않는 화해와 관용의 마음씀씀이가 사뭇 감동을 준다.

이를테면 <두 나그네>에서 길에서 처음 만난 두 사내가 술집에 들러 술을 마시는데, 키 작은 사내는 주머니 사정을 생각해서 선뜻 술값을 치르지 못한다. 그러나 키 큰 사내는 두 차례나 미루지 않고 시원하게 술값을 치르는 인정을 보여준다.

<쌀장수>에서 장사를 망친 말라꽁이 사내가 장사수완이 좋은 윗녘사내에게 반감을 품고 앙갚음을 하고자 호시탐탐 기회를 엿본다. 그러나 윗녘사내는 이에 아랑곳하지 않고 "약주나 한 잔 나누십시다."고 하면서 경쟁상대인 말라꽁이 사내에게 화해를 요청하는 아량을 보여준다.

<월광>에서 시아버지 진노인은 홀로된 며느리가 밤에 외간 남자를 만나는 것을 알고, 처음에는 분노감에 떨지만 결국에는 두 사람을 맺어준다. 그리고 공교롭게 그 날 밤 아들이 돌아와 먼발치에 보이는 두 사람에 대해서 묻자, "너처럼 나를 위한 사람들이다. 너 없는 대신 나를 섬긴 이 마을 사람들이다." 하며 그들을 감싸준다.

<쑥골의 신화>에서는 좌익에 가담했던 진오가 경찰에 잡혀가서 고초를 겪고 있는데, 진오 누이의 친구인 이삐가 현장부재증명의 증인을 서주기로 마음먹는다. 처녀의 몸으로 자칫 오해를 받을 수도 있지만 친구 오빠의 구명을 위해 그러한 망설임을 버리고 협조해주고자 결심하는 것이다. 오유권 소설은 이렇게 남의 형편을 이해하고 배려하는 따뜻한 인정미가 살아있기에 더한 감동을 느낄 수 있다.

이상에서 살펴보았듯이 오유권 소설은 농민의 세계를 그리되 그들의 다양

한 성격과 따스한 마음결까지 세세히 담아냄으로써 독자에게 감동을 선사한다. 바로 이러한 심리 묘사와 성격 표현에서 오유권 소설의 휴머니즘을 확인할 수 있다.

4. 반전의 묘미

오유권 소설은 여러 부류의 농민들이 등장한다. 지주와 소작인, 머슴이 등장하고, 노인과 과부와 처녀가 등장하며, 장돌뱅이와 달구지꾼과 주막집 아낙이 등장한다. 그들이 엮어내는 이야기 또한 다종다양하고 푸짐하다. 그런데 이들의 여러 이야기에서 색다른 묘미는 끝 대목의 반전(反轉)에 있다. 밀고 당기는 갈등 속에 긴장감을 더해가던 사건이 막판에 상황이 바뀌며 긴장이 해결된다. 이렇게 뜻밖의 결말을 맞음으로써 독자는 놀라움과 더불어 재미를 경험하게 된다.

<옹배기>에서는 두 여인이 옹배기를 붙들고 실랑이가 벌어지자 결국 난처해진 새집댁은 결국 이렇게 선언한다. "나는 집이들께 꼭 폴겠단 말 안 했어라우. 꿔 묵은 쌀 대신 선이네 줄라우. 이리들 내놓씨요." 이렇게 판매 의사를 철회함으로써 옹배기 하나를 서로 사려고 안달복달하던 두 여인은 맥이 풀려버린다.

<쌀장수>에서는 말라꽁이 사내와 윗녘사내 사이에 갈등이 팽팽해지는데, 파장 때 윗녘사내가 말라꽁이 사내에게 사과를 하며 "약주나 한 잔 나누십시다."고 하면서 두 사람 사이의 의외의 화해가 이루어지며 긴장 관계가 일시에 허물어진다.

<소문>에서 떠벌네의 헛소문으로 인해서 나주댁이 파혼을 당하자, 이 소식을 들은 반장네의 머슴이 분개한 나머지 떠벌네에게 가서 "똑똑히 보지도 못하고 그런 말을 해서 쓸 것이요?"하고 따진다. 떠벌네는 대꾸를 못하고 있

다가 마침내 자기 잘못을 시인한다. 이것은 나주댁과 싸울 때 당당하게 따지던 태도와는 사뭇 다른 모습이다. 왜 그는 반장네 머슴 앞에서 이렇게 태도가 달라졌을까. 그 까닭은 마지막에서 밝혀진다. 예전에 떠벌네가 고무신 훔치는 것을 머슴에게 들켰기 때문이었다. 마지막에 떠벌네의 과거가 밝혀지는 것이다.

<호식>에서 주인공 꺽쇠는 일찍이 아버지가 호랑이에게 물려가 죽은 줄로 알고 있었다. 어느 날 장터를 다녀오다 병든 노인을 만나 전쟁 중에 피난살이를 한 이야기를 듣는데, 이틀 후 그 노인이 자기 집 울타리에서 시체로 발견된다. 그리고 노인의 가슴에 보이는 붉은 점을 통해 그 노인이 자기 아버지임을 확인하게 된다.

<월광>에서는 진노인은 홀로된 며느리가 외간 남자 양서방을 만나는 것을 알고 처음에는 분노를 느끼지만 결국 두 사람을 맺어주고자 마음먹는다. 그래서 양서방을 불러 며느리의 방에 들여보내는데 하필 그때 죽은 줄 알았던 아들이 달빛을 받으며 돌아온다. 이 작품에는 두 차례의 반전이 이루어진다. 하나는 며느리를 만나고 가는 양서방을 불러 세운 진노인이 그를 꾸짖는 대신 며느리가 있는 방으로 들여보내는 장면이고, 또 하나는 집나갔던 아들이 죽지 않고 돌아오는 장면이다. 윤리를 고집하기보다도 눈앞의 현실에 긍정적으로 대처하고자 하는 진노인의 의식 변화가 극적인 반전과 함께 감동을 불러일으킨다.

<새로 난 주막>에서 아내는 남편에게 홀어미 친구를 붙여주며 술장사를 하게 했는데, 결국에는 남편이 아내 몰래 밤 봇짐을 싸고 줄행랑을 쳐버린다. 믿었던 남편과 친구에게 배신당하고 닭 쫓던 개가 되어버린 아내의 가련한 모습이 독자로 하여금 허탈과 연민을 느끼게 한다.

반전이란 소설의 전개에서 독자가 전혀 예상치 못했던 상황으로 사건이 급변하는 것으로서 여기서 독자는 뒤통수를 맞은 느낌 속에 쾌감을 느낀다.

오유권의 소설은 말미에 독자들의 예상을 뒤엎는 상황 변화를 통해 극적인 반전을 일으킴으로써 독자들에게 경탄과 충격을 주고 삶의 아이러니를 느끼게 해준다. 오유권의 소설에 독자들이 끌리는 까닭은 바로 이러한 반전 기법 때문이기도 할 것이다.

5. 전라도 사투리의 구사

오유권의 특기는 무엇보다도 감칠맛 나는 전라도 사투리의 구사이다. 오유권 만큼 전라도 농촌사람들의 투박스러운 육성을 실감나게 담아낸 작가는 일찍이 없었다. 그는 자기가 살았던 고장의 입말을 소설에 적극 활용하여 독자에게 글을 읽는 특유의 맛을 더해주었다. 표준어로서는 도저히 이루어낼 수 없는 향토적 정서를 오유권은 구수한 사투리를 통해서 살려내는 데 성공하였으며, 그것은 다른 작가가 감히 따르지 못하는 오유권만의 장기였다고 할 수 있다.

오유권 소설은 되도록 지문을 배제한 채 대화를 통해 전개하고자 애쓴다. 사투리의 묘미를 살리면서 자연스레 상황과 분위기를 말해주고자 하는 까닭일 것이다. 다음의 대화를 살펴보기로 하자.

> "돈이 있어야 내놓지라우. 집이라도 가져가면 모를까. 깽푼 한 잎이 없소."
> "집 까짓 게 몇 푼이 돼서 기져가라우. 밭문서 내놓시오."
> "밭문서 주면 우리는 아주 죽게라우. 쪼끔만 더 참으시오."
> "쪼끔 쪼끔이 언제요. 홀몸으로 고생하고 있으께 사람같이 안 보이요."
> "집이만 홀몸이요? 나도 집이 돈 때문에 홀몸으로 이 고생 아니요."
> "뭣이라우! 내 돈 때문에 홀몸이 되었어라우? 집이가 나 때문에 홀몸이 되었어. 기막힌 소리도 다 듣겠네."

"그럼 그렇제 어쩌라우. 집이 돈이 아니었으면 일밖에 모르는 우리 집사람이 나갔을 것이요. 집이가 돈을 줘서 나갔으께 결국은 집이 때문에 홀몸이 되었제 어쩌라우. 그런 대가는 생각 않고 돈만 내라고 그리 야단이요. 밭 가져갈라면 차라리 나를 잡어가시오."

<기계방아 도는 마을>에서 방앗간 여주인과 태실이 아버지가 빚 때문에 옥신각신하는 대화이다. 방앗간 여주인이 태실이 아버지에게 와서 그의 아내가 꿔간 돈을 달라고 하는데, 태실이 아버지는 방앗간 여주인이 돈을 꿔준 바람에 아내가 장사를 나가서 자기가 홀몸이 되었다고 따지는 것이다. 대화 사이에 지문이 없어도 인물간의 감정 상태와 갈등을 충분히 느낄 수 있다.

이처럼 오유권의 소설은 전라도 방언을 쓰고 있는 까닭에 그의 작품에는 자연스레 전라도 사람의 독특한 정서가 생동감을 얻게 되는 것이다. 다음은 그의 소설 <옹배기>에서 가려 뽑은 사투리이다.

— 금매마시. 집이 타져부러서 고향으로 가지 않고 신북으론가 안 간 닥 않는가.

— 아, 요 며칠 전에 집이 가시낙년이 쌀을 일다가 옴배기를 한 귀탱이 파싹 깨묵어서 그 으등가리 같은 것으로 쓰고 있지 않은가.

— 아, 댁이 이사가신다맹요?

— 에씨요. 아무 때라도 디릴 것인께 우선 받아두씨요.

여기서 '금매마시'는 '글쎄 말이네'의 뜻이고, '으등가리'는 '깨진 질화로', '이사 가신다맹요?'는 '이사 가신다면서요?', '에씨요'는 '여기 있어요'의 뜻이다. 현지인이 아니라면 쉽게 이해하기 어려운 사투리이다. 이와 같은 토속어의 사용은 작품의 현장성과 사실감을 높이는 데 크게 기여하는 것이다.

또한 오유권 소설에는 욕설도 자주 등장한다. 다음은 그의 몇 작품에 나오는 욕설들이다.

— 이 혓바닥을 동강이 낼 년아. 밥 처묵고 따땃하면 가만히 나자빠져 있제 뭣하로 남의 말을 퍼뜨리고 다니냐. 이 눈구녁을 파버려도 안 시언할 년아. 늬가 가리사니 없는 년이란 것은 온 돈네가 다 안다. 당장 혀라도 뽑아 죽일 년아.(<소문>)

— 그라고 요새 혼사가 어울려질라고 하면서부터는 참말로 샘 질에 한번 내보내기를 두려워했어라우. 꼭 집에 앉혀놓고 지 일이나 보게 했어라우. 그런디 그 눈 곯아빠질 년이 똑똑히 보지도 못하고 그런 애먼 소리를 할 것이요.(<소문>)

— 이 오살년아, 그렇게 밥을 처묵고도 금매 무슨 걸귀가 들려서 남의 집서 밥까지 얻어처묵고 댕게.(<가을길>)

— 늦어도 사흘 안에 줘야 한다. 안 그러면 곡괭이로 뱃대기를 긁어버릴 텐께.(<가난한 형제>)

— 내이 망할 년. 애기 안 보고 어디 갔다야?(<기계방아 도는 마을>)

— 응 이노무 새끼야. 왜 그만큼 일러도 책은 안 보고 이런 디만 뽀짝거리냔 말이야. 나, 이런 자식새끼 하나 없는 폭 칠란다.(<호식>)

— 요놈의 새끼들이 농민을 제 놈들 종만큼도 못 알아본다 말이요. 기어코 못 와서 놀게 합시다.(<농민과 시민>)

욕설은 남을 모욕하거나 저주하는 말로서 주로 흥분한 상태에서 발하는 것으로서 그 사람의 심리상태와 성격을 드러내며, 지적 수준이나 교양, 가치관 따위를 엿볼 수 있다. 오유권은 농촌사람의 거칠면서도 진솔한 입말을 소설에 전면적으로 도입함으로써 인물들의 성격을 구체화하면서 생동감을 부여하는 데 큰 성공을 거두었다.

IV

이상에서 살펴본 바와 같이 오유권은 농촌 현장의 체험을 바탕으로 가난한 농민들의 삶과 애환을 꾸밈없이 그려냈다. 그의 소설은 소박하고 천진한 농민들이 결핍에 시달리면서도 억척스럽게 살아가고자 하는 의지를 그리는 데 주안점을 두었다.

특히 오유권 소설은 1950년대에서 1970년대에 이르는 한국 농촌의 궁핍한 실상과 고통 받는 농민들의 삶과 의식세계를 잘 묘파하였다. 이렇게 가난에 시달리면서도 악착같은 삶의 의지를 발휘하는 농민들의 애환을 조명한 점에서 오유권 소설은 1950년대와 1970년대 걸친 우리 농촌의 풍속도라 할 만하다.

무엇보다 오유권 소설은 전라도 사투리의 보고(寶庫)임을 간과할 수 없다. 전라도 농민들의 애환을 투박스러우면서도 구수한 사투리로 맛깔나게 표현한 오유권이야말로 사투리의 가치와 중요성을 인식하고 그것을 본격적으로 문학작품에 반영하는 데 성공한 작가라고 할 것이다. 따라서 사투리의 도입은 오유권 소설의 선구적인 성과로 평가해야 할 것이다.

오유권은 과작(寡作)이 아닌 다작(多作)의 소설가였다. 그는 궁핍한 농촌에서 태어나 평생 가난을 숙명처럼 달고 다녔다. 그가 다른 작가들보다 왕성하게 작품 활동을 한 것도 생계를 위한 수단이었기 때문일 것이다.

그런데 이토록 많은 작품을 남겼음에도 불구하고 오늘날 오유권의 소설이 별다른 주목을 받지 못하고 묻혀 있는 점은 아쉬운 일이 아닐 수 없다. 오유권의 소설은 오늘날 문인들의 의식에 묻혀 버렸다고 해도 과언이 아니다. 같은 시대에 활동했던 다른 작가들에 비해 그의 소설집은 출간이 끊어진지 오래다. 그러니 지금의 젊은 세대들이 그의 존재를 알 수가 없다. 오랜 세월 고향을 지키며 창작활동을 했고, 고향마을의 이야기를 즐겨 다루었던 작가가 외려 고향에서 외면 받고 있는 현실은 대단히 안타까운 일이 아닐 수 없다. 오유권은 결코 한국문학사에서 망각되어서는 안 될 작가이다. 현재 나주에 그의 문학 기념비가 세워져 있지만 앞으로 오유권 문학상 같은 것을 제정해서 그의 문학적 성과를 널리 알리고 계승 발전시킬 필요가 있다고 본다.

농민들의 강인한 생명력과 고난 극복 의지
— 오유권 장편소설론

독합다. 독합다! 그렇게 독한 시어머니는 첨 봤다.
— 〈과수원집 딸들〉

I

전라남도 나주 출신의 소설가 오유권(吳有權, 1928~1999)은 참으로 입지 전적인 작가라고 할 수 있다. 그의 학력을 보면 어린 시절 외조부에게 천자문을 배우고 서당에서 한문을 공부한 것과 소학교를 졸업한 것이 전부이다.

소학교 졸업과 동시에 학교 사환 노릇을 하다가 우체국으로 옮겨 일하게 되었는데, 어느 날 서점에서 노자영(盧子泳)의 수상집 『인생 안내』(1938)라는 책을 읽으면서 글에 대한 매력을 느끼고 소설가의 꿈을 꾸게 되었다.

그러다가 6.25 전쟁을 맞아 군입대를 하여 부산에서 복무를 하던 중 때마침 해병대 종군기자로 와있던 소설가 김동리(金東里)를 만나게 되었다. 그 일은 오유권의 인생에서 사막의 오아시스를 만난 것과 같은 행운이었다. 그는 김동리의 지도를 받으며 문학수업에 정진하였으며, 그 인연으로 김동리의 처제와 혼인까지 하게 된다.

전쟁이 끝나고 오유권은 황순원(黃順元)에게도 소설지도를 받았으며, 마침내 1955년 그의 추천으로 <현대문학> 4월호에 단편소설 <두 나그네>와 12월호에 <참외>를 발표하면서 문단에 얼굴을 내보였다.

그 후로 이혼과 재혼의 곡절도 겪었으나 꾸준히 소설 창작에 몰두하여 그의 대표작이라고 할 수 있는 <월광(月光)>(1959, 사상계)과 <이역(異域)의 산장(山莊)>(1960, 현대문학), <기계방아 도는 마을>(1965, 현대문학) 따위를 발표하였다. 1966년에는 평생의 직장이었던 우체국을 그만두고 전업작가로 전환하였으며, 1968년에는 고향을 떠나 서울로 삶터를 옮겨 <농우부고장>(1968, 현대문학)과 <농민과 시민>(1975, 신동아), <농민백서>(1979, 현대문학) 등을 선보이며 활동범위를 넓혀나갔다.

불운하게도 1981년 뇌졸중으로 쓰러지면서 몸이 불편하였으나 거기에 굴하지 않고 <농지상한선>(1982, 문학사상)과 <쑥골의 신화>(1987, 동서문학), <산촌자매>(1996, 현대문학) 등 100여 편이 넘는 소설을 발표하였다.

1999년 3월 향년 72세로 작고하기까지 오유권이 남긴 작품이 모두 250여 편에 달한다. 이를 보면 오유권이야말로 한 평생 오로지 소설 창작에만 목숨을 바쳤다고 볼 수 있다. 궁핍한 환경에서 태어나 작가로 성장하기까지 그가 걸었던 길은 험난한 가시밭길이었을 것이다. 그럼에도 불구하고 초인적인 능력을 발휘하여 소설가로 우뚝 올라섰기에 그를 일컬어 감히 입지전적인 작가라 아니할 수 없는 것이다.

II

오유권은 1955년에 발표한 등단작 <두 나그네>(현대문학)로부터 시작하여 1997년 마지막으로 발표한 <샘안집과 시누이>(동서문학)까지 43년의 집필기간 동안 장편 9편, 중편 10편, 단편 230여 편을 남겼다.[1] 필자는 오유권의 단편소설에 대해서는 이미 소략하게나마 논고를 발표한 적이 있기에[2],

---

1) 최은영, "오유권의 생애와 소설", 오유권 소설 선집, 현대문학, 2013. 429쪽.

이 글에서는 그의 장편소설을 대상으로 그의 작품세계를 살펴보고자 한다.

그런데 오유권의 장편소설은 단행본으로 출간된 것과 출간되지 않은 것이 있다. <방앗골 혁명>(을유문화사, 1962)을 비롯하여, <황토(荒土)의 아침>(을유문화사, 1967), <여기수(女旗手)>(휘문출판사, 1969), <송잇골의 젊은이들>(문리사, 1977), <과수원집 딸들>(한맥, 1980)은 단행본으로 출간된 바 있다. 특히 <황토의 아침>은 1957년 삼중당에서 다시 출간되었고, <여기수>는 1972년 삼성출판사와 1994년 다름원에서 두 차례 더 출간되었다.

반면에 월간지에 연재되었으면서도 단행본으로 출간되지 않은 소설들도 있다. <유형족>(자유문학, 1960.10.~1961.4.)과 <대지의 학대>(문학춘추, 1964.6.~1965.1.), <이삭 줍는 사람들>(농원, 1966), 역사소설 <대륙의 주인>(1975) 등이 그것이다. <못다 핀 이 젊음을>(신아일보, 1969)이라는 연재소설은 다행히 단행본으로 출간되었는데, 제목이 <여기수>로 바뀌었다.

이 글에서는 책자로 출간되지 않은 장편소설 네 편은 제외하고, 단행본으로 나온 <방앗골 혁명>과 <황토의 아침>, <여기수>, <송잇골의 젊은이들>, <과수원집 딸들> 등 다섯 편을 살펴보기로 하겠다.

1. 전쟁의 비극과 이념의 소용돌이

오유권은 1928년생으로서 6.25 전쟁을 20대에 체험한 세대이다. 더욱이 군인의 신분으로 전쟁 기간을 보냈기 때문에 그는 어느 누구보다도 전쟁의 참혹함과 혼란상을 가까운 거리에서 볼 수 있었을 것이다. 전쟁을 소재로 한 그의 장편소설로는 <방앗골 혁명>(1961)과 <여기수>(1969)가 있다. 두 작품 모두 농촌을 배경으로 전란의 참상과 그에 처한 양민들의 비극을 그렸다.

---

2) 장병호, "농민들의 질박한 삶과 애환", <한국문학인>(2018 여름호, 통권 제43호), 한국문인협회, 301~317쪽.

먼저 <방앗골 혁명>을 살펴보면, 이 소설의 배경이 되는 방앗골은 오래 전부터 반상(班常)의 관습이 사라지지 않은 동네로서 양반들이 사는 상촌과 평민들이 사는 하촌으로 나뉘어 있다. 하촌사람들은 상촌사람들이 양반입네 하며 자기네를 낮추어보며 함부로 대하는 것에 반감을 지니고 있다.

그러다가 6.25 전쟁이 발발하자, 그동안 업신여김을 받아온 하촌사람들이 공산세력에 붙어 상촌사람들에게 분풀이를 한다. 그리고 공산군이 물러간 뒤에는 거꾸로 상촌사람들이 경찰의 힘을 빌려 앙갚음을 하면서 숱한 사람들이 희생당한다.

> 수백 명의 하촌사람들이 바람에 쓸리는 갈대처럼 쓰러졌다. 몇 사람이 탄알을 뚫고 나오려고 했으나 허사였다. 경찰이 달려가 되는 대로 쏘아 갈겼다. 상촌사람들의 시체더미 위에 하촌사람들의 시체가 포개졌다. 보는 사이사이 골짝이 피바다가 되었다.
> ― <방앗골 혁명>

이렇듯 <방앗골 혁명>은 1950년대의 농촌을 배경으로 그때까지도 잔존해 있던 신분차별 문제와 좌우 이념에 따른 농민들의 갈등과 대립을 그렸다. 신분차별에 대한 앙금이 전란을 통해 이념 대립으로 표출되어 숱한 인명의 살상으로 이어지는 사실이 적나라하게 묘파된다.

<방앗골의 혁명>은 모두 3부로 이루어져 있다. 제1부에서는 상촌과 하촌의 신분차별에 대한 갈등이 드러나고, 제2부에서는 전쟁을 겪으며 마을에서 피비린내 나는 보복과 살육의 회오리바람이 분다. 그리고 제3부에서는 전쟁이 끝난 뒤 상하촌 사람들이 정신적 상처를 치유하고 화합을 도모하는 이야기가 전개된다. 단순히 전쟁의 폭력성과 양민의 수난을 그리는 데 그치지 않고 그 후유증을 극복하고자 애쓴 점은 이 소설이 지닌 큰 미덕이라 할 만하다.

<여기수>는 1948년의 여순사건에 이어 1950년의 6.25 전쟁에 이르기까

지 빨치산의 활동에 초점을 맞춘 작품이다.

이 소설은 앞서 말했다시피 <못다 핀 이 젊음을>이라는 제목으로 신문에 연재되었던 것인데, 책자로 발간되면서 <여기수>로 바뀌었다. <방앗골 혁명>이 농민들의 빈한한 생활과 신분차별 문제 따위를 바닥에 깔았던 것과는 달리 <여기수>는 그러한 배경이 없이 곧장 빨치산의 출몰과 혼란 속에서 고통 받는 민중들의 이야기가 그려진다.

<여기수>에는 여러 인물이 등장하는데, 그 가운데서도 중학교 교사를 하다 그만두고 고향에 돌아온 중혁이라는 청년이 중심인물이다. 셰익스피어의 햄릿처럼 회의적인 성격을 지닌 그는 좌익세력에 포섭되어 여러 지령을 받지만 지극히 소극적으로 행동하며, 우익과 좌익 사이에서 갈팡질팡하는 면모를 보인다.

> 중혁은 숨을 죽이고 눈을 감았다. 만일 경찰에 정보를 제공한 것이 드러나면 자신은 물론 가족까지 학살당할 것 같았다. 체념에 앞서 절망과 공호와 분노와 전율이 폐부를 찔렀다. 국군의 후퇴를 탄하고 싶지도 않고 괴뢰의 남침을 저주하고 싶지도 않았다. 비극은 이미 해방과 함께 약속된 것이라고 하였다.
>
> — <여기수>

이밖에도 <여기수>에는 중혁의 애인 애숙을 비롯하여 중혁을 암암리에 도와주는 지영과 미자가 있고, 빨치산 색출에 혈안인 강형사와 빨치산의 세력을 엎고 사욕을 채우는 억만 따위의 인물이 있다. 이와 함께 좌우이념의 소용돌이 속에 좌충우돌하는 군상들의 크고 작은 사건들이 파노라마식으로 숨가쁘게 전개된다.

작가 오유권은 특정한 이념에 편향을 보이지 않고, 이념 혼란의 상황에서 여러 부류의 인물들이 제각기 생존본능에 따라 목숨을 부지하고자 애쓰는 모습들을 만화경처럼 보여주고 있다. 아울러 치열한 싸움터에서도 이성에 대한 욕구는 어쩔 수 없는 인간의 원초적인 속성임을 적나라하게 보여준다.

이렇듯 <방앗골 혁명>과 <여기수>는 빨치산과 토벌대의 숨바꼭질과 더불어 좌익과 우익이 무엇인지도 모른 채 밤낮으로 인공기와 태극기를 바꿔 들어야 하는 무지몽매한 양민들의 고충이 잘 나타나 있다. 그런데 이것들은 나중에 이병주의 <지리산>(1985)과 조정래의 <태백산맥>(1989)에도 되풀이되어 나타나는 것을 볼 때, 오유권이야말로 빨치산 이야기를 가장 먼저 소설화한 선구적인 작가였다고 말할 수 있겠다.

2. 가난한 농촌 현실과 그 극복을 위한 노력

오유권 소설은 하나같이 궁핍한 농촌을 배경으로 하고 있다. 그리고 그 주인공들은 가난에 시달리면서 그것을 이겨나가고자 몸부림치는 인물들이다. 이러한 인물은 <방앗골 혁명>과 <송잇골의 젊은이들>에 두드러져 보인다. 농촌의 빈곤은 먼저 굶주림으로 시작된다. 오유권 소설에는 끼니를 제대로 잇지 못하는 사람들의 이야기가 자주 등장한다. 그들에게 가장 무서운 것은 보릿고개이다.

> 허기진 봄 따라 보릿고개도 지루하였다. 입하(立夏)도 지났건만 보리는 아직도 살을 벌릴 생각을 않고 있었다. 새 보리를 보려면 아직도 한 달을 살아야 하는 것이었다. 말이 한 달이지 하루가 한 달 같이 지루하였다. 방앗골 사람들은 반 수 이상이 끼니를 굶듯이 하였다.
> ― <방앗골 혁명>

<방앗골 혁명>은 일제강점기에서 겨우 벗어났지만 아직 안정을 찾지 못한 1950년대 한국전쟁을 전후한 시절의 농촌의 모습을 보여준다. 특히 이 소

설에는 상하촌의 신분의식에 따른 갈등을 불식시키고 화합하는 농촌을 만들고자 하는 농민들의 자발적인 의지가 나타나 있다. 주인공 순태는 좌익과 우익의 사이에서 줄타기를 하면서 운 좋게 살아나온다. 전쟁이 끝나자 고향에 돌아온 그는 상하촌의 화합을 염원하는 윤노인과 더불어 폐허가 된 마을을 재건하고 상하촌의 뿌리 깊은 앙금을 해소하는 데 힘을 쏟는다.

> "나도 그러지만 자네들이 이 점에 대해서 많이 각성해야겠네. 이웃 사람들끼리 자주 만나서 얘기도 하고 공허한 마음도 풀도록 하게. 상촌은 상촌대로, 하촌은 하촌대로 자네들을 중심으로 해서 인화하고 단결이 되어야 한다마시. 그러면 자네 두 사람의 정의 여하에 따라서 얼마든지 웃음 웃고 안 지내겠는가."
> "저희들도 만나면 노상 그런 방안을 모색하군 합니다."
> ― <방앗골 혁명>

<방앗골 혁명>보다 15년 뒤에 발표된 <송잇골의 젊은이들>에서는 빈곤 퇴치와 생활 개선 등 농촌 발전을 위한 개혁의지가 더욱 적극적으로 표출된다.

주인공 태봉은 워낙 가진 것이 없어 소작인으로 살아가는 청년이다. 그는 동네 과부 서씨부인의 외동딸 은님이를 마음에 두고 그 집 머슴살이를 자청하여 마침내 은님이와 혼인에 성공한다. 그리고 마을의 젊은이들과 어울려 잘사는 농촌을 만들어보자고 다짐하고, 관혼상제 등 낭비성이 심한 허례허식을 타파하기 위한 마을의례준칙을 만든다. 그리고 구습을 고수하는 노인들을 찾아다니며 의례 간소화에 동참할 것을 설득한다.

> "절약하고 살자는 말은 좋은 말이네만 조상 박대를 그렇게 해서야 되겠는가. 탈상 겸해서 올해만 모실라네."

"그렇게 안 모시면 어쨌다고 꼭 그렇게만 모실라고 하시오. 그 동 있으면 애들 교육보험에나 들고 마을 기금 좀 보태주시오."

"그래도 사람이 위선산(爲先山)은 해야 해. 애비 없는 자식이 어디 있단가."

"그렇게 누가 제사를 지내지 말라고 하시오. 방안제사로 돌려서 간단히 모시라고 하제. 마을에서 결의한 뒤로 어르신네 제사가 제일 첨이게 마을의 앞날을 위해서도 본보기로 방안제사로 돌리십시오."

　　　　　　　　　　　　　　　　　　　─ <송잇골의 젊은이들>

　이렇게 구습 타파에 힘을 쏟는 한편, 농사일도 종래의 전통적인 영농방식을 답습하지 않고 공동작업과 온실을 활용한 특수작물 재배에도 정성을 기울여 소득을 높이고자 한다. 주인공은 새로운 영농법을 도입하여 수확을 늘리고 소득을 높이는 것이 고질적인 빈곤에서 탈피하여 농촌의 발전을 도모할 수 있는 최선의 방안으로 생각하고 있다.

　　곧 태봉이의 의견인즉 넙쇠와 이묵이가 보내온 돈을 갖다 모두 비닐하우스를 짓자고 하였다. 재배비용이야 몇 푼 안 드니까 각자가 준비하게 하고 비닐하우스를 공동으로 지어주자는 것이었다. 개인이 지을 수 있는 것도 대부형식을 통해서 마을에서 똑같이 지어주자고 하였다. 그러면 있는 사람이건 없는 사람이건 다 같이 재배해서 똑같은 수입을 올릴 것이 아니냐고 하였다.

　　　　　　　　　　　　　　　　　　　─ <송잇골의 젊은이들>

　이와 같이 <송잇골의 젊은이들>은 열악한 농촌 환경을 개선하여 잘사는 농촌을 만들려는 혈기 넘치는 청년들의 활동이 그려진다. 이는 곧 새마을운동이 불붙던 1970년대의 농촌 분위기를 반영한 것인데, 이 소설은 서사적인 흥미를 살리면서도 당대의 국가시책을 무리 없이 작품 속에 녹이는 데 성공했다고 볼 수 있다. 작가의 이야기를 다루는 솜씨가 무르익은 감이 있다.

한편 <과수원집 딸들>(1980)에서도 농촌 일에 적극적인 둘째딸 옥란이 마을에서 부녀회를 결성하여 농촌여자들의 생활개선을 위해 노력하는 이야기가 나온다. 정철이라는 청년도 진흥회 활동을 벌이면서 영농방법 개선을 통해 식량 증산에 힘쓴다. 오유권은 농촌 출신 작가답게 농촌문제에 비상한 관심을 가지고 농촌 발전에 매진하는 인물을 통해 농촌 발전 방안을 제시했다고 하겠다.

3. 이농민의 도시생활과 수난

1970년대는 우리나라의 산업화가 본격화된 시기로서 도시에 공장이 많이 생기고 일자리가 늘어나 노동인구의 수요가 커진 시기이다. 이에 농촌의 젊은이들이 빈곤에서 벗어나고자 고향을 떠나 도시로 몰려드는 이촌향도(離村向都) 현상이 가속화되었다.

바로 이러한 시대적 추세에 걸맞게 오유권의 장편소설 <황토의 아침>(1975)과 <송잇골의 젊은이들>(1977)은 농촌을 등지고 서울로 향하는 이농민을 소재로 다루고 있다.

먼저 <황토의 아침>을 살펴보면, 가난한 농사꾼 순구 내외가 먹고살기 위해 발버둥을 치는 이야기로 시작된다. 주인공 순구는 식량이 떨어져 동네 부자인 평동양반의 곡식을 꾸어먹는데, 그것이 늘어나 빚 독촉에 시달린다. 결국 빚을 갚을 수가 없는 형편이 되어 그 집에 머슴살이로 들어간다. 그리고 아내 옥순은 이 마을 저 마을 떠돌아다니며 잡화를 파는 도붓장수를 하면서 어렵게 살림을 꾸려간다. 그런데 공교롭게도 순구는 주인집 딸 복실이와 주인의 후처 평동댁이 성적으로 탐하게 되고, 끝내 그 일이 들통이 나서 고향을 떠나지 않을 수 없게 된다.

고향을 등지고 순구 내외가 서울행 완행열차에 몸을 실은 것은 여름도 일찍이 지난 가을 어느 날이었다. 땅을 잃고 일을 잃고 아내의 도붓장사에 목숨을 걸고 있는 농촌생활은 너무도 무미건조한 것이었다. 땅을 못 갈 바에야 차라리 대처에 가서 거릿장사라도 하자는 것이 부부의 일치된 의견이었다.
　　　　　　　　　　　　　　　　　　　　　— <황토의 아침>

그는 아내와 함께 서울로 가서 노점상도 하고 술장사를 하면서 돈을 벌려고 애쓴다. 그 과정에서 별의별 사람들을 만나 봉변도 당하고 인파 속에서 딸아이까지 잃어버리며 각박한 도시에서 숱한 고생을 한다. 결국 어렵사리 얼마간의 돈을 손에 쥔 순구는 고향에 황무지를 헐값에 사가지고 내려와 그곳을 개간하면서 새 농민으로서 희망찬 삶을 시작한다.

옥순이는 미개지에 대한 호기심과 두려움이 엇갈리는 심정이었다. 가서 당장 어떻게 해야 할지도 막연하였다. 땅을 많이 산 것은 반갑지만 그걸 어느 세상에 곡식되게 일굴까 싶었다.
　　"가서 해보면 할 만할 것이네. 땅값을 주고나면 돈이 칠팔만 원밖에 안 남것는디 돈이 좀 안 모자랄지 걱정이시. 당장 연장부터 사야하고 소도 한 마리 있어야 갈 것인디……."
　　　　　　　　　　　　　　　　　　　　　— <황토의 아침>

다음으로 <송잇골의 젊은이들>에도 이농민이 등장하는데, 여기서는 이농민의 이야기만을 다룬 <황토의 아침>과는 달리, 농촌을 지키면서 환경개선에 힘쓰는 태봉이와 농촌을 떠나 서울로 가서 터를 잡는 넙쇠 두 인물을 설정해놓고 그들의 살아가는 모습을 번갈아 보여준다.
　고향을 떠난 넙쇠와 콩님 부부는 서울로 가서 길거리에서 참새구이 장사를 시작한다. 그러나 서울살이가 당초 생각했던 것처럼 호락호락하지 않다.

순박한 그들은 곧잘 사기꾼에게 걸려 돈을 떼이곤 한다.

> "이 자식. 눈에 띄기만 하면 칼로 배때기를 찔러버릴라네."
> "오늘도 안 헛장사했소."
> 넙쇠는 웃어야 할지 울어야 할지 눈앞이 멍하였다.
> 이런 참새장사를 속이고 다닌 사기꾼이 있는가 하자 서글프기까지
> 한 것이다. 케이스값을 잘 받는다고 해도 당장 육백 원 하나는 떼인 것
> 같았다. 돈 육백 원을 벌려면 자기 내외가 밤 열 시까지 발등이 붓도록
> 서있어야 하는 것이었다.
>
> ― <송잇골의 젊은이들>

급기야 넙쇠는 아내가 사기꾼에게 유괴되는 바람에 장사를 작파하고 아내를 찾아 헤맨다. 그러다가 다른 여자를 만나 새살림을 차리기도 하는 등 숱한 우여곡절을 겪는다. 그들에게 서울은 오로지 자기 이득을 위해서 남을 속이고 빼앗는 이기적이고 부도덕한 세계이다. 결국 그들은 서울에서 방황만 하다가 뿌리를 내리지 못하고 귀향을 결심하며, 고향에 돌아와 농촌 개선에 힘을 합치며 새 출발을 도모한다.

<황토의 아침>과 <송잇골의 젊은이들> 두 소설은 농민들의 이농현상을 다루되 결국 도시 정착에 실패하고 고향으로 되돌아오는 것으로 귀결된다. 여기에서 작가의 향토에 대한 남다른 애착을 읽을 수 있으며, 각박하고 경쟁적인 도시의 삶보다는 인정미가 있고 자연과 가까이 하는 농촌의 삶이 더 가치 있고 행복하다는 자신의 가치관을 드러낸 것으로 볼 수 있다.

4. 남녀 간 애정의 세계

오유권의 소설은 어느 것 할 것 없이 남녀 간의 애정담이 끼어들어 있다.

이러한 애정담은 흥미 요소로 작용하여 그의 소설을 한번 들면 좀처럼 내려놓을 수가 없도록 만든다.

이를테면 <방앗골 혁명>에서는 금순이라는 처녀를 두고 순태와 민우가 삼각구도의 쟁탈전을 벌이고, <송잇골의 젊은이들>에서도 태봉과 용욱 두 총각이 은님이라는 처녀와 삼각관계의 줄다리기가 시작된다. <황토의 아침>에서는 주인공이 머슴으로 들어가 주인집 딸과 후처와 겹으로 정분이 나고, 그의 아내도 도붓장사를 다니다가 외간남자를 만나 그 아이까지 낳게 된다. 빨치산의 이야기를 다룬 <여기수>도 그 밑바닥에는 남녀 간의 육체적 욕망의 세계가 거미줄처럼 얽혀 있다. 인간의 모든 행동은 성적 욕구에서 비롯된다는 프로이트(S. Freud)의 이론이 오유권의 소설에 그대로 적용되고 있는 셈이다.

특히 <과수원집 딸들>(1980)은 남녀 간의 애정의 세계를 본격적으로 다룬 작품이다. 과수원을 운영하는 부잣집 송영감에게는 금란, 옥란, 미란이라는 세 딸이 있다. 큰딸 금란은 시집을 갔다가 시어머니의 구박과 남자 구실을 못하는 남편의 학대에 못 이겨 친정으로 돌아와 지내고 있는 처지이다. 둘째 딸 옥란은 세 딸 중에서 가장 줏대가 있고 일을 당차게 꾸려나가므로 아버지의 신임을 받아 장차 농장을 운영할 수 있는 권한을 부여 받는다. 막내딸 미란은 철부지로서 아버지 몰래 쌀을 훔쳐가지고 신문기자 노릇을 하고 다니며, 정조관념이 희박하여 여러 남자와 얽힌다.

산속에서 못 당할 짓을 당한 미란이는 마음이 갈피 잡히지 않았다. 놈이 끝내 칼을 가지고 달겨들 줄은 몰랐다는 것이었다. 몸을 거부했으면 그 자리에서 꼼짝없이 죽고 말았으리라 하자 상기 가슴이 떨렸다. 그 날도 그 날이지만 저한테 시집을 안 오면 끝까지 뒤를 밟겠다니 이 어쩔까 싶었다.

— <과수원집 딸들>

송영감이 죽고 나서 세 딸은 모두 짝을 찾아 결혼을 하게 된다. 큰딸은 한때 칠보라는 총각과 재혼할 생각을 했으나 그 총각이 막내 미란과 관계가 있음을 알게 되어 집안일을 거들어주는 양씨와 맺어진다. 둘째딸은 자기 때문에 상사병에 걸린 정철이라는 총각에게 마음이 기울었지만 자기 친구 은자와 깊은 관계를 맺은 것을 알고 아버지가 정혼해준 남자와 혼인하기로 마음먹는다. 막내딸은 칠보와 사귀다가 복돌이와 가까워지는 등 어지러운 편력 끝에 기자 시절 자기를 도와주던 일섭이와 결혼을 한다.

<과수원집 딸들>은 농촌을 배경으로 하지만 농민이나 농사일과 같은 농촌 문제에는 아무런 관심이 없고 오직 등장인물의 애정 갈등과 혼인 문제만 부각되고 있다. 물론 둘째딸 미란이 부녀회를 조직하고 그에게 연정을 품은 정철이 진흥회를 통해 영농개선을 역설하는 부분이 있기는 하다. 그러나 소설의 중심 서사가 아니고 곁가지에서 변죽만 울리는 데 그치기 때문에 독자에게 별다른 울림을 주지 못한다.

그러니까 <과수원집 딸들>은 그동안 작가가 핵심주제로 삼아왔던 농촌의 빈곤 문제나 이농 문제, 전란과 좌우 이념의 갈등 문제는 증발되고, 오로지 남녀 간의 애정문제만 두드러진 점에서 이전의 소설들과 크게 차별된다. 오유권의 장편소설 가운데서 가장 나중에 나왔음에도 불구하고 <과수원집 딸들>은 농촌의 현실을 외면하고 있는 점에서 통속소설의 전형으로서 오유권의 소설 중 가장 급이 떨어지는 작품에 속한다고 할 수 있겠다.

5. 사투리 구사와 향토적 정감

오유권은 등단작인 단편소설 <두 나그네>와 <참외>에서부터 시종 전라도 사투리로 질박한 농민들의 육성을 담아내면서 농촌의 토속적 분위기를 살려낸 바 있다. 장편소설에서도 오유권 특유의 사투리는 여전히 빛을 발한다. 작가는 자기가 살았던 고향의 말투를 그대로 소설에 옮겨놓음으로써 다른 작가의 작품에서는 쉽게 찾아볼 수 없는 향토적 정취를 풍겨낸다.

오유권 장편소설의 인물들이 나누는 대화를 살펴보면 다음과 같다.

— 너희들이 언제 쌀밥 묵고 살 복 타고났냐. 칵 패죽이기 전에 부애
  채우지 말고 어서 묵어.
— 오메 저러언! 그년이 그렇게 미쳤다 말이요. 궁둥이가 들먹거리께
  그랬던 것 아니요.
— 백날 그래도 나는 한 것도 안 같소이. 묵다 만 것처럼 항상 서운해
  라우. 닭 잡수시고 뭣하면 좀 주무시께라우.

　　　　　　　　　　　　　　　　　　　　　— <황토의 아침>

— 오메, 오메! 그애가 그랬다냐. 너를 죽이려고 한 년 아니냐. 그럼
  왜 진작 그런 말을 하지 않았냐.
— 어따아! 붙잡혔다더니 살아 와겠소이. 얼마나 고생해겠소.
— 아들 간 곳을 왜 몰라야고 기어이 찾아내라고 욱대기더라. 마을
  놈들이 더 지랄하고 죽일락 해야.

　　　　　　　　　　　　　　　　　　　　　— <여기수>

— 개노무 새끼들이 지금이 어느 세상인디들 양반 유세를 찾고 있어.
  칵 그만 목들을 안 끊어 버려! 고 새끼들이 돈하고 빽으로 뒷구멍
  을 막어버린께 안 된다마시.
— 썩은 노무 새끼들아, 핑핑 가서 나무도 해오고 제각 마루도 좀 홈
  치고 해라.
— 묵고 못 묵는 것은 고사하고 우리 윤쇠란 놈은 어혈이 안 풀려서
  큰일이시. 아무리 대나무찜을 묵어도 안 낫는다마시.

　　　　　　　　　　　　　　　　　　　　　— <방앗골 혁명>

— 냅두소. 용욱이 같은 놈이야 논 그것 없애 묵어도 쇠털 하나 빠진
  목밖에 안 될 것이네. 그런 놈 돈 안 따 묵고 누 돈 따 묵을 것인가.

― 이녀러 가시네야. 밥을 내다주면 냉큼 오제 뭣하고 이제 오냐. 어
서 갓등(芥菜)이랑 씻어다 간해라.
― 올해사말로 농사까지 짓고 하게 가슬해놓고 했으면 쓰겄소. 그래
어머니가 데리고 선보러 올란닥 합디껴?

― <송잇골의 젊은이들>

― 일은 잘 합디다만 반찬이 입에 안 맞는다고 툴툴거립디다. 말이,
머슴은 주인을 휠라면 일로 휘고 주인은 머슴을 휠라면 먹이로 휜
다고 않습디여.
― 독합다. 독합다! 그렇게 독한 시어머니는 첨 봤다.
― 내가 그래 뭣이락 합디여? 가기 싫으면 아버지한테 의논해서 딴
길을 찾아라고 않습디여.

― <과수원집 딸들>

사투리에는 그 지역 사람의 성격과 기질과 감정이 담겨 있다. 사투리에서
그 지방 사람들 특유의 땀냄새와 흙냄새를 맡을 수가 있다. 오유권은 전라도
사투리를 대화 속에 잘 살림으로써 인물 개개인의 성격에 생동감을 주고 향
토적인 분위기를 유감없이 전해준다.

특히 오유권은 사투리의 묘미를 살리기 위하여 대화체 위주로 서사를 이
끌어간다. 그의 소설은 다른 작가에 비해 대화 부분이 훨씬 많은 까닭에 독자
들은 지문이 많은 소설에 비해 훨씬 읽어나가기가 수월함을 느낀다. 작가는
사투리 대화를 통해 작품의 특성을 살리면서 동시에 독자들을 효과적으로 끌
어당기는 전략을 구사한 것이다. 이러한 사투리의 구사는 조정래와 박경리도
<태백산맥>(1989)과 <토지>(1994)에서 효과를 거둔 점을 생각할 때, 오유
권은 이들보다 훨씬 앞서 사투리를 도입함으로써 토속성을 살리고 향토적 정
감을 극대화에 모범을 보인 작가로 손꼽을 수 있겠다.

III

이상으로 오유권이 펴낸 다섯 편의 장편소설을 통해 그의 작품세계를 개략적으로 살펴보았다.

오유권의 장편소설은 전쟁의 비극과 이념의 소용돌이에서 고난을 겪는 인물들을 그렸고, 가난한 농촌 현실에서 고통을 받으며 그것을 극복하고자 노력하는 인물들과, 고향을 떠나 도시로 향했다가 결국 원점으로 회귀하는 인물들을 주인공으로 삼았다. 여기서 작가의 향토에 대한 애착정신을 엿볼 수 있다. 특히 오유권은 어느 작품에서나 남녀 간의 애정관계를 중심으로 삼았으며, 전라도 출신답게 고향의 사투리를 잘 구사하여 개성적인 작품세계를 구축함으로써 후대작가들의 전범이 되었다.

우리나라의 농촌소설은 이광수의 <흙>(1933)을 비롯하여 박영준의 <모범경작생>(1934), 심훈의 <상록수>(1936), 이기영의 <고향>(1937)과 이무영의 <제1과 제1장>(1939) 등이 대표적이다. 그런데 이들 작품들은 대개 도회지 출신의 인물이 농촌에 들어가 계몽운동을 펼치거나 농촌문제 해결을 위해 투쟁하는 이야기이다. 이에 반해 오유권 소설의 인물들은 농촌에 살고 있으면서 자신의 문제를 자발적으로 개선하고자 노력하는 점에서 다른 농촌소설과 차원을 달리한다. 오유권의 소설은 농촌에 몸담고 있는 작가가 농촌의 모습을 그려냈다는 점이 여타 소설과 다르며, 바로 이 현장성이 오유권 소설의 독보적인 미덕이라고 할 수 있다.

특히 전란을 배경으로 한 <방앗골 혁명>과 <여기수>에 그려진 빨치산 이야기는 이병주의 <지리산>과 조정래의 <태백산맥>보다 시기적으로 앞서고 있는 점에서 오유권의 선구적 공적을 인정할 필요가 있다.

오유권의 소설에서 그려지는 인물은 하나같이 고난을 받는 인간상이다. 그의 인물들은 빈한한 농촌 환경에서 굶주림을 고통을 받고, 비천한 신분이라고 업신여김을 받고, 좌우익 이념의 갈등으로 생사의 갈림길에 놓여 전전 긍긍한다. 그러나 그들은 결코 좌절하거나 포기하지 않으며, 어떻게든 자기들에게 닥친 어려움을 이겨내고자 안간힘을 쓴다. 그들은 누대에 걸쳐 내려온 농촌의 빈곤을 극복하기 위하여 마을주민이 단합을 하여 마을의 규약을 정하고 실천한다. 또한 새로운 영농기술을 도입하여 수확을 늘리고 소득을 높이고자 애쓴다. 일부 농민들은 도시로 나가기도 하지만 끝내는 복귀하여 고향에서 새로운 길을 모색한다.

여기에서 농민들의 끈질긴 생명력을 찾아볼 수 있는데, 이러한 농민들의 생명력과 고난 극복 의지야말로 5천 년의 유구한 역사를 자랑하는 우리 민족의 원초적인 정신과 상통하는 부분이라고 하겠다. 또한 그것은 빈한한 농촌에서 일어나 유명작가로 발돋움하기까지 분투노력한 오유권 작가 자신의 정신이기도 할 것이다. 중병을 앓은 불편한 몸에도 불구하고 끊임없이 펜을 놀려 한 생애 동안 무려 250여 편의 길고 짧은 작품을 남긴 입지전적인 작가 오유권! 그의 초인적인 창작열은 끈질긴 생명력을 지닌 그의 작중인물들을 통해 오롯이 구현된 셈이다.

한국 근대소설에 나타난 신여성상

연정이 일어날 때에, 쌍방이 합의만 하면,
욕구대로 긍정함이 가하지 않으냐.
- 〈제야〉

I

갑오경장 이후 한국사회에 가장 시급했던 과제는 어떻게 하루빨리 개화를 하느냐는 것이었다. 이때는 서구의 문명을 받아들이는 것을 곧 개화로 인식하여 너도나도 그것에 선망의 눈초리를 던지고 적응하기에 바빴다. 그러다 보니 자연히 우리 고유의 것에 대한 자부심을 가질 수 없게 되고, 전통적인 것은 곧 열등한 것이며 청산해야 할 유산으로 인식되는 결과를 빚기도 했는데, 나중에 이것은 큰 반성의 대상이 된다. 아무튼 신소설이나 이광수의 소설에 빈번히 나타나는 젊은이들의 해외유학형 결말은 이러한 당대의 개화적 분위기가 반영된 것으로 볼 수 있다.

서구문명이 당시의 우리 민족에게 주었던 가장 큰 충격은 남녀평등 및 개인의 자유일 것이다. 개인주의 사상의 발로인 이러한 서구문화는 오랫동안 봉건주의의 겨울잠에 빠져있던 조선인에게 새로운 충격이 아닐 수 없었다. 당시 새 교육을 받은 학생들은 이러한 사상을 펴고 몸소 실천하고자 했다.

그런데 서구문물과 사조의 유입은 필연적으로 전통 문화와의 마찰을 불러일으킬 수밖에 없었다. 해외유학을 통해 새로운 문물을 맛본 젊은이들은 귀국 후 자신의 뜻을 펴고자 했으나 현실의 벽은 생각보다 훨씬 높았다. 이러한 현실의 벽 앞에서 그들은 많은 시행착오를 겪고 좌절을 경험하게 되었는데, 특히 여성의 경우 그 정도가 심하였다고 추측된다. 왜냐하면 뿌리깊은 봉건적 가부장제의 남성지배 사회 속에서 여성은 대단히 열악한 위치에 놓여 있었기 때문이다.

당시 신교육을 받은 이른바 인텔리 신여성들은 이러한 여성들의 현실적 문제점들을 발견하고 여성해방의 문제를 주장하기에 이르렀는데, 이러한 모습은 몇몇 작품들에서 형상화된 바 있다. 이 글은 김동인의 단편소설 <김연실전>과 염상섭의 <제야>를 통해, 1920년대 신여성의 의식구조와 문제점을 살펴보고, 그 한계를 고찰해 보고자 한다. 단 이 글에서 사용하는 신여성이란 대체로 해외유학을 통해 새로운 문물을 접한 부르주아(bourgeois) 지식계층의 여성[1]을 지칭하는 것임을 밝힌다.

II

김동인의 <김연실전(金姸實傳)>(≪문장≫, 1939.3.)은 자유연애와 여성해방을 부르짖는 신여성의 행각을 그린 소설이다. 첩의 소생인 주인공 김연실은 적모(嫡母)의 구박을 받던 끝에 탈출삼아 일본으로 와서 이른바 동경유학생이 된다. 그리고 조선 여자유학생 친목회에 참석하여 연설을 듣고 비로소 할 일을 인식하게 된다. 즉 "선각자가 되리라. 우리 조선 여성을 노예의 처지에서 건지어 내리라. 구습에 젖어서 아직 눈뜨지 못하는 조선 여성을 새로운 세계로 끌어 내리라."[2]는 결심을 하고, 특히 "여류 문학가 노릇을 해서 우매한 조선 여성계를 깨쳐"보겠다는 희망을 갖게 된다.

---

1) 신영숙, 일제하 신여성의 연애.결혼문제, ≪한국학보≫, 제 45집(일지사, 1986), 183쪽.
2) <김연실전>, 김동인전집, 제4권(조선일보사, 1988). 본문 인용은 모두 이 책에 의함.

그는 "문학이란 연애와 불가분의 것"이라 믿고, "조선 여성을 해방(?)하여 연애할 줄 아는 사람으로 만드는 것이 선각자에게 짊어지운 커다란 사명"으로 생각하여 몸소 연애에 몰두하게 된다. 어렸을 때 이미 처녀성을 잃고, 아버지와 첩의 정사장면을 목격한 일이 있는 그는 연애와 성행위를 같은 것으로 착각하여 여러 남학생과 문란한 관계를 맺게 된다.

김동인의 <선구녀(先驅女)>(≪문장≫, 1939.5.)와 <집주름>(≪문장≫, 1941.2.)은 독립된 제목을 갖고 있으나 일관된 줄거리를 담고 있어서 <김연실전>의 후속편이라 할 수 있다. 이 두 작품에는 김연실의 귀국 후의 연애행각과 문단 활동, 그리고 몰락의 과정이 그려져 있다.

여기서 김연실은 누구의 자식인 줄 모르는 아이를 낳는데, 선각자의 자리를 남에게 빼앗기지 않아야겠다는 생각 때문에 어린애 같은 것을 달고 다닐 수가 없어서 아이를 남의 양자로 주어 버린다. 그리고 귀국을 해서도 친구의 남편과 불륜의 관계를 맺고 여러 남자를 편력한다. 특히 그는 여류문사로 자처하지만 실제로 작품을 쓴 것은 없다. 문학에 대한 인식도 천박하여 문인들과의 대화에 어울릴 수도 없는 형편이었다. 마침내 가깝던 남자들이 환멸을 느끼고 그의 곁을 떠나버린다. 그리고 그는 극심한 생활고를 겪다가 파멸에 이른다.

김동인이 <김연실전> 연작에서 그리고 있는 것은 부정적인 신여성의 극단화된 모습이다. 주인공 김연실은 허울만 그럴 듯하고 실속은 전혀 없는 거짓된 신여성을 대표한다. 작가는 주인공을 낱낱이 파헤쳐 신여성의 실체가 어떠한가를 보여주고 있다. 이 때 작가의 어조는 다분히 경멸적이다.

이 소설에 나타난 신여성으로서 주인공의 문제점을 살펴보면 다음과 같다.

첫째로 그는 신여성으로서의 참된 자각이 없다. 그의 일본 유학은 남다른 학구열이나 민족적 사명감에서가 아니라 가정으로부터 도피처로 선택된 것이다. 출발부터 그는 취약점을 안고 있었던 셈이다. 그의 신여성으로서의 길은 스스로의 의지라기보다는 주관 없이 주변 환경에 휩쓸리다 보니 자신도 모르게 가게 된 것이라고 하겠다. 새 시대 새 교육을 받은 여성으로서의 각성이 없는 터이므로 그의 선구자적 자부심은 망상에 지나지 않으며, 애당초 올바른 방향으로 나아가리라는 것은 무리한 기대인지도 모른다.

둘째로 서구문물에 대한 맹목적 추구경향을 띤다. 김연실을 비롯한 이 소설의 등장인물들은 서양화가 곧 근대화이며, 서양인의 행동양식을 따르는 것이 곧 선각자의 길인 양 착각하고 있다.

> 유봉은 문학청년다운 온갖 재롱과 아첨과 애무를 연실에게 퍼부었다. 영화에서 본 바, 또는 소설에서 읽은 바 온갖 서양식 연애 재롱과 연애 방법을 다하여 연실이를 애무하였다.
> 거기에 대하여 연실이도 또한 자기가 아는 바 온갖 서양식 연애 기술을 다하여 유봉이에게 갚았다. 서양식 걸음걸이와 서양식 몸가짐과 서양식 표정 태도 등을 배우느라고 주의도 많이 하고 애도 퍽 썼다.
> "아아, 김 선생님. 보담 더 행복되게 보담 더 아름답게 우리들의 라이프를 전개시키기 위해서 베스트를 다합시다요." (66쪽)

이와 같이 남녀 간에 연애를 하는 데에도 영화나 소설에서 읽은 서양식을 흉내 내고 있고, 그것이 바로 교육을 받은 사람이 가야 할 길로 인식하고 있다. "서양문명의 겉물을 핥은 또 그 겉물을 연실이는 핥았다."고 작가도 비웃고 있듯이, 이처럼 맹목적인 서양식 흉내를 내는 것은 구체적인 현실의 개선이나 근대 의식의 성장에는 아무런 기여도 할 수 없는 일이었다.

셋째로 자유연애의 왜곡이다. <김연실전>에 가장 두드러지게 그려지는 부분이 남녀 간의 연애에 대한 것이다. 주인공은 "연애라는 도정을 밟지 않고 결혼하여 일생을 보내는 조선 여성을 해방(?)하여 연애할 줄 아는 사람으로 만드는 것이 선각자에게 짊어지운 커다란 사명"이라고 확신한다. 그래서 여성해방 운동의 일환으로 자유연애를 몸소 실천하고자 애쓴다. 그런데 문제는 연애를 성교와 동일시하는 것과, 여러 남자와의 무분별한 교제를 자유연애로 혼동하는 것이다. 다음 예문에서 보듯, 김연실은 진정한 연애가 무엇인지조차 모르는 천박한 연애관을 드러낸다.

> "청년 남녀 누구가 연애를 안하겠니마는 신성한 연애를 해야 한다."
> "언니, 어떤 게 신성한 연애유?"
> 연실이는 드디어 물었다.
> "애두. 그럼 너 지금껏 뭘 했니. 남녀가 육교를 하지 않고 사랑만 하는 게 신성한 연애지. 말하자면 서루 마음과 마음이 통해서 사랑하구 사랑받구 하는 게 신성한 연애가 아니냐."
> 이것은 연실에게는 새로운 지식인 동시에 이해하기 어려운 일이었다.(42쪽)

이처럼 "자유연애의 선봉장"을 자처하는 주인공이 신성한 연애에 관해서는 백치에 가까울 정도로 이해가 부족하다. 그는 정신적인 사랑이 어떤 것인지 모른다. 사랑은 곧 육체적 교섭과 동의어로 파악하고 있다. 즉 그에게 있어 연애라는 것은 사랑의 감정 따위는 상관없이 대소변과 같은 배설행위를 하듯 여러 사람을 상대로 성관계를 맺는 것이다. 그렇다고 그가 쾌락주의자는 결코 아니다. 오히려 그는 불감증 환자이다. 그의 연애는 "잠자리 맛이란 것두 따루 있수?"하고 물을 만큼 쾌락의 추구와는 또 거리가 멀다. 따라서 그의 남자 편력은 "선구자가 되기 위한 단순한 영웅심의 결과"[3]로밖에는 볼 수 없다. 결국 김연실의 자유연애 실천은 자신의 무지의 결과로 철저히 왜곡되어 기성윤리와 배치되는 부도덕한 행위로 전락하고 마는 셈이다.

넷째로 지적할 수 있는 한계점은 주인공의 문학에 대한 소양 부족이다. 김연실은 조선 최초의 여류문사로 자처하지만 그것은 헛된 자부심일 뿐, 실제로 문학에 대해서는 문외한에 가깝다.

---

3) 강인숙, 에로티시즘의 저변, 《현대문학》, 통권 132호, 1965.12. 45쪽.

뭇 청년들이 입에 거품을 물고 논쟁하는 이야기가 연실이에게는
알아듣지 못할 말이 퍽이나 많았다. 토론의 내용, 토론의 의의, 토론의
주지만 이해키 어렵다는 것이 아니라 — 아니, 주지, 내용에 대해서는
태반이 모를 것뿐이었지만, 심지어 그들이 토론하는 이야기의 말귀도
알 수 없는 것이 많았다.(65쪽)

이렇듯 문학에 대한 기초가 없기 때문에 그는 토론좌석에서 항상 불안을
느낀다. 그는 학창시절 유학생 잡지에 시 한 편을 투고한 것밖에는 문단에 이
렇다 할 작품을 내놓은 일도 없다. 그러니까 그는 명성만 그럴 듯하고 내실은
빈약하기 짝이 없는, 문학을 일종의 장식으로 삼는 사이비 문인인 셈이다. 이
처럼 얼치기 문인이 사태를 올바로 이끌어 갈 수는 없는 일이다.

다섯째로 김연실의 현실에 대한 맹목적 인식도 한계점으로 지적할 수 있
다. 그는 자기 개인의 일에는 열성적이지만, 다른 일에는 아무런 관심을 갖지
않는다. 작품 속에 암시되는 2.8 독립선언이나 3.1 운동과 같은 역사적 사건
에 대해 주인공의 그러한 태도가 나타난다.

조선의 신문학도(新文學徒)요 겸하여 조선의 연애교사인 이고주도
동경을 건너왔다가 무슨 글을 지어 주고 재빨리 상해로 달아나고, 남
은 사람들은 그 글을 유학생 간에 돌리고 모두 사법의 손에 붙들렸다.
그러나 그 일은 연실이의 생활이며 감정이며와는 아무 관련이 없었
다. 무슨 일인지도 이해하지 못하였다. 그리고 삼학기를 시작하였다.
삼학기도 끝나고 내일 모레면 졸업식이라 하는 삼월 초하룻날, 온
조선에도 무슨 중대한 일이 폭발된 모양이었다. 그러나 그것이 문학
과 관계없고 연애와 관계없는 이상에는 역시 연실이의 아랑곳할 것이
못 되었다.(55쪽)

여기서 보듯이 김연실은 조국의 식민지적 현실에 무관심할 뿐더러, 그 의
미조차 이해하지 못할 정도로 현실인식이 박약하다. 그는 소아적 이기주의자

라 할 수 있다. 자기 일신의 문제를 제외하고는 다른 일에 무관심하다. 이처럼 현실에 대한 안목이 결여된 사람이 선각자연하면서 사명감을 내세우는 것은 한 마디로 거짓일 수밖에 없다. 현실을 제대로 파악하는 안목을 갖추지 않고서는 어떠한 일도 실제로 불가능하기 때문이다.

이상으로 주인공 김연실의 의식 성향과 문제점을 살펴보았다. 그는 식민지하의 일본 유학생으로서 신문물을 접했음에도 불구하고 참다운 신여성상을 구현하지 못했다고 하겠다. 그 까닭은 시대 현실의 벽보다는 주인공의 어처구니없는 무지와 현실에 대한 몰각이다. 이 소설의 주인공은 백치나 다름없다. 김연실에게는 현실을 이끌어 새롭게 변화시킬 수 있는 추동력은 아예 구비되어 있지 않다. 그는 껍데기 신여성일 뿐이다.

주인공에 보내는 작가의 시선은 대단히 야유적이다. 작가가 보는 신여성이란 단순히 해외 물만 먹었지 속에 든 것이라곤 허영심밖에 없는 인간이라 할 수 있다. 작가는 바람직하지 못한 신여성의 한 모습을 확대 조명해 준 셈이다.

III

염상섭의 초기 단편소설인 <제야(除夜)>(≪개벽≫, 1922.2~6.)는 정인(貞仁)이란 신여성의 방종한 연애 행각과 그 말로를 그린 작품이다. 편지의 형식을 빌려 고백체로 쓰인 이 소설은 주인공이 자유연애를 추구하는 여성이라는 점에서 <김연실전>과 유사하다. 그러나 이 소설은 주인공의 현실과의 갈등이 비교적 명료히 제시되었다는 점에서 앞의 김동인 소설과는 격차를 보인다.

주인공 최정인은 자유분방한 가정에서 자란 미모의 처녀로, 동경 유학 중 몸소 자유 연애를 실천한다. 그는 남성 본위의 기성도덕에 대해 이렇게 말한다.

所謂 道德이란 桎梏은, 한 男子에게만 一 生涯를 노예적 봉사에 바쳐야만 한다는 條文을, 貞操의 美니, 情操의 崇高니 하는 等 美衣에 숨겨 가지고, 纖弱한 女性에게君臨한다. 더구나 跛行的으로, 女子에게만 嚴酷하다.(74쪽)[4]

이처럼 여성에게만 가혹하게 군림하는 봉건적 도덕관의 불평등성을 비판한다. 그리고 그는 여성의 정조가 "男子가 女子에게 生活保障을 條件으로 强要하는 所有慾의 滿足"의 대상이 되어 있음을 지적하고, "人間性을 虐待하는 無知한 行爲"라고 질타한다. 이러한 지적은 타당성이 있다. 그는 이러한 현실에 정면으로 반기를 들고, 이러한 현실을 타파하려는 듯 자유연애를 부르짖으며 그것을 수행하려고 노력한다.

6년간의 유학을 마치고 귀국한 정인은 모교에서 교편을 잡는 한편, 여성 문제 강연회에 나가 자기의 주장을 펴는 일을 한다. 그와 동시에 무분별한 연애 생활을 지속하여 P를 사귀다가 E에 빠지고, 마침내 부친의 강요로 X와 결혼하게 된다. 그러나 그는 이미 뱃속에 "P의 피인지, E의 魂인지 알 수 업는" 아이를 배고 있었으며, 남편도 끝내 눈치를 채게 된다.

결국 결혼 75일 만에 친정으로 쫓겨 온 그는 고통과 회한의 나날을 보낸다. 그리고 어느 날 뜻밖에 남편으로부터 용서의 편지를 받지만, 제야를 택해 죽음을 결심하고 마지막 하직의 편지를 남긴다.

<제야>는 개인의 이념과 경직된 사회 관습과의 대립을 대체로 잘 드러내고 있다. 주인공이 추구하는 이념과 실제 현실과의 격차는 현저히 크다. 결국 그는 현실과의 대결에서 패배한다. 그런데 그의 패배가 무엇 때문인가를 천착해 볼 때, 신여성 주인공이 안고 있던 문제점도 함께 드러날 수 있을 법하다. 정인은 왜 패배했는가?

---

4) <제야>, 염상섭전집9(민음사, 1987), 본문 인용은 모두 이 책에 의함.

첫째로 자유연애에 대한 그릇된 인식을 문제 삼을 수 있다. 정인 역시 <김연실전>과 마찬가지로 자유연애의 주창자이다. 그의 사고방식은 다음 글에서 엿볼 수 있다.

> 우리는 生活한다. 함으로 生活을 熱愛한다. 熱愛할 義務가 잇다. 함으로 生活의 愛를 滿足시키기 爲하야 取하는 바 一切의 手段은 可치 안혼 것이 업다.(74쪽)

이것은 자기의 삶을 만족시키기 위해서라면 어떠한 수단도 용납될 수 있다는 말이다. 그야말로 연애지상주의적인 발언이다. 그러나 이 말은 아무리 비정상적인 남녀교제도 사랑이란 이름 앞에서 허용 받을 수 있다는 억지 논리를 함축하고 있다. 주인공의 남성 편력은 스스로 반지에 비유하고 있듯이, "씨고 십흐면 아모것이던지 씰 수 있고, 씨기 실흐면 하나도, 안 씰 수가 잇"는 무분별한 것이었다. 또 "보잘것 업는 男子에게라도 競爭者만 잇스면, 期於코 싸와" 상대방을 쟁취하는, 즉 경쟁 삼아 연애를 하는 병적인 면이 있었다.

둘째로 그는 성적 쾌락에 탐닉하여 방향감각을 상실한다. 그는 입으로는 구습에 억매인 여성의 현실을 비판하고 자유연애를 외치지만, 실제로는 "獸慾을 滿足시키기에만 汲汲"했음을 자백하고 있다.

> 性的 甘露에 한 번 입을 대인 젊은 피의 躍動과 饑渴은 節制의 意志를 삼키어 버렷습니다. 그리하야 내가 自己도 놀랄 만치 大膽하야진 것을 깨다른 때는, 벌써 時機가 느젓습니다.(72쪽)

여기서 주인공은 육체적 쾌락을 경험한 뒤로 그것을 절제하지 못하고 방탕의 길을 걷게 되었음을 알 수 있다. 결국 그는 자유연애 또는 구도덕 타파를 빙자하여 개인적 성적 욕구를 충족시키는데 그치고 만 셈이다.

셋째로 주인공의 파격적인 정조관이 이미 문제점을 안고 있었다. 정인은 봉건적 정조관에 반대하여, 다음과 같이 자기 나름의 새로운 정조관을 내세운다.

> 누가 貞操를 지키지 안는다 하는가. A와의 情交가 繼續할째에는, A 에게 대하야 貞操잇는 情婦가 될 것이요, B와 夫婦關係가 持續할 동안은, 쏘한 B에게 대하야 貞淑한 妻만 되면 고만이 안이냐. A에게 對하야 벌서 何等의 愛着을 感치 안흐면서, A와 부부관계를 지속하는 것이야말로, 돌이어 姦淫이다.(75쪽)

즉, 상대가 누구든 그 때의 연애 감정에 충실하는 것이 바로 정조이며, 사랑이 없이 지속되는 관계야말로 간음이라는 것이다. 이러한 논리는 <김연실전>의 주인공의 생각과도 유사하다. 이창수라는 남학생과 밤을 지낸 다음날 아침, 그가 고국에 아내가 있음을 고백하자, 연실은 이렇게 말한다.

> 그게 무슨 관계가 있어요. 두 사람의 사랑만 굳으면 그만이지, 사랑 없는 본댁이 있으면 어때요. (39쪽)

그는 오히려 이창수의 낡아빠진 사고방식을 나무란다. 남녀 간의 교제에 있어 진정한 사랑만을 절대시하는 연실에게 사랑 없는 결혼관계란 아무 의미가 없는 것이다. 이것은 당시 여성사회에 큰 영향력을 행사했던 스웨덴의 여성운동가 엘렌케이(Ellen Key)의 사상과 일치한다.[5] 즉 그는 "어떠한 結婚이던지 거긔 戀愛가 잇스면 그것은 道德이다. 가령 어떠한 法律上의 手續을 經한 結婚이라도 거긔 戀愛가 업스면 그것은 不道德일다."[6]고 말한 바 있다. 이

---

5) 1920년대 초부터 논의되던 여성해방론은 바로 엘렌 케이의 자유연애·결혼론에 이어질 수 있었고, 신여성들은 그 사상에 일정한 영향을 받고 있었다. 신영숙, 앞의 글, 183―4쪽.

말은 얼핏 연애지상주의자의 발언과 같이 들린다. 그러나 엘렌 케이의 이 말은 인간의 자유와 개성의 발현을 강조한 것으로서 결코 연애지상주의자와는 견해를 달리하는 것이다.

<제야>에서 정인은 이 사상을 자기 편리할 대로 해석한 셈이다. 그는 이 논리를 받아들여 "戀情이 닐어날 쌔에, 雙方이 合意만 하면, 慾求대로 肯定함이 가하지 안흐냐"로 발전시키고, 그것을 "眞正한 生命의 發露"라고 미화하면서 타락의 소지를 마련하게 된다.

넷째 이해타산적인 남녀교제나 결혼도 문제점으로 지적된다. 자유연애를 부르짖은 당초의 태도와는 달리 주인공은 연애와 결혼을 하는데 이해득실을 따진다.

> 아―, 貞操는 商品이 안이라고, 뻔뻔히 主張하야 왔습니다. 그러나 나는 팔았습니다. 홀륭한 商品이었습니다. 生活의 手段은 姑捨하고 學資金까지 이 手段으로 어드랴 하얐습니다.(중략) 天稟의 不良性과 淫蕩한 氣質로, 娼婦적 不倫한 行爲를 하얐다는 것도 容赦한다면 할 수 있겠지요. 그러나 거기에 利害의 打算까지 하고, 男子의 財産에 눈독을 드리고 誘拐하얐다는 데에 이르러서는 사람의 部類에도 參例 못할 絶望的 最後가 안입니까.(77쪽)

이와 같이 주인공은 자신의 정조를 상품화하였음을 고백한다. 그가 결혼을 승낙하게 된 것도 "結婚하면 卽時 東京으로 보내어 女子大學에서 더 硏究케"한다는 조건 때문이었다. 그리고 독일 유학을 앞둔 E와의 사귐에서 보듯 "하여간 洋行만 하얏스면"하는 욕심으로 본처가 있는 그에게 접근을 한다. 그의 속셈은 해외여행에 있다. 그러니까 그에게 있어 연애나 결혼의 기반은 진정한 사랑이 아니라 철저히 물질적인 것이다. 그러므로 주인공의 여성해방과 자유연애에 대한 외침은 표리부동한 구호이고 위선이었음이 드러난다.

---

6) 노자영, 여성운동의 제일인자 엘렌케이, ≪개벽≫, 제5호, 대정10.2., 52쪽.

이상으로 <제야>에 나타난 신여성 주인공의 사고방식과 그 문제점을 살펴보았다. 정인이 파멸한 이유는 현실의 완강함도 그 이유의 일부가 되지만 더 중요한 것은 자기가 이념을 왜곡시켰기 때문[7]이라고 할 수 있겠다. 따라서 봉건적 도덕관, 불평등한 정조관 또는 인습적 결혼 풍토에 대한 주인공의 항의가 정당한 것이라고 하더라도, 그것이 자신의 성적 방종에 대한 합리화의 수단으로 변질되고 말았다는 점에서 주인공의 신여성으로서의 발언은 거짓으로 판명된다.

IV

<김연실전>과 <제야>는 각각 1920년대의 실제 인물인 김명순(金明淳, 1896~1951)[8]과 나혜석(羅惠錫, 1896~1948)[9]을 모델로 한 소설이다. 이들은 우리나라 제 1기의 신여성으로서 자유분방한 남성편력으로 당대에 상당한 사회적 물의를 일으켰다. 여기서 그들의 삶이 소설에 얼마나 근사하게 그려졌느냐, 또는 어디까지가 사실이고 어디까지가 허구인가하는 것은 그다지 중요한 문제가 아니다. 중요한 것은 이 두 소설에 그려진 신여성의 모습이 당대 현실의 한 부분을 반영하고 있다는 사실이다. 그러니까 김연실이나 최정인의 행위나 사고방식은 그 한 사람만의 것이 아니라 초기에 일본 유학을 했던 신여성 대다수의 지배적인 의식을 나타내고 있다고 보는 것이 옳다.

---

7) 유병석, 염상섭 전반기 소설연구, 서울대 대학원 박사학위논문, 1985, 43쪽.
8) 김명순(탄실)은남편 많은 처녀 혹은 과부처녀란 희롱을 당했는데, 처음 동경에서 화가 김유방과 놀아나다 김으로부터 버림받고 김의 친구 노월 임장화와 동서생활을 했고, 귀국 후에는 여러 남자들과 돌림 스캔들을 일으켰으며, 다시 길진섭의 모델이 되었다가 정부가 되기도 했다. 한편 작중인물 최명애도 김일엽이 그 모델이었다. (김병익, 한국문단사, 69~70쪽.)
9) 김윤식, 염상섭연구, 서울대학교출판부, 1987, 178쪽.

<김연실전>과 <제야>는 발표연대는 다소 차이가 나지만, 동시대의 인물을 주인공으로 삼아 여성 해방과 자유연애를 시도하다가 끝내 실패하고 좌절하는 이야기란 점에서 유사점이 많다. 그러나 엄격히 살펴보면 두 소설의 인물의 성격 차이가 드러나며 이는 작가 의식과 연결되는 문제로 보인다.

　두 인물의 성격을 비교해 보면, 먼저 김연실은 선구자적 영웅심이 강한 인물이라고 할 수 있다. 그는 내면적 욕구나 이성적 판단에 의해 행동하는 것이 아니라 신여성이고 선구자니까 으레 그렇게 하는 것으로 알고 행동한다. 그의 행동은 지극히 맹목적이다. 그는 나름대로의 주관이 없고 부화뇌동하는 편이다. 현실감각이 없이 무모하다 싶을 정도로 행동을 앞세우는 점에서 돈 키호테를 닮았다.

　김연실의 문란한 남성편력을 두고 그를 탕녀로 보는 견해가 있는데, 엄격한 의미에서 그는 탕녀와 구별된다. 탕녀란 육체적 쾌락에 빠져 남녀교제를 절제하지 못하는 경우에 붙일 수 있는 호칭인데, 연실은 그렇지 않기 때문이다. 그는 작품 속에서 불감증 환자로 그려진다. 그의 남성 편력은 쾌락을 추구하기 위한 것이 결코 아니다. 선구자요 신여성은 마땅히 자유연애를 실천해야 하기 때문에 스스로 몸을 던져 실행에 옮긴 것이다. 그것은 겉으로는 도덕적 타락으로 비칠지 모르나 당사자로선 대단한 여성해방의 과업을 수행하고 있는 것이다. 연실 자신에게 그것은 결코 타락이 될 수 없다.

　그리고 연실에게는 갈등이 없는 것이 특징이다. 자유연애를 잘못 파악하여 무분별한 난교상태로 빠지고, 얼치기 여류문사로 행세하다가 몰락하면서도 그는 스스로에게 회의하거나 고뇌에 빠지는 일이 없다. 단지 있는 것은 무지에서 오는 세상사에 대한 의혹과 불안감뿐이다. 그는 현실의 물줄기를 쉽게 타고 흘러가려는 의도만 가질 뿐, 현실의 장벽을 타개하려는 의지는 아예 갖고 있지 않아 보인다. 의지가 없으므로 갈등이 없는 것이다. 모든 것이 허영심과 무지의 소치다. 그래서 그를 과도기의 기형아[10]로 보는 것이다.

최정인은 김연실에 비해 주관이 뚜렷하고 자기 목소리를 갖고 있는 인물이다. 그는 억압된 여성의 현실에 불만을 갖고 구도덕의 굴레를 벗어 던지고자 하는 진취적인 사상을 지녔다. 따라서 그의 현실과의 충돌은 필연적이다. <제야>에서는 개인과 사회 현실과의 갈등이 뚜렷이 드러난다.

그런데 주인공의 왜곡된 연애지상주의적 정조관은 이미 타락의 불씨를 안고 있었다. 또 그는 스스로 이념을 지켜 나갈 의지가 부족했다. 여성 해방과 자유 연애의 깃발을 높이 들긴 했으나, 스스로 성적 쾌락에 탐닉함으로써 바른 길에서 이탈하고 말았다. 기성도덕에 반발하여 힘찬 투쟁이 예상되었으나 쉽게 쾌락의지에 순응함으로써 방종으로 흘러 버린 것이다.

이 소설들을 통해 진단해 볼 수 있는 작가의식은 무엇인가. 김동인은 냉소적인 시선으로 신여성의 정체를 발가벗기고자 했다. 김동인에 의해 그려진 신여성은 한 마디로 경박한 존재다. 겉치레만 요란했지 세상 물정도 모르고 전문적 지식도 없다. 그저 자유연애라는 미명하에 복잡한 남성편력만을 능사로 생각하는 무리다. 신여성에 대한 작자의 극심한 혐오감과 경멸감이 엿보인다.

염상섭 또한 봉건사회의 인습에 항의하는 신여성을 주인공으로 내세웠다. 그러나 바람직한 방향으로 여성의 해방이나 자유 연애를 추구하지 못하고 실패로 끝맺는다. 작자는 주인공의 죽음에 대하여 "自殺에 依하야 自己의 淨化와 純一과 更生을 어드려는"[11] 의도라고 밝히고 있다. 그러나 주인공이 유서를 쓰면서 회한의 눈물을 흘리는 것은 결국 "전통적 여성상의 복권을 의미하는 것"[12]에 다름 아니다. 여기서 작자의 보수적 윤리관을 엿볼 수 있으며, 작가의식이 새로운 여성상과 윤리관을 정립하는 데까지 나아가지 못했음을 확인할 수 있다.

결혼은 성의 방편도, 빵의 방편도 아닌 그 자신의 존귀한 목적을 가져야 한

---

10) 강인숙, 앞의 글, 44쪽.
11) 염상섭, 자서, 염상섭전집 9, 민음사, 1987, 422쪽.
12) 정명환, 염상섭과 졸라, 권영민 편, 염상섭문학연구, 민음사, 1987, 327쪽.

다. 연애가 이상세계를 추구하고 '나'를 자각하는 것이라면 결혼은 현실세계 속에 '우리'를 자각하는 것이다. 연애가 인간의 발견이라면 결혼은 인류의 발견이며, 연애가 자연에서 인간을 탄생케 하는 것이라면 결혼은 사회, 문화에로 전진시키는 것이다.[13] 김동인과 염상섭 소설의 주인공들은 진정한 연애와 결혼의 의미를 깨닫지 못한 실패한 인간형이다. 그리고 그 실패가 현실의 벽보다는 스스로 지닌 약점에 의한 것이라는 점이 이들 소설들이 지닌 한계로 지적될 수 있다.

V

이상으로 신여성을 주인공으로 내세워 그 행각을 그린 두 소설 <김연실전>과 <제야>을 통해 신여성의 의식구조와 문제점을 점검해 보고, 그 한계와 작가 의식을 살펴보았다. 그 내용을 요약하면 다음과 같다.

먼저 <김연실전>에 나타난 주인공의 의식구조와 문제점은, 첫째로 주인공이 신여성으로서의 자각이 없었다. 둘째 서구문물을 맹목적으로 수용했다. 셋째 자유 연애를 왜곡하였다. 넷째 문학에 대한 소양부족, 다섯째 현실을 맹목적으로 인식 하였다.

<제야>는 첫째 자유 연애에 대한 그릇된 인식, 둘째 성적 쾌락에의 탐닉, 셋째로 파격적인 정조관, 넷째 이해타산적인 연애와 결혼 등을 문제로 들 수 있다. 이러한 한계점을 안고 있었으므로 주인공들은 신여성답게 참다운 길을 가지 못하고 타락과 방종을 일삼다가 파탄에 이르게 된 것이다.

작가의 태도를 보면, 김동인은 신여성에 대해 극히 부정적이고 경멸적 입장을 취하고 있다. 그는 얼치기 신여성의 실체가 얼마나 공허한 것인가를 보

---

13) 신영숙, 앞의 글, 191쪽.

여 주고 있다. 염상섭 역시 남녀 문제에 대한 기존질서의 틀을 깨지 못했다. 그는 참회하는 신여성을 그림으로써 바람직한 신여성의 형상화에도 미치지 못했을 뿐더러 여성운동에 대한 보수적 인식을 나타내었다.

이들 두 신여성의 좌절은 무엇 때문인가. 그것은 엄밀히 말하면 현실과의 부딪침에서라기보다 스스로 자기의 이념을 왜곡한 까닭이다. 두 작가들은 실패한 인물을 통해 부정적인 전망을 보여 주었다. 뚜렷한 의지를 가지고 삶을 개척해 가는 인물, 연애와 결혼의 참된 의미를 보여 주는 긍정적인 인물을 창조하지 못한 것은 이 소설들의 한계이며, 작가의 세계관과도 관련된 문제이다.

그렇지만 이 소설들은 당대 사회에 뿌리박힌 봉건적 인습의 실체를 가시화시켜 주었고, 새로운 가치관과 낡은 가치관의 대립을 통해 있어야 할 것이 무엇이고 없어져야 할 것이 무엇인가를 볼 수 있게 해 준 점에서 의의를 찾을 수 있다. 특히 간접적이나마 새 시대의 바람직한 여성상과 윤리가 어떠해야 하는가를 생각할 수 있도록 해 준 것은 긍정적으로 평가할 수 있겠다.

일제 강점기 매춘 제재 소설의 고찰

저런 것들은 정조도 모르고
질투도 모르는 모양이지.
— 〈정조와 약가〉

I

1920~30년대의 한국 소설이 담고 있는 두드러진 특징의 하나는 가난과의 싸움일 것이다. 의식주는 인간 생존에 필요한 가장 기본적인 조건인 만큼, 굶주림의 문제를 작품의 제재로 떠올린다는 것은 소설이 인간의 구체적인 삶자체에 관심을 보인 것이며, 이는 다시 말하면 인간의 생존과 사회 현실에 새로이 눈을 뜨기 시작한 결과라고 볼 수 있을 것이다.

가난의 문제는 이미 박지원의 한문소설이나, 〈흥부전〉, 〈심청전〉과 같은 고소설에서 부분적으로 다루어져 왔다. 그러나 "빈자의 생활양식과 사회적인 형태가 특별한 의미를 갖고 소설 속에 구체적으로 착생된 것은 1920년대와 그 이후"[1]의 일이다. 그래서 이 시기를 특징짓는 하나의 문학적 경향으로 '빈궁문학'[2]이란 용어까지 등장하였다. 두루 알다시피 김동인·전영택의주요 작품과 현진건·최서해·조명희·주요섭 등의 대부분의 작품들, 그리고 1930년대의 김유정·이기영의 소설들은 가난으로 인한 삶의 피폐와 그로부

---

1) 이재선, 한국현대소설사, 홍성사, 1979, 223쪽.
2) 백철, 신문학사조사, 신구문화사, 1968, 290쪽.

터 헤어나려는 피나는 투쟁 또는 좌절을 그리고 있다.

이처럼 당시의 소설들이 배고픔의 문제를 주제로 삼은 것은, "문학은 사회의 표현"3)이라는 프랑스의 정치철학자 보날드(De Bonald, 1754~1840)의 말을 굳이 끌어 오지 않는다 하더라도, 바로 당대의 시대적 상황에 기인함은 자명한 까닭이다. 토지 수용—동양척식주식회사—식량 수탈—고리채4)의 과정을 밟으며 행해진 일제의 악랄하고 조직적인 식민지 수탈 정책의 결과가 바로 1920년대에 여실히 드러난 것이다. 수많은 농민들이 농토를 잃고 소작농으로 전락하거나 공장 노동자화 한다. 그나마도 일자리를 얻지 못한 뿌리뽑힌 사람들은 어쩔 수 없이 간도로 이주하지 않을 수 없게 된다. 이때의 소설들에는 당시의 식민지적 참상이 잘 드러나 있다.

식욕은 가장 기초적인 욕망이며 또한 다른 욕망으로 대치가 불가능한 것이다. 1920년대 한국 소설은 식욕 혹은 '밥'이 인간의 여러 기본욕구들 중 맨 앞줄에 서는 것임을, 또 서야 하는 것임을 확인시켜 주었다.5)

"수염이 석 자라도 먹어야 양반이다", "사흘 굶어서 남의 집 담장 안 넘을 사람 없다"는 속담이 말해 주듯이, 궁핍은 인간의 생명을 위협할 뿐더러 윤리 도덕을 깨뜨리고 인간성을 금가게 한다. 그래서 빈궁은 "남을 안 죽이면 내가 죽는다."6)는 공동체적 삶의 파탄과 비인간화의 지경까지 인간을 몰아세운다.

빈궁의 절망적인 위기에 대응하는 양상은 당시의 소설에 여러 가지 형태로 나타나 있다. 살인·절도·방화와 같은 폭력적인 대응이 있는가 하면, 아사 동사 또는 자살의 비극으로 끝나기도 한다. 가공할 만한 기아현상에서 구차한 목숨을 부지하기 위해서는 무언가 살 길을 찾지 않으면 안 되었다. 매춘은 바로 이러한 굶주림에서 벗어나고자 하는 생존의 한 방편이었을 것이다.

---

3) Rene Wellek & Austin Warren, Theory of Literature, Penguin Books, 1956, 95쪽.
   "Literature is an expression of society"
4) 김윤식·김현, 한국문학사, 민음사, 1973, 137쪽.
5) 조남현, "1920년대 소설과 '밥'의 문제", 한국소설과 갈등, 문학과비평사, 1990, 112쪽.
6) 최서해, <큰물 진 뒤>, 곽근 편, 최서해전집 상, 문학과지성사, 1987, 131쪽.

1920~30년대 빈궁을 제재로 한 소설들에는 인신매매와 매춘 모티프가 많이 눈에 띤다. 식량을 절약하기 위해서, 또는 과중한 빚에 졸려서 자식을 파는 이야기는 비일비재하고, 밥과 돈을 위해 몸을 파는 경우도 숱하게 등장한다.

본고는 1920~30년대 빈궁을 제재로 한 소설 가운데서 남편이 있는 여자의 매춘 이야기를 담은 세 편의 소설들을 골라 그 내용을 살펴보고, 여기에 나타난 매춘의 양상을 통해 성도덕과 부부윤리 문제를 점검해 보고자 한다. 그리고 이러한 윤리의 파탄현상은 필연적으로 시대적·사회적 여건과 관련되어 있음을 밝히고자 한다.

II

현실이 어려우면 윤리나 도덕은 헌신짝처럼 버릴 수 있는 것일까. 인간이 윤리를 지키는 것은 의도적이고 작위적이고 선하고자 하는 의식적인 조작이 아니라 인간의 본능적 감정과 이성이 함께 협력한 참으로 신비한 인간성 때문이다.[7] 그럼에도 불구하고 윤리나 도덕은 곧잘 깨뜨려지는 것이 현실이다.

특히 부부윤리는 절대적으로 지켜져야 할 소중한 덕목이다. 그런데도 작품 가운데에 유부녀의 매춘행위는 곧잘 이루어지며, 더욱이 남편의 묵인 하에 자행되기도 한다. 일제 강점기의 소설 가운데 이 같은 제재를 다룬 것을 골라 보면, 김동인의 <감자>, 현진건의 <정조와 약가>, 김유정의 <소낙비> 같은 작품을 들 수 있다.

그런데 동일한 제재를 다루고 있더라도 인생과 현실을 보는 안목은 작가마다 같을 수 없다고 하겠다. 작가마다 개성이 있고 작가의식이 다르기 때문

---

7) 김영수·이남복, 예술사회학, 청주대학교출판부, 1989, 33쪽.

이다. 그러므로 동일한 제재를 다룬 여러 작가의 작품들을 한데 놓고 서로 대비하여 고찰해 본다면 각 작품의 문학적 특성을 좀 더 명확히 변별해 낼 수 있을 것이다.

1. 환경과 본능 ; <감자>

김동인의 <감자>(≪조선문단≫, 1925)는 복녀라는 가난한 여주인공이 도덕적으로 타락하여 파멸에 이르는 과정을 그린 단편소설이다. 작가는 자연주의적 방법에 입각하여 한 인간이 환경의 지배 속에서 어떻게 변모할 수 있는가를 추악한 인간성을 폭로하면서 냉정하게 보여 주고 있다.

복녀가 매춘하기까지의 과정을 살펴보면, 당초 그는 선비의 엄한 가율(家律)이 남아있는 시골처녀로서 마음속에 막연하게나마 성(性)에 대한 도덕관념을 가지고 있었다. 열다섯 살에 동네 홀아비에 팔려 시집을 갔는데, 남편이 너무 게을러 소작을 얻지 못하고, 평양성 칠성문 밖 빈민촌에 밀려와 구걸을 하고 지낸다.

그러다 복녀는 솔밭에 송충이 잡이를 갔다가 그곳 감독의 눈에 들어 "일 안하고 품삯 많이 받는 인부"가 된다. 그때부터 그의 도덕관과 인생관이 변하기 시작한다.

> 그는 아직껏 딴 사내와 관계를 한다는 것을 생각하여 본 일도 없었다. 그것을 사람이 일이 아니요, 짐승의 하는 짓쯤으로만 알고 있었다. 혹은 그런 일을 하면 탁 죽어지는지도 모를 일로 알았다.
> 그러나 이런 이상한 일이 어디 다시 있을까. 사람인 자기도 그런 일을 한 것을 보면, 그것은 결코 사람으로 못할 일이 아니었다. 게다가 일 안하고도 돈 더 받고, 긴장된 유쾌가 있고, 빌어먹는 것보다 점잖고……
> ― <감자>[8]

여기서 복녀는 감독과 관계를 하고 나서 별다른 죄의식을 느끼지 않는다. 그는 사람으로 못할 일은 아니라고 생각하며 "긴장된 유쾌"를 즐기고 있다. 오히려 "한 개 사람이 된 것 같은 자신"을 얻고 "삶의 비결"로 생각하고, 나중에는 같은 빈민굴 거지에게 몸을 파는 데까지 발전한다.

그런데 이러한 과정에서 복녀는 "가난과 매음, 도덕 사이에서 논리적 고민"[9]을 전혀 보여 주지 않는다. 도대체 외간남자에게 정조를 팔면서 죄의식을 느끼지 않는 것은 무슨 까닭인가? 그만큼 가난해서일까. 그렇지만 아무리 가난하다고 하더라도 도덕관념이나 부부윤리는 별개의 문제가 아닌가.

남편의 행동 또한 상식적으로 이해하기 어려운 면이 있다. 복녀가 몸을 팔아 돈을 벌어 오면 "아랫목에 누워서 벌신벌신 웃고" 있을 뿐이다. 아내의 매춘을 알면서도 도무지 비감을 느끼거나 분개하지 않는다. 나중에 왕서방이 집에 찾아오곤 하는데, 이때 남편의 행동이 어떠한가.

> 한참 왕서방이 눈만 멀찐멀찐 앉아 있으면, 복녀의 남편은 눈치를
> 채고 밖으로 나간다. 왕서방이 돌아간 뒤에는 그들 부처는, 일 원 혹은
> 이 원을 가운데 놓고 기뻐하고 하였다.
>
> ― <감자>

이렇듯 남편은 아내의 매춘에 도덕적 회의를 하는 대신에 그것을 묵인, 방조하고 있는 것이다. 이렇게 볼 때 복녀의 매춘은 그 원인을 오로지 가난 때문이라고 말할 수가 없다. 처음 송충이 잡이 때는 그것 때문이라고 볼 수 있겠으나, 이미 궁하지 않게 되어서도 매춘을 계속하는 것은 물질적 욕망과 성적 쾌락의 본능에 따른 것으로 보는 것이 옳겠다. 본디 성적 쾌락은 마약 중독과 마찬가지로 매우 일시적인 경우를 제외하고는 실증이 따르지 않는다.

---

8) 동인전집 제7권, 홍자출판사, 1964, 367쪽.
9) 김주연, 문학비평론, 열화당, 1974. 36쪽.

오히려 그것은 다른 것으로의 대치 가능성을 철저히 배제시키면서 똑같은 것에 대한 요구를 더욱 증대시킨다.10)

복녀가 채마 밭에 감자 도둑질을 갔다가 왕서방에게 들켰을 때, 복녀의 행동은 매우 적극적이고 대담하게 나타난다.

> 「우리 집에 가.」
> 왕서방은 이렇게 말하였다.
> 「가재믄 가디. 흰, 것두 못갈까.」
> 복녀는 응덩이를 한 번 홱 두른 뒤에, 머리를 젖히고 바구니를 저으면서 왕서방을 따라갔다.
>
> — <감자>

따라서 복녀의 매춘행위는 본디 가난 때문에 출발했으나, 어느덧 돈 버는 재미, 즉 물욕과 성적인 욕망에 의해 지배되었다고 하겠다. 남편 역시 게으르고 경제적 무능력자인 까닭에 가만히 있어도 아내가 돈을 벌어다 주니 감지덕지할 뿐이다. 성도덕이라는 것은 어느 시대에서나 하나가 아니라 각 계급에 따라 여러 가지 다른 형태로 나타나며, 경제적인 이해관계가 무엇보다도 강하게 성도덕을 지배한다는 독일의 풍속사가 에두아르트 푹스(Eduard Fuchs, 1870—1940)11)의 말은 이런 경우에 해당될 것이다.

<감자>가 그리는 사회는 속되고 타락한 사회다. 여기에는 인간으로 지켜야 할 도덕과 윤리가 전도되어 있고, 물질에 대한 욕망과 쾌락적 본능에 따라 성의 거래가 난무한다. 작품의 서두에 나타나는 "싸움, 간통, 살인, 도둑, 구걸, 징역, 이 세상의 모든 비극과 활극의 근원지"라는 구절은 바로 이 소설의 타락한 세계상을 대변해 준다.

---

10) 사라 러딕, 김상배 옮김, "성도덕 문제", 제임스 레이첼즈 엮음, 사회윤리의 제문제, 서광사, 1984, 37쪽.
11) 에두아르트 푹스, 이기웅·박종만 옮김, 풍속의 역사 : 풍속과 사회, 까치, 1988, 39쪽.

여기서는 인간으로서 가져야 할 윤리의식이 마비되어 있다. 이 세계에서는 도덕관념을 갖고 있던 사람도 머지않아 동화되고 공범자가 되고 만다. 바로 환경 결정론이다. 복녀의 타락과정을 보면 반드시 공범자가 있다. 송충이 잡이 때 복녀 앞서부터 일 안하고 품삯을 팔 전이나 더 받는 사람이 있었고, 왕서방네 채마 밭에서도 곁집 여편네와 함께 붙잡혔다 나온다.

「복녜 아니야?」
복녀는 홱 돌아서 보았다. 거기는 자기 곁집 여편네가 바구니를 끼고, 어두운 밭고랑을 더듬더듬 나오고 있었다.
「형님이댔쉐까? 형님두 들어갔댔쉐까?」
「님자두 들어갔댔나?」
「형님은 뉘 집에?」
「나? 눅서방네 집에. 님자는?」
「난 왕서방네…. 형님 얼마 받았소?」
— <감자>

이와 같이 매춘행위나 도둑질이 복녀 한 사람이 아니라 여러 사람에 의해 이루어진다는 것은 바로 환경으로서 사회 전체의 윤리 부재와 도덕적 타락상을 말해준다.

복녀와 남편의 관계를 부부로서의 애정을 느끼는 정상적인 관계가 아니다. 그들은 인간적인 유대가 아닌 돈으로 맺어진 종속관계다. 열다섯 살의 복녀가 팔십 원에 팔려 시집온 것부터가 그렇다. 그리고 나중에 복녀가 낫을 휘두르다 왕서방의 손에 죽었을 때, 역시 돈 거래를 통해 해결되는 점을 보아도 그러함을 알 수 있다. 인간적인 애정이나 도덕성은 아무데도 찾을 수 없고, 오로지 인간의 원초적인 욕망과 물질만이 인간관계를 유지시키는, 인간성 상실의 부도덕한 사회가 <감자>가 그리는 세계다.

그럼 감자는 왜 이러한 속악한 사회와 반윤리적인 인간상을 그렸을까? 그것은 바로 서두에서 비친 바 있듯이 작가의 자연주의 정신이라고 하겠다. 김동인은 환경 결정론, 유전, 시대란 실증주의 내지 과학적 측정의 원리에 근거하여 삶의 국면을 관찰하고 해부하고 있는 점에서 자연주의자이다.[12] 자연주의 특징은 인간과 사회의 어두운 면을 적나라하게 노출시키는 데 있다.

김동인은 <감자>에서 자연주의 방법을 통해 인간이 환경에 따라 변질되어 가는 과정과 추악한 모습들을 파헤치려고 하였다. 즉 도덕적인 환경에서 자란 복녀를 비도덕적인 환경에 던져놓고 그의 도덕관이 어떻게 바뀌어 가는가를 보여 주려고 한 것이다. 따라서 <감자>에 나타나는 매춘과 윤리의식의 마비, 도덕관의 부재현상은 환경과 본능에 지배당하는 인간의 속성을 그리고자 하는 김동인의 작가의식의 소산이라 볼 수 있겠다.

2. 윤리의식의 황폐화 ; <소낙비>

김유정의 소설은 주로 농촌이나 도시 하층민들의 가난한 삶을 배경으로 한다. 그의 소설의 주인공들은 대체로 무지하며 가난한 현실에서 일확천금을 꿈꾸면서 노름이나 매춘, 백일몽을 일삼는데, 대개 해학성을 바탕으로 그려지며 흔히 욕망과 현실의 어긋남으로 끝맺는다.

특히 김유정의 소설은 매춘 모티프를 많이 다루고 있다. 예를 들면 <산골 나그네>, <총각과 맹꽁이>, <소낙비>, <솥>, <아내>, <가을>, <정조> 등은 매춘이나 인신매매를 직접적인 소재로 삼고 있으며, 그밖에 <금>, <떡>, <따라지>, <땡볕> 등에서도 인간의 육체를 환전의 수단으로 삼는 모습들이 나타난다. 그런데 이들 소설에서 매춘과 인신매매는 매우 정상적이고 일상화된 관습으로 나타난다. 어떤 경우에도 도덕적·윤리적 반성의 대상이 되는 법이 없다.[13]

---

12) 이재선, 앞의 책, 266쪽.

신춘문예 당선작인 <소낙비>(≪조선일보≫, 1935)는 김유정 소설의 여러 경향을 집약적으로 보여 주는 작품이라 할 수 있다. 이 소설에는 춘호라는 노름꾼과 그의 아내가 등장한다. 그들은 빚 때문에 삼년 전 고향에서 밤도주를 한 농촌 유랑민으로서 산골 마을에 정착하여 품팔이를 하나 살아가기가 어렵다. 춘호는 농토를 얻지 못하고 놀다 보니 엉뚱한 투기심이 생긴다. 노름판에 가서 "삼사십원 따서 동리의 빚이나 대충 가리고 옷 한 벌 지어 입고는 진저리나는 이 산골을 떠날랴는 것"이 그의 생각이다. 그런데 당장 밑천이 없으니 노름판에 낄 수가 없다. 그래서 아내에게 돈 이 원만 구해 달라고 조르는데, 춘호처럼 빤한 처지에 돈 만들 재주가 있을 리 없다.

> 춘호는 노기충천하야 불현 듯 문찌방을 떼다밀며 벌떡 일어섰다.
> 눈을 흡뜨고 벽에 기대인 지게막대를 손에 잡자 안해의 엽흐로 바람
> 가티 달겨들엇다.
> 「이년아 기집 조타는 게 뭐여? 남편의 근심도 덜어주어야지 끼고
> 자자는 기집이여?」
> 지게막대는 안해의 연한 허리를 모지게 후렷다. 까브러지는 비명
> 은 모지락스리 찌그러진 울타리 틈을 뺏어나간다. 잽처 지게막대는
> 안즌 채 고까라진 안해의 발뒤축을 얼러 볼기를 내려갈렷다.
>   — <소낙비>14)

이렇게 춘호는 폭력을 써서 아내더러 돈을 구해 오라고 내쫓는다. 춘호처는 할 수 없이 동네 쇠돌엄마 집에 찾아 갔다가 부자 이주사를 만나고, 그에게 붙잡혀 "진땀을 잇는대로 흠뻑 쏫고" 약 한 시간 만에 나온다. 그는 "돈 이 원을 줄께니 내일 이맘때 쇠돌네집으로 넌즛이 만나자"는 약속까지 하게 되어 기쁜 마음으로 집으로 돌아온다.

---

13) 김철, "꿈·황금·현실", 잠 없는 시대의 꿈, 문학과지성사, 1989, 189쪽.
14) 전신재 편, 원본 김유정전집, 한림대학교출판부, 1987, 24쪽.

여기서 춘호처의 심사를 살펴보면 도덕관념이 대단히 희박한 것을 알 수 있다. 이주사에게 몸을 빼앗기고도 그것에 별로 개의치 않는 것으로 보인다.

그런 모욕과 수치는 난생 처음 당하는 봉변으로 지랄 중에도 몹쓸 지랄이엇으나 성공은 성공이었다. 복을 받을려면 반듯이 고생이 따르는 법이니 이까짓 거야 골백번 당한대도 남편에게 매나 안맛고 의조케 살수만 잇다면 그는 사양치 안흘 것이다. 리주사를 하눌가티 은인가티 여겻다.

— <소낙비>

춘호처는 여기서 정조를 잃은 비애나 한탄보다 돈을 구하게 된 것에 기쁨을 감추지 못하고 있다. 이러한 춘호처의 도덕적 무감각을 어떻게 해석해야 할까. 김병익은 김유정 소설에 나타난 이 같은 윤리적 무감동성이 가난에 지친 끝이면 윤리감이란 거의 무의미하다는 것을 시사하는 것인지, 토속 농민에게는 아내를 파는 일이 죄의식을 유발하지 않는다는 풍속사적 전통의 영향인지 확연히 판단되지 않는다[15]고 해석을 유보한 바 있다.

이 문제의 해답은 근본적으로 궁핍한 현실에 있다고 할 수도 있겠으나, 그보다 더 직접적인 것은 위 예문의 "남편에게 매나 안맛고 의조케 살수만 잇다면"에서 찾아야 한다고 본다. 이 소설에서 춘호처를 지배하는 것은 가난보다도 우선 남편의 폭력이다. 작품 도처에서 폭력이 난무하고 있다. 춘호처가 이주사와의 관계에 대해 죄의식을 전혀 느끼지 않는 것은 아니다. 그는 돈을 구하게 된 안도감과 함께 "만약 남편에게 발각되는 나절에는 대매에 마저 죽을 것이다"고 걱정을 하고 있는데, 여기에는 도덕성 문제에 대한 고민보다도 남편의 폭력에 대한 두려움이 앞서 있다. 다시 말해 춘호처의 윤리의식은 남편

---

15) 김병익, "시대와 언어 : 김유정론", 김열규·신동욱·이상택 편, 국문학논문선11, 민중서관, 1977, 504쪽.

의 현실적인 폭행과 학대 아래 압살 당했다고 하겠다. 바로 이 때문에 "매나 안 맞고" 살기 위해 정조를 파는 일도 불사(不辭)할 수밖에 없는 것이다. 남편의 폭력은 뒤에도 계속된다.

> 안해가 물에 빠진 생쥐꼴을 하고 집으로 달겨들자 미처 입도 버리기 전에 남편은 이를 악물고 주먹뺨을 냅다 부첫다.
> 「너 이년 매만 살살 피하고 어디가 자빠젓다 왓늬?」
> 볼치 한 대를 엇어맛고 안해는 오가 질리어 벙벙하였다. 그래도 직성이 못 풀리어 남편이 다시 매를 손에 잡을랴 하니 안해는 질겁을 하야 살려달라고 두 손으로 빌며 개신개신 입을 열었다.
>
> — <소낙비>

이것이 <소낙비>에 나타난 부부관계의 실상이다. 여기서 볼 수 있는 이들의 관계는 동등한 인격체로서의 부부가 아니라, 상전이 노비를 부리는 주종관계 같은 것이다. 김유정 소설에 나타난 매춘이나 인신매매에 대한 해석의 열쇠는 바로 여기에 있다.

춘호는 아내가 돈을 만들게 되었다고 하자 "시골물정에 능통하니만치 난데업는 돈 이원이 어데서 어떠케 되는 것까지는 추궁해 무를랴 하지"도 않고 불시에 화목해진다. 그리고 다음날 아내의 머리를 빗겨 주고 신발을 신겨 주면서 돈을 받는데 "손색없도록 실패없도록 안해를 모양내어" 이주사에게 보낸다.

이 소설에 나타난 주인공의 금욕(金慾)은 더 많은 호사를 누리기 위해서가 아니라 현실의 가난한 수렁에서 빠져 나오고자하는 인간의 본능적 욕구라고 해석되기도 한다.[16] 그러나 정직하고 성실히 살기 위해서가 아니라 노름을 하기 위해서 매춘행위를 조장하는 처사는 "인간의 본능적인 욕구"라고 긍정해 버릴 수만은 없다고 본다. 왜냐하면 노름을 해서 돈을 벌겠다는 발상부터

---

16) 정한숙, "해학의 변이", 현대한국작가론, 고려대학교출판부, 1986, 201쪽.

가 건전하지 못하고 허황되기 때문이다. 투기란 한 번 맛을 붙이면 주머니가 탕진되기 전에는 손을 뗄 수 없는 속성을 지니고 있다. 아내의 몸을 팔아 돈이 원을 얻은 춘호가 그의 뜻대로 돈을 많이 벌어서 자기 꿈을 실현시킬 수 있으리라고는 믿어지지 않는다. 그것은 성공보다는 실패의 확률이 훨씬 높은 한갓 백일몽에 지나지 않는다.

이 소설에서 여성은 하나의 상품이나 마찬가지로 전락되어 나타난다. 앞의 인용문에 보이는 아내 학대라든지, 또는 "갓 잡아온 새댁모양"이란 표현, 그리고 남편의 매춘의 종용 같은 것에는 여성을 온전한 인격체로 보는 것이 아니라 집안에서 부리는 종이나 가축과 같이 비하시키는 봉건적 여성관이 팽배해 있다. 김유정의 다른 소설 <가을>에서는 아내를 팔아먹는 매매계약서가 등장하기도 하는데, 이것 역시 같은 맥락에서 이해할 수 있을 것이다. 또 춘호는 서울에 가면 자기 아내를 안잠자기를 시킬 계획을 갖고 있다.

> 시골녀자가 서울에 가서 안잠을 잘 자주면 몇해 후에는 집까지 엇어갓는수가 잇는대 거기에는 얼골이 어여뻐야 한다는 소문을 일즉 드른배 잇서 하는 소리엇다.
>
> — <소낙비>

이렇듯 아내에게 매춘을 시키고도 춘호의 꿈은 여전히 아내에게 의지해 보려는 음모를 보인다. 이는 정당한 노동의 대가를 통해 잘 사는 방도를 찾는 것이 아니라 요행을 바라는 것이며, 여자의 상이 상품화되어졌음을 의미하고 있는 것이다. 춘호는 '잘 살게 됨' 그 자체만을 생각하고 있을 뿐 그 과정이 내포하는 타락한 삶까지에는 생각이 미치지 못하고 있다.[17]

<소낙비>에 나타난 매춘은 가난한 현실을 바탕에 두고 일어나지만, 가난으로 인한 불가피한 것이라기보다 파행적인 부부윤리에서 비롯된다고 보아

---

17) 유인순, 김유정문학연구, 강원대학교출판부, 1988, 69쪽.

야 하겠다. 김유정 소설에 나타난 부부관계는 인격과 인격의 수평적인 결합이 아니라 수직적인 주종관계이다. 그리하여 주인(남편)의 필요에 따라 매매 또는 물물교환이 가능한 상품으로 인식된다. 그렇기 때문에 매춘을 시키면서도 남편은 아무런 윤리적 갈등이나 죄의식을 느끼지 않고, 아내 역시 주인의 명령에 복종하는 종처럼 별다른 수치감 없이 매춘에 종사하게 되는 것이다. 이는 봉건적 부권사회에서 "남자라는 계급의 이데올로기"[18]에 의한 여성착취의 한 양상으로 볼 수 있다.

<소낙비>의 세계 역시 속되고 타락한 윤리적 황폐화의 세계이다. 오직 폭력과 매음과 황금이 횡행하는 반 윤리의 현장이다. 그러나 한편으로는, 작품에 나타난 이 같은 윤리적 황폐화 현상은 작중인물들의 개인적 무지나 봉건적 관념에서 그 근거를 찾을 수 있겠지만, 근본적으로는, 작품에 암시되고 있지 않더라도, 그들이 살았던 시대의 척박한 삶의 조건, 즉 정치적 경제적 황폐화 현상과 결코 무관하지 않을 것이다.

3. 부부애의 승리 ; <정조와 약가>

현진건의 <정조(貞操)와 약가(藥價)>(≪신소설≫, 1929)는 병든 남편을 살리기 위해 몸을 파는 아내의 이야기다. 이 작품 역시 가난한 농촌이 배경이며, 매춘을 하는 아내와 그것을 동조하는 남편의 형편이 <감자>나 <소낙비>의 경우와 흡사하다. 그렇지만 매춘의 동기며 발상은 앞의 두 편과 근본적으로 차이가 난다고 할 수 있다.

이 소설은 앞의 두 소설이 전지적 작가시점을 쓰는데 반해, 작가관찰자시점을 사용한다. 최주부라는 의원의 눈을 통해 이야기가 진행된다.

최주부는 예부터 병을 신통하게 잘 고쳐 인근에 명의로 소문이 난 의원이

---

18) 에두아르트 푹스, 앞의 책, 51쪽.

다. 쉰 살의 그는 이제 돈도 웬만큼 벌었고 배가 부른 만큼 여간한 사소한 환자는 잘 보려고 하지 않는다. 그런데 "젊고 반주그레한 여자환자에게만"은 옛날의 친절이 사라지지 않는 호색한이다.

어느 여름날 새벽 전장을 둘러보고 돌아온 최주부는 마당 가운데 "개처럼 쭈그리고 앉은" 한 여자를 발견한다. 그는 의사를 청하러 온 "청잣군"이다. 의원은 첫눈에 가난한 집에서 온 것을 알아채고 바쁘다는 핑계로 왕진을 거절한다. 그러나 여자는 순순히 물러가지 않고 끈질기게 간청을 한다. 그런데 자세히 보니 여자는 의외로 젊고 아름답지 않은가. 최주부는 금방 생각이 바뀌어 왕진을 떠난다.

환자의 집으로 가는 도중 산기슭 풀밭에서 최주부는 마침내 그의 욕심을 채우고 만다. 여자는 경계하는 빛도 없었고 앙탈도 부리지 않는다. 최주부는 오히려 "이런 것들은 할 수가 없어."하고 경멸감을 갖는다.

환자의 집에 당도하였다. 이때 아내의 행동은 최주부를 더욱 놀라게 한다. 아내는 남편 앞에서 의원과의 일을 고백해 버리는 것이 아닌가.

> 「저 샌님을 모시고 오다가, 저 샌님의 말씀을 들었어요, 집에 모시고 온대야 약값 드릴 거리도 없고 당신의 병은 세상없어도 고쳐야 되겠고….」
> 말끝은 다시금 눈물에 흐렸다.
> 아까부터 바늘방석에 앉은 것 같은 최주부는 그 말에 회오리 바람이 온몸과 맘을 휩싸고 뒤흔드는 듯하였다. 금시로 저 해골바가지가 이를 뿌드득 갈고 일어서며 날카로운 칼로 제 목을 푹 찌를 것 같았다. 그러나 환자의 대답은 그야말로 찬만뜻밖이었다.
> 「자 자 잘했소.」
> — <정조와 약가>[19]

---

19) 현진건전집4, 문학과비평사, 1988, 259쪽.

최주부는 이들 부부의 행동이 의아스럽기 짝이 없다. "이왕지사 정조를 깨뜨렸거든 그 비밀일랑 제 속 깊이 감춰 둘 일이지, 그것을 샅샅이 남편에게 고해 바치는" 여자도 여자려니와, "제 정부조차 버젓하게 데리고 온 계집을 잘했다고 위로하는" 남편의 행위도 이해를 할 수가 없었다.

최주부는 약이나 한 제쯤 지어 주고 한시바삐 그 괴상한 집을 나오려는 생각을 한다. 그러나 아까는 "그렇게 풀기없이" 몸을 맡기던 여자가 의원을 붙잡고 놓아주지 않는다. "한 달이고 두 달이고 얼마든지 약을 써서 그에 병뿌리를 빼야" 놓아 주겠다고 억지를 쓰는 바람에 의원은 할 수 없어 그 집에 눌러 붙게 된다. 약재는 쪽지를 적어주면 환자의 아내가 십리 안팎의 길을 한숨에 뛰어 가서 가져온다.

밤에는 최주부 잠자리에 환자의 아내가 제공된다. 남편이 "마치 손님에게 밥이나 권하는 듯이" 아내의 동침을 허락하는 데는 기절추풍하지 않을 수 없다. 최주부가 사양하려 하나 여자도 막무가내다. 남편을 삿자리 한 잎 사이에 두고 그의 아내와 버젓이 동침하는 기이한 일이 밤마다 벌어진다.

최주부는 하루바삐 감옥살이에서 벗어나려고 이해타산을 잊고 환자치료에 정성을 다한다. 자기 돈을 들여 닭도 고아먹이고 쌀을 가져와 쌀밥도 먹이게 한다. 덕분에 환자는 회복이 빨라 열흘 만에 "거동도 맘대로 하게 되고 뼈만 남았던 몸에 살까지 부옇게" 찌기 시작한다. 그제서야 최주부는 그 집에서 놓여 날 수 있었다. 그는 "저런 것들은 정조도 모르고 질투도 모르는 모양이지." 중얼거리면서 자기네 집으로 돌아간다.

다소 장황하게 줄거리를 소개했는데, 이 소설을 간단히 말하면, 호색적인 의원이 섣불리 한 여자를 건드렸다가 도리어 여자에게 붙들려 의료행위를 강요당하는 이야기다. 의원의 입장에서 서술되었기 때문에 이 소설의 해학성마저 풍긴다.

그런데 문제는 이 작품에 보이는 매춘의 양태이다. 이 소설의 매춘행위를 어떻게 해석할 것인가 하는 문제를 두고 다음과 같은 물음을 제기할 수가 있다. 즉 남편의 병을 고친다는 명목으로 정조를 파는 것은 윤리에 합당한 일인가? 그리고 처음에 환자의 아내가 아무런 저항 없이 의원에게 몸을 맡긴 까닭은 무엇인가? 더구나 아내의 불륜을 듣고도 화를 내는 대신 아내를 격려하는 남편의 행위는 무어라고 설명할 수 있을까? 또 그는 밤에도 아내를 의원과 동침하도록 하는데 그것은 윤리적 무감각 때문인가, 아니면 또 다른 그 무엇 때문인가?

현길언은 이 작품의 매춘을 "성의 물상화"[20]로 보고, 이러한 성의 거래는 부권가족제도 하에서 아내는 남편에게 소유된 성이라는 의식 때문에 가능한 것이라고 말한 바 있다. 그래서 최주부가 생각하는 '위안으로서의 성'에 대한 인식은 성을 철저하게 거래행위로 인식하여 몸을 제공한 여자에 의하여 파기된다고 보았다. 이러한 관점은 타당한 일면이 있긴 하나, 작품의 핵심을 제대로 지적한 견해라고 보기 어렵다. 오히려 이것은 김유정의 <소낙비>에 더 들어맞는 해석이라 하겠다.

물론 <정조와 약가>는 제목이 말하는 대로 정조를 팔아 약값을 대신한 게 사실이다. 그렇지만 이것을 세속적인 윤리관으로 풀이하여 주인공 내외를 부도덕하다고 꾸짖을 수 없는 일면이 있다. 왜냐하면 이들의 매춘의 밑바닥에는 인간 생명의 소중함과 뜨거운 부부간의 애정이 깔려 있기 때문이다. 남편을 위해서 아내가 몸을 판다는 것은 극히 역설적인 논리지만, 바로 이 역설속에 구차한 도덕을 초월한 뜨거운 부부의 애정이 당위성을 얻는다.

이러한 사실은 다음 환자 내외의 대화에서 확인할 수 있다.

「뭣이 꺼림직하단 말이오?」
「저 남의 아주번네하고 같이 잤는데도.」
「백날을 같이 자면 무슨 일이 있나. 내 병 땜에 임자에게 귀찮은 노릇을 겪게 한 게 애연할 뿐이지.」

---

20) 현길언, 현진건소설연구, 이우출판사, 1988, 81쪽.

「참, 그래요. 나도 그런 일을 당하면서도 조금도 부끄럽지 않았어요. 처음엔 가슴이 좀 두근거리더니만 무슨 짓을 하든지 당신 병만 낫우었으면 그뿐이라 하고 보니 맘이 그만 가라앉았어요.」

「그럼, 서로 위해서 하는 일이 부끄러울 것이 뭐람.」

— <정조와 약가>

이것은 최주부가 놓여나던 날 새벽녘에 엿들은 환자 내외의 속삭이는 말이다. 최주부는 물론 끝내 이해를 못하지만, 여기에 이들의 그간의 기괴하게 보였던 행위의 까닭이 담겨 있다. 바로 "당신 병만 낫우었으면" 하는 일념으로 그 아내는 정조를 버렸던 것이다.

가난한 형편에 남편이 중병이 들어 생명이 위태로울 때 아내가 할 수 있는 일은 무엇일까? 그는 남편을 살리는 일이라면 몸이라도 기꺼이 던지겠다고는 각오를 한 것이다. 의원을 데리고 오는 도중, 최주부가 야욕을 드러냈을 때 여자가 그 요구에 순순히 응했던 것은 바로 그러한 마음의 준비가 되어 있었다는 증거이다. 최주부는 "정조관념이란 약에 쓰려도 없고" "눈곱만한 부끄러운 마음"도 없다고 경멸하지만, 여자는 남편을 구하기 위한 일념으로 남자의 요구를 거부하지 않았던 것이다.

그러나 여자가 최주부에 몸을 허락하고 결코 죄책감을 느끼지 않은 것은 아니다. 여자의 억눌렀던 감정은 집에 도착하자마자 울음으로 터져 나온다.

「왜 울어? 인제 의원님이 오셨는데 약 먹으면 나을텐데!」

환자 또한 목이 메인다. 뼈만 남은 꼬치꼬치 마른 남편의 손은 아내의 흐트러진 머리칼을 스다듬는다.

「세상없어도 나을테야. 안 죽고 살아날테야. 울지 말아요, 울지 말아요.」

그들은 몇 번이나 이러고 서로 울며 위로하였던고!

「그런데 여보셔요. 내가 죄를……」하고 아내는 더욱 느껴 운다.

— <정조와 약가>

여자는 울면서 분명 자기의 '죄'를 남편에게 고하고 있다. 이와 같이 불륜의 사실을 숨기지 않고 그대로 털어놓는 것은 비록 가난하고 병들었으나 이들 부부의 관계는 거짓이나 숨김이라고는 한 오라기도 찾아볼 수 없는 순수한 애정으로 맺어진 것임을 말해준다. 서로 믿음을 잃지 않는 부부이기 때문에 아내의 허물을 남편에게 고백할 수 있었던 것이고, 남편은 아내의 고충을 이해하고 그것을 탓하지 않았던 것이다.

밤에 의원과 잠자리를 함께 하는 것도 역시 믿음이 있기에 가능하다.

> 「난 샌님을 모시고 잘까요?」 아내는 서슴지도 않고 예사롭게 남편에게 묻는다.
> 「참 그래, 그러구려, 개똥이는 내 옆에 갖다가 눕히구 임자는 그리로 건너가구려.」
> 남편도 제가 먼저 말할 것을 잊었다는 듯이 대찬성이다.
> ― <정조와 약가>

아내가 남편에게 의향을 묻고 남편을 그것을 쾌히 허락한다. 여자가 몸을 제공하는 것은 어떠한 강압에 못 이겨서거나 쾌락적인 본능에 따른 것이 아니라 남편의 병을 치유하기 위한 자발적인 행위이다. 옛 조상들의 풍속에 '이부시숙(以婦侍宿)'이라는 것이 있다. 옛날 귀빈이 유숙할 때 처첩이나 딸을 바치던 강압적 풍습으로 남성의 무책임한 성적 의지의 발로(發露)로 보는데[21], 이 작품에서의 상황은 그와 다르며, 남편의 생명을 구하기 위해 가난한 사람이 치를 수 있는 최후의 대가라고 생각해야 한다.

정조란 때로 죽음을 무릅쓰고 지켜야 할 절대적인 가치를 지닌다. 그러나 경우에 따라 지푸라기 같이 버릴 수 있는 것이기도 하다. <정조와 약가>에서 여자는 후자를 선택했다. 이들 부부는 결코 도덕관념이 없는 것이 아니다.

---

21) 이규태, 한국인의 성과 미신, 기린원, 1985, 310쪽.

그러나 생명이 위급한 지경이라면 구차스런 정조를 고수한들 무슨 가치가 있겠는가. 여자는 중요한 순간에 그러한 세속적 윤리의 굴레를 과감히 벗어 던질 줄 알았다. 그들에게는 굳건한 믿음과 따뜻한 부부애가 있었기 때문에 윤리적인 문제로 손가락질을 받을 수 없게 되는 것이다.

<정조와 약가>는 작품이 쓰여지던 당대의 시대 상황을 염두에 둘 때 현실의 알레고리(allegory)로 해석할 수도 있을 것이다. 절대 권력과 음흉한 욕망을 대표하는 최주부는 처음부터 약탈자이며, 이에 유린당하는 가난하고 병든 농부 내외는 피해자로 등장한다. 그러나 빼앗기면서도 소중한 것을 얻어 내고 마는 그들은 최후의 승리자이다. 폭력적 약탈자는 결국 이들 앞에 더 이상 힘을 못 쓰고 물러가고 만다. 비록 가난하더라도 사랑과 믿음을 잃지 않는 한 그들의 앞날은 결코 어둡지 않다. "때마침 그들은 떠오르는 햇발을 담뿍 안고 있었다. 의좋게 나란히 서있는 그들의 얼굴엔 광명과 행복이 영롱하게 번쩍이는 듯하였다."는 마지막 묘사 부분이 그것을 암시한다.

작가는 인간에게 애정과 신뢰가 살아 있는 한 어떠한 위험이나 질곡도 견뎌낼 수 있으며, 앞날에 희망과 낙관을 가질 수 있음을 작품을 통해 보여준 셈이다. 일제 강점기에 쓰인 작품이기에 이 소설은 더욱 깊은 의미를 지닌다고 하겠다.

Ⅲ

이상으로 <감자>, <소낙비>, <정조와 약가> 세 편의 소설에 나타난 매춘 제재를 살펴보고, 매춘의 양상과 윤리의식의 문제를 고찰해 보았다.

이 소설들은 모두 가난한 농촌이나 도시 빈민촌을 배경으로 하고 있다. 작품의 주인공들은 우선 가난하기 때문에 돈을 구하기 위해서 오직 하나 남은 밑천인 몸을 팔아야 하는 입장에 놓여 있다. 물론 이 소설들은 궁핍한 현실의 근본적인 까닭에 대해서 의문을 표명하거나 그 해결책을 제시하거나 하지는 않는다. 그러나 어쨌든 사람은 어쩔 수 없이 환경의 지배를 받게 되고 그 명령에 복종해야만 하는 존재다. 무지하고 가난한 사람들에게 그 명령은 더욱 절대적인 힘을 행사한다.

<감자>는 주인공 복녀가 가난한 환경에서 매춘에 빠져들어 물욕과 성욕의 본능적 쾌락을 좇으며 윤리의식이 마비되는 과정을 그리고 있다. 그는 끝내 질투의 화신으로 변하여 비극적인 종말을 맞는다. 복녀는 환경과 본능의 시키는 바를 충실히 이행했던 셈이다. 그는 인간이 어떻게 타락하고 추악해질 수 있는가를 보여 주었다. 여기에는 작가의 자연주의 문학관이 반영되어 있다.

<소낙비>는 가난하다 못해 투기로 일확천금을 노리는 인간상과 황폐화된 윤리 의식을 그리고 있다. 남편이 폭력으로 아내의 매춘을 충동질하는 파행적 부부관계가 나타난다. 여자는 남자의 소유물로서 아무렇게나 부려도 좋고, 필요에 따라서는 상품으로 사용할 수 있다는 비인간적 봉건 관념이 지배하고 있다. 그런데 아내를 매춘시켜 얻은 돈으로 노름을 해서 가난을 벗어나고자 하는 꿈은 성공할 가능성이 없고, 따라서 이 작품은 현실 타개의 전망을 제시하지 못한다 하겠다.

<정조와 약가>는 제 삼자의 시점을 통해 순박한 농민 부부를 비웃고 경멸하는 서술방식을 취한다. 그러나 뒤집어 생각하면 폭력과 수탈의 세력에 맞서 끈질기게 생명을 이어가는 민초의 끈질긴 삶을 엿볼 수 있다. 이 소설의 매춘은 부부관계의 파탄이 아니라 숭고한 애정의 발현으로서 이루어진다. 병든 남편을 구하기 위한 헌신인 까닭에, 비록 정조를 팔았으나 그들은 도덕적인 타락자가 아닌 인간애의 승리자가 된다. 이 작품에선 밝은 미래에 대한 희망을 읽을 수 있다.

부부관계의 측면에서 볼 때, <감자>와 <소낙비>는 전혀 애정을 찾아볼 수 없는 삭막한 관계다. 여자는 남편의 소유물이며, 어느 때라도 사거나 팔 수 있는 상품으로 그려진다. 반면 <정조와 약가>는 애정이 밑받침된 부부관계다. 그들은 난관에 봉착해서 서로 합심하여 극복하는 저력을 발휘한다.

이와 같은 매춘이라는 같은 제재를 다룬 작품이지만, 이 세 편의 소설은 각기 사건 전개의 양상과 주제의 구현이 상이한 것을 알 수 있다. 이는 앞서 언급한 대로 동일한 제재라도 작가의 문학적 태도나 의식, 또는 현실적 상황에 따라 얼마든지 그 표출양상이 달라질 수 있음을 보여 준다.

그리고 푹스의 견해대로 성도덕이란 것은 시대에 따라 변할 수 있고 계급에 따라 여러 가지 다른 형태로 나타난다. 또 경제적인 이해관계가 무엇보다도 강하게 인간의 성도덕을 지배한다고 볼 때, 일제 강점기의 소설에 나타나는 이 같은 윤리의식의 황폐화 현상은 시대 상황과 결코 무관할 수 없는 것이다. 다시 말해, 시대의 정치적 폭압과 경제적 황폐화 현상과 긴밀히 맞닿아 있다고 할 수 있는 것이다.

그런 까닭에 일제 강점기 소설에서 보이는 마비된 도덕관, 상품화된 성, 전도된 부부윤리 등은 오늘날의 도덕적 관점에서 파악하여 그 윤리성의 여부를 재단할 수 없는 어려움을 안고 있다. 결국 이들 소설의 매춘 현상과 도덕성의 타락은 궁핍한 시대의 불가피한 산물로 인정하지 않을 수 없는 것이다.

한국 호랑이 설화의 유형과 성격

그것을 보고 호랑이가 중얼거렸다.
"나도 불알을 발렸는데, 저놈도 불알을 발리는구나."
— 〈불알 발린 호랑이〉

I. 서론

1. 연구의 목적

호랑이는 포유류, 식육목(食肉目), 고양이과(科), 표범속(屬)에 속하는 동물이다. 몸통은 길고 다리가 비교적 짧으며 얼룩덜룩한 가로 줄무늬에 강한 턱과 송곳니, 날카로운 발톱을 가졌다. 깊은 산림에서 살며, 먹이로는 사슴이나 산양, 멧돼지, 곰, 파충류 등을 먹는데, 수명은 15년 정도이다. 본디 북극지방에 서식했으나 기온의 저하와 더불어 남하하여, 한국을 비롯하여 말레이반도, 인도, 중앙아시아 등에 퍼져 살고 있다.

한국에는 원래 산악지대가 많은데다 온대성 기후를 가졌기 때문에 옛날에는 호랑이가 많이 살았던 것 같다. 그러한 까닭에 예로부터 전해 오는 우리나라의 설화에는 호랑이에 관한 것들이 대단히 많다. 흔히 백수(百獸)의 왕으로 일컬어지는 이 동물은 그 사나움으로 말미암아 사람들에게 공포와 경외(敬畏)의 대상이 되면서도 한편으로는 친숙한 존재였다. 민간에서는 호랑이를

'산손님', '산신령', '산군(山君)', '산돌이', '산지킴이' 등으로 부르기도 하였다.[1] 호랑이와 관련된 이야기에서 한국인들이 공포감보다 친근감을 느낄 수 있는 것은, 그만큼 호랑이가 오랜 세월동안 우리 민족과 어떻게든 밀접하게 관련을 맺어 왔기 때문이다.

여러 설화집에 수록된 호랑이 이야기를 살펴보면, 그 속에는 호랑이의 모습이 매우 다양하게 그려진 것을 알 수 있다. 신령스런 동물로서 착한 사람을 도와주거나 은혜를 갚는 모습이 있는가 하면, 탐욕스러움을 발휘하여 곧잘 사람을 해치기도 하고, 욕심을 부리다 속아서 골탕을 먹는 바보스러운 동물로 등장하기도 한다. 설화에 따라 인간과 호랑이의 관계가 지극히 우호적이기도 하고 적대적이기도 하며, 혹은 조롱의 대상으로서 희화적인 성격을 띠기도 한다.

맹수인 호랑이가 설화 속에서 이렇게 다양한 모습으로 나타나는 까닭은 무엇일까? 이들 설화는 각각 어떤 의도에서 생겨나서 구비 전승되었으며, 또 향유되는 과정에서 어떤 구실을 했을까? 그리고 이들 설화에 담겨 있는 한국인의 주된 의식이 있다면 그것은 무엇인가? 이러한 의문을 풀기 위하여 이 글에서는 한국의 호랑이 설화를 유형별로 나누어 그 성격과 의미를 캐보고, 곁들여 그 속에 담긴 민중 의식을 찾아보고자 한다.

2. 선행연구 검토

호랑이 설화에 관한 앞선 연구를 살펴보면, 여러 학자에 의해 연구가 상당히 진척되어 왔음을 알 수 있다.

장덕순은 호랑이의 전설을 효열(孝烈)전설, 보은전설, 신이(新異)전설로 크

---

1) 최운식, "한국인 의식 속의 호랑이," 「예술계」, 제 4권 2호, 통권 21호 (예총, 1987), 198쪽.

게 나누고 그것들을 다시 하위분류한 다음 각각의 예화(例話)를 들어 설명하였다.[2] 그런데 전설 위주로 논의를 전개하여 민담에 대한 고찰에는 소홀하였고, 또 이들 설화가 담고 있는 속뜻을 밝히는 데까지는 미치지 못하였다.

황패강은 설화에 나오는 호랑이의 모습을 부정적인 호랑이상과 긍정적인 호랑이상으로 나누었다.[3] 그리고 호랑이는 우리 민족에게 두려움의 존재인 동시에 존경의 대상으로서 '반대감정의 병존(ambivalence)'을 갖게 한다고 심리적 측면의 접근을 시도하였다.

최인학은 호랑이 설화의 유형을 보은형, 호식형(虎食形), 우둔형, 변신형 등 네 가지로 나누고, 우리나라 호랑이는 신화성과 설화성이라는 양면성을 갖고 있다고 주장하였다.[4] 그런데 우둔형 호랑이 설화에 관해서 그 의미를 밝히는 대신, "순수한 우리 것이 아니지 않겠느냐."라고 의문을 제기하며, 호랑이 설화에 대한 피상적인 이해를 드러내고 있다.

이호주는 호랑이 설화의 유형을 산신음조(山神陰助), 효행, 보은, 일월, 복수, 지략 등 여섯 가지로 나누고, 호랑이의 모습도 산신호, 효감호(孝感虎), 보은호, 가해호, 피해호, 치우호(痴愚虎) 등 여섯 유형으로 나누었다. 그리고 여기에 나타난 한국인의 의식구조를 승천의식(昇天意識), 효의식, 보은의식, 피해의식, 지략의식 등 다섯 가지로 설명하였다.[5] 그의 연구는 호랑이 설화유형을 다각적으로 분류하고, 한국인의 의식구조까지 살핀 점에서 다른 연구보다 진전된 면을 보여 준다. 그런데 설화의 유형을 나누는 기준이며, '피해호'나 '지략의식'과 같은 용어는 그 적절성 여부를 재고할 필요가 있다고 본다.

근래에 이루어진 호랑이 설화의 연구로는 황정화의 것이 돋보인다.[6] 그는

---

2) 장덕순, "호설화,"『한국설화문학연구』(서울대학교출판부, 1987), 93~106쪽.
3) 황패강, "한국민족설화와 호랑이," 국어국문학회 편,『민속문학연구』(정음문화사, 1985), 149~160쪽.
4) 최인학, "호랑이와 설화," 김동욱 외 3인,『한국민속학』(새문사, 1991), 341~351쪽.
5) 이호주, "호랑이 설화에 나타난 한국인의 의식 고찰," 고려대 대학원 석사학위 논문, 1982.

호랑이 민담의 유형을 주인공과 호랑이의 대립 구조에 따라 신격형(神格形), 보은형, 호환형(虎患形), 우둔형 등 네 가지로 나누고, 프로이트 학설을 원용하여 그 상징체계를 세우고자 하였다. 또한 호랑이에 대한 전승의식을 종교의식, 윤리의식, 자연의식, 풍자의식 등으로 나누어 설명하였다. 그 동안의 연구 성과를 적절히 수용하면서 깊이를 더한 연구임에도 불구하고, '자연의식(自然意識)'에 관한 논의는 설득력이 부족하다고 하겠다.

이상으로 호랑이 설화와 관련된 앞선 연구를 살펴보았는데, 대부분의 논문들이 호랑이 설화의 유형 분류에 힘썼음을 알 수 있다. 그런데 몇 논문을 제외하고는 호랑이 설화의 서사구조나 의미를 밝히는 작업이 의외로 부진한 것을 발견할 수 있다. 특히 전승 주체였던 민중의 의식과 관련지어 그 의미와 성격을 이해하려는 노력이 미흡했다고 판단된다.

따라서 이 글에서는 이들 호랑이 설화가 어떠한 성격을 지니고 구전되었느냐에 초점을 맞춰 그 의미를 파악해보려고 한다. 아울러 이것을 이야기했던 민중의 내면의식을 알아봄으로써 호랑이 설화의 존재 의의를 밝혀 보고자 한다.

II. 호랑이 설화의 세 가지 유형

1. 우호적인 호랑이

호랑이 설화 가운데는 인간에게 은혜를 베풀고 도움을 주면서 인간과 우호적(友好的)인 관계를 맺는 호랑이의 이야기가 대단히 많이 나온다. 여기서 호랑이는 맹수의 포악성이 나타나지 않고 사람들을 도와주거나 또는 도움을

---

6) 황정화, "한국의 호랑이 민담 연구," 전남대 대학원 석사학위 논문, 1990.

받은 후에 꼭 은혜를 갚는 선한 모습을 보여준다. 이처럼 인간과 선의의 관계를 지니는 설화를 '우호적인 호랑이의 유형'이라 이름을 붙인다면, 이 유형의 설화는 효에 감동한 이야기, 은혜 갚는 이야기, 인정에 끌린 이야기 등 대략 세 가지 종류로 나눌 수 있다. 그리고 이들은 다시 몇 개씩의 예화들로 나누어지는데, 이들을 이야기에 따라 구체적으로 살펴보면 다음과 같다.

가. 효에 감동한 호랑이

이 이야기는 주인공의 효성에 감화(感化)된 호랑이가 주인공에게 닥친 어려움을 도와서 효행을 이룰 수 있게 해주거나, 지극한 효심 앞에서 호랑이가 자신의 욕심을 버리는 것을 내용으로 하고 있다. 이러한 효감호(孝感虎)의 이야기는 전설이나 민담에 자주 나타나는데, 대략 다음 네 가지 예화로 나누어볼 수 있다.

1-1) 효자에게 홍시를 구해준 호랑이

이 이야기는 '홍시설화'라고도 부르는데, 그 줄거리는 다음과 같다.

> 병든 노부모가 홍시, 잉어, 딸기 따위를 먹고 싶어 한다. 제철이 아니라 구하기 어려운 것이지만 아들이 그것을 찾아 나선다. 아들이 눈밭을 헤매고 있는데, 호랑이가 나타나 그를 도와주거나 안내해서 바라는 물건을 얻게 해 준다.[7]

이 설화에는 주인공의 능력으로 해결하기 어려운 과제가 주어진다. 한겨울에 홍시나 잉어, 죽순, 딸기 따위를 구해야 하는 것이다. 효자는 불가능한

---

7) 최래옥, 『한국구비문학대계』 5-2 (한국정신문화연구원, 1980), 181쪽. 김영진, 『한국구비문학대계』 3-4 (한국정신문화연구원, 1984), 318쪽. 인권환, 『한국구비문학대계』 4-1 (한국정신문화연구원, 1980), 234쪽. 이가원, 「딸기」, 『조선호랑이 이야기』(학민사, 1993), 86~87쪽.

일인 줄 알면서도 부모를 소생시키기 위한 일념(一念)으로 그것을 구하고자 눈밭을 헤매고 다닌다. 결국 그에 감동한 호랑이가 이적(異蹟)을 행하여 그의 효행을 돕는 것이다.

여기서 눈여겨 볼 것은 주인공이 호랑이의 우호적인 원조를 받는 것은 우연(偶然)이 아니라는 것이다. 먼저 인간으로서 효성을 다했기 때문에 호랑이의 도움이 있었던 것이다. 다시 말해 효행 이적이 아무에게나 나타나는 것이 아니고, 효자가 극한적 상황에서도 부모를 위하는 지극한 효성으로 모든 인간적 갈등이나 시련을 극복한 뒤에야 선물(膳物)로 주어지는 것이다.[8] 즉 호랑이의 도움은 인간이 효행을 실천한 데 대한 포상(褒賞)의 성격을 띠고 있다고 하겠다.

1-2) 시묘살이 효자를 지켜 준 호랑이

호랑이가 효자의 효행을 돕고, 나중에 효자가 그에 보답하는 이야기로, 줄거리는 다음과 같다.

효성이 지극한 주인공이 부모가 죽자 무덤 옆에 막을 짓고 삼 년 동안 시묘(侍墓)살이를 한다. 그런데 밤마다 호랑이가 나타나 떠나지 않고 그를 지켜 준다. 삼 년이 다 되어 효자는 호랑이와 작별을 했는데, 어느 날 꿈속에 그 호랑이가 나타나 자기를 구해 달라고 한다. 주인공이 급히 산에 달려가 보니 호랑이가 함정에 빠져 있고, 사람들이 호랑이를 잡으려 하고 있었다. 효자는 사람들에게 사정을 이야기하고 호랑이를 구해 준다.[9]

호랑이가 시묘살이하는 효자를 지켜주고, 나중에 호랑이가 곤경에 처하자 효자가 구해주는 상호 보은담이다. 이와 비슷한 이야기로 황해도의 하경비

---

8) 최운식, "효행설화에 나타난 전승집단의 의식," 『한국설화연구』(집문당, 1991), 164쪽.
9) 임석재, 『한국구전설화』, 평안북도편 II (평민사, 1988), 34~35쪽.

(夏慶碑)[10] 전설과, 호랑이가 성묘를 다니는 효자를 매일 등에 태워 주었다는 경기도의 효자리(孝子里)[11] 전설도 있다. 인간과 호랑이가 서로 도움을 주고 받는 우호적 유대감이 잘 나타난 설화이다.

1—3) 효부에게 아들을 돌려준 호랑이

이것은 아버지를 구하기 위하여 자기 자식을 희생시키는 '취부기아(取父棄兒)형 설화'인데, 다음과 같은 줄거리를 갖고 있다.

> 잔칫집에 다녀오던 시아버지가 술에 취해 고개에 쓰러져 자고 있는데, 호랑이가 나타나 잡아먹으려고 한다. 이 때 마중 나온 며느리가 '자식은 또 낳으면 된다'는 생각으로 업고 있는 자식을 대신 던져 주고 시아버지를 구한다. 효성에 감동한 호랑이는 다음날 아침 아이를 잡아먹지 않고 되돌려 준다.[12]

여기서는 며느리의 시아버지에 대한 봉양, 즉 효(孝)가 주제이다. 시아버지가 호환을 당하려는 위기상황에 처하자 며느리는 자식을 대신 희생시키며 시아버지를 구출한다. 시아버지를 살리느냐 자식을 살리느냐의 갈등에서 자식 대신 시아버지를 선택한다. 아들을 묻으려고 땅을 파다가 종을 얻게 되는 '손

---

10) 최상수, 「하경비(夏慶碑)」, 『한국민간전설집』(통문관, 1958), 344~346쪽. 성종 때 황해도 송화군의 효자 하경(夏慶)의 전설. 양친의 무덤 옆에 막을 짓고 삼년을 사는 데 호랑이가 나타나 동무가 되어 지켜 주었다. 꿈에 호랑이의 위급함을 알고 함정에 빠진 호랑이를 구해 주었다. 나중에 임금이 그의 효성에 대한 소문을 듣고 상을 내렸다.

11) 최상수, 「효자리(孝子里)」, 위의 책, 58~60쪽. 이가원, 「효마」, 앞의 책, 88~89쪽. 「박효자」, 93~95쪽.

12) 최운식, 「호랑이에게 아들을 던져 준 며느리」, 『한국의 민담』(시인사, 1988), 197~200쪽. 최래옥, 『한국구비문학대계』 5—2 (한국정신문화연구원, 1980), 570쪽. 김승찬, 『한국구비문학대계』 6—3 (한국정신문화연구원, 1984), 513쪽. 이가원, 「아기와 시아버지」, 앞의 책, 90~92쪽.

순매아(孫順埋兒)'[13])와 같은 유형으로서 효지상주의적(孝至上主義的) 관념
이 짙게 깔려 있다. 이에 감동한 호랑이가 사람을 잡아먹으려는 당초의 마음
을 돌리고 자식을 돌려주게 된다.

1-4) 효부를 등에 태워준 호랑이

이것 역시 시아버지에 대한 며느리의 효성이 그려진 이야기인데, 줄거리
는 다음과 같다.

> 어느 젊은 과부가 장님인 홀시아버지를 모시고 사는데, 친정에서
> 불러 개가를 하라고 권한다. 친정아버지의 권유를 마다하고 밤에 며
> 느리가 친정을 빠져나오자 호랑이가 나타나 등에 태워 집에까지 데려
> 다 준다. 이 여자가 그날 밤 꿈을 꾸는데 호랑이가 함정에 빠져 있으므
> 로 급히 잠을 깨고 달려가서 호랑이를 구해 준다. 나중에 이러한 효성
> 을 원님이 알고 상금을 내렸다.[14)]

여기 나오는 며느리는 남편도 자식도 없는 상태에서 시아버지를 봉양하고
있다. 친정에서 개가(改嫁)를 권유하지만 홀로 있는 시아버지를 생각하여 받
아들이지 않는다. 자기 한 몸의 행불행(幸不幸)을 따지지 않고 시아버지를 모
시는 지극히 자기희생적인열녀이자 효부이다. 호랑이는 여인의 정성에 감동

---

13) 이민수 역, 『삼국유사』(을유문화사, 1979), 400~401쪽.
　　"손순에게는 어린아이가 있었는데 늘 어머니의 음식을 빼앗아 먹으니, 손순도 민
　　항히 여겨 그 아내에게 말했다. 「아이는 다시 얻을 수가 있지만 어머니는 다시 구
　　하기가 어렵소. 그런데 아이가 어머님 음식을 빼앗아 먹어서 어머님은 굶주림이
　　심하시오. 그러니 이 아이를 땅에 묻어서 어머님 배를 부르게 해 드려야겠소.」 이
　　에 아이를 업고 취산 북쪽 들에 가서 땅을 파다가 이상한 석종(石鐘)을 얻었다."
14) 임동권, 『한국의 민담』, 서문문고, 031 (서문당, 1977), 213~214쪽. 박순호, 『한국
　　구비문학대계』 5-4 (한국정신문화연구원, 1984), 495쪽. 지춘상, 『한국구비문학
　　대계』 6-1 (한국정신문화연구원, 1980), 170쪽. 서대석, 『한국구비문학대계』 2-6
　　(한국정신문화연구원, 1984), 355쪽. 이가원, 「며느리의 효심」, 앞의 책, 82~83쪽.

하여 시댁에 빨리 돌아올 수 있도록 도와주는 것이다. 지성이면 감천이라는 효감만물사랑(孝感萬物思想)이 내재되어 있는 설화이다. 나중에 호랑이가 함정에 빠지자 효부가 그를 구해 줌으로써 인간과 맹수가 우호적인 관계를 맺는다.

나. 은혜 갚는 호랑이

이 이야기는 호랑이가 인간에게 은혜를 입고 나서 그 보답으로 인간을 위해 도움을 주는 내용을 갖고 있다. 여기에 보이는 호랑이는 1—1의 '효자에게 홍시를 구해준 호랑이'처럼 신이(神異)한 능력을 지니고 있지 못하나, 은혜를 잊지 않고 보답할 줄 아는 의리 있는 모습을 보여준다. 이러한 보은호(報恩虎)의 이야기는 전설과 민담에 공통적으로 많이 나타나며, 배은망덕한 인간에 대한 경계의 의도로 여러 사람의 입에 널리 오르내렸을 것으로 추측된다. 이러한 호랑이이 보은담은 다음 두 가지로 나누어 볼 수 있다.

1—5) 목에 걸린 비녀를 뽑아준 데에 보은하는 호랑이

인간과 호랑이가 서로 도와줌으로써 우호적인 관계를 맺는 이야기로서, 다음과 같은 줄거리를 갖고 있다.

> 가난해서 장가를 들지 못한 노총각이 있었다. 어느 날 호랑이를 만났는데, 자세히 보니 목에 비녀가 걸려 괴로워하므로 그것을 빼주었다. 그 보답으로 호랑이가 처녀를 물어다 주어 결혼을 할 수 있게 된다.15)

---

15) 김선풍, 『한국구비문학대계』 2—4 (한국정신문화연구원, 1983), 786쪽. 최래옥, 『한국구비문학대계』 6—11 (한국정신문화연구원, 1984), 461쪽. 최정여, 『한국구비문학대계』 8—5 (한국정신문화연구원, 1981), 1004쪽. 임동권, 『한국의 민담』, 서문문고, 031 (서문당, 1977), 139~140쪽. 임석재, 『한국구전설화』, 평안북도편 II (평민사, 1988), 21쪽. 이가원, 「금비녀를 삼킨 호랑이」, 앞의 책, 107~109쪽. 「가시 박

이 이야기는 도를 닦던 스님이 호랑이가 물어다 준 색시와 오누이를 맺었다는 계룡산 오뉘탑16) 전설과 비슷한 줄거리를 지니고 있다. 이 이야기에서 인간과 호랑이는 서로 능력이 결핍된 상태에 처해 있다. 즉 주인공은 장가를 가지 못했고 호랑이는 비녀나 뼈가 목에 걸려 고통스러운 상태이다. 여기서 그들은 서로 도움을 주고받는 호혜적(互惠的)인 관계를 맺음으로써 결핍의 상태를 벗어나 충족의 상태에 이를 수 있게 된다.

그런데 이들의 호혜관계는 처음부터 보답을 전제로 한 것이 아니었음을 눈여겨볼 필요가 있다. 비록 짐승이지만 호랑이가 곤경에 처한 것이 가엾게 생각되어 주인공은 도움을 주었고, 호랑이도 여기에 감사하는 뜻에서 주인공에게 가장 필요한 것은 찾아 구해 준 것이다.17) 그러니까 노총각이 호랑이로부터 처녀를 선물 받아 혼인할 수 있었던 것은 그가 남의 어려운 처지를 동정하고 돕는 착한 마음을 잃지 않았기 때문이라고 할 것이다.

1-6) 키워 준 은혜에 보답하는 호랑이

이것 역시 호랑이와 인간이 상부상조하는 보은담으로서, 그 줄거리는 다음과 같다.

> 가난한 나무꾼이 호랑이를 키워주자, 호랑이가 그 보답으로 처녀를 업어 와서 결혼을 시켜준다. 그리고 처녀의 옛날 정혼자(定婚者)와

흰 호랑이」, 112~113쪽. 「호계리 전설」, 119~121쪽. 「유씨와 호랑이」, 122~125쪽. 「동선령 고개」, 126~127쪽. 「범턱」, 138~140쪽.
16) 최상수 「오뉘탑」, 앞의 책, 97~98쪽. 이가원, 「오뉘탑」, 앞의 책, 116~118쪽.
17) 이와 비슷한 것으로, 어떤 사람이 구렁이에게 감긴 호랑이를 구해 주었는데, 나중에 그 사람이 구렁이의 위협을 받자 호랑이가 구해 준 이야기 (이가원, 「구렁이와 호랑이」, 앞의 책, 128~129쪽)가 있고, 우체부가 굶주린 호랑이에게 닭을 먹여주었더니, 호랑이가 우체부를 매일 태워 준 이야기 등이 있다.(이가원, 「우체부와 호랑이」, 앞의 책, 134~135쪽.)

나무꾼이 내기를 하는데 호랑이가 도와서 이기도록 해준다. 마침내
처녀의 부모도 그를 사위로 인정하고 받아들인다.[18]

호랑이가 자기를 키워준 인간에게 처녀를 업어다 주고, 내기에서 이기도
록 도와주었다는 보은호의 이야기다. 은혜를 잊지 않고 갚는 점에서 이 설화
는 앞의 1−5에 나온 목에 걸린 비녀를 뽑아준 은혜에 보답하는 호랑이와 닮
은 점이 많다. 비록 짐승이지만 자기가 입은 은혜에 보답할 줄 아는 호랑이의
행위는 인간으로서도 본받을 만하다. 이 점이 바로 이 설화가 내세우고자 하
는 주제라고 하겠다.

다. 인정에 끌린 호랑이

이 이야기는 민담에 주로 보이는 것으로, 사람의 태도 여하에 따라 호랑이
의 태도도 달라지는 인간적인 모습의 호랑이가 등장한다. 즉 사람이 인정을
베풀면 호랑이의 태도도 순해져서 사람을 도와주며, 사람이 나쁜 태도를 보
이면 호랑이도 그에 상응한 반응을 보이는 것이다. 이러한 유형의 이야기는
다음 두 가지가 있다.

1−7) 형님으로 불린 호랑이

'호랑이 형님'이라는 제목도 갖고 있는 민담으로서 그 줄거리는 다음과 같다.

한 나무꾼이 산에서 호랑이를 만났는데, 놀라서 엉겁결에 형님이라
고 부른다. 그러자 호랑이가 태도를 바꾸어 나무꾼을 아우로 대하며 집
으로 가서 어머니께 인사를 한다. 그리고 아직 장가를 못 든 아우에게
처녀를 물어다 주고, 이 아우가 처녀를 찾으러 온 청년과 장기 내기를
하는데 아우가 이길 수 있도록 적극적인 원조를 아끼지 않는다.[19]

---

18) 지춘상, 『한국구비문학대계』 6−1 (한국정신문화연구원, 1980), 128쪽. 이현수, 『한
국구비문학대계』 6−5 (한국정신문화연구원, 1984), 147쪽.

호랑이를 만나 임기응변으로 형님이라 부른 것이 뜻밖의 결과를 가져와 호랑이와 형제가 되어 버린다. 아우가 된 사람은 처음에는 당황하지만 곧 호랑이의 진정을 알고 우애를 잃지 않는다. 호랑이는 어머니께 효도를 다하고 아우를 위해 헌신적으로 애쓴다. 여기에 등장하는 호랑이는 자칫 주인공의 꾀에 속아 넘어가는 어리석을 호랑이로 해석하기 쉬운데, 호랑이의 태도가 매우 진실하고, 아우를 여러모로 도와주며 끝까지 형제간의 정리(情理)를 지키는 것을 볼 때 어리석은 호랑이로 보는 것은 타당하지 않다.

이 이야기는 인간과 호랑이가 끈끈한 우애를 지속하는 점에서 호환(虎患)을 피하기 위해 일시적으로 호랑이를 속여 골탕 먹이는 호랑이 퇴치형 민담과 구별하여 이해할 필요가 있다. 여기서 호랑이의 우호적인 행위는 어디까지나 나무꾼이 보여준 인간적인 호의(好意)에 대한 보답이라고 하는 것이 옳겠다.

1-8) 자기 새끼 귀엽다는 말을 듣고 좋아한 호랑이

이것은 호랑이의 모성애를 볼 수 있는 민담으로 줄거리는 다음과 같다.

> 동네 아낙네들이 산에 나물을 캐러 갔다가 호랑이 새끼들을 만났다. 한 아낙이 새끼를 귀엽다고 하니 어미 호랑이도 좋아했는데, 다른 아낙이 새끼를 때려 죽였으면 좋겠다고 하니 어미 호랑이가 쫓아왔다. 아낙네들은 바구니를 버리고 도망을 쳤다. 다음날 아침 귀엽다고 말한 아낙네의 집에는 버리고 갔던 물건이 그대로 놓여 있었고, 나쁘게 말한 아낙의 집에는 바구니와 앞치마가 갈기갈기 찢긴 채 놓여 있었다.[20]

19) 최운식, 「호랑이의 형」, 『충청남도 민담』, 13~18쪽. 임재해, 『한국구비문학대계』 7-9 (한국정신문화연구원, 1982), 1153쪽. 성기열, 『한국구비문학대계』 1-7 (한국정신문화연구원, 1982), 270쪽. 이가원, 「의형제」, 앞의 책, 96~101쪽.
20) 임동권, 앞의 책, 134쪽. 최운식, 「호랑이와 나물보따리」, 『한국의 민담』, 26~27

이 민담은 "호랑이도 자기 새끼를 귀엽다고 하면 함한다."는 속담을 생각나게 한다. 아무리 맹수라도 새끼에 대한 모성애는 인간과 다름이 없을 터이다. 어미로서 자기새끼를 보고 귀엽다고 하면 기분이 좋지만 밉다고 하면 기분이 나쁠 수밖에 없다. 그리하여 자기 새끼에 호의를 보인 사람에게는 물건을 고이 돌려주지만, 그렇지 않은 사람의 물건은 찢어서 갖다 놓는 것이다.[21] 여기에 나타난 호랑이는 다분히 인격화(人格化)되어 있으며, 사람의 태도 여하에 따라 호랑이의 대응이 달라지는 것을 볼 수 있다.

2. 적대적인 호랑이

호랑이는 육식을 하는 맹수인지라 인간을 해치기 마련이고, 인간과 적대적(敵對的)일 수밖에 없다. 실제로 호랑이는 우리나라 사람에게 가장 무서운 동물로 인식되어 왔다. 호랑이의 본래 속성을 가장 잘 드러내주는 것이 이 적대적인 유형의 설화이다. 이 유형에는 사람을 해치는 흉포한 호랑이가 등장하고, 그로 인해 고난을 겪는 인간의 모습이 나오며, 그에 맞서 싸워 호랑이를 물리치는 과정이 주된 줄거리가 된다. 호랑이가 갖고 있는 이러한 포악한 성질은 백성을 괴롭히는 지배층의 횡포와 닮은 데가 있다. 따라서 이 설화들은 대부분 당대 현실에 대한 우의적(寓意的) 표현으로 읽을 수가 있기 때문에 풍자적 성격을 내포한다 하겠다.

이러한 적대적인 호랑이 이야기는 주로 민담에 나타나는데, '사람을 잡아

쪽. 임석재, 『한국구전설화』, 평안북도편 II (평민사, 1988), 268~269쪽. 경기도편 (평민사, 1989), 173쪽. 이가원, 「세 처녀」, 앞의 책, 104~106쪽. 「딸기장수 아주머니」, 110~111쪽.

21) 이와 비슷한 것으로, 호랑이를 잡으러 갔던 나무꾼이 새끼호랑이만 있는 것을 보고 그냥 되돌아 왔는데, 나중에 어미호랑이가 이를 알고 나무꾼에게 멧돼지를 잡아다주었다거나, 나무하던 노총각이 호랑이 새끼를 귀여워해 주었더니, 색시를 물어다 주었다는 이야기도 있다. (이가원, 「나무꾼 박서방」, 앞의 책, 132~133쪽. 「일산봉 전설」, 144~146쪽.

먹는 호랑이'와 '은혜를 모르는 호랑이'의 경우로 나눠 볼 수 있다. 이들은 구체적으로 살펴보면 다음과 같다.

가. 사람을 잡아먹는 호랑이

호랑이는 육식동물로서 사람을 많이 해쳤다. 호환을 당한 사례와 그 피해를 옛 문헌에서도 찾을 수 있다.[22] 그래서 당시 사람들은 어떻게 하면 호랑이에 맞서 싸울 것인가. 또는 어떻게 하여 호랑이를 퇴치할 수 있을까 하는 것을 연구하지 않을 수 없었다. 이 이야기는 사람을 해치려는 호랑이와 그에 맞서는 인간의 싸움을 줄거리로 한다. 그런데 단순히 호랑이의 피해만 그린 것이 아니라 어떻게든 싸워서 호랑이를 이겨내는 결말을 가진 것이 특징이다. 이러한 식인호(食人虎)의 이야기는 욕심 많은 호랑이, 사람을 통째로 삼킨 호랑이, 할머니를 잡아먹으려던 호랑이, 홍똥을 싼 호랑이 등 네 가지로 나눠 볼 수 있다.

2-1) 욕심 많은 호랑이

이 이야기는 일월설화(日月說話), 또는 '해와 달이 된 오누이'로 잘 알려진 것이다. 줄거리는 다음과 같다.

> 떡장수 어머니가 떡을 가지고 집으로 돌아오다가 산길에서 호랑이를 만난다. 욕심 많은 호랑이는 "떡 하나 주면 안 잡아먹지."하며 고개를 넘을 때마다 떡을 하나씩 빼앗아 먹는다. 떡을 먹고 난 호랑이는 이번에는 같은 수법으로 옷을 빼앗고, 또 팔다리를 요구하더니 마침내 어머니를 잡아먹고 만다. 그리고 어머니 모습을 하고 집에 찾아가서

---

22) 김호근 외, 『한국 호랑이』(열화당, 1988), 123~127쪽. '증보문헌비고'와 '조선왕조실록'에는 각 지방의 호환 사례와 궁중에까지 호랑이가 들어와 사람을 못살게 괴롭혔다는 사례가 적혀 있다.

아이들까지 잡아먹으려고 한다. 아이들은 도망치던 끝에 동아줄을 타고 하늘로 올라간다. 호랑이는 뒤를 따르다가 줄이 끊어지는 바람에 수수밭에 떨어져 죽는다.[23)]

여기에 등장하는 호랑이는 사람을 해치는 맹수로서 매우 욕심이 많다. "떡을 하나 주면 안 잡아먹지." 하는 말은 자기 말을 안 들으면 당장 잡아먹고 말겠다는 위협과 다름없다. 어머니는 목숨을 부지하기 위해 요구를 들어줄 수밖에 없다. 호랑이는 떡을 빼앗고 옷과 팔다리를 빼앗고 목숨까지 앗아간다. 그리고 그것도 모자라 아이들에게까지 손을 뻗친다.

이 이야기를 우의적인 측면에서 보자면 당시 사회의 험난한 분위기를 파악할 수 있다. 여기에 나오는 호랑이는 욕망의 화신으로서 '빼앗는 자'로 본다면, 호환을 당하는 어머니와 아이들은 '빼앗기는 자'에 해당된다. 다시 말해 호랑이는 권력을 휘두르는 지배자의 전형적 모습이고, 인간은 그러한 권력자의 횡포에 수탈당하는 일반 민중의 모습으로 볼 수가 있다. 지배자는 권력으로 백성을 위협하여 한없이 욕심을 채우고, 가엾은 백성들은 어쩔 수 없이 힘센 자의 횡포에 희생당할 뿐이다. 이런 점에서 이 민담은 현실 풍자적이고 현실 고발적이다. 그러나 마지막을 호랑이의 실패로 끝맺음으로써 인과응보의 교훈과 함께 궁극적으로 백성의 승리를 꿈꾸고 있다.

2—2) 사람을 통째로 삼킨 호랑이

호랑이가 사람을 통째로 삼켜 버린 이야기인데, 그 줄거리는 다음과 같다.

---

23) 임석재,『한국구전설화』, 평안북도편 II (평민사, 1998), 125~129쪽. 최운식,「해와
달이 된 오누이」,『충청남도 민담』(집문당, 1984), 191~194쪽. 최정여,『한국구비문
학대계』7—4 (한국정신문화연구원, 1980), 118쪽. 김영진,『한국구비문학대계』3—1
(한국정신문화연구원, 1982), 421쪽. 최래옥,『한국구비문학대계』5—1 (한국정신문
화연구원, 1980), 49쪽. 이가원,「수수깡이 붉은 이유」, 앞의 책, 210~214쪽.

어떤 사람이 호랑이를 잡으려고 산에 갔는데, 그 날이 마침 호랑이 우두머리의 생일날이었다. 호랑이 우두머리가 사람의 고기가 먹고 싶다 하므로, 호랑이들이 그 사람을 잡아다 바쳤다. 우두머리는 이거 맛 있겠다 하며 사람을 통째로 삼켰다. 호랑이의 뱃속에 들어간 사람은 주머니에서 칼을 꺼내 호랑이의 배를 마구 찔렀다. 그러자 호랑이 우두머리는 "너희들이 못 먹을 것을 줘서 배가 아파 죽겠다."고 하며 다른 호랑이들을 모두 물어 죽였다. 호랑이의 배를 째고 밖으로 나온 그 사람은 호랑이 가죽을 모두 벗겨다 팔아가지고 잘 살았다.[24]

호랑이의 뱃속에 들어간 사람이 용감히 싸워서 호랑이를 물리친 이야기이다. 맹수와의 투쟁이라는 무용담(武勇談)에 비중을 많이 두었지만 사람을 통째로 삼키는 호랑이의 흉포함을 전제로 하고 있다. 인간과 맹수의 대결을 다룬 이것 역시 2—1의 '욕심 많은 호랑이'의 경우처럼 현실에 대한 우의(寓意)로 해석할 수 있다. 호랑이에게 먹혀 뱃속에 들어가게 된 것은 일종의 극한상황이다. 그러나 절망하지 않고 싸워 마침내 호랑이를 이겨냈다는 것은 힘센 자와의 싸움에서 약한 자가 승리했음을 뜻한다. 백성을 핍박하는 권력자 또는 지배자에 대한 복수심(復讐心)이 담겨 있다고 하겠다.

2—3) 할머니를 잡아먹으려던 호랑이

약자들이 힘을 합쳐 호랑이를 물리친다는 민담으로서, '강물에 빠진 호랑이'라는 제목을 갖고 있는데, 그 줄거리는 다음과 같다.

한 노파가 팥밭을 매고 있는데 호랑이가 나타나 잡아먹으려고 했다. 노파가 팥죽이나 쒀 먹고 죽게 해 달라니까 호랑이가 저녁때 다시

<hr />

24) 임석재, 『한국구전설화』, 평안북도편 II (평민사, 1988), 123~124쪽. 조희웅, 『한국구비문학대계』 1—4 (한국정신문화연구원, 1981), 327쪽. 서대석, 『한국구비문학대계』 2—6 (한국정신문화연구원, 1984), 453쪽. 이가원, 「범 첨지이 사냥」, 앞의 책, 225쪽. 「정직한 포수」, 252~253쪽.

오마고 했다. 노파가 팥죽을 한 솥 쒀 놓고 죽을 것을 생각하니 눈물이 나왔다. 그 때 막대기가 와서 왜 우느냐고 묻는다. 할머니가 까닭을 말하니 죽 한 사발만 주면 못 잡아먹게 도와주겠다고 한다. 이어서 멍석이 오고, 지게, 송곳, 달걀, 자라, 개똥 등이 와서 죽을 한 그릇씩 얻어먹고 제각기 숨어 호랑이를 기다린다. 얼마 후 호랑이가 와서 불을 쬐이려다 달걀이 튀어 눈에 맞고, 송곳에 찔리고, 개똥이 손에 묻어 씻으려다 자라에 물리고, 막대기에 머리를 맞아 죽고 만다. 호랑이가 죽자 멍석이 말아서 지게가 짊어지고 강에 버렸다.[25]

이 역시 적대적인 호랑이에 대한 퇴치담이다. 불쌍한 노파를 잡아먹으려는 호랑이의 횡포에 대항하는 것은 한 개인이 아닌 다수이다. 여기에 등장하는 사물들은 그 하나하나로 볼 때는 아무 힘도 없는 농기구이거나 하찮은 존재에 지나지 않는다. 그러나 이들은 하나로 뭉쳐 큰 힘을 발휘한다. 이 민담이 주는 소중한 내용은 "스스로 힘을 합하여 횡포자에게 저항하는 방법"[26]을 깨닫게 하는 것이다. 여기에는 작은 것이 큰 것을 물리치는 짜릿한 쾌감과 함께, 아무리 무서운 존재라 할지라도 작은 것들끼리 힘을 합치면 이길 수 있다는 자신감이 담겨 있다.

2—4) 홍똥을 싼 호랑이

이것은 호랑이 퇴치담으로서 '대머리의 유래'와도 관련된다. 줄거리는 다음과 같다.

애지중지 키워 온 아들을 호랑이가 물어가 버린다. 아버지는 호랑이굴을 찾아가 굴속에 숨겨 놓은 아들을 찾는다. 이 때 밖에 나갔던 호

---

25) 김선풍, 『한국구비문학대계』 2—3 (한국정신문화연구원, 1981), 516쪽. 유종목, 『한국구비문학대계』 8—4 (한국정신문화연구원, 1981), 308쪽. 임석재, 『한국구전설화』, 평안북도편 II (평민사, 1988), 58~59쪽. 최운식, 「강물에 빠진 호랑이」, 『충청남도 민담』, 40~43쪽. 이가원, 「할머니의 호난(虎難)」, 앞의 책, 207~209쪽.
26) 최운식, "한국인 의식 속의 호랑이," 앞의 책, 200쪽.

랑이가 들어오면 꽁무니를 먼저 들이밀자, 아버지는 호랑이의 꼬리를
힘껏 잡아당긴다. 깜짝 놀란 호랑이는 피똥을 싸고 도망친다. 아버지
는 호랑이의 똥을 뒤집어쓰고 대머리가 되어 버렸다.[27]

자식을 물어간 호랑이와 그 자식을 되찾으려는 아버지와의 투쟁 이야기다.
사람이 맨주먹으로 호랑이를 이길 수는 없다. 호랑이의 날카로운 이빨이나
발톱은 치명적이다. 그래서 호랑이의 취약 부분인 꼬리나 불알을 움켜잡음으
로써 호랑이를 물리친다. 이 민담도 해학적인 성격이 강하나, 역시 약탈을 자
행(恣行)하는 권력자에 대한 민중의 저항으로 읽을 수 있다. 힘이 약한 민중
이 권력자와 정면 대결해서는 이길 수가 없기 때문에 그의 약점을 늘어 잡고
늘어짐으로써 마침내 퇴치해내는 것이다.

이 이야기의 마지막에서 호랑이와 싸운 사람은 모두 호랑이 똥을 머리에
뒤집어쓰고 모두 대머리가 되는 공통점을 지니는데, 이는 어떻게 해석해야 될
까? 여기서 아버지가 대머리가 되었다는 것은 강자와의 싸움에서 얻은 상처,
또는 싸움의 흔적으로 볼 수 있다. 그러나 그것은 부끄러운 것이 아니라 당당
하고 자랑스러운 영광의 상처요, 승리의 훈장(勳章)과 같은 것이다. 그것은
"자손들은 대머리 할아버지를 자랑으로 삼았다."[28]는 데에서 확인할 수 있다.

나. 은혜를 모르는 호랑이

이것 또한 적대적 호랑이의 유형으로서 사람을 잡아먹으려는 맹수의 흉포
성과 그에 맞서는 인간의 모습을 그리고 있다. 앞의 '가'형 '사람을 잡아먹는
호랑이'와 다른 것이 있다면 배은망덕한 호랑이를 통해 사람이 마땅히 지켜
야 할 윤리의 문제를 제기하고 있는 점이다.

---

27) 이가원, 「대머리의 유래」, 앞의 책, 231~233쪽. 「대머리 장사」, 226~227쪽. 「굿
     구경」, 228~230쪽. 「부끄러운 아버지」, 234~236쪽.
28) 이가원, 「대머리 장사」, 227쪽.

2—5) 함정에 빠진 호랑이

호랑이를 구해 주었다가 다시 빠뜨리는 이야기인데, 그 줄거리는 다음과
같다.

> 한 나그네가 산길을 가다가 구덩이에 빠진 호랑이를 발견한다. 호
> 랑이가 은혜를 잊지 않을 테니 자기를 살려 달라고 애원한다. 나그네
> 는 그 말을 믿고 호랑이를 구해 준다. 그런데 밖으로 나온 호랑이는 사
> 람들이 함정을 파서 자기를 괴롭혔다고 나그네를 잡아먹으려고 한다.
> 나그네는 누가 옳은가 따져 보자며 황소와 소나무에게 가서 묻는다.
> 그러나 그들이 자기에게 불리한 답변을 하므로 이번에는 토끼에게 묻
> 는다. 그러자 토끼는 어떻게 빠져 있었는지 시늉을 해 보라고 한다. 호
> 랑이가 다시 구덩이에 들어가자, 나그네는 다시 그를 꺼내 주지 않았
> 다.[29]

함정에 빠졌던 호랑이가 굴에서 벗어나자 약속을 어기고 은인을 해치려고
한다. 위급할 때는 손을 벌리다가도 위기에서 벗어나면 언제 그랬냐는 듯이
은혜를 망각하는 패덕자(悖德者)의 모습을 보여준다. 위기에 몰린 나그네는
판결을 제의했는데, 황소와 소나무가 그에게 불리한 판결을 하여 잡아먹힐
위기에 맞는다. 그런데 다행히 토끼를 만나 그의 꾀로 다시 호랑이를 구덩이
에 빠뜨려 위험에서 벗어난다.

여기서 맹수를 물리치기 위해 꾀를 쓰는 것은 약자가 강자를 이길 수 있는
유일한 방법이다. 인간이나 토끼가 힘으로는 호랑이를 이길 수 없는 까닭에
순간적인 재치나 기지를 발휘하여 악의 위협에서 벗어난다. 힘없는 민중이

29) 임동권, 『한국의 민담』(서문당, 1977), 140~141쪽. 최운식, 「호랑이와 두꺼비」, 『한
국의 민담』, 23~25쪽. 지춘상, 『한국구비문학대계』 6—2 (한국정신문화연구원,
1981), 706쪽. 박계홍, 『한국구비문학대계』 4—4 (한국정신문화연구원, 1983), 940
쪽. 이가원, 「배은망덕한 호랑이」, 앞의 책, 215~217쪽.

탐관오리의 횡포로부터 살아남기 위해서는 토끼처럼 꾀를 내어 위기를 모면할 수밖에 없는 일이다. 이 같은 이야기를 통해 옛사람들의 현실 대응 방식을 짐작할 수가 있다.

3. 희화적인 호랑이

우호적인 호랑이 유형에는 신이(神異)한 존재로서 은혜를 베푸는 모습이 나타나고, 적대적인 호랑이에서는 포악한 맹수로서 가해자(加害者)의 모습을 발견할 수 있다. 이들 두 유형의 설화에 나타난 호랑이는 긍정적이건 부정적이건 둘 다 인간보다 우월한 능력을 지니고 있다. 이때의 호랑이는 모두 외경(外境)의 대상이라고 할 수 있다.

그런데 희화적인 유형에서는 호랑이의 우월한 속성이 철저히 배제되어 있다. 여기서 호랑이는 지극히 겁이 많고 바보스럽다. 남의 말을 잘 곧이듣고 쉽게 속아 넘어가서 골탕을 먹는다. 맹수의 왕으로서 권위는 전혀 찾을 수 없다. 이때의 호랑이는 외경의 대상이 아니라 놀림감의 표적이다. 맹수로서 존엄성을 잃고 무기력한 존재로 전락한 우스꽝스러운 모습이 청자(聽者)나 독자에게 웃음을 주며, 현실의 억압에 대한 조롱으로 심리적 카타르시스도 경험하게 한다.

이 희화적인 유형의 이야기는 신화나 전설에서는 찾아 볼 수 없고 주로 민담에 나타나는데, 다음과 같이 어리석은 호랑이와 겁이 많은 호랑이 두 종류로 나눌 수 있다.

가. 어리석은 호랑이

여기에 나오는 호랑이는 생각이 지극히 단순하고 우직하다. 상대방의 거짓말을 추호도 의심하지 않고 곧이들었다가 봉변을 당한다. 그런데 이렇게 속임을 당하는 것은 호랑이의 지나친 욕심에서 비롯되고 있음을 볼 수 있다.

3–1) 토끼에게 속은 호랑이

이것은 호랑이를 골려주는 이야기로서 줄거리는 다음과 같다.

> 호랑이가 토끼를 만나 잡아먹으려고 하자, 토끼는 참새를 잡아 주 겠다면서 호랑이를 대밭으로 데리고 간다. 그리고 눈을 감고 입을 벌 리고 있으라고 하고서 대밭에 불을 지르고 도망친다. 호랑이는 대밭 타는 소리를 참새떼가 날아오는 줄로 여기고 기다리고 있다가 불에 데어 크게 혼이 난다. 속은 것을 안 호랑이는 다시 토끼를 붙잡는다. 토끼는 호랑이에게 물고기를 실컷 먹여 주겠다고 꾀어 냇가에 데리고 간다. 그리고 얼음 구멍에 꼬리를 넣고 있으면 고기떼가 붙을 것이라 고 말한다. 호랑이는 추위를 무릅쓰고 토끼가 시키는 대로 있다가 꼬 리가 얼어붙어 움직이지 못하고 사냥꾼의 총에 맞아 죽었다.[30]

호랑이가 토끼를 혼내 주려다가 번번이 속아 넘어가는 이야기다. 강자와 약자의 대결을 줄거리로 하고 약자의 승리를 이야기한 점에서 앞 2절의 '적대 적인 호랑이'와 동류로 볼 수 있다. 그러나 호랑이가 지극히 어리석은 동물로 그려진 점에서 희화화된 유형으로 보는 것이 타당할 것 같다. 이들 호랑이의 우둔한 모습은 웃음을 불러일으키며, 호랑이의 패배 이야기가 듣는 이들에게 쾌감을 맛보게 한다. 즉 힘센 자를 골려줌으로써, 평소 그에게 지니고 있던 심리적 열등감(劣等感)을 해소하는 것이다.

3–2) 불알 발린 호랑이

이 이야기는 상당히 외설적(猥褻的)인 면이 가미되어 있다. 줄거리는 다음 과 같다.

---

30) 인권환,『한국구비문학대계』4—1 (한국정신문화연구원, 1980), 93쪽. 김광순,『경 북민담』(형설출판사, 1978), 121~122쪽. 이가원,「호랑이와 토끼」, 앞의 책, 204~ 206쪽.

성질 급한 농부가 논을 갈면서 소에게 재촉했다. "이랴, 이놈의 소, 이렇게 느려서 언제 논을 다 갈고 삼천리강산 장엘 갔다 오나?" 이 때 호랑이가 그 말을 듣고 자기도 하루에 삼천리를 못 가는데 어쩌면 그렇게 빠르게 갈 수 있느냐고 물었다. 농부가 불알이 없기 때문이라고 하니, 그럼 자기도 불알을 빼라 달라고 하였다. 농부가 그렇게 해 주니 호랑이는 창자가 당기고 아파서 꼼짝 못하고 누워 있었다. 그 때 농부의 색시가 점심을 갖고 왔는데, 농부가 한창 나이인지라 밥은 안 먹고 색시와 한데 어울리는 것이었다. 그것을 보고 호랑이가 중얼거렸다. "나도 불알을 빼렸는데, 저놈도 불알을 빼리는구나."[31]

호랑이가 빨리 달리고 싶은 욕심에서 거세(去勢)까지도 마다하지 않는다. 그리고 농부의 성행위(性行爲)를 엉뚱하게 자기 본위로만 생각한다. 호랑이의 우직한 사고와 행동이 웃음을 자아낸다. 이 민담은 성적(性的)인 내용이 등장하는 걸로 보아 주로 성인들 사이에 유통된 외설 해학담으로 짐작된다. 여기서는 맹수로서 호랑이의 특성이 완전히 배제되어 있다. 인간과 호랑이가 동등한 위치에서 사이좋게 지내고 있는 것이 특징이다. 우호적인 호랑이와 적대적인 호랑이의 경우에 인간보다 우세한 위치에 있는 것과는 대조가 되는 점이다.

나. 겁 많은 호랑이

이 유형의 민담에 나오는 호랑이는 유달리 겁이 많다. 그런데 실제 물건에 놀라는 것이 아니라 스스로의 착각에 빠져 놀란다. 이렇게 호랑이가 겁이 많은 것을 그의 어리석음 탓으로 보면 앞의 '어리석은 호랑이'와 동류의 이야기로 생각할 수도 있다. 그러나 맹수의 왕이 소심한 겁쟁이로 전락하여 전전긍긍하는 모습이 특유의 해학성을 유발하는 점에서 앞의 이야기와 항(項)을 달리 하였다. 이에 대한 보기는 다음 네 가지가 있다.

---

31) 최운식, 「불알 발린 호랑이」, 『한국의 민담』, 20~22쪽.

3-3) 곶감에 놀란 호랑이

이는 '호랑이와 곶감'으로 많이 알려진 이야기다. 줄거리는 다음과 같다.

> 호랑이가 밤에 어느 집에 내려갔는데, 마침 어머니가 우는 아이를 달래고 있었다. 어머니는 늑대가 왔다느니, 망태 할아버지가 왔다느니, 호랑이가 왔다느니 하면서 겁을 줘도 아이는 울음을 그치지 않는다. 그런데 "여기 곶감 있어. 어서 그쳐!" 하니까, 아이가 울음을 그치는 것이었다. 이것을 엿듣고 있던 호랑이는 곶감이 얼마나 무섭기에 아이가 울음을 그치나 싶어 겁을 먹고 도망쳤다.[32]

호랑이가 왔다고 해도 막무가내로 울던 아이가 '곶감'이란 말에 울음을 뚝 그친다. 그래서 호랑이는 곶감이 세상에서 제일 무서운 것인 줄 안다.[33] 용맹의 상징인 호랑이가 겁쟁이로 전락하여 도망치느라 정신이 없다. 맹수의 왕다운 권위는 여지없이 무너지고 형편없는 모습으로 조롱의 대상이 된다. 권위와 외경의 존재를 발가벗겨 지극히 미천한 존재로 무력화시킴으로써 해학성을 얻고 있는 민담이다.

3-4) 장기 두다 총에 놀란 호랑이

이 이야기도 호랑이 골려주기에 해당한다. 외설적(猥褻的) 성격이 강하게 드러나는데, 줄거리는 다음과 같다.

> 어떤 사람이 호랑이를 만났는데, 호랑이가 장기를 한 판 두자고 했다. 함께 장기를 두는데 그 사람이 불리하게 되었다. 그는 만약 졌다가

---

32) 이가원, 「곶감과 호랑이」, 앞의 책, 201~203쪽.

33) 이와 닮은꼴이 이야기로, '곶감' 대신 '지지리'나 '주주'에 놀라 도망친 호랑이 민담도 있다. 최운식, 「지지리에 놀란 호랑이」, 『충청남도 민담』, 19~22쪽. 이가원, 「아기와 주주」, 앞의 책, 280~283쪽.

는 호랑이가 잡아먹을 것 같아 걱정이 되었다. 그래서 슬그머니 사타 구니에서 성기를 꺼내 놓고 장기를 두었다. 호랑이는 그 물건에 눈이 팔려 장기에 지고 말았다. 그리고 그게 뭐냐고 물었다. 이게 호랑이 잡는 총이라고 말하니 호랑이가 놀라 도망을 쳤다. 한참 도망을 가던 호랑이는 개천에서 빨래하는 할머니를 만나 자기가 봤던 물건을 이야기하고는 그게 정말로 총이냐고 물었다. 할머니는 정말이라면서 자기의 속옷을 들치며 말했다. "이거 보라우요. 나도 그 총을 맞은 지가 40~50년이 됐는데, 아직도 상처가 아물지 않고 고름이 흐른다우." 호랑이는 더욱 놀라 뒤돌아보지 않고 도망쳤다.[34]

호랑이는 남자의 성기(性器)를 한 번도 본 적이 없기 때문에, 총(銃)이라고 하니까 곧이곧대로 믿고 놀라 도망친다. 낯선 물건에 궁금증을 갖는 호랑이의 어리숙함과 총이란 말에 놀라 줄행랑을 놓는 모습이 해학적이다. 여기에 남녀의 성기와 관련된 내용이 첨가되어 이야기를 더욱 재미있게 만들고 있다. 이 이야기에서도 호랑이는 맹수로서의 속성이 거의 배제되고 인간과 동등하거나, 아니면 그보다 낮은 단계에 처해 있다. 즉 인간과 장기 내기를 하는 점에서 인간과 같은 수준이라 한다면, 하찮은 물건에 겁을 먹고 도망치는 모습은 더욱 저열(低劣)한 수준으로 전락한 것이다. 막강한 위력을 가진 두려운 존재에 대하여 그 위력을 제거하고 왜소화시킴으로써 인간으로 하여금 상대적 우월감을 갖도록 함으로써 해학성을 얻고 있다.

3-5) 흰옷에 놀란 호랑이

이는 '동부인(同夫人)의 유래'와 관련된 민담인데, 그 줄거리는 다음과 같다.

---

34) 임석재, 『한국구전설화』, 평안북도편 II (평민사, 1988), 252~253쪽. 「물총에 놀랜 호랑이」, 『한국구전설화』, 경기도편, 410~412쪽.

산 속에 사람을 잡아먹는 호랑이가 있다는 소문에, 산길을 가는 사람들이 모두 겁을 집어먹고 있었다. 그 때 한 여인이 나타나 용감히 앞장을 서다가 호랑이가 나타나자, 흰옷을 뒤집어쓰고 등을 보이면서 호랑이에게 다가갔다. 호랑이는 "무슨 놈의 짐승 아가리가 내 것보다 크단 말인가?"하며 놀라 도망쳤다. 그 뒤부터 사람들은 산길을 갈 때에는 부인을 앞세우고 가게 되었다. 이것이 동부인을 하여 나들이를 하게 된 시초라고 한다.[35]

이것도 식인호 퇴치담인데, 사람이 흰옷을 뒤집어쓰고 뒷걸음질로 다가가니까 한 번도 본 적이 없는 생소한 물건이라 겁을 먹고 도망친다. 흰옷을 뒤집어쓴 사람의 뒷모습을 짐승의 아가리로 착각해 도망친 점이 해학적이다. 여기서 한 가지 특이한 것은 여성이 남성보다 더 담대하고 탁월한 능력을 발휘한 점이다. 일반적으로 여성은 남성보다 힘이 약하지만, 때로는 기지(機智)를 발휘하여 남성을 능가할 수 있음을 보여 준다. 여성의 역할이 강조된 것을 볼 때, 남존여비(男尊女卑)의 관념이 약화된 시기에 생긴 민담으로 추정할 수 있다.

3—6) 나팔수가 된 호랑이

호랑이 골려주기와 퇴치담이 결합된 민담으로, 그 줄거리는 다음과 같다.

어떤 나그네가 길을 가다 해가 저물어 빈집에 묵게 되었다. 그런데 호랑이가 사람 냄새를 맡고는 잡아먹으려고 엉덩이를 들이밀고 방으로 들어왔다. 나그네는 바쁜 김에 가지고 다니던 나팔을 호랑이 항문에 꽂았다. 놀란 호랑이가 나팔을 빼려고 항문에 힘을 주니 나팔이 크게 울렸다. 힘을 줄 때마다 나팔소리가 울리므로 호랑이는 더욱 놀라 달아났다. 나그네가 나팔소리 난 곳을 뒤쫓아 가보니, 호랑이가 하룻밤에 천리를 갔더라고 한다.[36]

---

35) 이가원, 「동부인의 유래」, 앞의 책, 247~249쪽.

호랑이의 항문에 나팔이 꽂혀 힘을 줄 때마다 소리가 난다. 그 나팔소리에 놀라 꽁무니를 빼는 호랑이의 모습이 우스꽝스럽다. 백수(百獸)의 왕인 호랑이가 여기서는 그 힘과 권위를 잃고 자기가 내는 나팔소리에 놀라 도망치기에 바쁜 모습이다. 호랑이가 형편없는 겁쟁이로 전락하여 놀림감이나 웃음거리의 대상이 되고 있는 점에서 희화적인 성격을 찾을 수 있다. 막강한 힘의 소유자가 봉변을 당하고 도망치는 장면에서 약자들이 심리적 쾌감을 느낄 만하다.

Ⅲ. 호랑이 설화의 성격과 민중의식

앞장에서 호랑이 설화의 유형을 세 가지로 나누고, 그에 따른 예화(例話) 19편의 내용을 살펴보았는데, 이를 통해 호랑이와 관련된 설화가 매우 다양하게 존재하고 있음을 알 수 있다. 이 장에서는 이들 설화의 성격을 민중의식과 결부시켜 고찰해보려고 한다. 민담은 집단적 무의식의 의도(intention)를 표출[37]하고 있기 때문에, 이들 호랑이 설화가 어떠한 성격을 띠고 있으며, 어떤 집단적 의도가 깔려 있는지 알아봄으로써 민중들의 의식과 가치관을 파악할 수 있고, 호랑이 설화의 존재 의의와 역할을 규명할 수 있다고 본다.

호랑이 설화의 성격은 앞에서 이미 부분적으로 언급한 바 있으나, 이것을 뭉뚱그리면 크게 교훈성, 풍자성, 해학성 등 세 가지로 나누어 설명할 수 있다.

---

36) 이가원, 「나팔수가 된 호랑이」, 앞이 책. 250~251쪽.
37) 이부영, "분석심리학과 민담," 김열규 외 3인, 『민담학개론』(일조각, 1983), 137쪽.

1. 교훈성, 윤리 규범의 교화

먼저 호랑이 설화는 교훈성(敎訓性)을 지닌다. 이 교훈성은 설화의 일반적 성질이기도 하지만, 특히 호랑이 설화의 주요한 성질 중의 하나다. 이 교훈성은 우호적인 호랑이의 유형에 집중적으로 나타난다. 물론 다른 유형의 설화들도 대부분 교훈성에 뿌리를 내리고 있는 것이 사실이다. 그러나 그것이 부수적인 경우인데 비해, 우호적인 호랑이 유형에서는 이 교훈성이 전면(前面)에 나서고 있다. 이 교훈성은 인간이 마땅히 지켜야 할 윤리 규범을 가리키며, 부모에 대한 효성, 신의를 지키고 은혜를 갚는 일, 인정을 베푸는 일 따위가 이에 해당한다.

호랑이 설화에 등장하는 호랑이는 이러한 윤리 덕목을 강조하기 위한 일종의 '가탁물(假託物, victim)'[38]이라 할 수 있다. 그러므로 이들 설화에서 호랑이는 자연 속의 맹수가 아니라 대단히 인격화된 존재로 등장한다. 다시 말해 교훈적 의도를 살리기 위하여 호랑이에게 인간의 성격을 부여한 것이다. 효감호의 경우를 보면 효자나 효부의 극진한 효심이 호랑이를 감동시킨다. 그리하여 사나운 호랑이가 맹수의 성질을 버리고 이들의 효행을 돕는다. 보은호에서는 인간이 베푼 은혜를 잊지 않고 보답을 한다. 이들 설화에서 호랑이는 인간에게 우호적이다.

그런데 이러한 우호적인 호랑이를 신격화된 것으로 보아 산신의 현현(顯現)으로 해석하는 경우가 많은데,[39] 그 견해가 항상 옳지만은 아니다. 이를테면 1—3과 같은 '취부기아형 설화'의 경우에 호랑이의 두 가지 면모가 함께 나타나는 것을 볼 수 있다. 즉 호랑이는 처음에 시아버지를 잡아먹으려고 하는 맹수 본래의 성격을 갖고 있다. 그런데 시아버지를 구하기 위해 아이를 바

---

38) 민현기, "풍자소설의 이론," 『한국근대소설론』(계명대학교출판부, 1984), 223쪽.
39) 이러한 견해는 황정화가 대표적인데, 그는 이 우호적인 경우를 '산신—원조형'으로 묶어 설명하고 있다. (황정화, 앞의 논문, 22쪽.)

치는 며느리의 정성을 보고 심경의 변화를 일으켜 아이를 잡아먹지 않고 되돌려 준다. 효감만물의 보기가 되는 이야기이다. 이 같은 호랑이를 산신, 또는 산신의 사자(使者)로 규정해 버린다면 처음에 나타난 사실, 곧 사람을 잡아먹으려던 행위를 설명할 근거를 찾기가 힘들어진다.[40] 그러므로 우호적인 호랑이를 산신의 현신(現身)이라기보다는 인간의 극진한 효심이 맹수를 감동시킨 것으로 해석하는 것이 더 타당하다고 본다.

보은호의 경우도 같은 방식으로 설명할 수 있다. 이 호랑이의 목에 비녀가 걸렸다는 것은 무엇을 말하는가. 바로 사람을 잡아먹은 식인호임을 증명한다. 그런 흉포한 짐승이지만 자기의 고통을 덜어준 인간에 대한 은혜는 잊지 않고 보답을 하는 것이다. 따라서 이들 설화에 등장하는 호랑이에 구태여 신격(神格)의 옷을 입히지 말고 본래 맹수로서 호랑이로 보는 것이 마땅하다고 본다.

설화 속의 호랑이의 유형을 분류할 때 흔히 선호(善虎)와 악호(惡虎), 또는 긍정적인 호랑이와 부정적인 호랑이로 나누게 된다. 이러한 분류 기준은 물론 그것이 인간과의 관계에서 원조자의 모습을 보이느냐, 가해자의 모습을 보이느냐에 따른 것이다. 그런데 이렇게 호랑이의 유형을 분류할 때 간과해서 안 될 것은 호랑이가 어느 한 유형으로 고정되어 있지 않다는 사실이다. 즉 선호는 항상 선호이고 악호는 항상 악호로 존재하는 것이 아니고, 긍정적인 호랑이와 부정적인 호랑이가 정해진 것이 아니라는 점을 염두에 둘 필요가 있다.

설화에 나타나는 모든 호랑이는 본래의 모습대로 맹수로 보는 것이 타당하다. 말하자면 모든 호랑이는 인간을 해치는 악호인 것이다. 그러나 그 맹수도 자신의 포악한 성질을 버리고 인간에게 우호적일 때가 있다. 그것은 바로

---

40) 물론 호랑이가 산신의 사자(使者) 등장하는 경우도 없지 않다. 호랑이가 개로 변신하여 잉어를 구해 주었다는 「효녀와 산신령」(최운식, 『충청남도 민담』, 209~212쪽.)에서는 호랑이가 산신의 사자로 나오고 있다.

인간의 남다른 정성이나 미덕을 발견하였을 때이다. 앞장에서 살펴보았듯이, 효자가 병든 노모를 살리기 위해 홍시를 구하려고 눈밭을 헤매거나, 부모의 무덤에서 시묘살이를 할 때, 또는 며느리가 시아버지를 구하려고 자식마저 희생시키거나, 눈먼 시아버지를 봉양키 위해 개가(改嫁)의 권유를 뿌리칠 때 호랑이는 그들에게 원조를 아끼지 않는 것이다. 바로 인간의 효성에 감동한 결과이다.

그리고 1—8에서 볼 수 있듯이, 호랑이가 자기 새끼를 귀엽다고 한 아낙에게는 버리고 간 물건을 고이 돌려주지만, 밉다고 말한 아낙의 물건은 갈기갈기 찢어서 앙갚음을 한다. 이것은 호랑이의 모성애와 결부되지만, 인간의 태도 여하에 따라 호랑이의 대응이 달라질 수 있음을 보여준다.

호랑이가 인간에게 우호적인 모습을 보이는 것은, 첫째 효에 감동한 경우, 둘째 은혜를 입은 경우, 셋째 인정에 끌린 경우 등이다. 호랑이가 자기 본래의 성질을 버릴 만큼 마음을 움직인 사항들은 따지고 보면 인간 사회에서 가장 귀하게 여기는 윤리 규범들이다. 효(孝), 보은(報恩), 인간적인 정(情), 이러한 것들은 인간의 집단에서 마땅히 지켜지지 않으면 안 되는 덕목들이다. 이것들이 바로 호랑이 설화의 주제가 되며, 설화의 전승 현장에서 가장 강조되는 사항이다.[41] 따라서 이 설화들은 교훈적 의도를 강하게 띤다.

이미 말한 바와 같이 설화의 호랑이는 교훈적 주제를 부각시키기 위해 동원된 가탁물(假託物)의 구실을 한다. 호랑이의 가호(加護)는 주인공의 효행이나 선행을 더욱 빛나게 해 준다. 우호적인 호랑이 설화는 지성이면 감천이라는 교훈과, 좋은 일을 하면 반드시 보답을 받게 된다는 인과응보적 교훈을 아울러 갖고 있다. 이러한 설화는 교육적 의도로 많이 구연되었을 것으로 본다.

---

41) 임동권, 앞의 책, 140쪽. "산짐승일지라도 제 목숨 건져 준 은혜는 안다는 것이며, 못된 사람보다 낫단다." 흔히 이야기를 끝내면서 구연자가 이렇게 마무리를 하는데, 여기서 설화의 주제가 다시 한 번 강조된다. 아울러 이 말속에서 호랑이의 역할이 어떤 것인가도 파악해볼 수 있다.

효란 전통적으로 인간으로서 지켜야 할 가장 기본적인 윤리규범이었으므로 호랑이 설화를 통해 그러한 덕목이 강조될 수 있었을 것이다.

효감호 뿐만 아니라 보은호의 경우도 마찬가지다. 은혜를 입으면 짐승도 보답을 하는데, 하물며 인간이 배은망덕해서 되겠느냐는 깨우침을 촉구하게 된다. 인정에 끌린 호랑이의 경우도 그렇다. 일단 정으로 맺어진 관계에서 상대방을 위해 최선을 다하는 모습이 호랑이를 빌려 강조되고 있는 것이다. 요컨대, 우호적인 호랑이의 유형은 인간사회의 질서에 필요한 윤리 규범의 준수라는 한국인의 보편적 가치관이 담겨 있으며, 이러한 도덕관념을 주입시키려는 교훈적 의도에서 설화가 생겨나서 오늘날까지 구비 전승되고 있다고 할 것이다.

2. 풍자성, 사회 현실의 우화

호랑이 설화의 또 하나의 특성은 풍자성(諷刺性)이라고 할 수 있다. 이것은 주로 적대적인 호랑이 유형의 설화에 뚜렷이 나타난다. 이 유형에서 호랑이는 호시탐탐 인간의 목숨을 빼앗으려고 한다. 호랑이 본래의 잔인성을 유감없이 발휘하고 있는 셈이다. 우호적인 호랑이 유형에서는 인간이 호랑이의 가호(加護)를 받는데 반해, 적대적 유형에서는 인간은 피해자로 나온다. 인간은 호랑이의 위험에서 벗어나 그를 퇴치하기 위해 안간힘을 쓴다.

이 적대적인 호랑이 유형에는 인간과 호랑이의 대결이 극명하게 나타난다. 호랑이는 사나운 성질에 힘과 날카로운 발톱을 가졌다. 이러한 위력적인 호랑이에 비해 인간은 너무 나약하다. 그래서 곧잘 호랑이에게 잡아먹히거나 잡아먹힐 위기에 놓여 전전긍긍하는 모습을 보인다.

이와 같은 인간과 호랑이의 대결양상은 봉건사회에서 지배층과 피지배층의 모습을 연상시킨다. 그것은 치자(治者)와 피치자(被治者)의 대결일 수도 있고, 권력을 가진 자와 권력을 가지지 못한 자의 대결일 수도 있다.[42] 여기에 보이는 탐욕적인 호랑이는 권력을 흔들어 백성을 괴롭히는 부패한 관료의 우의적 표현이라 하겠다. 그렇다면 이 유형의 설화는 당대 현실과 지배층에 대한 풍자로 해석할 수 있는 것이다. 가난하고 힘없는 백성들을 협박하여 사리사욕을 채우는 양반 관료들의 착취행위, 또는 그런 횡포가 자행(恣行)되고 있는 사회의 부정적인 모습이 풍자되고 있는 것이다.

앞장에서 2—1의 '해와 달이 된 오누이' 민담에 나오는 욕심 많은 호랑이는 바로 현실 풍자의 대표적인 사례가 된다. 여기서 호랑이는 약탈자로서 "떡 하나 주면 안 잡아먹지." 하면서 차근차근 떡을 빼앗고, 옷을 빼앗고, 팔다리를 뜯어먹은 다음, 끝내 마지막 목숨까지 빼앗는다. 이 호랑이는 권력으로 양민을 위협하고 착취하는 탐욕적인 관료에 대한 우의(寓意)가 아닐 수 없다.

그리고 여기서 어머니와 아이들이 겪는 고난은 바로 당대의 힘없는 백성들이 당하는 고난을 암시한다. 어머니는 비참하게도 약탈자의 탐욕이 재물이 되었다. 어머니를 잃고 호랑이게 쫓기던 두 아이는 밧줄을 타고 하늘로 올라간다. 하늘은 더 이상 호환을 당할 위험성이 없는 안전한 곳이다. 곧 이상향(理想鄕)인 셈이다. 따라서 이들 오누이의 승천은 부패한 지배계층의 횡포와 착취가 없는 새로운 세상을 바라는 당시 민중들의 꿈의 표현으로 해석할 수가 있다.

적대적인 호랑이 유형에서 또 한 가지 주목할 점은 끝맺음 부분이다. 여기서는 언제나 인간의 승리로 끝을 맺는다. 이것은 우호적인 유형의 설화가 인간과 호랑이가 공존공영의 호혜적(互惠的)인 관계를 맺는 것과 대조적이다. 적대적인 유형의 설화는 초반에는 인간이 큰 위기에 봉착하나 결국에 가서는 호랑이를 퇴치한다. 즉 2—1의 일월설화에서는 호랑이가 밧줄이 끊어져 수수밭에 떨어져 죽고, 2—2에서는 호랑이의 뱃속에 들어간 주인공이 칼로 배

42) 장덕순 외 3인, 『구비문학개설』(일조각, 1973), 73쪽.

를 찢고 살아 나온다. 2—3에서는 원군(援軍)의 도움으로 팥죽을 쑨 할머니가 호랑이를 퇴치하게 되고, 2—5 은혜를 모르는 호랑이는 토끼의 기지(機智)로 도로 굴속에 빠뜨려버린다. 이러한 끝맺음은 설화가 지니는 일반적인 속성에 따라 행복한 결말로 유도한 까닭이기도 하고, 또는 선인선과(善人善果) 악인 악과(惡因惡果)라는 인과응보적 교훈을 지녔기 때문으로도 볼 수 있다.

그러나 이 적대적 유형의 설화들을 현실 풍자로 파악할 때, 맹수퇴치의 결말은 다른 의미를 덧붙일 수도 있다. 즉 맹수의 위협에 시달리던 주인공이 마침내 호랑이를 물리치고 승리를 쟁취했다는 것은 지배층의 횡포에 대한 민중의 저항과 극복의지로 볼 수 있는 것이다. 또한 이들 이야기 속에는 현실의 질곡(桎梏)과 패배감을 정신적으로나마 이겨내고자 하는 민중의 보상심리 (報償心理)도 작용했을 것이다.

요컨대 적대적 유형의 호랑이 설화는 당대의 부패한 현실과 지배 관료층의 백성에 대한 가렴주구(苛斂誅求) 행각을 풍자적으로 나타내었으며, 더욱이 주인공이 이에 대응해 싸워 이김으로써 지배층에 대한 민중의 저항과 극복의지를 드러냈다고 할 수 있다.

3. 해학성, 약한 자의 한풀이

해학성(諧謔性)도 호랑이 설화의 주요한 특성이다. 이러한 해학적 성격은 주로 희화적인 호랑이 유형의 설화에서 많이 찾을 수 있다. 이 희화적 유형에서 호랑이는 자기 본래의 모습과는 다르게 왜곡되어 나타난다. 말하자면 지나치게 어리석거나 겁이 많은 동물로 그려져서 번번이 속아서 골탕을 먹거나 도망 다니기에 바쁘다. 이처럼 왜곡된 호랑이의 모습에서 해학성이 유발된다.

이 희화적인 유형의 설화에서 호랑이의 맹수로서의 성질이 거의 제거되었거나, 남아 있더라도 극히 미약한 상태다. 여기서 호랑이는 매우 지능이 낮은 열등 동물로 등장한다. 사리판단의 능력이 없이 남의 말을 듣고 곧이곧대로 행하다가 결국 낭패를 당하게 된다. 즉 자기에게 먹을거리도 되지 않는 참새나 물고기를 잡는다고 토끼가 시키는 대로 앉아 있다든가, 빨리 달릴 수 있게 된다는 말을 믿는다든가, 곶감이나 총에 놀라 도망치는 것 따위가 모두 그러하다.

앞서 살핀 우호적인 유형이나 적대적인 유형의 호랑이는 능력 면에서 인간보다 우월한 위치에 있다. 그래서 인간에게 신이한 능력을 발휘하여 은혜를 베풀거나 아니면 막강한 힘으로 피해를 주고 있다. 그런데 이 희화적인 유형에서는 호랑이가 인간보다 열등한 위치에 있다. 그래서 인간에게 어떤 영향을 미치기는커녕, 토끼나 인간의 거짓말에 농락을 당하고 겁에 질려 목숨을 보전하기에 여념이 없다.

백수(百獸)의 왕 호랑이의 하늘을 찌르는 용맹과 권위는 어디로 갔는가. 어찌하여 호랑이가 이처럼 우둔하고 무기력한 존재로 탈바꿈되었을까. 이에 대한 해답을 구하는 것이 희화적 유형의 호랑이 설화를 이해하는 열쇠가 될 것이다. 민담의 해석이란 객관적 현실과 민담이 얼마나 관련되어 있으며, 그것이 얼마만큼 객관적 현실을 대상(代償)하고 있는지를 보는 작업[43]이라고 한다면, 이러한 희화적인 유형의 호랑이 민담도 현실과의 관련성에 비추어 해답을 구할 수 있을 것이다.

물론 이 희화적인 유형의 호랑이 설화는 구연(口演)하는 과정에서 사람을 웃기는 데 목적이 있다. 즉 해학성을 추구한다. 그런데 이 해학이 어떤 방식으로 유발되느냐를 따져 보는 것이 중요하다. 이 희화적인 유형의 해학 방식은 '골려주기'라 할 수 있다. 호랑이로 하여금 불난 대밭에서 눈을 감고 있게 한다든지, 항문에 나팔을 꽂아 힘을 줄 때마다 나팔소리가 나게 하는 것 따위가 모두 호랑이 골려주기의 방식이다. 이처럼 호랑이를 농락하는 과정에서 해학성이 유발된다.

---

43) 이부영, 앞의 글, 138쪽.

조롱(嘲弄)은 현실적 억압에 대한 반발 심리에서 비롯된다. 따라서 이러한 골려주기는 호랑이에 대한 복수심의 발로(發露)로 풀이할 수 있다. 인간은 이 사나운 짐승을 실제 힘으로는 당해 내지 못한다. 현실에서 인간은 이 맹수로부터 많은 피해를 입었다. 그래서 이야기 속에서 그에 대한 복수를 감행하는 것이다. 호랑이를 왜곡화하고 무력화(無力化)시키는 것도 같은 맥락이다. 그리하여 호랑이의 본래의 권위와 용맹은 발가벗겨지고 우스꽝스러운 모습으로 뒤바뀌어 웃음을 선사하게 된다. 대개 웃음이 유발되는 것은 상대가 열등하고, 자기 자신이 우월한 위치에 있다고 생각할 때인 만큼, 인간은 이렇게 호랑이를 비웃음으로써 현실적인 패배를 설욕한다. 따라서 이러한 민담의 해학성은 현실 풍자와 긴밀히 연관되어 있는 것이다.

여기서 호랑이는 단지 동물로서만 볼 필요는 없다. 이 회화적인 유형에서 호랑이와 인간과의 관계는 역시 당대 사회의 양반 권력자와 서민간의 대립관계로 볼 수가 있다. 현실적으로 양반의 권세에 눌려 지내야 하는 백성들의 억압감은 분출의 기회가 열려 있지 않다. 섣불리 불만을 토로했다간 도리어 큰 화(禍)를 당할 뿐이고, 억눌림에 대한 한스러움은 계속 쌓여 간다. 결국 배출구로 채택한 것이 회화화의 방식이다. 권력자는 호랑이로 대체되어 의해 마음껏 농락되는데, 여기에는 양반에 대한 서민들의 간접적 앙갚음의 심리기제(心理機制)가 작용하고 있는 것이다. 즉 이야기를 통한 정신적 복수와 더불어 심리적 카타르시스를 꾀한 것이라고 볼 수 있다.

이러한 수법은 고소설에서도 보기를 찾을 수 있다. 예컨대 「배비장전」을 보면, 도덕군자로서 여색(女色)을 가까이 하지 않는 주인공을 주위 사람들이 계략을 써서 본색을 드러내게 하고 웃음거리로 삼는다. 권위 있는 양반을 골려주는 내용이 이 회화적인 호랑이 설화의 유형과 상통하는 바가 있다. 이것은 소설의 뿌리가 설화인 점을 상기할 때, 풍자 또는 해학의 기법으로서 설화와 소설 사이의 맥락을 찾을 수 있는 단서가 될 수 있다. 요약하면, 이 회화적인 호랑이 이야기는 양반에 대한 서민들의 한풀이라고 하겠으며, 그를 통해 현실적 억압에 대한 패배감을 보상받고자 한 것으로 볼 수 있다.

Ⅳ. 결론

우리나라는 호랑이와 관련된 많은 설화를 가지고 있다. 옛 조상들로부터 오늘날에 이르기까지 많은 사람들이 호랑이 이야기를 듣고 말하고 즐기면서 살아왔다. 구비문학은 민족 전체의 공동작(共同作)이라 할 수 있는 만큼, 그 것을 향유해 온 민족 대다수의 생활경험, 의식, 가치관이 나타나 있게 마련이 다. 특히 우리나라에는 동물 설화 가운데서 호랑이 설화가 많은 것을 볼 때, 이들이 어떤 의미로 이야기되었으며, 여기에는 어떠한 민중 의식이 잠재해 있는가를 살펴보는 것은 충분히 가치 있는 일로 생각한다.

우리나라의 호랑이 설화를 유형별로 보면 우호적인 경우, 적대적인 경우, 희화적인 경우 등 세 가지로 나눌 수 있다. 호랑이가 효에 감동하여 인간을 돕는다거나 은혜를 입고 보답을 한다거나 사람과 인간적인 우의를 나누는 이 야기는 우호적인 경우에 넣을 수 있다. 그리고 맹수로서의 흉포함을 발휘하 여 사람을 잡아먹거나 은혜를 저버리고 사람을 해치려는 이야기는 적대적인 경우로, 또 어리석고 겁 많은 모습으로 나타나 조롱의 대상이 된 경우는 희화 적인 경우에 포함시킬 수 있다.

흔히 우호적인 호랑이의 설화를 산신령과 결부시켜 인간의 효행을 산신령 이 호랑이를 통해 포상하는 것으로 보는 경향이 있다. 물론 민담 가운데는 산 신령이 언급되는 것도 있어서 그러한 해석이 전혀 잘못된 것은 아니다. 그런 데 산신이 등장하지 않는 경우까지 그 호랑이를 산신의 사자(使者)로 보는 것 은 타당하지 않기 때문에, 여기서는 그러한 해석을 배제하였다. 즉 효감 만물 의 차원에서 인간이 지극한 효성이 호랑이를 감동시켜 맹수로 하여금 그 본래의 수성(獸性)을 버리게 한 것으로 해석하였다. 은혜 갚는 호랑이의 경우도 인간의 시은(施恩)에 감동한 것이며, 인정에 끌린 경우도 마찬가지로 하느님이나 산신과 같은 절대자의 지시에 따른 것이라기보다는 호랑이 자신의 감응(感應)으로 보았다. 따라서 이들 우호적인 호랑이 이야기는 지성이면 감천이라는 격언을 증명하는 셈이 된다. 이렇게 볼 때 우호적인 유형의 설화는 인간 사회의 윤리 규범을 준수할 것을 은연중에 촉구하는 교훈성을 띠고 있다고 하겠다.

적대적인 호랑이 설화는 봉건사회에서 지배계급이 민중에 대한 횡포를 풍자한 것으로 보았다. 호랑이의 흉포성과 막강한 힘은 지배층이 휘두르는 무소불능(無所不能)의 권력과 유사하다. 호환에 시달리는 인간은 부당한 권력에 고난을 당하는 민중의 모습을 대표한다. 옛 조상들은 민담을 통해 폭력과 위협이 힘을 떨치는 현실의 모습을 꼬집고 풍자했다고 볼 수 있다. 그리고 결말에 가서 인간이 어려운 상황을 뒤집고 호랑이를 물리치는 점에서, 민중의 지배층에 대한 저항과 극복 의지를 읽을 수 있다.

한편 희화적인 호랑이 설화는 해학성을 띤다. 그리고 호랑이를 무력화시켜 골려 주는 방식을 취한다. 여기서 호랑이는 맹수의 위력을 박탈당하고 번번이 속아서 농락당하고 있다. 맹수의 우둔한 행동과 사려분별 없는 열등한 사고방식이 웃음을 자아낸다. 이러한 유형 또한 봉건 계급사회의 억압적 현실에 대한 반발의지가 담겨 있는 것으로 볼 수 있다. 따라서 이 민담이 웃음 속에는 민중의 한(恨)이 배어 있으며, 현실의 패배감을 만회하고자 하는 보상심리가 심리적 카타르시스와 함께 작용하고 있다고 하겠다.

이렇듯 호랑이 설화는 여러 가지 유형과 성격을 지니고 있으며, 여기에는 당대 민중의 보편적 사고와 가치관이 담겨 있는 것을 볼 수 있다. 아울러 우리나라에 호랑이 설화가 많이 전승되어 온 것은 그만큼 우리 민족이 예로부터 호랑이라는 동물과 직간접적으로 관련을 맺고 살아왔다는 반증이라고 하겠다.

한국 풍자소설의 전통적 맥락

오늘 그대 풍신 보아하니
수절할 마음 전혀 없고 음란지심 발동하네.
— 〈장끼전〉

I. 서 론

이 연구는 한국문학의 전통성을 찾는 작업의 하나로서, 한국 소설에 나타난 풍자적 특성과 그 전통적 맥락을 여러 서사문학을 통해 확인해 보는 것을 목적으로 삼는다.

본디 전통이란 역사의 발전 과정 속에서 한 민족이 스스로 형성해 낸 정신적 경향이나 성격이 시대를 통해 전승되면서 오늘과 미래의 문화 창조에 근본적인 힘이 되는 것이다. 또한 전통은 그 민족의 생리와 같은 것으로서, 한 민족이 생존하고 있는 한 단절됨이 없이 그 민족의 고유한 문화적 토대와 외래적 요소가 상호교호적인 작용을 통해 새로운 문화를 형성해 나가는 것[1]이기도 하다.

한국소설에서 무엇이 전통이냐 하는 질문은 쉽사리 답변할 수 있는 성질의 것이 아니다. 왜냐하면 전통은 과거에서 미래로 진행되는 역사 과정의 한 변증법적 계기로서 총체적 상호연관성 아래에서 파악되어야 하는데[2], 섣불

---

1) 성기조, 「한국문학과 전통논의」(신원문화사, 1989), 195쪽.
2) 안상현, "<전통>의 철학적 이해 (1)," ≪인문학지≫, 제1집(충북대학교 인문과학연

리 답을 찾다 보면 자칫 전통을 박제화시켜 인간을 전통으로부터 소외시키는 결과를 가져 올 염려가 있기 때문이다. 실제로 전통을 지나치게 강조하여 '우리 것'을 박물관의 골동품과 같은 한낱 호기심의 대상으로 전락시키는 경우가 많다. 그것은 전통을 사물화(事物化)시켜 과거의 것은 모두 가치가 있는 것이고 과거의 재현(再現)만이 바람직하다는 복고주의(復古主義)[3]에 머물러 버리는 결과를 빚게 된다.

또한 비교문학 관점에서 고전문학과 현대문학의 표면적인 일치나 유사성이 곧 전통의 계승이라고 믿는다거나, 문학의 본질에 대한 고찰이 없이 차용된 소재만을 가지고 전통을 주장하는 사례도 있는데, 이러한 소박한 접근 방법은 전통의 정신적 맥락을 도외시한 단편적인 시각에서 나온 태도가 아닐 수 없다. 따라서 문학의 전통성을 찾으려 할 때는 작품에 드러나는 표면적 요소뿐만 아니라, 작품 속에 흐르는 정신적 요소의 맥락을 읽어 낼 수 있어야 할 것이다. 예로부터 지금까지 면면히 이어져 오는 일관된 정신적 흐름이 있을 때, 그것이 바로 전통의 중심 줄기가 된다 할 것이다.

이 연구에서는 한국소설의 풍자적(諷刺的) 특성에 초점을 맞춰, 옛 서사문학에서부터 현대소설에 이르기까지 그 계승과 발전의 양상이 어떠한가를 전통의 측면에서 살펴보고자 한다.

풍자(satire)란 인간과 사회의 악덕과 우행(愚行), 부조리를 고발 폭로하는 문학의 형태로서, 야유나 조소, 비난 및 공격의 수단을 통해 골계미를 나타낸다. 이러한 풍자의 수단으로 독백, 대화, 서간(書簡), 연설, 풍속 묘사, 성격 묘사, 우화, 환상, 만화, 익살극(burlesque), 패러디(parody) 등을 단독 또는 혼합하여 사용한다. 또한 풍자소설은 서술자의 어조(tone)가 풍자의 효과에 큰 영향을 미친다. 예컨대 기지(機智, wit), 조롱(ridicule), 반어(irony), 비꼼(sarcasm),

---

구소, 1986), 109쪽.
3) 황패강, "고전문학의 미의식의 원리," 김열규 외 3인 편, 「고전문학을 찾아서」(문학과 지성사, 1976), 38쪽.

냉소(cynicism), 조소(嘲笑, sardonic) 및 욕설(invective)[4] 등의 어조를 사용함으로써, 다양한 풍자의 효과를 거둘 수 있다.

이 연구에서는 이들 풍자의 어조를 참고하여 풍자 방식을 나타내는 용어로서, '비웃기', '비꼬기', '꾸짖기', '거꾸로 말하기' 등을 새로이 사용하고자 한다. 여기서 '비웃기'는 냉소 또는 조롱, '비꼬기'는 야유, '꾸짖기'는 욕설, '거꾸로 말하기'는 반어(反語)의 의미를 지닌다.

이 연구는 한국소설에 나타난 풍자의 흐름을 통시적으로 알아보기 위하여 고찰 대상 작품을 설화를 비롯하여, 고소설과 판소리계 소설, 개화기 소설에서 현대소설에 이르기까지 될 수 있는 대로 여러 시기의 서사 작품을 포괄하고자 한다. 이들을 통해 한국소설의 풍자적 특성과 그 계승 발전의 양상이 밝혀지리라 믿는다.

II. 한국 고전 서사문학의 풍자 특성
— 설화 · 고소설을 중심으로

소설의 근원은 설화(說話)이다. 한국 소설의 전통적 요소도 설화에 뿌리가 닿아 있다고 할 수 있다. 그러므로 한국 풍자소설의 전통적 특성을 알아보기 위해서는 무엇보다 설화에서 그 첫걸음을 내딛지 않을 수 없는 일이다. 여기서는 소설의 모태라고 할 수 있는 설화와 그 발전 형태인 고소설 및 신소설을 중심으로 한국 풍자소설의 구조적 기본틀과 특징을 살펴보고자 한다.

1. 억압적 지배 구조 드러내기

우리나라 문헌설화를 찾아보면 풍자의 성격을 띤 것들이 상당수 눈에 띈

---

4) Arthur Pollard, 송낙헌 역, 「풍자(Satire)」(서울대학교출판부, 1978), 6쪽. 재인용.

다. 예컨대 <임금님 귀는 당나귀 귀>로 알려진 신라 경문왕 설화, 김춘추와 관련된 <구토지설(龜兎之說)>, 그리고 <해와 달이 된 오누이> 등이 그것 이다. 대개 풍자는 사회적으로 불안하거나 가치관이 흔들리는 시대, 또는 폐쇄화된 사회나 언론이 제약을 받고 있는 환경에서 나타나는 문학 양식[5]이라는 점을 고려할 때, 삼국 시대에 이미 이런 풍자 설화가 존재했다는 사실은 당시의 사회상을 어느 정도 짐작하게 해 준다.

풍자 설화의 보기로 먼저 <임금님 귀는 당나귀 귀>의 내용을 살펴보면 다음과 같다.

> 왕위에 오르자 왕의 귀가 갑자기 길어져서 나귀의 귀처럼 되었다. 왕후와 궁인들은 모두 이를 알지 못했지만 오직 복두장 한 사람만은 그것을 알고 있었다. 그러나 그는 평생 이 일을 남에게 말하지 않았다. 그 사람은 죽을 때에 도림사 대밭 속 아무도 없는 곳으로 들어가서 대를 보고 외쳤다. "우리 임금의 귀는 나귀 귀와 같다." 그런 후로 바람이 불면 대밭에서 소리가 났다. "우리 임금의 귀는 나귀 귀와 같다." 왕은 이 소리가 듣기 싫어서 대를 베어 버리고 그 대신 산수유나무를 심었다. 그랬더니 바람이 불면 거기에서는 다만 "우리 임금의 귀는 길다"고 하는 소리가 났다.[6]

신라 48대 경문왕의 고사인 이 설화는 인간의 말하고 싶어 하는 욕망, 즉 언어 표출 본능을 이야기하고 있다. 하고 싶은 말은 밖으로 터뜨려버려야 후련한 법인데, 여기서는 이 본능이 억제 당한다. 복두장의 불행은 자기의 표현 본능이 외부적인 힘에 의해 억압된 데서 나온 것이다. 죽음을 앞두고 그가 대밭에 가서 비밀을 토로했다는 것은 사뭇 희극적이다. 다른 사람들에게 발설

---

5) 구창환, "풍자문학론고", ≪국어교육연구≫, 제1집(조선대학교 사범대학 국어교육학회, 1975), 73~74쪽.
6) 일연, 이민수 역, 3「삼국유사」(을유문화사, 1975), 137쪽.

할 수 없는 상황이니 그렇게 해서라도 억눌린 감정을 해소할 수밖에 없었던 것이다.

이 설화는 언로(言路)가 닫혀 있는 사회의 민중의 갈등을 그리고 있는 점에서 현실 풍자의 성격을 엿볼 수 있다. 이 설화는 비밀을 가슴에 담아 두고 말 못하는 인간의 반응에 초점을 두고 있지만, 그러한 상황을 만들어 낸 권력의 억압 또는 사회구조는 풍자의 대상이 아닐 수 없다. 특히 이 이야기는 표현의 자유가 허락되지 않은 풍자적 사회 상황을 제시하고, 다시 그 억눌림이 어떻게 표출되는가를 보여준 점에서 두 겹의 풍자성을 띠고 있다고 하겠다.

민담인 <해와 달이 된 오누이>는 일종의 우화(寓話)라고 할 수 있는데, 여기서도 지배층의 민중 착취에 대한 풍자를 발견할 수 있다.

> 떡장수 어머니가 집에 돌아오다가 산길에서 호랑이를 만난다. 호랑이는 고개를 넘을 때마다 "떡 하나 주면 안 잡아먹지"하며 떡을 빼앗아 먹는다. 떡을 다 먹고 난 뒤에는 같은 수법으로 옷을 빼앗고, 팔다리를 요구하고 마침내 어머니까지 잡아먹는다. 그리고 어머니로 변장하고 집에 찾아가서 아이들까지 잡아먹으려고 한다. 아이들은 호랑이를 피해 동아줄을 타고 하늘로 올라간다. 호랑이도 줄을 타고 오르다가 수수밭에 떨어져 죽는다.[7]

<일월설화(日月說話)>라고 부르는 이 민담에서 호랑이는 생사여탈(生死與奪)의 힘을 가진 권력자로 등장한다. 그가 "떡 하나 주면 안 잡아먹지"하는 것은, 곧 자기의 요구를 들어주지 않으면 당장 잡아먹고 말겠다는 위협이나 다름없다. 그의 탐욕은 끝이 없어서 떡을 빼앗아 먹는 데 만족하지 않고 옷과 팔다리를 요구한 다음, 어머니의 목숨까지 앗아간다. 그리고 다시 어머니로 변장하고는 아이들에게까지 탐욕의 손길을 뻗친다.

---

7) 이가원, <수수깡이 붉은 이유>, 「조선 호랑이 이야기」(학민사, 1993), 210~214쪽에서 간추림.

이 이야기를 우화(寓話)로 파악할 때, 욕망의 화신인 호랑이는 '빼앗는 자'이고, 호환(虎患)을 당하는 어머니와 아이들은 '빼앗기는 자'에 해당된다고 할 만하다. 다시 말해 호랑이는 권력을 휘두르는 지배자의 전형이고, 피해를 입은 어머니와 아이들은 수탈당하는 피지배자, 곧 일반 민중의 모습이라 하겠다. 나중에 호랑이가 밧줄이 끊어져 수수밭에 떨어져 죽음으로써 궁극적으로 민중의 승리가 강조된다. 이 설화는 악한 동물을 내세워 부정적인 인간의 속성 또는 봉건 사회의 착취 구조를 드러내는 알레고리(allegory) 방식을 취하고 있다. 이처럼 권력의 횡포와 수탈, 민중의 고난을 우의적으로 표현하고 있는 점에서 강한 현실 풍자를 읽을 수 있다.

권력의 억압과 횡포에 대한 풍자는 설화에 이어 고소설에도 많이 나타난다. 특히 평민의식이 싹트기 시작한 임란 이후의 우화소설이나 판소리계 소설에 이러한 경향이 빈번하게 드러난다. 예컨대 <춘향전>과 같은 애정소설에서도 곳곳에 풍자적 면모를 볼 수 있다. 즉 변학도가 춘향에게 가하는 비인간적 횡포는 그 자체로서 권력 만능의 사회 구조를 보여 준다. 또 변학도의 생일잔치에서 이몽룡이 읊은 한시8)는 한 편의 훌륭한 풍자시로서, 부패한 관리의 가렴주구(苛斂誅求)를 직접적으로 공격하고 있다.

판소리계 소설 가운데서 풍자성이 두드러진 작품으로 <토끼전>을 꼽을 수 있다. 이것은 「삼국사기」에 등장하는 <구토지설(龜兎之說)>에 뿌리를 두고 있다. 이 설화와 소설은 성격 면에서 약간의 차이가 있다. 즉 설화인 <구토지설>이 토끼와 거북의 꾀의 대결에 초점을 두고 있다면, 판소리를 거쳐 소설화한 <토끼전>은 '빼앗는 자'와 '빼앗기는 자'의 대결 구조에 비중을 두고 있는 것이다. 그래서 <구토지설>에서는 용왕의 역할이 미미한 편이나, <토끼전>에서는 용왕의 통치자로서의 역할이 더욱 선명하게 노출되어 있다.

---

8) "금술동이의 좋은 술은 즈믄 백성들의 피요, 옥쟁반의 좋은 안주는 만백성의 기름이라. 촛농이 떨어질 때 백성의 눈물 떨어지고, 노랫소리 높은 곳에 원망 소리 높았구나. (金樽美酒千人血 玉盤佳肴萬姓膏 燭淚落時民淚落 歌聲高處怨聲高)"

이 <토끼전>에서 '용왕'과 '토끼'는 어떤 존재 의미를 갖는가. 먼저 용왕은 자기 생명을 유지하기 위해 권력으로 신하를 이용하고 약한 백성을 희생시키는 통치자로 볼 수 있다.[9] 그는 신하와 백성 위에 오만하게 군림하며 이용가치가 있는 자가 충신이라는 사고방식을 갖고 있다. 그리하여 토끼의 감언이설에 넘어가 토끼를 충신으로 우대하고, 대신 이용가치가 없어진 별주부를 박대한다. 여기에 정치권력의 속성이 드러난다.

이에 반해 토끼는 가난한 백성을 대표한다. 그는 배불리 먹여 주고 높은 벼슬을 준다는 별주부에게 속아 수궁에 따라갔다가 죽음의 위기를 맞으나, 탈신지계(脫身之計)를 써서 위험에서 벗어난다. 토끼는 권력의 부당한 횡포로 인해 위태로움에 빠지게 되나, 지혜를 발휘하여 스스로 목숨을 구한 것이다. 결국 용왕과 별주부는 패배하고 토끼가 승리한 셈이다. 여기서 토끼의 승리는 곧 민중의 승리라고 할 수 있는데, 이 부분에서 '지배층에 대한 서민층의 역설적인 보복 의식'[10]을 읽을 수 있다. 이러한 토끼의 승리는 낡은 질서와 윤리를 부정하고 새로운 삶을 이룩하고자 하는 민중 의식의 발현으로 볼 수 있다.

요컨대 <토끼전>은 지배층의 횡포와 희생을 강요당하는 백성들의 모습을 통해 당대의 정치 현실을 꼬집은 풍자소설이라 할 수 있다. 우화는 기존 질서의 구속을 적게 받으면서 현실을 과감하게 비판할 수 있는 까닭에, <토끼전>은 이러한 우화의 기법을 활용하여 17~18세기 무렵 조선의 억압적 지배구조를 효과적으로 드러낼 수 있었던 것이다.

---

9) 조동일 "토끼전(별쥬젼)의 구조와 풍자", 《계명논총》, 제1집 계명대학교, 1972), 35쪽.
10) 인권환, "토끼전의 서민의식과 풍자성", 조동일·김홍규 편, 「판소리의 이해」(창작과 비평사, 1978), 246~252쪽.

2. 부정적 인간형 비추기

박지원의 <호질(虎叱)>에 나오는 북곽(北郭)선생은 당대의 썩은 선비의 실상을 보여주는 부정적 인물이다. 이 소설에서 그는 "나이 마흔에 손수 교정한 글이 일만 권이요, 또 구경(九經)의 뜻을 부연해서 책을 엮은 것이 일만 오천 권이나 되므로, 천자가 그의 의(義)를 아름답게 여기고, 제후들은 그의 이름을 사모하였다"[11]고 할 정도로 세인의 숭앙을 받는 존재이다. 그러나 그것은 허울일 뿐이고, 실상 그는 밤중에 동리자(東里子)라는 과부집을 드나드는 속된 인간이다. 결국 그는 과부의 아들들에게 습격을 받고 도망치다 분뇨구덩이에 빠진다. 여기에 호랑이가 나타나 "선비는 아첨꾼이다(儒者諛也)."라며 그를 질책하게 되는데, 이러한 호랑이의 꾸짖음은 곧 당대 선비의 위선적 생활 태도와 도덕적 타락에 대한 공격으로 볼 수 있다.

수절과부로 알려진 동리자도 비판의 대상이다. "천자가 그의 절조를 갸륵히 여기고 제후들은 그의 어짊을 연모하여 그 고을 사방 몇 리의 땅을 봉하여 '동리과부지려(東里寡婦之閭)'라 하였다"[12]고 하지만, 각기 성이 다른 다섯 아들이 그의 부정(不貞)한 행실을 말해 준다. 그도 겉과 속이 다른 행태를 보이는 점에서 북곽선생과 똑같은 위선적 인간이다. 지은이는 이 두 인물을 통해서 당대 사람들의 표리부동한 행태와 타락상을 고발하고 있다.

이 <호질>의 풍자 어조는 '꾸짖기'라고 할 수 있다. 호랑이가 나서서 인간의 온갖 악덕과 비행을 질타한다. 같은 인간에 의해서가 아니라 동물로부터 꾸중을 들어야 하는 상황 설정에서 풍자적 의도가 강하게 엿보인다. 이처럼 주객이 전도된 상황을 보여줌으로써 만물의 영장이라고 뽐내는 인간이 거꾸로 짐승만도 못한 부도덕한 존재라는 것이 대비적으로 증명되는 셈이다. 이

---

11) 박지원, <호질>, 이가원 역, 「국역 열하일기」, 고전국역총서 18(민족문화추진회, 1977), 271쪽.
12) 박지원, 위의 책, 같은 곳.

렇게 동물을 통해 부정적 인간형을 꾸짖는 것은 나중에 안국선(安國善)의 <금수회의록(禽獸會議錄)>(1908)과 같은 개화기 소설에도 차용되는 풍자 방식이다.

미적 범주에서 볼 때 풍자는 골계미(滑稽美)에 속한다. 숭고미가 귀족적인 것이라면 골계미는 민중의 것이다. 숭고는 권위를 옹호하지만 풍자는 일체의 권위를 용납하지 않는다.[13] 그러므로 풍자문학의 성격은 평민적인 데에 뿌리를 둔다. <배비장전(裴裨將傳)>이나 <이춘풍전(李春風傳)>은 골계미가 두드러진 소설인데, 여기에 나타나는 양반계급에 대한 풍자를 보면 평민의 시각임을 알 수 있다. 이들은 해학소설로 보기도 하지만 작품을 지탱하는 주요한 바탕은 풍자정신이다. 그러니까 해학을 통한 풍자인 셈이다.

<배비장전>에서는 도덕군자인 체하는 양반의 허세가 풍자된다. 예방비장으로 제주에 간 배비장은 자신은 결코 여색에 빠지지 않는다고 호언장담한다. 그의 태도를 못마땅하게 생각한 목사는 기생 애랑과 공모하여 그를 골탕먹인다. 그는 애랑의 유혹에 빠져 이빨을 뽑히고 벌거벗은 채 궤 속에 숨었다가 대낮의 동헌 마당에서 웃음거리가 된다. 여색에 초연한 척 거드름을 피운 것이 실은 거짓이었다는 것이 들통나고 만 것이다. 여기서 양반의 위선과 허세가 폭로되면서 권위가 땅에 떨어지게 된다.

<이춘풍전>에서도 같은 풍자의 방식이 나타난다. 난봉꾼인 춘풍이 평양에 갔다가 기생 추월에게 장사 밑천을 몽땅 털리고 그곳에서 사환 노릇을 한다. 그러다 그의 아내가 평양감사로 변장하여 그를 구해 주는데, 이러한 내막을 알지 못하는 그는 집에 돌아와 아내에게 그 동안 호의호식하며 지냈노라고 거짓 자랑을 늘어놓는다. 그러다가 아내가 다시 남장을 하고 나타남으로써 모든 거짓이 들통나게 된다. 허세와 위선이 탄로되면서 양반의 권위가 실추되고 비웃음거리로 전락하는 것이다.

---

13) 조동일, 앞의 글, 34쪽.

이들 <배비장전>과 <이춘풍전>은 이야기의 전개는 다소 다르지만, 둘 다 '비웃기'의 어조로 주인공의 위선을 폭로하여 마지막에 망신을 당하게 되는 점이 공통된다. 이렇게 거짓과 허세가 탄로되면서 양반의 권위를 손상시키는 풍자 기법이 많이 쓰인 점을 놓고 볼 때, 신분 질서가 붕괴되고 평민의식이 성장해 가고 있는 당대의 사회상을 짐작할 수 있다.

개화기의 풍자소설로는 앞서 말한 안국선의 <금수회의록>을 빼놓을 수 없다. 이 작품은 동물의 입을 빌어 인간의 악덕을 비판하는 '꾸짖기'의 방법을 쓰는 점에서 <호질>과 닮았다. 여기에는 까마귀·여우·개구리·벌·게·파리·호랑이·원앙 등 모두 아홉 마리의 동물들이 등장하는데, 이들은 제각기 인간 세계의 부패와 타락상을 강도 높게 비판한다. 서언(序言)의 "슬프다 착흔 사름과 약흔 사름이 걱구루 되고 츙신과 역적이 밧고였도다 이갓치 텬리에 어긔여지고 덕의가 업서서 더럽고 어둡고 어리석고 악독ᄒᆞ야 금슈만도 못한 이 세상을 쟝찻 엇지ᄒᆞ면 됴흘고."[14] 하는 한탄에 이미 지은이의 풍자적 의도가 내비친다.

첫 연사는 까마귀이다. 그는 조수(鳥獸)인 자신도 '반포지효(反哺之孝)'를 아는데, 사람들은 효를 알지 못한다고 질타한다.

> 지금 셰상 사람들은 말ᄒᆞᄂᆞ거슬 보면 낫낫치 효자 갓흐되 실샹 ᄒᆞ
> ᄂᆞ 행실을 보면 쥬색잡기에 침혹하야 부모의 뜻을 어긔며 형제간에
> 재물노 닷토아 부모의 마암을 샹케ᄒᆞ며 제 흔 몸만 생각ᄒᆞ고 부모가
> 주리되 도라보지 아니ᄒᆞ고……[15]

이처럼 형제간에 재물을 다투어 부모의 마음을 상하게 하거나 굶주린 부모를 돌볼 줄 모르는 못된 인간들의 행실이 낱낱이 지적된다. 까마귀는 본디

---

14) 안국선, <금수회의록>, 「신소설·번안(역)소설」2, 한국개화기문학총서 I .(아세아 문화사, 1978), p.450.
15) 안국선, 위의 책, 458쪽.

인간으로부터 흉조라고 불리는 짐승인데, 그러한 까마귀로부터 인간이 공격당하는 상황이 바로 작가가 의도하는 풍자의 핵심이다.

뒤이어 등단한 여우는 외세를 등에 업고 자기보전에 급급한 관리들을 꼬집고, 개구리는 나라 안의 실정에 눈이 어두운 관리들을 규탄한다. 그리고 벌은 입으로는 꿀처럼 달게 말하나 속으로는 칼 같은 마음을 먹은 인간의 간악함을, 게는 인간의 부패상을, 파리는 소인배의 간사함을, 호랑이는 관리의 학정(虐政)을, 원앙은 인간의 음란함을 비난한다.

이 소설은 이른바 개화 풍조에 휩쓸려서 가치관의 혼미를 거듭하고 있던 당시 사회각층의 의식구조와 지배층의 학정, 온갖 비리가 횡행하던 양반 관료의 부패상에 대해 날카로운 매도(罵倒)로 일관하고 있다. 인간들의 악행과 부패상이 인간이 아닌 동물들의 입으로 폭로 성토됨으로써, '금수만도 못한 인간'의 부끄러운 모습이 속속 드러난다. <호질>에 쓰였던 주객이 전도된 상황의 '꾸짖기' 방식이 <금수회의록>에서 성공적으로 재현되었다고 하겠다.

3. 현실의 부조리 들추기

일반적으로 풍자소설이 즐겨 다루는 소재는 인간의 부정적 측면이나 사회현실의 모순과 부조리들이다. 박지원(朴趾源)의 <허생전>은 당대 사회의 모순과 부조리를 매우 공격적인 어조로 성토한 작품이다. 주인공 허생은 빈궁속에서 글을 읽는 전형적인 선비의 모습으로 등장한다. 삯바느질을 하는 아내가 굶주림을 참다 못해 남편에게 글 대신 공장이나 장사를 해 볼 것을 권유한다. 허생이 "어찌할 수 있겠소"라고 대답하자, 아내가 화가 나서 나무란다.

당신은 밤낮으로 글 읽었다는 것이 겨우 "어찌할 수 있겠소"만 배웠소그려. 그래, 공장이 노릇도 하기 싫고, 장사치 노릇도 하기 싫다면 도적질이라도 해보는 게 어떻소.16)

여기서 비판의 대상이 되는 것은 양반 계층의 비생산적 생활이다. 일은 하지 않고 방안에 들어앉아 책만 읽으니 가난할 수밖에 없다. 지은이는 허생 아내의 입을 빌려 반상(班常)의 귀천 없이 농업이든, 공업이든, 상업이든 일을 해야 함을 역설한다. 특히 남편에게 도적질이라도 해 보라고 권하는 대목은, 생업에 종사하지 않고 무위도식(無爲徒食)하는 선비의 생활이 사실 도둑질보다도 더 나쁘다는 뜻을 담고 있는 점에서 역시 풍자적이다.

이러한 풍자는 <양반전>에서 더욱 강렬하게 나타난다. 어느 가난한 양반 하나가 환자(還子)를 타 먹고 갚지 못하는 것을 보고, 돈 많은 천민이 그 빚을 대신 갚아 주고 양반을 사려 한다. 그래서 군수 앞에서 매매증서를 작성하게 되는데, 부자가 그 증서의 내용을 들어 보니 양반은 노동을 하지 않아도 되고, 서민들에게 무단 행위를 해도 괜찮다는 것이었다.

> 이 세상에선 양반보다 더 큰 이문은 없음이라. 그들은 제 손으로 농사도 장수도 할 것 없이 옛글이나 역사를 대략만 알 정도이면 곧 과거를 치러 크게 되면 문과요, 작게 이루더라도 진사는 떼어 놓은 것이다. 문과의 홍패야말로 그 길이가 두 자도 못되어 보잘 것이 없지만 온갖 물건이 예서 갖추어 나게 되니 이는 곧 돈자루나 다름없다.[17]

양반으로서 얻게 되는 이득을 열거한 이 대목은 선비가 과거만 거치면 돈자루를 얻은 것과 마찬가지라고 양반계급의 특권 의식을 강조하고 있다. 이 내용을 듣고 부자는 혀를 내두르며, "그만두시오. 차라리 나를 도둑놈이 되라 하시오."하고 달아나 버린다.

이 <양반전>이 꼬집고 있는 것은 무위도식하면서 허례허식에 젖어 있는 양반층의 비능률성과 평민들을 착취하는 그들의 횡포, 또는 그것이 용인되는

---

16) 박지원, <허생전>, 이가원 역, 「국역 열하일기」 II, 고전국역총서 19 (민족문화추진회, 1977), 298~299쪽.
17) 박지원, <양반전>, 이가원 역, 「연암·문무자 소설정선」(박영사, 1974), 78~79쪽.

사회 현실의 부조리 등이다. 이러한 꼬집기는 부자가 양반되기를 거부하며 '도둑놈'이라고 내뱉는 데서 최고조에 달한다. 이 작품에서 벼슬을 사려 했던 천민이 오히려 참된 인물이고, 무위도식과 허례허식에 빠져 백성을 괴롭히는 양반이야말로 도둑이나 다름없다는 작가의 비판의식을 엿볼 수 있다.

본디 문학은 사회를 떠나 존재할 수 없는 일이나, 그 가운데서도 특히 풍자 문학은 시대 상황과 긴밀한 관련을 맺는다. 풍자문학은 원래가 당위적인 것, 즉 마땅히 있어야 할 것이 없는 상태를 대상으로 비판을 가하며, 비리와 모순 이 가득찬 세계를 보여줌으로써 현상의 근원적 병폐를 인식하도록 자극하고 나아가 그것의 전반적인 시정(是正)을 촉구하려는 데 목적이 있다.[18] 근본적 으로 풍자가 현상과 본질의 괴리에서 야기되는 것[19]이라면, 연암이 살던 시 대야말로 현상과 본질이 어긋난 시대였다고 할 수 있다. 평민의식의 대두와 더불어 당대의 지배 이념인 유교는 더 이상 사회를 통제할 능력을 잃어버린 채 현실과 유리되어 있었던 것이다. 이와 같은 상황이 연암으로 하여금 당대 사회의 모순과 부조리를 풍자하게 만들었다고 할 수 있다.

한편, 지은이가 알려지지 않은 <장끼전>은 과부의 개가(改嫁) 문제를 우 화 기법으로 다룬 작품이다. 남편 장끼가 콩알을 잘못 먹고 죽자, 과부가 된 까투리는 수절을 거부하고 홀아비 장끼와 재혼을 한다는 내용이다. 조선시대 는 '열녀불경이부(烈女不更二夫)'라는 유교윤리에 의해 과부의 개가가 금기 시된 때였다. 그런데 이 <장끼전>의 까투리는 그러한 전통적 인습을 과감 히 무너뜨려 버린다.

장끼는 죽으면서 까투리에게 수절하여 정렬부인(貞烈夫人)이 될 것을 당 부한다. 그러나 까투리는 홀아비 장끼가 청혼을 하자,

---

18) 민현기, 「한국근대소설론」(계명대학교출판부, 1984), 223쪽.
19) 이상택·운용식, 「고전소설론」(한국방송통신대학, 1987), 135쪽.

죽은 낭군 생각하면 개가하기 박절하나 내 나이 꼽아보면 불노불
소(不老不少) 중늙은이라. 숫맛 알고 살림할 나이로다. 오늘 그대 풍신
보아하니 수절할 마음 전혀 없고 음란지심 발동하네.[20]

라고 하면서 흔쾌히 청혼을 받아들인다. 까투리의 말에는 고착화된 기성
관습을 과감히 깨뜨리고 본성에 따라 자유롭게 살고자 하는 민중의 욕망이
나타나 있다. 이 <장끼전>은 폐습에 얽매인 인간 사회의 잘못된 면을 날짐
승의 세계에 빗대어 풍자하였다. 이렇게 당대 사회의 제도적 모순을 들춤으
로써, 낡은 가치관을 벗어 던지고 새로운 가치관으로 나아갈 것을 촉구한 것
이다.

개화기 소설인 <거부오해(車夫誤解)>도 살펴볼 만한 작품이다. 이 소설
은 지은이가 알려지지 않은 구어체 형식의 작품인데, 무식한 거부(車夫), 즉
인력거꾼을 내세워 당대 현실을 비판하고 있다. 특히 대상을 우스꽝스럽게
희화화시킴으로써 해학성과 함께 풍자의 효과를 잘 살렸다. 여기서 인력거꾼
은 세 가지 것을 오해한다. 즉 '정부조직(政府組織)'을 '정부조짚'으로, '시정
개선(施政改善)'을 '시정개산(市井改散)'으로, '통감(統監)'을 '통감(通鑑)'으로
바꾸어 생각한다. 예컨대 '정부조직'에 대해서 그는 이렇게 말한다.

내가 인력거로 생애하는 고로 남북촌 재상가도 만이 가서 보고 각
쳐 연회의나 연설허는 곳에도 더러 가서 들은 즉 정부 죠직 정부 조—
집 허니 정부의서 죠—집은 허여 무엇에 쓰려는지. 정부란 말은 가 대
신네들 모혀 나라 일 의론허는 쳐소로 짐즉허거니와 그 죠—집은 무
삼 죠—집인지 알 슈 없데. 정부가 마소치는 려각집이 안인 즉 말이나
소를 먹이려고 죠—집을 구할 것도 아니요……[21]

20) 소재영 편, <장끼전>, 「한국풍자소설선」(정음사, 1982), 74~75쪽.
21) 민현기, <거부오해>, 「한국근대소설론」(계명대학교출판부, 1984), 271쪽.

이처럼 정부(政府)를 마소를 기르는 여각집 정도로 끌어 내린다. 또 '시정 개선'에 대해서도 "어리석은 내 소견으로 보면 시정 개산을 만드지 말고 아모 죠록 시정들을 보호ㅎ야 상업이 흥왕케 ㅎ고 리익이 발달되도록" 해야 한다고 주장한다. 그리고 일본에서 이등박문이 통감으로 온다는 소문을 듣고 그 것을 역사책 '통감'으로 오해하여 "우리나라에도 통감이 없슬 것시 아니여던 ㅎ필 일본서 가져올 것 무어신가" 하고 외세 추종의 개화 사조(思潮)를 비난한다. 이와 같이 당대 현실의 심각한 문제들이 엉뚱한 것으로 비하되어 마음껏 조롱되고 있다. 이러한 풍자 방식은 신성시되는 것을 비슷한 소리를 가진 비슷한 것으로 탈바꿈하여 끌어 내림으로써,22) 그 권위를 땅에 떨어뜨리고자 하는 것이다.

여기서 인력거꾼의 오해는 현실의 부정적 현상을 폭로하기 위한 풍자의 수법이라 할 수 있다. 즉 인력거꾼의 오해를 통해 현실의 잘못된 상황을 확대 강조함으로써, 당대 정치적 상황의 모순에 대한 깊은 통찰을 촉구하고 있는 것이다. 어리숙한 인물을 내세워 현실을 어긋나게 바라보게 함으로써 현실의 부당함을 공격하는 이 같은 소설의 어조는 '비꼬기'와 맥을 같이 한다고 하겠다.

III. 한국 현대소설의 풍자 특성
— 채만식 소설을 중심으로

앞장에서 설화와 고소설을 중심으로 한 우리 옛 서사문학 작품에 나타난 풍

---

22) 이러한 풍자 방식은 <봉산탈춤>에서도 비슷한 보기를 찾을 수 있다. 여기서 말뚝이는 '양반'을 하잘 것 없는 물건에 빗대어 비하시키고 있다. "양반 나오신다아. 양반이라거니 노론, 소론, 이조, 호조, 옥당 다 지내고 삼정승 육판서 다 지낸 퇴로재상으로 계신 양반인줄 아지 마시오. 개잘양이라는 양자(字)에 개다리소반이라는 반자(字) 쓰는 양반이 나오신단 말이요."<봉산탈춤>, 심우성 편저, 「한국의 민속극」(창작과비평사, 1990), 235~236쪽.

자 구조를 개략적으로 살펴보았다. 그러면 이러한 풍자적 특징들이 현대소설에 와서는 어떤 양상으로 계승 발전되었는가 알아볼 필요가 있다. 그렇게 함으로써 풍자문학의 전통적 흐름과 맥락을 규명해 낼 수 있기 때문이다. 이 장에서는 한국 현대 풍자소설의 대표가 될 수 있는 채만식의 작품을 통해 우리 서사문학의 풍자적 특징이 현대소설에 어떻게 이어지는지 살펴보고자 한다.

1. 부정적 인물의 희화화

근대소설로서 채만식의 소설은 과거 소설의 풍자적 전통을 가장 잘 이어받은 것으로 보인다. 채만식 소설의 풍자성은 무엇보다 등장인물의 설정에서 그 특징이 드러난다. 풍자소설의 인물은 대개 바보이거나 악한이며, 편집광과 같은 부정적 인물인데, 이러한 인물로서 대표적인 것이 <태평천하(太平天下)>(1938)의 윤직원 영감이다.

이 소설에서 윤직원은 친일지주이면서 철저한 구두쇠로서 고리대금업으로 재산 늘리기에 골몰하는 인물이다. 그는 자신의 생명과 재산이 안전하게 보존될 수 있다면 주변 사람이나 나라는 어떻게 되든 상관없다는 이기주의에 사로잡혀 있는데, "이놈의 세상이 어느 날에 망하려느냐! 오냐, 우리만 빼놓고 어서 망해라!"[23]하고 외치는 부분에서 그의 성격이 잘 드러난다. 이러한 이기적인 인물형은 고소설에 나오는 '놀부'나 '옹고집'의 성격을 이어받은 것[24]이라고 할 만하다.

---

23) 채만식, <태평천하>, 채만식전집 3(창작사, 1987), 41쪽. 앞으로 본문 인용은 모두 이 책에 따름.
24) 신상철, "놀부의 현대적 수용과 그 변형", 이상택·성현경 편, 「한국고전소설연구」 (새문사, 1983), 229~230쪽. 이 글은 <태평천하>의 윤직원이 놀부의 성격을 부분적으로 수용하여 더욱 다양하고 복잡한 인간형을 나타내었으며, 채만식은 이 인물을 통해 놀부의 성격을 계승 발전시켜 1930년대 현실을 가미한 '수전노형 인물의 한국적 전형'을 창조하였다고 말하고 있다.

윤직원은 일제하의 어수선한 분위기를 신분상승의 기회로 생각하여 향교의 직원(直員) 벼슬을 사고, 족보 도금, 양반 혼인 등을 통해 가문의 위상을 높이려고 애쓴다. 이것들은 자식과 손자를 군수와 경찰서장으로 만들려고 하는 계획과 더불어 윤직원의 '네 가지 필생사업'인데, 그 밑바닥에는 자신의 신분적 열등감을 보상하고자 하는 속셈이 깔려있다.

그런데 이 윤직원에게 무엇보다 문제가 되는 것은 그의 맹목적인 현실인식이다. 그는 일제 식민지하의 조국 현실을 속박이나 고통의 세상이 아닌 '태평천하'로 인식하는 것이다.

> 자 부아라, 거리거리 순사요, 골골마다 공명헌 정사(政事), 오죽이
> 나 좋은 세상이여…… 남은 수십만 동병(動兵)을 히여서, 우리 조선놈
> 보호히여 주니, 오죽이나 고마운 시상이여? 으응? …… 제 것 지니고
> 앉아서 편안허게 살 태평세상, 이걸 태평천하라구 하는 것이여 태평
> 천하!

그는 일제의 식민통치를 조선의 치안을 유지해 주고, 재산을 보호하여 주는 것으로 생각하여 당대를 태평성대라고 단언한다. 또 일본의 중일전쟁 도발에 대해서도 "전쟁을 히여서 그 못된 놈의 사회주의를 막아내주니, 원 그렇게 고맙구 그렇게 장헐 디가 어디 있담 말잉가."하며 감지덕지해 한다. 이러한 윤직원의 태도에서 일제의 기만적인 식민정책에 완전히 물들어버린 조선인의 딱한 모습을 발견할 수 있다.

이와 같이 <태평천하>의 주인공은 잘못된 현실 인식을 지니고 친일적인 망언을 일삼는 부정적 인물이다. 그렇지만 작자는 그를 직접적으로 공격하거나 비난하지 않는다. 작자는 이 인물의 부정적인 면을 희화적으로 제시할 뿐이며 그에 대한 옳고 그름의 판단은 독자의 몫으로 남겨 놓는다.

단편소설 <치숙(痴叔)>(1938)의 화자 '나'도 윤직원과 같은 유형의 부정

적 인물이다. 그는 보통학교 4학년을 마치고 일본인 상점에서 사환으로 일하는 스물한 살의 젊은이다. 그는 일제의 지배이념에 철저히 길들여진 인물로서, 일본인으로 완전히 동화되는 것을 최대의 소망으로 삼고 있다. 그는 내지(內地) 여자에게 장가를 들어, 성명도 내지인 성명으로 갈고, 집도 내지인 집에서 살고, 옷도 내지 옷을 입고, 밥도 내지식으로 먹고, 아이들 이름도 내지식으로 지어서 내지인 학교에 보내기를 희망한다. 그는 '일제 통치자들이 모든 한국인에게 그렇게 되기를 바라는 표본적인 인물'[25]이라 할 수 있다. 일제의 식민주의에 철저히 물든 인물인 셈이다.

이 소설에서 '나'는 시종일관 집안의 오촌 당숙아저씨를 비난한다. 그의 아저씨는 일본에서 경제학을 공부한 지식인으로 사회주의 운동 때문에 몇 차례 옥살이를 하다가 지금은 폐병을 앓고 있다. 대학까지 공부하고도 몰락한 아저씨의 모습이 소년의 눈으로 볼 때는 어리석기 짝이 없어 보인다. 그는 "사회주의라더냐 막걸리라더냐" 또는 "그놈의 것 사회주의인지 지랄인지"하는 경멸적 어조로 사회주의를 매도하며, 그러한 사상에 물든 아저씨를 어리석다고 비웃는다.

> 아 해서 좋을 량이면야 나라에선들 왜 금하며 무슨 원수가 졌다고 붙잡아다가 징역을 살리나요. 좋고 유익한 것이면 나라에선 도리어 장려하고 잘 할라치면 상금도 주고 그러잖아요.[26]

이처럼 '나'는 일본의 식민통치를 긍정하고 신뢰함으로서, 역사의식이 결여된 청맹과니의 모습을 드러낸다. 올바른 현실인식을 지니지 못한 그는 자기의 생각이 절대적으로 옳다고 믿는 만큼 자기와 견해가 다른 사람은 철저히 매도한다. 그야말로 "일제가 생산해 낸 전형적인 식민지인"[27]임에 틀림없

---

25) 김영택, "한국 근대소설의 풍자성 연구", 인하대 대학원 박사학위 논문, 1989, 165쪽.
26) 채만식, <치숙>, 채만식전집 7(창작사, 1989), 267쪽.

다. 그러므로 이 <치숙>의 주인공이 나이를 먹고 늙으면 분명 <태평천하>의 윤직원과 같은 인물이 될 것으로 본다.[28] 두 사람의 친일적 태도, 이기적이며 소시민적인 가치관, 현실에 대한 지나친 순응주의(順應主義) 등이 서로 닮은꼴을 보이고 있기 때문이다.

또한 <태평천하>와 <치숙>의 두 인물은 희화화의 대상이다. 작품 속에서 윤직원과 '나'는 자기의 주장이 분명하고 강한 편이다. 그런데 그것은 '확신에 찬 무지(無知)'[29]에서 나온 주장인 만큼 그들이 목소리를 높이면 높일수록 그들은 자신의 무지를 만천하에 드러내는 것이 된다. <치숙>에서 '나'가 아저씨를 가리켜, "나이는 나보다 많구 대학교 공부까지 했어도 일찌감치 고생살이를 한 나만큼 세상물정을 모릅니다."라고 했을 때, 정작 세상물정을 모르는 것은 바로 그 자신임을 폭로하는 것이 된다. 그는 자기의 주장을 강변하는 과정에서 은연중 자신을 우스꽝스럽게 만들고 스스로를 희화화시키고 있다. 이 같은 부정적 인물의 희화화는 앞 시대의 서사문학들에 나타난 '부정적 인간형 비추기'의 풍자와 통하는 바가 크다.

특히 <치숙>에서 눈여겨 볼 것은 부정적 인물이 나서서 긍정적 인물을 비난하는 방식인데, 이는 우리 소설사에서 전례를 찾기 어려운 새로운 시도이다. 이 점은 채만식의 소설이 우리의 옛 서사문학의 풍자 방식을 한층 계승 발전시킨 모범사례로 평가할 만하다.

2. 반어적 풍자 구조

채만식의 <치숙>과 <태평천하>에서 볼 수 있는 풍자의 핵심 구조는 아

---

27) 장영우, "반어적 인물의 사회인식", 동국대 대학원 석사학위 논문, 1987, 30쪽.
28) 조남현, "채만식문학의 주요 모티프", 「한국현대소설연구」(민음사, 1987), 206쪽.
29) D.C. Muecke, 문상득 역, 「아이러니(Irony)」(서울대학교출판부, 1980), 61쪽.

이러니(irony), 즉 반어(反語)이다. 이 두 작품은 그 제목부터가 모두 반어적이다. 윤직원이 말하는 '태평천하'는 실상은 가장 고통스러웠던 식민통치의 암흑시대이고, <치숙>의 '나'는 아저씨를 어리석다고 비난하지만 정작 어리석은 것은 아저씨가 아니라 자기 자신이기 때문이다.

그리고 부정적 인물이 긍정적 인물을 혹평하게 하는 장치 또한 반어적이다. <치숙>의 '나'는 아저씨를 마음껏 욕하는데, 오히려 질타의 대상이 되어야 할 사람은 그 자신이다. <태평천하>의 윤직원도 손자 종학을 사회주의 운동을 했다고 욕하지만, 오히려 종학이야말로 칭찬을 받아야 할 존재이고, 윤직원 자신이 비난을 받아야 할 인물인 것이다. 실상 지은이가 내심 응원하고 있는 인물은 종학인 까닭에 독자는 채만식 소설에서 화자의 말을 액면 그대로 받아들이지 말고, 반드시 뒤집어 생각해야 한다. 지은이가 노리는 풍자의 핵심이 바로 '반어'이기 때문이다.

이러한 채만식 소설의 풍자기법은 '거꾸로 말하기'라고 할 수 있다. <태평천하>와 <치숙>에서 보다시피, 이들 작품에서는 현실을 보는 눈이 어두운 외골수적인 인물이 등장하여 식민지 현실을 자기 식으로 해석하여 찬양하고 있다. 제대로 말하면 이들이야말로 반민족적 노예근성을 지닌 친일 군상이라 하겠다. 그러나 그것은 '긍정을 강조하기 위한 부정'이므로 거꾸로 뒤집어서 받아들일 때 작가의 의도에 바르게 접근할 수 있다.

다시 말해 <태평천하>의 주인공이 당대를 '태평천하'라고 규정한 것은 실제로는 그와 정반대의 상황에 대한 반어, 즉 '거꾸로 말하기'임을 간파해야 한다. 이러한 채만식의 반어적 풍자 기법은 강력한 비판 정신의 소산으로서 일제의 식민통치 이념의 허구성을 지적하고, 민족의 각성을 촉구하고자 하는 작가의식의 발로로 볼 수 있다.

요컨대 채만식의 소설을 읽는 독자는 겉으로 비난받는 인물이 실상은 긍정적 미래지향적 인물이라는 점을 염두에 두어야 한다. 그리하여 부정적 인물의 무지한 발언에 현혹되지 말고, 고통 속에서 현실과 투쟁하는 긍정적 인물의 신음 소리에 귀를 기울여야 한다. 아울러 소설이 암시하는 대로 속물근성, 노예근성을 가진 자들이 기승을 부리는 사회의 타락상을 인식할 수 있어야 할 것이다.

그런데 당시 문단 한쪽에서는 채만식의 이와 같은 현실에 대한 반어적 풍자를 그리 탐탁하게 여기지 않았던 것 같다. 다음 글에서 그러한 기미를 엿볼수 있다.

김남천 씨는 「천하태평춘」을 조선의 신문학이 있은지 30년에 일찍이 예가 없게시리 이 작품에는 부정적 인물만이 등장되었다고, 그렇듯 부정적 인물만의 등장이 아무래도 문학의 본도가 아니라는 눈치로써 말을 했다.(중략) 그러나 부정면을 통하여 기실 긍정면을 주장하기 위해서의 부정면은 결단코 유독하지는 않은 것이다. 더구나 그렇게 밖에는 붓을 댈 수 없는 사정이나 부정면을 통하여서만 그 긍정면이 도리어 박력 있이 보여질 수법상의 경우가 또한 없는 게 아니다.[30]

여기서 작자는 그의 소설이 부정적 인물을 주로 그렸다는 평판에 대해 자기 나름대로 분명한 의도가 있었음을 밝히고 있다. 그가 부정적인 인물을 그린 것은 부정적인 것에 애착을 가져서가 아니라 긍정을 강조하기 위한 수법이라는 것이다. 즉 '긍정을 주장하기 위한 부정'의 방식을 취한 것인데, 이것은 '거꾸로 말하기'의 다른 표현으로 받아들일 수 있다.

한편 여기서 채만식이 부정적 인물을 등장시킬 수밖에 없었던 '사정'을 말한 것은 주목할 필요가 있다. 당시는 일제가 군국주의로 치닫던 1930년대 후반기로서 작가의 창작에 많은 제약이 따르던 시대였다. 본디 풍자는 직접 표현이 불가능한 상황에서 사회 현실을 우회적으로 표현하는 방식이기 때문에,

---

30) 채만식, "자작 안내", 김윤식 편, 「채만식」(문학과지성사, 1984), 185쪽.

일제의 검열에 대처하기 위해서는 채만식이 풍자소설의 수법을 취할 수밖에 없었다는 것을 짐작할 수 있다. 그러므로 채만식 소설이 '시대의 모순'이라는 공격 대상을 직접 공격하지 않고, 오히려 전도된 가치를 전면에 부각시키고 그것이 정당한 것인 양 호도한 일과 작자가 말하고자 하는 참 주제를 항상 인물의 주장 뒷면에 둔 것은 당대의 상황과 밀접한 관련이 있는 것이다.

이런 점을 종합해 볼 때, 채만식 소설의 풍자적 특징은 '부정을 통한 긍정의 모색'으로 요약할 수 있으며, 그 반어적 풍자 구조는 앞 시대 서사문학의 '억압적 지배 구조 드러내기'와 '현실의 부조리 들추기'와 같은 맥락을 지닌다고 하겠다.

3. 판소리의 서술 양식과 어조

채만식 소설의 풍자적 특징을 말할 때 그의 독특한 문체의 효과를 빠뜨릴 수 없다. "문체는 곧 주제(Style is subject)"[31]라는 쇼러(Mark Schorer)의 말처럼, 문체는 작품의 본질적 요건으로서 작품의 주제 및 성격과 밀접한 관련을 맺는다. 채만식 소설의 문체가 판소리에서 왔다는 사실은 이미 여러 논자에 의해 주장된 바 있다. 이것은 문학의 전통 계승의 측면에서 의의가 크다고 하겠다.

여기서는 <태평천하>와 판소리와의 관련성을 문체를 중심으로 살펴보기로 한다. 원래 채만식은 묘사가가 아니라 서술가라고 평가되기도 한다.[32] 물론 그의 소설에 묘사 부분이 전혀 없는 것은 아니지만, 그의 문학이 주축이 되고 있는 것은 서술 쪽이라고 보는 것이다. 여기서 서술이란 작가의 입장에 서 있는 서술자가 작품을 전개하는 과정에서 주관적으로 설명 요약해 주는

---

31) 구인환·구창환, 「문학의 원리」(법문사, 1975), 159쪽.
32) 천이두, "프로메테우스의 언어들", 《문학사상》, 통권 15호(1973. 12.), 311쪽.

'말하기(telling)'를 일컫는다. 그리고 묘사란 서술자가 직접 나서지 않고 객관적으로 상황을 그려내는 '보여주기(showing)'의 방법이다. '~입니다'의 경어체로 서술되는 <태평천하>는 이 '말하기'의 방식에 전적으로 의존하고 있는 소설이다. 그 보기를 들면 다음과 같다.

> 윤직원 영감은 본이 전라도 태생인 관계도 있겠지만, 그는 워낙 남도 소리며 음률 같은 것을 이만저만찮게 좋아합니다. 그렇게 좋아하는 깐으로는 일년 삼백예순날을 밤낮으로라도 기생이며 광대며를 사랑으로 불러다가 듣고 놀고 하고는 싶지만, 그렇게 하자면 일왈 돈이 여간만 많이 드나요!
> 아마 일 년을 붙박이로 그렇게 하기로 하고,(중략) 하루에 십 원이면 한 달이면 삼백 원이라, 그리고 일년이면 3천……아유! 그건 윤직원 영감으로 앉아서는 도무지 생각할 수도 없게시리 큰돈입니다. 천문학적 숫자란 아마 이런 경우에 써야 할 문잘걸요.

이와 같이 서술자는 작중 인물에 대해 직접 설명하고 있다. 특히 생생한 구어체를 구사함으로써 독자에게 직접 말을 건네는 듯한 느낌을 준다. 특히 "돈이 여간만 많이 드나요!"하고 독자에게 반문을 한다든지, "아유!"와 같은 서술자 자신의 감탄사가 등장하는 것은 현대소설로서는 극히 파격적이라 할 것이다. 그러나 이러한 서술 기법이 이미 판소리 사설에 두루 쓰인 것을 볼 때, 채만식 소설의 이러한 서술 방식은 결코 낯선 것이라고 할 수 없을 것이다.

실제로 판소리 사설을 보면, 창자(唱者)가 직접 청중에게 말을 건네고 반문하는 대목이 드물지 않게 발견된다. 다음 판소리 <심청가>의 한 대목을 보기로 들어 본다.

> 심봉사 급한 마음 약을 지어 가지고 돌아와 약을 얼른 짜 가지고 방으로 들어와 죽은 마누라에게 약을 권하겄다. "여보, 마누라 이 약 잡

수시면 즉효 한답디다. 어서 일어나 약 잡수시오." 아무리 부른들 죽
은 사람이 대답이 있겠느냐.[33]

여기서 창자는 "아무리 부른들 죽은 사람이 대답이 있겠느냐."고 반문하면
서 청중의 동의를 구하고 있다. 작중의 사건에 대해서 설명만 하는 것이 아니
라, 질문을 던짐으로써 청중의 참여를 유도하고 있는 것이다. 이처럼 판소리
사설은 전형적인 '말하기'의 방식으로 되어 있고, 특히 '아니리' 부분에서 직접
청중과 함께 이야기를 나누는 단계로까지 나아간다. 바로 이러한 판소리의 서
술 방식이 채만식 소설에 그대로 차용(借用)되었다고 볼 수 있는 것이다.

이렇듯 <태평천하>의 '말하기' 방식은 판소리처럼 서술자가 직접 작품
속에 나서는 것이 특징이다. 이는 달리 말하면 '서술자의 개입'이 두드러짐을
뜻한다. 이러한 서술자의 개입은 독자로 하여금 작자의 존재를 뚜렷이 인식
하게 하면서 독자가 소설 속에 몰입하는 것을 차단하는 효과를 준다. 브레히
트(Bertolt Brecht)는 이를 '감정이입의 배제' 또는 '소외효과(疎外效果)'[34]라
고 하였는데, 풍자문학은 비판의식을 생명으로 하기 때문에 독자가 작품을
객관적인 안목으로 바라볼 수 있는 일정한 거리가 필요하다. 그래서 풍자적
작품에서 서술자의 개입은 바로 이러한 미적 거리(美的距離, aesthetic distance)
를 확보함으로써, 작품 전반에 대해 비판할 수 있도록 해 주는 구실을 한다.
채만식의 풍자소설은 이 같은 서술 방식에서 옛 서사문학의 특징을 이어받고

---

33) <심청가>, 정병욱, 「한국의 판소리」(집문당, 1990), 318쪽.
34) 송동준, "브레히트의 서사극 이론", ≪성곡논총≫, 제15집 (성곡학술문화재단, 1984),
   154~155쪽.
   아리스토텔레스는 비극은 공포와 연민을 환기시키는 사건에 의하여 감정의 카타
   르시스를 경험함으로써 관객이 무대 위의 세계에 정서적으로 몰입할 때 가장 큰
   효과를 낸다고 생각했다. 그런데 서사극의 이론가 브레히트는 이러한 전통극의 감
   정 몰입, 즉 극적 환상(dramatic illusion)에 빠지는 것을 오히려 경계하였다. 왜냐하
   면 관객이 작품 속에 몰입하여 그것이 마치 실제 사건인 것처럼 환상을 갖게 되면,
   관객의 비판적 거리가 생겨나지 않기 때문이다.

있음을 확인할 수 있다.

그런데 채만식 소설의 문체상의 풍자 효과는 단지 판소리의 서술 기법을 이어받은 사실에서 생겨나는 것만은 아니다. 그의 소설의 풍자성은 서술자의 어조(語調, tone)에 크게 힘입고 있음을 가벼이 넘길 수 없다.

> 이렇게 이 집안에 과부가 도합 다섯입니다. 도합이고 무엇이고 명색 여인네 치고는 행랑어멈과 시비 사월이만 빼놓고는 죄다 과부니 계산이야 순편합니다. 이렇게 생과부, 통과부, 떼과부로 과부 모를 부어놓았으니 꽃모종이나 같았으면 춘삼월 제철을 기다려 이웃집에 갈라주거나 하지요. 이건 모는 부어놓고도 모종으로 갈라줄 수도 없는 인간 모종이니 딱한 노릇입니다.(p.48)

> 아무려나 이래서 조손간에 계집애 하나를 가지고 동락을 하니 노소동락(老少同樂)일시 분명하고, 겸하여 규모 집안다운 계집 소비절약이랄 수도 있겠습니다. 그렇지만, 소비절약은 좋을지 어떨지 몰라도, 안에서는 여자의 인구가 남아돌아가고(그래 한숨과 불평들인데) 밖에서는 계집이 모자라서 소비절약을 하고……(p.145)

앞의 인용문은 윤직원 집안의 여인네들의 신세를 말한 대목이고, 뒤의 것은 동기(童妓) 춘심이를 조부와 손자가 서로 탐내는 상황을 가리킨 것이다. 여기서 서술자의 어조는 지극히 조롱과 야유에 차 있음을 눈여겨 볼 필요가 있다. 부정적 인물들의 우스꽝스러운 모습과 그들이 벌이는 바람직스럽지 못한 상황을 희화화하면서 그들을 비웃고 있다. 이것은 '비웃기'의 어조라고 할 수 있는데, 판소리에서 창자가 등장인물의 희화적인 모습이나 사건에 관해 조롱과 야유를 보내는 것과 마찬가지로 채만식 소설의 문체에서도 같은 성격을 발견할 수 있다.

IV. 풍자 정신과 문학의 전통

풍자문학의 전통적 맥락을 규명하는 데 가장 중요하게 생각해야 할 점은 무엇일까? 우선 생각할 수 있는 것이 고전문학과 현대문학에서 공통분모를 이루고 있는 작품의 형식적 특징이나 미의식, 또는 사상적 배경일 것이다. 본디 전통이란 추상적인 개념으로 존재하는 현상이 아닌 만큼, 문학 작품의 구조와 미의식, 사상적 배경 등에 대한 세심한 연구가 뒷받침되지 어떠한 전통 논의도 공허한 논리적 차원에서 벗어날 수 없다.[35] 그러나 전통은 민족의 정서와 관계되는 것이므로, 역시 전통이란 물줄기의 핵심적인 사항은 정신적인 것이 아닌가 싶다. 따라서 문학 전통의 논의에서 이 부분에 대한 관심은 분명히 가질 필요가 있으며, 만약 이 정신적인 측면을 도외시해 버린다면, 전통 찾기는 수박 겉핥기가 되어 버리고 말 위험이 크다 할 것이다.

그러니까 풍자소설의 전통을 고찰하는 마당에서 어떤 형식적 특질이나 방법론보다도 예부터 면면히 이어져 온 풍자의 정신적 맥락을 비중 있게 다룰 필요가 있다고 본다. 앞 장에서는 여러 소설에 나타난 풍자의 구조 및 방법적 특징을 살펴보았는데, 이 장에서는 한국 풍자소설에 공통적으로 흐르는 문학 정신이 어떠한 것인가를 밝혀 보고자 한다.

원래 풍자는 현실에 대한 부정과 비판에 바탕을 두고 성립된다. 그리고 그 것은 현실의 모순과 불합리를 정면으로 비판할 수 없을 경우, 측면 또는 간접 적으로 공격하는 한 방법이다. 그래서 풍자문학의 발생은 당대의 시대적 상황과 일정한 관련을 맺는다. 한국의 역사를 보더라도, 세조의 왕위찬탈이 <금오신화>를 나오게 만들었고, 광해군의 폭정이 허균의 소설을 산출하였으며, 더 거슬러 올라가 고려 고종조의 무단정치가 계세징인(戒世懲人)을 목

---

35) 배봉기, "채만식 소설에 나타난 판소리의 서술양식에 대한 고찰", 연세대 대학원 석사학위 논문, 1985, 3쪽.

적으로 하는 가전체 풍자소설을 촉진시킨 것으로 볼 수 있다.[36] 이처럼 한국의 풍자소설이 각기 역사적인 생성 배경과 시대적 요인을 갖고 있다고 본다면, 판소리계 풍자소설은 17~18세기 조선 후기의 신분 질서의 동요와 관련되고, 채만식의 풍자소설은 일제 식민 통치의 억압 구조와 밀접한 상관관계를 맺는다고 할 수 있을 것이다.

이처럼 풍자문학이 현실의 불합리에서 출발한다는 사실을 놓고 보면, 본디 풍자의 정신이란 현실의 부조리를 외면하거나 지나쳐 버리지 않고 그것을 끄집어내어 어떻게든 드러내고자 하는 고발정신 또는 비판정신으로 규정할 수 있을 것이다. 이러한 적극적인 면이 있기 때문에 풍자문학을 일컬어 방위적 소극적인 문학이 아니라 과장이나 확대, 비난을 주축으로 한 공격적 문학으로 보는 것이다.[37] 신동욱은 풍자 정신을 모순과 불합리를 시정하려는 개혁의 정신으로 규정하고 있다.

> 표면상으로는 풍자문학이 자은 잘못이나 모순을 공격하는 것처럼 이해될 여지가 있지만 더욱 큰 인간애의 정당성으로 모순과 불합리를 시정하고 개혁하려는 정신임을 이해해야 할 것이다. 동시대의 한 개인이 동시대의 집단과 어떤 점에서 관련성을 가지는가, 개인의 정의가 발전과 어떻게 관련되는가에 대한 줄기찬 문제 추구는 인간의 공동 관심사다. 풍자소설의 최종적 관심과 결실도 이 같은 인간적 노력을 위한 성실한 작업이어야 한다.[38]

풍자문학이 사소한 일에 집착하는데 그치지 않고, 인간애를 바탕으로 하여 개인과 사회와의 관련성에 대한 문제를 추구하는 성실한 작업이 되어야 한다고 강조함으로써, 풍자문학의 기본 성격과 지향점을 잘 말해 주고 있다. 여기서

---

36) 이정탁, 「한국풍자문학연구」(이우출판사, 1979), 36쪽.
37) 김윤식, "풍자의 방법과 리얼리즘", ≪현대문학≫, 제166호(1968. 12.), 306~308쪽.
38) 신동욱, 「한국현대문학론」(박영사, 1972), 138쪽.

보더라도 풍자문학의 본령은 외적인 작품 기법이나 미의식이라기보다는 작품 내적으로 관통하는 정신적인 특질이 더욱 중요하다는 것을 확인할 수 있다.

이미 앞에서 살펴본 바와 같이 한국의 소설문학은 그 뿌리인 설화에서 시작하여 고소설, 판소리계 소설, 개화기 소설을 거쳐 채만식의 현대소설에 이르기까지 풍자적 작품들이 줄기차게 생산되었다. 이러한 풍자소설들은 각기 당대의 시대적 상황과 밀접한 상관관계를 맺고 있고, 각 작품마다 어두운 현실의 개선과 교정을 바라는 서민들의 날카로운 현실 인식과 문학정신을 엿볼 수 있다. 이와 같이 어둠 속에서 밝음을 희구하는 정신이 바로 풍자정신이라 할 수 있겠는데, 이러한 정신의 맥은 하나의 문학적 전통으로 한국소설에 관류해 오고 있음을 확인할 수 있다.

물론 풍자문학도 한계가 없는 것이 아니다. 부정적 인물의 악덕이나 바람직하지 못한 상황을 꼬집어 내고, 웃음 속에 깨우침을 불러일으키는 것이 풍자문학의 본령임은 틀림없다. 그러나 부정적 인물과 부정적 현실을 앞세우다 보면 긍정적 인물이나 바람직한 상황을 부각시키기 어렵고, 또 부정적 현실에 대한 대안을 제시하기 어려운 약점을 안게 되는 것이다.

그렇지만 풍자소설이 산출되는 시대는 대개 직접 표현이 어려운 억압적인 시대인 까닭에 현실의 모순과 부조리를 비판 폭로하는 데에 우회적인 방법은 불가피한 것이라 할 수 있다. 이렇게 풍자문학은 악조건에서 지어지는 것이기 때문에 그 의의를 결코 과소평가되어서는 안 될 일이다.

아울러 풍자문학은 정확한 현실 인식을 바탕으로 하기 때문에, 어둠의 정체를 꿰뚫어 보는 날카로운 역사적 안목과 비판정신이 없으면 제대로 된 풍자가 불가능하다. 따라서 우리 소설에 면면히 흐르는 이 치열한 풍자 정신은 매우 소중한 문학적 전통이요 유산으로 인식할 필요가 있다. 그리고 풍자는 초월의 문학이 아니라 세속의 문학인 까닭에,[39] 어차피 인간의 역사는 문명

---

39) 김준오, 「한국현대장르 비평론」(문학과지성사, 1990), 237~238쪽.

화 과정이고 이 과정이 궁극적으로 세속화 과정이라는 점을 고려한다면, 앞으로 풍자문학은 시대가 변할수록 더욱더 활기를 띨 것으로 내다볼 수 있다.

V. 결 론

풍자문학이 직접 표현이 불가능한 어두운 시대의 산물이라고 할 때, 우리 한국문학에 풍자문학이 꾸준히 산출되어 왔다는 것은 그 만큼 우리 민족의 삶이 밝지 못했음을 반증하는 것이기도 하다. 풍자문학은 마땅히 있어야 할 것이 없는 상태를 비판하며 그 시정을 촉구하는 까닭에, 여기에는 모순된 현실을 간과하지 않으려는 깨어 있는 작가 정신이 담겨 있다. 그런 점에는 풍자 정신이란 어둠 속에서 밝음을 희구하는 저항의 정신이라 할 만하다.

이 연구에서는 한국소설의 여러 시대에 걸친 풍자의 양상을 살펴보고, 다시 채만식 소설을 통해 근대소설과 앞 시대 소설의 풍자적 특성이 어떻게 연관을 맺고 있는지 고찰해 보았다. 특히 전통의 맥락의 범위를 넓혀 소설의 모태라고 할 수 있는 설화도 고찰의 대상에 포함시켰다.

한국의 전근대 시대의 풍자소설은 그 풍자 내용에 따라 대개 억압적 사회 구조 드러내기, 부정적 인간형 비추기, 사회 현실의 모순 들추기 등으로 나눌 수 있다. 이를 작품별로 보면, 삼국시대의 설화인 <임금님 귀는 당나귀 귀>, 그보다 후대의 것으로 생각되는 <해와 달이 된 오누이>, 판소리계 소설인 <토끼전> 등은 억압적 사회구조를 드러내고 있다. 그리고 연암의 <호질>과 판소리계 소설 <배비장전>, <이춘풍전>, 개화기 소설인 <금수회의록> 등은 부정적 인간형의 위선과 악덕을 꾸짖고 있다. 또 <허생전>과 <양반전>, <장끼전>, 개화기 소설 <거부오해>와 같은 작품은 주로 사회 현실의 모순을 들추어내는 데 초점을 맞추고 있다.

이러한 풍자의 전통을 계승한 근대소설로서는 채만식의 <태평천하>와 <치숙>을 꼽을 수 있다. 채만식의 소설에는 부정적 인물이 주인공이나 화자로 설정되는 것이 특징이며, 앞 시대의 소설들에 보이는 '부정적 인간형 비추기'와 맥을 함께 한다. 그리고 채만식 소설은 반어적 풍자 구조를 지님으로써 궁극적으로 부정을 통한 긍정적인 것의 강조 효과를 얻는다. 이를 통해 앞 시대 소설의 특징이었던 '억압적 사회구조 드러내기'와 '현실의 부조리 들추기'를 성공적으로 이어받고 있다. 또한 채만식 소설은 문체상에서 판소리의 서술 양식을 본받고 있고, '비웃기'의 어조를 채택하고 있는데, 이러한 형식적인 특징도 풍자 효과에 크게 이바지한다.

바람직한 전통이란 과거의 기계적인 반복이 아니라 전통적 특성이 창조적으로 변모 발전하는 데에 있다. 채만식 소설의 미덕은 앞 시대의 풍자적 전통을 이어받았으되, 단순한 답습에 그치지 않고 새로운 풍자 양식을 창조했다는 점이다. 채만식 소설의 풍자 특성은 부정적 인물을 주인공으로 내세워 긍정적 인물이나 상황을 비판하게 하는 것이고, 그렇게 하여 거꾸로 스스로의 치부를 드러내는 결과에 이르게 된다.

풍자문학은 정확한 현실 인식을 바탕으로 하는 문학 양식이기 때문에, 비판정신과 고발정신이 요구된다. 고소설 이전의 설화시대부터 개화기소설을 거쳐 오늘날에 이르기까지 한국의 풍자소설에서 확인할 수 있는 것이 바로 이 깨어 있는 문학정신이다. 우리의 풍자소설은 각기 당대의 현실을 되비추는 거울 역할을 했으며, 현실의 부조리를 지나쳐 버리거나 외면하지 않는 날카로운 작가의식의 소산이라는 점에서 가치가 크다.

통시적으로 볼 때, 한국의 풍자소설은 설화의 시대부터 오늘에 이르기까지 꾸준히 창작되면서 한국문학의 한 축을 형성하고 있다. 어두운 현실을 간과하지 않는 풍자의 정신적 전통은 우리가 물려받은 다른 어떤 전통보다 값진 문학적 유산이라 할 수 있으며, 이는 앞으로도 더욱 다양한 방식으로 계승 발전시켜 나아가야 할 과제라고 하겠다.

제 2 부

수필론

척박한 시대를 밝힌 고결한 영혼

― 조희관 수필집 『철없는 사람』

잃은 사랑은 저만 간 것이 아니고,
내 속에 온갖 것을 함부로 쥐어뜯어 가지고 달아났다.
― 〈영원한 연가〉

I

수필가 조희관(曺喜灌, 1905~1958)은 아호가 소청(少靑)으로서 전남 영광군 영광읍 남천리 172번지에서 태어났다. 1920년 경성 배재고등보통학교를 졸업하고 연희전문학교에 진학하여 1926년 문과 2년을 중퇴하였으며, 1927년 북경 호스톤 대학에 입학하였으나 역시 학업을 마치지 못했다.

그 후 1935년 고향으로 내려와 동아일보 영광지국장과 영광유치원 원장을 지내는 한편, 광주사범학교에 출강하였다. 이 때 지방에서는 처음으로 '가갸날' 행사를 개최하기도 했다.

광복 직후인 1946년 공립 목포상업학교 교감으로 목포에 발을 내딛은 이후, 1947년에는 목포항도여중(현 목포여고의 전신) 제3대 교장(1947.7.20.~1950.11.15.)을 맡아 여성교육에 힘쓰는 한편 한글사랑운동과 수필창작에 힘썼다. 이 때 교지 <새싹>을 창간하였고, <부용산>의 작사가 박기동과 작곡가 안성현 등을 초청해 학생들의 창작 및 예능활동을 장려하였다.

이어 6.25 전쟁이 진행되면서 학교를 그만두고, 1952년부터 언론 및 출판계에 투신, 월간 <갈매기>(1951.2.1. 창간)와 주간 <전우>의 주간(主幹)과

항도출판사 사장을 맡아 지역 언론의 창달과 문화 발전에 힘썼다. 또한 현 목포예총의 전신인 목포문화협회의 탄생(1956)에 주도적인 역할을 했다.

특히 선생은 목포 관내 학교의 교가를 많이 지었다. 목포산정초등학교를 비롯해서 목포중앙여자중학교와 목포유달중학교, 목포여자고등학교와 목포해양대학교의 교가를 작사하여 지금까지 불리고 있다.

1958년 숙환으로 작고하였으며, 향년 54세였다. 저서로는 『다도해의 달』, 『새 날이 올 때』, 『취미의 국어 샘』(1952), 『철없는 사람』(1954), 『세계동화선집』, 『고하도의 달』 등이 있고, 제3회 전라남도문화상과 제1회 목포시문화상을 수상하였다.

1983년 그를 기리는 소청문학상이 제정되어 1994년 총 12회까지 운영된 바 있으며, 2009년 10월 20일에는 목포문학관 뜰에 문학비가 건립되었다.

세월의 흐름에 따라 소청에 대한 기억도 차츰 희미해지고, 주옥같던 수필들도 잊혀져가는 형편이기에, 그의 정신과 문학을 되살리는 뜻에서 작품세계를 조명해보고자 한다.

II

소청의 생애는 크게 3기로 나눌 수 있다. 제1기는 청년기로서 서울에서 학창시절을 보낼 때이고, 제2기는 30대 중년기로서 고향 영광에 머물 때이며, 제3기는 40대 이후 장년기로서 목포에서 교육과 잡지 출판에 전념할 때이다. 그의 본격적인 문필활동은 제3기 때에 이루어졌다.

소청은 수필가로서 정식 등단 절차를 거치지는 않았다. 대학 중퇴 후의 그의 청년시절이 일제의 군국주의가 팽창일로에 있던 1930년대 이후였던 점을 생각할 때, 당시 상황으로서는 그에게 문학인의 길을 걸을 여건이 되지 못 했을 것이다.

그렇지만 그의 산문은 일상적인 삶을 제재로 하여 삶의 애환과 인생에 대한 관조와 성찰이 능숙하게 표현된 점에서 수필문학의 전범이 될 만하다고 판단되며, 이는 당대 어느 기성작가 못지않은 문학적 성취라고 할 수 있다.

소청이 30대 중반에 쓴 <전원일기>와 <영원한 연가>가 모두 일기체인 것을 보면 영광에 거주하던 시절에는 일기형식의 자기고백적인 글을 주로 썼고, 본격수필의 형식을 갖춘 글들은 40대 이후에 목포에서 나온 것임을 알 수 있다.

이 글에서는 소청의 목포 생활을 담고 있는 수필집『철없는 사람』(세종출판사, 1983)을 중심으로 그의 수필세계를 살펴보고자 한다.

1. 가난에 고통 받는 생활인

소청의 수필에서 가장 절실하게 다가오는 것은 경제적인 궁핍이다. 처자식을 거느린 가장으로서 넉넉히 입히고 먹이지 못하는 안타까운 심정이 나타나 있다. "우리 집 것들의 모양을 보면 고아원 계집애들의 옷매무새는 오히려 천사다."(<옷>)라고 할 정도로 아이들의 차림새가 형편없다.

> 덜거리 같은 떨어진 샤쓰 한 장만 걸친 채 영양불량에 볼기짝에 주름이 진 어린애가 썩은 판장문을 밀치고 비척거리고 나가는 집이 내 집이다.
>
> ─ <꽃 있는 마을>

아이들 옷을 제대로 입히지 못할 만큼 가정형편이 절박하다. 이때는 소청이 목포항도여중 교장을 그만두고 출판업을 하며 <갈매기>와 <전우> 등의 잡지를 내던 무렵으로서 가장 생활고에 시달리던 시절이다.

어느 날 "아부지 저그 내 새 옷!"(<옷>)이라는 딸아이의 말을 듣고, 순간 반가운 생각이 드는 대목이 나온다.

> 그러나 거기에 걸린 그의 '새 옷'이라는 것은 늦봄으로부터 여름에 걸쳐서 수없이 빨은 그 단벌 인조견 브라우스 그것이었다. 방학 동안에 장속에 넣었다가 그 날사 유치원이 열리니까 다시 그것을 내어 입혀 보냈던 모양이다. 이런 것은 아마 그동안 내내 떨어진 런닝에 빤스만 입고 다니다가 전에 입던 것이나마 모처럼 옷다운 옷을 입은 기쁨에 '새 옷'이라고 했던 모양이다. 그래도 속없는 것은 어린 것의 '새옷'이라는 말에 선뜻 반가워지던 내 마음이다.
>
> — <옷>

아이가 말한 '새 옷'이라는 것이 이미 오랫동안 입었던 것임에도 불구하고 순간적으로 반갑게 들리더라는 고백이다. 뒤이어 지은이는 "진한 쌉스럼한 웃음"을 띨 수밖에 없었노라고 말하는데, 그 웃음이야말로 참으로 고통과 죄스러움과 자기모멸감이 혼합된 쓴웃음이라 할 것이다.

그는 학교에서 납부금을 독촉 받은 아이가 떼를 쓰자 홧김에 손찌검을 하고는, "지지리 깨끗이 산다고 하면서 이 사람 저 사람에게 폐를 끼치고 살아야만 하는 이 못난 고약한 나를 때린 거야!"(<나를 때린다>) 하고 자책하기도 한다.

또한 그는 다방에서도 "찬 한 잔 값이면 깡다리가 한 두름하고도 남는 돈이다. 두 잔 값이면 바닥에서 먼지 흙이 들어오는 고무신을 새것과 바꾸어 신을 수 있다."(<나를 때린다>)고 하며, 식구들의 반찬값과 아이들에게 새 신을 사줄 수 있는 금액과 견주어 보아야 하는 신세다.

> 가난에 쪼들리다 못한 아내는 "인제는 우연만 믿고 살아야겠어요."
> 이런 말을 하면서 쓸쓸히 웃었다. 어떻게 무엇을 하면 어떻게 되겠다는

갈피가 서지 않는 살림이기 때문이다. 앞 가게 쌀장수며 선창의 나무가게며 시장에 콩나물장수 여인에게까지 신세를 절대로 저도 풀릴 날은 없고 남편은 여상 날 것 없는 일만 하고 사는 모양에 정녕 지쳐버린 모양이었다. 그런 말을 듣는 것이 나도 딱하고 미안하고 마음도 아팠다.

─ <믿음>

쌀가게와 나무가게와 콩나물가게에 빚을 지고 살아야 하는 아내의 모습에 가슴아파하고 있다. 가난의 고통이 참혹하기 그지없다.

그는 주거 환경도 매우 열악하다. "중방이 이미 썩어서 아랫목이 무너난 것을 가마니로 가리고 살던 것이 인제는 윗목마저 떨어져나갔다. 바로 추녀 밑도리에 걸린 가마니뙈기가 둘레둘레 가을바람에 흔들리고 있다."(<철없는 사람>)고 하다시피, 벽이 무너져서 가마니로 가린 채 살고 있는 처지이다. 엎친 데 덮친 격으로 그가 출판하는 잡지 또한 형편이 여의치 않다.

한 오락문화의 기운이라도 살려야 할 게라고 모진 비바람 속에 성냥불 가리듯 으젓잖은 잡지 한 권 내기에 빚을 태산같이 지고 점심 굶기를 누구네 잔치 치르듯 하면서 삼천 부 내던 것이 다시 삼백 부로 오그라져도 그에 그것의 명맥만은 안 끊을 게라고 낮이나 밤이나 갈 데 안 갈 데 철철거리고 다니다가….

─ <맹꽁이 우는 밤>

빚을 내어 운영하는 잡지가 삼천 부에서 삼백 부로 줄었지만, 지은이는 명맥이 끊어지지 않도록 점심밥을 굶어가며 안간힘을 쓰고 있는 것이다. 아마 다른 사람 같으면 내팽개치고 다른 길을 찾아 떠나버렸을 것이다. 그러나 소청은 결코 물러서지 않고, "인제 이 땅 새 문화의 촉은 여기에 박히는 것"(<철없는 사람>)이라고 믿으며, "생명 있는 씨앗이 썩는 법이 없다. 잎 나고 꽃 피워 열매 맺을 때가 오지 않으랴."(<나이>)하고 기대감을 갖는다.

어느 날 지인으로부터 "아유 정말! 쯧쯧 이게 무슨 꼴이우?"라고 핀잔을 듣자, "그럼 날더러 어쩌란 말이요. 도둑질을 하란 말요. 권세의 문 앞에서 거렁뱅이가 되란 말요?"(<철없는 사람>)하고 대꾸한다. 비록 가난하지만 '깨끗하게' 사는 것에 대해서는 자긍심을 갖고 있다.

지은이는 본디 돈에 대해서 집착을 하지 않는 성격이다. "나는 일찍이 돈이라는 글자를 쓰려면 그 글자의 추한 땟국이 혹은 그 위아래 글자들에 번지거나 할까 무섭다는 듯이 돈의 글자에다가 묶음표를 지르던 적이 있었다."(<풋머루>)고 하다시피, 스스로 돈을 추하게 여기며 가까이하지 않으려고 애쓴 것이다. 지은이의 청빈한 풍모를 엿볼 수 있다.

소청의 고향 후배로서 국립광주박물관장을 역임했던 이을호(李乙浩)는 그를 가리켜 "모든 유혹을 물리치고 자기가 선택한 한 길을 위하여 꾸준히 걸어간다는 것은 범연한 사람으로서는 못하는 일이다. '문(文)'의 뒷받침 없이, 우리 겨레 우리나라는 건질 수 없다는 하나의 굳은 신념 없이 철푼 없는 문화사업을 혼자서 자담(自擔)할 수 있겠는가! (<고고했던 생애>)라고 회고하였다. 문화 육성에 대한 굳은 신념이 있었기에 갖은 유혹에도 아랑곳하지 않고 외로운 길을 걸었다는 이야기이다. 가족들이 굶고 헐벗는 잘박한 상황에서도 한눈을 팔거나 타락하지 않고 지역 문화 창달에 전력투구한 사명감을 높이 평가하지 않을 수 없다.

2. 인간미 넘치는 풍모

소청의 수필에는 인간미가 물씬 풍긴다. 그는 다정다감하고 감성이 풍부하여 꽃과 나무를 사랑하였고, 인정이 많아 형편이 어려운 사람을 보면 그냥 지나치지 못하고 도와주곤 했다. 또한 지극히 겸손한 태도로 자기를 과시하는 법이 없었다. 소청의 작품에 담긴 인간미 넘치는 그의 풍모를 살펴보기로 한다.

가. 겸손한 인품

소청의 글에서 볼 수 있는 인간적인 모습은 무엇보다 겸손한 인품이다. 그는 어느 글에서나 자기를 내세우는 법이 없이 낮추어 말하고 있다. 그러한 태도는 수필집 제목에서부터 읽을 수 있다. 책의 제목을 『철없는 사람』으로 붙인 데서 자신을 낮추고자 하는 의도를 엿볼 수 있다. 그러한 자세는 '머리말'에도 잘 나타난다.

> 아무 데로도 여물지 못한 내 인생은 여기에도 한낱 쭉정이 열매로 나타나 있다. 가시넝쿨도 섞이고 도토리도 섞인 푸섶나무 한 단 구실도 못할 것이 이 수필집이다. 혹 같이 느끼는 인생이 있어 서로를 불러보는 한 사람이 있다면 그 위에 더 무슨 소원이랴.
> — <머리말>

자신의 글을 '쭉정이 열매'로 표현하며, '푸섶나무 한 단 구실도 못 할 것'이라고 말하고 있다. 이것이 바로 그의 겸손인 것이다.

> 남의 허물을 용서한다는 것은 높은 자리에 서서 내려다보는 것이 아니라 그 같은 자리에 서서 같은 허물을 저지를 수 있는 나를 알고, 혹은 이미 그런 허물을 몇 번이고 저지른 나를 알고 그만큼 그를 이해하는 일이다. 그런 만큼 남을 용서하는 것은 나를 용서하는 것이나 마찬가지다.
> — <풋머루>

남을 용서한다는 것은 높은 자리에서 내려다보는 것이 아니라 상대와 동등한 위치에서 이해하는 것이라고 말한다. 이렇듯 나와 남을 똑같은 눈높이로 이해하려는 태도에서 지은이의 겸허한 인품을 엿볼 수 있다.

그의 겸손한 태도는 때로 자기비하로까지 떨어질 때도 있다.

친구에게서 온 편지 한 장도 불살라버려야 하는 슬기를 배운 우리는 내 책장 안에 둘 수 있는 책 한 권에도 스스로 제한을 받는 위험과 억압과 공포 속에서 허구한 햇수를 살면서 내가 의지할 수 있는 것은 자연뿐이었고, 밖으로 뻗지 못하는 생명은 안으로 후비고 들어가서 조그만 새 둥우리처럼 마음속에 스스로의 안식처를 마련했다. 조국의 해방을 언제 뜻하지도 못한 용잔한 사내는 그 둥우리 속에서 내 불쌍한 이웃에 큰 허물이나 짓지 말고 남은 목숨을 고요히 새기자고 들은 것이다.

— <전원일기>

일제강점기 아래서 위험과 공포 속에서 젊은 시절을 보낸 탓에 내성적인 성격이 길러졌다고 하면서, 스스로를 '용잔한 사내'라고 일컫고 있다. 시대적 불운에 따른 울분의 색채가 짙긴 하나, 이 또한 한없이 자기를 낮추는 겸손한 마음에서 우러나온 표현이라고 하겠다.

나. 불쌍한 이웃에 대한 연민

소청은 무척 정이 깊은 사람이다. 특히 가난하고 불쌍한 이웃에 대해 연민의 정을 많이 느낀다. 그의 수필 곳곳에서 따뜻한 마음을 찾을 수 있다. 다음은 어느 날 길거리에서 맨발로 다니는 구두닦이를 보았을 때의 일이다.

세상 오만 사람 신발 모조리 닦아서 윤이 번지르르하게 해주는 아이가 저 자신은 고무신 한 짝도 못 꿰고 다니다니 하는 대조적인 감상이 무척 더 그를 동정하게 했던 것 같다. 더구나 그날 아침에 내가 집의 놈에게 고무신을 졸리고 나오던 참이라 더 그랬던는지도 모를 일이지마는 어쨌건 집의 놈에게 고무신 한 켤레를 졸리면서도 차 값으로 아껴가지고 나왔던 돈 오천 원을 옴쏙 그 구두닦이 아이에게 준 것이다.

— <치자꽃>

자기 집 아이들에게는 고무신을 사주지 못하는 곤란한 처지이면서도 맨발 구두닦이 아이를 보고는 선뜻 신발값을 내놓는다. 불쌍한 이웃을 도와주지 않고는 배기지 못하는 그의 측은지심을 알 수 있다. 길거리에서 어느 미친 여자를 어미로 둔 아이들을 보고도 그냥 지나치지 못한다.

> 나는 그 때 호인 집에 들어가서 빵 한 봉지를 사서 그 가엾은 아이들에게 들려주었다, 오죽 배도 고팠으련만 그래도 그 아이들은 그것을 먹으려는 생각도 않고 울면서 미친 어미만 따라가는 것이었다. 미쳐도 어미, 성해도 어미, 어미는 하나뿐인 어미이기에 그 자식새끼들은 서러워도 배가 고파도 그저 어미의 뒤를 따를 수밖에 없던 그 모양에 가슴이 찢어지도록 아팠던 일을 나는 지금도 기억한다.
>
> ─ <믿음>

헛소리를 하며 거리를 쏘다니는 미친 여자의 아이들을 보고 빵을 사주었다. 미친 어미도 안 됐지만 그 여자를 어미라고 울며 따라다니는 아이들의 처지가 더욱 안쓰러워 인정을 베푼 것이다. 그는 특히 어린아이들이 굶고 헐벗은 모습을 안타까워한다. "남 같이 얻어먹지도 못하고 자라는 그 어린 것들이 길거리 먼지 속에서 울고 섰는 것을 볼 때같이 마음 아픈 때가 없다."(<슬픈 풍속>)고 술회할 때 그의 따뜻한 인간애가 느껴진다.

그는 신혼여성이 생활고에 찌들어 지내는 모습에도 강한 연민을 표시한다.

> 명색 신혼생활에 얼마 동안의 허영을 좇을 수 있는 것도 그들 가운데 극히 소수인 것이고 대다수의 그들의 꽃다운 것은 새색시라는 이름뿐으로, 대개가 그 밤부터라도 생활에 시달려서 피다가 만 꽃같이 되는 것이 이 땅의 그들의 가엾은 모습인 것을 마음 아파하는 때문이다.
>
> ─ <인형>

궁핍한 형편 때문에 젊은 여성들이 신혼생활을 즐기지도 못하고 시들어가는 형편을 안타깝게 생각하고 있다. 가난한 여성들의 생활에도 관심을 가졌음을 보여준다.

지은이는 스스로 가난한 사람의 편이라고 밝힌다.

> 어느 사람이라도 나는 항상 인생이 흥겨운 사람보다는 생활의 곤란에 찌들린 사람 편이 더 가깝다. 이런 나는 비틀려서 인생을 보는 때문이 아닌가 하고 생각한 적도 있다. 혹은 남의 잘된 것을 시기하는 맘에서나 아닌가 하고 생각하기도 한다. 그러나 그런 것은 아니다. 다만 나 스스로의 가난이 가난한 사람들의 괴로움이 얼마나한 것인가를 알게 하는 까닭이고, 그러므로 내가 그 거죽을 사랑하지 않고 속의 인생을 사랑하는 때문이 아닌가 한다.
>
> — <풋머루>

그가 생활이 넉넉한 사람보다 곤란한 사람에게 연민을 느끼는 것은 실제 본인이 가난한 처지라 그 고통을 잘 알기 때문이다. 이른바 동병상련(同病相憐)의 감정이다. 지은이는 불쌍한 이를 볼 때마다 도와주려고 애썼고, 더 이상 도와줄 수 없는 형편 때문에 괴로워했다.

다. 자연 애호

소청의 수필에 여실히 드러나는 것은 남다른 자연애호의 모습이다. 산과 들에 무성하게 자라는 풀과 나무며, 나비와 같은 곤충 한 마리도 그냥 보아 넘기지 않는다.

> 땅 위에 무성하는 풀과 나무를 보라. 그렇게 아름답고 온전한 것을…. 조물주는 내일 아침에 거미줄에 얽힐 나비 한 마리의 날개라고 해서 공력을 안 들여서 만든 거의 없으며 이틀을 못 지나서 시들은 풀

꽃 하나라고 해서 그 빛깔을 허수히 여기지 않았다.

— <전원일기>

풀과 나무, 나비의 생태에서 자연의 오묘한 조화를 발견하고, 조물주의 섭리를 읽는다. 그래서 사람도 자연과 같이 성장해야 한다는 교육관을 설파한다.

나는 일찍이 어린 학생들에게 한 송이 들꽃을 배우라고 한 일이 있다. 말없이 제 빛깔대로만 피라는 말이었다. 어느 여학원의 아이들이 부러진 정원수의 가지를 손수건을 찢어서 동여주는 것을 보고 엄청나게 교육의 기쁨을 느끼던 것도 나였다.

— <꽃 있는 마을>

목포항도여중 교장으로 재직할 때 그가 지은 교훈이 독특하다. "한 송이 들꽃을 보라. 남을 시새워하지도 아니하고 스스로 자랑하지도 아니하며 한껏 제 빛을 나타내나니." 남을 시기하거나 교만을 모르는 한 송이 들꽃처럼 자기 고유의 색깔을 드러내는 '겸허하면서도 개성적인 삶을 살라!'는 뜻으로 볼 수 있겠는데, 바람직한 삶의 모습을 꽃에 빗대어 말한 점에서 그의 남다른 자연관을 엿볼 수 있다.

모든 꽃이 제 향기가 난다. 우리가 못 맡아서 그렇지 이 식물들은 과실의 맛이 과실의 맛이 그 꽃향기에 있고, 그 꽃향기가 다시 그 잎새와 줄기와 뿌리에 있다. 줄기와 잎새에서 모르다가도 그것이 꽃을 피우고 열매를 맺을 때 우리는 그 향기와 값을 알게 된다. 나는 머리를 들어서 어제 오늘에 완연히 서늘한 바람이 난 하늘의 높은 구름을 보았다. '나는 나대로 꽃을 피우고 열매를 맺어야 할 텐데….'라고 속에서 속삭이는 소리를 들으면서.

— <나>

꽃마다 자기의 향기를 지닌다는 것은 곧 인간을 비유한 것으로 볼 수 있다. 사람도 꽃처럼 각자의 독특한 향기를 가꾸어야 한다는 뜻이다. 이는 목포항 도여중 교훈의 의미를 설명하는 글로도 이해할 수 있다. 소청은 실제 생활에서 늘 자연을 가까이 하였다. 그는 꽃밭을 가꾸는 취미를 갖고 있다.

> 조그만 내 정원이 내 취미와 내 의욕을 반영해서 거기에 내 하나의 세계를 이루어간다. 나무 밑에 길을 내보기도 하고 돌을 주워다가 싸보기도 하고, 풀꽃, 꽃나무…. 해를 따라 그 모든 것이 설 자리에 서고 새로 늘어나고 한다. 아래서 잠시 쉬는 동안 내 정원은 내 눈을 모으기에 족한 경관을 갖춘다.
> — <전원일기>

영광에 살던 무렵 그의 집 정원을 가꾼 이야기다. 지금도 영광에 그의 옛집이 남아 있는데, 예전에 그가 심었을 법한 나무들이 무성하게 자라고 있는 것을 볼 수 있다.

그는 큰딸을 시집보내면서도 뜰에 나무를 심고, "어린 나무가 자라서 무성한 그늘을 만들 무렵에는 혹 멀리 시집간 임현이가 친정 다니러 오는 날도 있으리라."(<전원일기>)고 하면서 나무가 성장함에 따라 딸을 다시 보게 될 날을 기다린다. 시간의 흐름 속에 나무의 성장과 인간의 삶을 동격으로 보고 있다. 그는 목포에 살 때도 비좁은 공간에서나마 꽃밭을 가꾸는 생활은 변함이 없다.

> 아침에 일어나도 나는 먼저 이 꽃밭 앞으로 간다. 저녁에 집에 와도 퇴에 나앉아서 이 꽃을 보고 있다. 한 송이 꽃은 그만두고 천만 송이 꽃으로 꽃다발을 만들어서 둘러씌워주어도 조금도 호기스러울 배 없는 지금 이 땅의 형편에 꽃이 좋아서만 보랴. 실로 이 조그만 꽃밭은 모진 생활의 형벌 속에서 한 시간만이라도 나를 살려주는 꽃밭인 것이다.
> — <꽃 있는 마을>

아침저녁으로 꽃밭을 가까이하는 것은 꽃을 보면서 '모진 생활의 형벌'을 잊을 수 있기 때문이라고 말한다. 세상살이의 고통을 꽃을 통해 달래고자 한 것이다. 자연을 통해 삶의 활력을 찾고 있음을 알 수 있다. 그가 자연을 통해 추구한 것은 무엇이었을까.

> 나는 나대로 있을 때가 가장 행복하다. 행복이라는 것이 말이 안 된 다면 적어도 가장 평화한 것에는 틀림이 없다.(중략) 우리가 자연을 즐 기는 것은 이 때문이 아닌가 한다. 자연 가운데서는 서로가 꾸밈이 없 고 간섭을 받지 않아도 좋기 때문이다. 다시 말하면 내가 나 이외 아무 것도 아닌 나대로 있을 수 있기 때문이다.
>
> — <풋머루>

소청이 꽃과 나무 등 자연을 좋아한 것은 그것들이 꾸밈이 없고, 간섭을 하 지 않기 때문이라고 말한다. 꽃과 나무처럼 가식이 없는 삶, 간섭 받지 않고 사는 것을 행복하고 평화로운 삶으로 여기고 있다. 그에게 꽃과 나무는 곧 행 복과 평화의 등가물(等價物)이었음을 알 수 있다.

3. 사랑의 고뇌와 비탄

소청이 이토록 뜨거운 사랑을 했던가!

일반 수필작품에서는 볼 수 없는 지은이의 다른 면모를 <영원한 연가>에 서 발견할 수 있다. 이 <영원한 연가>는 수필집 『철없는 사람』에 실린 일기 로서 1941년 1월 3일부터 12월 31일까지 1년간의 기록이다. 이때는 지은이가 고향에 내려와 유치원과 신문지국을 운영할 때로서 그의 나이 36세 무렵이다.

지은이는 이 일기에서 'J'라는 여인에 대한 사랑을 숨김없이 털어놓고 있 다. J란 어떤 여인인가? 지은이는 그에 대해 "다만 만나고 싶은 사람이었고 사랑스런 사람이었고, 같이 한 자리에 앉기만 해도 온몸의 관능이 모두 뛰어 오르던"(4월 1일) 사람으로 묘사하고 있다.

그런데 청춘남녀간의 사랑이라면 몰라도 소청의 경우는 그런 상황이 아니다. 여인은 기혼자로서 남편이 있는 상태이고, 지은이는 조강지처를 여의고 홀로 어린 자식을 키우고 있는 형편이다.

처음 이들의 사랑이 어떻게 불붙게 되었는지는 알 수가 없다. 1월 3일부터 시작되는 일기에는 이미 두 사람의 사랑이 진행된 상태이고, 그 이전의 사연은 나와 있지 않다. 다만 3월 17일의 일기에서 "이 날은 일찍이 그가 나한테 사랑을 고백하던 날이었다. 그리고 한 해가 지났다."고 말하는 것을 보면, 이미 1년 전부터 사랑이 시작되었음을 짐작할 수 있다.

그런데 현재의 시점에서 지은이는 매우 괴로워하고 있다. 사랑의 기쁨은 옛날의 일이고, 지금은 극심한 고통의 나락에 빠져, "알았던 것이 원수고 사랑이 깊었던 것만이 원수다!"(1월 22일)라고 하면서 몸부림치고 있는 것이다.

지은이가 이렇게 고통에 시달리는 까닭은 무엇인가? 그것은 연인을 마음대로 만날 수 없기 때문이다. 두 사람의 사랑은 비밀스럽다. 그러기에 상대를 향한 갈망은 더욱 클 수밖에 없다. 그렇지만 이들의 사랑이 흔히 말하는 세속의 불륜관계는 아니다. 그것은 두 사람의 관계로 인해 여자의 집에서 소동이 벌어졌을 때 지은이의 반응에서 파악할 수 있다.

> 그러나 '올 것이 왔다!'하고 생각할 밖에 없었다. J는 좀 더 나에게 별다른 것을 원한 것을, 내가 그에게 줄 것은 마침내 누명밖에 없었던가. 우리는, 그러나 옳게 사귀었다. 조금도 부끄러울 것은 없다. J야 이것을 믿지 않니. 나는 안타까운 눈물이 흘렀다.(2월 1일)

여자가 자기로 인해서 누명을 쓰게 될 것을 안타깝지만 '옳게' 사귀었기 때문에 부끄러울 것이 없다고 자신한다. 그들의 사랑은 육체관계와는 상관이 없었음을 헤아려볼 수 있다. 그러나 남편이 있는 여자와의 사랑은 그것이 아무리 순수한 것이었다고 할지라도 도덕적인 문제를 비켜갈 수는 없었다. 두 사람의 관계가 드러나면서 만남의 기회는 더욱 없어지고 만다.

> 잃은 사랑은 저만 간 것이 아니고, 내 속에 온갖 것을 함부로 쥐어 뜯어 가지고 달아났다. 빈집 창문이 찢어진 것 같이 내 맘은 갈기갈기 찢어졌다. 그 시꺼먼 궁기로 차디찬 공기가 들락거릴 뿐이다. 아아, 내 맘에 봄은 언제 오려나?(2월 13일)

사랑하는 사람은 못 만나서 괴롭고, 미워하는 사람은 만나서 괴롭다는 불가(佛家)의 말처럼 지은이가 보내는 하루하루는 사랑하는 사람을 만나지 못하는 고뇌와 비탄으로 가득 차 있다. 더욱이 8월 31일에 이르러서는 여자가 다른 지방으로 이사를 떠나고 만다. 지은이의 공허감은 극에 이른다. "이제 J가 아주 이곳을 떠난 것을 생각하면서는 세상은 아주 비어버렸다."(9월 1일)고 하면서, 그 고통스러움을 날마다 일기에 기록하고 있다. 소청은 사랑의 행복과 불행에 대해서 이렇게 정의를 내린다.

> 사랑해야 할 사람이 사랑스럽다면 그보다 더 큰 행복은 없다. 그러나 사랑할 수 없는 사람이, 혹은 사랑해서 안 될 사람이 사랑스러울 때 불행의 씨는 그와 같이 자란다.
> — <전원일기>

남녀 간의 사랑에서 그 상대가 사랑해도 될 사람인가, 안 될 사람인가에 따라 행복과 불행이 좌우된다는 이야기다. 그러니까 <영원한 연가>에서 주인공의 불행은 사랑해서는 안 될 사람을 사랑한 데에 그 까닭이 있다고 하겠다.

괴테의 『젊은 베르테르의 슬픔』은 청년 베르테르가 어느 젊은 부인을 향한 연모의 정을 이기지 못해 마침내 극단적인 선택을 하는 내용을 담고 있다.

소청의 <영원한 사랑> 또한 사랑해서는 안 될 여인과의 이루어질 수 없는 사랑을 담은 점에서 두 작품은 공통점이 있다. 따라서 소청의 뜨거운 열정을 느낄 수 있는 이 일기야말로 '한국판 베르테르의 슬픔'이라 할 수 있지 않을까.

4. 선구적인 국어사랑 운동

소청의 글에서 눈에 띄는 특징의 하나는 우리말에 대한 무한한 애정이다. 그는 글을 쓸 때 새로운 우리말을 갈고 닦아 국어의 아름다움을 드러내고자 힘썼다.

> 굶는 점심 대신 울화를 꿀꺽꿀꺽 삼키고 그것이 부족하면 아침도 저녁도 합쳐서 하루 세 끼를 그저 꿀꺽꿀꺽 삼키고 모진 고비 오뉴월 한더위에 첩첩한 잿마루 넘듯 느긋이 넘어보자는 뱃심이나 길렀더면 이 밤의 이 맘이 이리 호젓지만도 않을 것이오마는 원수의 신경질은 예련듯 있겠다, 집안 식구의 군색은 갈수록 사무치겠다 내 마음 둘 데 없어 어디가 의지해보자는 얌치 빠진 심사는 끝내 굴뚝 곁의 따스한 기운이라도 찾아드는 한겨울의 거지 같이 나를 따르고 보니 어쩌오.
>
> — <맹꽁이 우는 밤>

어려운 한자어는 찾아볼 수 없고, 되도록 맛깔스러운 고유어를 골라 쓰고자 하는 노력이 엿보인다. 여간한 국어의식을 갖고 있지 않고는 나올 수 없는 글이다. 소청이 이 글을 쓰던 1950년대 초반은 우리나라가 일제의 압박에서 벗어나 정부수립과 함께 6.25 전란을 겪고 있던 무렵으로 우리말 우리글에 대한 관념이 지극히 미약할 때였다. 그 때만 해도 지식인들은 한자 사용을 당연하게 생각하였고, 당시 발행되던 신문과 잡지가 모두 한자투성이였던 것을 생각할 때 소청의 한글 전용은 대단히 선구적인 시도라고 하지 않을 수 없다.

민중의 속에서 이루어지는 말은 이렇게 민중의 - 그 민중의 독특한 살 냄새 땀 냄새를 풍기면서 그 민족 독특한 향기를 이루는 것이다. 지금까지의 향기 잃은 우리말에 다시 향기를 붙여줄 사람이 우리 아니고 다른 사람 누가 있으랴.

— <향기 잃은 말>

민중의 언어에 그 민족의 향기가 담겨 있음을 강조하면서 우리 고유의 말을 가꿀 사람은 바로 우리 국민임을 역설하고 있다. 또한 지은이의 국어사랑은 말로만 그친 것이 아니라 실제 창작을 통해 구현한 것이 주목할 부분이다.

특히 그가 항도여자중학교 교장으로 재직할 때 지은 교훈은 경이와 감탄을 자아낸다. "한 송이 들꽃을 보라. 남을 시새워하지도 아니하고 스스로 자랑하지도 아니하며 한껏 제 빛을 나타내나니." 모두 마흔 두 글자의 교훈이 파격적이기도 하거니와 무엇보다 국어사랑 정신이 유감없이 드러난 점을 높이 사지 않을 수 없다.

소청은 언제부터 이러한 국어의식을 갖게 되었을까. 그는 "열아홉 살 난 중학생 때부터 우리말을 찾고 연구하고 써내서 우리 민중에게 주는 것을 평생의 일로 삼겠다고 작정"(<나>)했다고 말한다. 그가 학창시절부터 우리말 연구를 평생의 업으로 삼은 것은 당시 연희전문학교에 재직하던 외솔 최현배 (1894~1970) 선생의 가르침 때문이다. 외솔 선생의 제자답게 소청의 수필 곳곳에는 우리말에 대한 남다른 언어감각이 살아있다.

"친정이고 뭐이고는 우선 그만두고 어째 그리 매강스럴 것이요!"

뒷말은 무엇이라고 따라 나오건 나는 '매강'이라는 말에서 문득 흥미가 솟아서 생각이 나한테로 돌아왔다. '매강스런 시어머니'란 정말 현대의 어감에 찰싹 들어맞는 어휘로구나 했다. 메마르고 강파르다는 말이 줄었겠지…. 매강, 매살, 맵쌀…. 하고 한정 없이 말의 세상에 파고 들어가면서 모두를 잊어버리고 누웠는 나였다.

— <철없는 사람>

이웃집 여인네들이 주고받는 말 가운데서 '매강스럽다'는 표현을 인상 깊게 듣고, 그 조어관계를 분석해보고 있다. 우리말 가꾸기에 대한 의지와 열정이 있기 때문에 말 한 마디도 흘려듣지 않고 골똘히 궁리하게 되는 것이다.

그는 일상생활에서 한자쓰기를 배격한다. 당시는 한글 천시 경향이 남아 있어서 문장을 쓸 때 한자가 주가 되고 한글은 고작 토씨나 어미에만 쓰는 정도였다. 지은이는 "한자는 어려워서 잘 못 쓰는 것 같고 한글은 시시해서 잘 못 쓰는 것 같다."(<향기 잃은 말>)고 세태를 꼬집으면서 복잡한 한자보다 쉬운 한글쓰기를 역설한다.

> 새의 '앵무'와 짐승의 '기린'을 '鸚鵡, 麒麟'이라고 쓰면 거기서 그 동물들의 생태까지도 밝혀지더냐. 기차나 비행기를 '汽車, 飛行機'로 쓰면 속력이 빨라지더냐.
>
> — <답답한 일>

문장에 한자를 섞어 써야 유식한 것으로 인정받고, 한글은 한자를 잘 모르는 사람들이 쓰는 것으로 취급하는 잘못된 인식을 공격하고 있다. 또한 그는 순수한 우리말을 한자어로 둔갑시키려는 풍조에 대해서도 거부감을 나타낸다. 그리하여 우리말 '강강술래'를 "구태여 '强羌水越來'라는 에진 한자를 붙여 우리 토속의 정조를 몰쪽 망치려 드는 자는 뉘더냐?"(<한가위>)하고 질타한다. 소청이 궁극적으로 바라는 것은 한글전용이다.

> 한자에 토만 달아 쓰는 걸로 한글을 두어야겠느냐, 아쉽더라도 엔간한 것은 한글로 익혀 써서 쉬운 장래에 한글을 전용하는 것이 민족의 이념이어야 하겠느냐 하는 것이다. 전자가 옳으면 어서 漢文書堂을 요즘의 음식점만큼 두어야 한다. 후자 같으면 지금부터 가릴 건 아낌없이 갈겨버리고 한글의 영역을 넓혀가야 한다.
>
> — <답답한 일>

민족의 장래를 위해서 한글 전용을 해야 한다는 주장이다. 우리나라는 1988년 한글 전용지인 <한겨레신문>이 처음 나온 이후 1990년대로 넘어가서야 대부분의 일간지가 한글 전용으로 정착되었다. 그런데 이로부터 한 세대 전인 1950년대에 이러한 의견을 내놓았다는 것은 대단히 파격적이고 혁명적인 주장이 아닐 수 없다.

한편 소청은 사투리에 대해서도 긍정적인 의견을 내놓고 있다.

> 그렇다고 해서 사투리란 모조리 듣기 싫은 것, 없애야 할 것이란 것은 아니다. 되려 사투리 속에서 우리는 까닭 모르던 옛말의 자취를 발견할 수 있고, 또 그 어느 고장에만 남은 사투리에서 그 한 말만이 있어서 우리말을 세상에 끌어 들여와야 할 것도 한둘이 아니다. 그뿐더러 같은 말이래도 그 사투리에 매력이 있고 귀염성이 있어서 되려 표준말을 그 사투리로 바꾸어야 할 말이 있을 지도 모른다.
> — <전라도 사투리>

사투리는 고어 연구의 대상이 되며, 표준어에 없는 말은 사투리에서 편입시켜야 할 필요가 있는 까닭에, "사투리에 때를 벗겨 나가면서 가까운 장래에 표준말보다도 아름다운 말"(<전라도 사투리>)로 발전시켜야 한다고 주장하고 있다. 한자어인 '다도해(多島海)'를 순우리말 조어인 '섬마니바다'로 바꾸어 말하자고 제안하기도 하고, '~ 때문에'의 뜻을 지닌 전라도 사투리 '~ 난시'를 유독 사랑한 소청의 주장을 통해 그의 우리말에 대한 남다른 애착과 관심을 확인할 수 있다.

III

이상의 소청 수필의 특징들을 살펴보았다. 그의 수필에는 가난에 고통 받는 생활인의 모습과 인간미 넘치는 풍모가 나타나 있으며, 사랑과 고뇌와 비탄과 함께 선구적인 국어 사랑의 정신을 엿볼 수 있었다.

소청의 수필집 『철없는 사람』의 주된 정조는 '우울'과 '고통'이다. 그의 글은 밝고 화창한 내용보다도 안개 자욱한 저녁처럼 흐리고 어두운 내용이 많다. 이는 소청의 본디 성격보다는 그가 살았던 시대적 환경 때문이 아닌가 싶다. 극심한 가난 속에 등이 휘는 나날을 견뎌야 하는 그로서는 마음 편히 웃을 여유가 없었을 것이다. 그러나 그와 같은 환경에서도 자기 일에 소명감을 갖고 묵묵히 매진한 것을 보면 그의 굳은 심지와 사명감은 대단해 보인다.

소청의 사람됨은 어떠했던가.

생전에 그와 인연을 맺었던 인물들의 회고담을 살펴보기로 하자.

그와 동향인 정종(鄭瑽, 1915~2016) 교수는 10년 선배가 되는 소청을 가리켜, "독특한 말씨며 조용한 거동이며 견인력이 있는 인품과 그 표정이며, 그 인간성이 풍기는 따사로움과 조금도 촌뜨기 같지 않은 세련성"(『고향의 시인들 시인들의 고향』)을 매력으로 꼽았다.

목포 출신 극작가 차범석(車凡錫, 1924~2006)은 추모의 글에서 "소청 조희관 선생님은 안개비 같은 어른이셨다. 언제 내렸는지 어디서부터 내렸는지 소리도 없이 땅을 적셔주는 안개비 같은 어른이셨다. 아무리 격앙된 일일지라도 큰소리로 외치시거나 표정에 나타내신 적이라곤 없었다."(<그것은 하나의 부활이리라>)고 회고하였다.

소청으로부터 문학을 사사(私事)한 백추자(白秋子) 시인은 "선생님의 글과 생활과 인품에서는 바로 사람이 먼저이로구나 하는 가르침이 고귀한 향내음처럼 풍기는 듯합니다. 출세와 명성과 돈을 찾아 벌떼처럼 날으는 세태에서 초연할 수 있다는 것은 매서운 결단의 극기가 작용하지 않고서는 몹시 힘든 일이라 생각됩니다."(<소청 선생님 영전에>)고 술회하였다.

목포항도여중의 제자인 김정숙(金正淑) 시인은 "새로운 우리말을 찾아 갈고 닦으신 선생님의 낱말 하나하나의 성의 어린 지도는 조금도 지루하거나 딱딱하지가 않고 대단히 흥미가 있었다. 부드럽기 그지없는 우리말의 맛과 정서에 둔감했던 우리들에게 우리말에 대한 사랑을 일깨워주신 의미 있는 수업시간이었다."(<한 송이 들꽃을 보라의 교훈>)고 학창시절을 회고하였다.

이상의 회고담을 종합해보면 소청은 조용하고 고결한 인품을 지녔고, 다정다감한 언변으로 사람을 감화시켰음을 알 수 있다. 또한 학교에서는 한글 교육에 열성을 보였고, 사회에서 잡지를 발간할 때는 어려운 형편에도 출판문화에 대한 사명감을 다하여 모든 사람들로부터 존경과 흠모를 받았음을 알 수 있다. 이러한 내용은 수필을 통해 살펴본 그의 작품 세계와 조금도 다르지 않다. 그의 일상생활과 작품이 그대로 일치하는 것을 볼 때, 소청이야말로 삶과 문학이 일치된 길을 걸어간 작가라고 평가할 수 있겠다.

사실 소청은 수필가라는 한 분야의 인물로 설명하기에는 부족한 면이 있다. 글 속에 담긴 인생의 기미와 자연에 대한 묘사, 그리고 거기에 끼어드는 시구를 보면 영락없는 시인이요, 우리의 말과 글을 가꾸고자 애쓴 것을 보면 외솔 최현배 선생에 버금가는 선구적인 한글학자라고 할 수 있다. 뿐만 아니라 학생들에게 꿈을 심어주고 민족의 얼을 일깨우고자 노력한 점에서는 훌륭한 교육자이고, 어려운 형편 속에서 출판사를 차려 잡지를 간행한 것을 보면 사명감 높은 언론인이요 출판인이라 할 수 있다. 특히 일제강점기와 한국전쟁의 혼란기에도 지방문화 육성에 온몸을 던진 숭고한 선구자적 자세는 후인들의 귀감이 되기에 부족함이 없다.

남도문학의 숨은 별! 언제부터인가 소청은 이렇게 불리고 있다. 한 송이 들꽃처럼 겸허하게 살면서도 한껏 제 빛을 드러냈던 소청, 가난에 시달리면서도 흔들림 없이 외길을 걸었던 그의 정신은 추사(秋史)의 <세한도>처럼 초연하고, 진흙탕의 연꽃처럼 순결하다. 자신을 굳이 나타내려 하지 않았기에 주옥 같이 빼어난 작품을 남겼음에도 불구하고 그 가치가 묻혀가는 것은 안

타까운 일이다. 척박했던 시대를 이겨냈던 그의 고결한 정신과 업적을 오늘
에 되살려 풍성한 문화적 자산으로 삼는 것은 지금 우리가 떠맡은 과제가 아
닌가 싶다.

자연친화적 서정

— 이기봉 수필집 『나무와 인생』

> *배가 등에 붙도록 배를 곯고 나면*
> *하늘이 빙빙 휘돌아가고 주위가 보이지 않으며*
> *체면 같은 것은 아랑곳없었다.*
> *— 〈꽁보리밥 먹던 사연〉*

I

수필가 이기봉(李基峯, 1930~2002)은 1930년 2월 21일 순천시 대룡동 도사(道沙)마을에서 출생했다. 상당한 부농(富農)이었던 부친 이호의(李浩儀)의 4남 3녀중 둘째 아들로 태어나 비교적 유복한 형편에서 성장했으며, 순천도사국민학교와 순천중학교를 거쳐 순천사범학교와 조선대학교 문리과대학 국문과를 졸업하였다.

1957년 대학 졸업과 함께 곧장 교직에 입문, 보성여고와 순천여고, 순천고, 완도금일고 등지에서 교편을 잡았고, 광주 전남고를 거쳐 1995년 광주기계공고에서 정년퇴임을 하였다.

문학적 경력은 1985년 광주수필문학회원으로 참여하면서 작품활동을 시작, 1989년 월간 ≪장르≫에 수필 <참된 삶을 위하여>와 <물을 예찬하며>로 등단하였다. 이순(耳順)을 눈앞에 둔 늦깎이 등단이었으나, 선생은 ≪시문학≫, ≪현대수필≫, ≪영호남수필≫, ≪월간문학≫, ≪수필과 비평≫, ≪자유문학≫, ≪문학공간≫ 등지에 부지런히 작품을 발표하는 한편, 한국문인협회와 국제펜클럽을 비롯하여, 한국수필가협회, 한국불교문인협회, 거목문학회, 순천수필문학회 등에 몸담고 의욕적인 문단활동을 펼쳤다.

작품집으로는 장편소설 『꽃잎 날리는 바람』(도서출판 거목, 1991)과 기행수필집 『해 저문 나라 구만리』(교음사, 1995), 수필집 『나무와 인생』(문예운동, 2002) 등 세 권이 있다.

2002년 12월 20일, 선생의 작고는 다소 뜻밖의 소식이었다. 선생은 그 해 여름까지만 해도 화순 백아산 계곡에서 열린 광주수필문학회 세미나에 참석하여 열띤 토론을 벌이는 등 건강한 모습을 보여주었기 때문이다.

부인 김길순(金吉順) 여사의 말에 따르면, 선생은 평소 건강관리에 매우 철저한 편이었다고 한다. 새벽마다 순천시의 죽도봉 공원에 오르는 것이 하루 일과의 시작이었으며, 비가 올 때는 우산을 받고서라도 산에 오를 정도로 그의 생활은 규칙적이었다.

그런데 선생은 평소에 간장(肝腸)이 좋지 않은 편이었고, 2002년 9월 순천수필문학회 모임에서 전어회를 먹은 것이 탈이 나서 열흘 가까이 병원 신세를 진 일이 있었다.

그러다가 결정적인 사건이 10월 하순에 일어났다. 아침 산책을 다녀오다가 장대다리 근처에서 갑작스레 쓰러진 것이다. 그 때 앞으로 넘어지면서 턱을 다쳤는데, 병원에서 턱뼈를 고정시키기 위해서 이빨을 움직이지 않도록 묶어놓았다. 이로 인해 이빨 사이에 빨대를 끼워 미음을 흘려 넣는 방식으로 음식물을 섭취해야 했고, 차츰 영양 공급이 원활하지 못하여 건강이 나빠지기 시작했다.

결국 선생은 극도의 원기 쇠약으로 인해 50여일 동안의 병원생활 끝에 안타깝게 생을 마감하였다. 작고하기 전날이 바로 제16대 대통령선거일이었다. 그 날만 해도 선생은 투표를 하러가야겠다는 의지를 보였다. 그러나 가족들이 "이런 상태로 어떻게 투표를 한다는 말예요." 하며 만류를 하였다고 한다.

급기야 그 날 밤 텔레비전에서 개표방송이 숨가쁘게 진행되고, 당선과 낙선의 희비가 엇갈리고 있을 때, 선생은 끝없이 몸을 뒤채며 고통의 시간을 보낸 후, 다음날 아침 향년 73세의 나이로 숨을 거두었다.

유가족으로는 부인과 3남 2녀의 자녀가 있다. 현재 자녀들은 모두 결혼을 하였는데, 특이하게 5남매가 모두 아들만 출산하여 선생은 손자만 아홉이라고 전한다.

선생의 장녀 은숙(恩淑) 씨는 부친의 성품을 "순수·청빈·강직·근면·검소·완고·완벽" 등 일곱 단어로 요약하면서, 평소에 바둑과 등산을 좋아하였으며, 특히 전국 명산은 거의 모두 정상을 밟았다고 말한다.

선생은 교육자로서 38년 동안 교직에 헌신하면서 수많은 제자들을 길러내었으며, 그 공으로 교육부장관상(1992), 한국교원단체총연합회장상(1992), 국민훈장 목련장(1995) 등을 수상했고, 문인으로서는 한국불교문인협회 작가상(1998)을 받은 바 있다.

문학인으로서 선생의 본령은 어디까지나 수필이지만, 한 때 단편소설 <마지막 해후> 등 소설 집필에도 의욕을 가졌다. 그가 1991년에 첫 번째 작품집으로 출간한 장편소설 <꽃잎 날리는 바람>은 한 이기적 인간을 주인공으로 내세워 그의 불행한 말로를 조명한 작품인데, 작가 개인의 가족사와도 관계가 깊어 보인다.

이 소설의 주인공 순운은 매우 탐욕적인 인간이다. 그는 부모에게서 상속받은 재산을 형제들과 나누지 않고 독차지하였을 뿐만 아니라, 아내나 자식들에게 인색하고 몰인정하게 대하는데, 끝내 가족들에게 버림받아 병마 속에서 쓸쓸한 최후를 맞는다.

이 <꽃잎 날리는 바람>은 권선징악과 사필귀정이라는 고전적인 주제를 담고 있어 다소 진부한 감이 있지만, 주인공 순운은 우리의 고소설 <흥부전>에 나오는 '놀부'의 구두쇠적인 성격을 이어받은 인물이라는 점에서 주목할 만하다. 작가는 이 소설에서 김유정의 소설 <봄봄>과 채만식의 소설 <태평천하>에서 발견할 수 있는 인간형을 다시금 창조했다고 할 수 있다.

그의 두 번째 작품집으로 1995년에 출간한 <해 저문 나라 구만리>는 태국, 홍콩, 마카오, 중국, 백두산 등지를 관광한 장편 기행수필이다. 평소 등산과 여행을 좋아했던 그로서는 모처럼의 해외여행의 기회를 얻게 된 데에 대하여 대단히 감회가 깊었을 것이다. 그래서 그는 이러한 소중하고 뜻깊은 여행의 한 순간 한 순간을 하나라도 놓칠세라 빠짐없이 메모를 하였고, 여행을 마친 후 그것을 꼼꼼히 기록으로 남긴 것이다. 여기서 그의 문인다운 성실한 기록자의 자세를 읽을 수 있다.

II

이기봉의 세 번째 작품집 『나무와 인생』은 2002년 12월 타계 직후에 출간되었기 때문에 유고집 아닌 유고집이 되고 말았다. 선생은 손수 작품을 편집하여 출판사에 넘겼고, 교정까지 이미 보아놓은 상태였다. 일주일만 더 살았더라도 당신의 작품집을 볼 수 있었을 텐데, 안타까운 일이다.

그의 책에는 모두 33편의 수필이 실려 있다. 이 작품들은 상당수가 1995년 정년퇴임 이후에 쓴 것으로 보인다. 선생의 문학활동 기간은 광주수필문학회 회원으로 참여한 1985년부터 따진다면 총 17년으로 볼 수 있다. 이 기간 동안 남긴 작품의 수는 대략 70여 편으로 정리되고 있는데, 이 수필집에 실린 작품들은 그동안 선생이 여러 문예지에 발표했던 것들 가운데서 손수 가려 뽑은 것인 만큼 그의 대표작들이라고 볼 수 있을 것이다.

그럼 『나무와 인생』에 실린 수필들을 중심으로 선생의 작품 세계와 특징, 그리고 이를 통해 알 수 있는 선생의 풍모 따위를 살펴보기로 한다.

1. 자연친화적 서정

이기봉의 수필세계는 지극히 자연친화적이다. 그의 작품을 보면 대개 계절감과 그에 따른 자연의 변화에 관심을 기울인 것들이 많다. 선생이 수필집 제목을 「나무와 인생」이라고 한 것을 보더라도 그의 식물성적 취향을 짐작할 수 있다.

선생은 꽃과 나무에 대한 애착이 유별나다. 그는 <백목련에 부친 정>, <석류나무> 등의 작품에서 자신이 정원에 많은 화초와 수목을 가꾸며 살고 있음을 말하고 있다. 특히 유치원 다니는 손자가 받아온 봉숭아 씨앗을 정성껏 심어 꽃을 피우기까지의 이야기(<봉숭아꽃>)며, 식목일마다 연례행사로 나무를 심는 이야기(<나무와 인생>)는 그의 자연 애호정신을 잘 말해 준다.

그는 사계절 가운데서 특히 봄을 좋아한다.

그리하여 "봄은 꽁꽁 얼어붙은 땅거죽을 야금야금 녹여주는 햇볕에서부터 시작되는 성싶다."(<봄의 정취>)고 하면서, "그 때야말로 나는 마음의 여유를 느끼게 되며 무엇인가 성취할 수 있는 의욕이 솟았다."(<백목련에 부친 정>)고 말한다. 생명이 약동하는 봄의 정취에서 삶의 의욕을 강하게 느끼고 있는 것이다.

또한 선생은 봄 가운데서도 생명의 분출이 가장 크게 느껴지는 5월과 6월에 애착을 보인다.

> 인간은 자연을 떠나서 살 수 없는 것처럼 난 5월의 신록을 떠나서 삶의 즐거움을 음미하지 못할 것 같다.
>
> — <오월의 생기>

> 나는 언제나 요 때쯤이면 산으로 바다로 달려가고 싶은 욕망으로 설레게 되며, 후덥지근하고 고리타분한 꽉 막혀버린 폐색(閉塞)된 생활 속에서 벗어나고 싶어진다.
>
> — <푸른 유월을 맞아>

이것을 보면 그가 5~6월을 좋아하는 까닭은 그 때가 신록이 우거질 때인데다가 일상생활에서 벗어나 산과 바다로 떠날 수 있는 시기이기 때문인데, 이처럼 작가의 계절감은 항상 신록이나 산, 바다와 같은 자연물과 결부되어 있는 점에서 작가의 원초적인 자연친화의 정신을 엿볼 수 있다.

산천초목이 싱싱하게 자라나는 유월은 하늘도 푸르고 바다도 푸르며 내 마음도 푸르러만 가는 젊음의 달이다. 비록 내 육체는 늙었을망정 정신마저 늙을 수야 있는가? 푸르름의 계절 유월을 맞아 더욱 젊어져가는 마음 그지없다.

　　　　　　　　　　　　　　　　　　　　　　　— <푸른 유월을 맞아>

여름은 온 천지가 푸른 잔치를 베푸는 계절이다. 산천이 푸르고 들이 푸르고 바다가 푸르고 하늘이 푸르니 내 마음도 푸를 뿐이다.

　　　　　　　　　　　　　　　　　　　　　　　　　— <여름의 서정>

신록을 곧 젊음으로 보고 있는 이 대목에서 작가의 젊게 살고 싶은 욕망이 드러난다. 선생은 비록 몸은 노쇠하지만 마음은 푸른 유월처럼 젊음을 지향하고 있는 것이다.

그는 또한 산과 물을 좋아한다. 그의 문단 등단작이 <물을 예찬하며>인 것을 보면 그의 물에 대한 남다른 애착을 알 수 있다. 그는 이 수필에서 "물이 흐르는 것이나 인생이 살아가는 것은 같은 데가 있다."고 하며 물 속에서 인생의 의미를 찾아내고 있다. 그리고 <산정수정>에서 그는 자신이 산과 물을 좋아하는 것은 '타고난 본성'이라고 말하며, 그 까닭을 이렇게 고백하고 있다.

내가 좋아하는 것은 만고에 푸르른 불멸의 지절이요, 불변의 형세로서 침묵으로 살아가는 산이기 때문이다.(…) 산은 모든 것을 포용하고 물은 모든 것을 정화시킨다.(…) 물은 모든 생물을 살게 하는 생명의 원천이요, 온갖 오물들을 깨끗이 정화시켜주는 위대한 공로자다. 그러면서도 물은 공로를 드러내지 않고 밑바닥에서만 존재한다. 내가 물을 좋아하는 까닭은 바로 그것인 것이다.

— <산정수정>

여기서 그는 산의 불변성과 포용성, 더러운 것을 정화해주면서 낮은 대로만 흐르는 물의 겸손함을 언급하고 있다. 그리고 나무가 우거지고 맑은 물이 흐르는 자연의 품을 "정신적 안식처"(<나무와 인생>)로 규정한다. 어진 사람은 산을 좋아하고 지혜로운 자는 물을 좋아한다(仁者樂山 智者樂水)고 하였거니와, 산과 물을 모두 좋아했던 작가는 어진 품성과 지혜로움을 두루 겸비한 선비였음을 짐작할 수 있다.

그의 취미는 등산과 여행이다. 그의 수필집에는 등산과 여행의 이야기가 꽤 많이 실려 있다. <지리산 천왕봉을 찾아>, <죽도봉에 오르다>, <월출산 천황봉에 오르다> 등은 등산기이고, <백도의 추억>, <제주도 탐방>등은 여행기이다. 여기서 그가 취미 삼아 즐겨 찾는 곳이 바로 원초적인 자연의 현장이라는 사실을 보면, 그의 취미는 곧 자신의 자연친화적인 세계관의 실천이었다고 할 수 있을 것이다.

2. 사회 현상 및 세태 비판

이기봉이 자연을 애호하는 만큼이나 그 뒤편에는 현대 사회의 물질문명에 대한 거부감이 내재되어 있다. 그는 현대문명은 인간의 편리를 위해서 각종 문명의 이기(利器)를 만들어 내지만 그것이 오히려 인간성을 짓밟고 있는 현실을 개탄한다.

사람들은 편리한 생활을 한답시고 너나할 것 없이 차를 굴리고 있기 때문에 소음과 대기오염이 동시에 발생되고 있잖을까. 차가 많다 보니 사고가 잦고, 사람들 사이에 다툼이 많아질뿐더러 신경이 날카로워 인간성마저도 짓밟히고 마는 세상으로 전락되어 버렸다.

— <인생의 진면목을 찾아>

인간은 자동차를 만듦으로써 생활의 편리를 얻었지만 그 역기능으로 인간성이 짓밟히는 위기에 처해 있는 것이다. 일찍이 루소는 인간이 원래 행복한 상태에 있었으나 문명의 발달과 더불어 불행한 상태에 빠졌다고 하면서 "자연으로 돌아가라."고 외친 바 있는데, 선생도 루소와 같은 자연주의 철학을 갖고 있음을 알 수 있다.

또한 선생은 현대인의 삶의 방식에 대해서도 비판적이다. 그 가운데 하나가 사치와 향락 풍조이다. 그는 도시에 앞 다투어 생겨나는 호화 유흥장과 호텔, 여관들을 '사치와 과소비의 온상'으로 본다. 선생은 상가와 인접한 주택에 거주하고 있는 탓에, 유흥에 탐닉하는 젊은이들의 꼴불견을 자주 목격하게 된다.

노래방과 소줏집 그리고 유흥장에선 거의 철야를 하다시피 하여 영업을 하는 성싶다. 떠들어대다 못해 거리에 나와서까지 남녀들의 다투는 욕설이 귀로 들을 수 없을 정도니 울화(鬱火)가 치밀어 오른다. 그들은 거의 20대 전후들이다. 남녀 모두가 만취가 되어 버렸다. 남녀가 분별없이 담배를 피우면서 알몸을 드러내어 서로 끼어 안으려고 온갖 욕설을 퍼붓는다.

— <혼탁문화와 신세대>

작가는 오늘날 젊은이들의 건전치 못한 삶의 행태를 못마땅해 하고 있다. 그는 일제강점기에 어린 시절을 보낸 터라, 우리 민족의 배고팠던 시절의 쓰라림을 잘 알고 있다.

봄이면 굶주린 배를 다소라도 채우기 위해 푸성귀를 뜯어다가 보리죽을 쑤어 마시기도 했다. 어디 이뿐이랴! 배가 등에 붙도록 배를 곯고 나면 하늘이 빙빙 휘돌아가고 주위가 보이지 않으며 체면 같은 것은 아랑곳없었다. 그래서 심지어는 조강 찌꺼기라든지, 콩깻묵, 소나무 속껍질, 쌀겨, 보릿겨, 다북쑥 등으로 배를 채우기도 했다.

                                       ― <꽁보리밥 먹던 사연>

이처럼 일제의 수탈로 인해 굶주렸던 시절을 상기시키면서, 사치와 과소비 풍조에 빠진 현대인들에게 일침을 가한다.

이제 우리 민족은 각성해야 할 때이다. 조금 있을 때 더 저축하고 아껴야 하며 50년 전의 쓰라렸던 일을 생각해서라도 반드시 이웃 일본을 능가하는 부강한 나라가 되어야만 할 것이다.

                                       ― <꽁보리밥 먹던 사연>

이렇게 작가는 근검절약의 미덕을 강조하는 한편, 가난한 삶을 몸소 실천했던 성철 스님의 일화를 삶을 소개하기도 한다.

성철스님이 가진 것이라곤 아무 것도 없었다는 것에 나는 슬프도록 감명을 받았다. 고승이 열반할 무렵 남은 물건이라곤 헤어져 누빈 가사(袈裟) 한 벌과 오래된 검정 고무신 한 켤레, 그리고 법장(法杖:지팡이) 하나밖에 없었다고 하니 눈물겹도록 청렴결백한 고결하신 고승이시다.

                                       ― <인생의 진면목을 찾아>

그는 성철 스님의 청빈했던 삶에 큰 감동을 받았음을 고백하면서, 분수도 모르고 과소비와 사치에 빠진 현대인들에게 다시금 자신을 되돌아보도록 하는 기회를 제공하고 있는 것이다.

3. 공동체적 삶의 추구

이기봉은 매일 집 주변의 도로를 청소한다. 그의 집 주변에는 유흥업소, 백화점, 식당 등이 있기 때문에 오가는 행인이 많으며, 그들이 버리는 휴지와 담배꽁초가 감당하기 힘들 정도이다. 그는 그것을 그대로 보아 넘기지 못한다.

> 내 집 앞 도로 청소를 맡아 놓고 한다. 하루에도 대여섯 번씩이나 하는 때가 예사이며, 이골이 나다시피 돼버렸다. (…) 난 그 때마다 길바닥에 버려진 휴지조각 하나까지도 죄다 주워버린다. 그래야만 내 마음이 홀가분하고 직성이 풀리기 때문이다.
> — <혼탁문화와 신세대>

그는 휴지를 그냥 놓아두면 직성이 풀리지 않을 정도로 휴지 줍는 일이 습관이 되어 있다. 이처럼 그가 집 주변의 도로청소에 철저한 것은 바로 공동체적 삶의 실천의 한 방식이라고 볼 수 있다.

선생은 작품 속에서 더불어 사는 삶을 자주 역설한다. 그리하여 개인의 이익만을 추구하는 사람이 많은 사회는 이기주의의 만연으로 마침내 갈등과 불안으로 빠지고 말 것이라고 경고한다.

> 많은 사람이 가난하고 괴로움을 당하고 있는데 자기만이 행복할 수 없음은 물론, 자신도 얼마 아니 가서 가난해지고 괴롭게 된다는 것을 알아야 한다. '이것은 입술이 없어지면 이가 시리다(脣亡齒寒)'라는 성어에 꼭 걸맞은 말이 될 것이다.
> — <이해와 사랑의 삶>

> 남의 아픔이 곧 나의 아픔이요, 나의 기쁨이 남의 기쁨이 된다는 것을 알고 역지사지(易地思之)하는 마음으로 살아가야만 할 것이다. 그래야 상부상조하는 협동심이 발휘될 것이고 호양심(互讓心)도 베풀게

되리라 확신한다.

— <인생의 진면목을 찾아>

이렇듯 선생은 '이해와 사랑'의 삶을 강조하면서, 그것만이 우리 사회를 평화롭고 행복한 사회로 만들 수 있다고 강조한다. 이러한 그의 생각은 결국 불교적 세계관과 맞닿아 있다.

> 생각컨대 인생의 종말은 결국 실체도 없고 공으로 돌아가 한 줌의 부토로 사라지나니 허무한 존재가 아닐 수 없다. 사는 날까지 자비심을 베풀어 서로 이해하고 사랑하는 마음으로 이 세상 끝까지 행복하게 살아가자.

— <인생의 진면목을 찾아>

여기서 그는 공수래공수거(空手來空手去)의 세계관에 바탕을 두고 자비(慈悲)의 삶을 이상적인 것으로 제시하고 있다. 결국 그가 꿈꾸는 사회의 지향점은 불교적 이념으로 귀결됨을 확인할 수 있다.

4. 성실한 생활인의 자세

한 편의 글이 지닌 깊이는 필자의 깊이를 넘어설 수 없는 일이다. 그래서 글을 읽어보면 필자의 인간 됨됨이와 가치관, 의식세계를 살필 수 있다. 이기봉의 수필을 보면, 성실한 생활인으로서의 자세가 잘 나타나 있다.

수필 <여실한 기동>에서 볼 수 있듯이, 새벽 네 시가 되면 자명종 소리와 함께 일어나 녹음기를 통해 불경을 들을 다음, 등산화를 신고 죽도봉을 오르는 생활이 매일같이 되풀이되고 있다. 성실하고 건강한 생활인으로서의 자세가 몸에 깊이 배어 있는 것이다.

게다가 앞서 언급한 바와 같이 그는 집 주변이 휴지나 담배꽁초로 어질러진 것을 그냥 보아 넘기지 않는다. 누가 시켜서가 아니라 스스로 길거리를 청결하게 유지하고자 하는 마음에서 빗자루를 기꺼이 드는 건강한 생활인의 모습이다. 이 점은 그의 문학활동이 단순한 탁상공론이 아니라 실생활을 통해 꾸준히 실천되고 있음을 말해 주는 것이다.

더욱이 그는 가족애가 남달리 두터운 사람이다. 식목일날 아내와 함께 텃밭에 감나무를 심는 금실 좋은 모습을 보여주기도 하고(<나무와 인생>), 실직으로 낙담해 있는 아들에게 위로와 격려를 보내기도 하며(<IMF로 실직한 형근에게>), 철부지 막내아들이 시험에 합격하도록 날마다 절에 가서 기도를 하며 각별한 부성애를 발휘하기도 한다(<막내아들의 합격>).

뿐만 아니라 직장을 다니는 서울의 장녀가 집을 짓게 되자 대신 감독일을 하면서 외손자를 돌보기도 하고(<집수리와 외손자>), 집들이 잔치를 하는 딸의 집에 찾아가서 부모와 자식간에 흐르는 흐뭇한 혈육의 정을 느끼기도 한다(<장녀 집에 가다>). 여기에서 그의 생활인의 충실한 자세와 온건한 가치관을 확인할 수 있다.

또한 그의 인생관은 매우 긍정적이다. 그는 인간의 삶을 아름다운 것으로 파악하고 있다.

> 산다는 것은 아름다운 일이다. 늙고 젊고 간에 건강하고 즐겁고 성실하게 살아야만 한다. 난 사는 날까지 참된 인생관을 가지고 열심히 살며 뭔가 보람된 인생의 가치를 남기고 싶을 뿐이다.
>
> — <여실한 기동>

그는 건강하고 즐겁고 성실한 삶을 바람직한 삶으로 보고 있으며, 보람된 삶을 추구하고 있다. 그런데 여기서 그가 말하고 있는 '뭔가 보람된 인생의 가치'란 과연 무엇일까? 그것은 바로 그가 만년에 심혈을 기울여 원고지를 메꾸었던 수필작품이 아닐까? 선생은 갔지만 그의 주옥같은 수필들은 작품집 『나무와 인생』에 오롯이 담겨 그의 인생이 결코 헛된 것이 아니었음을 우리들에게 말해 주고 있는 것이다.

III

이기봉의 수필은 서정성이 짙다. 그 소재는 대개 꽃과 산과 물 등의 순수한 자연물로서 작가는 이에 대한 관조를 통해 자연과 인간의 조화를 추구하고 있다. 여기에서 식물성에 가까운 작가의 체질을 읽을 수 있다.

그리고 선생의 수필은 매우 조용하다. 그의 수필에는 떠들썩한 사건이나 충격을 주는 소재가 보이지 않고, 그저 욕심 없이 주어진 본분에 충실하는 자신의 삶에 대한 고백이 대부분을 차지하고 있다. 부와 명예와 권력과 같은 세속적 욕망에 사로잡히지 않고 안분지족하는 삶의 자세가 그의 작품에 두루 스며 있는 것이다. 이런 점에서 그의 수필은 <백설부(白雪賦)>의 김진섭(金晉燮, 1908 ~ ?)이나 <신록예찬>의 이양하(李敭河, 1904~1963)가 갖고 있는 우리나라 서정수필의 맥을 그대로 이어받고 있다고 볼 수 있다.

이기봉은 비교적 늦게 문단에 발을 디뎠다. 그러나 짧은 기간 동안이지만 그는 작고할 무렵까지 불꽃처럼 왕성한 창작활동을 벌였다. 이제 안타깝게 유명을 달리하였지만 그의 서정성 짙은 수필들은 오래오래 독자의 사랑을 받을 것으로 기대한다.

지성에 바탕을 둔 비판의식
― 김구봉 수필론

하물며 이목구비가 반듯한 정상인으로서는
그 하는 짓거리들이 상식을 저버린 행태이니
정말 인간은 물거미 뒷다리 같은 존재인가.
— 〈성모상 앞에 촛불을 켠다〉

I

우리나라 수필문학의 대강을 살펴보면, 훈민정음 창제 이전부터 있어온 한문 수필과 훈민정음 창제 뒤의 국문 수필, 그리고 신문학 이후의 근대 수필로 나눌 수 있다. 한국문학의 범위를 국문문학으로 제한시킨다면 우리 고전문학에서 수필이 차지하는 부분이 그리 크지 않으나, 한문문학을 포함할 경우에는 다른 장르와는 비교할 수도 없을 만큼 엄청난 자원이 확보된다.

한문 수필의 연원을 따져 올라가면 신라시대 혜초의 서역기행문 <왕오천축국전>을 비롯하여 최치원의 '기(記)'와 제문(祭文), 김부식의 '표(表)', 이규보의 '설(說)', 이인로의 「파한집」, 최자의 「보한집」, 이제현의 「역옹패설」 등의 문집에서 수필의 싹을 찾을 수 있다.[1]

이어서 조선시대에 들어와 서거정의 「필원잡기」, 성현의 「용재총화」, 김만중의 「서포만필」, 유형원의 「반계수록」, 박지원의 「열하일기」 등에서 수필의 발전된 모습을 볼 수 있다.

---

[1] 장덕순, 한국수필문학사(새문사, 1984), 13~77쪽.

국문 수필로는 <의유당관북유람일기>, <조침문>, <규중칠우쟁론기> 등이 돋보인다. 한편 기행가사인 정철의 <관동별곡>을 비롯해서 김인겸의 <일동장유가>, 홍순학의 <연행가>, 유배가사인 김진형의 <북천가> 등도 시조와 같은 4음보의 운문 형식을 띠나, 나중에 기행수필이 크게 발달한 점을 고려할 때 국문수필과의 연관성을 배제할 수 없다.

우리의 근대문학에서 수필은 처음에 기행문적인 성격으로 출발하였다. 1885년 유길준의 <서유견문>을 시작으로 이광수의 <금강산유기>(1922), 최남선의 <심춘순례>(1926), <백두산 근참기>(1927) 등이 발표되었는데, 이것들이 모두 장편 기행수필이다.

1920년대까지도 수필은 시, 소설, 희곡 등에 비해 장르의식이 별로 없었다. 그래서 수필이 독자적인 장르로 정착되기 전까지는 기행, 감상, 수상, 단상, 만칠 따위의 이름으로 잡지에 게재되었다. 이처럼 명칭이 다양했다는 것은 그만큼 장르의식이 희박했다는 증거라고 할 수 있다.

그런데 우리 문학에서 수필문학이 차지하는 비중이 엄청나게 큼에도 불구하고 다른 장르에 비해 문학으로서 대접다운 대접을 받지 못했다. 이에 대한 원인을 조동일은 다음과 같이 분석하고 있다.

교술산문 가운데서 내용 전달의 기능이 약화되고 막연한 느낌을 나타내기나 하는 것만 따로 골라 수필이라 했다. 문학의 범위를 좁혔기 때문에 그런 제한을 두고 선정한 수필이라도 시, 소설, 희곡과 대등한 위치를 차지하지 못하고 문학의 부차적인 영역으로 밀려나 곁방살이를 하는 신세가 되었다.

'수필'이란 오래전부터 있었으며 잡기(雜記)와 다르지 않은 뜻을 지녔다. 한문학의 '문(文)'에서 족보가 뚜렷하지 않은 천덕꾸러기가 수필이고, 잡기고 잡록이었다. 그런데 한문학이 물러나고 문학관이 바뀌자, 문의 격식을 소중하게 여기지 않고 버리고서 전달해야 할 내용이 없을수록 문학답다고 하게 된 폐허에서 수필이 자라났다. 수필의 연

원을 서양의 에세이에서 찾는 것은 변화를 쉽게 합리화하는 편법에
지나지 않았다. 서구의 '에세이'는 교술산문을 총칭하는 말이고 수필
로 한정되는 의미를 지니지 않는다.[2]

특별한 내용이 없이 막연한 느낌을 표현한 것이 수필이라는 잘못된 문학
관으로 인해 수필이 다른 장르와 동등한 대접을 받지 못하게 되었다는 반성
이다. 따라서 앞으로 우리는 수필의 영역을 너무 협소하게 한정하여 스스로
를 옭아맬 것이 아니라 다양한 내용과 형식을 받아들여 수필의 영역을 확대
해나갈 필요가 있다. 그것이 수필문학을 발전시키고 다른 장르와 대등한 위
치를 확보할 수 있는 최선의 길이라고 본다.

한국문학에서 본격수필은 1930년대에 이르러 산문문학의 한 장르로서 정
착되었다. 근대문학이 고전문학의 전통성과 서구문학의 이질성이 상충과 조
응 속에서 형성되었듯이, 수필 또한 고전수필의 계승과 서구 수필장르의 굴
절적 수용으로서 근대수필이 형성되었다.[3]

이때의 대표적인 작가로는 김진섭, 이양하가 있다. <백설부>의 작가 김
진섭(金晉燮, 1908 ~ ?)은 「인생예찬」(1947), 「생활인의 철학」(1948)의 수필
집을 냈고, <신록예찬>으로 알려진 이양하(李敭河, 1904~1963)는 <이양
하 수필집>(1947)을 내었는데, 이들은 주로 사색적이고 긍정적인 삶의 태도
로 인생과 자연을 조감하는 글을 많이 썼다.

이들의 뒤를 이어 1950년대에 김소운, 피천득, 윤오영, 조경희, 전숙희, 한
흑구, 이희승 등이 대거 등장하면서 한국의 수필 문학은 다양하고 깊이 있는
인생 체험을 담은 본격문학으로 자리매김하게 되었다. 1960년대 이후로 김
우종, 김형석, 안병욱, 김규련, 이상보 등의 활약이 컸다.

그리고 1970년대에는 서정범, 박연구, 정진권, 윤모촌, 강석호, 윤재천, 정

---

2) 조동일, 한국문학통사 5권(지식산업사, 1989), 532~533쪽.
3) 구인환, "한국수필문학의 형성", 한국문학연구입문(지식산업사, 1982), 565쪽.

목일, 공덕룡, 김학, 법정, 이철호, 이유식, 장백일 등의 작가가 다채로운 활동을 펼쳤고, 이때 한국일보와 조선일보 등 신문의 신춘문예와 각종 문예지의 신인상 제도로 인해 전문 수필가들이 배출되기 시작하였다.

또한 이 무렵에 ≪수필문예≫(1971), ≪수필문학≫(1972), ≪한국수필≫(1975) 등의 수필전문 문예지가 나오기 시작하여, 1980년대로 접어들며 ≪에세이문학≫(1982), ≪월간에세이≫(1987), 1990년대에는≪현대수필≫(1992), ≪수필과 비평≫(1992) 등이 활발히 간행되어 수필작가들의 창작의욕을 북돋워주었다.

한국수필의 역사에 대한 연구도 활발해져 장덕순의『한국수필문학사』(1984)를 필두로 정주환의『한국근대수필문학사』(1997), 도창희의『한국현대수필문학사』(2004) 등이 출간되었다. 아울러 윤재천의『수필창작의 이론과 실제』(1989), 간복균의『수필문학의 이론과 실제』(1995), 신상철의『수필문학의 이론』(1996), 황송문의『수필창작법』(1999), 정진권의『한국현대수필문학론』(2002) 등의 숱한 창작론과 이론서도 쏟아져 나왔다.

여기에 힘입어 서울뿐만 아니라 지방에서도 수필문학 동아리가 결성되어 활발한 활동을 펼치기 시작했다. 그 중의 선구적인 수필동인지가 ≪광주수필≫(1976)[4]로서 김구봉이 주도적 역할을 하였다. ≪경남수필≫(1977), ≪전북수필≫(1979), ≪대구수필≫(1983), ≪제물포수필≫(1983), ≪충북수필≫(1983), ≪영남수필≫(1985), ≪강원수필≫(1991) 등이 잇따라 나와 수필 진흥에 앞장섰다.

오늘날 우리나라에서 발행되는 종합문예지가 2백여 종이 넘고, 수필전문지만 해도 18종이나 출간되고 있다. 종합문예지나 수필전문지들이 신인상제도를 통해 꾸준히 수필가를 양산해내고 있다. 한국문인협회 수필분과에 등록된 수필가는 2천 200명 정도가 된다. 그런데 아직 한국문인협회에 입회하지 않

---

4) 1976년 <전남수필>로 출발하여 1988년 <광주수필>로 개칭, 2019년 12월 현재 지령 제 70호를 기록하고 있다.

은 등단수필가를 대략 2천여 명 가까이로 추산한다면 따라서 우리나라의 수
필작가가 4천 명에 이른다고 볼 수 있을 것이다. 따라서 오늘날을 가히 수필
의 시대요, 수필작가들의 백가쟁명(百家爭鳴)의 시대라 아니할 수 없다.

II

김구봉(金九烽, 1930~2007)은 매우 다작을 한 수필가이다. 1970년에 첫
수필집『지평 없는 대화』를 낸 이래『가없은 수차(水車)』(1978),『나는 지금
어디에 있을까』(1982),『보리밭에 종달새』(1984),『달빛이 이슬에 여울질 때』
(1986),『우리 비록 모래성이 되어도』(1990),『이 생명 불빛 되는 그날』(1993),
『아침 이슬로 쓴 연둣빛 사연』(1996),『별을 보며 걷는 여인』(2000),『어느
호호백발의 존심』(2005)을 펴냈다. 유고집『팔손이꽃』까지 합치면 모두 11
권이 되는데, 37년 동안 11권의 책을 출간했으니 평균 3년에 한 권씩의 책을
낸 셈이다. 여기에서 평생을 수필창작에 바친 선생의 뜨거운 열정과 끈질긴
집념을 엿볼 수 있다.

김구봉 수필은 이처럼 작품 수가 많은 만큼 그가 표현하는 세계도 폭이 매
우 넓다. 그의 작품에는 옛 학창시절과 고향의 추억에서 시작하여 가족과 일
가친척들의 이야기, 문단 활동과 교우관계, 교단생활과 여행담 등 다양한 소
재가 두루 나타나 있다. 이러한 까닭에 그의 수필에 대해서 제대로 맥을 짚고
그 특징을 정리하려면 마땅히 그의 초기작을 포함하여 모든 저작을 섭렵한
뒤에야 가능할 것이다.

그러나 필자는 그의 저작을 모두 접할 기회를 갖지 못한 상태에서, 최근 10
여 년간 ≪광주수필≫에 발표한 작품과 이 때 나온 작품집들을 중심으로 김
구봉 수필의 대강의 면모를 살펴보고자 한다.

1. 지성에 바탕을 둔 교훈성

김구봉 수필은 무엇보다 지적(知的)이라는 점을 특징으로 꼽을 수 있다. 그의 수필은 주정적이기보다 주지적(主知的)이다. 그의 수필은 냉철한 지성을 앞세우며 좀처럼 감상의 토로에 빠지지 않는다. 그리고 흔히 호고적(好古的))인 취미나 산수에 대한 풍류, 또는 예술적 감흥에 흔들리는 일도 없이 이성적이면서 비판적으로 일상을 바라본다.

> 바다는 늙지 않고 마냥 그대로 젊고 늘름하듯 올 봄에도 진달래꽃이 이 산 저 산에 흐드러지게 피어었다. 그러나 진달래꽃은 사랑하는 사람을 여읜 꽃으로 그것을 기리며 노래하기에는 너무도 슬픈 꽃으로 시인들에게는 유독 불행한 수난의 꽃이다. 예컨대 4.19의거나 제주 4.3사건이며, 광주 5.18 민중혁명 등은 봄에 일어난 일로 생때같은 젊은이들의 피 흘린 수난을 상징하고 있기 때문이다.
>
> ― <다윗의 돌멩이 다섯 개>

봄에 핀 진달래꽃을 보면서 작가는 그 아름다움을 노래하는 대신 민주화를 위하여 싸운 젊은이들의 희생을 먼저 떠올린다. 꽃을 심미안으로 접근하는 것이 아니라 역사적 관점에서 시대의 상징물로 파악하는 것이다. 그만큼 그의 시각이 냉철한 지성에 바탕을 두고 있음을 말해준다. 이러한 지성적 논지는 교훈성으로 연결된다.

> 요즈음 유럽에서는 슬로비족(Slobies, 느긋하고 훌륭히 일하는 사람들)이라 불리는 일군(一群)의 겨레붙이들이 '시간 늦추기 운동'을 벌이고 있다 한다. 이 운동은 매사를 서두르지 않고 가들거리지도 않으며 준비를 물샐틈없이 철저히 하며, 일의 진행을 느긋하게 해나가자는 운동이라고 한다.(중략) 그런데 우리는 너나없이 조급하고 자발없이 살아가는 민족이 아닌가 싶다. 차돌 같은 알사탕까지 와삭와삭 깨물

어 먹는 성급한 민족, 운전기사들은 앞차가 단 1초만 서 있어도 고래 고래 욕지기를 함 당조짐한다. 5천년 역사와 더불어 마냥 자랑하는 '은근'과 '끈기'는 도통 어디로 갔는지 가뭇없다.

　　　　　　　　　　　　　　　　　　— <오늘은 윤삼월 스무아흐렛날>

느긋하게 살고자 노력하는 외국의 사례를 언급하면서 정신적인 여유가 없이 바쁘게 살아가는 우리 민족의 조급성을 지적하고 있다. 김구봉 수필은 이처럼 우리 삶의 모순이나 문제점을 지적함으로써 독자에게 성찰과 반성을 촉구한다. 성찰이란 사물을 충동이나 감각으로 보는 것이 아니라 지적(知的)인 사유를 통해서 파악하는 사유행위이다. 수필 문학의 진정한 맛과 향기는 이러한 성찰을 통해 우리 자신의 삶과 경험을 되돌아볼 수 있다는 데 있다.

김구봉 수필은 독자에게 자신의 삶에 대한 성찰의 기회를 부여하면서 바른 삶의 자세를 제시해주는 점에서 다분히 교훈적이라 할 수 있으며, 아마 이 점은 작가가 일생동안 교직에 몸담았던 사실과 무관하지 않을 것이다.

그런데 김구봉 수필이 지성에 바탕을 두고 있다는 것은 그의 작품 성격이 서정보다는 주지적 경향이 우세하다는 뜻이지, 그에게 서정성이 없다는 뜻은 결코 아니다. 그의 수필에는 엄연히 서정성이 자리잡고 있다. 이를테면 그가 고향을 그리워하고 옛 벗을 떠올리는 이야기 따위는 그의 가슴에 깔린 원초적 서정성을 잘 말해준다.

봄이 오면 앞산의 진달래꽃 따서 머리에 꽂고 밭에 나가 씨를 뿌릴 것이고, 여름이 오면 버들가지 꺾어서 가락지를 만들어 무명지에 끼고 밭에 나가 곡식을 매가꿀 것이며, 가을이 오면 국화꽃을 꺾어서 지게 뿌리에 매달고 이 논배미 저 논배미 오가며 오곡을 수확할 것이며 겨울이 오면 설설 끓는 사랑방에서 뒹굴며 글공부를 하며, 부당한 욕망으로 본심을 해치는 일이 없이 항상 그 본연의 상태[存心]를 유지하기 위해 불철주야로 노력할 것이다.

　　　　　　　　　　　　　　　　　　— <양다리목 그 집에>

계절의 변화에 따라 달라지는 농민들의 부지런하고도 평화로운 생활상을 보여준다. 농촌생활에 대한 체험과 추억에 바탕을 둔 서정적인 묘사라고 할 수 있다. 작가는 또한 정년퇴직 이후로 노쇠해가는 자신을 되돌아보며 삶의 무상함을 느끼기도 하는데, 이러한 부분에서도 그의 서정성이 잘 드러난다.

'갈대는 하늘거리며 근심걱정이 없어 보이나 속으로는 울고 있다'
는 말마따나 어떤 이는 나더러 '얼굴에 화색(和色)이 돈다'며 너스레를
떨지마는 나는 결코 그것이 아니다. 속으로는 울고 있는 것이다. 밤이
이슥하도록 우수전전으로 잠을 이루지 못할 때면 젊은 날의 꿈들이
마냥 되씹히며 하 많은 추억들이 불현듯 그리워지는 것이다.
— <황혼의 엘레지>

속절없이 늙어가는 자신을 바라보며 젊은 시절의 꿈을 생각하는 속울음을 울고 있다. 이와 같은 글에서도 김구봉 수필이 서정성을 바탕에 깔고 있는 것을 확인할 수 있다. 그러나 측면에도 불구하고 그를 주지적인 작가로 분류하는 것은 그의 작품들이 대부분 논리적인 관점에서 독자의 감정보다는 이성에 호소함으로써 인식의 변화를 꾀하려 하기 때문이다.

2. 현실에 대한 관심과 비판정신

김구봉 수필은 지성에 바탕을 둔 만큼 사회현실에 대한 관심 또한 크다. 그는 세상사를 지켜보면서 정의롭지 않은 현실과 부패한 인간들에 대하여 강한 불만과 분노를 나타낸다.

아침마다 들어오는 신문을 펼쳐보면 결락(缺落) 같은 우울함과 분
노를 마냥 느끼지 않을 수 없을 때가 없다. 이를테면 일부 부유층은 하
룻밤에 수백만 원짜리 양주를 퍼마시고 나라에서는 1백 조(兆)가 넘는
혈세를 국민한테서 빼가더니 못된 기업인과 썩어 문드러진 경제각료

와 부도덕한 금융기관들이 그냥저냥 합작하여 그 돈을 펑펑 써대는 금융사고를 저지르고 있다고 하니 정말 눈에서 핏빛 섬광이 번뜩이고 얼굴의 깊은 곳에 깃들어 있던 마성(魔性)이 고고성을 울리며 잔혹한 지옥의 불길을 일으킬 지경이다.

— <음수사원(飮水思源)>

신문의 사회면에 나타난 부유층의 사치한 생활이며 부패한 관리와 금융기관의 비리 등 현실의 난맥상을 보고 그는 눈에서 '핏빛 섬광'이 일어날 정도로 분노를 참지 못한다. 잘못된 현실을 보고 외면하거나 함구하지 않는 그의 올곧은 심성을 엿볼 수 있다. 특히 불의를 저지르는 위정자들에 대한 비난의 강도가 높다.

뇌물 외유를 즐기다가 감옥에 간 사람, 선거 때 목돈 쓰고 푼돈 얻어 쓰는 국회의원, 돈봉투 받았다가 들통나니까 재수 없게 구설수에 올랐다고 억울해 하는 국무위원…. 이런 위인들의 행동거지가 춘향을 탐내는 것 외에 자기가 벼슬하기까지 들어간 돈을 뜯어내려는 변학도의 탐욕과 다를 바가 어디 있겠는가. 어진 정치를 하면 그 덕이 들짐승에게도 미친다고 했는데 말이다. 하물며 이런 사람들이 마음의 눈을 뜬다는 것은 어림 반 푼도 없는 일이다.

— <이러다, 머리 깎고 중이 되려는가>

이와 같이 오늘날의 위정자들의 행태가 변학도의 탐욕과 다름이 없음을 지적한다. 아울러 그는 도덕성이 떨어진 현실에 대해서도 개탄을 금치 못한다.

자가용에 태워서 좋은 데 구경시켜 준다더니 기껏 한다는 것이 꽃동네 근방에다 내다버려진 목숨들. 지금 그들만도 부지기수이니 정말 억장이 무너질 일이다. 갖다버려도 개호주도 안 물어갈 불효막심한 위인(爲人)들을 국법으로도 좋이 다스리지 못하고 있는 현실이니 귀신은 경문에 막히고, 사람은 인정에 막힌다는 격언도 한갓 헛소리에 지나지 않는다고 생각한다.

— <버려진 걸인 성자>

자식이 늙은 부모를 봉양하지 않고 길거리에 내다버리는 현실을 보며 가슴아파하고 있다. 이처럼 작가는 불의에 대해 비판을 서슴지 않는 반면, 사회 정의를 추구하는 일에 대해서는 적극적인 성원을 보내기도 한다.

> 지율의 단식도 그 정신은 간디의 무저항 불복종 선언만큼 알차고
> 아릿하다. 지율 그녀는 지금 천성산의 '꼬리치레도롱뇽'을 살려야 한
> 다며 단식을 다섯 차례나 하고 있다. 그녀는 '초록의 공명'에서 천성산
> 문제를 통해 느끼는 본질적인 문제는 이 사회 권력의 구성원들이 공
> 익과 다른 이들의 아픔에 도덕적으로 무관심하다는 점이라고 그 진심
> 을 구체적으로 발명했다.

— <어느 비구니의 단식>

자연의 생태계를 파괴하는 터널공사에 반대하여 단식농성을 하는 스님을 옹호하면서, 지구성에 존재하는 모든 생명체에 대한 애정이 바로 위대한 시민정신임을 강조한다. 이와 같은 김구봉 수필은 사회현실의 문제에 대한 관심을 갖고 잘못된 점에 대해서는 가차 없는 비판을 가하고 훌륭한 일에 대해서는 성원을 아끼지 않는 태도를 보여주고 있다. 결국 이러한 모습에서 작가의 정의에 대한 올곧은 신념과 그릇된 현실에 대해서는 소신을 굽히거나 적당히 타협하려 하지 않는 강직성을 엿볼 수 있다.

3. 숙어와 경구를 인용한 만연체 문장

김구봉 수필의 문체적 특징으로 꼽을 수 있는 것은 동서양 위인들의 명언이나 경구를 많이 인용한다는 것이다. 그는 동서양의 격언이나 위인들의 명

언들을 방대하게 섭렵하고 있다. 그리고 문장 속에서 필요한 경우에는 언제든지 그것들을 인용한다.

'가을에 친아비 제(祭)도 못 지내면서 봄에 의붓아비 제 지낼까'라는 속담이 절실하다. 곡식이 흔한 가을에도 친아버지의 대례(大禮)를 지내지 못하였는데, 군색한 봄에 소례를 지낼 수 있으랴 함이니, 이 풍성하다는 가을에 소중한 일도 못할 계제에 소소한 일까지 참섭(參涉)하라는 이로(理路)다.
                                                    ― <병술년의 가을>

작가는 이밖에도 수많은 고사성어와 불전 및 성서의 명구를 인용한다. 특히 그리스신화 따위도 곧잘 인용하고 있는 것을 보면 작가의 동서양을 망라한 다방면에 걸친 폭넓은 지식과 독서량을 짐작할 수 있다.

이카로스마냥 세상을 두려워하지 않고, 당랑거철(螳螂拒轍)하는 사람은 하늘을 두려워하지 않는 사람이다. 그래서 명예나 불명예, 성공이나 실패 등 모두가 예민하게 신경 쓰고, 인생의 모든 것이 걸려 있는 듯 목숨 거는 것들은 생각하기에 따라서는 아무런 의미가 없을 수도 있다. 이런 유의 사람들은 백랍 날개가 녹아서 이카리아 바다에 곤두박질해 죽은 이카로스와 진배없는 사람들이다.
                                                    ― <낮은 자의 모습>

이와 같이 김구봉 수필은 그리스 신화나 한자숙어를 동원하여 글의 설득력을 높이고 깊이를 더해주는 역할을 한다. 그러나 때로 다소 생소한 어휘가 등장하는 경우가 많아서, 일반 독자들에게는 작가의 글을 제대로 이해하는 데에 상당한 인문학적 교양이 요구되기도 한다. 또는 박학다식을 내세우는 현학적(衒學的)인 태도라고 하여 비판의 대상이 될 수도 있을 것이다.

김구봉 수필의 문체에서 볼 수 있는 또 하나의 특징은 문장 호흡이 무척 길다는 것이다. 그는 대체로 문장을 짧게 끊지 않고 길게 늘여 쓰는 만연체의 경향을 보인다.

> 인간이 스스로 만들어낸 복잡도(複雜度)가 인간이 관리할 수 있는 범위 안에 있을 때는 지킬 박사의 얼굴만큼 싱그럽고 풋풋하며 착하지마는 그 복잡도가 인력(人力)의 한계를 벗어나는 순간부터는 봄은 험악한 하이드의 얼굴로 곧잘 탈바꿈하는 것이다. 말하자면 젊었을 때 마음고생이 많았다며 시덥잖은 넋두리를 늘어놓다가 곯아떨어진 아내의 숨소리가 마냥 거칠고 듣그러운 것이다.
>
> — <손바닥만 한 채마밭의 봄>

이처럼 호흡이 긴 문장을 구사함으로써 그의 수필은 간결체 문장이 주는 생동감이나 발랄함이 없는 대신 차분하고 사색적이며 중후(重厚)한 느낌을 준다. 이러한 만연체 문장을 통해 독자에게 진지한 사색과 자기 성찰의 길을 마련해 주는 것이다.

4. 우리말의 발굴과 복원

김구봉 수필을 읽을 때 쉽게 눈에 띄는 것이 우리 고유어의 사용이다. 그의 글에는 어려운 한자어나 외국어가 등장하기도 하지만 그에 맞먹을 만큼 다수의 토박이말이 동원되고 있다. 그가 구사하는 고유어에는 일상생활에서 쓰이지 않는 생소한 것들도 허다하다.

> 산에 오르다 풍타죽낭타죽으로 그것을 뽑아서 던지고 받는 등 몹시 덧들였던 달개비며 디비름을 위해 지율 그녀는 자신의 목숨을 내놓겠다고 했단다.
>
> — <어느 비구니의 단식>

형상 그대로 암컷 물총새만큼 헌걸차고 암팡진 데는 50여 년을 함께 살아오는 동안마냥 톱아봐도 그저 적막공산이다.

― <아내의 넋두리>

'사회적 무질서'를 일시에 모르쇠 잡혀서 그냥저냥 무르츰해진 끝에 바이 공다리가 되어 훠이훠이 날아가듯 자취를 감춰버렸다.

― <병술년의 종소리>

조명(釣名)을 위해서는 양심 따위는 타다 남은 마들가리 취급을 하며 마구발방으로 설치고 날친다.

― <센둥이가 검둥이고, 검둥이가 센둥이>

나는 녀석을 불러다 놓고 녀석의 가정형편을 에멜무지로 물었다. 그의 말에 따르면 아버지는 건축업을 했는데 그것이 거덜나는 바람에 가세가 툭수리를 찰 지경에 이르렀다.

― <탁주라도 한 잔 나누며>

이처럼 김구봉 수필에 등장하는 토박이말은 낯선 것이어서 사전을 찾아보지 않으면 뜻을 알기 어려운 것들도 많다. 때로는 사전에 나오지 않는 사투리까지 과감히 등장시킨다. 작가가 이처럼 생소한 낱말을 끌어다 쓰는 것은 우리말을 가꾸고 발전시키고자 하는 작가적 사명의 발로로서 매우 의도적인 전략이라고 할 수 있다.

실제로 그는 잊혀져가는 토속 어휘를 발굴하는 데 많은 공을 들였음을 그와 함께 광주수필문학회를 이끌어온 장정식의 술회에서 확인할 수 있다.

구봉은 어휘록을 사전처럼 수집 작성하는 작업을 생애의 과업으로 여겨왔다. 그 작업을 위해 그의 손에서는 우리말 사전이 마모되어 문드러질 만큼 떠나질 않았다. 각종 고서, 신문에 이르기까지 고유한 우리 정서를 기름지게 하는 어휘를 찾아낸, 그것들을 구사할 수 있는 유형별로 취합 집대성한 어휘수집록이 수백 페이지에 이른다.5)

김구봉은 토박이말의 구사뿐만 아니라 우리 속담의 인용에도 남다른 관심을 보여준다. 그의 수필을 읽다보면 평소에 들어보지 못했던 다양한 우리 고유의 속담을 만날 수 있다.

　　불운은 쇠똥에 미끄러져 개똥에 코찍는 격이고, 운수 사나운 포수는 곰을 잡아도 웅담이 없고, 막차가 떠난 뒤 찬바람 부는 플랫폼에 외로운 나그네 신세가 되는 식으로 세상사가 두루 무상하기 이를 데 없는 범부(凡夫)의 세계는 무명업화(無名業火)를 불러일으키고 있는 푼수다.
　　　　　　　　　　　　　　　　　　　　　　　　　　　　― <은방울꽃 그녀>

　　도깨비는 방망이로 떼고, 귀신은 경으로 뗀다고 했지만은 그의 부름을 차마 내칠 수가 없어서 억지 춘향이로 가서 만나보면 역시 예상을 벗어나지 않는다.
　　　　　　　　　　　　　　　　　　　　　　　　　　　　　　― <아, 적막강산>

　　범도 새끼 둔 골에 두남둔다(악인도 제 자식 일을 마음에 두고 생각하여 잘해준다)고 했는데, 하물며 이목구비가 반듯한 정상인으로서는 그 하는 짓거리들이 상식을 저버린 행태이니 정말 인간은 물거미 뒷다리 같은 존재인가.
　　　　　　　　　　　　　　　　　　　　　　　　　　　　― <성모상 앞에 촛불을 켠다>

　　김구봉 수필에서 우리 속담을 곧잘 인용하는 것은 일차적으로는 글의 설득력을 높이기 위한 전략이겠으나 한편으로는 우리의 기억에서 묻히고 사라진 고유어와 그 정서를 발굴 복원하고자 하는 의도적인 노력의 결과라고 하겠다. 속담이야말로 오랜 세월 입에서 입으로 전해 내려오는 동안 민족의 정서가 스며든 우리말의 결정체인 것이다. 작가의 모국어에 대한 이러한 애착과 열의는 한국문학 발전을 위해서 매우 고마운 것이며, 글쓰기의 올바른 자

---

5) 장정식, "아형 구봉의 영전에", 팔손이꽃(교음사, 2007), 13쪽.

세와 방향을 제시해주는 점에서 후배 문인들에게 큰 귀감이 된다고 하겠다.

III

평생 수필 창작에 주력하면서 광주 전남지역의 수필문학 진흥에 선도적인 역할을 해온 김구봉은 2007년 4월 6일 향년 77세를 일기로 영면에 들었다. 그는 교육자로서 수필가로서 부지런한 삶을 살았고, 정년을 한 이후는 물론 작고하기 직전까지도 펜을 놓지 않는 놀라운 창작열을 보여주었다. 그가 생전에 펴낸 10권의 수필집과 1권의 유고집이 그의 왕성했던 필력을 웅변하고 있다.

특히 그가 척박했던 1970년대 지방문단에서 <전남수필>과 <광주수필>을 태동시켜 전국 유수의 수필전문지로 성장을 시킨 것은 수필에 대한 무한한 애정과 수필 진흥을 위한 헌신적인 노고가 없이는 불가능한 일이었을 것이다.

김구봉 수필의 문학사적 위치 설정은 그에 문학적 성과에 대한 자리매김을 한다는 점에서는 응당 필요한 일이다. 그러나 그의 작품에 대한 본격적인 연구가 부족한 현시점에서 그의 문학사적 위치를 언급한다는 것은 다소 성급한 감이 있어서 조심스럽기 그지없다.

앞 장에서 살펴본 대로 김구봉 수필은 지성에 바탕을 둔 교훈성과 현실에 대한 관심과 비판정신, 숙어와 경구를 인용한 만연체 문장, 우리말 살리기 노력 등을 특징으로 삼을 수 있다. 그런데 이 가운데서도 가장 돋보이는 것은 세상사에서 느끼는 여러 가지 심회와 함께 엮어지는 부정한 현실에 대한 비판의식이다. 그는 불의와 부패를 미워하고 도덕과 정의에 기반을 둔 바람직한 삶의 모습을 역설함으로써 읽는 이에게 깨우침과 깨달음을 선사한다.

이희승(李熙昇, 1896~1989)은 그의 수필 <딸깍발이>에서 우리의 옛 선비들이 비록 궁핍하고 고지식하였음에도 불구하고 비굴하지 않고 불의를 따르지 않으며, 자존심과 품위를 잃지 않았던 모습을 조명함으로써 지식인의 참된 모습을 강조한 바 있다.

김구봉 수필 또한 부정과 부패에 대한 강렬한 비판의식과 도덕성의 타락을 자주 개탄하는 점에서 불의를 보고 그냥 지나치지 않는 꼬장꼬장한 딸깍발이의 정신을 찾을 수 있다. 우리의 옛 선비들은 불의를 보았을 때에는 임금에게 상소문을 올려 잘못된 정치를 바로잡고자 노력했다. 절대 권력을 지닌 군주에게 죽음을 무릅쓰고 자기의 주장을 올려 현실개혁을 촉구하였다. 언로가 막혀 있던 봉건시대에 이러한 상소문은 하나의 현실참여의 고발문학으로서 기능을 하기도 하였다.

김구봉 수필의 글에서 발견할 수 있는 올곧은 비판 정신은 옛 선비들의 글에서 볼 수 있는 현실에 대한 참여 의식과 불의에 대한 단호한 부정정신과 맥이 닿는다고 하겠다. 앞서 말한 대로 그것은 딸깍발이의 선비정신으로 요약될 수 있다.

그러나 김구봉 수필은 현실 문제를 작품 속에 담되 그것들이 생경한 구호나 일방적인 주장으로 드러나지 않는 미덕을 발휘하고 있다. 만약 그의 수필에서 다루는 현실 문제들이 문학적 형상화를 거치지 않았다면 그것은 신문사설이나 논설문처럼 향기나 여운이 없는 글이 되고 말 것이다. 그러나 다행히 김구봉 수필은 현실 문제를 소재로 채택을 하되 작가의 노련한 필치에 의해 사상과 인생철학이 곁들여져서 한편의 문학작품으로 탄생되는 것이다.

흔히 우리나라 근대수필은 개인적 주관적 내용을 담은 경수필과 객관적이고 사회적 내용을 주로 하는 중수필로 나눈다. 그리고 흔히 이 두 경향은 우리나라 본격수필의 첫 장을 연 이양하와 김진섭의 수필로 대별된다. 서정성이 담긴 고백적이고 낭만적인 이양하의 수필을 경수필의 전형으로 보고, 경구적이고 사색적이며 논리적으로 이끌어간 김진섭의 글을 중수필의 대표로 꼽는다.

이런 관점에서 볼 때 김구봉 수필의 경향은 서정적인 성격을 띤 경수필보다는 논리적이고 분석적인 중수필에 가깝다고 할 수 있다. 다시 말해 김구봉 수필은 현학적일 만큼 지적이며 논리적인 점에서 구체적인 현실문제에 근거하여 사색적이고 철학적인 글을 많이 썼던 김진섭 수필의 맥을 잇고 있는 것으로 볼 수 있다. 특히 숙어나 경구를 즐겨 인용하는 만연체의 문장이며, 주지적인 논리성으로 독자들의 지식과 교양 계발에 공헌한 부분에서도 김구봉은 김진섭과 공통점을 갖고 있다.

다만 김진섭이 현실 문제를 다루되 주로 개인적인 일상에서 소재를 가져왔고 낙천적인 인생관을 보여준데 비해 김구봉은 사회 현실에 대해 좀더 적극적인 관심을 나타내었고, 교훈적이고 비판적 어조가 강하다는 사실이 김진섭과 다른 점이라고 하겠다.

요컨대 김구봉 수필은 지적이고 논리적인 성향을 띰으로써 한국문학사에서 김진섭류의 중수필의 계보를 충실히 잇고 있음을 확인할 수 있다. 이와 함께 김구봉이 지방문단에 수필문학회를 창립하여 수필문학의 중흥에 기여한 공로 또한 우리 수필문학사에 남긴 발자취로서 결코 지워질 수 없을 것이다.

바르고 성실한 생활인의 자세

— 백희동 수필론

> *낙도에서만 생활했던 그녀들에게*
> *용기와 의지를 고취시켜주고 왔다는 것이*
> *그토록이나 자랑스러웠고 마음이 떳떳하기만 했다.*
> — 〈섬 여고생들의 이향〉

I

백희동(白喜東, 1936~2008)은 교육자로서 수필가이다. 그는 1936년에 전남 장흥군 장동면에서 출생하여 장흥중학교와 조선대학교부속고등학교를 거쳐 전남대학교 상과대학을 졸업하고 상업과 교사로 교직에 입문하였다.

첫 발령지인 목포상업고등학교를 시작으로 송정여자상업고등학교, 광주여자고등학교, 광산상업고등학교, 조도실업고등학교 등지에서 교사생활을 하였으며, 광주광역시교육연수원 연구사, 광주전산고등학교 교감을 거쳐 광주금남중학교 교장을 끝으로 2001년 8월 정년퇴임을 하였다.

교직생활 동안 주로 고등학교 취업반을 맡아 수도권의 업체와 긴밀한 관계를 맺고 졸업생들의 취업 알선에 탁월한 능력을 발휘하였다. 아울러 수필 창작과 더불어 교육연구에도 힘을 기울여 고등학생의 진로지도와 직업지도에 대한 연구로 1990년 전국 현장교육 연구대회에서 푸른 기장을 받기도 하였다. 그는 옳은 일에는 소신을 굽히지 않는 강직함이 있었으며, 근면 성실하고 책임감이 강하여 제자들은 물론 동료교원들로부터 훌륭한 교사라는 평을 들었다. 퇴직 때에는 홍조근정훈장을 받았다.

오랜 기간 광주시에 거주해온 그는 퇴직 후에도 꾸준한 수필 창작과 더불어 산행을 통해 건강을 유지하였으나 2006년 봄 건강검진에서 뜻밖에 대장암 진단을 받게 된다. 전남대학교화순병원에서 수술을 받은 이후로 당분간호전되는 듯 하였으나 다시 간으로 전이되어 투병 끝에 2008년 10월 31일 향년 73세로 작고하였다. 가족으로는 부인 윤정자 여사와 2남 2녀의 자녀가 있는데, 큰아들은 서울에서 치과의사를 하고, 둘째아들은 광주에서 수의사를하며, 딸은 송원대학 교수로 재직하고 있다.

그의 대학 동창이자 교직 동료로 산행모임인 '뫼솔회'의 활동을 하며 절친한 교분을 맺어온 정영훈(72세)의 증언에 따르면, 백희동은 솔직 담백한 성품으로 친구 간에 우애가 깊었으며, 성취 욕구가 강했다고 한다. 약주도 좋아했고, 담배도 나중에는 건강 때문에 끊었지만 한 때는 상당히 즐기는 편이었다고 한다.

그의 문학 활동을 보면, 30대 후반인 1970년대 초부터 학교교지에 기고하거나 신문칼럼을 집필하는 등 본격적인 글쓰기를 시작하여 1993년 월간 ≪문학공간≫을 통해 등단하였다. 동인 활동으로는 광주수필문학회를 비롯하여 한국공간수필문학회, 광주문인협회, 영호남수필문학회 등에 몸담고 꾸준히 작품을 발표하였다.

특히 광주수필문학회는 그의 창작활동의 거점이었으며, 1995년에 출간된 ≪광주수필≫(제28호)에 <우리들의 짝꿍>, <가을이 오는 소리>, <인성을 기르는 못자리> 세 편의 작품을 발표한 것을 시작으로 작고하던 해인 2008년의 제48호에까지도 <마음속의 향기>, <돈 버는 재주와 행복지수> 2편의 수필을 게재할 정도로 착실한 창작활동을 전개하였다. 저서로는 수필집 『오솔길의 메아리』(문흥출판사, 1992)와 『세상 살아가는 거시기』(교음사, 2001)가 있다.

여기서는 그가 펴낸 두 권의 수필집과 두 번째 수필집이 출간된 2001년 이후 ≪광주수필≫에 발표한 작품을 중심으로 그의 수필세계와 문학적 특징을 살펴보기로 한다.

II

1. 고향에 대한 그리움과 추억

그의 수필에서 쉽게 볼 수 있는 것이 자신이 태어나고 자란 고향에 대한 그리움이다. 그는 어린 시절을 보낸 고향에 대해 상당한 애착을 지니고 있다. 그의 수필 <고향산천의 그리움>을 보면 고향을 넉넉하고 아름다운 공간으로 그리고 있다. 그리고 <사구실에서 사는 사람들>이나 <뚜뱅이의 생활>을 보면 고향마을의 역사적 유래와 어원을 밝히는 등 고향을 떠나온 뒤에도 고향에 많은 관심을 갖고 있음을 보여준다. 또한 <고향으로 가는 길>을 보면 실제로 휴일을 이용하여 자주 고향을 방문하였던 것을 알 수 있다. 그는 고향에 대한 정감을 이렇게 고백한다.

> 내 고향 거기에는 눈을 자주 깜박거리며 거짓말을 일삼는 그러한 사람들이 없어서 좋다. 내 고향 거기에는 아는 척하면서 자기 자랑을 하며 출세 지향적으로 앞만 보고 달리는 그러한 사람들이 없어서 좋다. 내 고향 거기에는 하찮은 일에 삿대질을 하며 달려드는 버르장머리 없는 젊은이들이 없어서 좋다. 내 고향 거기에는 어른들이 타이르는 말에 "당신이나 잘 하라."며 달려드는 청소년들이 없어서 좋다.
> — <고향산천의 그리움>

그가 그리는 고향에는 거짓말을 하는 사람도 없고, 자기를 내세우는 출세주의자도 없으며, 어른을 몰라보는 무례한 젊은이들도 없다. 바꿔 말하면 그의 고향에는 남을 속일 줄 모르는 순박한 사람, 자기를 낮출 줄 아는 겸손한 사람, 세상살이에 욕심이 없는 사람, 어른을 공경할 줄 아는 예의바른 사람들이 살고 있는 셈이다. 결국 그가 고향을 그리는 까닭은 그곳이 순박하고 예의가 살아 있는 곳이기 때문임을 알 수 있다. 한편 그가 고향을 떠올릴 때마다 자연스럽게 따라 나오는 것은 유년시절의 추억담이다.

옛날 초등학교 시절에는 학교에서 수업이 끝나면 벗들과 어울려 언덕을 다니며 많은 삘기를 뽑아 먹었고, 찔레나무 밑을 찾아다니면서 찔레를 꺾어먹기도 했다. 찔레나무 밑에서는 종종 뱀을 만나기도 했지만 뱀이 무서운 줄도 모르고 막무가내로 돌아다녔던 소년시절…. 뱀을 만날 때면 놀라서 도망을 가기도 하고, 때로는 여럿이 합세하여 돌멩이를 던져서 뱀을 잡기도 했다.

— <고향으로 가는 길>

벗들과 함께 자연 속에서 뛰놀던 어린 시절의 추억, 그가 그리는 고향은 곧 동심의 세계이다. 동심이란 티 없이 맑은 어린이의 마음, 즉 세파에 물들지 않은 순수한 세계가 아닌가. 그가 고향을 그리워하는 밑바탕에는 바로 그러한 순수한 세계에 대한 동경이 깔려 있다고 볼 수 있다.

어린 시절 시골의 사랑방에서 놀 때에도 비가 내리면 모두들 마루에 모여 앉아 말없이 비를 구경하곤 했다. 굵은 빗줄기가 이어지면 황토 흙냄새가 물씬 피어오르기도 하고 하늘에서 떨어졌다는 미꾸라지는 마당을 헤집고 다녔다. 병아리떼들을 데리고 다니던 암탉은 꼭꼭 소리로 비상을 발령하고 마루 밑까지 인도하던 모습은 가족이라고 하는 울타리와 끈끈한 정을 발산하여 행복한 순간들을 실감케 해주었다.

— <비 오는 날에>

어린 시절 사랑마루에서 구경하던 빗줄기, 어미닭이 병아리를 몰고 다니는 모습까지도 고향의 추억은 모두 정감과 행복으로 충만했음을 보여준다. 그런데 현실적으로 볼 때 그가 바라는 고향은 옛 모습을 그대로 간직하고 있지 않다. 세월의 변화에 따라 모든 것이 바뀌고 옛날의 정취가 사라져버린 것이다.

> 그 옛날, 겨울이면 짚 내음이 물씬 풍기는 사랑방의 아랫목에서 화로를 놓고 알밤을 구워 먹어가며 구수한 옛날이야기를 들을 때와, 여름이면 마을 앞 냇가에서 새끼붕어를 고무신짝에 담아들고 맨발로 달려 다니던 시절! 그러나 이젠 짚 내음이 물씬 풍기는 사랑방 내음도, 대자연의 포옹 속에서 순박한 삶을 누린다는 것도 모두 떠밀려 가버렸다.
>
> ― <세모(歲暮)에>

그는 고향에 대한 아름다운 시절의 추억을 떠올리며 변해버린 현실에 대해 아쉬움을 드러낸다. 그는 지나가버린 것에 대한 짙은 애착을 갖고 있다. 이러한 고향에 대한 애착은 작가의 회고적 취미라기보다도 원초적인 순박함에 대한 동경 또는 오늘날과 같은 물질주의 시대에 찾아볼 수 없는 자연친화적인 것들에 대한 그리움의 표현이라고 보아야 할 것이다.

2. 교직생활의 체험

백희동의 수필에는 교직생활에 대한 추억담이 자주 등장한다. 평생을 교직에 몸담았던 만큼 교직에 대한 체험담이 없을 수 없을 것이다. 예컨대 섬에 발령을 받아 부임하던 날의 하루 일과를 그린 <낙도를 가던 날>이나 낙도 학생들의 가정방문을 소재로 한 <잊을 수 없는 소녀들>, 서울로 취업을 나가는 제자들을 인솔하고 다녀온 <섬 여고생의 이향> 등은 생생한 감동을 자아낸다.

학원도 다녀보지 못한 채, 학교에서만 열심히 하여 주산, 부기, 타자의 사무능력 국가고시를 응시할 때마다 1박 2일로 목포까지 다니면서 많은 학생들이 자격증을 획득하였음에도, 사무직이 아닌 공장의 기능직으로만 취업을 해야 한다니 무척이나 가슴 아픈 일이었다. 3학년 학생 29명 중 나머지 23명이 취업을 위하여 섬을 떠나던 날은 11월 5일이었다. 목포행 여객선이 진도군 조도면의 <어류포>를 출항하던 날의 부두에는 많은 사람들이 전송을 나와 눈물바다를 이루었다.

— <섬 여고생들의 이향>

시골 출신 고등학생들의 안타까운 취업 현실과 그들이 취업을 위해 정든 고향을 떠나는 광경이 애절하기 그지없다. 이렇게 고향을 떠나는 학생들을 데리고 출발한 작가는 목포에서 다시 밤 열차를 타고 다음날 새벽 서울에 도착, 공장까지 학생들을 무사히 인계해준다. 그리고 거기서 다시 한바탕 눈물의 이별의식을 치르고 돌아온다. 사제관계가 메마른 오늘날에는 찾아보기 어려운 풍경이다.

한편 평소 아끼던 어느 제자의 갑작스러운 자살에 대한 충격과 슬픔을 토로한 글은 읽는 이의 가슴을 저리게 한다.

어제까지만 해도 같이 웃고 즐기며, 노래를 불러주어 괴로웁고 어두웠던 마음을 즐겁게 하여주었던 <玉>이가, 비가 올 때 우산을 받쳐 들고 따라 나서며 한없이 걷고 싶다던 <玉>이가, 어버이날에는 <어머니의 은혜> 노래를 부르며 두 줄기 눈물을 흘리던 <玉>이가, 숙직을 하던 날 아침엔 파란 도시락에 보리밥을 담아 와서 맛있게 들라던 <玉>이가 영원히 올 수 없는 이방인이 되어버렸다니 아무래도 믿어지지 않았다.

— <꽃들의 슬픔>

아끼던 제자에 대한 스승의 애틋한 정이 절절히 표현되었다. 지은이는 꽃다운 제자의 비극적인 죽음을 접하고 매우 충격과 아픔이 컸던 것 같다. <재

회의 교정>, <삶과 죽음의 교차>, <가버린 옥아> 등 여러 작품에서 죽은 제자에 대한 추모의 정을 토로하고 있다. 이들 이야기는 작가의 실제 교직생활의 체험을 소재로 한 까닭에 그의 작품 가운데서 가장 호소력이 높다고 할 수 있겠다.

3. 세태 비판과 도덕성 옹호

백희동의 수필은 주로 우리 사회의 잘못된 흐름이나 바람직하지 못한 세태를 지적하는 데 능하다. 그의 수필 가운데 가장 많은 것들이 이에 관한 내용을 담고 있다. 특히 우리 사회의 이기주의의 만연과 공동체의식 상실에 대해 우려의 목소리가 높다.

> 우리 사회는 몸집은 성숙하여 어른이 되었는데도 의식은 아직도 어린애를 벗어나지 못하여 제 것만 중요하게 여기고 이웃에 대한 생각이나 다른 사람에 대한 입장은 전혀 고려하지 못하는 경향이 매우 깊어져 있다. 변질되어버린 사회, 깊이깊이 녹이 슬어서 벗겨지지 않는 사회가 날로 더해져가고 있다.
>
> — <말이 없는 군중>

그리고 그의 글은 교육적 내용이 많은 분량을 차지하고 있다. 이것은 그의 본업이 교직이었기에 당연한 일인지도 모른다. 그는 가정교육의 문제점에 대해 쓴 소리를 던진다.

> 오늘날에는 고도의 산업화와 핵가족의 바쁜 생활로 인하여 가정에서 아버지는 없고 아빠만이 존재한다. 도덕과 질서의 규범을 이끌었던 아버지는 사라지고 계층의 구별이 없이 친근감 있고 다정한 아빠와 같은 위치로 전락하였다. 가정 속에서 아버지의 존재가 사라지고

아빠만이 존재한다고 하는 것은 어떤 면에서 볼 때에 가정의 도덕적, 윤리적 지침이 되어야 할 부모의 가정교육이 없음을 뜻하는 것이다. 버릇이 없고 인내력이 없으며 공동생활 방법을 모르는 가운데 경쟁과 이기심만을 자라나는 어린이가 양산되는 현실이다.

— <자녀들의 가정교육>

아버지는 가장으로서 자녀의 바른 습관 형성과 기본예절 습득을 위하여 엄정하고 절도 있는 교육을 해야 한다. 그러나 핵가족 시대의 아버지들은 친근하고 다정한 '아빠'로만 존재하다 보니, 본연의 구실을 못하고 있다는 것이다. 작가는 이처럼 오늘날의 잘못된 가정교육에 대해 여러 차례 비판한다.

현대인들의 자녀사랑은 그들에게 고생을 시키지 않고 비싸고 좋은 옷(메이커 있는 옷)과 맛있는 음식을 주는 것으로 착각하는 사람들이 많이 있다. 조금만 위험한 것이 있으면 하지 말라고 한다. 모험적인 것도 위험하니 하지 말라고 한다. 편안하게 있으면서 먹고 잠자고 열심히 공부만 하도록 하는 것이 삶의 전부인 양 생각하고 있는 사람이 많다.

— <성숙된 열매>

백희동의 수필은 대단히 도덕적이고 교훈적이다. 그는 도덕주의자의 관점에서 공중도덕이 무너지고 윤리의식이 희박해져가는 현실을 못 마땅히 여긴다. 다음은 버스 안에서 자리를 양보할 줄 모르는 학생을 본 경우이다.

어느 여학생은 사람이 앉을 자리에 책가방을 모셔놓고(?) 서있는가 하면 어느 남학생은 앞에 서서 비틀거리는 할아버지를 보고도 못 본 체, 차창 쪽으로 시선을 돌리고 있다. 할아버지도 할머니도, 아주머니도 꼬마도, 아무런 특혜가 없는 만인 평등의 사회(?)가 되어진 것이다.

— <생활의 부조리>

경로의식을 찾아볼 수 없는 버스 안의 풍경을 두고 그는 '만인 평등의 사회'가 되었다고 말한다. 물론 이것은 냉소적이고 반어적인 어법이다. 그는 도덕적 규범이 무너져가는 사회 현실을 꼬집으면서 인간 내면의 윤리의식의 실종을 안타까워하고 있다. 그의 수필은 세태 비판과 함께 기성도덕에 대한 옹호, 도덕성의 회복을 부르짖고 있다. 이와 같은 도덕성에 바탕을 둔 교훈적 어조는 그의 두 수필집에 일관되게 흐르는 경향이다.

4. 바르고 성실한 삶의 자세

백희동 수필에서 발견할 수 있는 미덕의 하나는 성실하고 책임감 있는 생활인의 모습이다. 부정과 불의를 싫어하고 도덕성을 강조하는 그의 글에서도 충분히 감지할 수 있다시피 그의 개인생활은 성실로 일관되고 있다. 이를테면 다음과 같은 글에서 그의 평소 마음가짐과 생활태도를 엿볼 수 있다.

세상이 점점 야박한 방향으로 흘러가고 있는 느낌이다. 학생들의 순회지도 같은 것은 적당히 흔적만 남기고 윗사람에게는 자기만이 열심히 하는 것처럼 생색을 내는 사람은 누구인가? 생활을 어떻게 해야 좋은 것이며 옳은 것인지 초점을 잡기가 무척이나 어렵다. 누구를 원망하고 생활할 수도 없는 것이며, 자신의 신념을 가지고 꿋꿋하게 살아가야 할 것 같다. 누가 인정을 하여 주어도 좋고 또 바보라고 비웃어도 좋은 것이다.

— <바보 같은 생활>

여름방학 동안에 상업고등학교 여학생들을 초등학교에 파견하여 주산을 가르치도록 하고, 작가는 지도교사의 책임을 띠고 학교를 순회하며 교육상황을 살핀다. 이 글은 하루 일과를 마치고 쓴 것이다. 요령을 피우자면 대충 시늉만 내고 말 수도 있는 일이다. 그러나 작가는 더운 날씨에도 아랑곳없이 담당 학교를 모두 다니며 꼼꼼히 임무를 수행한다. 그리고 "누가 인정을 하여 주어도 좋고 또 바보라고 비웃어도 좋은 것이다."고 말하며, "자신의 신념을 가지고 꿋꿋하게" 살아갈 것을 다짐한다. 바로 여기에서 자기 직분에 충실하고자 하는 작가의 굳은 신념을 확인할 수 있다.

섬 학교에 근무할 때의 다음 일화는 그의 삶의 자세를 더욱 극명하게 말해준다. 그는 서울에 취업하는 학생들을 인솔하고 출장을 갔다가 경기도와 부산에까지 찾아가 취업학생들을 격려하고 돌아온다. 그런데 정작 학교의 반응은 딴판이다.

> 학교장은 "백 선생이 너무 욕심을 부렸군요."하는 것이었다. 또한 옆자리에 앉아 있던 모 교사도 역시 "자네는 고생을 하였지만 다른 사람이 볼 때에는 그것이 욕심으로 생각할 수밖에 없는 것이다."라는 말을 했다. 아주 섭섭했다. 학교에서 하라는 대로만 하고 서울에서 하루쯤 쉬면서 친구들과 즐거운 시간을 갖고 놀다 왔어야 했는데…. 그러나 용기를 내어서 "나는 이번에 할 일을 하고 왔다." 낙도에서만 생활했던 그녀들에게 용기와 의지를 고취시켜주고 왔다는 것이 그토록이나 자랑스러웠고 마음이 떳떳하기만 했다.
> ― <섬 여고생들의 이향>

서울로 출장을 간 교사가 목적지 외의 지역에까지 다녀온 데 대해서 학교장은 격려는커녕 과욕을 부렸다고 핀잔을 한다. 동료교사도 좋지 않게 평한다. 이 때 작가는 섭섭한 마음이 들었으나 스스로는 "할 일을 하고 왔다"면서 자랑스럽고 떳떳하게 생각한다. 바로 이것이 교육자 백희동의 본연의 모습이다. 남이 뭐라고 하건 자기 신념과 의지에 따라 살고자 하는 자세, 이것이야말로 누가 인정을 하여 주건 말건 자기가 옳다고 믿는 바를 행하며 꿋꿋하게 살아가는 그의 신념에 찬 모습인 것이다.

III

이상으로 백희동의 수필의 특징에 대해 살펴보았다. 그의 수필은 고향에 대한 그리움과 추억, 교직생활의 체험, 세태 비판과 도덕성 옹호에 대한 내용이 많으며, 이를 통해 작가의 바르고 성실한 삶의 자세를 짐작할 수 있다.

이밖에도 그는 1년 네 계절 가운데 특히 가을을 좋아하고 벗들과 산행을 즐겨 <가을의 의미>, <가을의 애수>, <가을에의 상념>과 <산행과 우리 생활>, <산행의 삼락> 등 계절감과 취미에 관한 글도 상당수 남긴 것을 볼 수 있다.

백희동 수필의 전반적인 특징을 일괄한다면 무엇보다 그의 수필의 교훈성을 들 수 있다. 잘못된 사회 현상을 즐겨 다루는 그의 글은 항상 바른 곳을 지향하고 옳은 방향으로 나아갈 것을 권면한다. 도덕주의에 바탕을 둔 그의 어조가 제자를 훈계하는 선생님을 닮은 것은 그의 직업과 관련하여 필연적이라고 할 수밖에 없을 것이다. 그러나 그의 목소리는 결코 높거나 거세지 않다.

> 국제통화기금(IMF)의 구제금융 시대를 맞이하여 우리들은 많은 교훈을 얻어야 하고 생활이 보다 깊고 넓게 어우러질 수 있도록 해야 한다. 우리는 진정으로 굶주려 보아야만 삶이 무엇인지, 세상이 무엇인지 세상이 어떠한 것인지를 알 수 있을 것이다. 지금 우리들의 생활주변은 굶주린 사람들이 있는가 하면 호화스러운 생활 속에서 행복이 무엇인지도 모르는 가운데 살아가는 사람이 있다.
> — <게으른 생활>

낮은 목소리로 조용하게 말하는 그의 어조는 잔잔한 호수와 같은 느낌을 준다. 세태를 비판하는 글에서도 격렬하게 목소리를 키우는 법이 없다. 비유하자면 그의 말투는 급류나 여울이 아닌 물살도 없이 완만히 흐르는 강물이라고 할 수 있다. 거세거나 급박하지 않고 지극히 담담하고 차분한 목소리는 아마도 작가의 온건한 성격의 반영이 아닌가 싶다. 그는 천성적으로 외유내 강형의 사람임에 틀림없다. 더욱이 그의 시각은 가치중립적이다.

> 모든 사람들은 개성과 적성, 흥미와 취미 등이 천태만상이다. '나' 혼자 편리하고 좋을 대로만 세상을 살아간다는 것은 있을 수 없는 것 이다. 담배를 피우는 사람이나 담배를 피우지 않는 사람들이 공통으 로 이해해야 할 사항이 있다. '나' 아닌 누구도 소중하고 귀중한 존재 이다. 흡연자는 담배를 피우지 않는 사람 앞에서 주의를 해야 하겠지 만 담배를 피우지 않는 사람들도 흡연자들의 입장이나 심정을 너그럽 게 이해할 수 있는 아량이 있어야 한다.
>
> — <금연의 애환>

이렇게 금연에 관한 이야기를 하면서도 흡연자와 비흡연자 중에서 어느 한 쪽만을 편들지 않고, 두 사람의 형편을 고루 이해해줄 것을 배려하고 있다. 여기서 세상을 바라보는 그의 편협하지 않는 시각, 원만하고 온건한 시각을 발견할 수 있다.

그런데 이렇게 감정의 기복이 없이 낮은 목소리로 펼쳐나가는 그의 수필 작법은 그만큼 작가의 개성을 드러내기 힘든 한계를 지닌다. 어떤 한 가지 문 제에 대하여 파고들며 작가 자신의 주장을 집약적으로 드러내기보다는 세상 에서 벌어지는 여러 가지 현상들을 나열해가며 작가의 단편적인 의견을 덧붙 이는 방식을 쓰다 보니 작가의 개성은 분산되고 주제의식이 희박해지는 결과 를 빚게 되었다.

아울러 여러 가지 세상사를 건드리면서도 그것을 바라보는 시각이 보편타 당하면서 일반상식의 수준을 넘어서지 못하는 관계로 읽는 이에게 참신한 느 낌이나 선명한 인상을 주기 어려워졌다. 특히 사회 현상들을 진술하되 개인 의 주장이나 의견을 제시하는 것을 조심스러워함으로써 작가의식의 치열성이 아쉽고 무사안일한 창작태도로 취급받을 수도 있다.

뿐만 아니라 백희동 수필은 글 속에 작가의 개인적 삶을 잘 드러내지 않는 특징이 있다. 대개의 수필작가들은 가정사를 비롯하여 교우관계나 취미생활 등 자신의 신변을 토대로 글을 많이 쓴다. 그런 까닭에 읽는 이의 입장에서는 작가의 사생활을 엿보는 재미도 있거니와 같은 생활인으로서 쉽게 공감대를 형성할 수 있다.

그런데 백희동은 자기노출에 대단히 인색한 편이다. 그의 작품 속에서 작가의 사생활에 대한 정보를 얻기는 그리 쉽지 않다. 수필의 제재를 개인의 신변잡기보다는 사회의 움직임이나 일반 풍속에서 주로 구하다보니 그의 수필은 인간의 일상사에서 묻어나는 삶의 기미(機微)를 붙잡는 세심함이나 아기자기한 재미가 덜한 편에 속한다. 첫 번째 수필집 『오솔길의 메아리』에 실린 글들은 그래도 교직생활의 추억담이나 무전여행기, 서한문 등 신변을 드러내는 글들이 없지 않으나 두 번째 수필집 『세상 살아가는 거시기』는 더욱 사생활이 축소되어 있는 느낌이다.

물론 이러한 것은 작가의 특성이나 취향에 따른 것으로서 작가의 작품성을 재는 근거는 될 수 없다. 그러나 수필이 자신의 생활모습과 내면세계를 솔직하게 드러내는 자기 고백의 문학인 점을 상기할 때, 백희동 수필은 자기노출의 폭을 스스로 제한함으로써 읽는 이로 하여금 작가의 내면세계를 들여다보기 어렵게 만들고 결과적으로 작품에 대한 공감대를 확보하기 힘들게 하였다고 할 수 있다.

그럼에도 불구하고 성실한 교육자로서 평생 동안 숱한 제자들을 길러내면서, 끊임없이 절차탁마하는 자세로 우리 사회의 도덕적 해이를 지적하고 바른 삶의 방향을 제시한 백희동의 수필은 한국 수필문단을 풍요롭게 가꾼 공로와 더불어 수필을 사랑하는 사람들의 기억에서 영원히 지워질 수 없을 것이다.

자연과 공존하는 삶
— 법정 수필론1

이 지구의 주인을 사람으로 착각하지 말아야 한다.
— 〈지금 이 순간을 놓치지 말라〉

I

법정(法頂, 1932~2010)은 승려 수필가다. 문인이라는 직함을 갖고 활동하지는 않았지만 그가 쓴 산문들은 샘물 같은 맑은 언어로 영혼을 울림으로써 꾸준한 독자층을 확보하며 낙양의 지가를 올린 바 있다.

비록 종교인이지만 그의 글은 특정종교에 편향되거나 매몰되지 않는 미덕을 지녔다. 때로 신앙 관련 이야기가 나오기는 해도 무엇을 강요하는 것이 아니라 인간 본연의 삶을 추구하는 차원이기에 부담을 주는 일은 없다.

그가 펴낸 수필집은 『영혼의 모음』(1972)과 『무소유』(1976)를 비롯해서 『서 있는 사람들』(1978), 『산방한담』(1983), 『텅빈 충만』(1983), 『버리고 떠나기』(1993), 『새들이 떠나간 숲은 적막하다』(1996), 『오두막 편지』(1999), 『물소리 바람소리』(2001), 『홀로 사는 즐거움』(2004), 『아름다운 마무리』(2008) 등 여러 권이 있다.

이들 수필의 주된 내용은 산 속에서 살아가는 생활담이다. 산 속 오두막에 홀로 지내면서 하루하루 겪는 일들과 함께 순간순간 떠오르는 상념들을 투명하고 간결한 언어로 토로하고 있다.

물론 그가 이야기하는 것은 자연에 관한 것만은 아니다. 무소유 정신에 바탕을 둔 나눔과 베풂의 삶, 물질문명과 비인간화 현상, 자아 발견과 인간성 회복, 참된 삶의 방향 제시 등 다양한 내용들이 피력된다. 이들의 근저에는 동양적 자연관이 짙게 배어 있는 것을 볼 수 있다.

이 글에서는 풀 한 포기, 나무 한 그루도 함부로 대하지 않으며 자연 속의 삶을 추구하는 법정의 자연친화 정신을 살펴보고, 그가 궁극적으로 제시하고자 하는 참된 삶의 방향이 무엇인지 규명해보기로 한다.

II

법정의 수필은 서두가 대개 산속의 자연 풍경으로 시작된다. 산속에서 느끼는 계절의 변화와 날씨, 산속에서 바라보는 하늘과 맑은 공기, 숲에서 들려오는 새소리, 산에 피고 지는 꽃의 모습과 향기 따위로 이야기를 꺼낸다. 그만큼 그의 일상이 자연과 밀접해 있고, 자연에 대한 관심이 지대하다는 증거로 볼 수 있다. 법정 수필에서 찾을 수 있는 자연관의 특징을 세 가지로 정리해본다.

1. 자연은 생명의 원천이다

법정은 자연과 함께 생활한다. 실제로 산속 오두막에 거주하면서 손수 채소를 가꾸어 먹는다. 그는 송광사 불일암 시절부터 강원도 산골에 이르기까지 혼자 살기를 고집해왔는데, 그 까닭을 이렇게 밝히고 있다.

내가 이 산중의 오두막으로 온 것은, 단순히 사람들을 피하기 위해서거나 어떤 큰 뜻이 있어서가 아니다. 될 수 있으면 누구의 신세를 지

거나 방해 받음 없이, 보다 간소하게 내 식대로 그리고 자연과 더불어
살고자 해서다.

— <생명을 가꾸는 농사>

그가 산속에 사는 이유는 자기 방식대로 간소하게 살고자 하는 것과 자연과
더불어 살고 싶은 소망 때문이라는 것이다. 옛 선비들이 추구했던 자연 친화와
안빈낙도의 삶이 연상된다. 작가는 숲이 지닌 덕을 이렇게 열거하고 있다.

숲에는 질서와 휴식이, 그리고 고요와 평화가 있다. 숲은 모든 것을
받아들인다. 안개와 구름, 달빛과 햇살을 받아들이고, 새와 짐승들에
게는 깃들일 보금자리를 베풀어준다. 숲은 거부하지 않는다. 자신을
할퀴는 폭풍우까지도 마다하지 않고 너그럽게 받아들인다. 이런 것이
숲이 지니고 있는 덕이다.

— <숲에서 배운다>

모든 것을 거부하지 않고 받아들이는 숲의 넉넉함을 예찬하고 있다. 여기
서 말하고 있는 숲은 바로 자연을 대표하는 것이다. 이처럼 자연은 넉넉한 품
으로 모든 생명체를 받아들이고 삶터를 제공하는 까닭에 영원한 모성으로 인
식되는 것이다. 법정은 자연이 인간에게 무한한 혜택을 주고 있다고 말한다.

자연은 우리에게 많은 것을 무상으로 끊임없이 베풀고 있다. 봄에
는 꽃과 향기로 우리 눈과 숨길을 맑게 해주고, 가을이면 열매로써 먹
을거리를 선물한다. 우리가 자연에게 덕을 입힌 일이 무엇인가. 덕은
고사하고 허물고 더럽히고 빼앗기만 했을 뿐인데, 그 자연은 아무 내
색도 하지 않고 말없이 나누어주고 있다. 이런 자연 앞에서, 이 영원한
모성 앞에서 지금 우리가 서 있는 자리를 되돌아보고 돌이킴이 없다
면 우리는 대지의 자식이 될 수 없다.

— <가을바람이 불어오네>

인간은 자연을 훼손하지만 자연은 인간에게 '아낌없이 주는 나무'처럼 무한정 베풀기만 한다. 어머니가 자식에게 베풀 듯이 인간을 이롭게 하는 자연의 덕을 망각해서는 안 된다는 주장이다. 작가는 식물도 마음이 있다고 생각한다. 식물도 인간처럼 생각하고 느끼고 기뻐하고 슬퍼할 줄 안다고 말한다.

> 식물은 우리가 함께 기대고 있는 이 우주에 뿌리를 내린 감정이 있는 생명체다. 인간의 처지에서만 보려고 하기 때문에 식물이 지닌 영적인 영역을 놓치고 있는 것이다. 식물은 우리 인간에게 양식과 맑은 공기를 비롯해서 헤아릴 수도 없이 맑고 유익한 에너지를 무상으로 공급해주고 있다.
>
> — <식물도 알아듣는다>

식물도 감정이 있는 생명체인데, 인간들은 자기의 시각으로 식물을 보기 때문에 그들의 마음을 읽지 못하고 있음을 지적한다. 작가는 모든 살아있는 생명체에는 영(靈)이 깃들어 있다고 믿는다. 그래서 우리가 숲속에 들어가거나 꽃과 나무를 대할 때 마음이 차분해지는 것은 식물들의 심미적 진동을 본능적으로 느끼기 때문이라고 말한다. 법정은 자연을 모든 생명의 원천으로 생각한다.

> 자연이란 무엇인가. 사람을 포함한 모든 살아있는 것들이 의지해 살아가는 원초적인 터전이다. 생명의 원천인 이런 자연을 가까이하지 않으면 점점 인간성이 고갈되고 인간의 감성이 녹슨다. 그래서 박제된 인간, 숨 쉬는 미라가 되어간다.
>
> — <꽃에게서 들으라>

자연은 생명의 터전이므로 자연과 함께 사는 것이 바람직한 삶이며, 자연과 멀어지면 박제된 인간처럼 인간성이 메말라 버린다고 경고한다. 따라서 인간성을 되찾고 녹슨 감성을 씻어내기 위해서는 자연과 가까이 지내야 한다는 주장이다. 작가의 자연관은 생명존중으로 이어진다. 그는 예전에 자기가 살던 암자의 나무가 땔감으로 쓰기 위해 가지를 베어낸 모습을 보고 이렇게 말한다.

> 자연의 얼굴인 나무가 어찌 줄기만으로 존재할 수 있겠는가. 뿌리와 줄기와 가지가 한 데 어울려 생명의 조화를 이룬다. 나는 그때 가지를 잘려 죽어 있는 후박나무와 굴참나무를 보고 한없이 미안하고 죄스러운 마음이었다. 내가 현장에 없어 그런 참화를 입게 되었구나 싶으니 나무들을 대할 면목이 없었다
>
> — <나무 이야기>

뿌리와 줄기와 가지가 온전해야 생명의 조화를 이룰 수 있는데, 가지가 잘려나가 조화를 이루지 못한 나무들에 대해서 미안하고 죄스러운 마음을 갖는다. 같은 글에서 그는 "살아있는 나무에는 함부로 손을 대지 말아야 한다. 폭풍우에 가지가 꺾였더라도 꺾인 대로 두어야 한다."고 주장한다. 사람의 손길이 닿으면 필경 자연을 훼손하게 되기 때문이다. 나뭇가지 하나라도 훼손하지 않고 키우고자 하는 그의 투철한 생명존중 사상을 엿볼 수 있는 대목이다.

2. 자연과 인간은 하나다

자연은 매우 포괄적인 의미를 지니고 있다. 넓게 보면 인간을 포함한 우주적인 개념이면서 좁게는 문명이나 도시와 대립된 개념으로 쓰인다. 법정이 말하는 자연은 생명을 가진 모든 존재들이 살아가는 터전을 일컫는다. 그것은 인간이 생존하는 지구일 수도 있고, 초목이 자라는 산과 들일 수도 있으며, 꽃과 나무와 같은 식물일 수도 있다. 법정은 자연과 인간을 동격으로 본다.

이 지구가 죽어가고 있다면 우리 안에 있는 인간의 대지 또한 죽어 간다. 왜냐하면 인간은 독립된 특별한 존재가 아니라 지구의 한 부분 이기 때문이다. 우주의 커다란 생명력과 우리 자신이 하나라는 사실 을 망각하지 말아야 한다.

— <낙엽은 뿌리로 돌아간다>

본디 동양의 전통적인 자연관은 인간과 자연을 분리된 것으로 보지 않고 유기적인 관계로 보았다. 그리하여 우리의 옛 선비들은 벼슬살이가 아니면 초야에 묻혀 산수(山水)를 가까이하는 자연 친화의 삶을 추구하였다. 법정의 자연관도 이러한 전통적인 자연관과 닮은 것을 볼 수 있다. 그는 지구는 동물 과 식물이 공존하는 공간이며, 인간이 결코 지구의 주인이 아니라는 사실을 일깨운다.

이 지구의 주인을 사람으로 착각하지 말아야 한다. 온갖 동물과 식 물이 함께 살아간다. 한순간도 없어서는 안 될 산소는 누가 만들어주 는가. 그 무게와 차지한 면적으로 따지면 지구상에서 식물이 가장 막 강한 존재이고 숫자로 따지면 사람보다 곤충이 훨씬 더 많다. 이들 식 물과 곤충들이 자연계에서 번성한 이유는 서로 주고받으면서 함께 살 아왔기 때문이다. 식물과 곤충의 세계에서는 '이류가 아니면 살아남 지 못한다'는 그런 비정한 논리는 통용되지도, 용납되지도 않는다. 사 람인 우리도 이와 같이 생명의 질서를 따라야 한다.

— <지금 이 순간을 놓치지 말라>

자연 속에서 식물과 곤충이 주고받으면서 번성한 것처럼 인간도 식물과 서루 주고받아야 번성할 수 있음을 말해주고 있다. 이른바 상생의 원리이다. 인간과 자연은 상생관계 속에서 발전하는 것이 생명의 질서라는 것을 깨달을 수 있다. 이러한 맥락에서 작가는 자연을 수단으로 보는 것을 경계한다.

자연을 수단으로 여겨서는 안 된다. 생명의 근원으로서 하나의 생명체로서 바라봐야 한다. 자연은 인간과 격리된 별개의 세계가 아니다. 크게 보면 우주 자체가 커다란 생명체이며, 자연은 생명체의 본질이다. 우리는 그 자연의 일부분이며, 커다란 우주 생명체의 한 부분이다. 이 사실을 안다면 자연을 함부로 망가뜨릴 수 없다.

             — <한반도 대운하 안 된다>

인간과 자연은 별개가 아니라 같은 생명체이므로 수단으로 이용되거나 망가뜨려서는 안 된다는 논리다. 그래서 법정은 한반도 대운하에 대해서 반대 의견을 피력하기도 한다. 종교인의 현실 참여로서 이례적인 발언으로 볼 수 있는데, 그만큼 정부의 자연 파괴 정책을 좌시할 수 없었기 때문일 것이다. 작가는 인간이 자연에게 배워야 할 덕목을 이야기한다.

꽃들은 자신을 남과 비교하지 않는다. 돌배나무는 돌배나무로서 있을 뿐이지 배나무를 닮으려고 하지 않는다. 꽃들은 저마다 자기 특성을 지니고 그때 그 자리에서 최선을 다해 피어나며 다른 꽃과 비교하지 않는다. 남과 비교할 때 자칫 열등감과 시기심 혹은 우월감이 생긴다. 견주지 않고 자신의 특성대로 제 모습을 지닐 때 그 꽃은 순수하게 존재할 수 있다.

그런데 유달리 우리 인간들만이 타인을 의식하고 타인과 비교하려 든다. 가진 것을 비교하고 지위를 비교하고 학벌을 비교하고 출신교를 비교한다. 이런 결과는 무엇을 낳는가. 시기심과 열등감, 그래서 자기 분수 밖의 것을 차지하려고 무리한 행위도 서슴지 않는다.

               — <꽃처럼 피어나게>

꽃들이 남과 비교하지 않으므로 다른 꽃들을 시기하지도 않고 우월하게 생각지도 않는다. 그러니까 남과 다툴 일이 없다. 질시와 경쟁심으로 분쟁을 일삼는 사람들이 깊이 새겨들어야 할 대목이다. 꿀을 따면서도 꽃에 해를 끼치지 않는 꿀벌의 삶도 우리에게 시사해주는 바가 크다.

꿀벌은 이 꽃에서 저 꽃으로 날아다니면서 어느 꽃에도 해를 입히지 않고 조금씩 꿀을 모은다. 그러나 사람들은 땅에서 무엇을 얻어내려고 할 때, 계속해서 빼앗기만 하여 그것이 소진되고 고갈되어 자원이 끝장날 때까지 간다. 우리는 꿀벌한테서 조금만 얻어오는 지혜를 배워야 한다.

─ <가장 좋은 스승은 어머니다>

꽃에게 도움을 주면서 자기 먹이를 구하는 꿀벌의 상생정신을 일깨우고 있다. 자기 생존을 위해 남으로부터 빼앗기만 하는 인간으로서는 반성해야 할 대목이 아닐 수 없다. 탐욕적인 인간이 자연에게서 삶의 자세를 배울 것을 촉구하는 내용이다. 자연과 함께 살아가는 작가는 스스로 부자라고 느낀다.

오늘 아침 뜰에 가득 피어난 민들레를 보면서 문득 아, 나는 부자구나 하는 생각이 들었다. 읽을 책이 곁에 있고, 햇차도 들어왔고, 열린 귀로 개울물 소리, 새소리, 때로는 음악을 들을 수 있으니 이 얼마나 고마운가. 이밖에 무엇을 더 바라겠는가.

─ <봄은 가도 꽃은 남고>

뜰에 핀 민들레를 보면서 자족하는 모습에서 작가의 자연 친화적 삶의 자세를 읽을 수 있다. 책과 차[茶]와 더불어 개울물 소리와 새소리로 행복을 느끼는 유유자적하는 모습에서 자연과 하나가 되어 상생하는 삶이 가장 행복한 삶임을 확인할 수 있다.

3. 자연보호가 살 길이다

우리가 살아가는 지구는 모든 생명체가 숨을 쉬는 공동체적 공간이다. 지구는 우주의 질서에 따라 자전과 공전을 통해 계절의 순환을 가져오고 지구상의 생명체들은 그에 발맞추어 삶을 지속시킨다. 지구는 인간을 비롯한 모든 생명체의 영원한 모성이요 보금자리이다. 그런데 오늘날 지구는 심한 몸살을 앓고 있다. 지구 온난화 등 기상이변과 자연재해가 거듭 일어나고 있는 것이다. 그 원인은 과연 무엇일까. 법정은 이렇게 진단한다.

> 요즘에 와서 지구 곳곳에 기상이변이 일어나 절로절로의 그 흐름이 끊어진 것은 지구를 의지해 살아가는 인간들 탓이다. 한마디로 인간들이 무지해서, 너무도 영리하고 영악해서다. 지구를 끝없이 허물고 더럽혀 절로절로의 자정능력마저 빼앗아버렸기 때문이다.
> — <산중에서 세월을 잊다>

인간들이 지구를 더럽힌 탓에 자연이 자정능력을 잃어버려 기상이변이 일어나고 있다는 것이다. 자연은 인간에게 아무런 대가도 없이 베푸는데, 사람들은 그 은혜를 망각하고 끝없이 훼손하고 있으니 지구상의 각종 재앙은 바로 우리가 저지른 죄악에 대한 업보가 아닐 수 없다. 지구는 인간이 발붙이고 살아가는 터전이므로 지구가 병들면 인간 또한 병들기 마련이다. 작가는 인간의 자연 파괴 사례를 고발한다. 그 하나가 화학비료와 농약의 사용이다.

> 화학비료의 남용으로 인해 가뜩이나 산성화되어 가는 이 땅의 농토가 제초제를 함부로 사용하는 데서 오는 피해는 막심할 것 같다. 토양에 필요한 미생물이 사라져갈 것이고, 또한 농작물 자체에도 그 독성이 침투되어 결과적으로 그런 농작물을 먹는 사람에게까지 피해가 미칠 것이다. 자연의 질서와 생명의 신비를 등지고 우선 눈앞의 이해관계에만 매달린 반자연적인 오늘의 영농방법에는 적지 않은 문제가 있다.
> — <강변의 정자에서>

제초제를 쓰기 때문에 토양의 독성이 농작물을 통해 인간에게 피해를 입히는 것이다. 따라서 그와 같은 반자연적인 영농방법은 써서는 안 된다는 주장이다. 그는 땅이 투기의 대상이 되고 있는 현실에 대해서도 개탄한다.

우주의 대생명체인 그 자연을 한낱 투기의 수단이나 개발의 대상으로 여기고 있는 발상 또한 반자연적이고 반윤리적이라고 지적하지 않을 수 없다. 이 땅이 생겨난 이래 수천 년을 두고 땅에 의지해 살아온 조상들의 피와 살과 얼이 스며있는 이 신성한 대지를, 생산을 위해서가 아니라 한낱 놀이를 위해 허물고 파헤치는 것은 돌이킬 수 없는 악덕이다.

— <자연은 커다란 생명체>

땅은 인류가 오랜 세월 동안 땀 흘려 일구고 가꾸어온 삶의 터전으로서 우리가 한 평생 삶을 영위하다가 언젠가는 돌아가 묻힐 곳이다. 이렇게 조상의 얼이 담긴 신성한 대지가 생산수단이 아니라 투기와 탐욕의 수단이 되는 것은 악덕이라는 비판이다. 이와 함께 그는 자동찻길을 새로 내기 위해 방방곡곡 국토가 파헤쳐지고 있는 현실에 대해서도 우려를 표명한다.

이러다가는 전 국토가 자동찻길로 덮이지 않을지 걱정이다. 차를 가진 사람이나 갖지 않은 사람 할 것 없이, 교통수단을 자동차에 의존하고 있는 우리 모두가 결과적으로 국토를 파괴한 공범자라는 생각이 든다. 찻길을 내지 않을 수 없는 현실적인 상황이라 할지라도, 긴 안목으로 심사숙고하여 인간의 영원한 어머니인 자연에 피해를 최소화하는 범위 안에서 이루어져야 한다.

— <산하대지가 통곡한다>

자동차 도로를 위해 국토가 훼손되고 있는 점에 대한 문제 제기이다. 찻길을 내더라도 자연파괴를 최소화하는 범위에서 이루어져야 한다고 힘주어 말하고 있다.

이밖에도 여성들의 성형 풍조에 대해서 "아름다워지고 싶거나 늙고 싶지 않은 것은 인지상정이다. 그렇지만 의사 손을 빌려 칼로 째고 꿰매놓는다고 해서 그 아름다움이 갑자기 생겨나는 것일까? 주름을 없앤다고 해서 늙음이 사라지는가?"(<반바지 차림이 넘친다>)하고 반문하면서, 진정 아름다워지려면 외과수술에 의존할 게 아니라 일상생활을 통해 아름다운 업을 익히는 일이 더 중요함을 일깨운다. 결국 인간다운 삶을 위한 해답은 자연에 있다.

> 탐욕스런 사람들에 의해 날로 더럽혀지고 허물어져가는 이 지구촌에 철따라 피어나는 꽃이 없다면 얼마나 살벌하고 삭막할 것인가. 꽃이 피어나는 이 생명의 신비와 아름다움을 오늘의 인간들이 겸허하게 맑은 눈으로 받아들일 수 있다면, 이 세상은 덜 훼손되고 살기 좋은 동네가 될 것이다.
>
> — <연꽃 만나러 가서>

철따라 피어나는 꽃이 있기에 세상은 생명의 신비와 아름다움을 지닌다. 이 아름다운 세상을 가꿔나가는 길은 자연을 훼손하지 않고 '있는 그대로' 보호하는 것 말고는 다른 방법이 없으리라.

작가는 사람이 숲을 대할 때 막혔던 숨통이 트이고, 세속의 때가 씻겨 나가며, 소음에 묻혀 들리지 않던 '밑바닥의 소리'가 들려온다고 말한다. 그래서 <연꽃 만나러 가서>라는 글에서 "이 다음 생애 어느 산자락에 집을 짓게 되면, 꼭 연못을 파서 백련을 심고 연못가에 정자를 지어 연꽃 향기 같은 삶을 누리고 싶다."는 소망을 내비친다. 산속에서 연못에 백련을 심고 연꽃 향기를 즐기는 생활은 자연과 함께 하는 유유자적한 삶이다. 자연에 묻혀 살아가는 생활을 이상으로 생각하는 것이다. 여기서도 작가의 자연 애호 정신을 가늠해볼 수 있다.

III

이상으로 법정의 수필에 나타난 자연관을 살펴보았는데, 작가는 자연이 생명의 원천이며, 자연과 인간의 공존이 바람직한 삶임을 역설한다. 또한 자연 파괴는 바로 인간에게 피해를 끼치므로 자연보호가 우리의 나아갈 길이라고 강조한다.

그에 따르면, 자연은 단순한 흙과 나무와 물이 아니라 모든 생명체가 숨 쉬며 존재하는 삶터이자 안식처이다. 자연에는 휴식과 평화가 있다. 자연은 너그럽게 모든 것을 받아들이기에 우리 인간을 비롯한 모든 생명체의 어머니라고 할 수 있다. 따라서 자연의 정복의 대상이 되어서는 안 되고 가꾸어 나가는 공간이 되어야 한다.

또한 자연은 조화와 질서가 있는 순환의 세계이기도 하다. 그래서 자연에는 거짓이 없다. 뿌리고 가꾼 대로 거둔다는 진리를 그대로 보여준다. 수많은 생명체들이 자연과 조화를 이루며 살아가듯이, 자연의 일부인 인간도 자연의 질서에 순응할 때 안락과 평온과 행복을 구가할 수 있는 것이다.

과학문명과 물질주의가 압도하는 현대는 자연과 인간의 행복한 공존관계가 깨어진 시대라고 할 수 있다. 현대인의 인간성 상실과 비인간화 문제도 여기에서 비롯된 것이다. 법정 수필은 이와 같은 심각한 현실을 직시하고 인간과 자연의 상생을 외치고 있다. 그는 인간과 자연의 합일이 오늘날 우리가 추구해야 할 참된 삶의 길임을 역설하고 있다.

이러한 법정의 자연관은 동양의 전통사상과 통하는 바가 있다. 유교와 불교, 도교로 대표되는 동양사상은 인간과 자연을 근간으로 전개되어 우리의 전통사상으로 자리 잡았다. 그가 말하는 자연 친화와 자연 애호 정신은 과거 우리 선인들이 추구했던 것이기도 하다. 그러나 물질문명의 발달로 인간성이 메말라가고 있는 현실에서 그의 자연관은 케케묵은 이야기가 아니라 절실한 생명수로 다가온다. 무한대의 욕망 충족을 위해 생존경쟁에 몸부림치는 현대인에게 자연에서 삶의 해답을 찾아야 한다는 법정의 맑고 투명한 가르침은 더욱 유효하다고 할 수 있겠다.

구속될 것인가, 자유로울 것인가
— 법정 수필론2

부자가 되고 싶지 않은 사람이야말로 진정한 부자다.
— 〈부자가 되고 싶지 않은 사람〉

I

깊은 산속 홀로 핀 난초와 같은 고결한 정신과 석간수처럼 청정한 글로 수많은 독자의 심금을 울린 법정(法頂, 1932~2010)! 그가 설파한 핵심 주제가 바로 무소유(無所有) 정신이다. 그의 무소유 정신은 같은 이름의 제목인 수필 〈무소유〉(1971)에서 비롯되었지만, 결코 한 작품에 국한되지 않는다. 첫 번째 수필집인 『영혼의 모음』(1972)에서 시작하여 마지막 수필집인 『아름다운 마무리』(2008)에 이르기까지 열한 권의 책속에 일관되게 흐르고 있는 것이 바로 무소유 정신이다.

그의 수필은 기계 문명과 자본주의 사회에서 물질주의로 치닫는 현대인들에게 인간의 바람직한 삶은 어떤 것이며, 어떤 마음가짐으로 사는 것이 진정 행복한 길인가를 끊임없이 일깨우고 있다. 조용하지만 깊은 울림을 주는 그의 목소리는 때로는 우리의 감성을 일렁이는 따스한 봄바람이 되기도 하고, 때로는 우리의 잠든 의식을 일깨우는 매운 채찍이 되기도 한다.

이 글에서는 법정 수필에서 무소유 정신이 어떠한 의미로 나타나 있으며, 그를 통해 지향하는 바람직한 삶의 방식이 어떠한 것인지 살펴보기로 한다.

II

법정이 문필활동을 한 시기는 1970년대 초부터 2010년까지 마흔 해에 이른다. 그의 활동 시기는 우리나라가 농경사회에서 벗어나 산업사회로 변천해 가는 과정에 있었고, '잘 살아보세!'라는 구호 아래 너도나도 가난에서 벗어나고자 안간힘을 쓰던 시기였다. 다시 말하면 전통적인 공동사회가 이익사회로 바뀌는 전환기로서 전통 도덕관이 무너지고 인간성 상실이 가속화된 시기로 볼 수 있다.

물질주의와 배금주의가 팽배해지고 가치관이 전도되는 세태의 추이를 감지한 작가는 우리 인간의 삶에서 물질이 중요한 것이 아니므로 소유에 대한 욕망을 줄이고, 나눔과 베풂의 삶이 필요함을 글을 통해 역설하였다. 이것이 바로 법정 수필의 바탕을 이루고 있는 무소유 정신인 것이다.

1. 물질에 대한 욕심을 버려라

현대사회는 자본주의 사회로서 사유재산제도와 자유 시장경제를 근간으로 한다. 그리고 자본주의는 개인주의와 경쟁, 이익의 극대화를 꾀하는 까닭에 자본주의 사회에서는 누구나 물질적 욕망을 추구하게 되고 필경 빈부 격차가 생기게 된다. 이런 점에서 자본주의는 대단히 비인간적이다. 법정은 이러한 자본주의 사회에서 인간의 물질적 욕망 추구가 결국 개인의 삶을 황폐화시킬 것을 내다보고 끊임없이 이를 경계하고 있다. 그는 먼저 인간의 소유욕을 지적한다.

> 인간의 역사는 어떻게 보면 소유사(所有史)처럼 느껴진다. 보다 많은 자기네 몫을 위해 끊임없이 싸우고 있는 것 같다. 소유욕에는 한정

도 없고 휴일도 없다. 그저 하나라도 더 많이 갖고자 하는 일념으로 출
렁거리고 있을 뿐이다.

— <무소유>

작가의 말대로 인류 역사는 소유의 역사이다. 더 많이 소유하고자 서로 싸
우고 죽이는 약탈과 투쟁의 역사이다. 역사책에 기록된 수많은 전쟁들이 결국
은 더 많은 것을 쟁취하기 위한 욕망에서 비롯된 것이 아닌가. 인간의 욕망은
시대가 발달할수록 더 커지고 끝이 없어 보인다. 현대인들은 더욱 그러하다.

현대인들은 무엇을 가지고도 만족할 줄을 모른다. 하나를 가지면
열을 가지려 하고, 열을 갖게 되면 또 백을 원한다. 그리고 가진 것만
큼 행복할 수 있는가? 가지고 있으면서도 행복할 수 없다면 그것은 허
황한 탐욕일 뿐 참으로 가진 것이 아니다.

— <얼마 만큼이면 만족할 수 있을까>

만족할 줄 모르는 현대인의 속성을 지적하고 있다. 무한대로 뻗어가는 것
이 인간의 욕망이다. 인간의 욕심은 갈수록 커지기 때문에 아무리 채워도 갈
증을 느끼며, 아무리 많이 가져도 행복을 느끼지 못하는 것이다. 그래서 작가
는 그것을 허황된 탐욕으로 보고 진정한 소유가 아니라고 말하는 것이다. 그
는 오히려 많이 가질수록 불행해진다고 말한다.

많이 가지면 가질수록 결국은 불행해진다. 지나친 소유가 우리를
괴롭히는 까닭은 그것이 우리에게 아쉬움과 궁핍을 모르게 하고 우리
본래의 모습을 잃게 하기 때문이다. 돈이나 재물이 사람의 할 일을 대
신하게 되면 사람은 스스로 존재 의미를 잃는다.

— <부자가 되고 싶지 않은 사람>

많이 갖게 되면 더 많이 행복해야 하는데 오히려 불행해진다는 것은 일종의 역설이다. 사람은 누구나 부자로 살고 싶어 한다. 부자가 되면 갖고 싶은 재물을 마음대로 가질 수 있고, 누리고 싶은 향락을 마음껏 누릴 수 있다. 그래서 하나라도 더 많이 차지하려고 한다. 그러나 법정은 그것이 우리 인간의 본연의 모습과 존재 의미를 잃게 한다고 말한다. 그는 부(富)의 의미를 달리 정의한다.

> 우리가 갈망하는 것을 소유하는 것을 부라고 잘못 알아서는 안 된다. 부는 욕구에 따라 달라지는 상대적인 것이다. 차지하거나 얻을 수 없는 것을 가지려고 할 때 우리는 가난해진다. 그러나 지금 가진 것에 만족한다면 실제로 소유한 것이 적더라도 안으로 넉넉해질 수 있다.
> 우리가 적은 것을 바라면 적은 것으로 행복할 수 있다. 그러나 남들이 가진 것을 다 가지려고 하면 우리 인생이 비참해진다. 사람은 저마다 자기 몫이 있다. 자신의 그릇만큼 채운다. 그리고 그 그릇에 차면 넘친다. 자신의 처지와 분수 안에서 만족할 줄 안다면 그는 진정한 부자이다.
> — <자신의 그릇만큼>

부를 규정하는 것이 재물의 과다가 아니라 인간 욕구의 과다에 따르는 것임을 말하고 있다. 다시 말해 욕구가 크면 아무리 재물이 많더라도 가난하게 느껴지고, 반대로 욕구가 작으면 아무리 가진 것이 없더라도 넉넉하게 생각되는 것이다. 그리하여 자기 분수에 맞지 않게 지나친 욕심을 부릴 때 사람은 비참해지므로 분수를 지키며 만족을 알아야 진정한 부자가 될 수 있음을 강조한다. 법정은 미국 작가 소로우(Henry David Thoreau, 1817~1862)의 정신을 높이 산다. 그 역시 부의 관점을 물질에 두고 있지 않기 때문이다.

> 부자가 되는 가장 확실한 방법은 거의 아무것도 원하지 않는 것이라고 했다. 즉 사람이 부자이냐 아니냐는 그의 소유물이 많고 적음에

있는 것이 아니라, 그것 없이 지내도 되는 물건이 많으냐 적으냐에 달려 있다는 것이다.

— <다시 월든 호숫가에서>

소로우가 살았던 월든 호숫가에 가서 그의 생애를 돌아보며, 그의 사상에 공감한다. 바라는 것이 없을 때가 가장 부자라는 소로우의 말은 욕심을 버렸을 때 마음이 가장 넉넉해진다는 뜻이다. 소로우는 그의 저서 『월든(Walden : or the Life in the Wood, 1854)』에서 "삶은 당신이 가장 부유할 때 빈곤해 보인다.(*It looks poorest when you are richest.*)"고도 말했다. "많이 가지면 가질수록 불행해진다."는 작가의 말과 상통하는 바가 있다. 법정은 원래 인간에게 '내 것'이란 없다고 단정한다.

본질적으로 내 소유란 있을 수 없다. 내가 태어날 때부터 가지고 온 물건이 아닌 바에야 내 것이란 없다. 어떤 인연으로 해서 내게 왔다가 그 인연이 다하면 가버리는 것. 더 극단으로 말한다면, 나의 실체도 없는데 그 밖에 내 소유가 어디 있겠는가. 그저 한동안 내가 맡아가지고 있을 뿐이다.

— <본래무일물>

빈손으로 왔다가 빈손으로 가는 인생에 '내 것'이 있을 수 없다는 이야기이다. 다만 일시적으로 맡아가지고 있을 뿐 떠날 때는 다시 돌려줘야 한다. 그래서 법정은 평소에 놓아버리는 연습이 필요하다고 말한다.

그러니 시시로 큰마음 먹고 놓아버리는 연습을 미리부터 익혀두어야 한다. 그래야 지혜로운 자유인이 될 수 있다. 이런 일도 하나의 '정진'일 수 있다.

— <다시 채소를 가꾸며>

재물에 대한 욕심을 버리고 놓는 연습을 하는 것이 지혜로운 자유인이 되는 길이라고 말한다. 이러한 글을 통해 법정은 물질에 대한 소유욕을 버리고 그 탐욕의 굴레에서 벗어나는 것이 자유인이 되는 지름길임을 강조하고 있다.

2. 소유는 곧 구속이다

법정의 대표 수필 <무소유>를 보면 난초 화분을 애지중지 키운 이야기가 나온다. 그런데 어느 여름날 외출을 했다가 화분을 햇볕에 내놓고 온 것이 생각나 다시 집에 돌아오게 되는데, 여기에서 화분에 대한 애착이 곧 구속으로 작용하게 됨을 깨닫는다. 물질에 대한 애착이 집착이 되고, 그것이 인간의 자유로움을 속박한다는 사실을 알아차린 것이다.

> 우리들은 필요에 의해 물건을 갖게 되지만, 때로는 그 물건 때문에 적잖이 마음을 쓰게 된다. 그러니까 무엇인가를 갖는다는 것은 다른 한편 무엇인가에 얽매인다는 뜻이다. 필요에 따라 가졌던 것이 도리어 우리를 부자유하게 얽어맨다고 할 때 주객이 바뀌어 우리는 가짐을 당하게 된다. 그러므로 많이 갖고 있다는 것은 흔히 자랑거리로 되어 있지만, 그만큼 많이 얽혀있다는 측면도 동시에 갖고 있다.
> — <무소유>

인간이 어떤 물건을 가지고 있을 때, 다들 자기가 그것을 소유한다고 생각하지만 사실은 그 반대로 인간이 물건에 소유 당하여 부자유스러워진다. 이를테면 돈이 많은 사람은 그것을 탐내는 사람들이 많기 때문에 돈을 빼앗기지 않으려고 전전긍긍하지 않을 수 없다. 차라리 돈이 한 푼도 없다면 불안한 마음을 가질 필요가 없는데, 돈으로 인해서 늘 차분하지 못한 나날을 보내게 된다면 그만큼 자유롭지 못한 인생을 살게 되는 것이다. 법정은 비 오는 날 연잎의 관찰을 통해 삶의 지혜를 전해준다.

빗방울이 연잎에 고이면 연잎은 한동안 물방울의 유동으로 함께 일렁이다가 어느 만큼 고이면 크리스탈처럼 투명한 물을 미련 없이 쏟아버리는데 그 물이 아래 연잎에 떨어지면 거기에서 또한 일렁이다가 도르르 연못으로 비워버린다. 이런 광경을 무심히 지켜보면서, 아하 연잎은 자신이 감당할 만한 무게만을 싣고 있다가 그 이상이 되면 비워버리는구나 하고 그 지혜에 감탄했다. 그렇지 않고 욕심대로 받아들이면 마침내 잎이 찢기거나 줄기가 꺾이고 말 것이다. 세상사는 이치도 이와 마찬가지다.

— <연못에 연꽃이 없더라>

연잎에 빗물이 고이다가 어느 정도 분량이 차면 고개를 숙여 물을 비워버린다. 너무 많은 물을 담고 있으면 무게에 눌려 줄기가 꺾이고 말기 때문이다. 이처럼 자기가 받아들일 수 있을 만큼만 받아들이고 나머지는 버릴 줄 아는 연잎의 지혜를 우리 인간도 배워야 함을 말해준다. 물질에 대한 욕망에 사로잡혀 비인간화로 치닫는 현대인들이 귀담아 들어야 할 이야기가 아닐 수 없다. 작가는 현대인들의 행복의 기준이 잘못되었음을 지적한다.

현대인들은 행복의 기준을 흔히 남보다 많고 큰 것을 차지하고 누리는 데 두려고 한다. 수십 억짜리 저택에, 또 몇 억짜리 자동차에, 몇 억짜리 무슨무슨 회원권을 지녀야 성에 차 한다. 물론 행복은 주관적인 가치이므로 한 마디로 이렇다 저렇다 단정적으로 말할 수 없지만 행복은 결코 많고 큰 것에만 있는 것은 아닐 것이다. 적거나 작은 것을 가지고도 고마워하고 만족할 줄 안다면 그는 행복한 사람이다. 현대인들의 불행은 모자람에서가 아니라 오히려 넘침에 있음을 알아야 한다.

— <당신은 행복한가>

행복의 기준을 '많은 것'과 '큰 것'에 두고 안락을 누리는 데 두고 있기 때문에 '적은 것'과 '작은 것'에는 만족을 하지 못하고 불행하다고 여기는 것이다.

그래서 법정은 불행은 모자람에서 오는 것이 아니라 넘침에서 온다는 사실을 일깨워주고 있다. 진정한 부자가 되고 싶거든 부자가 되고자 하는 마음부터 벗어날 것을 촉구한다.

> 당신도 부자가 되고 싶은가? 우선 그 생각으로부터 벗어나라. 모든 것으로부터 자유로워질 때 당신은 비로소 당신다운 삶을 이루게 될 것이다. 부자가 되고 싶지 않은 사람이야말로 진정한 부자다.
> — <부자가 되고 싶지 않은 사람>

행복은 마음으로 느끼는 감정이다. 아무리 재물이 많아도 마음이 불편하면 행복하다고 할 수 없다. 아무리 물질적으로 풍족해도 현실에 만족감을 느끼지 못한다면 그는 불행한 사람이다. 결국 진정한 부자는 마음이 자유로운 자라는 결론에 이르게 된다. 그리하여 작가는 부자가 되고 싶지 않은 사람이 물질적 욕망에 초연한 까닭에 가장 큰 부자라고 말하는 것이다.

3. 나눔과 베풂이 행복의 길이다

법정은 무소유를 말하는 여러 글에서 나눔과 베풂의 삶을 역설한다.

불가에서는 이러한 나눔과 베풂을 보시(布施)라고 한다. 보시란 스스로 깨달음을 얻는 수행과 더불어 구제받지 못한 세상의 모든 유정물(有情物)을 구제한다는 이타(利他)의 서원을 담고 있는 말이다.

보시에는 보시하는 이와 보시 받는 이, 보시하는 물건이라고 하는 삼륜상(三輪相)이 없어야 한다고 한다. 이 삼륜의 상을 마음에 두는 것을 유상보시(有相布施)라고 하는데 이는 참다운 보시가 아니다. 그러니까 보시는 주객이 나누어진 상태가 아니라 주객의 분별을 초월한 경지에서 이루어지는 것이 마땅하다. 이처럼 삼륜상을 없애고 무심(無心)으로 행하는 것을 무주상보시(無

住相布施)라고 하며, 이를 참된 보시로 본다. 참된 보시는 현실사회에서 자비로써 작용하며 사회에 대한 헌신과 봉사를 의미한다.

결국 내가 누구를 위하여 무엇을 베풀었다는 생각이 없이 자비스러운 마음으로 온전하게 베푸는 것이 보시의 참뜻임을 알 수 있다. 법정은 이러한 참다운 보시를 강조한다.

> 나눌 때 내 몫이 줄어드는가. 물론 아니다 뿌듯하고 흐뭇한 그 마음이 복과 덕을 쌓는다. 우리에게 건강과 재능이 주어진 것은 그 건강과 재능을 보람 있게 쓰라는 뜻에서일 것이다. 당신에게 건강과 재능이 남아 있는 동안 그걸 이웃과 함께 나눌 수 있어야 그 뜻이 우주에 도달한다.
>
> — <토끼풀을 뽑아든 아이>

나눔과 베풂에는 기쁨과 보람이 따른다. 나눔과 베풂에 보상이 있다면 바로 그러한 일을 할 때 느끼는 뿌듯하고 흐뭇한 마음일 것이다. 우리의 건강과 재능이 허락하는 한 기꺼이 이웃과 나누는 삶이 복덕을 쌓는 일임을 강조하고 있다. 여기서 작가는 꿀벌의 예를 들어 설명한다.

> 꿀벌이 다른 곤충보다 존중되는 것은 부지런해서가 아니라 남을 위해 일하기 때문이다. 남이란 누구인가? 그는 무연한 타인이 아니라 또 다른 나 자신이 아니겠는가. 그는 생명의 한 뿌리에서 나누어진 가지이다.
>
> — <토끼풀을 뽑아든 아이>

꿀벌은 자기의 먹이를 위하여 꿀을 따면서도 꽃가루받이를 통해 작물의 결실을 도와주기 때문에 이로운 곤충으로 칭송을 받는다. 꿀벌이 수정을 도와줘야 꽃이 열매를 맺고 번식이 늘게 되고, 그러한 번식에 의하여 다음해에 꽃이 많이 피어야 벌도 꿀을 더 많이 채취할 수 있는 것이다. 이것이 바로 상생(相生)이다. 이런 점에서 벌과 꽃은 결코 남남이 아닌 것이다. 인간관계도 마찬가지다. '나'와 '남'이 결코 분리될 수 없는 것이 인간사회임을 일깨우고 있다.

> 누구로부터 받는 일보다도 누구에겐가 주는 일이 훨씬 좋다. 지금까지 살아오면서 남에게 주는 일보다 받는 일이 훨씬 많았을 거라는 생각이 든다. 받기만 하고 주지 않는다면 그것은 탐욕이고 인색이다. 그리고 주지 않고 받기만 하면 그것은 결과적으로 빚이고 짐이다. 세상살이란 서로가 주고받으면서 살아가게 마련인데 주고받음에 균형을 잃으면 조화로운 삶이 아니다.
> — <주고 싶어도 줄 수 없을 때가 오기 전에>

작가는 이와 같이 주는 것이 받는 것보다 좋은 일임을 강조하면서, 받기만 하고 주지 않는 것은 빚을 진 것이며, 조화로운 삶이 아니라고 못 박고 있다. 그리고 자기 자신에게 소용이 없는 물건은 남에게 주라고 말한다.

> 한해가 다 지나도록 손대지 않고 쓰지 않는 물건이 쌓여 있다면 그것은 내게 소용없는 것들이니 아낌없이 새 주인에게 돌려주어야 한다. 부자란 집이나 물건을 남보다 많이 차지하고 사는 사람이 아니다. 불필요한 것들을 갖지 않고 마음이 물건에 얽매이지 않아 홀가분하게 사는 사람이야말로 진정한 부자라고 할 수 있다.
> — <노년의 아름다움>

자기가 쓰지 않는 물건은 아끼지 말고 남에게 줘야 한다는 것이다. 필요하지도 않은 물건인데 아까워서 버리지도 못하고 쌓아두고 있다면 그야말로 탐욕의 소치이다. 물질에 대한 욕심에 얽매이지 않고 홀가분하게 사는 사람이 진정 부자임을 거듭 강조한다.

돈이나 물질은 우리가 살아가는 데에 없어서는 안 될 요긴한 생활수
단이다. 그러나 필요한 분량, 즉 생존적 소유를 넘고서도 나누어 가질
줄 모르면 불행의 씨가 된다는 사실도 알아야 한다. 너무 긁어모으거나
지나치게 소비를 하는 것은 다른 사람의 몫을 빼앗는 일이나 마찬가지
이고, 따라서 사회의 불균형을 초래하기 때문에 악이 되는 것이다.

— <소유의 굴레>

필요한 만큼만 소유하고, 그 이상의 것은 가지려고 하지 말아야 한다는 이
야기이다. 이는 욕심을 줄이고 만족할 줄 알아야 한다는 소욕지족(少欲知足)
의 경지다. 부처님 최후의 설법을 수록한 <열반경(涅槃經)>에 따르면 "소욕
은 구하지 않고 취하지 않는 것이고, 지족은 얻는 것이 적어도 마음에 한탄하
지 않는 것이다."고 하였다.

법정은 혼자 많은 것을 차지하고 나눔과 베풂을 모르면 사회의 불균형을
초래하여 사회악이 된다고 경고하고 있다. 우리 사회에 부가 한쪽으로 편중
되어 가진 자와 못 가진 자의 갈등이 심한 현실에 대한 우회적인 비판으로 볼
수 있다.

4. 비움으로써 채움에 이른다

인간의 한평생은 채우고 비우는 과정의 연속이라고 할 수 있다. 무엇을 채
우느냐에 따라 가치가 달라지고, 또 무엇을 비우느냐에 따라 결과가 달라지
게 된다. 세상사가 욕심대로 되지 않기 때문에 순리대로 살며 마음을 비울 때
가 있어야 하고, 마음을 비우고 나면 그 자리에 가득 차오르는 충만함을 느낄
수도 있다. 결국 인생이란 자신을 채우기도 하고 비우기도 하면서 소중한 가
치를 찾아가는 길일 것이다. 법정의 무소유 정신은 비움을 통한 채움으로 귀
결된다. 작가는 잃는 것이 곧 얻는 것이라는 역설을 제시한다.

인생이란 얻는 것과 잃는 것으로 얽혀져 있다. 사람들은 하나같이 얻는 것을 좋아하고 잃는 것을 싫어한다. 명예가 됐건, 지위가 됐건 혹은 친구나 돈, 물건 등 무엇이든지 얻는 것을 좋아하고 잃는 것을 싫어한다.

그러나 세상일이란 지금 당장의 눈앞 일만 가지고 손익을 따져서는 안 된다. 전 생애의 과정을 통해서 어떤 선택과 결단이 참으로 얻는 것이 되고 잃는 것이 되는지, 또 그와 같은 선택과 결단이 사회적으로 어떤 의미를 지니는지 열린 눈으로 내다볼 수 있어야 한다. 그러므로 잃는다는 것이 잘못된 것도 나쁜 것도 아니다. 때로는 잃지 않고는 얻을 수가 없다. 크게 버릴 줄 아는 사람만이 크게 얻을 수 있다.

— <크게 버려야 크게 얻는다>

세상사라는 것이 눈앞의 손익만으로 따져서는 안 되며, 얻는 것이 잃는 것이 될 수도 있고, 잃는 것이 얻는 것이 될 수 있음을 말하고 있다. 인간지사 새옹지마(塞翁之馬)라는 말처럼 화가 복이 되고 복이 화가 되는 경우를 우리도 종종 경험한다. 그래서 작가는 크게 버려야 크게 얻을 수 있다고 강조하는 것이다. 또한 작가는 명상을 통해 빈 그릇에서 충만을 느낄 수 있음을 고백한다.

이 가을 들어 나는 빈 그릇으로 명상을 하고 있다. 며칠 전에 항아리에 들꽃을 꽂아보았더니 항아리가 싫어하는 내색을 보였다. 빈 항아리라야 무한한 충만감을 느낄 수 있다. 무엇인가를 채웠을 때보다 비웠을 때의 이 충만감을 진공묘유(眞空妙有)라고 하던가. 텅 빈 충만의 경지다.

— <빈 그릇으로 명상하다>

그는 그릇이 가득 찼을 때보다 비었을 때 오히려 충만감을 느낄 수 있다고 말한다. 그래서 우리는 자신을 비움으로써 채울 수 있다고 보는 것이다. 이런 점에서 버리고 비우고자 하는 삶은 결코 소극적인 삶이 아니라 적극적이고 지혜로운 삶이라는 것을 알 수 있다. 나아가 작가는 빈궁과 청빈의 다른 점을 이렇게 정의하고 있다.

이것저것 많이 차지하고 있는 사람들한테서는 느끼기 어려운 그
인간미를, 조촐하고 맑은 가난을 지니고 사는 사람들한테서 훈훈하게
느낄 수 있다. 이런 경우의 가난은 주어진 빈궁이 아니라, 자신의 분수
와 그릇에 맞도록 자기 몫의 삶을 이루려는 선택된 청빈인 것이다. 주
어진 가난은 악덕이고 부끄러움일 수 있지만, 선택된 그 청빈은 결코
악덕이 아니라 미덕일 수 있다.

— <버리고 떠나기>

같은 가난이라도 빈궁은 어쩔 수 없이 주어지는 가난이지만 청빈은 스스
로 선택한 가난이라는 이야기다. 그래서 청빈은 부끄러운 일이 아니라 당당
한 일이고 하나의 미덕으로 받아들일 수 있다는 것이다. 법정은 자신의 일생
을 정리하는 마음으로 <아름다운 마무리>라는 글을 썼다. 여기서 그는 비
움이 곧 채움이라는 역설을 내세운다.

아름다운 마무리는 비움이다. 채움만을 위해 달려온 생각을 버리
고 비움에 다가가는 것이다. 그러므로 아름다운 마무리는 비움이고
그 비움이 가져다주는 충만으로 자신을 채운다.

— <아름다운 마무리>

법정의 마지막 수필집 표제작이기도 한 이 글은 결국 작가의 인생관이나
철학이 농축된 최종 선언이라 할 수 있다. 결국 인생의 아름다운 마무리는 채
움이 아니라 비움에 있음을 강조하며, 비움을 통해 충만에 이르러야 한다는
주장이다. 작가는 일찍이 <미리 쓰는 유서>(1971)에서 본인의 사후 장례식
에 대한 의견을 밝힌 바 있다.

장례식이나 제사 같은 것은 아예 소용없는 일. 요즘은 중들이 세상
사람들보다 한 술 더 떠 거창한 장례를 치르고 있는데, 그토록 번거롭

고 검은 의식이 만약 내 이름으로 행해진다면 나를 위로하기는커녕 몹시 화나게 할 것이다.

생명의 기능이 나가버린 육신은 보기 흉하고 이웃에게 짐이 될 것이므로 조금도 지체할 것 없이 없애주었으면 고맙겠다. 그것은 내가 벗어버린 헌옷이니까. 물론 옮기기 편리하고 이웃에게 방해되지 않는 곳이라면 아무데서나 다비해도 무방하다. 사리 같은 걸 남겨 이웃을 귀찮게 하는 일을 나는 절대로 절대로 하고 싶지 않다.

　　　　　　　　　　　　　　　　　　　　　　　 — <미리 쓰는 유서>

장례식을 거창하고 번거롭게 치르지 말고 이웃에게 짐이 되지 않게 간소하게 화장(火葬)해 줄 것을 당부하고 있다. 아울러 그는 '수의를 입히지 말라', '관도 쓰지 말라', '어떤 행사도 하지 말라'고 했는데, 과연 2010년 3월 치러진 장례식에는 생전의 당부에 따라 관과 상여를 쓰지 않고, 만장(輓章)도 없이 오로지 가사자락으로 여민 법구(法軀)만을 모시고 다비에 들어갔다. 그가 40년 전 글에서 밝혔던 대로 장례식을 간소하게 치른 것이다.

이와 같은 소박하고 조촐한 장례모습은 국민들에게 신선한 감동을 준 바 있다. 작가는 이렇게 자신을 비울 줄 알았기에 온 국민들로부터 찬탄과 추앙을 받을 수 있었으니, 바로 비움을 통해 채움에 이르고자 했던 무소유 정신이 빛을 발한 것이라고 할 수 있다.

III

이상으로 법정의 수필에 나타난 무소유 정신이 어떠한 내용을 담고 있는지 살펴보았다. 작가는 소유욕의 어리석음을 일깨우며, 필요한 만큼만 가지고 자유로움을 지니고 자기 내면에 충실한 삶을 살 것을 주문하였다. 그리고 소유가 구속이기 때문에 버릴 줄 알아야 하며, 진정한 부자는 필요 이상의 물건에 집착하지 않고 홀가분하게 살아갈 줄 아는 사람이라고 했다. 눈앞의 이해관계에 연연해하지 말고, 이웃과 더불어 나눔과 베풂을 실천하라는 충고도 하였다.

또한 무소유란 아무것도 갖지 않는다는 것이 아니라 불필요한 것을 갖지 않는다는 뜻이며, 우리 스스로 선택한 청빈은 부보다 더욱 값지다는 것을 말해주었다. 법정 수필은 물질이 주는 속박으로부터 벗어나 자유롭게 사는 것을 바람직한 삶으로 여기고 있다. 세상 사람들이 끝없는 욕망에 사로잡혀 자기 소유물을 늘려가려고 혈안이지만 작가는 그것을 욕망의 노예가 되어 자유로움을 빼앗긴 불행한 모습으로 본다.

작가는 현대인이 불행한 것은 가진 것이 적어서가 아니라 따뜻한 가슴을 잃어가기 때문으로 본다. 그리하여 따뜻한 가슴을 잃지 않으려면 이웃과 정을 나눌 수 있어야 한다고 주장한다. 아울러 작가는 비우는 것이 곧 채우는 것이라는 비움의 철학을 역설하고, 본인이 몸소 그것을 실천하였다.

현대인들은 작은 것보다 큰 것, 낮은 것보다 높은 것, 소박한 것보다 화려한 것을 좇아 부나비처럼 불빛을 향해 돌진하고 있다. 그렇지만 더 크고, 더 높고, 더 화려한 것을 얻는 것이 우리를 진정 행복하게 하는지 자문해볼 필요가 있다. 법정 수필은 인생의 가치는 얼마나 많이 가지고 있는가가 아니라 얼마나 행복한가에 달려 있음을 끊임없이 일깨워준다. 법정 수필의 요체인 무소유 정신은 물질적 욕망에 허덕이며 살아가는 현대인에게 맑고 향기로운 생명수와 같이 자유롭고 행복한 삶의 지혜를 던져주고 있다.

행복으로 가는 길

― 법정 수필론3

현대인들이 불행한 것은
모자라서가 아니라
너무 많아 넘치기 때문일 것이다.
― 〈아무것도 갖지 않은 자의 부〉

I

오늘날 부쩍 '행복'이라는 말이 많이 나돌고 있다. 정부에서도 '행복교육'이
니 '행복주택'이니 하면서 정책의 명칭으로 이 낱말을 즐겨 쓰고 있다. 이처럼
행복이라는 말이 유행어처럼 많이 쓰인다는 것은 그만큼 우리의 삶에서 행복
이 중요하다는 사실을 말해준다. 그렇지만 한편으로는 현재 우리의 삶이 행복
과 사뭇 동떨어져 있음을 반증한다고도 볼 수 있다. 과거 독재정권 시절에 뜻
있는 이들이 '자유'와 '민주'를 많이 외쳤던 것도 당시에는 그것들이 절대 부족한
상황이었기 때문이 아닌가. 마찬가지로 오늘날 사람들이 너도나도 '행복'을
입에 올리는 것은 그 만큼 행복에 목말라 있음을 증명하는 셈이 아닐까 싶다.

종교인으로서 이슬처럼 맑고 난초처럼 향기로운 글로 먼지 나는 세상 사
람들의 마음을 씻어준 법정 스님(法頂, 1932~2010)! 그가 세상에 내놓았던
첫 번째 수필집 『영혼의 모음』(1972)에서부터 마지막 수필집 『아름다운 마
무리』(2008)에 이르기까지 열한 권의 책에서 화두처럼 끊임없이 물었던 것
은 '어떻게 살아야 하는가?'라는 질문이다. 어떻게 사는 것이 인간다운 삶이

고 어떻게 사는 것이 바람직한 삶인가에 대한 탐구는 궁극적으로 '행복'에 대한 접근이라고 볼 때, 법정의 글은 '수필로 쓴 행복론'이라고 해도 지나치지 않을 것이다.

이 글에서는 법정 수필에 나타난 행복의 문제가 어떻게 나타나 있으며, 그가 안내하는 행복의 길은 어떠한 것인지 작품을 통해 살펴보기로 한다.

II

인간은 누구나 행복하게 살기를 원한다. 사람이 일을 열심히 하는 것도, 돈을 많이 벌려고 하는 것도, 좋은 배우자를 만나 결혼을 하려는 것도, 출세하여 권력과 명예를 얻으려고 하는 것도 결국은 행복하게 살고 싶기 때문이다. 그러나 누구나 마음먹은 대로 행복해지는 것은 아니기에 우리는 더욱더 그것을 갈구하고 염원하는 지도 모른다.

예로부터 많은 현인들이 행복을 이야기했다. 멀리는 플라톤과 아리스토텔레스의 행복론이 있고, 알랭과 톨스토이의 행복론도 있으며, 가까이로는 러셀과 카네기, 달라이라마 등의 행복론이 있다. 여기서 이들의 내용에 대한 언급은 생략하거니와, 각자 인생관에 따라 행복에 대한 견해를 다양하게 밝히고 있다고 보겠다. 법정 또한 그의 수필 곳곳에서 인간의 바람직한 삶과 행복에 대한 생각을 피력하고 있으므로 여기서 그의 행복관을 몇 가지로 정리해 보고자 한다.

1. 행복은 가까이에 있다

앞서 법정의 글을 '수필로 쓴 행복론'이라고 하였듯이, 법정은 끊임없이 글

속에서 인간의 참된 삶에 대한 견해를 펼치고 있다. 그러나 그의 행복론은 난해한 철학적 이론이 아니고 거창한 이론도 아니다. 그는 지극히 사소하고 평범한 데서 행복을 찾는다. 그는 바이올렛 화분을 가꾸면서 이렇게 말한다.

> 이 두 개의 화초를 가까이서 보살펴 주고 있으면 내 가슴이 따뜻해진다. 살아있는 것을 가까이 두고 마음을 기울이면 가슴이 따뜻하게 차오른다. 이런 걸 행복이라고 하는지 모르겠다. 따뜻한 가슴은 이렇듯 밖에 있지 않고 내 안에서 밀물처럼 차오른다.
> — <행복은 어디 있는가>

화분의 꽃을 가꾸는 것과 같은 작은 일에서 가슴이 따뜻해지는데, 바로 그것을 행복으로 보는 것이다. 사람들은 대개 일상적인 것들은 대수롭지 않게 여기지만 행복은 이처럼 평범하고 사소한 것들로부터 시작된다는 사실을 보여준다. 그는 또 이렇게 말한다.

> 우리가 추구하는 행복이란 어디에 있는가. 향기로운 한 잔의 차를 통해서도 누릴 수 있고, 난롯가에서 읽는 책에도 그 행복은 깃들어 있다. 눈 속에 피어 있는 한 가지 매화나 동백꽃에도 행복은 스며있다. 개울물소리처럼 지극히 단순하고 소박한 마음만 지닐 수 있다면 우리가 누리고자 하는 그 맑고 향기로운 삶은 어디에나 있다. 사람들은 저마다 그 그릇에 알맞은 행복을 누릴 수 있다.
> — <다(茶) 이야기>

행복은 우리가 일상적으로 마시는 한 잔의 차에서도 찾을 수 있고, 난롯가의 책에서도 찾을 수 있으며, 한겨울에 피어나는 매화나 동백꽃에서도 찾을 수 있다는 이야기이다. 행복은 멀리 있는 것이 아니라 가까이 있음을 말해준다. 지은이는 행복에 대해서 또 이렇게 말한다.

행복은 문을 두드리며 밖에서 찾아오는 것이 아니다. 내 안에서 꽃 향기처럼 들려오는 것을 행복이라고 한다면, 멀리 밖으로 찾아 나설 것 없이 자신의 일상생활에서 그것을 느끼면서 누릴 줄 알아야 한다.

— <행복은 어디 있는가>

행복을 찾아 멀리 밖으로 나갈 것이 아니라 자신의 일상에서 찾으라고 말한다. 이 이야기는 벨기에 출신의 시인이자 극작가인 메테를링크(Maurice Maeterlinck, 1862~1949)의 <파랑새>(1908)를 떠올리게 한다. 이 아동극에는 가난한 나무꾼의 아들딸인 치르치르와 미치르라는 남매가 나온다. 그들은 파랑새를 찾으면 행복을 얻을 수 있다는 요술할머니의 말을 듣는다. 그리고 파랑새를 찾기 위해 길을 떠난다. 그들은 추억의 나라와 밤의 나라, 미래의 나라 등 여러 곳을 헤매고 다녔지만 그 어디서도 파랑새를 찾지 못한다. 결국 고생만 하다가 지쳐서 집에 돌아와 보니 그토록 찾아다니던 파랑새가 자기 집 새장 안에 있는 것이 아닌가. 행복은 결코 멀리 있지 않다는 것을 우의적으로 말해주는 이야기다. 이처럼 우리는 행복을 멀리서, 다른 세상에서 구할 것이 아니라 자신의 가까운 일상에서 찾아야 하는 것임을 깨달을 수 있다.

2. 얽매임 없는 삶을 살아라

고대 그리스의 철학자 아리스토텔레스가 '인간은 사회적 동물'이라고 하였듯이, 사람은 태어나면서부터 여러 사람과 관계를 맺고 살아간다. 그리고 좋든 싫든 여러 사람과 얽히게 된다. 법정은 인간의 세상살이를 흙탕물에 비유한다. 세상살이가 복잡하기 때문에 인간의 정신상태가 흙탕물의 소용돌이에 빠졌다고 보는 것이다.

일상적인 우리들의 정신 상태는 너무나 복잡한 세상살이에 얽히고 설켜 마치 흙탕물의 소용돌이와 같다. 우리가 한 치 앞도 내다볼 수 없는 것도 이런 흙탕물 때문이다. 생각을 돌이켜 안으로 자기 자신을 살피는 명상은 이 흙탕물을 가라앉히는 작업이다.

— <진정으로 하고 싶은 일을 하라>

그래서 명상을 통해 흙탕물을 가라앉히는 작업이 필요하다고 말하고 있다. 흙탕물의 소용돌이에 빠져 있는 한 우리는 자기 내면을 들여다볼 수가 없고, 자아를 찾을 수가 없기 때문이다. 그래서 지은이는 일상생활에서 불필요한 일 제거하고자 노력한다.

넘쳐나는 각종 정보와 소식을 통제하지 않으면 그 속에 매몰되어 삶이 생기를 잃는다. 보지 않고 듣지 않고 알지 않아도 될 일들에 우리는 얼마나 많은 시간과 정력을 낭비하고 있는가. 나는 내가 살아가는 데에 무엇이 필요하고 무엇이 불필요한 것인지를 엄격히 가리려고 한다. 이런 내 나름의 질서가 없으면 내 삶은 자주적인 삶이 될 수 없다.

— <보다 단순하고 간소하게>

불필요한 정보에 매몰되어 시간과 정력을 낭비하지 않도록 애쓴다는 이야기다. 특히 지은이는 현대인의 불행이 복잡한 인간관계에서 비롯된다고 본다. 여러 사람들과 교분을 나누다보면 필연적으로 이해관계가 형성되고 호오(好惡)의 관념과 감정의 충돌이 생기게 마련이다. 그러다보니 말이 많아지고 시끄러워지는데, 이것을 법정은 '소음'으로 본다. 그리고 이 소음으로 인해 인간은 본연의 모습, 자아를 잃어버리는 것으로 파악한다.

침묵의 의미를 잃어버린 현대인들은 인간의 원초적인 물음조차 들을 수 없도록 청각의 기능을 상실해가고 있다. 그들은 새로운 소음을 찾아 피로회복제를 마셔가며 열심히 헤매고 있다. 그러나 소음으로

이루어진 인간관계는 피곤을 더할 뿐이다. 이래서 인간의 영역은 날
로 메말라간다.

— <비가 내린다>

침묵의 의미를 잃어버린 사람들, 소음에 싸인 인간은 점차 청각이 마비되
고 내면이 삭막해지며 결국 행복과 차츰 멀어지게 되는 것이다. 그래서 법정
은 세상의 번잡한 일에 얽매이지 말 것을 충고한다. 얽매이면 한 가지 일에
집중할 수 없고, 마음의 평온이 깨어지며, 명상도 할 수 없고, 행복할 수도 없
기 때문이다.

사람의 마음은 그 어디에도 얽매임이 없이 순수하게 집중하고 몰
입할 때 저절로 평온해지고 맑고 투명해진다. 마음의 평온과 맑고 투
명함 속에서 정신력이 한껏 발휘되어 고도의 주의력과 순발력과 판단
력을 갖추게 된다. 명상은 그 같은 정신력을 기르는 지름길이다.

— <진정으로 하고 싶은 일을 하라>

지은이는 한 가지에 집중하고 몰입할 때 마음이 평온해지고 고도의 정신
력을 발휘할 수 있다고 말한다. 그러한 상태에서 명상도 가능하며, 행복의 전
제 조건이 된다고 보는 것이다. 그렇기 위해서는 여러 사람들과 섞여있기보
다는 홀로 있는 것이 더 바람직하다. 법정은 홀로 있는 상태를 선호한다.

홀로 사는 사람들은 진흙에 더럽히지 않는 연꽃처럼 살려고 한다.
홀로 있을 때 전체인 자기의 있음이고, 누구와 함께 있을 때 그는 부분
적인 자기이다.

— <홀로 사는 즐거움>

지은이는 홀로 있기를 권장한다. 혼자 있을 때 온전한 자아를 만날 수 있기
때문이다. 앞서 말한 대로 여럿이 함께 있으면 소란스러워지고 자기 자신에

몰입할 수 없다고 보는 것이다. 그런데 사람들은 혼자 있는 것을 좋아하지 않는다. 혼자 있으면 외롭고 쓸쓸하기 때문이다. 그래서 누구와 함께 있기를 바라며 되도록 여러 사람과 어울려 떠들썩한 시간을 갖고 싶어 한다. 그렇다면 홀로 있을 때의 외로움은 어떻게 감당할 것인가? 여기서 지은이는 '고독'과 '고립'을 구별하여 이렇게 말한다.

> 홀로 사는 사람은 고독할 수는 있어도 고립되어서는 안 된다. 고독
> 에는 관계가 따르지만, 고립에는 관계가 따르지 않는다. 모든 살아있
> 는 존재는 관계 속에서 거듭거듭 형성되어 간다.
> — <홀로 사는 즐거움>

홀로 살더라도 고립되어서는 안 된다는 이야기이다. 고독은 인간관계가 전제된 상태이지만 고립은 인간관계가 단절된 상태이기 때문이다. 인간은 본디 고독한 존재이다. 인간을 '사회적 동물'이라고 정의하는 것도 근원적으로 고독한 존재이기 때문에 사회적 존재를 추구하는 것이라고 볼 수 있다. 고독은 자신이 자발적으로 선택할 수 있는 긍정적인 삶의 방식이 될 수 있지만 고립은 사회와 동떨어진 부정적인 형태로서 타율적인 성질을 지닌다. 이런 점에서 자발적인 고독은 인간관계에 대한 새로운 의미를 발견해가는 과정에서 생기는 자연스러운 현상이며, 외로움 따위는 느낄 수 없다고 봐야 할 것이다. 법정이 말하는 '홀로 있음'도 이러한 자발적인 고독을 의미하는 것으로 파악할 수 있다.

3. 마음속에서 행복을 찾아라

행복이란 무엇일까? 아무 일을 하지 않고 편하게 놀고먹는 것일까? 돈을 많이 벌어 흥청망청 쓰며 사는 것일까? 높은 자리에 올라가 떵떵거리며 사는

것일까? 사람들은 대개 그렇지 않다고 부정하겠지만 내심으로는 그렇게 되기를 바라고 있다. 직장 일에 시달리지 않고 즐기며 살고 싶고, 재산이 많아서 먹고 싶은 것과 입고 싶은 것을 마음대로 시고 싶고, 높은 지위에서 명예를 떨치고 권세를 부리고 싶은 욕망도 가지고 있다. 그렇게 되기 위하여 허리를 졸라매고 부지런히 일하는 것이 보통사람들의 일상생활이다.

그런데 이것들은 모두가 인간생활의 외적 조건들이다. 대부분의 사람들은 이러한 외부의 물질적인 조건들이 갖춰지면 행복할 것으로 기대한다. 그러나 법정은 다른 생각을 가지고 있다. 그는 행복을 밖에서 찾지 말라고 한다.

> 행복은 밖에서 오지 않는다. 행복은 우리들 마음속에서 우러난다. 오늘 내가 겪는 불행이나 불운을 누구 때문이라고 생각하지 말라. 남을 원망하는 그 마음 자체가 곧 불행이다. 행복은 누가 만들어서 갖다주는 것이 아니라 내 자신이 만들어간다.
>
> ― <꽃에게서 들으라>

행복은 마음속에서 우러나며 자기 자신이 만들어가는 것이라는 점을 강조하고 있다. 행복은 정신적인 만족감이기 때문이다. 어떤 이는 물질적인 조건이 갖춰져야 행복이 가능하지 않느냐고 묻는다. 물론 사람이 살아가는 데 의식주와 같은 기본적인 조건은 필요하다. 지은이는 생존에 필요한 최소한의 조건까지도 부정하는 것은 아니다. 문제는 사람들이 최소한의 조건에 만족하지 못하고 끝없이 탐욕을 부리는 점이다. 그들은 많이 가질수록 더 행복할 것으로 생각하고, 더 많은 것을 차지하려고 혈안인데, 법정은 바로 이것이 문제임을 지적하는 것이다. 그는 다음 글에서 행복을 물질에서 찾을 수 없다고 못박고 있다.

> 인간의 이상은 더 말할 것도 없이 안팎으로 행복하게 사는 데 있다. 어떻게 사는 것이 행복한 삶인지 그 가치 척도에 따라 그 형태는 달라

진다. 적게 가지고도 즐겁게 살기도 하고, 많이 가지고 있으면서도 행복하지 못하게 사는 사람들이 우리 이웃에는 얼마든지 있다. 인간의 행복은 물질적인 생산과 소비의 많고 적음에 있지 않다는 사실만은 확실하다.

─ <안으로 귀 기울이기>

적게 가지고도 즐겁게 살고, 많이 가지고 있으면서도 행복하지 못한 사람들이 있다는 지적이다. 이런 점에서 우리는 행복은 결코 물질에 있는 것이 아니며 경제적인 부로 환산할 수 없다는 것을 깨달을 수 있다.

힌두교의 가르침에 이런 이야기가 있다. 태초에 신이 모든 사람에게 행복이라는 선물을 공평하게 나누어 주었는데, 사람들은 그것을 보관해놓을 곳이 마땅치 않았다. 히말라야 산정에 숨겨놓을까, 갠지스강 속에 숨겨놓을까 궁리했지만 아무래도 누구에겐가 도둑을 맞을 것 같아 안심이 되지 않았다. 그래서 오랜 고민 끝에 사람들 각자의 마음속에 숨겨놓기로 했다고 한다. 마음속에 감춰두면 아무도 훔쳐가지 못하기 때문이다.

그로 인해 힌두교도들은 각자의 마음속에 행복이라는 신의 선물을 간직하고 있기 때문에 늘 기쁨을 지니고 살고 있다고 한다. 인도사람들이 경제적인 궁핍 속에서도 행복지수가 높은 것은 이 때문이다. 이것은 행복을 밖에서 찾지 말고 마음속에서 찾으라는 법정의 가르침과 상통하는 이야기이다. 지은이는 또한 행복과 불행은 별개가 아니라 한 뿌리에서 나온 가지라고 말한다.

맑게 갠 날과 잔뜩 흐린 날은 같은 하늘 아래서 일어나는 음양의 조화다. 즐거움과 괴로움도, 건강과 질병도, 행복과 불행도 따로따로 떨어져 존재하는 것이 아니라 같은 삶의 뿌리에서 나누어진 가지들이다. 문제는 그 현실을 어떻게 보고 받아들이며 또한 어떻게 극복하느냐에 따라 행복과 불행의 갈림길이 열린다.

─ <농촌을 우리 힘으로 살리자>

맑은 날과 흐린 날이 같은 하늘에서 일어나는 현상이듯이 기쁨과 즐거움, 행복과 불행도 하나의 마음에서 일어난다. 그런 만큼 그 기쁨과 즐거움, 행복과 불행을 우리가 어떻게 받아들이느냐가 관건이다. 똑같은 사항을 가지고도 그것을 긍정적으로 받아들이면 마음이 편하고, 부정적으로 받아들이면 마음이 어두워진다. 그 선택은 온전히 인간 자신의 몫이다.

여기서 우리는 '일체유심조(一切唯心造)'라는 불교용어를 떠올릴 수 있다. <화엄경>의 핵심사상인 이 말은 "세상의 모든 일은 마음먹기에 달려있다"는 뜻이다. 신라의 고승 원효대사가 당나라 유학길에 해골바가지의 물을 마시고 깨달음을 얻었듯이, 한 가지 사물을 놓고도 어떤 마음으로 받아들이느냐에 따라 그 결과는 크게 달라지는 것이다.

행복이 마음먹기에 달렸다는 생각은 동양인의 견해만은 아닌 것 같다. 아리스토텔레스도 "행복은 우리 자신에게 달려있다.(*Happiness depends upon ourselves*)."고 했고, 미국의 벤자민 프랭클린도 "행복은 외적인 환경보다도 내적인 마음상태에 달려있다(*Happiness depends more on the inward disposition of mind than on outward circumstances.*)"라는 말을 남겼다. 자기 마음에서 행복을 찾아야 한다는 법정의 행복관도 이들의 생각과 그대로 부합한다고 하겠다.

4. 재물에 대한 욕심을 버려라

예로부터 인간은 오욕칠정, 즉 다섯 가지의 욕망과 일곱 가지의 감정을 지닌 존재로 규정했다. 여기서 다섯 가지 욕망은 수면욕(睡眠慾)과 식욕(食慾), 색욕(色慾)과 명예욕(名譽慾), 재물욕(財物慾)을 말한다. 그리고 일곱 가지 감정은 기쁨[喜]과 노여움[怒], 슬픔[哀]과 즐거움[樂], 사랑[愛]과 미움[惡], 욕심[欲] 따위를 일컫는다. 이 다섯 가지 욕망 중에서 수면욕이나 식욕, 색욕이나 명예욕 같은 것은 어느 정도 충족이 되면 더 이상 원하지 않는 것들이다. 그렇지만 재물욕 만큼은 성질이 다르다. 바다는 메워도 사람의 욕심은 못 채운다는 말이 있고, 아흔아홉 개를 가진 사람은 한 개를 가진 사람에게서 빼앗아 백 개를 채운다고 하듯이 사람의 재물에 대한 욕심은 끝이 없다.

법정은 이 물욕을 경계한다. 그는 "당신들이 불행한 것은 가진 재산이 당신들에게 주는 것보다도 빼앗는 것이 더 많기 때문인지도 모르겠다."고 북인도의 라다크 지방에 사는 티베트 노인의 말을 인용하면서 이렇게 말한다.

> 티베트 노인의 말처럼 현대인들이 불행한 것은 모자라서가 아니라
> 너무 많아 넘치기 때문일 것이다.
> — <아무것도 갖지 않은 자의 부>

현대인의 불행은 부족함에서 오는 것이 아니라 풍족함에서 온다는 지은이의 말은 재물이 인간에게 이로움을 주는 것보다 해로움을 주는 것이 많다는 티베트 노인의 말과 함께 우리가 깊이 성찰해볼 필요가 있다. 재물이 많은 것은 자신을 행복하게 만들어주기보다 오히려 불행에 빠뜨리는 올가미가 된다는 사실은 대단히 역설적이지만 사실이다. 복권에 당첨된 사람이 오히려 패가망신하는 경우가 그것을 증명한다. 그래서 지은이는 재물에 대한 욕심을 경계하는 것이다.

> 우리는 '내 것'이라고 집착한 것 때문에 걱정하고 근심한다. 누구에게 빼앗길까봐 어디로 새어나갈까 봐서 마음 편한 날이 없다. 그러나 원천적으로 개인이 소유하고 있는 것은 영원할 수 없다. 다만 한때 맡아서 지니고 있을 뿐이다. 자기 자신도 영원한 존재가 아닌데 자신이 지닌 것들이 어떻게 영원할 수 있을 것인가.
> 돈이나 물건은 그것을 지닌 사람이 이웃과 함께 그 혜택을 고루 나누어 가지면 관리 기간이 연장되지만, 탐욕의 수단으로 묵혀두면 그 돈과 물건에 '곰팡이'가 슬어 그 빛을 잃는다. 어디 그뿐인가. 그 재물은 보이지 않는 손에 의해 단박 회수되고 만다.
> — <얼마 만큼이면 만족할 수 있을까>

재물이란 잠깐 자기가 맡고 있는 것일 뿐이며, 오히려 그것을 많이 가지면 가질수록 마음이 편하지 않다고 말하고 있다. 그래서 도가(道家)의 창시자인 노자(老子)도 "만족함을 알면 욕됨이 없고, 멈춤을 알면 위태로움이 없다(知足不辱 知止不殆)."고 경계한 바 있다. 아울러 법정은 산업사회에서 소비자들의 구매욕구는 생산자에 의해서 조작되고 있음을 지적한다.

> 산업사회의 생산자는 소비자가 필요한 물건을 만들어낸다기보다는 소비자의 욕구의 욕구와 욕망을 자극하는 물건들을 만들어낸다. 소비자는 결국 생산자에 의해서 조작당하고 유도된다. 소유물은 우리가 그것을 소유하는 이상으로 우리들 자신을 소유해버린다. 그러니 필요에 따라 살아야지 욕망에 따라 살지는 말아야 한다. 욕망과 필요의 차이를 분별할 수 있어야 한다.
>
> — <덜 쓰고 덜 버리기>

지은이의 지적은 예리하다. 생산자들은 이윤추구를 위해서 끝없이 새로운 상품을 내놓으면서 소비자를 유혹한다. '유행'의 마법에 걸린 소비자들은 새로운 상품에 열광하며 생활의 필요성과는 전혀 상관없이 구매충동에 사로잡힌다. '명품'이라는 이름을 단 물건들이 가격이 높을수록 날개 돋친 듯이 팔려나가는 것은 모두 이 때문이다. 이에 대한 제동으로 법정은 행복의 척도를 이야기한다.

> 행복의 척도는 필요한 것을 얼마나 많이 가지고 있느냐에 있지 않다. 없어도 좋을 불필요한 것으로부터 얼마만큼 홀가분해져 있느냐에 따라 행복의 문이 열린다.
>
> — <덜 쓰고 덜 버리기>

행복은 물건을 얼마나 많이 가지고 있느냐에 달려 있지 않고, 필요하지 않은 물건에서 얼마나 해방되어 있느냐에 달려 있다는 이야기이다. 분에 넘치도록 재물에 집착하는 세태에 일침을 가하고 있다. 바로 여기서 법정 수필의 핵심주제인 '무소유'의 철학을 발견할 수 있다. 그에 따르면 무소유는 아무것도 가지지 말라는 이야기가 아니라 필요 이상의 것을 가지려고 하지 않는 것이다. 그래서 자기 생활에서 불필요한 것을 제거하라고 말한다.

> 행복의 비결은 우선 자기 자신으로부터 불필요한 것을 제거하는 일에 있다. 사람이 마음 편히 살기 위해서 무엇이 필요하고 무엇이 필요하지 않은지 크게 나누어 생각할 줄 알아야 한다. 진정한 자기 자신이 되려면 자기를 억제할 수 있어야 한다. 인간을 멍들게 하는 분수 밖의 소유욕에 사로잡히게 되면, 그 소유의 좁은 골방에 갇혀 드넓은 정신세계를 보지 못한다.
>
> — <적게 가지라>

소유욕에 사로잡히면 재물의 노예가 되어 인간 본연의 정신세계를 확보할 수 없게 된다. 그래서 법정은 분수 밖의 재물에 대한 욕심으로 자아상실의 비극에 빠지지 말 것을 촉구한다. 옛사람들도 검소하게 살면서 절제하는 생활을 권했다. 그래서 허균(許筠, 1569~1618)은 그의 문집 『성소부부고(惺所覆瓿藁)』에서 "일은 끝을 보려 하지 말고, 세력은 끝까지 의지하지 말고, 말은 끝까지 다하지 말고, 복은 끝까지 누리지 말라.(事不可使盡 勢不可倚盡 言不可道盡 福不可享盡)"고 하였다. 절제를 통해서 분수를 지키는 것이 인간의 바른 길임을 역설한 것이다.

III

이상으로 법정의 수필에 나타난 행복에 관한 내용을 살펴보았다. 지은이는 행복은 멀리 있는 것이 아니라 우리의 일상생활 속에 있는 것이며, 복잡한 세상사에 얽매이지 않은 가운데, 마음속에서 찾을 수 있다고 하였다. 그리고 무엇보다 재물에 대한 욕심을 버리고 무소유 정신으로 살아가는 것이 행복으로 가는 길임을 역설하고 있다.

실제로 법정은 무소유의 정신을 몸소 실천했다. 한 가지 예를 들면, 고급 요정이던 대원각(大苑閣)의 주인 김영한(金英韓, 1916~1999)으로부터 시가 1천억 원에 상당하는 7천여 평의 땅을 기증 받고도 개인적으로 취하지 않고 길상사(吉祥寺)라는 절을 지어 청정 기도도량으로 삼은 일이다. 그는 절을 창건해놓고 주인노릇을 하지 않고 강원도 산속에서 홀로 살았으며 단 하룻밤도 그 절에서 잠을 자지 않았다고 한다. 이 한 가지 일만 보더라도 그가 얼마나 무소유의 실천에 철저했는지 짐작할 수 있다. 말만 번지르르하게 앞세우면서 실제 행동은 다른 사람들, 잘못을 저질러놓고도 부끄러워할 줄 모르고 변명만 해대는 사람들이 본받아야 할 일이 아닐 수 없다.

일찍이 헤르만 헤세(Hermann Hesse, 1877~1962)도 "삶이 우리에게 주는 것을 거부하지 않는 것, 그리고 삶이 허용하지 않는 것은 바라지 않는 것, 이것이야말로 삶의 기술이다."고 말한 바 있다. 이는 바꿔 말하면 분수에 넘치는 일에 욕심을 부리지 않는 것이 복되게 사는 길이라는 뜻인데, 법정의 행복관과 일치한다고 볼 수 있다.

법정 수필에서 행복한 인생을 사는 비결은 물질에 대한 과욕을 버리고 자기의 내면에 충실하면서 현재의 자신에 만족을 느끼는 것이라고 요약할 수 있다. 칡덩굴처럼 얽힌 복잡한 세상에 처해서도 고요한 마음의 상태를 잃지 않고 늘 자기 자신을 성찰하면서, 일상생활의 자잘한 기쁨을 누리면서 사는 것이 행복한 삶임을 확인할 수 있다.

이렇게 볼 때 행복으로 가는 길은 결코 어려운 일이 아니며, 우리가 바라는 행복의 열매는 저 높은 곳에 달린 것이 아니라 누구든지 마음만 먹으면 가까이에서 딸 수 있는 것임을 깨달을 수 있다. 세상의 명리와는 담을 쌓고 호젓한 산속에서 샘물같이 청정한 글을 쓰면서 일생을 보냈던 법정이야말로 자기

뜻대로 자유로운 삶을 살았고, 스스로 행복을 가꾸었던 사람으로 보인다. 행복은 멀리 있는 것 같으나 가장 가까이에 있고, 행복으로 가는 길은 어려울 것 같으나 가장 쉽다는 사실을 새삼 깨닫는다.

익살과 해학, 화끈한 까발림

— 정조 수필론

좋아 오늘밤 요녀려 것 당장 요절내면서
나도 쓸개 있는 놈이라는 걸 보여주어야 한다.
— 〈부부싸움 서곡〉

I

이야기 솜씨가 남다른 사람이 있다. 어떤 사람이 말하면 맹물처럼 별 맛이 없는 이야기인데 어떤 사람이 말하면 아주 구수하고 흥미진진하다. 글도 마찬가지다. 그다지 특별할 것 없는 이야기지만 그럴 듯하게 엮어서 읽는 재미를 느끼게 해주는 사람이 있다. 수필가 정조(鄭竈, 1930~2014)가 바로 그런 작가이다. 그는 별로 특별하지도 않은 평범한 일상의 이야기를 맛깔나게 요리하여 눈시울을 적시거나 포복절도하게 만든다.

정조는 함경남도 삼수군에서 태어나 초등학교 3학년 때 조부가 살던 고흥으로 옮겨와 성장하였다. 전남 순천과 무안, 여수 등지에서 지방공무원으로 재직하였으며, 1959년 조선일보 신춘문예에 희곡 <도깨비>가 당선되어 문단에 나왔다. 한국문협과 전남문협 회원으로 작품을 발표하면서 순천문학동우회 및 순천문협 회장을 역임하였고, 2007년 순천문학상을 수상하였고 2014년 4월 향년 75세로 영면하였다.

작품집으로는 희곡집 『마지막 기수』(1965)와 『영웅행진곡』(2000), 시집

『말 여덟 마리를 모는 마부의 꿈』(1998), 수필집 『어느 애처가의 환상여행』
(1995)와 『어느 별들에 관하여』(2001), 『초승달과 벚꽃 그리고 트럼펫』
(2011), 시사만평집 『만나자고 해놓고』(2009) 등 일곱 권이 있다. 이들 작품
집을 보면 그는 희곡으로 등단을 했지만 시와 수필을 아우르며 폭넓게 창작
활동을 했으며, 그 가운데서도 특히 수필에 집중을 했음을 알 수 있다.

여기서는 그가 남긴 세 편의 수필집 『어느 애처가의 환상여행』과 『어느
별들에 관하여』, 『초승달과 벚꽃 그리고 트럼펫』과 시사만평집 『만나자고
해놓고』에 실린 작품을 대상으로 그의 수필세계를 살펴보고자 한다.

II

정조 수필의 최대 강점은 우선 글이 재미있다는 것이다. 그는 익살과 해학을
교묘하게 배합하는 솜씨가 뛰어나다. 그의 수필은 개인적 상념의 토로나 사
물의 관조에 초점을 맞추는 서정적인 글과는 성격이 다르다. 그는 주로 주변
인들과의 인간관계에서 빚어지는 갈등이나 우스꽝스러운 일화에 착안한다.

정조 수필에는 소년시절과 총각시절의 연애담을 비롯하여 맞선 이야기와
결혼 후의 가정생활, 직장 동료나 지인들과의 교유기 등 여러 가지 이야기가
나오는데 그 모두가 흥미진진하여 단숨에 독자의 시선을 사로잡는다.

1. 익살스러운 부부싸움

정조 수필에는 가정생활을 소재로 한 이야기가 많은데, 주로 부부간에 티
격태격 부딪치는 이야기들이다. 정조 수필의 중심 소재는 부부싸움이라고 해
도 과언이 아닐 정도로 숱한 이야기들이 익살스럽게 까발려진다.

이들 부부는 생각하는 것이나 말하는 것이나 행동하는 것 모두가 서로 어긋나 있다. 먼저 한 가정의 지아비로서 작가의 모습은 어떠한가. 그는 "굵고 작은 가정사는 모두 아내 몫으로, 저 긴긴 세월 동안 부모의 제향이나 아내 생일 따위를 꼽지 못하는 건 약과이고, 월셋집 얻기에서부터 시작하여 애들 시험공부, 대학진학 상담까지도 내게는 일체 관심 밖"(<아내와의 여행길에서>)이라고 할 만큼 집안일에는 관심을 보이지 않는다. 직장 일을 핑계로 모든 가정사를 아내에게 맡겨놓고 바깥으로만 나도는 사람이다. 그러니까 그는 아내의 눈에 "아무 것도 할 줄 모르는 백수(白手)", 즉 무능한 남편으로 비칠 수밖에 없다.

한편 아내는 어떤 모습인가. 그는 아내를 "곱다고 이르기엔 언감생심이고, 밉다고 하기에는 좀은 억울한, 그러니까 밉도 곱도 않은 … 어떻든 그래도 밉상에 가까울 수밖에 없는 펑퍼짐한 모양새로 편하게만 살아가려는 덩치 큰 여자."(<아내와의 여행길에서>)로 소개한다. 저래놓고 나중에 뒷감당을 어떻게 할까 염려될 정도로 아내에 대해서 적나라하게 말하고 있다.

특히 그는 아내의 몸집을 탐탁지 않게 생각한다. "아내는 체중이 칠십팔 킬로인 거구이고 나는 고작 육십삼 킬로"(<순천심 순천인>)라고 하다시피 아내의 큰 체구가 못마땅하여, "행여 아내와 동행이라도 해야 하는 이변이 생길라치면 나는 언제나 아내더러 대여섯 걸음 뒤처져 따라오라고 충고한다. 미장원에서 머릴 부풀리고 통나무만한 힐을 신었다 하면 나란히 걷는 나는 꼼짝없이 '고목나무 매미'라고 친구 녀석들의 놀림감이 되기 때문이다."(<자수정과 먹물>)라고 고백하고 있다.

작가는 몸집이 큰 아내와의 동행을 '이변'으로 표현할 만큼 아내와 외출하는 것을 꺼리고 있으며 자신의 키에 상당한 열등감을 지니고 있음을 알 수 있다. 이 두 사람이 다투는 모습을 살펴보자.

"아 그만 둬요. 잠이나 자요."

아내가 한 마디 톡 쏘더니 전등을 딱하고 내리면서 이불을 뒤집어쓴다. 허어 이것 봐라. 부아를 마구 돋구네. 지가 뭐 잘났다고…. 지겨운 넋두리만 여전히 밀려오는 컴컴한 방에서 무언가 아내에게 된통 한 방 얻어맞았다는 수치심이 들자 귀속에서 우끈우끈 맥박 치는 소리가 나면서 목 줄기가 뻣뻣해진다. 좋아 오늘밤 요녀러 것 당장 요절내면서 나도 쓸개 있는 놈이라는 걸 보여주어야 한다. 그게 남편의 위신이요, 사나이 위엄이다.

— <부부싸움 서곡>

그들의 다툼은 사소한 감정의 충돌로부터 비롯된다. 그는 가장으로서 위신과 체면을 중요하게 생각하는데 아내에게 무시당했다고 느끼는 순간 부글부글 분노가 끓어오르기 시작한다.

한데도 아내는 개코도 모르는 주제에 은인자중 허구한 날 세월을 인고하며 살아온 남편을 아주 쉽게 두루춘풍이거나 모르쇠 정도로 얕잡아 보고 있는 것이다. 안 되지. 나는 다시 불을 켰다. 방안에 담배 연기가 자우룩했다. 아내는 이불 속에서 숨죽인 채 꿈적도 않는다. 이 여자를 주릴 틀려면 먼저 이불을 와락 잡아채면서 고래 튀듯 쩡쩡 울리는 노성으로 일어나! 하고 소리 지르며, 두 눈동자 위에 허옇게 쌍심지 돋아 켜고 대시해 들어가야 승산이 있을 것이다.

— <부부싸움 서곡>

이처럼 감정이 고조되어 일촉즉발의 상태에까지 이른다. 그러나 더 이상 험악한 사태로까지는 발전하지 않는다. 그것은 자식들이 있기 때문이다. "단칸방 신세인지라 어린 것들 몰해 치고받을 그런 공간"이 없을 뿐더러 "구태여 애들 앞에서 할 것까지야 있겠느냐는 게 나의 기사도요 선비정신이다." (<부부싸움 서곡>)고 고백하듯이 그의 부부싸움은 물리적인 충돌까지는 가지 않고 상황이 바뀐다.

나는 면구스럽다 못해 잠옷 위에 양복을 엉겹결에 꿰어 입는다.

"주무시잖고 어딜 가요. 내일도 바쁘다면서…,"

"잠자게 생겼어? 대포 한 잔 하고 올 거야."

"이 밤중에 누가 술 준대요. 가지 말아요."

그런다고 옷 벗고 주저앉자니 말도 아니고 체면도 아니다. 나는 묵묵부답 막무가내로 구두를 꿰고 뜰에 나선다.

— <부부싸움 서곡>

작가는 남편의 자존심을 잃고 싶지 않아 무작정 밖으로 나온다. 그리하여 상황은 종료되는데, 이렇듯 매사에 죽이 맞지 않은 부부가 티격태격 부딪치며 아웅다웅하는 이야기가 독자로서는 여간 재미있는 읽을거리가 아니다.

2. 애주가의 행각

작가 정조는 평소 술을 좋아한다. 수필 곳곳에 술과 관련된 이야기들이 등장하는 것을 보면 그는 대단한 애주가이자 호주가임을 짐작할 수 있다. <맞선보기2>를 보면 젊은 시절 군청에 임시직으로 들어가 "집집마다 사그리 세금 받으러 가는 일 외에는 동료들과 흥청망청 막걸리 타작에 열을 올렸다."고 술 마신 일을 고백하고 있다.

이렇게 만화방창한 날 홀연히 야외에서 드는 술이야말로 감로주가 아닐소냐. 순식간에 둘이서 막걸리 반 말을 처분한 뒤 다시 한 주전자를 청해놓고 보니 안주가 떨어졌다. 안주를 추가로 시켜오니 이번엔 막걸리가 동이 난다.

— <맞선보기2>

그는 선보러 가는 길에 주막을 발견하고 동행하는 사람과 일단 술부터 마시기 시작한다. 색시를 만나 맞선을 보는 일보다도 술 마시는 데에 열심인 것을 볼 수 있다. 그는 술로서는 누구에게도 뒤지지 않는다고 자부한다.

나는 술로는 남들에게 별로 뒤지지 않았다. 이것저것 포만스레 순
배를 채워도 얼굴이 붉어지지 않았기 때문에 언제나 집에 가면 술 안
먹은 척 천연덕스레 굴 수 있었고, 술이 되면 누구나 다변해지듯 나도
여느 때보다는 조금 더 말수가 는다고나 할까.

— <달팽이 숨바꼭질>

술을 아무리 마셔도 얼굴이 붉어지지 않는 체질이라 집에 가서도 아내에
게 들키지 않는다. 타고난 술꾼인 그는 직장에서 음주 동료들을 두 팀이나 가
지고 있다.

우리들 트리오란, 계장인 나를 중심으로 직장 후배인 평직원 두 사
람의 짝을 우리 스스로 그렇게 이름붙이고 있었다. 그러니까 이 작당
은 내가 이미 끼어있는 술 삼총사인 동료계장 두 사람과는 별도여서
나는 양다리 걸치기로 뺀 한 시간만 나도 그 어느 한쪽과 어울려 술을
퍼마시고 다녔던 것이다.

— <70년대식>

이렇게 두 팀을 번갈아가며 부지런히 술을 마셔댔으니 술값 또한 얼마나
많이 나왔겠는가. 그에게는 한 달에 한 번씩 난처해지는 날이 있는데, 그것이
바로 봉급날이다.

아예 큰 요정은 월부로 흥정하고, 대폿집 외상은 절반으로 자르면
서, 것도 두 눈 빗겨뜨고 과장 계장 눈치를 슬금슬금 훔쳐가며 저마다
내미는 손에 숨넘어가듯 애걸복걸 대여섯 군데를 때우고 나니 어찌하
나, 돈 봉투가 삼분의 일도 안 되게 졸아붙고 말았다.

— <나들이고누 두기>

봉급날이 되면 술집에서 외상값을 받으러 온다. 한 달 동안 마신 외상술값을 치르고 나니 집에 가져갈 돈이 얼마 되지 않아 고민스럽다. 그리하여 이 술 때문에 벌어지는 기상천외한 사건들이 <맞선보기2>, <맞선보기3>, <70년대식>, <사주쟁이 묘> 등의 글에 잘 나타나 있으며, 정조 수필의 매력으로서 독자들을 포복절도하게 만드는 것이다.

3. 해학적인 필치

정조는 이야기를 재미있게 꾸미는 재주가 있다. 평범한 이야기도 그의 입을 통하면 재미있게 들린다. 정조 수필의 해학은 독자의 입가에 가벼운 미소가 아니라 얼굴 가득 폭소를 터뜨리게 한다. 순천에 살고 있는 그는 외지 사람이 "순천 미인이 많다더니만 별로든데요?"하고 이죽거리는 소리에 이렇게 둘러댄다.

> 이거 왜이래. 순천에서 별 볼 일없는 여자 전부가 주민등록 옮겨온 사람들이라구. 한번 이뻐볼려고 말이지. 진짜 순천미인들은 가정규수니까 집안에 모두 있다고…. 미인 보기가 뭐 그리 쉬운 줄 알어?
> — <순천심 순천인>

그는 본디 함경도에서 태어나 고흥에서 자랐지만 최종의 보금자리는 순천에 틀었다. 순천을 제2의 고향으로 삼고 있는 그로서는 순천을 폄하하는 말이 자존심을 건드리는 것으로 여겨진다. 그래서 "순천에 가서 인물 자랑하지 말라."는 말에 대한 자부심을 잃고 싶지 않아서 억지소리로 상대의 말문을 막은 것이다. 그의 해학적인 필치는 신혼 초야의 광경에서 유감없이 펼쳐진다.

그리고는 동지섣달 설한풍에 굶주린 늑대마냥 신부에게 달려들어 어디가 시작이고 어디가 끝인 것도 아랑곳 않고 갖춘 의상을 양파껍질 벗기듯 내리다지 벗기면서, 벗겨도 벗겨도 끝없는 옷가지들에, 이건 해도 너무 한다고 속짜증을 내가며, 마치 구중심처 열두 대문 궁궐 도감 싸다니듯 체신머리 없이 신부를 붙조졌던 것이다.

　　　　　　　　　　　　　　　　　　　　　— <공자의 버선>

첫날밤 합방 장면에서 신랑의 저돌적이고 용감무쌍한 모습을 생동감 있게 그리고 있다. 이와 흡사한 이야기로 같은 직장의 여성에 매혹된 사연도 있다.

그럴 적마다 나는 기혼자가 돼버린 스스로를 뉘우치고 뉘우치면서, 그녀 그리는 상념에 시달리며 이제는 감히 범접할 수 없는 여인으로 인생의 한 반려로서만 상종해나갈 수밖에 없다는 생각으로 자신을 가두어 두다가도, 어느 샌가 갈씬스런 들짐승마냥 그녀를 한 순간에 덮쳐 이제까지 가두듯이 견디어온 욕정을 남김없이 분출시킴으로써, 거미줄같이 찐득거리는 욕망의 사슬을 끊어야 한다고 호시탐탐 노리고 있었다.

　　　　　　　　　　　　　　　　　　　— <파도야 어쩌란 말이냐>

한 남성으로서 호감이 가는 여성에 대한 뜨거운 성적 욕망을 거리낌 없이 드러내고 있다. 젊어서 성사되지 못한 일을 나이가 들어서까지도 포기하지 않고 기회를 노리는 이야기가 솔직하면서도 재미있다. 독자를 웃게 만드는 이야기로 음주 관련 일화들을 빼놓을 수 없다. 다음은 밤새껏 술을 마시고 새벽에 집에 들어간 이야기다.

뚜벅뚜벅 괴괴한 도심의 한밤을 거닐어내 집 대문께에 이르렀으나, 초인종 누르기가 무척 민망스러웠다. 곁방살이 주제에 야밤이면 뻔질나게 시끄러운 소리로 큰방 쥔들의 잠을 깨운다는 자책에서, 한순간

머뭇거리고 있자니까 그 때 대문이 슬몃 열렸다. 나는 깜짝 놀라 엉덩방아라도 찍을 뻔했다. 난데없는 아내가 사천왕상 같이 시커먼 그림자로 거기 서있었기 때문이다.

　　　　　　　　　　　　　　　　　　　　　　　 — <70년대식>

주인이 잠을 깰까봐 초인종도 누르지 못하고 대문 앞에서 머뭇거리다가 문을 열어주는 아내와 마주쳐 놀라는 장면이 재미나게 표현되어 있다.

정조 수필은 대단히 재치가 있다. 그는 어떤 사실을 표현할 때 직설적으로 말하지 않고 비유적으로 말한다. 이를 테면 총각시절 선을 보러 가는 길에 주막에 들렀다가 두 눈이 휘둥그레지는 경험을 하게 되었는데, 그 때의 상황을 이렇게 표현하고 있다.

　　그것은 한 송이 모란이었다. 꽃 중의 꽃, 아니 꽃 중의 여왕 빨간 모란꽃이 거기 있었다. 어디서 얻어진 연결고리인지는 알 수 없으나 나는 모란을 보면 거추장스런 의상일랑은 훌훌 벗어던지고 알몸으로 엎드린 나부(裸婦)를 곧잘 연상해왔다. 나부는 모란같이 뒷면의 잔털이 부끄러운, 터질 듯한 관능미로 뭇 사내를 뇌쇄시키면서도 자기 내면의 응시에서 승화를 꿈꾸는 여인, 그녀가 바로 모란이 아니던가. 그 모란꽃이 파아란 하늘을 이고 한 송이 피어 있었다. 아니 빨랫줄에 외롭게 걸려 있었다.

　　　　　　　　　　　　　　　　　　　　　　　 — <맞선보기2>

빨랫줄에 널려 있는 처녀의 속옷을 모란꽃으로 표현한 것이다. 이와 같이 은밀한 내용을 은유적으로 미화시키는 솜씨가 재미가 있는데, 이러한 대목에서 작가의 문학적 내공과 역량을 엿볼 수 있다.

4. 반전의 묘미

정조의 수필은 극적인 요소가 많다. 특히 결말 부분에 예상치 못했던 반전을 보임으로서 글의 재미를 배가(倍加)시킨다. 이를 테면 <맞선보기1>에서 군복무 시절 동료의 소개로 맞선을 본 다음 "처녀 집에서 너더러 한 번 더 보재."라는 말을 듣고 큰 기대감을 갖고 다시 찾아갔다가 뜻밖의 상황에 부딪치고 만다.

> 나는 참호에서 졸다가 불시에 적병의 기습을 받은 얼뜨기 신병같이 허둥지둥 그나마 빌려 신고 온 찌그러진 워커화를 터글터글 끌며 뛰는 듯 걷는 듯 대문 밖까지 쫓겨나온다. 그리고는 떨리는 손으로 군화끈을 얼기설기 잡아매면서 이빨을 달그락거린다.
> "이하사 요 새끼를 그냥 씹어설랑⋯⋯카악! 퉤!"
> — <맞선보기1>

처녀가 정작 마음에 두었던 사람은 그가 아니라 지난번 동무 삼아 맞선 자리에 함께 갔던 이하사라는 친구였던 것이다. "에헴! 오늘은 초청 받고 온 귀하신 몸이다."고 의기양양했던 상황이 "싫어. 왜 남 싫다는데 억지루 밀어붙이려구 해요?"라는 처녀의 말을 듣는 대목에서 극적인 반전을 보여주는 것이다.

이와 같이 끝부분에서 예상을 뒤엎는 전환을 보여주는 작품은 여러 편이 있다. 예컨대 <불>에서는 1주일간 출장을 갔다가 돌아온 작가가 그 사이에 자기 집에 불이 난 사실을 알게 된다. 작가는 그동안 아무 기별도 하지 않은 아내를 괘씸하게 생각하고 급히 집으로 달려갔는데, 정작 아내는 "평소 집안에서 못 하나 제대로 박을 줄 모르면서 불났다고 전화하면 뭘 해요."하고 내쏜다. 그런데 다음날 아내는 시장실에 초청을 받고 시장으로부터 "출장가신 바깥양반 걱정하신다고 집에 큰 불이 났어도 혼자서 화재복구를 하셨다니 참으로 장하십니다."는 치하를 듣고 금일봉을 받는다.

<곰탕과 누룽지>에서는 여름에 가족 물놀이를 다녀오는 길에 외식을 한 이야기이다. 곰탕집에서 아내는 속이 안 좋다며 자기 몫은 주문하지 않는다. 그런데 집에 돌아온 뒤에 뜻밖에도 "아내가 나들이옷 그대로 시렁 밑에 서서 개다리소반 위 양푼에 담겨진 채 쉬지근하게 퍼져나간 보리누룽지를 허겁지겁 입으로 퍼 넣고 있는" 광경을 보게 된다. 배가 고픔에도 불구하고 아내는 돈을 아끼고자 뱃속이 불편하다는 핑계로 곰탕을 먹지 않고 집에 와서 허기를 때우는 것이었다.

<나들이고누 두기>에서는 봉급날 외상술값을 치르고 빈털터리가 된 남편은 할 수 없이 맨손으로 집에 가서 "아, 오늘이 봉급날이여? 나 출장 다녀오느라 월급 못 탔어."하고 둘러댄다. 그리고 다음날은 깜빡 잊고 안 가져왔노라고 하며 위기를 벗어나려고 한다. 그러자 아내는 이내 눈치 채고, "돈이 없으면 봉투라도 보여줘야죠."하고 말한다. 빈 봉투를 건네주고 난 다음날 퇴근해보니 아내는 없고 처조카가 부엌에서 밥을 짓고 있다가 이렇게 말한다. "고모는요 장사 갔어요. 보름 뒤에 오신다고 나더러 집 잘 보랬어요."

<B씨 내외간의 이중주>에서는 사업에 실패한 주인공이 형편이 어렵게 되어 후배에게 돈을 빌린다. 후배는 돈을 빌려주면서 "아마 형에게 이 돈 드리는 걸 집사람 이해 못 할 겁니다. 그러니까 제 집에겐 절대 비밀로 해주세요."하고 부탁한다. 그런데 며칠 뒤에 후배의 아내로부터 만나자는 전갈을 받는다. 돈 빌려준 사실이 탄로난 것으로 짐작한 주인공은 돈을 다시 내놓으라고 하면 어쩌나 가슴을 졸이며 후배의 아내를 만난다. 그런데 뜻밖에도 그 여자는 남편에게 소식을 들었다면서 "전 아저씨가 그토록 어렵게 사시는 줄은 미처 몰랐어요."하고 돈을 내놓으며 당부한다. "이 돈, 우리 집 저분에겐 비밀로 해주세요. 이것만은 꼭 지켜주셔야 합니다."

이처럼 정조 수필은 독자가 예상치 못했던 결말을 보여줌으로써 독자에게 극적인 카타라시스와 글의 묘미를 느끼게 해주는 것이다. 이는 작가가 극작가 출신인 까닭에 그의 주특기인 희곡의 작법을 수필에 적용한 결과로 볼 수 있다.

5. 호소력 있는 문장

정조 수필에서 우선 눈에 띄는 것은 그의 빼어난 문장이다. 정조 수필의 강점은 잘 빚은 도자기처럼 매끄러운 문장에 있다. 그의 글은 내용도 훌륭하지만 사상(事象)에 대한 적확한 묘사와 절묘한 비유, 속도감 있는 전개가 독자에게 문장을 맛보는 재미를 선사한다. 가령 소년시절의 목마른 사랑을 이야기한 <첫사랑>이나 <초승달과 벚꽃 그리고 트럼펫>과 같은 작품은 매우 서정적이며 분위기와 심리에 대한 묘사가 유려하다.

> 개울 쪽에서 살랑살랑 바람이 치훑고 지나가면 그녀의 체취가 못 견디게 내 코끝을 간지럽힌다. "아냐. 그냥 가아." 할 때의 그녀 입김과 몸놀림에서 흰 나리꽃이 뿜어내는 생긋한 향기가 내 심장 깊은 곳에 와 고인다.
>
> — <첫사랑>

열네 살 소년의 가슴에 싹튼 한 소녀에 대한 매혹을 표현하였다. 소녀에게서 느껴지는 체취를 꽃향기로 비유하고 있다. 서정적인 문장이 독자의 가슴을 촉촉이 적신다.

> 그날 밤도 청람빛 천공엔 미처 차오르지 못한 어린 달이 파르스름한 쪽빛 물결을 먼 산등성이에서 옹기종기 웅크린 지붕 너머로 밀어내고 있었고, 고딕식 아치형 첨탑에 걸린 십자가에 부딪친 무수한 인광들이 뜰 아래로 부서져 내리고 있었다. 농익은 사월의 목련화는 뚝뚝 떨어지고 벚꽃은 휘날리어 마당 가득 백설처럼 낭자하였다.
>
> — <초승달과 벚꽃 그리고 트럼펫>

사춘기 시절 이성에 대한 그리움은 얼마나 간절한가. 어느 소녀를 처음 만난 주일예배의 밤풍경을 달빛과 목련화와 벚꽃으로 묘사하였다. 다음은 사랑하는 소녀와의 만나지 못하고 절망과 회한에 빠진 사춘기 소년의 심사를 잘 보여준다.

　　트럼펫은 이제 울려오지 않았다. 조각달은 먹줄을 먹인 듯한 산등성이에서 사월 대로 사위고, 바람은 질식하고 낙화는…비정했다. 어디에다 원망하랴. 이 세상 모든 것을 상실해버린 나는 텅 빈 공동(空洞) 앞에 하나의 흑점으로 굳어가고 있었다. 그녀 모습은 이제 꿈의 회랑에선들 볼 수 없으리라. 점점 더 짙게 번져가는 절망의 어둠 속에서 어느 훗날 육탈해버린 내 촉루를 무추름히 가늠하면서 회한의 실타래를 다시 되감기 시작했다.

　　　　　　　　　　　　　　　─ <초승달과 벚꽃 그리고 트럼펫>

　초승달 아래 벚꽃이 날리고 트럼펫 소리까지 울리는 봄날 밤에 소녀를 만날 수 있는 행운을 놓쳐버린 소년, 이 세상의 모든 것을 잃어버린 것 같은 상실감과 공허감이 절절히 표현되었다. 다음은 성인이 되어 만난 한 여인에 대한 갈망을 드러낸 글이다.

　　나는 지금도 남녀 간의 우정은 거역할 수 없는 이성(異性)이란 자장에 의해 맺어진다고 믿는 것이기에, 오작교 다리 건너듯 해마다 한 번씩 만날 즈음이면, 이번에야말로 그녀의 오만한 지성을 무장해제하고, 나의 육감적인 야성에 횃불을 달아 어느덧 고색창연해진 '그녀의 성채'를 타넘으려고 지금도 긴긴 회랑(回廊)을 이렇게 배회하고 있는 것이다.

　　　　　　　　　　　　　　　─ <파도야 어쩌란 말이냐>

　채우지 못한 갈망이었기에 그는 늘 배가 고프다. 젊은 시절의 인연임에도 불구하고 그는 나이가 들어서까지도 그 갈망이 여전함을 고백하고 있다. 정조 수필은 배꼽 빠질 만큼 웃음보따리를 잔뜩 안겨주기도 하지만 때로는 이처럼 가슴 치는 처연함을 보여주는 것이다.

오후, 거리에서 두 차례의 술집 순례가 끝나자 어두워졌고, 셋은 내 집에서 합숙했다. 우리는 취중에서도 연방 변치 않는 우정을 다지곤 했으나 떨어져간 '별'에 대해서는 아무도 얘기하지 않았다. 그저 그렇고 그런 늙은 소시민으로 뒷전에 나앉은 자신들의 풍화(風化)과정을 지켜보면서 짙은 허무감에 감기는 잔잔한 체념의 슬픔 같은 것을 동병상련으로 어루만지고 있었다.

— <어느 별들에 관하여>

젊은 시절 세 사람은 가슴 속에 창대한 꿈들을 품고 기세등등하였으나 세월의 파란에 씻겨 "늙은 소시민으로 뒷전에 나앉은 자신"을 발견하게 된다. 인생살이의 험난함과 냉엄한 현실의 벽을 절감하는 내용이 인생의 무상감을 심어주면서 독자에게 자신의 삶을 성찰하게 만든다. 다음 글은 삶과 죽음에 대한 달관의 경지를 이야기한다.

그 시골노인은, 짐짓 승새 굵은 북포(北布)로 수의를 지어놓고 처마 밑엔 거센 새끼줄로 달아매어 재워둔 송연 칠한 닷문짜리 소나무관이 있었을 것이다. 비바람 치는 날이면 처논 날개를 끄집어 당겨주면서, 때로는 사괴가 뒤틀리어 꿈틀거리지는 않는지, 깊은 자귀질로 관의 살점이라도 떨어져나가진 않았는지 틈나는 대로 육신과 더불어 휘이 휘이 저승을 향해 날아갈 동반자를 쓰다듬어주고 있었기에 죽음이란 그에게는 하나도 부자연스런 게 아니었을 것이다.

— <귀거래의 길목에서>

언젠가는 자기가 죽을 것을 알고 미리 죽음을 준비하는 시골노인의 모습이다. 이 부분의 내용은 그 앞쪽에서 정작 높은 지위에 있는 벼슬아치들이 자기의 죽음을 순순히 받아들이지 못하는 경우와 대비되어 더욱 공감을 자아낸다.

정조 수필가의 탁월한 문장에 대해서 살펴보기로 한다. 우선 그는 비유법을 문장에 적절히 활용한다. 참신한 비유를 통해 표현의 효과를 거두고 있다.

여러분은 산딸기 같은 엄마의 유두를 빨다 말고 보송보송한 고사리 손으로 젖가슴을 조무락거리며, 산모를 치올려보곤 무어라고 종알대는 저 앙증맞고도 깜찍한 아기의 노닥거림을 본 적이 있는가?

— <5월의 찬가>

우리는 어렵사리 험한 골짜구니에서 벗어던진 짚새기 꼴로 엎드려 있는 오두막 한 채를 찾아낼 수 있었다.

— <우물>

박속마냥 오동통한 종아리가 허물 벗듯 스타킹에서 주르륵 뽑혀 나올 때면 나는 쿵쿵거리는 심장의 동계와 서리서리 감겨오는 아찔한 색정을 감당하지 못했던 것이다.

— <파도야 어쩌란 말이냐>

그런데 공원 저 끝 벤치에서 한 사내가 우산도 없이 비를 맞으며 굳어버린 석고상인 양 희미한 불빛 아래 고개를 꺾고 앉아 있다.

— <드라마게임>

한데 놀랍게도 그곳에는 미륵같이 덩두렷한 아내가 응접의자에 얌전히 좌정하고 있었다.

— <불>

오기가 용수철마냥 퉁기어진 나는 그 쪽을 뒤돌아보기는커녕 더욱 걸음을 재면서 시멘트 담벼락에 대고 까패듯 소리를 질렀다.

— <아내와의 여행길에서>

부부심리란 절묘한 거문고 타기와 같은 이치여서 오른손이 술대로 줄을 쳐 선율과 화음을 이끌어내려면 반드시 왼손이, 오른손이 내준 음을 따라다니며 장식음을 넣어줘야 다양한 뉘앙스를 얻을 수 있음이었다.

— <나들이고누 두기>

가정이라는 갇혀진 공간에서 찌그럭짜그럭 하며 마치 달팽이가 달팽이꼴로 기어다니듯 때로는 쌍곡선을 그으며, 때로는 포물선적 방정식으로 살아간다.

— <달팽이 숨바꼭질>

그렇게 오롱조롱 풋고욤 열리듯 하던 무수한 시간의 어느 날 밤, 마침내 절호의 찬스가 왔다.

— <파도야 어쩌란 말이냐>

벼슬이란 한때 남에게서 빌어 입은 화려한 의상과 같은 것이어서 미구(未久)엔 벗어던져야 한다는 이치는 어린 소년에게도 금방 납득되는 까닭이련만….

— <귀거래의 길목에서>

정조 수필가는 우리말에 대한 애정도 각별하다. 그는 순우리말에 남다른 관심을 갖고 작품에 의도적으로 고유어를 담고자 노력하고 있으며, 오늘날 일상생활에서 쓰이지 않는 말들까지 애써 발굴하는 열의를 발휘한다.

들피지고 앤생이가 된 남편 또한 아내를 얼싸안으며 흐느낀다.

— <드라마게임>

더욱이나 지아비의 상사에게 죄만스러워하기는커녕 푸접 없고 당돌하게 대답하는 품이 항용 남편에 대한 쌓인 불만을 야속하다고 사설이나 하듯 지망지망 뇌까린다.

— <불>

"화났어요?" "아니…." 나는 올가망하게 대꾸했다.

— <파도야 어쩌란 말이냐>

곁에서 다리미질을 끝낸 아내가 깊이 몰아쉰 숨결 끝에 잔지누룩한 꿈같은 애길 걸어왔다.

— <사주쟁이 묘>

나는 무연한 얼굴로 깨나른해지는 맥을 추스르며 조용히 다시 얘기를 시작했다.

— <일편단심 민들레>

네 사람이 곰탕 세 그릇을 비우는 저녁 외식은 그래서 흘미죽죽 끝날 수밖에 없었다.

— <곰탕과 누룽지>

어제 그제 갓 시집온 며느리가 제 딴엔 사리가 맞지 않다고 느껴지면 자기주장을 뒤넘스럽게도 시부모 앞에서 펴고 나섰다.

— <나들이고누 두기>

그 때 분소 안에서 저 두억시니보다 무서운, 마치 선불 맞은 승냥이의 포악성으로 덤비는 반란군에게 취조 받으면서 죽도록 매 맞으며 고문당하는 아버지의 절규를 들은 것이다.

— <아버지의 세상살이>

어느 가을날 바구니를 끼고 들에 나갔는데 명주바지 차림에 남색조끼를 깔끔하게 차려입은 미추룸한 총각과 마주쳤다.

— <제비보살>

지식도 쌓았고 덕망도 솔찮은 굴지의 명사들일수록 죽음에 대한 이해가 있으리라는 의사의 지레짐작에 반해, 거의 광란에 가까운 작태를 부린다고 한다.

— <귀거래의 길목에서>

이렇게 정조 수필에는 수많은 고유어들을 끌어와 자연스럽게 구사하고 있다. 국어사전의 도움을 받지 않고는 의미를 알 수 없는 것들이 대부분이다. 그만큼 작가는 순우리말에 관심을 갖고 고유어의 맛깔스러움을 드러내고자 애썼던 것이다.

또한 정조 수필에는 속담도 많이 등장한다.

그렇게 하세요. 당신은 별난 분이니까. 동지섣달 마른 바람 베폭 찢듯하면, 그 때 해수욕복 걸치고 해변 산책이라도 하시구려.
— <곰탕과 누룽지>

시간관념 없는 이 여자, 필시 곰 가재 뒤지듯 꾸물대면서 한 푼이라도 더 깎아내느라 여념이 없을 것이다.
— <아내와의 여행길에서>

그런 까닭에 G는 때로 "야, 돌 떠든 놈 따로 있고 가재 잡은 놈 따로 있기냐?"하면서 공술을 내게서 마냥 울궈내곤 했다.
— <70년대식>

마른 삭정이 같이 부스러져버릴 내 몰골이건만, 신선놀음에 도끼자루 썩는 줄 모른다고 내 어찌 시간의 괴리(乖離)를 짐짓 가늠하지 못하고 살아왔던고 ….
— <귀향>

친구나 직원도 아닌 부모를 모시고 가면서 제 버릇 개 못 준다고 단속 경찰에 찍혀 스티커에다 범칙금 나부랭일 물어야 하는 퍽이나 치욕스럽고 불안한 장면을 양친에게 보인다는 게 어디 가당키나 한 일인가.
— <좋은 여행 되십시오>

외느니 염불이라고 옳은 말, 궂은 말, 상소리를 마구잡이 가리지 않고 사당패 상모 돌리듯 써대다 보니 이제는 무엇이 바르고 그름을 분간할 수 없는 지경에까지 언어체계가 흐트러지고 있다.

— <말을 가려 써야 한다>

속담은 선인들의 생활경험에서 우러나온 삶의 지혜가 농축되어 있는 까닭에 속담 하나가 열 마디의 설명을 대신하는 효과를 거둘 수 있다. 정조 수필은 이러한 속담을 즐겨 속에 도입하여 효과적으로 독자의 공감을 끌어내고 있는 것이다.

III

정조 수필은 여러 가지 매력을 지니고 있다.

우선 그의 수필은 동적(動的)이다. 조용히 홀로 앉아 사색에 잠기거나 명상에 젖어드는 정적(靜的)인 내용보다는 사람들과 어울리며 부대끼는 가운데 벌어지는 숱한 일화들이 주종을 이룬다. 그래서 그의 수필은 생동감이 있고 흥미진진하다. 한번 책을 펴면 얼른 덮을 수가 없을 만큼 강한 흡인력이 있다.

그리고 정조 수필은 어떤 지식 전달이나 삶의 교훈을 내세우지 않는다. 형이상학적인 관념이나 사상의 토로와는 전혀 관계가 없이 그냥 밥 먹고 숨 쉬며 평범하게 살아가는 일상, 사람들과 함께 어울리고 부딪치며 살아가는 이야기, 다시 말하면 삶의 현장 중계방송과 같은 이야기들이다. 입담 좋은 이야기꾼으로서 그를 능가할 수필가가 과연 얼마나 있을까.

무엇보다 그의 수필은 분위기가 밝고 경쾌하다. 시대적 풍파에 시달리며 살았던 아버지를 회고하는 <아버지의 세상살이>나 저승사자와 죽음의 세계를 다룬 <피안으로 가는 이정표>, 청춘의 꿈을 이루지 못한 잿빛 인생의 쓸쓸함을 그린<어느 별들에 관하여>, 또는 벼슬아치의 위세와 그 허망함을 성찰하는 <귀거래(歸去來)의 길목에서>처럼 차분하고 사색적인 분위기를 띤 작품도 없지는 않지만 이들 몇몇을 제외한 대부분은 만담가의 재담처럼 밝고 유쾌한 내용들이다.

특히 음주로 인해 빚어지는 촌극들을 다룬 <맞선보기2>, <맞선보기3>, <70년대식>, <사주쟁이 묘> 등은 익살과 해학의 면에서 독보적인 작품이다. 여기에 나타난 해학성은 수주(樹州) 변영로(卞榮魯, 1898~1961)의 <명정(酩酊) 40년>(1953)과 무애(无涯) 양주동(梁柱東, 1903~1977)의 <문주반생기(文酒半生記)>(1959)의 계보를 당당히 잇고 있으며, 오히려 문장을 부리고 이야기를 꾸리는 솜씨에서는 그들을 훌쩍 뛰어넘는 지점에 도달해 있다고 하겠다.

정조 수필가는 순천이라는 지방도시에서 창작활동을 했기 때문에 외부에 그다지 많이 알려지지 않았다. 그러나 오랜 시간 홀로 채찍질하고 절차탁마하며 그 나름의 개성적인 수필의 영역을 개척하였다. 그토록 자기만의 독특한 색깔을 지니고 일관되게 천착하면서 원숙한 경지에 이른 수필가도 그리 많지 않을 것으로 본다.

한 낭만주의자의 바깥나들이와 내면 풍경

— 조영남 수필론

*파도를 두려워하고 배멀미 같은 것을 한데서야
어찌 바다와 항해를 사랑한다고 하랴.*
— 〈한 배를 타고〉

I

수필가 조영남(曺英男, 1945~2017)은 의사이며 수필가이다. 1945년 1월 전라남도 진도에서 태어났으며, 전남대학교 의과대학을 졸업하고 향리에 조영남외과의원을 운영하면서 수필창작에도 열정을 쏟았다. 1991년 <난심(蘭心)>으로 <수필문학>의 추천을 받아 등단했으며, 진도문학회, 진도문인협회, 전남문인협회, 영호남수필문학회 등의 회원으로 활동하였다. 특히 2001~2002년과 2008년 전남수필문학회 회장을 맡아 영호남수필문학회 전남 행사를 주관 개최하는 등 전남수필의 발전과 위상을 높이는 데 크게 기여하였다. 2001년 제24회 전남문학상을 비롯하여 불교문학상, 향토문학상 등을 수상하였으며, 2017년 8월 25일 향년 72세로 영면하였다.

조영남은 생전에 『적도(赤道) 바다에 들려오는 영혼의 모음(母音)』(교음사, 1991)과 『계절풍의 열국(列國)들』(도서출판 문단, 1995) 두 권의 수필집을 출간했다. 그런데 특이하게도 이들은 모두 기행수필집이다. 조영남 수필가에게 일반 서정수필을 묶은 작품집이 없다는 것은 다소 뜻밖이다. 등단 이후 작고할 때까지 그의 창작활동 기간이 25년이 넘는 만큼 그동안 각종 매체에 발표한 서정적인 작품도 적지 않을 것으로 본다. 그럼에도 불구하고 그것들을 묶은 수필집이 출간되지 않은 점은 그의 문학세계 전반을 조명해보고자 하는 연구자의 처지에서는 무척이나 아쉬운 일이 아닐 수 없다. 물론 기행수필이라고 해서 작품세계를 살펴볼 수 없는 것은 아니나 대체로 기행문보다는 일상의 삶을 주로 이야기하는 서정수필이 작가의 내면세계나 성격이 잘 드러난다고 보기 때문이다.

아쉽지만 이 글에서는 조영남이 펴낸 두 권의 기행수필집을 중심으로 그의 수필세계와 작품에 나타난 작가의 면모를 살펴보고자 한다.

II

조영남이 내놓은 첫 번째 수필집 『적도 바다에 들려오는 영혼의 모음』은 인도네시아와 싱가포르의 여러 도시와 섬들을 돌아본 기행문이다. 그는 1987년 11월 한국해양대학교 실습선 한바다호를 타고 부산항을 출발하여 장장 42일 동안 적도 부근의 동남아 지역을 항해하게 되는데, 그 구체적인 여정과 더불어 그동안 보고 듣고 느낀 것들을 낱낱이 기록하고 있다.

그리고 두 번째 수필집 『계절풍의 열국들』은 1989년 6월 태국과 홍콩, 마카오, 대만 등지를 7박 8일의 일정으로 다녀온 기행문이다. 이 여행이 첫 번째의 여행과 다른 점이 있다면 첫 번째가 해양대학교 실습선에 편승하여 그 관계자들과 함께 이루어진 데 반해, 두 번째 여행은 여행사를 통한 순수 해외 관광으로서 지인들과 함께한 부부동반 여행이라는 점이다. 이 여행은 첫 번째에 비해 일정은 짧지만 책의 부피로 볼 때 첫 수필집(266쪽)보다 두 번째 수필집(310쪽)이 더 두꺼운 것을 생각하면 여행 중에 느낀 바가 더 컸기 때문이 아닌가 싶다.

조영남의 여행기는 인상 깊은 명승지 몇 군데만을 집중적으로 소개하는 것이 아니라 출발지부터 최종 도착지까지 발길이 닿은 곳이면 빠짐없이 세세히 기록하고 있는 점이 색다르다. 특히 그는 대개의 일반 여행기처럼 행선지의 풍광이나 볼거리 소개에 치우치는 법이 없이 여행지에서 떠오르는 여러 생각들을 중심으로 자신의 견해와 주장을 충실히 담아냄으로써 인생관과 세계관을 유감없이 드러내고 있다. 이는 분명히 조영남 기행수필의 미덕이며, 수필작가로서 녹록치 않은 역량을 보여주는 부분이라고 하겠다.

1. 바다와의 인연과 애착

조영남은 유독 바다를 좋아한다. 바다로 둘러싸인 섬에서 태어났기 때문일까. 그는 배를 타고 첫 여행을 떠나면서, "나는 어려서부터 어떤 숙명처럼 바다를 좋아해왔다. 바다는 내 생애의 꿈 바로 그것이었다."(<바다에 다시 태어나>)고 말한다. 바다와의 인연을 숙명처럼 생각하고 있는 것이다.

그의 고백에 따르면 일찍이 중학생 때 영어교과서에 실린 <보물섬>의 작가 스티븐슨의 시를 읽고 바다에 대한 열망이 더욱 높아졌다고 한다. "어려서부터 바다를 사랑하고 동경의 세계를 꿈꾸었지만 스티븐슨을 만나고부터는 바다에 대한 열망은 더욱 높아져 그때부터 뱃사나이가 되겠다는 꿈을 키워나갔다."(<영원한 행복 남태평양 군도>)는 것이다. 어린 시절부터 '뱃사나이'의 꿈을 키워왔음을 알 수 있다. 그는 또 이렇게 덧붙인다.

> 인간은 누구나 바다에서 태어났다. 어머니의 작은 배에서 10개월 기나긴 항해 후 비로소 하선했을 뿐이다. 파도를 타는 배의 핏칭과 롤링은 우리들 요람의 흔들림이요, 규칙적인 기관의 요동은 모태의 심장에 맥박 치는 고동소리와도 같다. 이러한 규칙적 파동과 진동음이 오히려 우리 인간의 본래적 특성이리라. 이러한 환경에 처해 있을 때

비로소 우리 인간은 안락감을 갖게 되며 그렇지 못했을 때 불안과 불
편을 느끼게 되는 것이 당연한 일이다. 아! 아름답고 영원한 바다.
— <바다에 다시 태어나>

　그는 생명체의 출발점인 모태를 바다로 보고 있다. 그래서 바다에 몸을 실
었을 때가 사람들에게는 가장 안락감을 느낄 때라고 말한다. 바다를 체질적
으로 좋아하는 사람이 아니고서는 쉽게 나올 수 없는 발상이다. 이런 까닭에
조영남은 바다여행을 좋아한다. 그는 싱가포르를 떠나 남중국해를 지나면서
이렇게 바다 여행을 권한다.

　　진정한 삶의 여유를 단 한 번만이라도 느껴보고자 하는 사람은 이
　러한 뱃길을 떠나봐야 한다. 바다이든 산이든 자연은 언제라도 그 품
　속에 자기 삶에 시달리고 고독한 자를 따뜻하게 맞이한다.
— <바다의 교향시>

　바다 여행을 통해서 삶의 여유를 누릴 수 있음을 강조하고 있다. 삶의 질곡
에 시달리거나 외로움을 느끼는 사람에게는 바다와 같은 대자연이 치유효과
가 있음을 말해준다. 실제로 작가는 항해를 하면서 집착이나 욕망, 불안과 두
려움과 같은 세속적인 관념에서 벗어나고 있음을 자각한다.

　　내 주변 모든 일에 대한 집착 같은 것이 사라진다. 끊임없이 타오르
　는 욕망 같은 것도 없다. 삶의 불안과 두려움도 없어진다. 하늘가에 피
　어오른 구름자락 위에 떠있음을 느낀다. 배가 내 몸과 함께 바다 깊숙
　이 가라앉는다 해도 거기엔 고기들과 함께 노니는 세계가 될 것 같다.
　내가 진정 그리는 소망 중 하나는 죽음을 이 맑고 고운 바다에서 맞이
　하고 싶다.
— <바다의 교향시>

바다로 둘러싸인 섬에서 태어난 작가인지라 죽음마저도 바다에서 맞이하고 싶은 것이다. 이처럼 바다에 대한 그의 애착은 남다른 면이 있다. 그는 바다여행을 하는 동안 피로를 모르고 계속 미지의 세계를 향해 달리고 싶어 한다.

> 파고는 점점 높아지고 항해는 거칠다. 나의 몸과 마음은 피로는커녕 꿈과 기대로 가득 차 부풀어 오르고만 있다. 내 생애와 인격에 아름다움과 행복을 얻기 위해서 조용한 사원이나 성당의 밀실 기도보다는 이 거친 파도를 헤치고 미지의 세계로 끝없이 달리고만 싶다. 누구나 인생의 진정한 행복을 위해서는 이 거칠고 사나운 대자연과 투쟁하는 길고도 머나먼 항해를 해보아야만 하리라.
>
> — <영상의 섬 피지>

미지의 세계를 동경하고 모험을 즐기는 작가의 행동주의적 자세를 알 수 있는 대목이다. 이런 까닭에 그는 항해 중에 배가 심하게 흔들려도 힘들어 하는 법이 없다. 풍랑을 만나도 멀미를 하기는커녕 "이런 바다에서야 비로소 뱃사나이의 기질이 드러나고 인생 여정의 극적 풍파를 박차 헤침과 같은 항해의 진맛을 느끼게 한다."(<바시챠넬을 통과하라>)면서 그것을 즐기는 것이다.

> 바람아 일어라. 파도야 더 거세어라. 콧노래를 부른다. 선상에서의 금기 휘파람을 분다. 비디오카메라가 바닷물로 뒤범벅이 되어도 좋다. 성난 파도 바시의 넓은 바다 그대로가 좋다. 아무리 담아도 거친 바다 일렁이는 파도가 내게는 부족하다. 다른 이에게라면 모두 같은 순간 같은 장면에 불과할 것이다. 그러나 내게는 한 순간이라도 놓치기 싫은 것들이다. 살아있는 바다의 숨결 그 연속이기 때문이다.
>
> — <바시챠넬을 통과하라>

이처럼 작가는 거친 파도를 만나면 바람이 더욱 거세어지기를 응원하면서 콧노래를 부르며 일렁이는 바다 풍경을 카메라에 담기에 바쁜 것이다. 미국의 소설가 헤밍웨이(E. Hemingway, 1899~1961)는 전쟁 참여와 사냥 등 무척이나 모험을 즐긴 작가이다. 그는 특히 바다낚시를 즐겼으며 그러한 체험이 집약되어 <노인과 바다(The Oldman and the Sea)>라는 노벨문학상에 빛나는 명작을 남겼다. 조영남의 글을 보면 이 같은 헤밍웨이의 기질이 짙게 느껴진다.

> 파도를 두려워하고 배멀미 같은 것을 한데서야 어찌 바다와 항해를 사랑한다고 하랴. 나로서는 오히려 높은 파고와 풍랑일수록 배타는 통쾌함을 느낀다. 전복난파의 위기라도 맞이하고 싶은 심경이다.
>
> — <한 배를 타고>

풍랑이 심할수록 통쾌함을 느끼는 것을 볼 때 작가의 바다에 대한 친밀감은 아마도 생래적으로 체질화 된 것인지도 모른다. "나에게 최후의 꿈이 있다면 무수히 널려 있는 미지의 바다 인류 최초의 세계로 나아가고 싶다."(<인류사의 보고 인니 자락에 매어>)고 소망을 피력하는 것을 보면 조영남 수필가야말로 바다에서 태어나 영원히 바다와 더불어 살기를 소망한 '영원한 바다사나이'였다고 말할 수 있겠다.

2. 외국 문화 체험 여행

조영남은 여행을 좋아한다. 그는 "낯설고 입술언어가 통하지 않는 곳일수록 여행은 더 신선하고 새로운 기쁨을 준다."(<싸와디 캅>)면서 낯선 여행지에 관심을 드러내고 있다. 평소 미지(未知)의 것에 호기심이 크기 때문일 것이다. 이는 앞서 말한 헤밍웨이의 모험 정신과 통하는 부분이다. 그는 여행의 의미에 대해 이렇게 말한다.

누적된 피로와 스트레스를 풀고 삶의 에너지를 재충전하기 위해, 자연의 느긋한 휴양 레저도 좋겠지만 처음 만나는 여행지의 사적, 유물, 문화, 예술, 민속과 민중의 생활상을 나름대로 살피는 것은 보다 값지고 유익한 일이다.

— <잠재된 향수>

조영남에게 여행은 단순한 휴양 이상의 것이다. 그의 관심사는 대단히 광범위하다. 그는 여행지에서 먹고 마시고 노는 유흥에 머물지 않고 그 지역의 민속예술이나 민중의 생활상에 관심을 갖는다. 그는 그 나라의 여러 가지 문화적 특성을 살펴보고 우리나라의 문화와 비교한다. 이 때 그는 영락없이 문화인류학자의 면모를 보여준다. 예컨대 중국인의 식사 습관에 대해서는 다음과 같이 우리와의 차이점을 이야기한다.

우리는 출발부터 푸짐해야 된다. 상이 차지 않으면 손님에게 결례가 된다. 단숨에 해치우고 쉽게 포만해야 잘 먹었다 한다. (중략) 반면 중국인들은 다른 것 같다. 음식은 소량부터 단계적으로 천천히 든다. 즐거운 얘기, 필요한 대화와 함께 진행된다 하니 식사시간이 자연 길어지기 마련이다. 각종 요리를 천천히 단계적으로 점차 배를 채우며 즐거운 대화와 함께 장시간에 걸쳐 식사를 해야만 만족한 식사로 여기는 것 같다.

— <만한전석(滿漢全席)>

음식을 한꺼번에 차려놓고 먹는 한국인과 한 접시씩 뜸을 들이며 나오는 중국인의 식사방식에서 우리의 조급성과 중국인의 '만만디'적 성격을 볼 수 있다는 것이다. 또한 작가는 인도네시아 사람들이 맨손으로 밥을 먹고 화장실에서 화장지를 사용하지 않는 것을 보고 다음과 같이 생각을 밝힌다.

맨손으로 밥을 집어먹고 화장실에서 왼손을 사용하는 인니인들의
생활풍습이 결코 우리보다 열등한 문화라고 단정지울 수는 없다. 그
들의 나태성과 일처리에 대한 불확실성을 부정적으로만 평가할 수는
없다. 그들에 비하면 우리의 성격이 조급성을 드러내고 그들의 그러
한 면을 느긋하고 차분한 여유로도 받아들일 수 있다.

— <대리점 화장실>

사람들은 흔히 자기네의 문화와 외국의 문화를 비교하여 말하기를 좋아하
지만 그러한 특성은 오랜 생활환경과 조건에 의해 형성되어 내려온 것인 만
큼 그것을 열등하다고 이야기할 수 없다는 것이다. 문화적인 차이는 결코 우
열을 따질 수 없는 것을 강조하고 있다. 조영남의 폭넓은 국제문화에 대한 이
해의 폭을 가늠할 수 있다.

3. 전통문화에 대한 애정

조영남은 전통문화에 남다른 애착을 가지고 있다. 그는 "어느 곳을 여행하
든지, 그곳에 전통 민속공연장만은 놓치지 말 것을 이 기회에 모든 여행자들
에게 권하고 싶다."(<잠재된 향수>)고 말할 정도이다. 그는 여행지의 한국
교민 가게에서 한국 가요를 들으며 '우리 것'에 대한 애착을 이야기한다.

나는 우리 민족의 슬픔과 눈물을 소중히 하는 그 마음을 무한히 사
랑한다. 마치 어린 시절 시골 고향의 밤, 다래 바구니에 둘러앉아 어느
샌가 어머니 입가에 맴돌고 있는 흥타령의 음률처럼 말이다. 앞으로
우리 국가 민족이 더 발전하여 선진 복지사회가 되고 내 가정이 더한
평안의 복락을 누리게 된다 해도 문물 어린 향수를 지닌 마음만은 변
치 않을 것을 소망한다.

— <눈물 어린 향수>

그는 우수와 비애를 즐겨 노래하는 우리 민족성을 사랑한다고 밝히고 있다. 우리 것에 대한 강한 애정을 보여준다. 이 때 작가는 대단한 민족주의자의 모습을 띤다. 그는 오늘날 우리의 음식문화가 급속히 서구화되고 있는 것에 대해서도 유감을 표명한다.

> 숭늉과 보리개떡, 막걸리, 된장국이 엊그제였는데, 5천년 동안 우리에게 맛들고 길들여진 것이 이토록 한순간에 뒤바뀐다는 것은 상상할 수 없던 일이다. 그것은 선진화라는 미명으로 대치된 구미화 곧 서양화였으니, 우리 고유의 생활과 습속은 물론 우리 고유의 문화 예술이 제대로 남아 있을 리 만무하고, 이미 우리의 정신까지 앗긴 것이다.
>
> ― <우리는 누구인가>

선진화랍시고 우리 고유의 풍습까지 잃어버리고 서양화를 좇는 현실에 대한 안타까움의 표현이다. 우리의 전통문화를 잃어버린다는 것은 우리의 정신을 빼앗긴 것과 같다는 이야기는 백번 옳은 말이다. 그는 고향 진도에다 병원을 차리고 자식들을 시골에서 양육한 것을 보람으로 생각하는데, 그 이유는 이렇다.

> 내가 고향에 돌아와 보람을 갖는 것 중의 하나는 어린 세 아들을 고향 시골에서 자라고 배우게 하는 것이다. 소세지와 인스턴트식품을 더 좋아하는 애들에게 할머니의 음식을 맛들이고 싶다. 맨 된장과 기름장 깨소금을, 기젓과 미나리, 생선회를 식탁에 올리도록 한다. 이젠 애들도 나 못지않게 좋아한다.
>
> ― <남국아리랑>

세 아들에게 고향의 입맛을 익혀주고 싶어서 시골에서 길렀다는 이야기다. 우리의 전통문화에 대한 높은 자긍심과 의지의 소유자가 아니면 어려운 일일 것이다.

조영남은 민속문화에 관심이 크다. 특히 우리의 전통민요 '아리랑'에 지대한 애정을 지니고 있다. 그는 아리랑을 두고 "한 시대를 초월하고 역사의 세월을 거쳐 오늘에까지 면면히 흐르고 있는 아리랑, 때로는 한(恨)이었고, 은근과 끈기였으며 굴종을 용납지 않는 자존이었으며 새로운 도약과 창조를 다짐하는 우리의 정신이며 일이었다."(<남국아리랑>)고 평가한다.

또한 어린 시절에 빠져들었던 유랑극단의 공연을 회고하면서, "나는 현대 예술에 뒤진 사람이긴 하더라도 세계적 명화, 음악회, 발레나 오페라 공연을 통해서도 어린 시절에 그 유랑극단에서 느꼈던 감흥과 즐거움을 맛보진 못하고 있다."(<해구신의 위력>)고 말한다.

이처럼 전통문화에 남다른 애정을 지닌 그가 고향을 범상히 여길 수는 없는 일이다. 그는 여러 글에서 고향 진도에 대한 사랑을 늘어놓는데, "진도는 우리나라 예술의 본향이다."(<코리아타워에 빛나는 진도>)고 못 박으면서 서예에서는 소전(素荃)과 장전(長田)을 내세우고, 그림에서는 남종화의 대가 소치(小痴)와 의재(毅齋), 미산(米山), 남농(南農)을 손꼽으며, 기타 남도창의 원류 진도아리랑과 육자배기와 함께 강강술래와 씻김굿, 다시래기 따위를 자랑한다.

그리고 "나 죽어 행여 다시 태어난다고 해도 한반도 최서남단 고도(孤島) 아닌 고도(古都) 진도인이 되리라."(같은 글)고 말하는데, 이렇게 그가 고향을 사랑하는 것은 그 무엇보다 진도의 풍부한 문화유산 때문일 것이다. 그의 유별난 고향 사랑과 전통문화 사랑을 확인할 수 있는 대목이라고 하겠다.

4. 현실을 보는 눈

조영남은 사회현실에도 큰 관심을 갖고 있다. 대수롭지 않아 보이는 일에서도 문제점을 찾아내는 것을 볼 때 그가 세상을 보는 눈은 대단히 날카로움을 엿볼 수 있다. 이를테면 방콕 수상시장에 갔을 때, 빈민들의 평소 생활하는 모습이 아무 꾸밈없이 그대로 관광객들에게 드러나는 것을 보고 우리나라의 경우를 떠올린다.

> 국제적 대행사시에 주변을 단장하고 간판을 새것으로 바꾸게 하며, 빈민가 같은 추하다 싶은 곳에 높은 담벽을 세워 가리는 우리의 실정과는 크게 다른 그들이다.
>
> — <강물, 흐르는 삶과 삶터>

가난한 자기네 모습을 있는 그대로 숨김없이 보여주는 태국과 부끄러운 것을 감추고 좋은 부분만 드러내고자 애쓰는 한국의 행태가 비교된다. 속이야 어떻든 겉만 번지르르하게 꾸며 잘난 체하려는 한국인의 체면의식과 허위의식을 넌지시 꼬집고 있다. 방콕의 유명한 사원에 가서는 많은 참배객을 받으며 돈을 챙기는 데 급급한 승려를 보고 이렇게 개탄한다.

> 불상에게 무언가를 바치고 기원하는 사람, 또 자신을 빌미로 돈을 챙기는 이들에게 인자하신 부처님은 무어라 하실까? 오늘의 성직과 믿음들을 되짚게 한다. 자스민 한 송이로 만족해하시는 부처님, 과부 엽전 한 닢을 크다 하신 하나님 아들이신데, 지금은 과연 그러한 모습을 찾을 수 없는 시대인가? 돈이 없으면 믿음조차 움츠러들 수밖에 없는 세상이다.
>
> — <새벽사원의 종소리>

신앙조차도 돈에 의해 좌우되는 현실, 황금만능주의에 빠진 종교의 세속화에 불만을 드러내고 있다. 이와 같이 그의 눈길이 닿는 곳이면 어디서든지 송곳 같은 문제 제기가 이루어지는 것을 볼 때 작가의 현실을 보는 눈은 매우 날카롭다고 할 수 있다.

한편, 조영남은 기독교에 대해서도 쓴소리를 마다하지 않는다. 과거 기독교의 선교활동에 대해 "카톨릭이든 신교든 기독교가 동양에 포교의 손을 본격적으로 뻗치기 시작한 것은 사실상 서구 제국주의의 마수와 함께였다."(<폐허 역사유적>)고 하면서 "기독교의 자유평등 사상은 동양의 피지배계층을 새로운 인간 자각과 사회운동으로 크게 일깨웠으나 다른 한편 그들 제국주의 권력의 앞잡이가 되었음을 부인할 수가 없다."(위의 글)고 지적한다. 기독교가 포교를 빙자하여 강대국의 영토 확장 도구로 이용되었던 제국주의 시절을 되짚어내는 것이다.

그는 우리 민족과 일본과의 관계에 대해서도 의견을 제시한다. "나 자신의 대일감정이 결코 쉽게 누그러지지 않고 있음이 솔직한 고백이다."(<모두의 한마당 보트하우스>)고 전제하면서 이렇게 말한다.

> 적대감과 증오심은 그 자체로서만은 특별한 가치도 결코 자기발전을 기대할 수도 없는 성질의 것이다. 그렇다고 역사를 쉽게 잊는 것은 더욱 아니 될 일이다. 역사가 주는 교훈은 그것을 통해서 자기 역량을 증대시키고 자기발전을 꾀하는 데 있다. 역사를 통해서 증오심과 적대감만을 부추기는 국가와 민족은 결국 패퇴의 길을 면치 못하게 되리라. 역사를 교훈으로 내면 깊숙이 깨치고 승화시켜 새로운 국제시류를 잘 활용하며 적극적으로 대처하는 국민은 역사상에 새롭게 부상함이 또한 역사가 가르치는 자명한 사실이기도 하다.
> — <모두의 한마당 보트하우스>

어두웠던 지난 역사의 기억에 사로잡혀 적대감과 증오심만 키우는 것은 자기발전에 도움이 되지 않는다는 주장이다. 따라서 오늘의 국제시류에 따라 관계개선에 적극적으로 노력해야 우리에게 희망이 있다는 것이다. 아울러 조영남은 오늘날 국제화 시대에 대응하는 우리의 자세에 대해서도 의견을 내놓는다.

이제 분명코 세계는 공산권의 아성까지도 개방과 교류의 기류를 타고 있다. 인간의 발길은 국경과 인종을 넘어 자유롭게 왕래하기에 이르렀다. 정책적 개방과 교류 이전에 우리는 스스로 굳게 닫아놓았던 우리의 마음문을 열어젖히고 적극적으로 나아가야 한다. 국토와 민족의 분단이 종말을 고함도 오직 시간문제뿐이다. 동과 서, 남과 북의 대화를 증대시키고 함께 노래 부를 수 있어야 한다.

　　　　　　　　　　　　　　　　　　— <모두의 한마당 보트하우스>

국가와 인종을 넘어 개방과 교류를 하고 있는 추세에 발맞추어 우리도 마음의 문을 활짝 열고 세계의 여러 나라와 교류를 해나가야 한다는 주장이다. 조영남의 국제 외교에 대한 열려 있는 시각을 확인할 수 있다.

5. 약자에 대한 인간애

조영남은 인정이 많은 사람이다. 그는 힘없고 가난한 사람들을 보면 항상 가슴아파하고 동정심을 표한다. 인도네시아의 빈민촌 탄중뿌리옥을 지날 때는 "이러한 모습은 비디오에 담기조차 죄스러울 뿐 신의 섭리를 원망할 수밖에 없겠다."(<운하에 피어나는 꽃>)고 한탄한다. 또 방콕의 뒷골목 빈민가에 이르러서는 이렇게 말한다.

　　장구한 세월에 위엄과 번영을 누려왔던 왕조와 왕권 그 뒷면의 밑바닥에는 말로는 다할 수 없는 처절한 민생들의 고혈과 고통이 있었기 때문이다. 그 고통과 짓밟힌 역사를 생각한다면 타이 국민의 대다수가 왕궁을 불태워도 부족할 일이다.

　　　　　　　　　　　　　　　　　　　　　　— <샴의 영광은?>

화려하기 짝이 없는 황금빛 왕궁과 대조되는 빈민들의 참혹한 삶을 보고 왕궁을 불태워도 시원치 않다며 분개하고 있다. 비록 외국이지만 가난한 사람들의 참상을 외면할 수 없었던 것이다.

조영남은 또 <로드 짐>(Lord Jim)이라는 영화의 인물을 여러 차례 언급한다. "나는 대학시절 그 영화를 통해서 로드 짐에 매료되었다. 바다와 뱃생활을 어려서부터 꿈으로 그렸던 나였기 때문에 그랬으리라는 생각이 든다."(<로드 짐과 더불어>)고 술회한다. <로드 짐>은 1965년에 제작된 할리우드 영화인데, 그 줄거리를 짤막하게 소개하면 이렇다. 영화의 주인공 짐은 항해사로서 어느 날 승객을 태우고 항해하다가 태풍을 만난다. 풍랑과 싸우던 그는 배가 침몰 위기에 처하자 어쩔 수 없이 배를 버리고 탈출하는데, 다음날 그 배가 침몰하지 않았음을 알게 된다. 그로 인해 배를 지키지 못한 죄책감으로 자원하여 실형을 받는다. 그리고 형기를 마친 뒤에는 억압 받는 사람들의 편에 서서 악당들과 몸 바쳐 싸운다.

조영남은 이 영화가 바다를 배경으로 하는 이야기라서 끌렸다고 한다. 그러나 "로드 짐은 나에게 그 어떤 위대한 역사 실존인물보다도 위대한 삶의 성취자이며, 생명력 있는 감동을 오늘의 내 삶 속에 끊임없이 불러일으키고 있는 실존인물"(<로드 짐과 더불어>)이라고 말하는 것을 보면 그가 로드 짐에 매료된 것은 그의 양심적인 행동과 약자를 위해 싸우는 모습에 더 큰 감명을 받았지 않았을까 싶다.

조영남의 인간애를 느낄 수 있는 대목이 또 하나 있다. 그는 의사 생활을 시작할 때 왜 도시 대신 시골을 선택했을까. 그 까닭을 살짝 비치는 부분이 글속에 있다. 그는 태국 방콕의 뒷골목에서 빈민가 아이들이 손을 내밀며 돈을 요구하는 것을 보면서 "내가 태어난 버림받고 가난한 섬에 되돌아갈 수밖에 없게 했던 빅톨 위고의 외침이 다시 골목에 메아리친다."(<헤이 코리안, 완 달라>)고 말한다.

빅톨 위고의 외침이 어떤 것인지는 분명치 않지만 빈민과 약자를 주인공으로 한 그의 소설 <레미제라블>의 장발장이나 <파리의 노트르담>의 콰지모도를 생각하면 어느 정도 짐작할 수도 있겠다. 어쨌든 빅톨 위고의 외침에 영향을 받아 '버림받고 가난한 섬'으로 되돌아갔다는 고백에서 조영남이 굳이 고향에 병원을 차린 의도가 드러난다. 이를 통해서 조영남이 버림받고 가난한 사람들에게 무한한 연민을 지니고 있었음을 또 다시 확인할 수 있다.

6. 활달한 성격과 다양한 취향

조영남의 성격은 매우 활달하고 호방하며 사교적이다. 그의 성격을 보여주는 단적인 예로서 첫 항해 때 선박의 승무원들과 매우 빨리 친해지는 것을 들 수 있다.

> 영국의 속담에 운명을 같이하고 있다는 표현을 "한 배를 타고 있다."고 한다. 그처럼 한바다호 내에서는 어느 사회집단에서의 만남보다 날이 갈수록 항해를 거듭할수록 더 스스럼없이 밀착되어 있다는 느낌이 강해지고 있다. 주방을 비롯 일반 승무에 종사하는 분들까지 나의 항해여행에 각별한 배려와 친절을 아끼지 않는 자상하고 다정한 분들이다. 마치 수십 년 지우와 같다.
> — <한 배를 타고>

승무원들과 쉽게 친해져서 모두들 작가에게 배려와 친절을 베풀어주는 것이 수십 년 사귄 벗과 같다고 한다. 작가의 활달하고 사교적인 성격을 엿볼 수 있는 부분이다. 조영남은 바둑 두기를 좋아한다. 첫 번째 여행 항해기간 동안 그는 승무원들과 바둑을 즐긴다.

급수에 관계없이 바둑을 즐겨보지 못한 사람을 나는 불행한 사람
이라고까지 하고 싶다. 바둑의 한 국면은 우리의 삶과 거의 다를 바가
없음을 느낀다. 우리의 삶은 한번 두고 나면 다시 돌이킬 수가 없다.
그러나 바둑에선 다음 국면이 다시 있어 삶을 다각적으로 다양하게
누려보는 맛과 즐거움이 있기 때문이다.
— <흰 돌 검은 돌의 대화>

바둑을 모르는 사람은 불행한 사람이라고 단언하고 있다. 그 정도로 바둑
을 좋아하며, 인생의 큰 즐거움의 하나로 삼고 있는 것이다. 그는 평소 낚시
와 사진 촬영에도 조예가 깊은 것을 볼 수 있다. 그의 글 속에는 낚시 이야기
가 자주 등장하고, 여행 사진을 보면 가슴에 큼지막한 사진기와 동영상 촬영
기를 줄줄이 달고 있는 것을 볼 수 있다. 그의 기행수필에 여행지에 대한 묘
사가 정밀한 것은 가는 곳마다 현장의 모습을 세세히 담아놓았기 때문에 가
능했지 않을까 싶다.

한편 그는 노름에 대해서도 긍정적이다. 마카오의 도박장에 가서 평소의
생각을 털어놓는데, 노름의 본뜻은 우리 삶에 즐거움과 더불어 활력을 불어
넣는 것이라고 하면서 "한두 가지쯤 노름을 모르거나 그 노름판에 끼어 단 몇
차례나마 히히닥거리며 밤을 새보지 않은 사람이 있다면 그는 분명코 대단한
사람이지만, 나는 그러한 사람에게서 삶의 넘치는 가슴과 인생의 맛을 느끼
기 어렵다."(<십 더하기 십과 물때>)고 말한다. 노름판에 끼어 밤을 새보지
않은 사람은 인생의 맛을 모르는 사람이라고 말하는 것을 보면 그 자신이 노
름에 상당한 경험과 조예가 있음을 짐작할 수 있다.

조영남은 여성에게 잘 끌리는 면이 있다.

자카르타의 밤무대에서 한국 유행가를 부르는 아가씨에게 매료되어 "어느
세상에 이러한 미녀가 있으랴."(<사랑의미로>)고 감탄하며, "이 순간만큼은
동굴의 여왕에서처럼 영원히 되돌아가지도 살아남을 수 없다한들 그녀의 품
과 세계에서 벗어나고 싶지가 않다."(같은 글)고 털어놓는다.

또 싱가포르의 해물요릿집에서 한 인도여성을 보고 "나의 모든 혼을 빼앗아 가버리는 것만 같다."(<싱가폴 야시장의 화룡점정>)고 하면서 "세계 각종 인종 중 나에겐 인도 여성이 가장 고귀하고 아름답게 보인다. 나에게 아름다운 여인상을 그리거나 조각하라면 단연 인도 기혼여성을 주제로 삼겠다."(같은 글)고 말한다.

이밖에도 조영남은 법정스님의 글에 공감을 나타낸다. 항해 중에 법정스님의 글을 떠올리며, "이 적도 바다에서 법정스님의 맑고 조용한 목소리는 내게 분명코 영혼의 모음이었다."(<적도바다에 들려오는 영혼의 모음>)고 하면서 첫 번째 수필집의 제호도 그 글에서 뽑고 있다. 뿐만 아니라 현대인들이 자꾸 욕심을 키워가는 것에 대해 "무소유의 역리를 진정으로 우리는 그 어느 때 깨우칠 수 있을까."(같은 글)하고 염려하고 있는데, 이러한 점에서 작가가 평소 법정스님의 글에 얼마나 공감하고 있었는지 충분히 가늠할 수 있다.

7. 탁월한 산문의 경지

조영남의 글은 문장력이 돋보인다. 불필요한 수식이 없이 표현이 명쾌하고 적확(的確)하다. 자신의 생각과 느낌을 자유자재로 표현할 줄 안다. 긴 글에서도 같은 내용을 되풀이하는 일이 거의 없을 정도로 이야기를 펼쳐내는 솜씨가 훌륭하다. 무엇보다 그의 글은 깊은 사색이 밑바닥에 든든하게 자리 잡고 있어 무게감을 더해준다. 사물에 대한 묘사력 또한 빼어난데, 그만큼 문장표현에도 공을 들였음을 짐작할 수 있다. 다음 여행지의 풍경 묘사를 보기로 들어보자.

동지나해를 벗어나 태평양의 치맛자락을 들추니 바다는 더욱 거칠게 우리를 맞으며 흰 눈보라를 이고 높은 파도를 몰아온다. 동으로 뻗친 시선은 망망대해 그 끝이 닿지 않는다. 서로 아름다운 섬 대만 포모사 대만이 그 자락 끝에 한 올을 붙들고 휴식한다. 눈부신 햇살에 바다는 그 맑고 고운 담청색 자태를 드러낸다. 뱃전에 이는 물보라가 백조의 깃보다 더 고운 빛 엷은 푸르름을 머금고 부서진다. 마치 사랑하는 이에게만 살포시 드러내 보이는 여인네 고운 살결을 싫지 않은 수줍음으로 드러냄 같다.

— <한 배를 타고>

다음은 항해 중 해질녘 바다의 노을에 대한 풍경 묘사이다. 마치 그림을 그리듯 일몰 과정에 대한 섬세한 묘사와 참신한 비유가 영화의 한 장면처럼 선명하다.

바다와 하늘에 노을이 일고 진다. 물새 한 마리가 마스트 위를 맴돌다 우리의 땅 한반도를 향해 고운 노을 속으로 사라진다. 동지나해 담청색 맑은 물이 뱃전에 부서진다. 백의(白衣) 우리 민족 여인네의 속치마 자락 베일같이 은은히 푸르스름 흰 빛을 머금는다. 백조 무리가 파도 위에서 무도회를 펼치는 듯하다.

— <그립던 부산항>

자연 풍경의 묘사 또한 유려하기 그지없다. 다음과 같은 시골의 밤풍경 묘사는 옛날 고향의 정취를 물씬 풍긴다.

초승달이 떠오르거나 손톱 끝 하현이 밤 풀벌레들의 사랑을 깨워 놓고 지는 모습도 곱다. 만월이 구름 사이를 달려가도 좋거니와 그 달이 별들의 강을 건널 때는 더 없이 평화롭다. 달 없는 은하의 차가운 바람깃이 별들을 스치울 때라도 우리는 서글픈 아름다움에 젖는다. 멍석 하나 마당에 깔아놓고 초가지붕에 박꽃 피는 이슥한 농가마을과 산촌이 아니어도 어느 초라한 갯마을 후미진 곳 딸 하나 늙은 어부의 토담집 봉창을 잠재우는 별빛 달빛이 파도소리를 뒤척일 때라도 밤은 누구에게나 아늑하고 깊은 정이다.

— <빛과 어두움>

이와 같이 시골마을의 호젓한 분위기를 실감나게 살려주는 탁월한 문장은 조영남의 장기였다고 할 수 있으며, 이는 독자에게 글을 읽는 쾌감, 즉 글맛을 경험하게 해주는 데 크게 기여한다고 보겠다.

III

이상으로 조영남의 수필집을 통해 그의 작품세계와 작가의 특징을 살펴보았다.

그가 남긴 두 권의 기행수필집은 단순한 외국 관광지의 풍물 소개에 그치지 않고 작가의 삶의 자세와 인생관, 사회현실을 보는 눈, 여러 분야에 관한 다양한 관심사와 취향 따위를 충실히 담음으로써 장편 기행수필의 전범(典範)을 보여주었다고 할 만하다.

작가는 진도라는 섬에서 태어나서 바다에 특별한 애착을 지니고 바다여행을 즐긴다. 그의 여행은 단순한 관광을 넘어서 해외 각국의 민속과 풍물을 깊이 있게 들여다보는 데 주안점을 두며, 항상 우리 고유의 전통문화와 비교해 보는 문화인류학적 자세를 취한다.

특히 그는 사회현실을 보는 눈이 밝아 비판적인 시각을 가지고 종교와 문화, 국제관계 등에 대한 자기 견해를 유감없이 표명하는 한편, 가난한 사람이나 약자에 대한 무한한 연민을 드러내고 있다. 또한 그는 밝고 활달한 성격으로 여러 사람과 폭넓은 인간관계를 맺으며 다양한 취미를 즐길 줄도 안다. 이러한 사실들은 그의 웅숭깊은 지성과 낭만적인 감성을 조화시킨 유려한 문장을 통해 확인할 수 있다.

조영남의 작가적 특징들을 종합해볼 때, 그는 세상사에 대한 폭넓은 관심을 가지고 다방면에 걸쳐 폭넓게 활동하였고, 특히 고향 진도에 대한 애향심이 강한 사람이었음을 알 수 있다. 또한 그는 새로운 것을 찾아 여행과 모험을 즐기는 낭만주의자이자 물질적인 것보다 정신적인 풍요를 추구했던 몽상가 또는 한 가지에만 얽매어 살기를 거부하는 자유로운 영혼의 소유자임을 짐작할 수 있다. 그러기에 그는 의사라는 본업에만 머무르지 않고 문인으로 외연을 확장하여 수필창작과 문단활동에 몸 바칠 수 있었던 것이다.

그의 글을 대하며 새삼 놀라운 것은 그의 도저(到底)한 기록정신이다. 전업작가도 아니고, 병원을 운영하면서 매일 환자를 맞이해야 하는 의사로서 한 가지 일도 벅찰 터인데, 열정적인 집필활동과 더불어 두 권의 기행수필집을 펴낸다는 것은 보통의 집념으로서는 어려운 일이다. 이를 보면 조영남의 수필창작에 대한 의지와 열정은 무척이나 뜨거웠던 것으로 추측된다.

고백하건대, 이 평론을 쓰면서 아쉬웠던 것은 조영남의 기행수필집에만 의존하여 그의 작품세계를 논할 수밖에 없는 점이었다. 단 두 권의 기행수필집으로 그의 작품세계 전반(全般)을 이야기한다는 것은 무리가 따를 수가 있다고 보기 때문이었다. 조영남의 수필세계 전모를 파악하고자 한다면 마땅히 그가 생전에 쓴 일반 서정수필들을 총망라할 필요가 있다. 처음 이 글을 쓰려고 생각할 때 여러 문예지에 발표한 그의 서정수필을 최대한 끌어 모아 볼 생각을 했다. 그렇지만 그의 수필작품을 수록한 문예지를 찾아내는 일이 그리 쉬운 일이 아니었다. 결국 시간에 쫓겨 문예지를 찾는 일은 다음 기회로 미룰 수밖에 없었다.

진도를 대표하고 전남을 앞장설 수필가의 주옥같은 작품들이 여러 문예지에 산재된 채 더 이상 독자들과 만나지 못한다는 것은 우리 문단의 큰 손실이 아닐 수 없다. 간절히 바라건대, 앞으로 뜻있는 분의 정성에 힘입어 조영남의 일반 서정수필을 샅샅이 찾아내어 한데 묶은 작품집이 세상 빛을 볼 수 있었으면 좋겠다. 그런 날이 온다면 수필가 조영남의 작품세계는 더욱 넓고 깊게 조명되어 독자들과 만날 수 있지 않겠는가.

전통 지향과 안분지족의 삶

— 김학래 수필론

가난한 선비의 삶에 그래도
책이라도 나누어줄 수 있으니 이 아니 좋은가.
— 〈책을 나누어 주는 기쁨〉

I

월강(月江) 김학래(金鶴來)는 전남 진도 출신의 수필가이다. 1934년 가난한 농민의 아들로 태어나 초등학교와 중학교를 다니며 줄곧 수석을 놓치지 않았으나 집안 형편 때문에 고교 진학이 좌절되었다. 당시 담임교사가 추천하여 국립 체신고에 합격하였으나 당초 입시요강과는 달리 등록금을 부담해야 하고 기숙사가 없다는 것을 알고 가정형편상 등록을 포기할 수밖에 없었다.

대신 그는 교사가 되기 위하여 문교부 교원자격 검정고시를 준비하였다. 교원자격 검정고시 합격 요건은 총 10개 과목이 평균 60점 이상이 되어야 하는데, 그는 2개월의 준비 끝에 수석으로 합격한다. 당시 전남에서 800여 명의 응시자가 몰렸지만 최종 합격자가 21명에 불과했다는 사실을 생각할 때 그의 수석합격은 대단한 쾌거로 받아들여졌다.

김학래는 1954년 약관의 나이로 초등교사 생활을 시작했다. 한때 가난을 떨쳐버리고자 사법고시에 도전할 생각도 했지만 빈농의 장남으로 양친 봉양과 동생들의 교육 때문에 꿈을 접고 줄곧 교육자의 길을 걸었다.

대신 문학에 뜻을 두어 1966년 <새교실>과 <교육자료>를 통해 조연현,

오영수, 박화성 등의 추천을 받아 문단에 올랐다. 이 때 조연현 선생은 그를 가리켜 "소재 발굴에 능한 수필가"라고 평했고, 박화성은 "현실에 충실한 작가"라고 평한 바 있다. 그는 작가가 되기까지 특별한 학교교육이나 전문가의 지도를 받은 일이 없었다. 교직 입문도 그랬지만 작가 입문도 오로지 독학으로 이루어냈다는 점에서 그의 남다른 집념과 끈기를 엿볼 수 있다.

김학래의 일생은 교육과 문학 두 갈래로 요약할 수 있다.

그가 걸어온 교육자의 길과 문인의 길은 지극히 성실하고 부지런하며 올곧은 길이었다. 그는 교사로부터 시작하여 교감과 장학사, 교육연구사 및 교장에 이르기까지 교육자가 거칠 수 있는 자리는 두루 섭렵했다. 그리고 1999년 총 45년 2개월의 교직생활을 마치고 정년퇴직을 하였다. 그는 교직에 있는 동안 교육에 대한 일관된 소신과 사명감, 철저한 책임감과 몸에 밴 근면성, 선후배와 동료 간의 원만한 인간관계로 인해 주위로부터 늘 존경과 찬사를 받았다.

이와 함께 문인으로서 수필창작에 열정을 쏟아 1976년 첫 수필집『겨울밤』의 상재를 필두로『다도해의 낭만』(1981)과『초가집』(1983),『아름다운 여운』(1984)과『내 마음의 오솔길』(1990),『고향하늘에 띄운 연서』(1992)와『구름처럼 강물처럼』(1994), 그리고『푸른 하늘 흰 구름 되어』(1999)와『산 너머 남촌에는』(2001),『동창이 밝았느냐』(2006) 등에 이르기까지 무려 열 권의 수필집을 펴냈다.

아울러 목포문협 회장을 비롯하여 전남문협 회장과 전남수필 회장, 영호남수필문학회 회장 등을 역임했으며, 아울러 작가적 역량과 공로를 인정받아 전남문학상(1989)과 한국수필문학상(1993), 한국예총예술문학상(1995)과 전라남도문화상(1995), 한림문학상(2005)과 원종린문학대상(2006) 및 올해의 수필인상(2013) 등 모두 아홉 차례의 문학상을 수상하는 영예를 안았다. 그의 창작열은 팔순에 이른 오늘까지도 식지 않아서 각종 문예지와 언론매체에 꾸준히 건필을 휘두르고 있다.

II

김학래의 수필은 제재의 선택 면에서 그 폭이 대단히 넓다. 개인의 일상사에서부터 시작하여 어린 시절 고향의 추억, 복잡다단한 세상 풍정, 명승지 여행기 등 손대지 않은 분야가 거의 없을 정도이다. 일찍이 문학평론가 조연현 선생도 그를 가리켜 "소재 발굴에 능한 수필가"라고 평했다.

김학래 수필의 주종을 이루는 것은 고향에 대한 그리움과 변모하는 세태에 대한 유감, 일상사에 대한 감회 따위로 대별할 수 있다. 여기서는 김학래 수필의 특징을 고향과 전통에 대한 향수, 격세지감과 세태 비판, 안분지족과 삶의 여유 등 세 축으로 나누어 논해 보고자 한다.

1. 고향과 전통에 대한 향수

김학래 수필은 향토적 정서를 바탕에 깔고 있다. 그는 시골에서 태어나 서른 살 무렵까지 고향을 지키며 살았다. 그래서 어린 시절 고향에서 보고 들었던 것들이 내면화되고 체질화되어 있는 것을 볼 수 있다. 그의 글에는 고향에 대한 추억과 그리움이 짙게 나타난다.

> 그 옛날 연을 만든다며 대나무를 자르고 창호지를 붙이고 연줄을 만들고 연자세(얼레)에 연줄을 감다가 날이 저물고 손가락에서 피가 났던 일이 떠오르고, 겨울날 양지바른 곳에서 연을 띄워놓고 재잘거리던 죽마고우들이 생각난다. 그것은 워낙 순수하고 아름다운 마음의 고향이었던 것 같다. 고향땅이 그리워진다.
>
> — <연>

겨울철에 들에 나가 연을 날리던 어린 시절을 회고하고 있다. 연날리기는 우리나라 전통 민속놀이의 하나로서 옛날에는 아주 성행했는데, 오늘날의 청소년들은 오락과 게임, 텔레비전이나 만화에 빠져 연날리기와 같은 전통놀이의 즐거움을 알지 못한다. 작가의 고향에 대한 그리움 속에는 연 날리는 모습을 찾아볼 수 없는 현실에 대한 아쉬움이 내재되어 있다. 작가는 절구통과 절구공이와 같은 방아 찧는 도구에 대해서도 같은 생각을 가지고 있다.

> 도정의 역사, 그것은 인류문화의 역사이며 우리 민족의 옛 모습이다. 조상들의 손때가 묻어 있으며, 애환이 서려 있는 그 옛날의 방아 찧기 도구들을 회상할 수 있는 것도 나 같은 구형인간만이 가능한 일일 것이다. 문명의 이기와 발전되는 생활방식이 좋긴 좋은데, 그 옛날의 정취는 찾을 길이 없으니 아쉬운 일이다.
>
> — <도정사(搗精史)>

옛사람들은 방아 찧는 도구들을 집에 갖춰놓고 곡식을 손수 찧어 밥을 지었다. 그러나 지금은 모든 것이 기계화되고 자동화되어 있어서 그런 고생을 하지 않아도 된다. 그러다 보니 옛사람들의 따사로운 정성을 찾을 수 없다. 물론 그렇다고 방아도구를 사용하던 옛날로 돌아가자는 이야기는 아니지만, 편리함을 추구하다보니 옛날의 정겨운 모습이 사라져 버린 것이 아쉽다는 이야기이다. 작가는 시골의 사랑방에 대해서도 강한 애착을 갖고 있다.

> 옛 고향의 인사들은 법이 없어도 잘 살았다. 차용증도 영수증도 없이 거래를 하였다. 동네 복덕방이란 사랑방이었다. 그 사랑방에서 동네어른들이 모여 중개도 하고 사고팔기도 하였으며 마을사람들의 싸움과 분쟁과 갈등은 동네어른들이 심판하고 해결해주었다. 또 시골사람들은 동네어른들의 판결과 권고와 주의 경고에 고분고분 따랐다.
>
> — <법이 없어도 사는 사람들>

사랑방은 시골사람들의 집회장소로서 공동 작업장이면서 농한기를 보내는 휴게실 구실을 했다. 그뿐만 아니라 사랑방에서 각종 필요한 물건의 매매가 이루어졌고, 분쟁이나 갈등이 생겼을 때는 동네어른들이 잘잘못을 가려주었으며, 당사자들은 마땅히 그에 따랐다. 사랑방을 중심으로 공동체의 질서가 자연스레 행해졌던 것이다. 그러한 우리 고유의 사랑방문화가 지금은 어디로 사라져버린 것일까.

좋은 세상이 되었다지만 나는 내가 살던 시골마을의 미풍양속과 사랑방의 역사가 그리워진다. 불편하고 못 먹고 어렵게 살던 옛날이었지만 그러나 그 시절에는 평화와 안녕을 누렸으며 오늘과 같은 불안과 강박감 같은 것이 아예 없었기 때문일 것이다.
　　　　　　　　　　　　　　　　　　　　　　　　　　— <사랑방>

겨울밤에 사랑방에 모여앉아 환담을 나누며 새끼를 꼬고 짚신을 삼고 밤참을 나누는 가운데 마을사람들의 공동체의식이 싹텄다. 가난했지만 인정과 예의가 살아 숨 쉬고 있었기에 고향은 평화로웠고 불안감이나 강박감 같은 것이 있을 수 없었다. 작가는 사랑방을 중심으로 형성되었던 온정의 문화를 그리워하고 있다. 이러한 작가의 정감 넘치는 고향 이야기는 옛날의 농촌 풍습을 경험하지 못한 오늘의 세대들에게 우리 민족의 전통 문화와 정서가 무엇인지 일깨워주는 역할도 하는 셈이다. 작가는 고향의 전래민요에 대해서도 자긍심을 나타낸다.

밀양아리랑과 정선아리랑의 곡조가 유장하면서도 처량하고 슬픈 느낌을 주는 데 반하여 진도아리랑은 빠른 곡조와 활기찬 정조, 그러면서도 힘이 넘치고 흥을 돋우는 곡이다. 진도아리랑을 듣고 있으면 어깨춤이 절로 나온다. 진도아리랑을 들으면서 박수를 안 치고 춤을 안 춘다면 그야 목석같은 인간일 것이다.
　　　　　　　　　　　　　　　　　　　　　　　　　　— <진도아리랑>

작가의 고향은 진도아리랑의 본산지다. 우리나라에는 지역별로 여러 종류의 아리랑이 있지만 가장 활기차고 흥거운 것이 진도아리랑이라는 사실을 강조하고 있다. 향토문화에 대한 자긍심은 곧 고향사랑의 발로라 할 것이다. 이렇듯 작가는 고향의 풍속과 문화에 대한 애착을 강하게 드러내고 있는데, 이것을 과거에 대한 단순한 회고 취미로 치부해버릴 수는 없다. 그가 소중하게 생각하는 것은 향토문화에 녹아있는 우리 민족의 고유 정서이다. 그러한 정서가 물질문명 시대에 와서 자취가 사라져버렸음을 안타까워하고 있는 것이다.

작가에게 고향은 순박한 인정과 도덕이 살아있는 이상향이다. 그의 고향에 대한 애착은 달리 말하면 우리 민족 고유의 전통에 대한 애착이라고 할 수 있다. 작가의 의식 속에는 인간다운 정감이 오가던 옛날로 회귀하고 싶은 욕구가 크게 작용하고 있다. 이것은 전통 지향 정신이라고 할 수 있으며, 김학래 수필의 근간을 이루는 핵심주제라고 할 것이다.

2. 격세지감과 세태비판

세월의 흐름은 변화를 만들어낸다. 세월의 흐름에 따라 사람의 생각이 달라지고 생활풍습이 변모한다. 그리하여 시대와 역사가 만들어진다. 김학래 수필에서 가장 빈번하게 나타나는 것은 시대의 변화에 따른 격세지감이다.

1930년대 중반에 태어나 궁핍한 시절을 온몸으로 겪으면서 성장한 사람이 오늘날의 풍요로운 세상을 바라볼 때 어떤 생각이 들까? 과연 작가는 예전과 달라진 모습을 흔쾌히 받아들일 수 있을까? 인간은 누구나 성장과정에서 환경에 길들여진다고 볼 때 결코 그러기는 어려울 것이다. 과거와 현재의 문화적 격차를 다루고 있는 상당수의 글이 이를 증명한다. 먼저 작가의 눈에 띄는 것은 요즘 사람들의 낭비벽이다.

옛날 사람들은 생필품이나 가재도구를 버릴 줄 몰랐다. 아껴 쓰고 대물려 쓰고 조상님들의 손때가 묻어 있고 혼이 담겨 있는 가구나 귀중품들은 소중하게 간직하였다. 그런데 오늘의 세상은 어떠한가. 문명이 발달하고 물자가 풍부하고 세상이 엄청 좋아졌기 때문에 버려지는 게 너무 많다. 쓰레기는 물론이고 물건을 마구 버리는 악습관 때문에 큰 사회문제가 되어가고 있다.

— <버려지는 것도 많은 세상>

생필품이나 가재도구를 소중하게 여겨 아껴 쓰지 않고 함부로 버리는 풍조가 눈에 거슬린다. 아무리 살림이 풍족해졌다고 하더라도 물건을 귀하게 여길 줄 모르는 젊은 세대들의 의식에 문제가 있음을 지적하고 있다. 작가는 남녀 간의 교제 모습에 대해서도 느끼는 바가 많다.

옛날 여성들은 내외를 하였다. 청춘남녀의 교제나 사교의 경우 여성들은 늘 수동적이고 기다리는 것이 예의였다. 여성이 나서고 까불고 도전할 경우 볼 장 다 보게 되었다. 옛날의 신부들은 결혼식장에서 눈물을 흘렸는데 요즘 예식장 풍경을 보면 신랑 신부가 웃으며 귓속말도 주고받는다.

— <여성시대>

옛날 여성은 내외를 하며, 다소곳하고 수동적인 것을 미덕으로 여겼는데, 요즘 세상에는 그러한 모습이 사라지고 없다. 오히려 여성의 위상이 높아지고 목소리가 커지고 당당해졌다. 예식장의 풍경도 옛날처럼 눈물을 뿌리는 모습은 찾아보기 어렵다. 그만큼 세상이 달라지고 풍습이 바뀌었음을 실감하는 것이다. 그렇다고 작가가 여권신장에 대해서 반대의사를 표명하는 것은 아니다.

여성의 지위향상과 여성시대가 열리는 것은 당연지사이고 바람직한 일이다. 그러나 우리 민족 고유의 전통적인 가풍이 붕괴되고 각종 사회악이 생기는 현상은 우려스럽고 슬픈 일이 아닐 수 없다. 여성의 칠거지악은 박물관으로 가버렸고 남성의 칠거지악이라도 생길 것인가?

― <여성시대>

여성의 지위향상에 대해서 원칙적으로 이견이 없지만 '남성의 칠거지악'을 염려할 만큼 남성의 권위가 추락하고 있는 현실에 대해서 우려를 나타내고 있다. 남성의 권위는 가풍과 관계되고, 그것은 사회질서와 연관되기 때문에 남성의 권위 추락은 전통 질서의 붕괴와도 무관하지 않다고 보는 것이다. 다음으로 작가는 어린이들의 가정교육에 대한 문제를 지적한다.

요즘 부모들도 마찬가지다. 아들딸들을 분별 있게 가르치고 잘 길러야만 효자가 되고 국가 사회가 요구하는 건전하고 유능한 일군이 될 터인데, 오냐 오냐 받아주고 무작정 사랑하기에 모두가 심술깎하로 자라고 있다. 버릇없는 청소년, 굴레 벗은 망아지 같은 애들이 많은 세상이니 한심스러울 뿐이다.

― <호통치고 야단치고>

요즘의 젊은 부모들이 자녀를 지나치게 아낀 나머지 잘못을 엄격히 나무라지 않고 온정주의로 받아주기 때문에 버릇없는 청소년이 나온다는 이야기다. 핵가족화로 인해 집안에 어른이 없는 관계로 예전과 같은 예절교육이 제대로 이루어지지 않음을 안타깝게 생각하고 있다. 노부모 봉양에 소홀한 세태에 대해서도 따끔하게 꼬집는다.

어느 해 여름 섬진강 휴게소에서 본 풍경이다. 젊은이들이 방학을 맞은 애기들을 데리고 유원지에 가는 모습을 아주 많이 볼 수 있었다.

그런데 제 아버지 어머니를 모시고 관광길에 나선 이는 보기 어려웠
다. 좀 유감스럽고 안타까운 세상이 아닌가?
— <유아민국 어린이 만세>

여름철 유원지에 자녀들과 함께 가는 모습은 볼 수 있어도 노부모를 모시
고 가는 모습은 찾아보기가 어렵다. 이것 하나만 가지고도 오늘날 노부모 봉
양에 등한한 우리 시대의 자화상을 엿볼 수 있다. 어린애들만 끔찍이 위하고
노인들은 천대하는 젊은 세대들의 행태를 넌지시 꾸짖고 있다.작가가 바라보
는 요즘 노인들의 현실은 과거와 상반된 모습이다.

옛날에는 시부모를 잘 모셔야만 효부 말을 들을 수 있고 가화만사
성이라고 했는데, 요즘에는 묘한 말이 번지고 있으니 참 묘한 세상이
다. '며느리를 잘 모셔야 집안이 편하다' 이 무슨 망측한 소리인가.
— <묘한 세상>

옛날에는 며느리가 시부모를 잘 모셔야 했는데, 요즘은 그 반대로 시부모
가 며느리를 상전 모시듯 해야 한다니 기가 막힐 노릇이 아닌가. 옛날과는 백
팔십도 상황이 바뀐 오늘의 현실이 서글프기만 하다. 작가는 요즘 세상에 호
통 치는 어른이 없는 것을 개탄한다.

호통을 치고 야단을 친 것은 구시대의 이야기이지, 오늘날에는 통
하지 않는 것 같다. 동네 길에서 고성방가하는 방자한 놈들은 옛날 같
으면 호통감인데, 요즘에는 누구 하나 야단치는 이가 없다. 동네어른
들이 없어진 것이다. 길가에서 담배 피우는 불량 청소년을 보고 탓하
고 타이르고 야단치는 어른이 없다. 버스 안에서 노인에게 자리 양보
하지 않는 학생이 있더라도 탓하는 이가 없다.
— <호통치고 야단치고>

옛날에는 잘못을 보고 호통을 치는 어른들이 있어서 아이들의 버릇을 바로잡을 수 있었다. 그런데 요즘은 젊은이들의 빗나간 행동을 보고 타이르거나 꾸짖는 어른들이 없다. 공연히 남의 일에 개입하여 불의의 화를 당하지나 않을까 하여 몸을 사리기 때문이다. 그러니까 우리 사회의 윤리도덕이 바로 설 수가 없는 것이다.

이밖에도 작가는 "요즘 세상에는 배고픈 도둑보다는 배부른 도둑이 더 많은 것 같다."(<도한잡기(盜漢雜記)>)고 하면서 사회질서를 무너뜨리는 악덕에 대해서 증오심을 드러낸다. 그리고 "살인, 강도, 상습범, 악질조폭, 불량식품 제조업자, 상습적이고 간 큰 도박으로 살림 날리고 국가 망신시키는 해외 도박꾼, 유언비어와 사이버 공격으로 국가사회를 흔들고 막대한 손실을 입히는 악덕인간들을 어떻게 할 것인가?"(<버려지는 것도 많은 세상>)라고 하면서 큰 범죄를 저지르고도 법의 보호를 받는 모순된 현실에 불만을 드러낸다.

이렇듯 작가는 과거와 현재의 달라진 사회상과 세상인심들을 찾아 금석지감을 드러내고 있으며, 독자로 하여금 우리가 몸담고 있는 현실의 문제점을 인식하도록 하고 있다. 이러한 작가의 태도는 궁극적으로 본연의 모습으로 돌아가기를 희구하는 점에서 김학래 수필의 핵심주제인 전통 지향 정신과 밀접하게 연관된다고 할 수 있을 것이다.

3. 안분지족과 삶의 여유

작가의 일상생활은 매우 안정된 가운데 단순소박하고 규칙적이다. 예컨대 수필 <퇴임 후 세월>을 보면, 아침에 일어나면 먼저 테니스를 하러 가고, 집에 돌아와 아침밥을 먹고 나서는 조간신문을 읽고 청소를 한다. 점심때는 우편물을 받아 읽고, 오후에는 산행을 하며, 저녁에는 문협 월례회와 같은 모임에 참석하거나, 집에서 글을 쓰는 생활을 되풀이하고 있다. 그는 이러한 자신의 생활에 대해 만족감을 표현한다.

돈은 없지만 원래 가난한 집안의 아들이었으니 당연한 일이고 조금도 억울한 게 없다. 3남 1녀 애들이 모두 늦장이고 출세한 이도 없고 돈을 버는 이도 없지만 착하게 살아가니 마음이 편하다.

— <퇴임 후 세월>

가난한 생활을 당연하게 받아들이고, 가족들이 모두 착하게 살아가는 것에 대해 마음 편하게 생각한다. 욕심을 부리지 않고 분수에 맞는 삶을 즐기고 있다. 옛 선비들의 모습에서 볼 수 있는 안빈낙도의 생활이다.

아직 테니스는 즐기고 있고, 교육은 끝났지만 문단활동은 하고 있으니 이것도 복 받은 일인 줄 안다. 장남으로서 조상님들을 성의 있게 모시고, 동생 둘과 3남 1녀 자식들을 편하게 해주고 어느 날 훌쩍 떠나고 싶고, 반드시 아내 먼저 가고 싶은데, 이 모든 일은 조상님과 신들의 음덕으로 될 수 있는 일일 것이다. 내 어찌 욕심을 부릴 수 있겠는가.

— <죽음이 뭐길래>

운동도 하고 글을 쓰며 문단활동도 하고 있는 자신의 일상을 조상의 음덕으로 여기며 만족하고 있다. 한눈팔지 않고 과욕을 부리지 않는 안분지족의 삶이다. 작가의 여유로운 마음을 알 수 있다. 문단 후배들에게 책을 나누어주는 것도 즐거움의 하나이다.

내가 사는 아파트는 31평에 방이 셋이다. 두 방은 내 책이 차지했다. (중략) 두 방의 서가가 또 다시 넘쳐간다. 또 다른 문단 후배에게 문학 책을 분양하게 될 것 같다. 남에게 나누어줄 것이라고는 없는 가난한 선비의 삶에 그래도 책이라도 나누어줄 수 있으니 이 아니 좋은가.

— <책을 나누어 주는 기쁨>

자기 것을 이웃에게 나누어줄 수 있다는 것은 그만큼 심적인 여유가 있음을 뜻한다. 마음의 여유가 없는 사람은 아무리 가진 것이 많아도 이웃에게 베풀지 못한다. 더 많이 갖고 싶은 욕망 때문이다. 그런 점에서 책을 나누어주는 기쁨을 누리는 작가야말로 삶의 여유를 누릴 줄 아는 사람이다. 작가의 넉넉함 마음은 다음과 같은 행동에서도 나타난다.

길을 가다가 미화원 아저씨를 보면 나는 언제나 한 마디 건넨다.
"수고하십니다." 내가 주는 하찮은 덕담이 좋은 격려가 되는 것 같다.
― <새해 덕담>

짧은 덕담 한 마디라도 삶의 여유가 없는 사람은 던지기 어렵다. 짤막한 덕담 한 마디라도 듣는 사람에게는 힘이 된다는 것을 알기에 작가는 격려의 말을 건네는 것이다. 그러한 작가의 미덕은 다른 일에서도 발휘된다.

나는 문학책을 기증 받으면 읽고 반드시 독후감을 써서 보낸다. 그것도 육필로 써서 보낸다.
― <퇴임 후 세월>

여러 문인들로부터 책을 받고나서 그에 대한 감상문을 써 보내는 일이 평소 일과 중의 하나이다. 사소한 일 같아 보이지만 결코 호락호락한 일이 아니다. 기증 받은 책을 일일이 읽어내기도 어려울뿐더러 감상문을 꼬박꼬박 쓴다는 것이 여간 번거로운 일이 아니기 때문이다. 그런데 작가는 그 일을 꾸준히 실천하고 있는 것이다. 책을 보낸 이의 정성을 헤아려주는 극진한 마음이 없다면 행할 수 없는 일이다. 이런 점에서도 상대방을 배려하는 작가의 넉넉한 마음을 거듭 확인할 수 있다.

III

이상으로 김학래 수필의 특징을 고향과 전통에 대한 향수, 격세지감과 세태 비판, 안분지족과 삶의 여유 등 세 가지 관점에서 살펴보았다. 이를 통해 그의 수필은 전통 지향적 성격을 띠면서 안분지족의 삶을 주로 그리고 있음을 파악할 수 있었다.

김학래는 평생 전남을 지키면서 전남문학의 발전을 이끌어왔다. 목포문협 회장(1987−1990)과 전남수필 회장(1990−1992), 전남문협 회장(1993~1995) 및 영호남수필문학회 전남회장(1994−1999) 등을 맡아서 전남문학의 텃밭을 일구고 가꾸는 데 주도적인 역할을 했다.

특히 수필창작에 진력하면서 전남수필계의 맏형 노릇을 해왔다. 목포에서 줄곧 작품 활동을 해온 그는 한국수필의 제1세대라고 할 수 있는 목포 출신 수필가 김진섭(金晉燮, 1903~ ?)과 목포에서 교직과 출판에 종사하면서 문필활동을 펼쳤던 조희관(曺喜灌, 1905~1958)의 뒤를 잇는 큰 산맥이라고 할 수 있다.

그는 전남문학을 대표하는 위치에 있으면서도 결코 자기를 내세우거나 위세를 떨치는 법이 없이 어디서나 겸손하며 고개를 먼저 숙인다. 그렇지만 불의를 보면 참지 못하여 문단에 분쟁이 있을 때마다 분연히 일어나 앞장서곤 한다. 동료와 후배 문인들로부터 존경을 받는 까닭이 여기에 있지 않을까.

그는 <작가의 미덕>이란 글에서, "순수하고 아름다운 글, 멋과 맛과 낭만이 흘러넘치는 글, 읽을 만하고 읽은 후 좋은 느낌과 가치관과 인간미를 터득케 하는 좋은 글을 쓰면서도 겸손을 잃지 않고 예를 알고 남을 배려하고 사양심을 지닌 작가"를 바람직한 작가의 요건으로 꼽고 있는데, 바로 자신이 몸소 실천하는 바를 일컫는 말이 아닌가 싶다.

김학래는 열 번째 수필집 『동창이 밝았느냐』(2006)를 내면서, "앞으로도 수필은 쓰겠지만 출판을 하지 않을 생각이다."고 공언한 바 있는데, 과연 그 말은 10년이 지난 여태까지 지켜지고 있다. 그러나 언제까지 그래야 할 필요가 있을까? 작가는 작품으로 말하고 작품으로 평가를 받는다. 그리고 그것은 독자를 만났을 때 가능한 일이다. 열 번째 수필집 출간 이후로 각종 문예지에 발표한 작품들을 관심 있는 독자들이 어떻게 만날 수 있단 말인가. 김학래의 노작들이 독자들과 만나지 못한다는 것은 전남 수필의 공백이요, 한국 수필의 손실이다. 하루빨리 김학래의 열한 번째 수필집이 팔순 기념으로 나오기를 고대해 본다.

언젠가 작가는 인생을 나뭇잎에 비유한 바 있다. 그는 나뭇잎은 떨어지기 전에 고운 단풍을 보여주지만, 사람은 그러한 절정이 없음을 아쉬워하면서, "단풍잎처럼 고운 얼굴이 될 수 없는 인생이니 마음씨라도 곱게 물들자." (<낙엽>)고 다짐한다. 늙어가는 육신은 어쩔 수 없더라도 마음만은 단풍처럼 곱게 지니고 싶다는 희망이다. 바로 이것이 작가가 문학과 더불어 영위하고자 하는 삶의 지향점이 아닐까?

김학래는 팔순에 이르러서도 창작열이 식지 않았다. 지금도 신문에 고정 칼럼을 쓰고 있고, 각종 원고 청탁에 기꺼이 응하고 있다. "청춘이란 인생의 어느 시기가 아니라 마음가짐"이라고 한 미국의 시인 사무엘 울만(Samuel Ullman, 1840~1924)의 시구처럼 김학래는 아직도 뜨거운 가슴을 지닌 청년이다. 앞으로도 늘 혈기왕성한 창작활동을 통해 전남문학의 큰 산이자 수필계의 거목으로 남아 후진들의 귀감이 되어주기를 기대한다.

긍정과 자족의 생활인

— 박정빈 수필집 『바람이 사는 동네』

> *도심 가까운 곳에서*
> *너희들을 만나 볼 수 있다는 것이*
> *얼마나 기쁜 일이냐.*
> — 〈도시 속에 사는 다랑이 논〉

I

박정빈 시인이 몇 년 전 시집을 출간하더니 이번에는 수필집을 낸다고 한다. 놀라운 일이다. 시 한 가지에 매달리는 것도 만만치 않은 일인데, 수필까지 써서 책을 낸다니 그 부지런한 필력에 경의를 표하지 않을 수 없다. 평소 수필을 열심히 쓰고 있는 줄은 알았지만 벌써 책을 한 권 묶을 만큼의 분량에 이른 줄은 몰랐다.

나더러 책 뒤에 넣을 평을 부탁하는데, 지난번 시집에도 평을 썼던 터라 웬만하면 사양하고 싶지만 평소 박시인과의 인연을 생각하니 그러기도 어렵다. 나는 박시인과 오랫동안 문학회 활동을 하고 있으며, 특히 박시인의 고매한 인품과 성실성을 흠모해오고 있기 때문이다.

그런데 여기서는 수필을 이야기하는 자리이므로 종전의 시인이라는 호칭보다는 박정빈 수필가로 부르는 것이 좋겠다. 사실 작가연보를 보면 박정빈 수필가는 시보다는 수필이 먼저다. 그는 처음 문단에 나올 때 수필로 등단했고, 그로부터 2년 후에 시 등단을 했다. 그리하여 시와 수필을 계속 같이 써왔고, 연말에 펴내는 동인지에도 늘 두 갈래의 작품을 함께 발표해왔다. 앞서 말한 대로 한 가지 장르도 제대로 못하는 문인들도 많은데, 이렇게 꾸준히 양수겸장(兩手兼將)을 한다는 것이 좀처럼 쉬운 일이 아니다. 문학에 대한 열정과 성실성이 남다르지 않고서는 할 수 없는 일이기에 평에 앞서 존경심을 표하고자 한다.

II

박정빈 수필을 읽어보면 일상생활이 잘 나타나 있다. 그는 자기 생각이나 가치관을 표출하기보다는 일기를 쓰듯 평소의 생활을 사실대로 서술하는 경우가 많다. 그래서 수필을 통해서 작가의 일과를 쉽게 들여다볼 수가 있다. 먼저 그의 글에서 가장 두드러져 보이는 것이 단란한 가정 분위기이다. 그에게는 사랑하는 아내가 있고, 곱게 성장하여 출가한 자녀들이 있다. 오순도순 정을 나누며 살아가는 모습이 행복하기 그지없다.

이 세상에 둘도 없는 사랑하는 아내와 한 자리에 앉아 오순도순 애기하며 준비해온 음식을 먹는 쏠쏠한 재미는 느껴보는 이만 알 것 같다. 둘이란 얼마나 좋은 것인지 진지하게 느껴보는 계기가 된다. 사랑이란 끈끈한 울타리 안에서 우리는 하나다. 가정에서 생활 할 때는 느껴보지 못했던 풋풋한 부부의 정을 여행을 통해서 더욱더 단단하게 매본다. 우리가 앞으로 산다 해도 살아온 날 만큼 살기는 어려울 것인데 하루하루를 무작정 헛되이 살아갈 것이 아니라 이제는 본향을 향하여 한 발짝 한 발짝 준비하며 살아가야 되겠다. 기차가 목적지를 향하여 쉬지 않고 달리는 것처럼 첫사랑 변치 않고 호흡 다할 때까지 살리라.

— <산다는 것은>

경기도에 사는 딸의 집에 다녀오는 길이다. 부부가 정답게 열차여행을 즐기는 모습이 행복에 겨워 보인다. "사랑이란 끈끈한 울타리 안에서 우리는 하나다."는 표현에서 원앙과 같은 부부의 금실이 듬뿍 묻어나고 있다. 박정빈 수필가는 슬하에 4남매를 두고 있다. 모두 때맞춰 출가를 시켰으며 손자손녀들도 여섯 명에 이른다. 이들 자녀들과 어울리는 모습은 화목한 가정의 분위기를 잘 보여준다.

> 우리가 집 거실 문을 열자마자 환하게 불이 켜지면서 폭죽이 이곳저곳에서 팡팡 터졌다. 주서방의 기타소리에 맞춰 생일 축하 노래 소리가 방안을 가득 매웠다. 벽 전면에는 "부모님 사랑합니다. 건강하시고 오래 사세요, 사랑이 넘치는 가족 일동"이라는 예쁜 글씨가 환하게 웃고 있었다. 우린 먼저 하나님께 감사의 예배(잠언17:1—"화목한 가정")를 드린 후 케이크를 자르고 정성을 다하여 준비한 만찬을 한자리에 빙 둘러앉아 배가 불룩하게 맛보았다.
>
> — <아내의 회갑>

아내의 회갑일 풍경이다. 자녀들이 한데 모여서 축하잔치를 벌이는데, 사위의 기타반주에 맞춰 온가족이 생일축하 노래를 부르고, 감사의 예배를 드리며, 만찬을 나누는 모습이 그야말로 행복의 극치를 느끼게 해준다. 자식이 없는 사람이 보면 배가 아플 만큼 부러워할 장면이다. 그러나 작가는 결코 자기과시를 위해서 이 글을 쓴 것은 아니다. 평소의 겸손한 성품과 글쓰기 성향을 볼 때 자기의 생활을 가감 없이 사실 그대로 기록한 것일 뿐이다.

박정빈 수필가는 건전한 생활인이다. 공직생활을 할 때는 직장에 충실하고, 퇴직 후에는 가정과 교회에 충실하다. 술 담배를 가까이 하지 않고, 언행에 한 점 흐트러짐이 없으며, 깍듯이 예의를 지키기에 주위에 그를 싫어하는 사람이 없다. 철학자 칸트(I. Kant)가 '인간시계'라고 불릴 만큼 시간 관리가 정확했다고 하는데, 박정빈 수필가의 생활 또한 규칙적으로 보인다. 그는 산을 좋아한다. 그래서 운동 삼아 집 주변의 산을 즐겨 다닌다.

　　산에 오르면 나는 산이 된다. 친구들인 철봉, 평행봉, 줄넘기와 훌라후프들이 날 오라 한다. 한가할 때 올라 오면 자기들만의 비밀을 스스럼없이 말해 주겠다고 자그맣게 속삭인다. 내일 모래 시간을 내서 다시 오마고 약속을 하고 내려왔다. 내가 다녀온 풀잎 냄새 질펀한 그 길을 지금은 다른 사람이 거닐고 있겠지.

　　　　　　　　　　　　　　　　　　　　　　　 － <뒷산에 오르면>

　마을 뒷산에 올라 산과 하나가 된 자신의 모습을 그리고 있다. 그는 산행을 통해서 건강관리를 하고, 글쓰기 구상도 하는 것으로 짐작된다. 때로는 지인들과 어울려 높은 산에도 오른다.

　　준비해온 간식을 먹는 시간이야말로 등산에서 빼놓을 수 없는 코스다. 산에서 즐기는 음식은 달콤한 꿀맛에 비교해야 할 것 같다. 간단한 과일과 음료수로 목을 축이고 장군봉을 거쳐 선암사로 가는 코스로 발걸음을 옮겼다. 정상을 향해 오르는 막바지의 길은 상당히 가팔랐다. 잠시 멈추었다가 올라가야 할 정도로 힘들게 하였다. 그러나 정상에 도착하여 사방을 둘러보는 그 마음은 무엇으로도 비교할 수 없을 정도로 만족스럽다. 정상이 있기에 오르고 또 올라왔지 않는가!

　　　　　　　　　　　　　　　　　　　　　　　 － <가을에 들른 조계산>

　산에서 간식을 먹는 즐거움, 정상에 올랐을 때의 만족스러움을 표현하였다. 산행을 통해 건강을 지키며 삶의 만족을 느끼는 모습이다. "인자는 산을 좋아하고 지자는 물을 좋아한다(仁者樂山 知者樂水)."는 공자님의 말씀을 생각할 때, 박정빈 수필가는 역시 인자에 해당된다고 하겠다. 확실히 그는 산처럼 도량이 넓고 어질다. 그의 산행 이야기는 <135산악 회원들과 함께>, <가을산행> 등에서도 볼 수 있다.

박정빈 수필가가 산을 좋아하는 것은 산행 때문만이 아니다. 그에게는 본디 자연을 좋아하는 습성이 있다. 실제로 산은 인간에게 많은 이로움을 주고 있기도 하다. 그는 산이 인간에게 주는 혜택을 이렇게 설명한다.

> 산은 우리에게 많은 것을 선물한다. 맑은 공기와 깨끗한 물, 봄나물 (고사리, 도라지, 취나물 등)과 많은 약초(감초, 작약, 지황 등)를 값없이 준다. 겨울산은 다른 산과는 판이하게 다르다. 거짓과 보탬이 없이 솔직해서 좋다. 추하고 더러움을 있는 그대로 보여준다. 우리는 자연이 주는 선물을 늘 감사하게 생각해야 한다. 자연을 가꾸고 보존하는 데 온 힘을 쏟아 잘 다스려야 한다. 자연이 살아야 사람이 산다.
>
> — <겨울산>

산이 우리에게 아무 대가 없이 많은 선물을 주고 있음을 말하며, 자연이 주는 선물을 늘 감사하게 생각해야 한다고 강조한다. 그리고 "자연이 살아야 사람이 산다."며 자연보호를 강조하고 있다. 그는 산뿐만 아니라 하찮은 자연물에까지도 관심을 쏟는다.

> 도심 가까운 곳에서 너희들을 만나 볼 수 있다는 것이 얼마나 기쁜 일이냐. 노래와 무희를 구경할 수 있고 무논이 있다는 것이 내겐 무척 행복하단다. 해지고 달뜨면 밤을 노래하는 너의 모습이 처량하게 보이지만 닭이 울어야 새벽이 오듯이 네가 울어야 도시의 삭막함을 잠시라도 잊을 수 있어서 난 너를 좋아 한단다. 언제 들어도 싫지 않는 너희들의 노래! 너희들 가까이 이사 온 것이 얼마나 기쁜지 말로 형용하지 못할 것 같다.
>
> — <도시 속에 사는 다랑이 논>

아파트 숲 속에 다랑이 논이 있는데, 거기서 나는 개구리 울음소리에 기쁨을 느낀다. 그가 개구리 울음소리를 반가워하는 것은 도시의 삭막함을 잠시라도 잊을 수 있기 때문이다. 그래서 개구리 소리가 들리는 곳으로 이사를 온 것을 다행으로 여기고 있다. 작가의 자연애호 정신을 확인할 수 있는 대목이다. 이 같은 자연물에 대한 애정은 <까치 울던 날>, <돌아오지 않는 개>, <최씨네 집 개>, <바람이 사는 동네> 등에도 나타나 있다.

III

박정빈 수필가는 여행을 무척 좋아한다. 그의 수필 가운데 상당수가 기행문인 것을 보면 그의 취향을 가늠할 수 있다. 그의 기행문은 문학기행과 선교여행으로 나누어 볼 수 있다.

> 오늘 나는 시인의 생가와 무덤을 다녀와서 절실히 느꼈다. 호랑이는 죽어서 가죽을 남긴다는데 시비는 세우지 못한다 할지라도 시집한 권쯤은 남겨야 되지 않겠는가 하는 생각이 마음속에 자리하였다. 글을 쓴다고 하는 문인이라면 글다운 글 한 편은 써봐야 되지 않겠는가? 독자들의 마음속에 지워지지 않을 작가가 되기 위하여 일취월장해야 되겠다고 다짐해본다. 유치환 시인처럼 당대에 영원히 잊혀지지 않을 글을 써보고 싶다.
> — <거제도 문학기행>

문학기행 소감문으로, 유치환 시인의 생가와 무덤을 보고나서 문학인으로서 어떻게 할 것인가를 다짐하고 있다. 글 쓰는 사람으로서 선배 문인들의 생애를 보는 것은 자기 자신을 되돌아보고, 앞으로의 삶의 방향을 모색해보는 계기가 된다. 이와 같은 문학 관련 기행문은 <거제도 문학기행>, <금오도의 하루>, <남도문학의 뿌리를 찾아서>, <대밭 골에 들면>, <함양에서 산청까지> 등 여러 편이 있다.

박정빈 수필가는 국내여행뿐만 아니라 해외여행에까지 범위를 넓히고 있다. 그런데 그의 여행은 단순한 관광이 아니라 선교활동을 겸한 것이다.

아침 일찍 모여서 예배를 드리고 오사카 일본인 교회로 발걸음을 옮겼다. 명치 7년 (1874년 5월 24일)에 창립되어 133년이 된 교회였다. 강대상에는 십자가만 세워져 있고 보수성이 강하고 엄숙한 예배당 분위기였다. 찬양도 회중석에서 하였으며 지휘자만 성도님들을 바라보면서 지휘하였다. 그들만의 전통을 고집하므로 폐쇄적 느낌이 드는 교회로 젊은 층은 뵈지 않고 연세 많은 성도님들만 자리하고 있었다.
— <오사카에서 동경까지>

선교활동을 위해 일본의 교회에 가서 보고 느낀 바를 썼다. 한국의 교회와는 사뭇 분위기가 다른 것을 볼 수 있다. 작가는 중국과 베트남, 캄보디아 등지에도 선교여행을 다니는데, 이러한 내용은 <중국 선교여행>, <하롱베이에서 앙코르왓트까지> 등에서 볼 수 있다. 박정빈 수필가는 또한 봉사활동을 많이 다닌다. 교회봉사단의 일원으로 수시로 복지시설에 찾아가 봉사활동을 펼친다. 여기서도 독실한 신앙인의 모습이 잘 나타난다.

예배당 안은 성령의 불로 뜨겁게 활활 타오르고 있었다. 우리 모두는 하나님의 사랑으로 하나 되어 서로 끌어안고 눈물 콧물이 뒤범벅이 되는 줄도 모르는 채 찬송을 부르며 예배를 드렸다. 근심 걱정은 찾아 보고파도 찾아 볼 수가 없었다. 찾아갈 때는 행여라도 마음을 아프게 하고 돌아오지는 않을까 염려했는데 그런 걱정은 할 필요가 하나도 없었다. 우리는 예쁘게 포장하여 준비해간 사랑이 듬뿍 담긴 삶은 달걀꾸러미를 정성을 다하여 하나씩 나눠 주었다. 손도 잡아주고 안아 주기도 하며 간직했던 서로의 사랑을 아낌없이 나누는 장면이 참 아름다웠다.
— <인애원을 찾아서>

부활절에 사회복지시설에 가서 찬송으로 하나님의 복음을 전파한 이야기이다. 지체 장애자들과 함께 예배를 보며 성령에 충만하여 서로 끌어안고 하나가 되는 감동적인 장면을 연출하고 있다. 이밖에도 태안반도 기름 닦기, 고흥 하계봉사 등 봉사활동을 통해 보람을 느끼는 이야기들이 많다. 이와 함께 박정빈 수필에는 어려운 이웃, 형편이 곤란한 사람들에 대한 글이 몇 편 눈에 띈다. 그의 부지런한 봉사활동과 관련지어 볼 때 이웃과 더불어 살아가고자 하는 남다른 태도를 읽을 수 있다. 특히 그는 노약자를 관심 있게 바라본다.

> 훌륭하게 자란 자식들이 이제 그만 하시라고 해도 잘 가꾸어서 서울의 큰아이에게도, 부산에 사는 둘째 애한테도 식량을 보내 주시려고 이마에 땀을 흘리시며 기쁜 얼굴로 온 정성을 쏟으시는 부부의 끈끈한 사랑이 종이에 적힌 글씨처럼 뚜렷하게 보인다. 허리는 힘든 농사일로 굽어서 펴지지 않고, 머리칼은 희어질 대로 희어져서 소금 뿌려 놓은 것 같고, 하체는 바짝 말라서 살짝 손만 대어도 넘어질 것 같은 쇠약한 체구이다. 그렇지만 자식들을 위하여 오늘 못하면 내일 또 하는 식으로 계획을 세워 농사일을 하시는 분들이다.
>
> — <노부부의 사랑>

집 주변에 다랑이 논을 경작하는 노부부에 대해서 쓴 글이다. 늙은 나이에 쇠약한 몸이지만 자식들을 위한 일념으로 농사를 짓는 모습에 진한 감동을 받고 있다. 어려운 이웃에 대한 관심과 동정이 있기에 나올 수 있는 글이다. 다음은 교정공무원으로 근무할 때의 글로서 재소자의 면회 장면을 소개하고 있다.

> 참다못한 아내가 갑자기 목이 메인지 손수건으로 얼굴을 가린 채 흐느낀다. 위로하듯 남편은 조그만 목소리로 병원에 가서 다리를 치료하라고 권유한다. 당신이 건강해야 애들을 돌볼 것이 아니냐고 힘

이 섞인 말을 하지만 아내는 내일 먹을 양식이 없단다. 돈을 빌려서라
도 치료를 하라고 당부하지만 아내는 "누가 우리에게 돈을 빌려 주겠
소" 하며 울음 섞인 아픔을 써 내려간다. "좋은 일이 있을 땐 친척이나
친구들도 이틀이 멀다하고 찾아왔건만 당신이 교도소에 발을 들여 놓
자 아무도 찾아온 사람이 없다오. 사람의 마음은 이런가 봐요." 엄마
아빠가 주고받던 말을 알아차린 듯 큰애가 울자, 이어서 작은아이도,
엄마와 아빠도, 옆에서 대화내용을 적고 있던 나도 울음 속에 하나가
되고 말았다.

— <접견실에서>

교도소 접견실에서 어느 부부의 딱한 사정을 들으며 작가 자신도 함께 눈
물을 흘린다. 형편이 어려운 사람들의 기가 막힌 사연에 측은지심이 발동한
것이다. 이 작품은 박정빈 수필집에서 가장 감동적인 글로 꼽을 수 있겠는데,
작가의 연민의 정이 잘 드러난다. 이와 같이 불쌍한 이웃들에 대한 관심은
<음성 꽃동네>와 같은 글에서도 파악된다.

IV

박정빈 수필에 주로 그려지는 것은 자족적인 소시민의 삶이다. 그는 욕심
을 부리지 않는다. 그의 글에는 거창한 꿈이나 욕망에 관한 내용이 없다. 평
범한 대로 자기에게 주어진 현실에 만족하고 있다. 벨기에의 작가 메테를링
크의 동화 <파랑새>에서 깨닫는 것처럼, 행복의 파랑새는 멀리 있는 것이
아니라 우리 곁에 있다. 범사에 만족하고 작은 일을 소중히 여기며 가족들과
화복하게 정을 나누는 것이 바로 행복이 아니겠는가. 박정빈 수필가는 행복
의 비결을 알고 있다.

그리고 박정빈의 수필은 긍정적이다. 그의 수필에는 부정적인 내용이나 비판하는 내용이 없다. 누구와 다투거나 원망하는 글도 찾아볼 수 없다. 오로지 가정에 충실하고 열심히 신앙생활을 하며 부지런히 이웃을 돕는 모습뿐이다. 인생살이에 어찌 어려움이 없을까만 세상을 긍정적으로 바라보고, 작은 일에 만족하기에 그렇지 않겠는가. 법정스님도 '무소유'를 강조했듯 삶의 행복은 결코 물질에 있지 않다. 행복의 열쇠는 만족이라고 하였다. 행복은 감사의 문으로 들어오고 불평의 문으로 나간다고 하였다. 이런 점에서 만족과 감사를 아는 박정빈 수필가는 진정 행복한 사람이라 할 수 있다.

끝으로 박정빈 수필에서 다행스러운 것은 그가 독실한 신앙인임에도 불구하고 종교에 함몰되지 않은 것이다. 가끔 보는 일이지만 신앙을 가진 문인들이 작품으로 종교의 전도사 역할을 자처하는 경우가 있다. 그러나 박정빈 수필가는 작품에 종교색을 크게 드러내지 않고 문학의 경계를 잘 지키고 있는 것이다.

아무쪼록 박정빈 수필가의 『바람이 사는 동네』 출간을 축하드리며, 독자들로부터 좋은 반응을 얻기를 기대한다. 아울러 수필집 간행을 계기로 더욱 발전된 작품을 우리에게 선물해줄 것을 당부한다.

제3부

시론

어느 농촌지킴이의 세상 보기
— 남석우 시집 『방짜수저공장』

가을은 잉태하는 계절인데
누가 남자의 계절이라 했는가
— 〈가을산〉

I

남석우는 순천에 사는 시인이다.

순천에서도 도심이 아니라 물소리 바람소리 들리고, 개구리 우는 소리, 산비둘기 울음소리 들리는 농촌에 산다. 남시인은 아는 것도 많고 재주도 다양하다. 촌구성에 박혀 있는 듯싶지만 세상 돌아가는 물정과 이치를 손바닥 들여다보듯이 꿰뚫고 있다. 그것은 아마도 인생경험이 많기 때문일 것이다.

그의 과거사를 들어보면 참 파란만장하다.

지금이야 고향을 지키며 안분지족 시심을 모으는데 열중하고 있지만 젊은 시절에는 여러 직종을 전전하며 다양한 세상체험을 했다. 태생지는 농촌이나 일찍이 도회지로 진출하여 잘나가는 해운회사에서 끗발을 날리던 때도 있었고, 빈털터리로 맨땅에 헤딩하듯 서울 한복판에 들이대어 한밑천 잡을 때도 있었고, 정치판에 나서 젊은 혈기를 내뿜던 때도 있었다. 그밖에도 온갖 장사며 건축이며 손을 안 대본 일이 없는데, 잘 나가기도 하고 못 나가기도 하고, 거둬들이기도 하고 날리기도 했지만 타고난 배포와 뚝심, 오뚝이 정신으로 기죽지 않고 오늘날까지 건재하고 있다.

남석우 시인은 재주가 많다. 틈틈이 붓글씨와 사군자를 치는 것을 보면 감탄을 금치 못하겠고, 노래 또한 기성가수 뺨칠 지경이고 능수능란한 농악기 다루는 솜씨는 또 어떤가. 평생을 놀이판에서 굴러먹은 각설이는 저리 가라이다. 우리는 그를 시인이라고 부르지만 당사자로서는 한 가지 분야에 국한되어 불리는 점이 억울하지 않을까 싶다. 팔방미인 그에게는 만능 예술인 또는 종합예술인이라는 호칭이 합당할 것으로 본다.

남시인은 확실히 문학적 재질이 뛰어난 사람이다. 지난세월 세상사에 분주하여 차분히 문학공부를 할 여가가 없었을 것 같은데 써놓은 글을 보면 비수로 가슴을 찌르듯 예리한 관찰과 기발한 표현이 읽는 이를 놀라게 한다. 더욱이 시뿐만 아니라 소설분야까지도 넘나들어 <바람의 세월>(2017)이라는 소설집까지 펴낸 것을 보면 조물주는 어찌하여 이토록 한 사람에게만 귀한 재능을 몰아주었을까 샘이 날 정도다.

II

남석우의 시는 먼저 자연친화적이라는 특징이 있다. 그는 마치 우리의 옛 선비들처럼 자연 속에 묻혀 사는 것을 좋아하며 그 속에서 행복을 느낀다. 그가 농촌출신이며 현재 농촌에 거주하고 있다는 사실과도 밀접한 관련이 있겠지만, 그는 항상 자연과 벗하며 자신의 삶에 만족을 드러낸다.

숲에 더부살이하는 날 보고
왜 홀로 사느냐 묻지 마오
별의별 새소리와
온갖 풀벌레 소리와
골골을 썻김굿 하는 물소리와

계절을 체질하는 바람소리
그 소리들의 뜻은 알 수 없으나
온종일 되새김질해도
물리지 않는 까닭이요
금방 정이 드는 까닭이라
왜 사람끼리는
값을 치르고 언어를 소통하면서도
얼른 정들지 못할까요
날더러 왜
외딴 숲에 홀로 사느냐 묻지 마오

　　　　　　　　　　　　　　　　— <숲에서 건들> 전문

　그가 산을 가까이 하는 까닭은 새소리, 풀벌레 소리, 물소리, 바람소리가
아무리 들어도 싫증나지 않고 금방 정이 들기 때문이라는 것이다. 그에 비해
서 인간끼리는 쉽게 정을 주고받기 어렵다는 것이다. 이 시에서 인간과 자연
은 대척(對蹠) 관계에 놓인다. 즉 인간은 문명을 대표하며 자연의 순수함과
대별되는 존재이다. 시인은 인간과 자연과의 대비를 통해 자신의 자연친화적
인 입장을 역설하고 있다.

　산이 저물기 전부터
시끄럽던 재즈음악이
아이들 방에서 멈추자
주눅들었던 풀벌레 울음이
달빛 물고 봉창을 넘어온다
초저녁부터 그렇게 울었을 풀벌레들
파열음에 놀라 되돌아갔을 소리들
전등불에 받혀 떨어지는 하루살이처럼
두꺼운 벽에 받혀 죽었을 것이다
아내가 즐겨보는 TV 방영시간

안방에서 다시 들려오는 파열음
가을밤의 소나타를 삼켜버린다
어쩔 수 없이 가출하듯 집을 나와
집의 소리가 들리지 않는 언덕에
한 그루 나무로 서서 귀 기울인다
아주 먼데 풀벌레 울음소리까지
달빛 별빛 물고 우주율로 출렁인다
길게 심호흡을 하니
그 모든 소리들이 몸속으로 빨려 들어온다
들어와 작은 우주를 이룬다
그 누구도 파괴할 수 없는
내 안의 작은 우주

— <내 안의 작은 우주> 전문

"주눅 들었던 풀벌레 울음이 달빛 물고 봉창을 넘어온다"는 활유적 표현이
기발하다. 시인은 문명의 소리를 싫어한다. 그는 집안의 재즈음악과 텔레비전
소음을 피해 언덕으로 도망쳐 나온다. 그리고 풀벌레 울음소리에 흠뻑 빠져든
다. 자연의 소리를 들으며 자기만의 세계에 침잠하고 있는 것이다. 문명에서
벗어나 자연과 더불어 살고자 하는 자연애호자의 모습이 잘 드러나 있다.

미처 봄이 오기도 전에
구덩이를 파고
댓가지 십자로 꽂아
호박씨가 추울까봐
비닐 속에 가두었네

호박씨를 심어놓고 보았네
담 밑에 심으니 담장 위로
처마 밑에 심으니 지붕 위로
감나무 밑에 심으니 감나무 위로

아, 나는 지금
어디에 심어져 있으며
어디로 뻗고 있는 것인가

                                           — <영역> 전문

    호박을 심어놓고 덩굴이 뻗어 오르는 것을 보며 자신의 삶의 위치와 방향을 자문해본다. 농작물의 성장, 변화를 통해 자신을 끊임없이 성찰하는 모습이야말로 하늘과 땅의 섭리에 기대어 사는 농부의 참다운 자세가 아닌가 싶다.

농사를 지어보니 알겠다
뿌린 씨앗보다 잡초가 더 많다는 것을
또 더 활기차다는 것을

방동사니, 피, 가라지, 쇠비름 등등
그런 잡초를 뽑는다
잡초를 뽑다보면
뿌린 씨앗도 따라 뽑힌다
이 얼마나 선택된 자의 희생이냐

나는 이 사회에 무엇으로 설거나
알곡 되기는 이미 틀린 노릇
가라지는 말고 알곡에 가까운 피
보릿고개적 허기를 면해주던 피죽
그 피죽이라도 되고 싶다

                                           — <피죽> 전문

    남시인은 사소한 것에서 삶의 의미를 캐내는 탁월한 능력이 있다. 논밭의 잡초를 뽑으면서 사회적 동물로서 자신의 역할을 생각해본다. 그의 꿈은 거창한 것이 아니라 지극히 소박하다. 알곡은 못 되고 피라도 되어서 가난한 사람들의 허기를 면해주는 일을 해보고 싶다는 소망을 토로한다. 표제시 <방짜수저공장>에서 담금질당하는 놋쇠를 보며 "목멘 자의 뜨거운 밥수저가 될 수 있다면"하고 소망하는 시인의 겸허한 자세를 여기서도 엿볼 수 있다. 그가 사소한 일에서도 인생살이의 교훈을 얻는 것은 그만큼 자신을 낮추고 그 상황에 자신을 대입시키고자 하기 때문일 것이다.

그리고 남석우 시인은 시적 발상이 기상천외하다.

불혹의 나이에
계룡산 동학사에 해탈하러 갔다가
가슴에 불덩이만 안고 내려왔다
젖봉오리 같이 불쑥불쑥 솟은 산
한산모시옷 치맛자락에 매달린 절
곡신의 뼈신 오줌발 타고 앉아
꽃다운 비구니를 숨기고 있었다
가사 사이로 드러나 보이는 속살이
어찌나 알금살금하던지
미륵보전은 간 곳 없고
페로몬향기만 가득했다
베이스로 출렁이는 가슴을
서해 개펄에 절이며 오다가
동학사서 벌겋게 달구어 온
가슴속의 불덩이를 도려내어
저물어가는 변산 앞바다에
패대기를 쳐버렸다

― <일몰> 전문

서해의 낙조 광경을 자신의 삶에 대입하여 표현했는데, 자제할 수 없는 젊은 혈기를 성적 에너지와 결합시킨 방식이 참신하고 기발하다. 이뿐만이 아니다. "가을은 만사 거두라 했건마는 등 굽은 우리 어매는 내어 널기에 바쁘다"(<가을 널기>)는 표현이라든지, "가을은 잉태하는 계절인데 누가 남자의 계절이라 했는가"(<가을산>) 되묻는 역설적인 표현도 그의 시적 개성이 빛을 발하는 부분으로서 독자에게 큰 울림을 주는 대목이라고 하겠다.

III

남석우 시인은 다작을 하는 편이다. 대개의 시인들은 작품 한 편을 쓰는 데 여러 날을 고심하지만 남시인은 그렇지 않다. 하룻밤 사이에도 거미가 실을 뽑아내듯 줄줄이 시를 뽑아낸다. 그런데도 그 작품들 어느 하나도 엉성한 것이 없고 모두 일정 수준에 올라 있다는 것이 참으로 신통하다. 그의 놀라운 문학적 재질과 꼭꼭 다진 내공을 인정하지 않을 수 없다.

남석우 시인의 미덕은 무엇보다 시가 어렵지 않다는 것이다. 그리고 쉬우면서도 주제의식이 뚜렷하다는 것이다. 어느 시나 읽어보면 시인이 말하고자 하는 바를 쉽게 파악할 수가 있다. 그래서 그의 시는 재미가 있고, 자꾸 읽고 싶도록 만드는 흡인력이 있다.

요즘 난해시들이 많다. 아무리 뜯어봐도 무슨 말을 하는 것인지 고개를 갸우뚱거리게 하는 시들이 있다. 독자의 불만 요인이 바로 이것이다. 그 불만은 곧장 시의 외면으로 이어진다. 사람들이 시를 안 읽는 이유는 도대체 이해를 하지 못하겠는데 무슨 재미로 읽느냐는 것이다. 자신이 써놓고도 무슨 얘긴지 모르는 시라야만 신춘문예에 당선된다는 우스개도 있다. 물론 여기에는 독자들의 문학적 안목에도 문제가 있겠으나 시인들 또한 이 점에 유념할 필요가 있을 것이다. 어쨌든 시가 독자들에게 큰 호응을 받지 못하는 현실에서 남시인의 작품이 독자들에게 가까이 다가갈 수 있다는 점은 큰 다행이라고 할 것이다.

무엇보다 남시인이 예리한 눈매로 미세한 자연현상이 평범한 일상생활에서 삶의 비의(秘義)를 추출해내는 재주는 다른 사람이 감히 흉내 내기 어려운 그의 장기요 재산이다. 이순(耳順)에도 꺼질 줄 모르고 활화산처럼 타고 있는 그의 뜨거운 가슴이 오래도록 식지 않도록 보살펴 나갈 일이다. 남석우 시인의 시집 출간에 박수를 보내며, 앞으로도 왕성한 필력으로 농촌과 자연을 든든히 지켜주기를 기대한다.

참을 수 없는 삶의 무거움, 그 핏빛 고백
— 김혜련 시집 『피멍 같은 그리움』

전신을 도려내는 자학의 칼날이
어느 순간
내 인고의 댐을 무너뜨리고 들어와
피멍 같은 울음 쏟게 한다.
— 〈피멍 같은 그리움〉

I

김혜련 시인의 작품을 논하기 전에 개인적인 인연을 먼저 이야기해야겠다.

한 때 나는 순천의 어느 학교에서 학생 동아리 하나를 운영한 적이 있다. 글쓰기에 관심이 있는 아이들을 중심으로 만든 '글 솟는 샘'이라는 모임이었다. 공부에 바쁜 가운데서도 제법 씩씩한 활동을 하였는데, 가을축제 때는 연극공연도 하고, 연말에는 문집도 엮어냈다.

그러다 나는 학교를 떠나게 되었고, 동아리도 자연 다른 선생님이 맡게 되었다. 지도교사가 바뀌더라도 초창기의 열정이 식지 않고 꾸준히 이어졌으면 하는 것이 나의 바람이었는데, 고맙게도 선생님들이 열심히 해주어서 매년 보내주는 문집을 통해 글솟는 샘이 유지되고 있음을 알 수 있었다.

그러던 어느 해 나는 깜짝 놀라고 말았다. 새로 부쳐온 문집을 보니 알찬 내용과 세련된 편집에 부피까지 두꺼워진 것이 이전보다 훨씬 달라진 모습이 아닌가!

지도교사의 관심과 의지에 좌우되는 것이 동아리 활동인데, 이 정도의 책자가 나올 정도라면 여기에 바친 선생님의 노고와 열정을 가히 짐작할 만했다. 지도교사가 누군가 보니 '김혜련'이라고 나와 있었다.

생소한 이름이었지만 우선 고마운 생각이 들었다. 내가 심어놓은 조그만 나무를 이렇게 잎이 무성한 큰 나무로 키워주고 있는 데 대한 감사라고나 할까. 나는 곧 펜을 들어 책을 잘 받았노라는 인사말과 함께 감사의 뜻을 전했다.

그 뒤로도 나는 해마다 보내주는 두툼한 문집을 받고 감격해 마지않았는데, 가만히 생각해보니 이 만큼 열심히 문예지도를 하는 분이라면 분명 창작에 대한 열의가 있겠다 싶었다.

그래서 어느 해 문학회 활동을 권해보았더니, 선뜻 응낙하지 않고 꽤 망설이는 눈치였다. 가사와 육아, 직장 일도 한 짐인데, 문학 모임에까지 뛰어든다는 게 막상 쉽지 않았을 것이다. 그러나 가슴에 타오르는 문학적 열정을 어찌할 것인가. 결국에는 시인 등단과 함께 문학회에 가입하여 나와 같이 활동하는 처지가 되었다. 이렇게 해서 나는 김혜련 시인을 알게 된 것이다. 나는 지금도 글솟는 샘의 활성화에 바친 김혜련 시인의 남다른 열정과 끈기에 경의를 표하며, 해마다 감동의 선물을 보내준 데에 대한 고마운 마음을 잊지 않고 있다.

II

김혜련의 시를 보면 우선 현실에 바탕을 두고 있는 점이 눈에 띈다. 그의 시는 자신이 숨 쉬며 살고 있는 구체적인 삶의 현실에 뿌리를 내리고 있다. 그래서 그의 시에는 사연이 하나씩 담겨 있는 것을 엿볼 수 있다. 시를 통해 볼 수 있는 그의 현실은 <해미섬> 연작에서 볼 수 있는 섬 생활, <교실에

서>와 같은 교단 풍경, <빨래를 하며>와 같은 주부의 일상, 그리고 <아버지를 사진첩에 넣으며>에서 볼 수 있는 가족과 관련된 어린 시절의 추억 들이다.

그런데 그의 시에 나타난 현실은 항상 자아와 적대적인 관계를 맺고 있는 점이 특징적이다. 다시 말해 그가 처한 공간은 즐거움과 만족과 평안의 공간이 아니라 답답하고 불편하고 자아를 억누르는 곳으로 그려진다. 그러기에 그는 여기에 거부감을 느끼고 어떻게든 벗어나고 싶어 한다.

어제 오후 기습적으로 쳐들어 온
폭풍주의보라는 날강도는
오늘 아침 폭풍경보라는 흉악범이 되어
교활한 미소를 흘리고 있다
웃음 끝에 달린 지저분한 눈물을 훔치고
아예 내 자취방 앞에 죽치고 누워 있다.

어제 삼 교시까지
여름방학 연장수업을 모두 마친 나는
달포 전부터 준비해 온 귀향을 서둘렀다
육지의 콧바람으로 충전하고
무엇보다
달포 전 어색한 이별로 방치해 둔
그를 만나 숯이 된 속내를 까 보이고 싶고
어머니가 해 주시는 다순 밥이 그립고
친구들과 만나 수다 떨고 싶고
진 빠지도록 영화 보고 싶고.

미처 해치우지 못한 몇 점의 빨랫감을
가방에 집어넣는 손가락이 떨린다
그를 만나면 첫 마디를 뭐라 할까

무엇이 그리 그리워 눈물부터 나는가
열두시 사십 분 발
페리호를 놓치지 않기 위해
이포리 계단을 내려오는 데
부둣가 사람들이 흩어지고 있었다
바람이 그악스럽게 이를 갈고
허방을 짚은 듯 가슴이 울렁거렸다
날강도 폭풍주의보가 나타나
페리호가 억지 잠자리를 하는 중이란다.

바다로 뚫린 자취방 창문을 열어놓고
노기등등 살점 물어뜯는 폭풍을 대하고 있으면
내가 왜 이 섬에 감금되어야 하는지
문득 억울해진다.

　　　　　　　　　　　　　　　 — <유배라는 말> 일부

　폭풍주의보로 인해 발이 묶인 섬마을 교사의 모습을 그리고 있다. 한 주일 동안 학교생활을 마친 교사에게 주말은 육지로 나올 수 있는 해방의 시간이다. 그런데 이 모처럼의 기회를 심술궂은 폭풍주의보가 망쳐 놓는다. 육지로 나가지 못하고, 적막한 섬에서 휴일을 허송해야 하는 시인은 과연 제목 그대로 '유배라는 말'을 떠올리지 않을 수 없다.

　위의 작품은 김혜련 시의 특징을 집약적으로 보여준다. 섬이라는 공간은 탈출을 허락하지 않는 닫힌 공간이다. 배가 뜨지 않는 한 벗어나고 싶어도 벗어날 수 없는 한계점, 그래서 날개옷을 잃어버린 선녀와 같이 돌아갈 수 없는 것이 바로 섬에 갇힌 자의 운명이다. 이러한 절박한 공간에 처한 자아의 좌절감과 비애감을 시인은 실감나게 그리고 있다.

　이처럼 현실의 벽에 갇혀 나아가고자 해도 나아갈 수 없는 상황은 표제작 <피멍 같은 그리움>에서는 금단(禁斷)의 사랑으로 변주된다.

핏줄이 같은 그를 사랑했다.

태곳적 김해의
어느 한 언저리
흐르던 핏줄 한 가닥 앞에
나는 마음을 자르지 못한 채
목울음 삼키는
긴 밤잠을 유린하고 있다.
사랑은 안 된다는 그에게
나는 수없이 아무 일 아니라 했다.
전신을 도려내는 자학의 칼날이
어느 순간
내 인고의 댐을 무너뜨리고 들어와
피멍 같은 울음 쏟게 한다.

나는 더 이상
인고의 댐을 쌓을 수 없는
이미 탈진한 토목장이
의연함을 가장하고
아프지 않은 것처럼
전보다 크게 웃는 위선자
사랑한다 뱉어버리기엔
모든 게 너무 두려운
그리하여
피멍든 그리움.

— <피멍 같은 그리움> 전문

　같은 핏줄이라는 이유로 사랑을 해서는 안 된다는 사회적 규범은 하나의
현실적 제약이다. 이러한 현실의 벽 앞에서 한 개인은 무력하기 짝이 없다.
그래서 그는 '의연함을 가장한' 위선을 선택한다. 그러나 아무리 겉웃음으로

가장한다 하더라도 가슴 속에 남아 있는 그리움은 어찌 지울 수 있겠는가. 그러기에 그 간절한 마음은 한(恨)이 되어 '피멍'으로 남아 있는 것이다.

김혜련은 현실의 삶을 고통으로 파악한다. 그의 눈에 비치는 세상은 불교에서 말하는 고해(苦海)와 같다. 그가 주로 그리는 것은 세상살이가 주는 견디기 어려운 중압감이다. 그는 쉽사리 현실의 안락이나 평안을 노래하지 않는다. 그는 한여름 뙤약볕에서 일하는 개미는 될지언정 그늘에 앉아 한가히 노래 부르는 베짱이는 될 수 없는 체질이다. 그는 이 힘겨운 세상살이, 그 삶의 무게와 치열한 싸움을 벌인다.

> 봄 이슬로 끼니 때우고
> 폭염의 학대를 견디며
> 가을 속으로 달려온 그대.
>
> 떨고 있다
> 분명한 떨림이다
> 한 점 홍조조차 없는 순백의 얼굴
> 차마 들지 못하고 온몸으로 떨고 있다
> 호 불면 새털처럼 날아가 버릴 몸피
> 필사적이다. 성급한 겨울을 향한
> 독기 오른 생존 투쟁이다.
>
> — <삘기꽃> 일부

그는 들판에 하얗게 핀 삘기꽃을 보고 폭염의 학대를 견디고 살아온 존재로 본다. 그리하여 가냘픈 삘기꽃이 바람에 흔들리는 모습을 모진 세상을 살아남기 위해 안간힘을 쓰는 '독기 오른 생존투쟁'으로 생각하는 것이다. 그래서 그의 시는 삶의 질곡과의 화해할 수 없는 싸움이다. 그의 시에는 세상살이와 싸운 피의 자취가 곳곳에 널려 있다. 이런 점에서 개인을 속박하는 세상에 대한 부적응 또는 거부감은 김혜련 시의 싹이라고 할 수 있다.

김혜련 시인이 세상을 보는 눈이 너무 어둡지 않느냐고 지적할 수도 있다. 물론 보는 이에 따라서는 그렇게 말할 수도 있을 것이다. 그러나 세상이 어찌 밝은 면만 있는가. 밤이 있으면 낮이 있고, 빛이 있으면 그늘이 있지 않은가. 대개 사람들은 밝은 면만 생각하지 그늘은 돌아보려 하지 않는다. 시인들도 대부분 세상의 밝은 면만 바라보며 아름다운 부분만 노래하는 경향이 있다.

그러나 김혜련 시인은 이를 단호히 거부한다. 그는 세상의 어두운 면을 찾아 우리 삶의 그늘진 부분을 드러내고자 노력한다. 여기서 그의 현실 부정(否定)은 비관주의자나 염세주의자의 그것과 엄격히 구별된다. 그가 어둠을 노래하는 것은 밝음을 갈망하기 때문이며 삶의 고통을 그리는 것은 그만큼 삶의 안락을 절실히 희구하기 때문이다. 그것은 윤동주가 밤하늘의 별을 헤며 아침을 기다린 것이나 육사가 서릿발 칼날진 절정에 서서 무지개를 꿈꾸는 것과 마찬가지이다. 결국 그의 세상에 대한 부정은 부정을 위한 부정이 아니라 긍정(肯定)을 위한 부정인 것이다.

김혜련 시인은 삶의 무게 짓눌려 고통을 받으면서도 체념하거나 굴복하지 않는 악착같은 일면이 있다. 다음 작품에서 그의 당찬 시 정신을 엿볼 수 있다.

무모하게 온 몸 풀어헤친
벌거숭이 장마는
무언가 그립게 했다
벌써 오래 전에 잊혀졌을
손톱 하얀 그를 떠올리게 하고
목젖까지 치밀어 오른 서러움은
또 한 차례 신열을 앓았다.
우리 집보다 더 많은 세월을 보낸
노년의 버드나무
인생은 참는 것이라며 몸으로 울었다
자해 충동에 휘둘리는 가슴에

벌거숭이 장마가 파놓은 홈은
죽어도 살아남아야 한다는 질긴 고집
풍덕동 882-7번지 골방에서
바퀴벌레를 죽이며 시를 쓰는
서른여섯의 삶이
빗줄기 되어 살아나고 있었다.

― <여름에> 전문

　힘겹고 고달픈 여름장마 속에서도 골방에서 바퀴벌레를 죽여가며 시 쓰기에 골몰하는 모습이 바로 김혜련의 진면목이다. 그는 결코 삶에 길들여지거나 순종하지 않는다. 삶의 평온함, 안락함, 나태함에 안주하거나 함몰되지 않고, 고통을 이기며 삶의 질곡에 도전하는 자세를 지닌다. 이렇게 어려운 상황 속에서도 본연의 삶을 추구할 줄 아는 적극적인 삶의 자세는 독일작가 루이제 린저가 창조한 <생의 한가운데>의 주인공을 연상시킨다.

　김혜련 시의 장점 가운데 하나는 그의 시가 여성들이 흔히 빠지기 쉬운 감상주의에 빠지지 않는다는 것이다. 그는 감각에 흔들리고 눈물을 뿌려대는 미사여구를 싫어한다. 그는 현실의 냉혹함과 삶의 무게를 민감하게 받아들이되, 비수처럼 냉철한 언어로 겨울의 시멘트 바닥과 같은 차디찬 현실에 당당히 맞선다. 그를 지탱하는 것은 견고한 리얼리즘 정신이라 하겠다. 그리하여 그의 시가 그리는 자아의 모습은 현실의 속박과 질곡에 맞서서 자유로움을 희구하는 현대인의 초상(肖像)으로 환기될 수 있다.

III

　김혜련 시인은 참 열심히 사는 사람이다.

내가 아는 한 그는 가정에서 한 남자의 아내이자 두 아이의 어머니로서 정성을 다하는 주부요, 학교에서는 아이들을 가르치는 데 온 힘을 쏟는 교사이다. 또한 꾸준히 문학모임에 참여하며 창작에 매진하는 전도유망한 문학도이다. 더욱이 학구열이 높아 바쁜 와중에도 학업에 정진하여 대학원 석사학위를 취득하기도 하였다. 현실에 안주하지 않고 끊임없이 뭔가를 추구하는 모습이 보기가 좋다.

특히 그는 열정어린 문예지도 교사이다.

그는 국어교사로서 단순히 교과서를 가르치는 데 머물지 않고 문예창작에까지 범위를 넓힌다. 본인이 창작을 하고 있는 만큼 시 한 편을 가르치는 데도 접근 방식이 다르다. 그의 지도에 힘입어 많은 학생들이 글쓰기에 눈을 뜨고 각종 대회에 나가 재능을 발휘하고 있다.

그가 학교 업무에서 교지 편집을 즐겨 맡는 것도 문예지도의 연장으로 볼 수 있다. 교지 업무는 원고 수합에서부터 교정과 인쇄에 이르기까지 잔손질이 많이 가고 시간을 많이 빼앗기는 터라 대부분의 교사들이 부담을 많이 느낀다. 그런데 김 시인은 어느 학교에 가나 교지가 단골메뉴이다. 그에겐들 어찌 교지 일이 힘들지 않겠는가! 그러나 학생들과 함께 책을 만들면서 그들의 글을 실어주고 글쓰기에 자신감을 키워주는 데에 보람을 찾는 것이다.

김혜련 시인은 교지 한 권을 펴내기 위하여 겨우내 원고와 씨름을 하며 정성을 들인다. 과연 그러한 산고(産苦) 끝에 탄생한 교지는 여느 교지와는 달리 돋보이는 부분이 있어 전국 교지경연대회를 여러 차례 석권하기도 하였다. 이미 과거 글숯는 샘 문집에서 보여주었던 대로 문예창작에 대한 의지와 열정이 아니고서는 어찌 가능한 일이겠는가!

김혜련 시인은 평소에 조용한 성격으로 말이 없는 편이다. 그러나 말이 없다고 해서 할 말이 정말 없겠는가. 오히려 그는 누구보다도 하고 싶은 말이 많은 사람이다. 핏빛처럼 붉고 뜨거운 그의 시를 보라! 그의 가슴 속에는 용광로 같은 문학의 열정이 불타고 있다. 그는 과묵한 대신 누에가 실을 품듯 자기 목소리를 가슴 속에 갈무리해 두었다가 작품으로 한 올씩 풀어내고 있는 것이다.

이번에 펴내는 『피멍 같은 그리움』은 첫 시집인 만큼 김혜련 시인에게 매우 의미가 깊다. 그러나 여기서 만족할 수는 없다. 김혜련 시인의 가슴 속에 내재된 삶의 응어리를 모두 풀어내려면 아직도 멀었다. 그가 앞으로 할 이야기는 시집 한두 권으로 담아내기에는 부족할 것으로 본다. 김혜련 시인이 보여주는 부지런한 삶의 모습과 문학에 대한 끈기를 생각할 때 우리는 그의 앞날에 많은 기대를 해도 괜찮을 것 같다.

고향과 모성, 그 향토적 서정

— 최순애 시집『고향길』

> *요강 씻은 물까지도 텃밭에 뿌려서*
> *그 물 먹고 자란 푸새로*
> *된장국 끓여 주던 울 어매 사랑*
> *— 〈가난〉*

I

최순애 시인을 알게 된지도 강산이 한 번 하고도 반이 바뀌었다. 1992년 순천팔마문학회 창립과 함께 그를 만나 문학 활동을 해왔다. 나는 누구보다도 최 시인을 잘 안다고 말할 수 있다.

나는 그가 천상 시인이라고 생각한다.

그를 만나면 입에서 주절주절 시구가 쏟아져 나온다. 최근에 지은 시인데 어떠냐며 들어보라는 것이다. 만날 때마다 시 이야기를 해서 귀찮기도 하지만 오죽 시심이 넘쳐나면 저럴까 싶어 끝까지 경청하곤 한다.

그의 일상은 매우 바쁘다. 생업인 보험설계를 위해서 나날이 고객을 만나러 다녀야 하는 분주한 생활이다. 그렇지만 그런 가운데서도 늘 머릿속에 시에 대한 화두를 붙잡고 놓지 않고 있으니, 그 식을 줄 모르는 문학적 열정이 여간 놀랍지 않다.

그가 천상 시인인 까닭은 무엇보다 그가 특별히 문예창작 교육을 받은 적이 없기 때문이다. 한다하는 대학에서 번듯하게 문학을 전공한 사람도 선뜻 나서지 못하는 것이 창작의 세계가 아닌가. 그런데 그는 누가 시키기라도 했나 거미가 실을 뽑듯 틈만 나면 줄줄이 시를 뽑아대고 있으니 어찌 타고난 시인이라 하지 않을 수 있으랴.

II

이번 시집 『고향길』에 묶인 작품을 훑어보면 시인의 신변 이야기를 비롯해서 자연과 계절의 상념, 고향과 어머니 따위를 노래한 것을 볼 수 있다. 이밖에도 여행 소감이나 보험사업, 신앙에 관한 글들도 몇 편씩 들어있는 것이 눈에 띈다. 이 가운데 최 시인의 바탕이 되는 것은 역시 고향과 모성이 아닌가 싶다.

최순애 시인은 이미 두 권의 시집을 냈다. 『노짐고개』(1995), 『사모곡』(2002)이라는 시집의 제목에서 알 수 있다시피 그는 고향과 모성에 남다른 애착을 보인다. 그의 시에 나타난 고향은 청정한 자연과 세속에 물들지 않은 인정미가 흐르는 곳이다. 그리고 그가 그리는 어머니는 어려움을 견디며 지극한 모성애로 자녀에게 삶의 자세를 깨우쳐주는 인간상이다. 여기서 고향과 어머니는 인간 태생의 근원이라는 점에서 결국은 하나인 셈이다. 그러기에 고향과 모성은 최순애 시의 원형질이라 할 만하다.

이번 세 번째 시집에서도 고향과 모성은 다양한 모습으로 나타난다.

> 쇠똥 내음도 고향 내음이면 좋다
> 아카시아 꽃 내음만 향수가 아니다
> 땀에 절은 동백기름 내음도
> 눈물겹도록 좋다
> 풋풋한 푸로랄 부케향만

향수가 아니다
모란이 피는 굴뚝 연기에
된장 씨락국 구수한 내음 문틈 사이로
들어오던 고향집 향수는
쇠똥 내음도 어머니 땀 내음도
눈물겹도록 좋다.

— <향수 : 고향2> 전문

시인은 고향을 '쇠똥 내음', '동백기름 내음', '된장 씨락국 내음', '어머니 땀 내음' 등으로 파악한다. 인간의 감각 가운데 가장 즉물적인 것이 후각이다. 시인이 냄새를 통해 고향을 느낀다는 것은 이성이나 의지를 떠나서 원초적인 감각으로 고향을 인식한다는 뜻이다. 그것은 젖먹이가 어머니의 젖가슴을 통해 촉감으로 모성을 느끼는 것과 마찬가지다. 시인은 고향과 관련된 것이라면 '쇠똥 내음'마저도 "눈물겹도록 좋다"면서 고향에 대한 지극한 애착을 보여준다.

그런데 이러한 고향 애착 심리는 곧 현실적인 '고향의 부재(不在)'에 대한 역설로도 볼 수 있다. 그는 현재 고향을 떠나와서 고향으로 돌아갈 수 없는 형편이다. 설사 돌아간다손 치더라도 옛 고향의 모습을 찾아볼 수도 없을 터이다. 이렇듯 돌아갈 수 없는 곳이기에 고향은 더욱 간절한 곳이 된다.

이러한 심리는 어머니의 경우도 마찬가지다. 시인이 모성에 남다른 애착을 보이는 까닭도 '어머니의 부재' 때문으로 볼 수 있다.

어젯밤 어머님을 보았습니다.
쌀 떨어져 연탄 떨어져 미원 간장까지 원수 같이
한꺼번에 떨어져
오장육보까지 덕지덕지 꿰매던 가난
밤새워 애들 양말 뒤꿈치 곱게도 때우던 모습

역력히 보았습니다.
그렇게 가난해도 흔들림 없이 인자했던 어머니
달걀 하나에 밀가루떡 붙여서 도시락 다섯 개 싸던
오두막 사글세 단칸방
떨어진 운동화 젖은 것 곱게 꿰매어
연탄불에 말리던 어머니
그 때가 행복했는지도 모릅니다.
삼대가 도란도란 도라지꽃 피우던
별처럼 아름답던 그 꿈
깨고 싶지 않았습니다.
당신의 헌신 마시고 자란 손자들
궁 같은 집에서 아파트 한 채 값의 자가용 타 봐도
이방인처럼 아무런 재미도 없는
행복이란 부만이 전부가 아니라는 것
가슴으로 마셨습니다.

― <꿈 1> 전문

시인은 어머니를 꿈에서 만나고 있다. 작고한 어머니이기에 꿈이 아니면 만날 수 없는 일이다. 시인은 어머니와 함께 살던 시절을 가장 행복했던 때로 떠올리고 있다. "쌀 떨어져 연탄 떨어져 미원 간장까지 원수 같이 한꺼번에 떨어져"버린 가난한 형편 속에서도 "삼대가 도란도란 도라지꽃 피우던" 행복한 시절로 기억하는 것은 "행복이란 부만이 전부가 아니라는 것"을 알기 때문이다. 비록 가난한 처지였지만 어머니와 함께 사는 그 자체만으로 행복했다는 이야기는 그만큼 시인에게 어머니의 존재가 절대적이었음을 말해준다.

어머니는 또한 시인에게 인생을 가르쳐주고 삶의 방향을 제시해준 존재이기도 하다.

작은 것이라도 감사를 아는 나
울 어매 은덕으로 안다.
울 어매 한세상 살다간 모습
요강 씻은 물까지도 텃밭에 뿌려서
그 물 먹고 자란 푸새로
된장국 끓여 주던 울 어매 사랑
그것 먹고 자랐기로 작은 것의 감사와
가난을 안다.

— <가난> 일부

요강 씻은 물까지도 함부로 버리지 않고 텃밭의 푸성귀에 뿌리는 어머니의 알뜰한 생활태도에서 시인은 인생살이를 배웠다. 어머니의 일거수일투족이 시인에게 삶의 지표가 된 것이다.

그런데 최순애의 시가 이처럼 떠나온 고향이나 돌아가신 어머니와 같이 돌이킬 수 없는 것에 집착한다면 마땅히 그의 퇴영성(退嬰性)을 문제 삼지 않을 수 없을 것이다. 그러나 다행히도 그는 발붙이고 사는 현실에 대해서도 왕성한 관심을 보여준다.

시집 한 권 사려고 들렀던 그 서점
한 권의 시집도 눈에 보이지 않았다
왜 시집 없느냐 했더니 팔리질 않아
때만 끼어서 모두 반품했단다.
그 순간
시인들 싹 쓸어 망했다 싶은 절망
예술 낭만 그마저 뒤떨어진 사치스런 문화
더 화려해야 했던가.
아니지 나 혼자 자문자답
지금 두바이에 실내 스키장 지상 최대로
크게 생기는 시대 누가 시시콜콜하게

시집 읽고 있겠는가.
안 팔리는 게 정답이라고
스스로 위로했었다.
그러나 나는 똑똑히 보았나니
화려했던 로마제국 황태자 드나들던 별장도
그 시대 주인 잃고
지금은 흉물로 남은 텅 빈 유령의 집
다만 영원히 꺼지지 않는 것은
대문호 셰익스피어 생가에 수많은 관광객들
인산인해 이루고 있음을 보았기로
문학은 불사조
영원한 횃불이라고

— <서점에서> 전문

시집이 안 팔리는 현실을 개탄하고 있다. 그러면서도 단순한 개탄에만 함몰되지 않고 로마제국의 별장보다도 셰익스피어의 생가에 관광객이 몰리는 점을 들어 문학의 항구성과 우월성을 강조한 점이 눈에 띈다. 이는 문인으로서의 자긍심을 드러내는 부분이기도 하다.

최 시인은 잘못된 세태나 사회현상에 대해서도 외면하지 않는다. 때로 날카로운 비판도 서슴지 않는다. 현실을 향한 그의 어조는 대단히 직설적이다.

그러던 오월 어느 날
붉은 장미 어깨동무 넝쿨 장미로 쓰러진
짓밟힌 열사들
희생은 그들이고 자유는 내가 얻었다.
그 때 저만치 강 건너 불구경 했던 그대들
민주화 함부로 남발하지 말라.
걸핏하면 붉은 띠 띠고 주먹 내밀지 말라.

— <민주화> 일부

정작 싸워야 할 때는 구경만 하다가 싸움이 끝난 뒤에야 나서서 목소리를 높이는 무리들에게 던지는 쓴 소리이다. 오월 항쟁 덕분에 자유와 민주를 누리고 사는 이라면 희생자들에게 고개 숙여 감사해야 하고 방관했던 자신을 부끄러워할 줄 알아야 한다. 시인은 부끄러움을 망각한 무리들을 꾸짖는 한편 민주화를 위해 목숨을 바친 영령들의 숭고한 얼을 기리고 있다. 이처럼 시인은 현실 문제에 깊이 있게 관여한다.

이런 가운데서도 최순애 시는 따뜻함을 잃지 않는다. 작품 곳곳에 푸근한 인간미와 정이 흐른다. 그는 특히 불쌍한 것에 대해 시선이 각별하다.

> 기내에 산소가 부족해
> 울어 보채는 채송화꽃 같은 아이
> 이쪽은 오경민 군 저쪽은 유지희 양
> 고사리 손등에 유럽 양부모 주소를 시계처럼 찼구나.
> 또 한쪽 손은 어느 영아원의 주소를 차고
> 낯선 품에 안기어
> 이역만리 타국 땅을 왜 가느냐고
> 진주 같은 눈물을 쏟아낸다.
>
> — <고아 : 비행기 3> 일부

비행기에서 해외입양아를 보고 쓴 작품이다. 기구한 운명으로 고아의 신세가 되어 낯선 나라로 입양을 가는 어린아이에 대해 연민 가득한 눈길이 담겨 있다. 시인의 세상을 향한 따뜻한 시각을 느낄 수 있는 부분이다.

덧붙여, 이번 시집에서 볼 수 있는 두드러진 경향은 세월의 무게에 대한 인식이다. 이순(耳順)을 넘어선 시인은 세월의 흐름에 매우 민감한 반응을 보인다.

꽃피고 새 울던 사월 초순
벌써 사월이냐고 했던 때가 어제인 듯
불혹의 끝자락마저 먼 먼 뒤안길로
돌아서 간지 오래
덕수궁 돌담 한 번 돈 듯한데
내게도 불혹이라는 그 때가 있었나 아스라하다.
유월의 초순도 그러하리니
가을 햇살 반짝 아주 잠시이듯이
가는 해 연년이 그렇구나.

　　　　　　　　　　　　　　　　　　　　　　　― <가을> 일부

　지나간 불혹(不惑)을 되돌아보며 세월의 덧없음을 실감하는 60대의 시적 화자는 바로 시인 자신이다. 나이를 먹는다는 것은 곧 노쇠를 뜻하며 노쇠는 곧 인생의 종말을 의미한다. 그러니 세상 어느 누가 나이 먹기를 두려워하지 않겠는가. 최 시인은 <유자>, <가을>, <세월> 등에서 세월의 흐름을 뼈아프게 인식하고 있다. 특히 <오십대>에서는 시계바늘을 거꾸로 돌려놓고 싶다고 표현할 만큼 가는 젊음을 안타까워하고 있다. 세월의 흐름에 대한 안타까운 인식이 독자의 공감을 불러일으킨다.

III

　최순애 시의 특징은 질박함에 있다. 그의 시는 고도의 수사나 화려한 장식이 붙지 않는다. 그의 시를 읽을 때 우리는 도회지에 솟은 고층빌딩 대신 시골마을의 초가집을 연상한다. 그의 시는 도시의 아스팔트보다는 시골마을의 돌담길에 가깝다. 그리고 그의 시는 편안함과 정겨운 느낌을 준다. 그것은 그의 시가 사투리를 즐겨 도입하거나 고향과 모성을 노래해서만이 아니라 시의 바탕을 이루고 있는 순수성과 소박함 때문일 것이다.

최순애의 시에는 인간미가 흐른다. 유년시절의 추억이 서린 고향마을과 언덕, 그리고 그곳에 사는 사람들의 이야기가 정감 있게 그려진다. 화초와 나무 등 자연물에 대한 예찬이며 흘러가는 세월에 대한 아쉬움 따위도 무리 없이 가슴에 녹아든다.

시를 통해서 우리는 최 시인이 여러모로 힘든 세월을 살아왔음을 엿볼 수 있다. 약주를 좋아하는 남편을 대신하여 가계를 꾸리며 자녀들을 대학에 보내고 훌륭한 사회인으로 키워내기까지 어려움이 얼마나 많았겠는가. 아마 그러한 고초를 통해서 시인은 세상을 보는 눈과 사물을 보는 안목이 더욱 깊어진 게 아닐까. 그리고 그의 시에 느껴지는 인정미 또한 인간과 세상에 대한 뼈저린 경험에서 우러나온 게 아닐까.

최 시인은 겸손하다. 항상 시를 써놓고도 자신이 없어 한다. 문학회 모임에서 회원들의 강평도 기꺼이 경청한다. 이번 시집 원고를 묶어놓고도 "과연 책을 내도 괜찮겠어요?"하며 여러 차례 염려하는 모습을 보였다. 스스로 부족함을 느낀다는 것은 더 채우고자 하는 욕구의 표현이기에 여기서도 시인의 끊임없는 노력의 자세가 엿보인다.

바쁜 생활 속에서도 시의 샘이 마르지 않도록 절차탁마하면서 꾸준히 생명수를 퍼내는 최순애 시인에게 뜨거운 박수를 보내며, 이번 시집이 독자들에게 좋은 호응을 얻기를 기대한다.

세상을 보는 따뜻한 시선

— 박정빈 시집 『하얀 물소리』

하늘에 맞닿은 나무 우듬지에 올라
하얀 구름 타고 나는 뭇 새가 되어
계절 따라 바뀌는 그대 옷치레를 보며
산 그림자 베고 한 세상 살고 싶다
— 〈뒷산에 오르면〉

I

박정빈 시인은 순천 출생으로 한국문인협회와 순천문인협회 회원이며 순천팔마문학회장을 역임하였다. 그는 비교적 늦게 글쓰기 공부를 시작하였다. 공직생활을 하면서 대학교 부설 평생교육원에 적을 두고 여러 해 문예창작을 공부하였는데, 시 쓰기뿐만 아니라 수필 쓰기에도 관심이 있어 이 두 분야에 모두 등단하는 역량을 발휘하였다.

나는 문학회에서 박 시인을 만나게 되었는데, 오래 겪어보니 이분이야말로 '성실' 그 자체로 똘똘 뭉쳐진 분이다 싶을 정도로 생활인으로서 신앙인으로서 문학인으로서 충실한 삶을 영위하고 있음을 알 수 있었다.

특히 누구에게나 겸손하고 배려하는 자세, 남의 처지를 이해해주는 넓은 아량, 확실한 끝맺음을 하는 강한 책임감 따위는 보통사람으로서는 따라잡기 어려운 높은 수준에 도달해 있다. 늘 온화한 표정이며 따뜻한 말소리, 도리에 어긋나지 않는 언행 등은 오랜 정신적 수양의 결과이겠지만 선천적으로 선한 기질을 타고나지 않고서는 어려운 일이 아닐까 생각한다.

박 시인은 퇴임한 뒤로 더욱 창작에 몰두하여 마침내 그동안 써온 시편들을 묶어 첫 시집을 펴내게 되었다. 같은 문학회의 가족으로 시평을 청하기에 기꺼이 응하여 그의 작품을 살펴보기로 한다.

II

박정빈 시인은 작고 미세한 것을 바라보는 눈이 있다. 일반사람들이라면 보고도 그냥 스쳐 지나가버릴 수밖에 없을 것 같은 사소하고 일상적인 것들에게까지 눈길을 돌린다. 순간적인 것을 미시적으로 붙잡는 재능을 발휘한다. 그만큼 관찰력이 돋보인다.

> 화창한 사월
> 어느 날 오후
> 둥그레 한 수돗가
> 사각 물모임 통에
> 새 한 마리 날아들어
> 물 한 모금 입에 물고
> 위로 삼키고 아래로 본다
>
> 실오라기 하나
> 걸치지 않은 몸
> 누가 볼세라
> 첨벙 적시고도
> 아니한 듯 태연하다
> 이러기를 두세 번
> 물을 차며 창공을 나니
> 소나기 내린다
>
> — <소나기> 전문

수돗가에 내려앉아 물을 마시고 날아가는 새 한 마리를 관찰하였다. 이처럼 시의 소재나 제재가 멀리 있거나 거창한 것이 아니라 우리 일상 가까운 데에 있는 작고 볼품없는 것들이다. 시인은 일상적인 것들에서 시적인 대상물을 비상한 관찰력으로 잡아낸다. 시인의 눈으로 보니 작은 움직임 하나도 시가 되는 것이다. 이런 점에서 박정빈 시인은 사물을 볼 줄 알고, 시를 쓸 줄 아는 사람이라 할 수 있다.

> 관광버스 바깥 차창에
> 나비 한 마리 앉아 여행을 한다
> 위험도 모른 채
> 달리는 차창을 부둥켜안고
> 떨어지지 않으려 한다
> 관광버스는 아랑곳하지 않고
> 속력을 다해 달린다
> 나비가 관광버스를 두 팔 벌려 안는다
> 위험도 잊은 채 날개를 접는다
> 저런 위험한 것
> 어찌 저런 위험한 생각을 들추어냈을까
> — <관광버스와 나비> 일부

관광버스 바깥 차창에 붙은 나비 한 마리가 그의 눈에 띄었다. 하찮은 미물이지만 그는 그것을 놓치지 않는다. 그는 그것을 연민의 눈으로 바라본다. 작은 것에 대한 비상한 관심과 연민, 그게 바로 시인의 눈이요 시인의 마음씨일 것이다.

이밖에도 <토란잎의 물방울>과 같은 작품에서도 시인은 물방울처럼 티 없이 살라는 무언의 계시를 받는다. 작고 미세한 것에서 삶의 가르침을 발견하는 것이다. 그만큼 자신을 내세우지 않고 겸허하기 때문에 이토록 작은 것에서도 교훈을 찾아낼 수 있는 것이 아닐까.

박정빈 시에서 쉽게 찾아볼 수 있는 것이 가족애이다. 그의 가족에 대한 사랑은 각별한 면이 있다. 여러 작품에서 아내에 대한 사랑과 자녀에 대한 사랑, 기타 이웃에 대한 각별한 애정을 토로하고 있다.

> 피곤하여 쓰러지고 지칠 땐
> 편안히 기대고 설 수 있는
> 기둥이 되고 싶습니다
>
> 걱정과 근심이 마음 언저리에
> 걸터앉아 있다면
> 편안하게 쉴 수 있는
> 당신의 집 앞 정자가 되고 싶습니다
>
> 비 내릴 땐 우산이
> 바람 불 땐 바람막이가
> 무더운 여름철엔 산들바람이
> 목마를 땐 시원한 냉수가
> 눈보라 몰아칠 땐 따스한 가슴이
> 되고 싶습니다
>
> — <사랑하는 아내여> 일부

아내에 대한 극진한 사랑의 표현이다. 그리고 그 사랑은 상대를 위해 기꺼이 자신을 바치는 헌신과 희생으로 표현된다. 대가를 바라지 않고 오직 상대의 편안을 위하여 자신의 모든 것을 바치겠다는 마음가짐이 나타나 있다. 그러기에 숭고하다.

> 둘째 아이가
> 느지막한 저녁에
> 조그만 컵 속에
> 커피를 탄다

커피 한 숟갈
프리마 두 숟갈
설탕 세 숟갈에
톡톡 튀는 물 반 컵

딸애의 정성과
깨알 같이 영글고 단단한
사랑의 낱알들이
컵 속에서 하나 된다

예쁜 얼굴
호수 같은 마음
거울 되어
내 맘 깊숙이 들어와

무겁게 쌓였던 하루의
피로감을 사랑과
정성으로 말끔히 씻어준다

― <커피 한 잔> 전문

    딸아이가 타주는 커피 한 잔에 부녀지간의 정이 감미롭게 녹아든다. 사랑하는 자녀에게서 받는 것이기에 그만큼 마음에 흡족하다. 시인의 각별한 자녀사랑을 엿볼 수 있는 대목이다. 그의 사랑은 자녀에게서 그치는 것이 아니다. 다음 작품은 고인이 된 장모에게 보내는 사랑의 사연이다.

지금도 생생하게 들려옵니다
어이!
박 서방인가
가까운 시일 내에 다녀가소

식사는 하셨습니까?
어이 했네
반찬은 있으십니까?
그럭저럭 먹고 사네

냉장고가 고장이 났다말이시
가보면 아무렇지도 않은데

고장 났다고 걱정하시는 음성이
지금도 귓가에 쟁쟁하게
맴돌고 있습니다

　　　　　　　　　　　　　　ー <장모님 전에> 일부

　작고한 장모님께 보내는 애틋한 추모의 정이 절절하다. 살아생전에 장모
님을 얼마나 잘 받들었으면 가전제품에 이상이 있을 때면 백년손님인 사위를
부르겠는가. 장모와 사위 간에 서로 아끼고 위해주는 좋은 관계를 유지했음
을 짐작할 수 있다. 이밖에도 <나무 밑둥의 식솔들>과 같은 작품을 보면, 시
인은 은행나무 밑둥에 자라는 어린 가지들을 하나의 가족으로 보고 있다. 이
렇게 사소한 나뭇가지를 가족으로 볼 수 있다는 것이 시인이 평소 지니고 있
는 강한 가족의식을 증명하는 것이다.
　박정빈 시에 또 하나 두드러진 것은 산에 대한 취향이다. 그는 산을 좋아하
여 자주 산을 찾는다. 그의 산행은 일상화되어 있다. 인자요산(仁者樂山)이라
는 말처럼 평소 생활 모습을 통해 그의 성품과 취미를 파악할 수 있다.

　　　연동, 상삼, 삼동, 비래 돌아
　　　뒷산에 오르면
　　　머릿이 통로 같은 샛길들
　　　들쑥날쑥 심심찮게 나 있다

이 길 저 통로면 상삼하고 삼동이요
저 길 이 통로면 비래와 연동이라

발에 밟히다 못해
굳은살 밟힌 언덕바지엔
하얀 등 밝히고 벙그는 아카시아
꽃잎엔 낮달이 잠들고

산에 오르면 산이 되어
하늘에 맞닿은 나무 우듬지에 올라
하얀 구름 타고 나는 뭇 새가 되어
계절 따라 바뀌는 그대 옷치레를 보며
산 그림자 베고 한 세상 살고 싶다

— <뒷산에 오르면> 전문

　　그런데 도시의 산은 그리 건강하지 못하다. 인간들의 짓궂은 행동으로 인해 파괴되고 있다. 산에 애착을 갖고 있는 박정빈 시인은 이렇게 산이 훼손되는 것을 가슴아파한다. 다음은 자연을 파괴하는 인간들의 만행을 고발한 작품이다.

어느 때부턴가
내가 건강에 좋다고
매스컴을 탄 후
찾는 자가 많아졌다

매일 한 순간도
찾지 않은 자가 없기에
내 몸은 부서져
흙가루가 되고 만다

짓밟힌 발자국에 찢기고 할퀴어져
상처가 군데군데 나있으며
살갗은 벗겨져
피 흘린 자국 곳곳이
질펀질펀하지만

나는 말없이
아픔을 참으며
제발 아픈 상처를
밟지 말아주었으면 하고
사람들만 물끄러미
쳐다보고 있다

— <산길> 전문

산의 독백을 통해 인간에게 짓밟히는 자연의 현실을 보여주고 있다. 여기서 산을 의인화한 점을 주목해볼 수 있다, 객관적 대상을 주관화시킴으로써 독자를 역지사지(易地思之)하게 하며 자기반성에 이르게 한다. 그것은 오히려 비난이나 공격 이상으로 주제의식을 고조시키는 효과가 있다. 바로 이 점에서도 박정빈 시인의 특징을 엿볼 수 있다. 실제로 그는 매우 조용하고 차분한 성품이다. 평소 목소리도 부드럽고 조용하다. 목소리가 높다고 설득력이 커지는 것이 아니듯이, 그는 언성을 높이지 않고서도 그 어떤 사자후보다 읽는 이의 가슴을 움직이는 호소력을 구사하고 있는 것이다.

끝으로 박정빈 시에서 종교적인 색채를 언급하지 않을 수 없다. 그는 독실한 신앙인으로 교회에 열심히 나가며 교우들 간에도 신망이 두텁다. 그는 되도록 시 속에서 종교에 대한 언급을 자제하고 있지만 그의 의식 저변에는 깊은 신앙심이 자리 잡고 있는 것을 볼 수 있다.

영혼이 쉼을 얻고
상처의 아픔을 싸매주는 곳
외롭고 고달플 땐 벗이 되어 주고
무겁고 힘이 들 땐
짐을 져주시는 곳

무한한 힘을 가진 이시여!
의지하고 싶은 좋은 친구여라

영혼을 소생시켜 주시고
마음을 씻기어주셔서
성경대로 살아가며
닮아가게 하소서

친구가 되시는 주님이시여
성전을 준비하게 하소서
마음 깊은 곳에 계셔서
교회되게 하소서

— <교회 되게 하소서> 전문

그의 신앙심이 비교적 강하게 표출되어 있는 작품이다. 여타 작품에서는 이렇게 직접적으로 표출되지 않지만, 그의 시에 나타난 성실하고 착한 삶의 자세, 불의와 가까이하지 않고 바르게 사는 모습, 가족과 이웃에 대한 깊은 사랑은 모두 그에게 내재된 신앙심의 발로(發露)가 아닌가 생각된다.

III

박정빈 시를 두루 살펴보았을 때 그의 작품에서 느껴지는 가장 두드러진 성향은 따뜻한 인간성이 아닌가 싶다. 사소한 미물에 보내는 그윽한 시선과 자연과 가까이 하기를 즐기는 습성, 가족과 이웃에 기울이는 깊고 잔잔한 애정, 그리고 신앙심으로 다져진 생활태도 등에서 그의 작품의 특징과 더불어 시인의 인간성을 엿볼 수 있다.

물론 기교적인 측면에서 작품을 보았을 때 지적할 부분이 없지는 않다. 지나치게 직설적인 표현이라든지 단조롭고 평이한 묘사는 시적 형상화가 아쉬운 부분이라고 하겠다. 너무 난해한 것도 곤란하지만 너무 평이해도 시의 무게감이 떨어져버린다. 감칠맛이 나는 작품이 되려면 다소간의 치장과 꾸밈이 요구된다. 비유와 상징 등의 시적인 장치를 효과적으로 활용할 필요가 있는 것이다.

그러나 어찌 첫술에 배부르기를 바라랴. 뒤늦게 문학에 입문한 분에게 이만한 성취도 대단한 것이다. 한꺼번에 너무 여러 가지 사항을 주문하는 것은 감당키 어려운 요구가 될 수 있다. 표현기교도 중요하지만 그에 앞서 자기감정을 충실하게 표현했다면 그 자체가 바로 문학이요 노래가 아니겠는가.

앞으로 박 시인이 취약한 부분을 꾸준히 보완해나가기를 바라며, 이 첫 시집 출간을 계기로 더욱 분발하고 절차탁마하여 더 나은 작품세계를 우리에게 보여주기를 기대한다.

세월의 무게에 대한 인식 또는 아픔과 연민

— 송봉애 시집 『쉰, 그님이 오셨네』

마흔 아홉,
연꽃뿌리처럼
송송송 뚫린 구멍에
어깨가 시리다.
— 〈마흔 아홉의 난〉

I

사람이 나이를 가장 절실하게 의식하는 시기는 언제일까? 내가 보기에는 아마 쉰 살 무렵이 아닌가 싶다. 서른 즈음만 해도 왕성한 혈기에 취해 세월의 흐름이 느껴지지 않는다. 늘 현재와 같은 젊음이 계속될 것으로 보이고 '늙음'이란 말은 자기와는 상관없는 단어로 생각된다. 마흔이 되어도 정도는 그리 심하지 않다. '벌써 내가?' 하고 가끔씩 놀랄 때가 있기는 하지만 그래도 흘러가는 세월이 절박하게 다가오지는 않는다.

그러나 쉰이 되면 다르다. 노쇠현상이 드러나기 시작한다. 흰머리가 늘고 피부가 탄력을 잃는다. 체력이 저하되고 피로가 빨리 온다. 아! 마침내 나에게도 올 것이 왔구나! 세월 앞에 장사가 없다더니, 나 역시 어쩔 수 없구나! 마음은 아직도 새파랗건만 벌써 황혼이란 말인가! 속절없이 나이를 받아들일 수밖에 없는 현실이 못내 서글프기만 하다.

송봉애 시인의 첫 시집 『쉰, 그님이 오셨네』는 나이를 제목으로 삼았다. 나이를 내세운 시집으로 과거 최영미의 『서른, 잔치는 끝났다』가 독서계에 바람을 일으킨 적도 있지만, 시인이 작품에서 나이를 언급한다는 것은 그만큼 세월의 흐름에 대한 인식이 강해졌고, 삶을 조망하는 눈이 달라졌음을 의미하는 것이 아니겠는가.

송봉애 시에는 나이를 노래한 작품이 몇 편 눈에 띈다. <첫사랑>, <하현달>, <태풍 지나간 뒤> 등을 보면 나이 들어가는 자신에 대한 서글픔이 진하게 배어 있다. 다음 시에도 그러한 심사가 잘 나타나 있다.

> 참,
> 허전하다
> 브래지어 끈이 우두둑 끊어지고
> 목련꽃 봉오리처럼 높이 솟아올랐던
> 캡의 높이가
> 와르르 처지기 시작한다.
> 그 가시내
> 연분홍 브래지어 속살이 훤히
> 내다보이던 원피스 너머로
> 유두 끝이 예쁘기도 했는데
> 이젠 닳아버린
> 관절의 마디마다
> 휘파람새 소리가 쌔액쌔액 들려온다
> 마흔 아홉,
> 연꽃뿌리처럼
> 송송송 뚫린 구멍에
> 어깨가 시리다.
>
> — <마흔 아홉의 난>

시적화자는 마흔 아홉 고개의 중년여성이다. 그에게 지난날의 젊음은 돌이킬 수 없는 꿈과 같은 것이다. 꽃다웠던 시절을 떠올리며, 현재의 자기 모습에 대해 허전함을 감추지 못하고 있다. "연꽃뿌리처럼 / 송송송 뚫린 구멍에 / 어깨가 시리다."에 나이에 대한 절박한 심정이 드러난다.

<화장을 하면서>라는 시도 같은 이야기를 하고 있다. 거울 앞의 화자는 "빨간 립스틱으로 덧칠을 하며 / 나를 위장해 주고", "하얀 분첩으로 / 피부 깊숙이 열려지지 않는 모공을 / 덕지덕지 때우고"와 같이 나이든 모습을 화장으로 가리려고 한다. 그만큼 세월의 흐름과 나이 듦을 강하게 인식하고 있는 것이다.

나이에 관한 압권은 역시 표제작인 <쉰, 그님이 오셨네>라고 하겠다. 우선 이 시는 제목부터가 신선한 느낌을 준다. 쉰의 나이를 맞이하는 시적화자의 자세가 남다르다.

오늘 아침
봄비로 낯을 씻으며
목련꽃 봉오리처럼 솟아오르던
감정에 눈물을 흘렸다
눈물로 범벅이 된
목련꽃 비누거품이
흘러내린 유리거울 속에
50년,
내가 살아왔던 계곡마다 주름이 빼곡하다
허연 새치가 듬성듬성
능선을 오르고
성에 낀 안경 너머 흐릿한 기억들이 늘비한
비탈길을 돌아
다시 내려오는 유리거울 속으로
쉰,
그님이 오셨네.

— <쉰, 그님이 오셨네> 전문

어느 날 아침 문득 거울을 통해 발견한 자신의 초췌한 모습! '주름'과 '새치'가 나이를 말해준다. 본디 거울이란 자아 투영과 자아 발견의 도구가 아니던

가. 작중화자는 자신의 현실적 모습에 눈물을 흘린다.

그런데 여기서 표현이 재미있다. 쉰의 나이를 '님'으로 의인화하는 동시에 반어적으로 표현하였다. 사실 나이가 반가운 사람이 어디 있겠는가. 그러나 시인은 그 달갑지 않음을 직설적으로 드러내지 않고 오히려 반가운 손님인 양 표현한 것이다. 왜 이런 방식을 썼을까. 어차피 나이라는 것은 불가항력적인 것이다. 개인의 의지로 피할 수 있는 성질의 것이 아니다. 추측컨대 어차피 먹어야 할 나이라면 피하지 말고 즐거이 받아들이자는 생각이 아닌가 싶다. 시인의 긍정적 세계관을 엿볼 수 있는 대목이다.

II

송봉애 시에는 대개 생활이 어려운 사람들이 주인공으로 등장한다. 작품 속에 그려지는 인물들은 대부분 우리 사회의 소외계층에 있는 사람들이다. 예컨대 재래시장 좌판대 여인(<연등동에서 온 전언>), 버스 운전수(<77번 장기사님>), 떡방앗간 주인(<신일방앗간>), 정신지체자(<그 여자의 방>), 치매노인(<상실>), 심마니(<황소>), 실직자(<보일러>) 등이 그렇다. 그들은 거의가 생활형편이 곤란하고 딱한 처지에 놓여 있다. 다음 작품을 예로 들어보자.

광양시청 지하 구두미화원 백씨는
"구두 닦는 값이 1000원"이라고 간판을 내걸었어요
A4용지에 커다랗게 박힌 가격표는
날마다 바람에 날리고 녹슨 창살에 먼지가 꾸역꾸역
유약을 토해내고 있어요
며칠째 휴업을 하고 있는 간판은
건널목 젊은 투기꾼이 야금야금 먹어버렸어요

그도 한때는 번질번질한 유약으로
아주 멋있는 유화를 잘 그려 냈어요
검은색 화폭에 만리장성을 쌓기도 하고
붉은 별 몇 개씩을 그려 넣기도 했어요
구두미화원 백씨는
길림성에서 온 색시가 가고난 뒤
쉬엄쉬엄 아프기 시작했어요
만리장성을 넘어온 사랑은
하룻밤 만리장성을 쌓고 구두미화원 백씨를
슬프게 했어요
구두미화원 백씨는 오늘도 휴업이래요
사랑병원 7층 병실에서
그리움 같은 하루를 덧칠하고 있어요.

　　　　　　　　　　　　　　　　　 ─ <구두미화원 백씨>

　시청 지하실의 구두미화원의 삶을 소개하고 있다. 그에게는 한 가지 아픔
이 있다. 조선족 여성과의 결혼생활이 파탄 난 것이다. 그리하여 심적 타격으
로 일을 하지 못하고 병원에 입원해 있는 안타까운 형편이다. 시인은 이처럼
가난한 이웃들의 기구한 처지를 안쓰러운 눈으로 바라보고 있다. 시인의 인
간에 대한 애정과 측은지심을 확인할 수 있다.
　송봉애 시에 나타난 인물들은 대개 내적인 아픔을 지니고 있다. 송봉애 시인
은 삶의 기쁨보다는 슬픔에, 쾌락보다는 고통에 훨씬 관심이 크다. 색깔로 치
자면 그의 시세계는 밝고 화려한 원색이 아니라 어둠침침한 잿빛이라고나 할
까. 그러니까 이백(李白)의 체질보다는 두보(杜甫)의 체질인 셈이다. 그가 그리
는 인물들은 겉으로는 의연하지만 내적으로는 고통과 갈등을 지니고 있다.

　　　며칠 전 '그 여자의 닭갈비집'에서
　　　친구들 모임이 있었다

5000원 짜리 닭갈비에 수다를 얹고
소주잔이 도돌이표로 진행될 때
입담 좋은 친구가
간밤에 있었던 남편의 애정 표현을
지글지글 볶아가는 닭갈비에
올려놓기 시작했다.

볼이 미어져라 밀어 넣은
입가에는 친구들 웃음이 터져 나오고
나는 슬그머니 뒤돌아서서
호르몬제 한 알을 꿀꺽 삼켰다

언젠가부터 시작되는
갱년기 증상이
온몸에 저려들고
폐쇄된 심장의 일부가
한 알의 호르몬제로 대신하고 있다는 걸
그들은 알까?

　　　　　　　　　　　　　－ <나는 지금 수리중이다> 일부

　친구들과의 만난 즐거운 자리에서 몰래 호르몬제를 먹는다. 그는 속으로
앓으면서도 밖으로 고통을 드러내지 않는다. 겉으로 태연한 척하기 때문에
아무도 그의 속내를 눈치 채지 못한다. 아픔을 표출하지 않고 속으로 삭이려
고 하는 만큼 내적 출혈과 고통은 커질 수밖에 없다.

　그러나 송봉애 시인은 "산다는 건 지우개로 지워야 하는 것만큼의 아픔으로
땜질을 하는 일이다."(<곰팡이꽃>)고 말하고 있다시피, 인생살이란 고통을
참고 이겨내는 일임을 잘 알고 있다. 아픈 만큼 성숙해진다는 말이 있듯이, 시
인은 질곡 속에서 삶을 깊이 있게 바라보며, 삶에 대한 통찰력을 키우고 있다.

　그렇다! 바로 여기에서 송봉애 시의 비밀을 알아차릴 수 있다. 그가 가난한

이웃의 삶을 그토록 외면하지 못하는 까닭은 자신이 살아왔던 삶이 바로 그러했기 때문인 것이다. 그야말로 자신의 아픈 과거에 대한 동병상련이 아니겠는가.

III

송봉애 시에는 다양한 사연들이 들어있다. 앞서 언급한 나이 듦에 대한 서글픈 감정이나 가난한 이웃에 대한 연민, 자신의 내면적 아픔에 대한 토로 말고도 그의 작품에는 유년시절의 추억(<검정 고무신>, <땅따먹기>)과 청춘시절의 사랑 이야기(<첫사랑>, <사랑니>, <고백 그 어설픈 미학>), 그리고 아버지와 어머니 등 가족에 대한 이야기(<원추리꽃>, <봉숭아꽃>, <어느 겨울밤의 기억>, <조등>) 따위가 여러 갈래로 펼쳐진다.

송봉애의 시는 따뜻하다. 가진 것 없이 소외 받은 이들의 아픔을 헤아려주고 그들에게 한없는 연민의 눈길을 보내는 것이 송봉애 시의 본령이다. 그리고 그의 시는 일상적 삶에 바탕을 두고 있어서 난해하지 않고 진솔하다. 화려한 치장이나 가식이 없기에 시인의 내면세계를 편히 들여다볼 수 있으며, 그만큼 공감의 폭도 넓다.

송봉애는 노력하는 시인이다. 여러 가지 사회활동을 하면서 인생을 열심히 산다. 원만한 성격에 이해심과 책임감이 강하며 매사에 최선을 다한다. 그래서 주위사람들이 모두 호감을 갖고 그를 신뢰한다.

또한 바쁜 와중에도 문학에 대한 열정이 뜨겁다. 문단에는 뒤늦게 나왔지만 문학에 대한 꿈은 오래 전부터 키워왔다. 그의 시 <오래된 기억>을 보면 이미 열일곱 소녀시절부터 문학에 뜻을 두었음을 알 수 있다.

무엇보다 믿음직스러운 것은 그의 시적 바탕이 되는 인생 체험이다. 어려운 삶의 뒤안길을 거쳐 왔기에 그는 인생의 쓴맛을 안다. "가난하다는 것은 사랑의 느낌마저도 잃어버릴 때가 있나보다."(<고백 그 어설픈 미학>)고 할 정도로 그는 고초(苦楚)와 신산(辛酸)을 경험하였다. 문학이란 본디 체험의 산물이 아닌가. 송봉애가 걸어온 길이 오롯이 그의 시적 자양분이다.

그가 노래하는 것이 우리네 삶의 겉모습이 아니라 속 깊은 곳이고, 밝은 부분이 아니라 어두운 부분이기에 우리는 그의 앞날에 기대를 걸 만하다. 문학이란 것이 본디 어둠과 눈물, 절망과 한탄, 고통과 번뇌의 토양에서 화려하게 꽃을 피우지 않던가. 그는 시의 지향점을 올바로 잡고 있다.

송봉애는 <겨울바다>에서 시인으로서의 소망을 잘 드러내고 있다. 그의 소박하고도 찬란한 소망을 음미하면서 앞날의 더 큰 성취를 기대해보자.

삶이 덕지덕지 껴입은 겨울옷처럼
거추장스러울 때
나는 겨울바다에 가고 싶다
녹슨 대문처럼 삐거덕거리며
열려지지 않는 마음을
겨울바다에 부려놓고
철썩철썩 때리는 파도를 맞고 싶다

해질 무렵 바닷가를 걸으며
걸어온 시간만큼 아물어가는
상처들을 노을 속에 묻어두고
'내가 바보였어. 이렇게 살아가면 될 것을⋯.'
독백처럼 혼자서 중얼거리다
어둠이 밀려드는 바닷가 모래사장에 눕고 싶다

존재의 가닥이 서리서리 엮어지는 그물망에
바닷가 어촌마을 밤, 등불이 켜지면

나는 차가운 밤, 등불에 홀로 몸을 지펴
찢기는 언어들을 기워
세상에 내놓으리.

상실의 아픔, 그 시적 승화

— 이명흠 시집 『여행 떠난 당신에게 부치는 편지』

살아있는 것만으로도 행운인데
사랑하는 사람 사랑하는 일 있어
행복합니다
— 〈사랑〉

　이명흠의 시집 『여행 떠난 당신에게 부치는 편지』(시와사람, 2012.)를 읽으며, 스물 몇 해 전에 보았던 도종환의 『접시꽃 당신』(1986)이 생각났다. 젊은 나이에 아내를 저 세상으로 떠나보내고 그 절절한 아픔을 토로한 시편들의 감동이 되살아나 한동안 처연한 마음이 가시지 않았다.

　세상에는 여러 가지 슬픔이 있지만 그 가운데 가장 큰 것이 이별의 슬픔이 아닌가 싶다. 불경에도 "사랑하는 사람은 못 만나서 괴롭고, 미워하는 사람은 만나서 괴롭다."는 말이 있듯이, 사랑하는 사람과 함께 하지 못하고 헤어져야 하는 일이야말로 말할 수 없는 고통이요 비극인 것이다.

　예로부터 국내외를 막론하고 숱한 문학작품들이 사랑하는 사람과의 이별을 주제로 삼아왔다. 우리나라만 하더라도 고대가요인 「공무도하가」와 「황조가」가 이별을 슬퍼했고, 신라향가 「제망매가」와 고려속요 「가시리」가 이별의 정한을 토로한 것으로서 김소월의 「진달래꽃」으로 맥을 이으며, 한국인의 주된 정서로 인식되고 있다.

이명흠의 시집 『여행 떠난 당신에게 부치는 편지』는 제목부터 벌써 읽는 이의 가슴을 저리게 한다. 웬만한 사람들은 여기서 말하는 '여행'의 의미를 어렵지 않게 눈치 챌 수 있으리라. 시인은 사랑하는 아내를 저 세상으로 떠나보내고 애틋한 그리움과 외로움을 시로 토해낸 것이다.

여기서 시인은 '죽음'이라는 낱말을 결코 입 밖으로 내놓지 않는다. 표제작이라고 할 수 있는 「여행 떠난 당신」을 보면 아내의 부재(不在)를 '여행'으로 표현하고 있다.

> 그래, 당신은 지금 멀리 여행 중이지요
> 아주 멀고 먼 긴 여행을 떠난 당신
> 이승에서는 만날 수 없는 여행
> 그러나 언젠가는 우리 둘이 만나
> 여행을 떠날 수 있겠지요
>
> 당신이 그립고, 내 마음이 허전하지만
> 혼자 먹는 밥이 목에 잘 안 넘어가지만
> 당신을 만나는 날까지
> 당신의 손때 묻은 세탁기를 돌리고
> 당신의 체취가 묻은 밥솥에 쌀을 앉히고
> 단신의 주방에서 얼쩡거리며
> 당신 만날 날을 기다립니다.
>
> ─「여행 떠난 당신」 일부

"그래, 당신은 지금 멀리 여행 중이지요."에서 아내의 죽음을 사실로 인정하고 싶지 않은 마음을 읽을 수 있다. 한용운의 「님의 침묵」에서 볼 수 있는 "아아! 님은 갔지마는 나는 님을 보내지 아니하였습니다."와 같은 표현이다. 시인은 아내와의 이별을 영원한 것으로 받아들이고 싶지 않다. 왜냐하면 그것을 받아들인다는 것은 자기에게 주어진 가혹한 형벌과 비극을 인정하는 꼴이 되기 때문이다. 그래서 아내가 일시적으로 여행을 떠난 것으로 치부하고, "언젠가는 우리 둘이 만나 여행을 떠날 수 있겠지요."라고 다시 만나게 되기를 염원하는 것이다.

여기서 차라리 시인이 아내의 죽음을 인정하고 떠난 이에 대하여 더 이상 미련을 두지 않는다면 보는 이로서는 안타까운 마음이 덜하리라. 그러나 죽음이라는 현실을 받아들이지 않고, 차마 체념해버리지 못하는 상황이기에 독자의 측은지심은 커지고, 비애감이 더욱 증폭되는 것이다.

이토록 시인이 아내를 못 잊어 하는 것은 두 말할 것도 없이 아내에 대한 사랑이 깊기 때문이다. 그의 아내에 대한 사랑은 여러 작품을 통해서 엿볼 수 있다.

> 그대는 나를 일렁이게 하는 바람이었고
> 세월을 잡는 기다림의 흔적이었소.
>
> 학처럼 고고한 모습에서 신선을 보았고
> 계곡 둠벙의 햇살처럼 해맑은 당신의 미소는
> 나를 찌르는 창이었소.
> 아프지 않는 사랑의 창!
>
> 잡힐 듯하면서도 잡히지 않는
> 심연의 깊이를
> 처음부터 다 알고 싶지 않소.
> 두고두고 내 애련의 정으로 가슴에 심어
> 간직하고 싶을 뿐이오.
>
> —「당신 I」 일부
>
> 따뜻한 체온으로 내게 다가와
> 찬 몸 데워주는 찬란한 불꽃

화려한 어느 봄날 눈발처럼 흩날리는
꽃잎에 묻혀 강둑을 서성일 때
한여름 등 뒤로 흐르는 땀방울이
송알송알 눈물로 맺혀올 때

어디서인지 불어오는 시원한 바람은
정녕 당신의 숨결 아니오.

—「당신 II」일부

시인은 아내의 모습을 '학처럼 고고한 모습', '햇살처럼 해맑은 미소'로 형
상화하면서, '나를 일렁이게 하는 바람', '찬 몸 데워주는 찬란한 불꽃' 등에 비
유하고 있다. 그만큼 아내가 시인에게 절대적 의미로 작용하는 존재였음을
말해준다. 이처럼 큰 영향을 주던 아내가 세상을 떠났으니 그 상실감이 얼마
나 크겠는가. 다음 시를 보면 그 상실감의 정도를 짐작할 수 있다.

저녁 무렵 현관문을 열면
미소 지으며 당신이 나를 맞을 것 같은데
나를 맞는 것은 썰렁한 냉기뿐
집안은 넓고 고요합니다

당신이 앉았던 화장대,
당신이 밥상을 마련하던 주방,
당신의 손길이 거쳤던 것들이지만
어쩐지 낯설게 느껴져 슬픕니다.

—「당신이 떠난 뒤」일부

직장에서 돌아왔을 때 아무도 맞아주는 이 없는 가정의 공허감이 절절하
다. 주인을 잃은 화장대와 주방이 쓸쓸하기 그지없다. "든 사람은 몰라도 난

사람은 안다."는 속담처럼 사람이 제 자리를 차지하고 있을 때는 모르지만,
그 자리를 떠나고 난 뒤에 비로소 빈자리가 크게 느껴지는 법이다. 이와 같은
상실감은 특히 비가 올 때 더욱 절실해진다.

> 당신은 비를 좋아했지만
> 나는 그 비가 싫습니다
> 당신이 떠난 그 날도 비가 내렸습니다
>
> 당신은 빗소리가 좋아
> 비오는 날은 아이처럼 좋아했습니다
> 그러나 비가 당신을 데려가고
> 나만 혼자 남아
> 빗소리를 들으며 당신을 생각합니다
> ─「내 몸에 내리는 비」 일부

> 오늘도 비가 내립니다
> 비를 맞으면 온몸이 아파오지만
> 비가 오는 날은 당신이 오는 날,
> 그 비를 피할 수 없어
> 온몸으로 비를 맞고 있습니다.
> ─「당신이 떠난 뒤」 일부

> 눈물 한 방울 보이지 않고 가버린 무정한 사람
> 가을비 주룩주룩 내리니 또 생각나네요.
>
> 내리는 빗물 당신 눈물인가 싶어
> 하염없이 걸으면서 맞아 봅니다.
> ─「가을비」 일부

아내는 비를 좋아했으며, 공교롭게도 비가 오는 날 세상을 떠났다. 좋든 싫든 비는 아내와 각별한 관련을 맺고 있으며, "비가 오는 날은 당신이 오는 날"이라고 하듯이, 시인에게 비는 아내와 등가물(等價物)로 여겨진다. 사실 시인에게 아내를 저 세상으로 데려 비는 야속하고 원망스러운 존재다. 그래서 비가 내리면 아내 생각으로 "온몸이 아파오지만" "내리는 빗물 당신 눈물인가 싶어" 빗길을 걸으며 고스란히 비를 맞는다. 아내에 대한 그리움, 아내와 함께 있고 싶은 욕망을 그렇게라도 해소하고 싶은 것이다.

아내는 또한 '새'로도 변주된다. 시인은 꿈속에서 새를 만나고, 실제 길거리에서도 새를 발견하는데, 그 때마다 아내를 떠올린다.

> 꿈속에서 울어대는 새 한 마리
> 어찌나 슬픈지 꿈에서 깨어나
> 꺼억꺼억 울었습니다
> 몸을 비틀며 통곡했습니다
>
> 아침에 길을 가다가
> 잠시 장동사거리에서 신호를 기다리는데
> 길가 나무에서 새 한 마리 앉는 것을 보았습니다.
> 다시 돌아오는 길에 그 나무를 바라보니
> 여전히 그 새 한 마리 앉아 있었습니다
>
> 꿈속에서 만난 그 새 같았습니다
> 이승에서 못한 사랑을 위해
> 길가 나뭇가지에 앉아 나를 기다리는 것 같았습니다.
> ─「새 한 마리」일부

대단한 관찰력이다. 출근길에 보았던 새가 퇴근길에도 그대로 나무에 앉아 있는 것을 발견한다. 아내에 대한 그리움이 얼마나 깊었으면 거리의 새 한 마리도 그냥 보고 지나치지 못한 것일까. 시인은 그 새를 아내의 환영으로 받아들인다. 「산비둘기」라는 시에서도 "오늘따라 저 비둘기 왜 그리 초라할까. 왜 슬프게 보일까."하며 아내의 가여운 모습에 감정이입을 시키고 있다.

그런데 여기서 눈여겨 볼 수 있는 것은 시인의 슬픔을 이기는 자제력이다. 그는 아내를 잃은 비통함을 직설적으로 표출하지 않고 반어적으로 드러낸다.

> 살아있는 것만으로도 행운인데
> 사랑하는 사람 사랑하는 일 있어
> 행복합니다.
> (중략)
> 당신을 생각하며 사는 날들
> 자랑스런 당신이 있기에 더 행복합니다.
>
> ─「사랑」 일부

> 오늘따라 더디게 느껴지는 시간 속에
> 그래도 당신과의 만남이라는
> 내일의 약속이 있기에
> 나는, 내 생활은 더 행복합니다.
>
> ─「당신 L」 일부

아내를 잃고 홀로 살아가는 삶을 "사랑하는 사람 사랑하는 일 있어" 행복하다고 표현한다. 그리고 언젠가 만날 수 있으리라는 "내일의 약속이 있기에" 자신의 삶을 행복하다고 말한다. 아내를 잃은 내면의 고통이야 오죽할까마는 그것을 액면 그대로 드러내지 않고 담담히 우회적으로 밝히고 있는 것이다. 여기에서 고통과 슬픔에 처해서도 쉽게 흔들리지 않는 시인의 평정심과 달관의 태도를 엿볼 수 있다.

어쩌면 이러한 시인의 경지는 시작(詩作)이라는 문학행위가 있기에 가능한 것이 아닌가 싶다. 소설가 한승원 선생이 이명흠 시집의 <발문>에서 "사랑이 떠난 자리에 시가 들어와 있다"고 말한 대로 그의 시는 '아픔의 치유'로 작용하고 있으며, 그런 점에서 '쓴 시가 아니고 쓰여진 시'라고 할 수 있다. 그는 사랑을 잃은 슬픔을 시로 승화하여 고통을 달래고 새로운 삶의 의미를 터득하고 있는 것으로 보인다. 다시 말해 시 쓰기를 통해 자기구원에 이른 것이다.

이와 같은 이명흠의 시편들은 김소월의 「진달래꽃」과 한용운의 「님의 침묵」에서 보여준 이별의 정조와 도종환의 「접시꽃 당신」이 보여준 슬픔의 미학을 되살리며, 한국인의 전통적 정서를 계승하고 있는 점에서 시사적(詩史的)으로도 상당한 의미를 지닌다고 하겠다.

유년 시절과 고향, 그리고 어머니
— 임원식 시집 『지리산 구름바다』

아무도 오르지 않은 산봉우리는 어디 있는가
나는 지도에도 없는 길을
지금 찾아 나서고 있다.
— 「길 찾기」

    글을 읽는다는 것은 독자가 작가의 경험을 공유하는 일이다. 글이란 작가의 생각과 느낌을 기술한 것이고, 그 생각과 느낌은 일상생활의 체험과 사유에서 우러나오는 만큼, 그것을 읽는 일은 곧 작가와 독자가 경험을 나누는 행위라고 볼 수 있다. 이 때 작가의 경험 내용이 독자의 경험과 유사성이 많을수록 공감대가 커지고, 유사성이 적을수록 공감대는 줄어들기 마련이다. "글은 곧 사람이다."는 말을 인용하지 않더라도, 글은 작가의 생각과 생활 체험의 범주를 벗어날 수 없는 까닭이다.

    임원식의 시집 『지리산 구름바다』(시문학사, 2012.)를 읽으며 공감이 많이 되었던 것은 시인의 생활체험이 필자와 유사한 부분이 많았기 때문이다. 특히 오늘날의 풍경을 보면서 옛날을 회고하는 방식으로 금석지감(今昔之感)을 갖게 해주는 작품들이 많았는데, 이를 테면 「무등산 보리밥집」에서와 같이 산행 길의 보리밥집을 두고 보리밥을 먹던 옛 시절을 떠올리는 것이다. 요즘의 풍족한 세대들은 어떨지 모르겠으나, 과거 배고픈 시절을 살았던 사람들에게는 향수를 자극하는 내용이 아닐 수 없다.

임원식의 시에서 가장 많이 눈에 띄는 것은 이러한 추억담이다. 그 첫 번째가 어린 시절에 대한 추억이다.

> 우리 집 뜰의 바위틈새
> 철 따라 채송화 봉선화 옥잠화 들국화
> 꽃 피어 살고 있다
>
> 그 중에도 분꽃이 내 눈에 오래 머문다
> 햇빛보다도 달빛과 별빛이 보고 싶어
> 밤에만 화장을 하는
> 분홍 노랑 흰빛의 아씨들
>
> 옛 시절 분꽃이 피어나면
> 꽃을 따 머리에 꽂곤 하던 영순이는
> 지금쯤 어찌 지낼지
>
> 언덕 위 초등 교실 앞에
> 분꽃들이 피어오르는 별 빛나는 밤,
> 소꿉시절의 흙 묻은 이야기가
> 바람을 타고 날아든다
>
> —「분꽃」 전문

꽃 한 송이가 시인을 동심의 세계로 이끌었다. 뜰에 핀 분꽃을 보고 어린 시절 소꿉동무를 떠올린다. 유년시절에 대한 그리움이 가득 묻어나는 시이다. 나이가 들수록 지난 시절에 대한 향수가 커지는 것은 어쩔 수 없나보다. 앞으로 살아갈 날보다 그동안 살아온 날이 많아지니 그렇게 되는 것일까. 청년은 미래를 먹고 살지만 노인은 과거를 먹고 산다는 말이 생각난다. 이러한 어린 시절의 추억담은 「분꽃」, 「새벽종소리였던 나」, 「매미 울음소리」 등에서도 발견할 수 있다. 그리고 어린 시절은 아니더라도 「석화」, 「연탄 한 장」 등에서도 추억과 향수를 짙게 풍겨준다.

임원식 시인의 추억담에서 또 하나 자주 등장하는 것은 고향 풍경이다. 그는 틈만 나면 태어나고 자란 고향을 향해 추억의 날개를 펼친다.

돌담 길 구불구불 해변
유채꽃 청보리 만발하면 발 디딜 곳 없던
그 마을 그 바닷가

가도 가도 끝이 없는 백사장
어린 손길 담그면 금세 물들어오던 쪽빛 바닷물
낚싯대 드리우면 고기들이 몰려오고
썰물지면 바지락과 백합들이 하얗게 널려 있던 그 개펄

하늬바람에 소금기 묻어가면
쏟아지던 빗줄기들
모래톱 위에 별들의 꿈을 심어주던

오늘 문득
경적소리 아우성으로 꽉 막힌 도로 위에
해남 그 바다가 출렁이네

—「고향바다」 전문

시인이 그리는 고향은 지극히 아름다운 모습이며, 또한 어린 시절과 맞닿아 있다. 시에 언급된 '돌담'과 '유채꽃', '청보리'와 '백사장' 등은 어린 시절의 추억이 깃들어 있는 풍경들이다. 시인은 그것들을 몹시도 그리워한다. 세월의 강물에 씻겨 추억으로 채색된 고향의 모습은 어느 것 하나 아름답지 않은 것이 없으리라. 이와 같은 고향에 대한 이야기는 「해남김치」, 「우항포구」, 「고구마의 꿈」 등에서도 볼 수 있다.

또한 임원식 시인의 추억담에서 빼놓을 수 없는 것은 어머니에 대한 그리움이다.

> 어린 날 학교에서 돌아오면
> 어머니는
> 마악 낳은 달걀 하나를
> 내 손에 쥐어주신다
>
> 아직 어미닭의 온기가 나아 있는
> 날달걀을 깨서 목에 넘기면
> 불끈 온 몸에 솟던 힘
>
> 이제 나이가 들어서도
> 어머니가 주시던
> 달걀 하나의 사랑은
> 내 안에서 더욱 자라고
>
> ― 「달걀 사랑」 전문

어린 시절 학교에서 돌아와 어머니로부터 달걀을 받아먹은 추억담이다. 지금처럼 간식거리가 흔하지 않던 시절에 달걀은 시골에서 아주 귀한 영양식이었다. 소풍이나 운동회 같은 특별한 날에나 도시락 반찬으로 올라올 수 있었던 것을 생각하면, 어머니가 아들에게 쥐어준 "아직 어미닭의 온기가 나아 있는" 달걀이야말로 크나큰 모성애의 증표일 것이다. 달걀이 오늘날처럼 흔한 먹을거리였다면 이러한 작품은 결코 나올 수 없으리라. 어머니에 대한 추억은 이밖에도 「참깨 밭을 지나며」, 「어머니의 눈물」, 「무등산 보리밥집」, 「쑥떡처럼」 등에서 다양하게 변주되고 있다.

이와 더불어 눈에 띄는 것 중의 하나는 시인의 아내에 대한 애정이다. 그의 아내 사랑은 각별한 면이 있다.

아내는 꿈을 꾸고 있다

아들 딸, 손녀 손자들을
서울로 보낸 정월 초사흘 저녁,
밤늦게 돌아온 남편 기다리지도 않고
깊은 잠에 젖어 있다

콩나물처럼 자라는 애들 앞에서 풍금을 치면서
새끼들의 서성임을 돌봐주면서
충장로 한번 가보지 못한 공직자의 뒷켠에 서서
매화마을 건너오시는 친정어머님을 마냥 기다리던
섬진강 같았던 얼굴

눈망울과 입술 사이 주름살 깊은 바람소리
사십여 년 흘러온 눈물과 그의 할 말들을
내가 어루만진 일 있었던가

— 「꿈길」 일부

　설 쇠러 온 아들딸을 보내놓고 아내가 지친 몸으로 잠들어 있다. 남편이 집
에 돌아오기도 전에 잠에 빠진 아내를 탓하기는커녕 안쓰러운 마음으로 지그
시 내려다보는 시선에는 애정이 가득 담겨 있다. 아내를 사랑하는 마음이 깊
기에 잠든 아내 앞에서 평소에 잘해주지 못한 자신을 반성하고 회한에 젖는
것이다. 그런데 이 작품을 시집의 맨 첫머리에 배치한 까닭은 무엇일까? 바로
이 점에서도 아내에 대한 애정의 강도를 엿볼 수 있지 않을까. 시인의 아내에
대한 남다른 마음은 「그대의 발을 씻어주며」와 「호수 위의 긴 그림자」에서
도 찾아볼 수 있다.
　한편, 임원식 시에서 아내는 어머니와 동일시되기도 한다.

아침 밥상
김치를 찢어놓던
아내의 손끝에서
어머님의 손을 본다

겨울이면 뒷산에 올라 솔잎을 긁어오고
봄철이면 오줌통을 들고 텃밭으로 가던 거친 손
새벽부터 밤늦도록 곡식들과 얘기하고
바닷물이 빠지면 갯벌에서 생굴을 따던 시린 손

진양조로 깊어가는 겨울밤
고독의 물레를 자아
날과 씨로 무명을 짜서
우리 삼남매 옷을 지어 입히셨던
어머님의 갈라진 손

새색시 적 아내의 고왔던 손길이
마흔 다섯 해 세월이 할퀴었다
새끼줄로 갈라진 손금
남편과 자식들을 위해
금과 금으로 엉클어진
길과 길

아내의 손에 겹쳐지는
어머니의 손을 본다

　　　　　　　　　　　　　　　　—「아내의 손」 전문

　　아침 밥상에서 김치를 찢어주는 아내의 손에서 어머니의 모습을 발견한다.
아내의 손은 남편과 자식들의 뒷바라지를 하면서 거칠어진 손이며, 그 손은
옛날 어머니가 시인을 키우면서 솔잎을 긁고, 텃밭을 가꾸고, 생굴을 따며,

밤늦도록 물레를 잣던 손과 조금도 다르지 않은 것이다. 이런 점에서 아내는 어머니의 연장선상에 놓여 있다.

결국 임원식 시인의 추억담은 유년 시절과 고향, 그리고 어머니에 대한 애착을 보여주고 있는데, 이 세 가지는 결국 '근원'이라는 한 낱말로 묶을 수 있다. 왜냐하면 유년기는 인생의 출발점이고, 고향은 태어나서 처음 뿌리를 내린 곳이며, 어머니는 나에게 최초로 생명을 부여해준 존재이기 때문이다. 따라서 유년시절을 동경하고, 고향과 어머니를 그리워한다는 것은 사랑과 평화와 자유가 충만한 삶의 출발점, 즉 근원으로 돌아가고자 하는 귀소본능으로 볼 수 있다. 바로 여기서 모성과 향토애에 바탕을 둔 임원식 시의 요체를 파악할 수 있다.

임원식 시인은 활동범위가 퍽 넓고 다양하다. 시인, 수필가, 평론가 등으로 활동하는 문인으로서의 궤적이 그렇거니와, 시집 『지리산 구름바다』에 그려진 활동이 대단히 다채로운 것을 알 수 있다. 특히 제3부와 제4부의 작품을 보면 시인은 국내외 여러 곳을 다니며 많은 사람을 만나고 각종 음식을 맛보면서 느끼고 생각한 것들을 꼼꼼히 기록하고 있다. 마치 일기를 쓰듯 방문하는 곳마다 시를 남기는 모습이야말로 성실하고 부지런한 문인의 귀감이 아닐 수 없다.

끝으로, 임원식 시집에 시인 자신의 창작의 방법 또는 문학의 방향을 고백하는 작품이 있어 주목을 요한다.

> 길에서 길을 찾는다 했던가
> 시를 쓰기 시작한지 열 몇 해
> 어느 날 문득
> 내가 걸어온 시의 길 곁에서
> 또 하나의 시를 만났다

"아는 길은 돌아서 가라."
어느 시인이 일러준 시 작법
나는 지금껏 아는 길만 무심히 걸어왔구나

낯선 길은 어디인가
에베레스트도 많은 사람이 올랐는데
아무도 오르지 않은 산봉우리는 어디 있는가
나는 지도에도 없는 길을
지금 찾아 나서고 있다.

— 「길 찾기」 전문

"아는 길은 돌아서 가라"는 말을 어느 시인에게서 듣고 깨달은 바가 있어, "지도에도 없는 길"을 찾아 나섰다는 이야기이다. 여기서 "아는 길은 돌아서 가라"는 말은 시를 창작할 때 한 가지 익숙한 방식만 답습하지 말고, 늘 새로운 방식을 찾아 변신을 거듭해야 한다는 뜻이리라. 그래서 시인은 지도에 나와 있지 않은 새로운 길 찾겠노라고 당찬 포부를 밝히고 있다.

문학은 창작예술이다. 창작의 생명은 새로움에 있다. 구태의연한 답습과 반복을 가장 싫어하는 것이 문학이다. 따라서 아무도 걷지 않은 전인미답의 새 길을 찾는 일은 문인으로서 꼭 필요한 일이자 마땅히 해야 할 일이다. 물론 그것은 피나는 각고와 형극의 길이다. 그럼에도 불구하고 새로운 길을 찾아 떠나고자 하는 임원식 시인의 열정과 용기에 경의를 표하며, 응원의 박수를 보내는 바이다.

그리움과 기다림, 영원한 낭만주의자의 시심

― 김영석 시집 『뜨락엔 봄이 나리고』

> *기다림의 신호*
> *빨간 불에 감사하는 자세로*
> *해거름, 서편 하늘을 장식하는 고은 낙조처럼*
> *곱디곱게 익을 수 있다면*
> *― 〈신호등〉*

김영석 시인이 두 번째의 시집을 상재한다면서 나에게 시평을 청했다.

돌이켜보니 그가 첫 시집을 펴낸 지도 10년이 훨씬 넘은 것 같다. 교직 정년 이후로 별로 대면할 기회를 갖지 못했는데, 그동안 나름대로 창작활동을 해왔던 모양이다. 밥이 나오는 일도 아닌데 적지 않은 세월 동안 드러내지 않은 가운데 꾸준히 시심을 갈고닦아왔다는 것은 대단한 일이 아닐 수 없다. 김영석 시인의 묵묵한 발걸음에 경의를 표하며, 새 시집 출간에 박수를 보낸다.

그런데 나로서는 시평만큼은 사양하고 싶었다. 왜냐하면 첫 시집의 평을 이미 내가 썼기 때문이다. 사람은 어떤 일이든 자기 기준이나 시각을 가지고 대상을 바라보는데, 같은 대상의 경우에는 시일이 좀 지났다고 하더라도 그 틀이 크게 달라지기가 어렵기 때문이다. 나 또한 김영석 시를 재론하다보면 지난번 왈가왈부했던 이야기를 되풀이할 우려가 있다고 본 것이다. 그래서 애초에 이번 시평은 다른 사람에게 부탁하는 것이 좋겠다고 이야기할 작정이었다.

그런데 김영석 시인은 대뜸 "자네 말고 누구한테 부탁하겠는가?"하며 이미 원고를 전자메일로 보냈다는 것이 아닌가. 이 일을 어쩌나! 나는 결국 마음이 약해져가지고 모처럼의 선배의 청을 뿌리치는 것은 후배의 도리가 아니다 싶어서 내뱉으려던 사양의 말을 도로 집어삼키고 말았다.

1. 세월에 대한 인식과 긍정적 인생관

이번 김영석 시집에서 눈에 띄는 것은 세월에 대한 인식이 두드러진 점이다. 세월은 항우장사도 못 이긴다는데, 김영석 시인도 이제 고희(古稀)에 접어들었으니 나이를 의식하지 않을 수 없을 터이다. 그의 시 <가슴앓이>를 보면 "거울 앞/서성이는/야윈 넋[魂]의 가슴앓이"라고 하며 거울에 자신을 비춰보며 덧없는 세월을 한탄한다. <눈물>에서는 "젊은 날의 눈물이/순명(順命) 함께/숙명(宿命)을 가장한 액체(液體)였다면/나이 들어 그것은/깊은 사색(思索)에서 분기(分岐)된 액정(液晶)"이라며 젊었을 때의 눈물과 늙었을 때의 눈물은 그 농도가 같지 않음을 말한다. 나이 든 사람이 흘리는 눈물은 농축된 사색의 결정체라는 것이다.

이와 더불어 나이 든 이의 삶의 자세에 대해서도 대단히 적극적 어조를 띤다.

<만년 소회(晩年所懷)>에서는 "욕심을 버린다는 것/이 세상 고마움을 아는 일이다"고 하면서 "가득찬 그릇/물 한 방울 더하면/넘친다는 진실 앞에/스스로/덜어내는 지혜(知慧)를 배워야 한다"고 말한다. 욕심을 버리고 주어진 현실에 감사한 마음으로 살겠다는 다짐이다. <달력을 넘기며>에서도 "세월의 흐름을 탓하지 말고/가장 젊은 날, 오늘이기에 참되게 삶을 엮어야 한다"고 충실한 일상을 다짐한다.

사람이 젊었을 때는 왕성한 활동을 하면서 세상의 중심에 서지만 나이가 들면 중심에서 밀려나 주변인으로 전락하게 된다. 그리고 차츰 삶에 대한 자

신감을 잃고 비애감과 소외감에 젖기 쉽다. 그런데 김영석 시인은 이 점에서
생각이 다르다.

> 우리,
> 오래 된 물건을 낡았다고 말하지 말자.
> 오래 산 사람을 늙었다고 말하지도 말자.
> 오래 쓴 물건, 손에 익었다고 말하고
> 오래 산 사람 곱게 익어간다고 말한다면 한결 살갑지 않겠는가?
> 기다림의 신호
> 빨간 불에 감사하는 자세로
> 해거름, 서편 하늘을 장식하는 고은 낙조처럼
> 곱디곱게 익을 수 있다면
> 얼마나
> 얼마나 좋을까?
>
> — <신호등> 일부

　늙음을 '노쇠(老衰)'로 보지 말고 '원숙(圓熟)'으로 보자는 이야기는 언뜻 어
느 유행가 가사를 떠올리게 하지만 나이 듦을 비관적으로 여기지 않고 긍정
적으로 받아들이려는 자세만큼은 김영석 시의 요체로서 놓칠 수 없는 부분이
다. <송년(送年)의 변(辨)>에서도 "겨울밤 하늘 닮아/차갑고/정갈한/눈동자
를 가꾸는 일이/풍요로운 나의 일상(日常)이었으면"하고 한탄이나 절망 대신
차가운 이성을 견지하는 일상적 삶을 유지할 수 있기를 소망한다. 시인의 삶
에 대한 긍정적 태도와 낙관적 인생관을 느낄 수 있다. 또한 시인은 인생을
깊고도 넓게 통찰하는 면모를 보여준다.

　그리움은 등 뒤에 서고 기다림은 눈앞으로 온다고 했다.
　가버린 날에 연연(戀戀)함보다 다가올 날들을 위해 장명등(長明燈)
을 내걸어라.

진실이 담기지 않는 언어는 울림이 없고
사랑이 표백(漂白)된 노래는 여운(餘韻)이 없다.
이제는
얼굴보다 마음에 주름이 많은 계절
울음보다 웃음으로 가슴 저미는 날이 흔하다.
우산을 받쳐주는 우리보다
비라도 함께 맞을 수 있는 서로이고 싶다.

— <봄날을 기리며> 일부

이미 지나버린 일에 매달려봤자 돌이킬 수 없는 일이므로 "다가올 날들을 위해 장명등(長明燈)을 내걸어라."고 말하고 있다. 이는 물론 자기다짐의 말이지만 미래에 대한 긍정적인 낙관이 드러나는 대목이다. 오랜 인생 경험에서 우러나온 삶에 대한 폭넓은 시야와 깊이 있는 사색의 정도를 엿볼 수 있다.

2. 그리움과 기다림, 그리고 식지 않은 열정

이번 시집에서 가장 큰 특징으로 꼽을 수 있는 것은 '그리움'의 시가 많다는 것이다. 그가 그리워하는 대상은 무척이나 다양하다. <무관심의 끝은 관심이어라>와 <섣달그믐께>, <그 시절>에서는 유년시절을 그리워하고, <어머니>와 <다시 생각키는 어머니>, <부끄러움>에서는 어머니를 그리워하며, <거기! 그런 고향>과 <고향I>, <고향II>, <고향III>의 연작에서는 떠나온 고향을 그리워한다. 뿐만 아니라 <사랑은!>과 <사념(思念)>, <정(情)>, <옛정>에서는 스무 살 시절의 사랑이나 가슴 속에 묻어둔 '당신'을 그리워한다. 여기서 시인이 그리워하는 것들은 모두 과거의 추억과 관계되는 것들이다. 사람은 나이를 먹을수록 지난날을 반추하는 시간이 많아지는데, 김영석 시인이 이렇게 과거지향의 자세를 취하는 것은 그의 연령으로 볼

때 지극히 자연스러운 일일 것이다. 김영석 시인이 가슴 속의 그리움을 드러
내는 방식을 살펴보자.

> 삶의 일상(日常)을 털고 집에 가는 길
> 거리도
> 버스 정류장도
> 한산한 토요일 오후
> 가로수
> 은행잎 하나
> 살며시 옷깃을 스친다.
> 무심코
> 주워 보니
> 곱게 익은 작은 글씨들
> 거기,
> 그리운 얼굴 하나 옛날처럼 웃고 있었다.
>
> — <낙엽> 전문

늦가을 오후 길거리에 떨어진 은행잎에서 그리운 사람의 얼굴을 본다. "거
기/그리운 얼굴 하나 옛날처럼 웃고 있었다."는 표현기법이 기발하고 참신하
다. 간결한 표현이지만 그립다는 말 열 마디보다 더 효과적으로 자신의 심정을
드러내고 있지 않은가. 김영석 시인은 그리운 속마음을 이렇게도 표현한다.

> 나,
> 너,
> 너무 긴
> 그리움이 싫어
> 기나긴 그리움
> 반(半)쯤 싹둑 잘라봤더니
> 그래도 한참이나
> 길게 남았네.

그리움일랑
한숨으로 지우기엔
이 밤이
너무나 무뎌
너무나 짧아.

— <그리움> 전문

그리움이라는 것은 심리적인 작용이므로 눈으로는 읽을 수가 없다. 그러므로 시인은 그 마음을 가시적인 사물로 치환하여 보여준다. 그리움을 절반으로 싹둑 잘라냈다는 표현이 바로 그것이다. 이는 추상적인 것을 시각적으로 형상화한 것으로 "동짓달 기나긴 밤을 한 허리를 베어 내어"라는 황진이의 절창에 비견할 수 있는 부분이다.

시인에게 그리움은 곧 기다림으로 이어진다. <대춘부(待春賦)>에서는 봄을 기다리고, <기다림>, <상강(霜降)>에서는 가고 없는 사람을 기다리며, <칠월>에서는 좋아하는 꽃이 빨리 피기를 기다린다. 김영석 시에서 그리움과 기다림은 동의어라고 할 수 있다. 그리워하기에 기다리는 것이고, 기다린다는 것은 그만큼 그리움이 가슴 속에 넘치기 때문인 것이다. 이처럼 넘치는 그리움과 기다림은 가히 김영석 시의 주된 정서라고 할 만하다.

이처럼 그리움과 기다림을 즐겨 노래한다는 것은 시인의 가슴속에 낭만과 열정이 살아있음을 뜻한다. 사람이 나이가 들면 젊었을 때의 치기나 낭만이 사라지고 가슴속이 건조해지기 마련이지만, 김영석 시인에게서는 예외인 것을 볼 수 있다.

나,
한 마디만
더 할게.

그래도
난
당신을
이렇게,
이렇게 사랑하고 있는데….

— <한 마디> 전문

'당신'에 대한 애틋한 사랑의 고백이다. 여기서 '당신'은 누구일까. 청춘시
절의 첫사랑일 수도 있고, 언젠가 나를 배신하고 떠난 여인일 수도 있고, 아
니면 지금 함께 얼굴을 맞대고 사는 아내일 수도 있다. 그러나 정작 그가 누
구인가는 그리 중요하지 않다. 눈여겨 볼 것은 시인의 가슴에 불타고 있는 뜨
거운 감정이다. 아직도 시인의 가슴속에는 뜨거운 사랑의 불길이 이글거리고
있고 그것을 고백하고 싶은 대상이 있는 것이다.

미국의 시인 사무엘 울만은 <청춘>이란 시에서 "청춘이란 인생의 어떤
기간이 아니라 마음가짐을 말한다."고 하면서 "머리를 높이 치켜들고 희망의
물결을 붙잡는 한 80세라도 청춘이다."고 갈파했다. 이렇게 볼 때 가슴속에
그리움과 기다림, 활화산과 같은 사랑을 지닌 김영석 시인이야말로 아직도
피 끓는 청춘이라 할 만하지 않은가.

3. 봄과 꽃, 생명력과 순수의 취향

김영석 시에는 또 계절감과 자연 애호의 시가 많다. 특히 계절감을 읊은 시
에는 '봄'이 많이 등장한다. 아마도 시인은 일 년 네 계절 중에 봄을 가장 좋아
하는 것 같다. 이렇듯 봄을 노래한 작품을 찾아보면 <대춘부(待春賦)>를 비
롯하여 <봄날 풍경>, <봄의 교훈>, <초록의 의미>, <뜨락엔 봄이 나리
고>, <요즈음>, <봄이 오는 길목에서>, <섬진강의 봄>, <봄날을 기리

며>, <식목일에> 등 대략 10편이 넘는 것을 알 수 있다. 그럼 시인의 봄노
래 한 편을 살펴보기로 하자.

먼 산(山)
진저리 치던 겨울의 아픔도 이겨내고
몇 번 기지개마저 켜더니
상냥한 낯빛, 능선(稜線)은 가까이 도드라졌다.
비 온 뒤
바람은 덜 깬 수피(樹皮)를 핥고
산(山)의
연둣빛 숨소리 마침 터져 오를 듯
뻐꾸기 울음 속에
봄의 신음(呻吟)소리가 묻히고
초록은 새벽빛조차 부끄러워 숨을 숨긴다.

내일은
아지랑이 피는 밭이랑에서
무구(無垢)한 눈[眼]을 밝혀
봄이 오는 향연(饗宴)
두견이 울음소리
한 자락 풀어내서
함께 합창(合唱)하고 싶다.

― <봄> 전문

새 생명이 약동하는 봄 풍경을 산과 들, 뻐꾸기와 두견새, 아지랑이 따위를
곁들여 그려내었다. 어둠의 장막 같은 겨울을 보내고 온 누리에 화기(和氣)가
감도는 새 봄을 맞았을 때의 환희가 손에 잡힐 듯 느껴진다. 시인이 봄을 선
호하는 까닭은 아무래도 그 싱그러운 생명력 때문이 아니겠는가.

아울러 김영석 시인은 <조계산 풍경>이나 <섬진강의 봄>, <순천만>과 같이 산이며 강이며 바다와 같은 자연물을 즐겨 노래한다. 그의 동양적 자연관과 자연 애호 정신을 짐작할 수 있다. 그런데 이들 자연물 가운데 유독 꽃에 대한 내용이 많은 것은 주목할 만하다. 그가 노래하는 꽃들은 목련을 비롯하여 민들레와 산수유, 매화와 목련, 그밖에도 동백과 국화, 상사화 등 종류가 다양하다. 이것들 대다수가 봄꽃들인 것을 보면 김영석 시인의 취향이 어느 지점에 머물러 있는지는 파악할 수 있을 것이다.

　　다음에서 꽃을 노래한 시 한 편을 읽어보자.

　　　　미완(未完)의
　　　　아쉬움 속
　　　　옷을 벗는 순결(純潔)함이

　　　　내밀(內密)한
　　　　언어들로
　　　　일어서는 三月 아침

　　　　수줍음
　　　　다발로 묶어
　　　　벙그는 그 인고(忍苦)여!

　　　　겨우내
　　　　바람 하나로
　　　　하얗게 바랜 나날

　　　　세월을
　　　　눈감으며
　　　　몸을 푸는 아픔으로

오늘은
순백(純白)의 눈부심일레
내 영혼의 성화(聖畵)여!

— <목련> 전문

목련의 눈부신 순백(純白)을 예찬한 작품으로 세련미와 응축미가 돋보인다. 목련은 순결과 순수의 표상이다. 이 시는 단순히 목련의 외양만이 아니라 인고와 아픔이 내재되어 있는 속살을 꿰뚫어 보고 있기에 더욱 웅숭깊은 심도를 지닌다. 이 목련 역시 봄에 피는 꽃임을 생각해 볼 때 약동하는 생명력과 순수함을 선호하는 시인의 애착과 취향을 감지할 수 있다.

4. 영원한 젊음의 낭만주의자

앞서 이야기한 대로 김영석 시의 주된 정조는 그리움과 기다림이다. 아름다웠던 지난날에 대한 그리움과 기다림의 정서가 시편 곳곳에 묻어 바탕을 이루고 있다. 그러기에 시를 읽다 보면 나도 모르는 사이에 아련한 향수에 젖어 어느덧 무지갯빛으로 채색된 추억의 세계로 돌아가 있음을 발견하게 된다. 칠순의 나이에도 불구하고 가슴속에 그리움과 기다림을 불태우고 있는 것을 보면 김영석 시인이야말로 영원한 청년의 마음을 지닌 낭만주의자가 아닐까 싶다.

김영석 시인은 책머리의 <자서(自書)>에서 30여 년간의 시력(詩歷)을 이야기하며 "그래도 붓은 꺾지 않으리"라고 다짐한다. 비록 자신의 작품에 대해 만족감을 가질 때는 드물더라도 평생 시와 벗하며 살겠다는 고백이다. 요즘처럼 물질주의와 향락주의가 혼을 빼놓는 시대에 시를 사랑하고 평생을 시와 더불어 살고자 하는 자세를 지닌다는 것은 그 자체만으로도 귀하고 반갑고 고마운 일이다.

앞으로도 김영석 시인이 긍정적이고 낙관적인 자세로 일상에 충실하며 꾸준히 시작활동에 매진할 것을 믿는다. 건필과 정진을 기대한다.

장병호

　현대인의 소외 문제에 관심을 갖고 대학원에서 〈한국 현대소설의 소외의식〉(1998)으로 박사학위를 받았다.

　평론 〈소외문학론 서설〉(2000)로 문단에 나왔다.

　평론집 『소외의 문학 갈등의 문학』(2008). 수필집 『코스모스를 기다리며』(2008), 『천사들의 꿈노래』(2010), 『태산이 높다 하되』(2014), 『등대지기의 꿈』(2018), 향토문화 탐방집 『연자루에 올라 팔마비를 노래하다』(2013)를 펴냈다.

　중등교직을 마치고 전남 순천에 거주하고 있다.

장병호 평론집

척박한 시대와 문학의 힘

| 초판 1쇄 인쇄일 | 2019년 12월 05일 |
| 초판 1쇄 발행일 | 2019년 12월 15일 |

엮은이	장병호
펴낸이	정진이
편집/디자인	우정민 우민지
마케팅	정찬용 정구형
영업관리	한선희 최재희
책임편집	최재희
인쇄처	신도인쇄
펴낸곳	국학자료원 새미(주)
	등록일 2005 03 15 제25100-2005-000008호
	경기도 파주시 소라지로 228-2 (송촌동 579-4 단독)
	Tel 442-4623 Fax 6499-3082
	www.kookhak.co.kr
	kookhak2001@hanmail.net

| ISBN | 979-11-90476-03-4 *03810 |
| 가격 | 35,000원 |